석헌 정규복 총서 3

한국 고전문학의 원전비평적 연구

정규복 지음

보고사

自序

   기축년을 마감하는 시점에서 필자의 팔십 평생 학문적 여정을 정리하는 '석헌 정규복 총서'를 간행하게 된 것을 매우 영광스럽게 생각한다.

   본 총서를 간행할 수 있었던 것은 여러 동학과 제자들의 도움이 컸다. 김흥규 교수는 고려대학교 민족문화연구원 원장으로 국내 최대의 연구조직을 이끌어가는 바쁜 가운데 흔쾌히 편집위원장을 맡아서 총서 출판의 밑그림을 그려주었다. 뿐만 아니라 필자가 소장하고 있던 구운몽 관련 자료를 스캔 작업을 거쳐 보관할 수 있도록 지원하였다. 장효현 교수와 우응순 교수는 출판사를 섭외하고 여러 대학원생을 독려하여 원고를 교정하는 등 실무를 맡아 수고하였다. 박성규 교수, 오춘택 교수, 진경환 교수와 이상구 교수는 총서 출판 기획에 참여하여 여러 가지 조언을 해주었다. 모두에게 깊은 감사의 뜻을 전한다.

   총서에 수록된 논문과 저서 중 필자와 특히 관계가 깊은 것은 구운몽 관련 논저들이다. 필자는 1975년 『구운몽 연구』로 문학박사 학위를 받았고, 1994년에는 대한민국 학술원으로부터 『구운몽 원전의 연구』로 인문과학상을 수상하였다. 필자는 「구운몽 영역본 연구」, 「구운몽 이본고」, 「구운몽의 근원사상고」, 「구운몽 노존본의 연구」, 「구운몽 노존본의 첨보 작업」 등 40여 년 동안 35편의 구운몽 관련 논문을 써

왔는데, 2006년에는 이러한 연구 성과를 인정받아 영국 International Biographical Center에서 선정하는 '21세기의 뛰어난 2천 명의 지성인 (2000 Outstanding Intellectual of the 21st Century)' 명단에 오르기도 하였다.

이제 내 나이는 팔십대에 올랐다. 하루 저녁에 구운몽을 이루었다는 西浦 金萬重은 지하에서 "내가 하루 저녁에 이루어 놓은 것을……" 하며 내가 40년 동안 연구하는 모습을 보고 비웃을지도 모른다. 그렇지만 적당한 자료가 나오면, 나는 또 쓸 것이다.

오래된 원고를 깔끔하게 손질하고 여러 차례 번거로운 교정 작업을 해 준 장예준·이종필 군을 비롯한 고려대학교 국어국문학과 박사과정 대학원생들에게 다시 한번 고마운 마음을 전한다.

2009년 12월
정 규 복

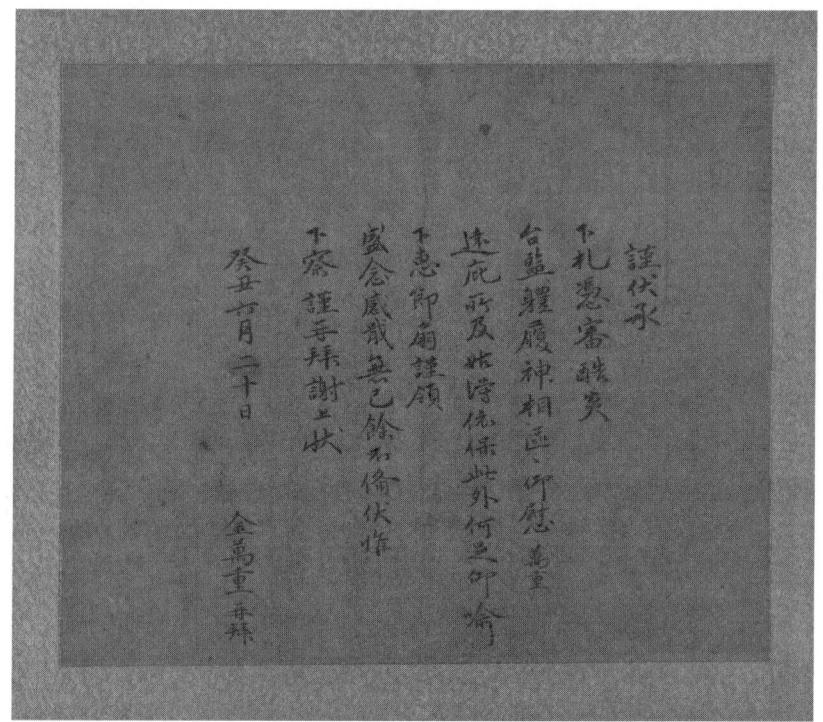

서포 간찰

조선시대 사대부들 사이에는 더운 여름을 시원하게 보내라는 뜻으로 선물로 부채를 주고받는 풍습이 있었다. 이 편지는 서포 김만중이 어떤 대감으로부터 부채를 선물 받은 후 감사의 뜻을 담아 보낸 것이다.

편지의 겉봉이 남아 있지 않고 그 내용 또한 소략하여 받는 이가 누구인지는 알 수 없으나, 극히 공손한 어조의 표현을 사용한 것으로 보아 김만중보다 상당히 높은 연배의 인물인 듯하다.

편지 말미에 있는 "癸丑 六月 二十日"이라는 기록을 통해 김만중이 그의 나이 37세가 되던 해인 1673년(현종 14) 음력 6월 20일에 썼음을 알 수 있다. 『西浦年譜』에 의하면, 이 당시 김만중은 홍문관 부교리로 있었다.

일러두기

※

❶ 이 책은 1992년 고려대학교 민족문화연구소에서 간행한『한국 고전문학의 원전비평적 연구』를 저본으로 하였다.

❷ 저본에는 없던 논문과 서평을 추가하였는데, 최초 발표 지면은 다음과 같다.

「왕랑반혼전(王郎返魂傳)의 원전과 형성」,『고소설연구』제2집, 한국고소설 학회, 1996.

「왕랑반혼전의 원전복원」,『한국한문학연구』제19집, 한국한문학회, 1996.

「서평 : 진인숙 역 *A Classical Novel Ch'un-hyang*」,『아세아연구』14권 4호, 고려대학교 아세아문제연구소, 1971.

「서평 : 중국문화학원 한문과 제3회 졸업생일동 편역『한국문학사 개론』」, 『아세아연구』14권 1호, 고려대학교 아세아문제연구소, 1971.

「서평 : 장덕순 저『한국문학사』」,『아세아연구』19권 2호, 고려대학교 아세아 문제연구소, 1976.

「서평 : 박노준 저『신라가요의 연구』」,『아세아연구』25권 2호, 고려대학교 아세아문제연구소, 1982.

「서평 : 이상익 저『한중소설의 비교문학적 연구』/ 이창용 저『한중시의 비교 문학적 연구』」,『人文論集』제29집, 고려대학교 문과대학, 1984.

❸ 저본의 오기나 오식을 바로잡았으며, 맞춤법과 띄어쓰기 또한 현행 한글맞 춤법과 표준어 규정에 따라 수정하는 것을 원칙으로 하였다.

❹ 한자는 가급적 한글로 바꾸었다.

❺ 이 책에서 사용한 기호는 다음과 같다.

『 　』: 단행본, 작품집, 문집 등

「 　」: 논문

〈 　〉: 작품명

머리말

이 책의 내용은 거의가 文獻學(philologie)의 일환으로 대종을 이루고 있지만, 그 명칭을 굳이 '原典批評'(Textual criticism)운운으로 한 것은 원전비평의 중요성을 강조하기 위하여 감히『한국 고전문학의 원전비평적 연구』라고 명명해 본 것이다. 내가 한국 고전문학의 연구에서 원전(Urtext)을 찾는 작업을 착수한 것은 이미 1958년의 일이다. 당시 나의 석사논문 「한국 고대군담소설 연구」를 엮고 나서 기호작품인 <九雲夢>의 원전 찾기 작업으로 출간된 것이 나의『구운몽 연구』와 『구운몽 원전의 연구』이다.

<구운몽>의 원전연구에 오랫동안 손을 댄 나의 경험은 <구운몽> 외에도 『白雲小說』·『金鰲新話』·<洪吉童傳>·<秋風感別曲> 등에까지 미치게 되었다. 『백운소설』의 원전을 찾는 작업으로 얻어진 결과는 속칭 '李奎報의 백운소설'로 알려졌던 것이 찬자가 분명 이규보가 아니며 대신 洪萬宗일 것이라는 결론에 도달하게 되었고, 『금오신화』는 한국에서 진작부터 유일한 텍스트로 사용되던 大塚本에서 그것의 텍스트된 內閣文庫本을 찾게 되었다. <홍길동전>의 경우, 근자 <홍길동전>의 원전은 세칭 '한국 최초의 국문소설'이 아니라, 작자 許筠이 당시 의적 洪吉同의 실전을 바탕으로 하여 한문으로 傳의 양식

을 취해 썼을 가능성이 제시되었다. <구운몽>의 경우, 속칭 국문소설
이 아니라 필자에 의해 이미 재구된 바 있는 재구본에서, 다시 앞서는
漢文 老尊本(강전섭 소장)이 제시되었다. <추풍감별곡>의 경우, 이는
세칭 고소설이 아니라 신소설로서 그것의 텍스트는 신구서림본이 제
시되었다.

　위와 같은 점을 감안할 때,『백운소설』은 '이규보 撰 백운소설'이 아
니라는 것, <구운몽>은 원전이 국문소설이 아니라 한문소설이라는
것, <홍길동전>은 우리나라 최초의 국문소설이 아니라는 것, <추풍감
별곡>은 고소설이 아니라 신소설이라는 것 등이 분명하게 밝혀진 셈
이다.

　여기에 수렴된 12편의 논문은 20여 년 간 작성된 것으로서, 이르게는
1970년에도 이루어진「홍길동전 이본고」(『국어국문학』, 48권, 51권, 국
어국문학회, 1970, 1971)로부터, 뒤늦게는 1991년도에 이루어진「구운몽
서울대학본 재고」(『대동문화』, 26권, 성균관대 대동문화연구원, 1991)에
까지 이르고 있다. 이와 같이 여러 학술지에 발표된 잡다한 글들을 배
열한 순서는 우선 원전비평에 있어서 기본적으로 알아야 될 문제를 다
룬 "원전비평의 이론과 실제"와 "원전비평의 어제와 오늘"을 제1부에
배치하였고, 그 나머지는 작품의 시간적 순서에 따라 제2부 "원전비평
의 실제"에 배열해 놓았음을 밝힌다. 다만, 본서에 삽입된 12편의 논문
은 단행 저서를 의식하고 쓴 것이 아니라, 그때그때 나의 필요에 따라
작성된 글이기 때문에 한자리에 모으는 과정에서 때로는 중복되는 내
용이 있음은 불가피한 일이었다. 그렇지만 본서가 단행 연구 저서임을
감안하여 크게 중복되는 것은 피하도록 노력하였다.

　이제 본서를 엮는 마당에 나로서는 감개무량함을 금할 수가 없다.

그것은 어떻든 본서가 나의 반평생을 들여 이루어놓은 <구운몽> 연
구에 버금가는 시간과 정력이 소요됨으로써 얻어진 것이기 때문이다.
이제 나의 교수 정년도 바싹 눈앞에 다가오고 있다. 앞으로 나의 여생
은 의무적으로 읽어야 할 것에서 떠나 인생과 자연을 사색하고 음미하
면서 자유롭게 독서의 삼매경에 잠기고 싶다. 끝으로 본서를 이루게
한 고려대학교 민족문화연구원의 배려에 깊이 감사드리며, 본서를 다
듬고 정리해 준 禹應順 강사와 尹采根 연구원에게도 고마움을 표한다.

1992년 5월

滄川書室에서 丁奎福

목차

서평

제1부
원전비평의 이론

I
원전비평의 이론과 실제*

1. 원전비평의 개념과 의의

원전비평은 넓은 뜻에서 실증주의적인 역사주의 비평에 속한다. 원전비평의 목적은 제지술·인쇄술·제본술·필적 감정 등 서지학적 비평을 거쳐 텍스트를 확립해 놓는 데 있겠다. 소위 역사주의 비평에 있어서 텍스트의 확정만큼 중요한 작업은 없다. 텍스트의 확정 없이는 소위 본격적인 문학 연구가 이루어질 수 없기 때문이다. 텍스트의 誤選으로 이루어진 문학 연구는 자칫하면 시간의 낭비일뿐더러 학문에 있어서 가장 중요한 방향 감각을 상실케 하여 마침내 자신이 함정에 빠질 뿐만 아니라, 인접 과학인 역사학·사회학·철학 등의 결론까지도 종종 와해로 이끌어 가는 경우를 볼 수 있는 것이다. 원전 확정의 필요성은 비단 문학 작품에만 한정되는 것은 아니다. 역사학·철학·사회학 등에서 일자 일획의 차질로 인해 하나의 사건, 혹은 각고 끝에 도출된 모처럼의 논증이 흔들리는 예를 우리는 얼마든지 볼 수 있기 때문이다. 그 좋은 예가 얼마 전 일본 사학계에서 있었던 광개토왕비

---

*『文藝批評論』, 고려원, 1984.

문의 논쟁이라고 할 수 있다. 이와 같이 텍스트에 대한 연구의 필요성
은 문화인류학 전반에 걸친 것이다.[1]

근대적 역사주의 비평은 19세기에야 확정되었다. 쌩뜨 뵈브(Charles
Augustin Sainte-Beuve, 1804~1869), 이뽈릿 텐(Hippolyte-Adolphe
Taine, 1828~1893)은 역사적 방법의 이론적 체계와 실제 응용을 보여
준 선구자들로서 그들의 방법론은 현재 역사적 방법론의 모체가 되고
있다. 그들은 작품을 통한 작가의 추정(전기 연구), 작품 활동의 무대
가 된 시대에 대한 면밀한 관찰, 될 수 있는 한 과거의 시대를 재구성
하기 위한 비문학적 사실들의 광범위한 수집, 문학을 어떤 원인에 대
한 결과로 보는 태도, 또 이 결과가 제2의 원인이 되어 제3의 결과를
낳는다고 보는 관점, 민족성·민족 이념 등 문학의 성격을 결정하는
요소들의 추구 등등 역사주의 문학관의 주요 측면들을 학문적으로 확
립시켰다.[2]

역사주의 비평에서 작품을 다루는 방법 가운데에서 가장 기본적인
작업이 원전의 확정이다. 원전의 확정이 이루어지기 전에 감히 그 작
품에 대한 언급을 보류하는 것이 역사주의자의 태도이다. 원전을 확정
하는 작업은 매우 비문학적인 것처럼 여겨지는 경우도 있어 이 작업의
중요성을 경시하는 연구자도 있지만, 사실은 대단한 감식력, 비평적 안
목이 요구되는 것이다. 특히 그 작가·作風·시대성·장르적 특질 등
에 대한 민감한 판단력이 필요하다. 그런 까닭에 원전 확정 작업을 특
별히 原典批評(textual criticism)이라는 독자적 영역으로 인정하고 있
다. 즉 그것은 문학 작품의 가치 판단을 내포하는 것이다.

---

1) 정규복, 「원전비평의 중요성」, 『성대신문』, 1973.11.17.
2) 이상섭, 『문학 연구의 방법』, 탐구당, 1980, 94쪽.

그러나 올바른 원전의 확정이 비단 역사주의자들만을 위한 것이 아
님은 췌언할 필요도 없다. 모든 독자와 문학 연구자들에게 그릇된 텍
스트가 제공되는 것처럼 안타까운 일은 없다. 작품과 작가의 올바른
이해를 위해 원전비평은 서로 다른 입각점에서 행해지는 문학비평과
연구에 필수적인 기초 요건이다.

원전비평이 하나의 문학 비평적 요체로 인식된 것이 역사주의 비평
에서 비롯되었고 그것의 근대적 확립은 19세기에 들어서라고 했지만,
문헌의 신뢰도에 대한 탐색의 역사는 기록 문화의 역사와 그 시발을
함께 할 것이며, 그 학문화의 역사도 상당하다. 서양의 경우, 그리스의
고문서의 발굴·수집·정리·해독들을 과제로 하여 일찍이 알렉산드
리아에서 일어난 학문인 이른바 文獻學(philology)의 전통이 근대에
와 뵈크(Philip August Boeckh, 1785~1867)에 의해 독자적 학문으로
정립되고[3] 그 개념적 내포도 넓어져, 그리스·로마에 한정하지 않고,
각 시대와 여러 민족의 문서적 유산의 연구, 특히 원전비평(Text-
Kritik)과 서지(Bibliographie)와 註解(Kommentar) 등을 중점으로 한
연구를 의미하게 되었다. 이러한 뜻의 문헌학은 모든 역사학의 기초가
되는 것으로 특히 문학사의 경우에는 작품에 대한 원전·작자·제작
연월일 등의 탐구, 이본의 대조, 본문의 교정과 확정, 전거의 조사, 자구
의 해석 등의 문헌학적 작업을 뺄 수 없다. 프랑스에서는 원전 해명
(explication des textes)이라 불리는 독특한 문학 연구의 방법이 발생
했는데, 이것은 문헌학적 작업에 입각하면서도 나아가 조사, 문체 등의
문제도 도입하고, 언어적 표현 면에 따른 작품의 전체적 파악을 의도

---

3) Boeckh에게 있어서 문학 연구는 문헌학의 한 지류로 취급되었다. René Welleck,
   Austine Warren, *Theory of Literature*(Penguine Book, 1970) 37쪽 참조.

하는 것이다. 이처럼 문헌학의 학문적 전통과 그 보편적 중요성의 토대 위에 역사주의 문학비평이 서 있는 셈이다. 동양의 경우, 그 문화권의 중심인 중국에서의 사상적 기반인 유교가 견지하는 상고주의의 오랜 전통과 함께 그 학문의 큰 줄기는 漢代로부터 淸代에 이르기까지 경서·전적의 연구였으며, 요체는 문헌 비판을 통한 당대적 의미의 파악에 있었다. 청대에 와서 특히 문헌고증을 통한 원전의 확립이 큰 학문적 줄기로 떠오르게 되는데 이른바 '考證學'의 홍성이 그것이다. 이에 이르면 그 학문성은 대단히 실증적이고도 과학적인 토대를 갖추게 된다.

청대 兪曲園의 아래와 같은 일화는 원전의 중요성에 대한 인식의 단면을 보여 준다. 寒山寺 再興時에 唐 張繼의 시 <楓橋夜泊>의 시비를 세우면서 휘호를 부탁 받았는데 둘째 구의 "江楓漁火對愁眠"에서 "江楓"이라는 말이 마음에 걸려 선뜻 붓을 잡지 못했다. 王郇公의 古碑는 훼손되어 읽을 길 없고 고민하던 중에 宋 龔明之의 『中吳紀聞』이라는 책에서 "江楓漁火"가 아닌 "江村漁火"로 적혀 있는 것을 발견하고 "江村"이라야 옳겠다는 심증을 굳혔음에도 불구하고, 시비 표면의 原詩를 정정하는 것은 유보하고 후면에 그간의 사정을 기록하는 데 그쳤다고 한다.[4]

원전비평의 중요성은 연구사가 일천한 한국 같은 경우에는 더 말할 나위 없는 것이지만, 서구 학계에서도 1960년대에 이르러 원전비평이

---

4) 唐 張繼楓橋夜泊詩 膾炙人口 惟次句江楓漁火四字頗有可疑 宋龔明之中吳紀聞作 江村漁火 宋人舊籍可寶也 此詩宋王郇公曾寫刻石 今不可見 明文待詔所書赤漫漶 江下一字不可辨筱石中丞屬余補書 姑從今本 然江村古本可沒也 因作一詩 附刻以告 觀者 郇公舊墨久無存 待詔殘碑不可捫 辛有中吳紀聞在 千金一字是江村. 兪樾 (김완진, 『향가해독법연구』, 서울대 출판부, 1980, 40쪽에서 재인용.)

더욱 활발히 진행되고 있음을 볼 수 있다. 1965년도에 *New Cambridge Shakespeare*가 윌슨(Dover Wilson)에 의해 출간된 일이 있는데, 이 *New Cambridge Shakespeare*가 출간된 경위로 말하면, 윌리엄 윌슨·도버 윌슨 형제가 1920년도에 셰익스피어 작품에 원전비평을 가하기 시작해서 그간 형 윌리엄 윌슨은 죽고 아우 도버 윌슨이 1960년대에 와서 비로소 이를 완료하여 출간하였다. 도버 윌슨도 이를 완료하고 몇 해 후 죽었으니 *New Cambridge Shakespeare*는 결국 윌슨 형제의 한평생의 각고 끝에 이루어졌다는 것을 알 수 있다.

또 10여 년 전에 파스칼의 *Pensées*가 라프마에 의해 새로 출간되었다. 브랜시비크의 *Pensées*가 정본으로 가장 권위가 있는 텍스트였는데, 라프마가 파스칼의 제자가 쓴 手稿本을 한 인쇄소에서 찾아내어 이를 재구해 놓은 것이 라프마의 *Pensées*라고 한다. 그리고 미국의 저명한 문화인류학자 매치슨이 멜빌의 *Mobby Dick*에 나오는 구절 "soiled fish of the sea(바닷물에 더럽혀진 물고기)"를 작품상 중요시하여 극구 칭찬한 일이 있다. 그러나 후에 원전비평가가 텍스트를 연구해 보니 위의 구절 중 "soiled"는 "coiled(몸을 사린)"로, 말하자면 c가 s로 誤植된 것이 판명되어 결국 매치슨의 모처럼의 연구가 헛수고로 돌아갔다는 것이다.

더욱이 근자에 볼프강 카이저(Wolfgang Kayser, 1906~1960)는 원전비평을 "문헌학적 전제"란 용어를 사용하면서 신빙할 만한 텍스트를 <批評版(Die Kritishe Ausgabe)>이라 부르고 있다.[5] 사실 거듭되는 이야기이지만 현재 생존해 있는 작가인 경우, 그의 원고가 출판사

---

5) Wolfgang Kayśer, *Das Sprachliche Kunstwerk*. 김윤섭 역, 『언어예술작품론』, 서울: 대방출판사, 1982, 41쪽.

로 넘어가 조판이 되면, 으레 그 작가에 의해 교정이 가해지고 심지어
는 먼저 씌어진 원고에도 없는 것이 검토·교정되는 과정에서 다시 그
작가에 의해 보완되는 경우도 종종 있기 때문에 때로는 원고보다도 초
판본이 더 정확한 경우도 있다.

  그러나 작자가 죽고, 또 저작권 보호 기간이 만료된 뒤에 판이 거듭
되는 과정에서 출판사의 상술에 의해 구두점이 적당히 바뀜은 물론,
때로는 행간도 달라지고, 심지어는 한 내용이 첨가되거나 빠지기도 하
는 등의 심각한 문제가 발생하기도 한다. 이런 경우 텍스트를 확정하
기 위해 원전비평을 불가불 수행하게 되는데, 윌슨 형제에 의해 이루
어진 *New Cambridge Shakespeare*가 대표적인 예에 해당되지 않는
가 한다.

  전게한 바와 같이 작자 생존 시에도 종종 초판본을 비롯하여 거듭되
는 판본에서도 오류가 발견되는 경우가 있다. 괴테(Johann Wolfgang
von Goethe, 1749~1832)의 시 <제비꽃(Das Veilchen)>의 한 구절은
괴테 생존 시에 판이 거듭되는 가운데 이미 오자가 보편화되었다고 한
다.[6] 즉,

> Es sänk und stärb und freucht sich noch
> (제비꽃은 쓰러져 죽으면서도 여전히 기쁨에 넘쳤어라)

에서 "sänk(가라앉았다)"는 괴테의 원고엔 "säng(노래했다)"으로 되
어 있어, 말하자면 g가 k로 오식된 것이 판명되었다고 한다.

  그러므로 작자의 사후는 말할 것도 없고, 작자의 생존 시에도 우리

---

6) Ibid., p.41.

는 주의깊게 원전을 확정해 놓아야 한다. 다만, 작자의 생존 시에는 사후보다는 원전을 확정하기가 용이하다는 차이가 있을 뿐이다.

동양에 서구의 원전비평이 체계적으로 들어온 것은 근래의 일이지만 중국은 교감학·校讎學·목록학·판본학 등 텍스트에 대한 연구의 역사가 길고, 한국에서는 『阮堂集』의 여러 시 중 일본인 藤塚隣(1879~1948)에 의해 위작의 唐詩가 밝혀진 일이 있다. 또 일부 서지학자들이 활자·지질·필적 등을 연구하는 서지학도 넓은 뜻으로는 원전비평의 일익을 담당할 것이라고 본다.

원전비평 이론의 권위자인 미국의 바우어즈(Fredson Bowers, 1905~1991)는 원전비평의 목표를 <한 작가의 텍스트 본래의 순수성(purity)을 회복하는 한편, 판을 거듭함에 따라 항상 생기는 와전(corruption)으로부터 그 순수성을 보존하는 것>이라고 했다.

원전비평은 전적인 재구성이 필요한 복잡한 작업이 있는 반면, 비교적 단순한 와전도 있을 수도 있고 또 아주 간단히 띄어쓰기나 철자법에 관련된 문제일 수도 있다. 이 경우 우선 문법적 이해가 필요하겠지만, 그에 못지않게 작품 전체의 의미 구조를 읽어내는 비평적 감식력이 역시 작용되어야 한다.

轉寫·인쇄의 과정에서 잘못이 있었다는 가정하에 원전비평가는 원작자와 원작품의 의도를 가장 잘 전달하는 것으로 판단되는 방향으로 주어진 원전을 수정(emendation)하기도 한다. 비평가에 따라 지나치게 극단적으로 수정을 가하는 이도 있고, 너무 조심스러워 조금도 건드리지 못하는 이도 있으나, 어느 정도의 수정은 바람직한 일이다. 또는 확실히 탈락된 부분이나 혹은 탈락된 것으로 추정되는 부분을 재구성하는 일도 원전비평가가 간혹 해내야 하는 일이다.

유럽, 특히 영국에서 르네상스 희곡 문학에 대한 원전비평은 문학 연구의 대통을 이룰 만큼 왕성하고 성과도 다대하다. 그들은 셰익스피어 작품 중에 어떤 부분이 타인에 의한 가필인지 왜 그런 가필이 있게 되었는지, 여러 전래본 중에 어느 것이 진본이고 어떤 경로로 와전이 생기게 되었는지 등등, 해결 불가능한 듯 복잡다단한 문제들을 면밀한 추리와 과학적 분석, 그리고 무엇보다도 예리하고 민감한 비평 정신으로 상당히 신빙성 있게 해결해 냈다. 셰익스피어 문학 연구에서 셰익스피어의 원전비평은 이처럼 막중한 자리를 점유하고 있는바, 이는 원전비평이 위대한 작품에 가해질 만한 가치가 있음을 입증하는 것이다.

원전을 확정해 내는 과정을 바우어즈는 다음과 같이 설명하고 있다.[7]

(1) 문서적 증거

현존하는 문서들(원고·초간본·수정본·이본 등)을 근거로 하여 가장 순수하고 정확한 형태를 확정한다. 문서들을 총망라하고, 원고가 부재하는 경우에는 가능한 한 원고 상태에 접근하도록 추정본을 작성하기 위해 교정·수정·보완·종합의 작업을 함으로써 텍스트에서 오류를 제거한다.

(2) 기본 텍스트의 결정

많은 이본 또는 사본들 중에서 결정본의 근거가 될 기본 텍스트를 선정한다.

---

7) Fredson Bowers, "The Aims and Methods of Scholarship" *Textual Criticism* ed, James Thorpe New York:MLA, 1970; 이상섭, *op.cit.*, pp.20~22.

(3) 상이점들의 대조 조사(collation)

일정한 기간 동안에 출간된 한 작품의 여러 판본들을 모두 대조, 조사하여 서로 다른 부분들을 확실히 기록해 둔다.

(4) 판본의 족보

판이 거듭됨에 따라 차차 와전율이 증가하는 것이 보통이다. 와전율은 판의 연대적 선후 관계, 즉 족보를 추정하는 데 상당히 도움이 된다. 간혹 해적판이나 번안판이라는 서자가 낄 때도 있다. 한 작품에 대한 여러 판의 상이점을 체계적으로 다루기 위해서는 서지학의 도움이 필요하다. 종이의 질, 인쇄술, 잉크, 활자체에 대한 정밀한 지식이 필요한 것이다. 결정본을 작성키 위한 기본 텍스트를 하나로 한정할 수 없는 경우도 있다. 한 작품의 원고를 작가가 두 가지로 작성한 경우가 그렇다. 가장 흔히 일단 출판된 작품(신문 소설처럼)을 작가 자신이 수정을 가하여 다시 출간할 경우 기본 텍스트는 둘이 되는 것이다.

(5) 결정본

취급할 가치가 있는 모든 문서를 다 검토하고 나서는 소위 결정판을 준비할 단계에 이른다. 이 단계에서 첫째로, 이본들을 납득이 가도록 적절히 처리해야 한다. 하나 또는 그 이상의 권위본을 선정한 다음 이본들과 면밀한 대조 조사를 마치고, 둘째로 그 권위본에 혹시 잘못이 있는가를 검토하여 수정을 가하게 된다. 이때 수정 부분에 대한 타당한 설명이 있어야 한다. 수정의 대상은 오식, 오자 등의 확실한 오류와 의미상 애매한 부분, 또는 탈락된 부분 등이다.

확정된 원전의 소개에 있어서도 고려해야 할 문제점은 있다. 한 원전을 현존하는 그대로 재생하는 것(영인본, facsimile)이 옳은가, 또는 명백한 오기의 교정·수정·종합을 거친 교열본이 나은가의 문제이다. 현재에는 대체로 교열주의가 받아 들여진다. 교열주의가 우세하다는 것은 한편에서 보면 원전비평의 문예비평적 기능이 인식되었다는 뜻이다. 또한 하나의 텍스트를 옛 맞춤법 그대로 따를 것인가, 또는 현대 맞춤법으로 고칠 것인가도 문제가 된다. 일반 독자를 위한 판에서는 옛 맞춤법을 고집할 필요가 없겠지만 학술적 연구의 대상이 되는 판에서 고치는 것은 금물이다.

2. 국문학연구와 원전비평

이제 국문학에 있어서의 실제적 사례를 통해 원전비평의 방향과 의의를 확인하기로 하자.

어느 나라의 문학이든, 문학에 대한 어떤 접근 방법의 연구이든, 원전비평의 중요성이 경시될 수 없음은 이미 언급되었다. 국문학의 경우 연구사 자체가 일천한 형편이지만 그런 만큼 연구 방향의 혼효도 적지 않았다. 국문학 연구 초창기, 대부분의 연구는 정리되어 있지 못한 자료의 발굴과 주석, 그 어설픈 대로의 체계화에 급급했기 때문에 본격적인 해석과 평가에까지는 들어가지 못했다. 이 시기의 연구가 문헌 고증에 치우쳤다는 비판이 있기도 하지만 이것은 당대의 연구 수준을 생각할 때 불가피한 현상인 셈이다. 1960년대와 70년대로 넘어오면서 서구 문학의 비평 이론이 유입되어 그 국문학적 적용이 다채롭게 이루어지면서, 시행착오가 없지 않은 채로 국문학 연구는 폭과 깊이를 더해 갔다. 원전비평의 중요성에 대한 인식과 그 구체적이고도 성과 있는 작업은 사실상 이 시기를 지나면서 축적되었다고도 할 수 있다. 이론이 앞선 채 작품이 요리되는 현상이 거듭되면서 그에 대한 반성으로서 텍스트를 중시하려는 인식이 증대되는 것 또한 당연한 흐름이라고 할 수 있다.[8] 원전비평의 선구적인 성과로는 양주동 교수의 향가·여요에 대한 연구를 들 수 있다.[9] 이 연구의 의의는 방대한 고증 자료를 수집하였다는 점도 그러하지만 그 자료를 바탕으로 비록 가설적일 수 있으나 예리한 심미적 내지 시적 감식력에 의한 원전의 재구성을 시도했다는 데 있다. 즉 본격적인 원전비평이 양주동 교수에 의해 비로소 이루어진 셈이다. 그 후 시가 문학에 있어서 원전비평의 성과로는 심재완 교수의 『시조의 문헌적 연구』[10]와 김완진 교수의 『향가해독법연구』[11]를 들 수 있다. 심재완 교수는 『역대시조전서』[12]의 편찬을 통해 기존 문헌에 수록된 모든 시조를 모으고 시조 각 편의 이본들을 대조하는 방대한 작업을 해냈으며 그 연구 결과를 『시조의 문헌적 연구』로 펴냈다. 김완진 교수는 양주동 교수에 의해 한 번 이룩된 향가 해독을 체계적인 연구 방법과 예리한 심미안으로 다시 밝혀내 양 교수의 미비함을 크게 보완·수정하는 성과를 거두었다고 보아진다.

---

8) 정병욱, 「고전문학 연구의 어제와 오늘」, 『한국 고전의 재인식』, 홍성사, 1979; 정병욱, 「整地 끝낸 국문학 연구」, Ibid; 조동일, 「국문학 연구 30년의 자취」, 『우리 문학과의 만남』, 홍성사, 1978; 김홍규, 「국문학 연구 방법론과 그 이념 기반의 재검토」, 『文學과 知性』, 통권 38호, 1979, 겨울 등의 논문에서 국문학 연구사가 정리·반성되었으나, 원전비평의 의의를 인정하는 데는 비교적 소극적인 편이다.

9) 양주동, 『조선고가연구』, 박문서관, 1942; 『여요전주』, 을유문화사, 1954.

10) 심재완, 『시조의 문헌적 연구』, 세종문화사, 1972.

11) 김종진, op. cit.

12) 심재완, 『역대시조전서』, 세종문화사, 1972.

　소설에 있어서는 조윤제 교수에 의한 「춘향전 이본고」[13]가 가장 앞선 성과이긴 하지만 그 불비함이 후에 김동욱 교수에 의해 다시 수정·보완되었다. 고소설에 대한 텍스트 연구는 두 가지가 있을 수 있다. 즉, 하나는 <春香傳>과 같이 작자가 미상일 뿐 아니라 그 작품이 후대로 내려오면서 변형, 流播되어 온 일종의 유파 작품인 경우에 해당되는 것이다. 이때는 <춘향전>의 작자는 누구이며 그 원작은 어떤 형태였는가를 밝히는 일보다는, 그 작품이 어떤 유파 과정을 겪었으며 전래하였는가를 살피는 유파 과정의 구명에 중점을 두게 된다. 또 하나는 <구운몽>과 같이 작자가 뚜렷한 작품인 경우, 여러 텍스트의 출입을 통하여 그 작품이 어떤 변형 과정을 거쳐 내려왔는가를 살피는 일보다는 그 작품의 원작은 무엇이며, 원작이 존재치 않는 경우 여러 이본들 가운데 원작에 대한 近似本을 가려내서 텍스트를 확정해 놓는 텍스트 연구이다. 김동욱 교수의 「춘향전 이본고」[14]는 <춘향전>이 작자 미상인 일종의 유파 작품이니만큼 원전을 찾는 작업이라기보다는 <춘향전>이 유파되어 온 경로를 더듬은 것이며, 필자에 의해 이루어진 「구운몽 이본고」[15]는 <구운몽>이 <춘향전>과는 달리 작자가 분명하니만큼, 그것이 어떤 과정을 거쳐 내려온 것인가를 탐색하기보다는 작자의 원전을 찾아내는 작업이 그 목적이므로 결국 원전을 찾아내는 이본고는 필자에 의해 처음 시도된 셈이다. 즉 「춘향전 이본고」와 「구운몽 이본고」는 우리 고소설의 텍스트 연구 방법의 두 방향을 대표

---

13) 조윤제, 「춘향전 이본고」, 『진단학보』, 11권, 12권, 진단학회, 1939·1940.
14) 김동욱, 「춘향전 이본고」, 『논문집』, 1집, 중앙대학교, 1955; 『춘향전연구』, 증보판, 연세대 출판부, 1976; 「춘향전 이본고(續)」, 『춘향전사본전집』, 명지대, 1977.
15) 정규복, 『구운몽 연구』, 고려대 출판부, 1974; 『구운몽 원전의 연구』, 일지사, 1977.

하는 논문이라고 볼 수 있다. 이밖에 필자에 의한 「홍길동전 이본고」,[16] 판소리계 소설인 <토끼전>과 <심청전>의 이본의 계통을 파악한 인권환 교수의 「토끼전 이본고」[17]와 최운식 교수의 『심청전 연구』,[18] 방대한 분량 때문에 방각본으로는 출판되지 않아 필사본 중심의 이본고를 편 장효현 교수의 「옥루몽의 문헌학적 연구」,[19] 방각본 소설, 특히 완판만을 대상으로 종합적 면모를 다룬 류탁일 교수의 『완판방각소설의 문헌학적 연구』[20] 등이 두드러지는 성과라 할 수 있다.

3. 원전비평의 실제

원전비평이 갖는 중요성을 실제적 사례로써 확인키 위해 <구운몽>의 경우를 살펴보기로 하자.

<구운몽>의 원작에 대하여는 모든 한국 문학사·論書 및 한국소설사·론에도 한결같이 국문본설을 추종하고 있었다. 그러나 <구운몽>의 원작이 국문으로 저작되었다는 설은 뚜렷한 문헌상의 考據를 통해 이루어진 것은 아니다. 이에 필자는 「구운몽 이본고」[21]를 엮고 나서 그 결론에서 <구운몽>의 원작은 국문으로 쓰였다기보다는 한문으로 저작되었으리라는 추론을 내린 바 있다. 이와 같은 추론을 내리게 된

---

16) 정규복, 「홍길동 이본고」, 『국어국문학』, 48권, 51권, 국어국문학회, 1970·1971.

17) 인권환, 「토끼전 이본고」, 『아세아연구』, 11권, 고려대 아세아문제연구소, 1968.

18) 최운식, 『심청전연구』, 집문당, 1982.

19) 장효현, 「옥루몽의 문헌학적 연구」, 고려대 석사논문, 1981.

20) 류탁일, 『완판방각소설의 문헌학적 연구』, 학문사, 1981.

21) 정규복, 「구운몽 이본고」, 『아세아연구』, 4권 2호, 5권 1호, 고려대 아세아문제연구소, 1961·1962.

중요한 이유는 첫째, 국문본들의 詳密한 내용과 문체 비교를 통하여 보면 이 모든 것이 한문본의 번역 과정에서 유래하였다는 공통성과, 또한 西浦가 썼으리라는 원작 국문본 <구운몽>이 현존치 않고 있다는 것이요, 둘째, 서포가 쓴 소설 가운데 <남정기>와 <구운몽>이 현존하는데, 그 중 <남정기>는 국문으로 썼다는 뚜렷한 기록이 있으나, <구운몽>에 대하여는 국문으로 썼다는 확증할 만한 기록이 없다는 것이다. 뿐만 아니라 구성면에서 보아도 <남정기>는 한국 국문소설의 전통을 이어받았지만, <구운몽>은 그 체제가 중국 소설의 장회체로 이루어진 것이라는 점이다.

<구운몽>의 원작이 국문소설이라는 데 대하여는 전언한 바와 같이 뚜렷한 전거가 없다. <구운몽>이 국문소설이라는 것을 최초로 발설한 이는 金台俊으로 지극히 최근의 일이다. 김태준은 그의 『조선소설사』 에서

> 西浦의 한글로 지은 <남정기>는 金春澤이가 일부러 수고스럽게 漢字로 번역하였다. 이로 보면 西浦는 國文小說家이었던 것이 분명하고 <구운몽>과 <남정기>는 西浦의 原作인 正音本과 春澤의 漢譯한 漢文本과의 두 종류가 이적부터 생겼다.[22)]

라고 언급한 바와 같이, <남정기>의 국문 원본설을 이야기하는 가운데 <구운몽>의 원작도 국문본임을 내세우고, 한문본은 김춘택의 한역으로 못을 박았다. 이후 <구운몽>은 국문소설이라는 견해가 아무런 비판없이 답습될 뿐 아니라 서포의 탁월한 국문 창작론과 더불어 더욱

---

22) 김태준, 『조선소설사』, 증보판, 학예사, 1939, 111쪽.

굳혀져 정설로 뿌리박혔다. 김춘택이 그의 『북헌집』에

> 西浦頗多以俗諺爲小說 其中所謂南征記者 有非等閒之比 余故飜
> 以文字 而其引辭曰 言語文字以敎人 自六經然爾 聖人旣遠 作者間出
> 少醇多疵 至稗官小記 非荒誕則浮靡 其可以敦民彝裨世敎者 惟南征
> 記乎[23]

라고 언급한 바와 같이 <남정기>의 원작 국문설과 김춘택의 한역설
은 부정할 수가 없는 사실이다. 그렇지만 <구운몽>에 대하여는 그 원
작이 국문으로 되었다고 확증을 내릴 만한 기록은 아직껏 찾아볼 수
없다.

필자가 처음 「구운몽 이본고」에서 고찰한바, 여러 국문본의 藍本이
한문목각본(癸亥本)임을 확신할 수 있었다. 그런데 계해본이 <구운
몽>의 국문본을 비롯한 外譯本 등 모든 이본의 남본이 되면서도, 단
하나의 결함은 서울대학본에 있는 性眞의 大覺 장면이 누결된 데 있
다. 성진의 대각 장면은 佛家的 空思想을 기조로 하는 <구운몽>의 환
몽적 구조에 있어서 필요 불가결한 요소임은 말할 나위가 없다. 때문
에 종래에 국문본 가운데 유독 서울대학본을 한문본의 異系로 잡는
경향이 있었다.[24]

그러나 필자는 성진의 대각 장면이 <구운몽>의 구조에 있어서 필
요 불가결이란 것과, 또한 서울대학본의 대각 장면이 국역체의 문체임
을 감안하여 계해본의 적당한 대본이나 한문 手寫本이 앞으로 출현된

---

23) 김춘택, 『북헌집』, 권16, 囚海錄.
24) 이명구, 「구운몽고」, 『성균학보』, 2집, 성균관대, 1957, 162쪽.

다면 거기엔 틀림없이 대각 장면이 있으리라는 것을 추정한 바 있다. 그런데 후에 한문본각본(계해본)의 대본이 된 乙巳本이 출현하였는데, 거기엔 필자의 추정대로 대각 장면이 고스란히 보존되어 있었다. 더구나 구운몽 을사본은 英祖 元年(1725)에 판각된 목각본으로 계해본의 母板이 된 것이며, 현존한 <구운몽> 이본 가운데 기록상으로 最古本이라는 데 무엇보다도 의의가 있다.

또한 을사본이 출현함으로써 종래에 계해본의 이계로 잡아 온 서울대학본의 독자성도 완전히 무효화되었다. <구운몽> 이본 가운데 간기가 뚜렷한 한문본 을사본은 서포 沒後 30여 년 만에 출간된 最古本이 될 뿐 아니라, 그 후 이루어진 현존하는 모든 국문본이 한문본을 모본으로 하여 국역되어 나온 역본이라는 것이며, 통설대로라면 원작이어야 할 국문본이 전무하다는데 을사본의 위치가 그 중요성을 더 한다.[25]

그 후 각처에 散藏한 <구운몽> 한문본을 수집하여 이들을 정밀히 대교해 본 결과, 필자는 한문본이 세 가지 계열로 분류될 수 있음을 알게 되었다. 첫째는 계해본 계열, 둘째는 을사본 계열, 셋째는 老尊本 계열이 그것이다. 여기서 계해본이라 함은 조선조 純祖 3년(1803)에 간행된 것을 말하고, 을사본이라 함은 조선조 영조 원년(1725)에 간행된 것을 말하고, 노존본이라 함은 을사본이 간행된 당시, 그의 母本이 된 것을 말한다.[26]

계해본은 조선조 純祖 3년 당시 을사본을 모본으로 하여 이루어졌다. 그러나 계해본이 을사본에 나타난 오류를 시정해 놓은 것도 있지만, 거의가 을사본을 잘못 옮겨 놓은 것이 훨씬 많다. 노존본은 을사본

---

25) 정규복, 「구운몽 을사본에 대하여」, 『인문논집』, 17집, 고려대, 1972.
26) 정규복, 「구운몽 노존본의 연구」, 『교육논총』, 7집, 8집, 고려대, 1977·1978.

에 비해 그 내용이 주로 대화체로 이루어진 만연체로 되어 있는데, 을
사본은 서술체를 위주로 하여 간결체로 이루어져 있음을 볼 수 있다.
이는 을사본이 판각될 때 기존의 <구운몽>의 텍스트인 노존본을 그
냥 판각하는 것이 아니라, 교정자에 의해 대화체를 위주로 이루어진
만연체를 깎고 다듬었기 때문에 이루어진 것임을 쉽게 납득할 수 있다.
을사본이 조선조 영조 1년에 판각될 당시, 노존본을 모본으로 하여 이
루어졌다는 근거는 다음과 같다.

첫째, 판각의 문제로, 誤刻이 있다는 사실이다.

둘째, 字型의 혼동으로 을사본에 오각된 곳이 곳곳에 보인다.

셋째, 노존본의 만연체가 을사본의 간결체로 이루어지는 가운데, 무
리한 산략에서 오는 컨텍스트의 불비한 장면이 을사본에 나타나 있는
데, 이것은 을사본이 노존본을 대본으로 하여 이루어졌다는 결정적인
요인이 된다. 노존본의 특색이 을사본이 간결체로 이루어졌는데 비하
여 만연체라는 점에 있다는 것은 결국 을사본이 이를 텍스트로 사용한
데서 기인하며, 이로 보아 노존본의 성립 연도는 을사본이 이루어진
1725년 이전에 해당된다는 것을 알게 된다.

이상 <구운몽>의 원전 구명을 위해 기울여진 10여 년의 노력 끝에
그 윤곽은 점차 명확해져 갔다. 그 결과 <구운몽>의 원작은 한문본이
며, 김만중 사후 30년 만에 목판으로 간행된 을사본이 현존 最古本인
데, 그 을사본은 다시 노존본으로부터 생겨났다는 점이다. 따라서 노존
본은 가장 원전에 가까운 것이고, 그 원전의 모습을 확인키 위해 재구
작업이 수행되었던 것이다.[27] 이로써 김만중 작으로서의 <구운몽> 연

---

27) 정규복, 『구운몽 원전의 연구』, *op. cit*, 167~282쪽.

구는 그 대본이 확정된 것이다.

이상의 경우가 이본을 수집하여 그것을 대교하고 그로부터 계통을 확인하고 원본을 확정해 내는 '이본고'의 전형적 사례라 할 수 있다.

이와는 달리 작자, 작품의 진위를 가려내는 작업이 또한 원전비평의 중요한 한 부분이 된다. 예를 들면 허난설헌의 시문 가운데 허균 혹은 그 밖의 인물에 의한 위작이 있다는 속설이 있는 바와 같이 문집에 수록된 많은 시문 가운데 後人의 위작을 가려낸다든가, 혹은 <원생몽유록>의 작자가 임제인지, 원호인지, 김시습인지 논란이 있는데,[28] 그것을 바르게 가려낸다든가 하는 것이다.

그 한 예로 『백운소설』의 撰者가 이규보가 아니라는 사실을 밝히기까지의 과정을 살펴보기로 하자.[29]

이규보의 작품은 『동국이상국집』과 『백운소설』이 현존하고 있다. 『동국이상국집』의 초간본은 高宗 28년 辛丑(1241)에 그의 아들 이함에 의해 출간되었고,[30] 이후 고려조에 일차 재간된 후, 조선조에 이르러 임진란을 계기로 전후 양차에 걸쳐 중간되었다고 한다.[31] 이규보의 自撰으로 알려진 『백운소설』은 현존하는 문헌으로는 세 종류의 필사본밖에 없고,[32] 아직까지 판본, 기타 중요한 이본은 출현하지 않고

---

28) 장덕순 교수는 김시습 설을(「몽유록소고」, 『국어국문학』, 20권, 국어국문학회, 1959), 이가원 교수는 원호 설을(「몽유록의 작자 소고」, 『서지』, 2권 1호, 한국서지학회, 1961), 황패강 교수는 임제 설을(「임제와 원생몽유록」, 『단국대논문집』, 4집, 1970) 각각 주장한 바 있다.

29) 정규복, 「백운소설의 찬자에 대하여」, 『인문논집』, 27집, 고려대, 1982.

30) 秋七月寢疾 晋陽公聞之……乃取公平生所著 前後文集 凡五十三卷 募工雕印 其督役甚急 欲及公之眼見 以慰其情也 然以役巨未能告畢 越九月初二日……至夜翛然而化(『동국이상국집』, 연보, 辛丑條).

31) 『동국이상국집』, 동국문화사, 1958, 2쪽.

있다.

『백운소설』의 찬자를 이규보로 매김해 놓은 것은 홍만종이 그의『시화총림』을 엮을 때 비롯된 것이다. 그 후 국문학사와 논저류에서 홍만종 설을 그대로 답습함으로써 오늘날엔『백운소설』의 찬자가 이규보로 통설화되기에 이르렀다. 우선 논문으로『백운소설』의 찬자를 이규보로 굳힌 것은 이용욱 교수가 아닌가 하는데, 그는『백운소설』의 찬자가 이규보임을 전제로『백운소설』이 찬정된 시기를 이규보의 72세부터 73세의 사이로 보았다.[33] 이후 서수생·김주한·박성규 제씨 등이『백운소설』의 찬자를 이규보로 전제해 놓고『백운소설』을 분석하였다.[34]

반면에『백운소설』이 이규보가 아닌 다른 후인에 의해 이루어졌을 것이라는 추론은 이미 1930년대 초기에 김태준에 의해 제기되었으며, 그 후 이용욱,[35] Richard Rutt,[36] 류재영 교수[37] 등에 의해 간간이 추정된 정도였다.

홍만종의『시화총림』에 삽입된 범례의 문제,『백운소설』에 삽입된 홍만종의『소화시평』의 實文 및 이규보의 후대 문헌을 근거로『백운소설』의 찬자는 이규보가 아닌 다른 후대인일 것이며, 그 후대인이란

---

32) 서울대 도서관 가람문고본『시화총림』, 규장각본『시화총림』, 임염의『양파담원』(아세아문화사, 영인본)에 수록되어 있다.

33) 이용욱, 「이규보연구-백운소설을 중심으로」, 서울대 석사논문, 1963.

34) 서수생,『고려조한문학연구』, 형설출판사, 1971, 140~197쪽; 김주한, 「백운문학연구-특히 논과 평을 중심으로」,『어문학』, 32호, 한국어문학회, 1975; 박성규, 「백운소설고-주의기승론을 중심으로」,『어문연구』, 21호, 한국어문교육연구회, 1979. 3.

35) 이용욱, 「이규보와 백운소설」,『연구보고』, 1집, 해군사관학교, 1964, 99~112쪽.

36) Richard Rutt, *Paegun Sosol*, p.4.

37) 유재영,『백운소설연구』, 원광대 출판국, 1979, 5~9쪽.

바로 홍만종 자신일 것이라 추정된다.

　이규보의 후대 문헌이『백운소설』에 삽입된 것으로 오늘날에 확적
하게 드러난 것은『요산당외기』와『당음유향』이다.

　『요산당외기』는『백운소설』의 첫 항에 다음과 같이 출현하고 있다.

　　我東方 自殷太師東封 文獻始起 而中間作者 世遠不可聞 堯山堂外
記 備記乙支文德事 且載其遺隋將于仲文 五言四句詩曰 神策究天文
妙算窮地理 戰勝功旣高 知足願云止 句法奇古 無綺麗雕飾之習 豈後
世委靡者 所可企及哉 按乙支文德 高句麗大臣也[38]

　위의 첫 항은『동국이상국집』에 전혀 출현치 않을 뿐 아니라,『요산
당외기』는 명 나라 蔣一葵의 찬술서이다.

　　堯山堂外紀一百卷 浙江鮑士恭家藏本 明蔣一葵撰 一葵字仲舒 常
州人 堯山其讀書堂名也 是書取記傳所載軼聞瑣事 擇其稍僻者 輯爲
一編 上起古初 下迄明代 每代俱以人名標目 雅俗幷陳 眞僞幷列 殊
乏簡汰之功 至以明諸帝分編入各卷之中 尤非體例矣[39]

　필자는 근자에『요산당외기』의 實本을 求讀하였는데 거기엔『백운
소설』에 삽입된『요산당외기』의 주변 이야기와 같이 을지문덕의 <與
隋將于仲文詩>가 삽입되어 있음으로써『백운소설』의『요산당외기』
는 분명히 明代 장일규의 것임을 확인할 수 있었다.

---

38)『시화총림』, 아세아문화사, 1973, 10~11쪽.
39)『흠정사고전서총목』, 권132, 子部 雜家類, 存目 九.

乙支文德 高麗人

于仲文從煬帝征遼東　高麗出兵掩襲車重　仲文廻擊大破之　至鴨綠
水 高麗將乙支文德許降 仲文拾之 旣去尋悔選騎之 文德貽詩曰 神策
究天文　妙算窮地理　戰勝功旣高· 知足顯云止[40]

위의 『요산당외기』는 위와 같이 을지문덕의 <여수장우중문시>가
삽입되어 있을 뿐 아니라 본서의 서문에는 그 찬자 장일규가 직접 쓴
『요산당외기』의 전말이 있음으로써, 장일규가 찬한 경위를 알 수 있게
해준다. 또한 현재 『중국인명사서』에는 장일규가 명대인으로 되어 있
을 뿐, 명대 어느 때의 사람인지 알 수 없었는데, 서문 기록을 통해
본서가 萬曆年間 甲午年[41](明朝 神宗 22년, 1594)에 이루어졌다는 사
실과 함께, 장일규의 생평 역시 적이 규지할 수 있었다. 그러므로 『백
운소설』에 삽입된 『요산당외기』는 이규보의 생평에서 무려 300여 년
의 시간적 간격이 있는 후대 문헌임을 확적하게 알 수 있다.

다음 『당음유향』은 제3항에 출현한다.

崔致遠孤雲有破天荒之大功 故東方學者皆以爲宗 其所著琵琶行一
首　載於唐音遺響而錄以無名氏　後之疑信未定　或以洞庭月落孤雲歸
之句　證爲致遠之作　然亦未可以此爲斷案[42]

위의 『당음유향』은 元代 楊士弘의 編으로서 『唐音』의 일부이다. 『당
음』은 始音 일 권, 正音 육 권, 遺響 칠 권의 삼부로 構卷되어 있다.[43]

---

40) 『요산당외기』, 고려대 도서관 소장본, 卷 21.
41) 是甲午前事云……是歲秋九月 石原居士蔣仲舒書於天界寺中.
42) 『시화총림』, 아세아문화사, 1973, 11~12쪽.
43) 『흠정사고전서총목』, 권 188, 集部 總集類 3.

그리고『당음』의 편자 양사홍은 원나라 襄城人으로서 臨江에 우거하
면서 학문을 좋아하고 글을 잘 짓고 더욱이 시에 뛰어났고 唐詩를 가려
뽑아 이름 하여『당음』이라 하였는데 10년의 공을 들여 이루었다 한다.
실제로 양사홍의『당음유향』에『백운소설』에서와 같이 최치원의 <비
파행> 1수가 삽입되어 있음으로써『백운소설』의『당음유향』은 양사홍
의 것임을 분명히 확인할 수 있다.

> 粉胸繡臆誰家女　香撥星星共春語
> 七盤嶺上走驚鈴　十二峰頭弄雲雨
> 千悲萬恨四五弦　弦中甲馬聲騈闐
> 山僧撲破琉璃鉢　壯士擊折珊瑚鞭
> 珊瑚鞭折聲交戛　玉娥蹙踏春永裂
> 滿坐紅粧盡淚重　望鄉之客不勝悲
> 曲經調絶忽飛去　洞庭月落孤雲歸[44)]

　이처럼 이규보의 후대 문헌인『요산당외기』와『당음유향』이『백운
소설』에 출현한다는 것은『백운소설』로 하여금 통설대로 이규보가 찬
한 것과는 달리, 후대인에 의해 이루어졌다는 것을 확증케 하는 결정
적인 요인이 된다.
　그밖에『백운소설』의 원전인『동국이상국집』과『백운소설』의 각항
을 비교하여 그 출입에서 나타나 있는 오세재와 구양백호의 호칭에 있
어서의 모순된 표현, 病中自解詩의 칠언 육구를 율시로 착각한 것,
<西伯寺住老敦裕師>와 <南行月日記>를 잘못 옮겨 문맥의 불통을
가져오게 한 것, 이규보의 詩論의 하나인 <論詩中微言略語>를 잘못

---

44)『당음유향』, 권7.

옮겨 놓은 것, <違心戲作詩>를 중심으로 <四快詩>와 시화를 삽입해 놓은 것 등으로『백운소설』은 분명히 이규보가 찬한 것이 아니라 후대인에 의해 이루어졌음을 확정시켰다.

그리고 그 후대인을 홍만종일 것으로 추정하는 근거는 다음과 같다.

홍만종의『시화총림』의 범례를 정밀히 검토할 것 같으면, 몇 가지 의문점이 발견된다. 홍만종은 그의 범례에서『시화총림』을 엮는 대전제를 다음과 같이 들었다.

> 如破閑集補閑集東人詩話 專是詩話 當以全書看閱 故玆不抄錄 如 櫟翁稗說 於于野談等十餘書 乃記事之書 而間有詩話 故今只拈出詩 話 別作一編 以備吟玩[45)]

위의 범례는『백운소설』을 중심으로 살펴보면, 두 가지 중요한 사실을 추측할 수 있다. 하나는 이인로의『파한집』, 최자의『보한집』및 서거정의『동인시화』등은 오로지 시화로 이루어진 것이기 때문에 그의『시화총림』에 편입시키지 않았다는 것, 다른 하나는 이제현의『역옹패설』과 유몽인의『어우야담』類와 같이 記事書로 보아야 하며, 이로써『백운소설』은 원래 記事·雜事·逸事 등 雜譚으로 이루어진 보다 많은 분량이 있는 서책으로 보아야 할 것이다. 이런 논리로 보면『시화총림』에 편입된『백운소설』은 抄本과는 달리 두터운 實本이라도 있어야 할 터인데, 실본은커녕『백운소설』에 대해 일언반구라도 기록된 문헌은『시화총림』외에는 찾아볼 길이 없다.

그러면 위의 범례에서『백운소설』과 같이 초록되어 있는『역옹패설』,

---

45)『시화총림』, 9쪽.

『어우야담』에 대해서는 언급이 있으면서도 왜 『백운소설』이 연대순으로 제일 먼저 이루어진 시화로서 또는 홍만종 자신이 『시화총림』의 첫 장에 편입시키기까지 하면서도 왜 『백운소설』에 대해서는 언급을 피했을까. 이는 결국 이규보가 그의 당대뿐 아니라, 조선 초 내지 홍만종 당대에도 시문학의 거성으로 꼽혀, 이규보의 시화를 그의 『시화총림』에 첫 장으로 넣어서 그의 『시화총림』으로 하여금 권위가 서도록 만들어 놓아야 할 터인데, 막상 이규보의 시화는 없으므로, 『동국이상국집』을 텍스트로 하여 간추려서 거기에다가 이규보의 아호를 붙여 『백운소설』이라 만들어 놓지 않았는가 한다.

『백운소설』과 그 텍스트의 역할을 한 『동국이상국집』과를 대조해 보면, 『동국이상국집』 외에도 다른 문헌이 참고된 것을 알 수 있다. 중국의 문헌으로는 『요산당외기』와 『당음유향』이 참고가 된 것은 물론이고, 한국의 문헌으로도 서거정의 『동인시화』 및 『동문선』, 어숙권의 『패관잡기』 내지 이수광의 『지봉유설』 등이 다양하게 참고가 되었음을 엿볼 수 있다.

그러나 무엇보다도 『백운소설』의 찬자를 홍만종으로 보아야 할 또 하나의 이유는, 홍만종 자신의 『소화시평』의 구절이 『백운소설』의 5항 한국 詩史의 이야기, 6항 정지상의 合考 과정의 이야기, 7항 정지상의 몽중시화의 이야기 등에 이와 유사하게 출현하고 있다는 사실이다.

이상과 같이 『백운소설』의 찬자가 이규보가 아니라 홍만종일 것이라는 결론에 이르기까지에는 여러 방계의 문헌과 텍스트 자체에 대한 면밀한 천착이 토대가 된 것이다.

원전비평은 반드시 그 자체가 목적이 되어서는 안 되지만, 그것이 무시된 문학 연구도 있을 수 없는 것이다. 이미 그 중요성이 거듭 강조되었듯이 해석과 평가에 급급한 나머지 원전비평의 노력을 소홀히 한다면 자칫 徒勞의 탑을 쌓을 수도 있는 것이다. 역사주의 문학 비평에서 그것은 하나의 큰 줄기를 이루고 있지만 어떤 접근 방법의 문학 비평에서도 그것은 전제되어야 할 문제이다.

현대 문학이건 고전 문학이건, 현재 이들의 텍스트가 문헌학적으로 해결되지 않는 것이 상당수에 이르고 있다. 더욱이 한문학에 있어서 그 문적은 한우충동을 느낄 만큼 산더미 같은 양을 보유하고 있다. 그러나 안타까운 것은 이들이 문헌학적으로 정리되지 않은 채 그대로 방치되어 있다는 것이다. 이들이 그대로 방치된 채 아무리 새로운 풀이를 가한들 바람직한 결론의 정립은 쉽사리 이루어지지 않을 것이다.

II
원전비평의 어제와 오늘*

1. 원전비평의 어제

한국고전문학의 연구에서는 일찍부터 백과사전적 내지 고증학적 연구가 바탕이 되어 주로 문헌적 고증에 치우친 이들의 문헌적 연구가 넓은 의미에서 원전비평의 일익이 되었다고 생각된다. 즉 시화·패림·야사·서발 등 많은 문헌에 산재한 文典의 진위를 따진다든가, 혹은 자형을 놓고 原字 여부를 따지는 것이 그 한 예에 해당된다.

갑오경장 이래 소위 과학적 방법이 시도되면서도 한국의 고전문학 연구방법이 주로 문헌학적 연구로 훈련된 일본학자들에 의해 전수되었으니만큼, 당시 경성제국대학 조선어문학과 출신도 거의가 문헌학적 연구방법으로 훈련받았음은 물론이다. 그리하여 8·15해방 이후 각 대학에 국문학과가 개설되면서도 그 문헌학적 연구방법은 그대로 계승되었다.

일제시대에 문헌학적 연구에 의해 나온 업적은 안자산의 『조선문학

* 제1회 한국학 국제학술회의 논문집, 인하대 한국학 연구소, 1987.

사』(1922)를 비롯하여 小倉進平(1882~1944)의 『鄕歌及吏讀의 연구』
(1929)와 양주동의 『고가연구』(1942) 등을 들 수 있고, 8·15해방 후의
것으로는 심재완의 『시조의 문헌적 연구』(1972)가 이에 값한다고 본
다. 그리고 서지적인 것으로는 꾸랑(Maurice Courant, 1865~1935?)
의 『한국서지』(1929)(*Bibliographie Coréenne*, 1894), 조선총독부의
『조선도서해제』(1944), 前間恭作(1868~1942)의 『고선책보』(1929), 스
킬렌드(W.E.Skillend)의 『고대소설』(*Kodae sosol*, 1968) 등이 모두가
원전비평의 선초작업으로 이루어진 것이라 생각된다.

그렇지만 한 작품의 본격적인 텍스트 연구로 최초로 이루어진 것은
조윤제의 「춘향전 이본고」(『진단학보』, 11권, 12권, 진단학회, 1939,
1940)이다. 이 글에서 <춘향전> 단일 작품의 경판·완판·高大 필사
본·古本 필사본·獄中花·한문 춘향전 등 20종의 이본 성격을 서로
비교하였다. 그 결과 <춘향전>은 작품에 담긴 근본인 정절을 중심으
로 시대와 지역에 따라 변해 온 流播 문학으로 파악하였다. 그러나 필
자는 이 글 서두에서 "春香傳의 原作者와 그 原本은 지금에 와서 漠漠
하야 相考할 길을 잊었다"[1]고 언급한 것으로 보면 그가 「춘향전 이본
고」를 작성한 원래 의도는 원전비평의 제1위의 목적인 원작자와 원전
을 찾는 데 목적을 둔 것 같다. 그렇지만 <춘향전>의 유파 문학의 성
격을 지녔기 때문에 결과적으로 시대와 지역을 중심으로 그 흐름의 과
정을 살피게 된 것임을 알 수가 있다.

이런 점을 감안할 때 위의 「춘향전 이본고」는 종래의 광범위한 문헌
연구의 방법에서 최초로 원전비평적 연구방법에 접근한 중요 논문이

---

1) 조윤제, 「춘향전 이본고」, 『진단학보』, 11권, 진단학회, 1939, 94쪽.

아닐 수 없다. 또한 8·15해방 후 원전비평의 일익을 담당하는 '이본고' 류의 논문이 많이 나왔는데 이본고의 논문으로서도 이 논문은 첫 장을 장식하여, 연구사적 의의도 지닌다.

8·15해방 후 방종현의 『송강가사』(정음사, 1948)에서 송강가사의 이본인 星州本·李選本·關北本·關西本·黃州本 등의 이본 통합을 통해 원본은 아니지만 보다 古本을 찾으려는 것, 그리고 이재수가 그의 『윤고산 연구』(학우사, 1955)에서 『고산유고』를 통해 거기에 담긴 작품 75수의 성립 연대를 찾고자 시도한 것 등은 모두가 텍스트의 문헌적 연구로 본격적인 원전비평을 이루게 하는 정초작업으로 파악된다.

2. 원전비평의 오늘

위와 같은 기성 업적을 토대로 8·15해방 후, 특히 6·25사변을 계기로 각 대학에 국문학과가 계속 창설되고 우리의 것에 대한 인식이 강해짐에 따라 각처에 흩어진 자료 발굴이 보다 활발해지면서 문헌정리 역시 가속적으로 이루어졌다.

김동욱의 「춘향전 이본고」(『논문집』, 1호, 중앙대학교, 1955)는 전거한 조윤제의 「춘향전 이본고」와는 달리 <춘향전>의 이본 가운데 판각본·필사본만 무려 20여 종을 수집하여 이들의 상호관계를 교합하여 텍스트 연구의 위치를 보다 높은 봉우리에 올려 놓았다. 특히 이 글에서 주목해야 할 것은 <춘향전>의 발생론에서 중요하게 거론되는 류진한의 <春香歌 二百句>의 소위 晚華本이 새로이 발굴되어 소개되었다는 것이다. 김동욱 교수는 이 논문이 근간된 후 계속 <춘향전>

연구에 착수하여 큰 업적을 이루었다.

전게한 바와 같이 6·25사변 후 이본고 류의 연구가 속출하였는데 아마 김동욱의 「춘향전 이본고」의 자극과 충동에서 이루어지지 않았는가 생각된다. 그러므로 김동욱의 논문은 원전비평의 텍스트 연구로서는 연구사에서 조윤제의 「춘향전 이본고」 이후 이루어진 이본고 群을 형성케 한 중흥의 논문이 아닌가 한다. 즉 김동욱의 「춘향전 이본고」가 나옴에 따라 <춘향전>의 텍스트 연구로는 이를 재검하는 최철의 「춘향전 이본간의 내용·비교연구」(『문우』, 2호, 연세대학교, 1961), 다시 自藏本을 검토하는 이재수의 「춘향전 이본고」(『행정이상헌선생회갑기념논문집』, 1968)가 나왔고, 근자에는 <춘향전> 이본 중 탁월한 것으로 평을 받는 <남원고사>를 중심으로 한 김동욱의 「춘향전 이본고(속)」(『춘향전사본선집』, 명지대 출판부, 1977)가 나와 <춘향전>의 텍스트의 문제가 계속 검토되고 있다.

김동욱의 「춘향전 이본고」에 따라 속출된 이본고를 중심으로 텍스트의 문헌학적 연구 사항을 대충 적어보면 다음과 같다.

> 김동욱, 「인현왕후전 이본고」(『문리논집』, 3, 서울 문리사대, 1959).
> 정규복, 「구운몽 이본고」(『아세아연구』, 8, 9, 고려대 아세아문제연구소, 1961·1962).
> 박윤재, 「박씨부인전 이본고」(『어문논집』, 1, 중앙대, 1960).
> 오세하, 「심청전 이본고」(『어문논집』, 6, 고려대, 1962).
> 김용숙, 「한중록 이본고」(『한국고전문학대계 14권: 한듕록』, 민중서관, 1962).
> 김성택, 「장화홍련전의 일연구」(『국어교육』, 13, 한국국어교육학회, 1967).

인권환, 「토끼전 이본고」(『아세아연구』, 29, 고려대, 1968).

성현경, 「옥련몽연구」(『국문학연구』, 9, 서울대, 1968).

이수봉, 「요로원야화기고」(『동양문화』, 10, 대구대, 1969).

정규복, 「홍길동전 이본고」(『국어국문학』, 48권, 51권, 국어국문학회, 1970 · 1971).

심재완, 『시조의 문헌적 연구』(세종문화사, 1972).

최문화, 「방각본 심청전연구」(고려대 석사논문, 1976).

소재영, 『임병양란과 문학의식』(한국연구원, 1980).

류탁일, 『완판방각본소설의 문헌학적 연구』(학문사, 1981).

장효현, 「옥루몽의 문헌학적연구」(고려대 석사논문, 1981).

이윤석, 「임경업전 이본고」(『논문집』, 25, 효성여대, 1982).

정규복, 「백운소설의 찬자에 대하여"(『인문논집』, 7, 고려대, 1982).

고헌식, 「산성일기의 문헌학적 연구」(고려대 석사논문, 1983).

D.Bouchez, Tradition, Traduction et Interprétalion D'an Roman Coréen-le Namjong ki-'(빠리 7대학 박사논문, 1984).

정규복, 「추풍감별곡의 신연구」(『대동문화연구』, 20, 성균관대, 1983).

김동욱의 「인현왕후전 이본고」는 <인현왕후전>의 가람본과 일사본의 두 종류의 어휘를 따져 일사본이 가람본보다 선행된 것으로 파악하여, 텍스트의 실상을 밝혔다. 이를 바탕으로 이경혜의 「인현왕후전 이본고」(고려대 석사논문, 1977)에서는 위의 가람본 · 일사본에다가 유구상본 · 국립도서관본 · 정규복본 · 안춘근본의 4종류가 추가되어 보다 구체적으로 <인현왕후전>의 텍스트의 실상이 밝혀져 最古本으로 유구상본이 제시되었다. 여기에 문제가 되는 것은 일사본이 원전의 近似本을 전제로 <인현왕후전>의 작자를 여성으로서 박태보의 후예 혹은 인현왕후의 친정 一門으로 추정한 김용숙의 「인현왕후전 작자고」

(『국어국문학』, 21권, 국어국문학회, 1959)가 나온 후에 텍스트가 뒤바뀐 것으로 중대한 문제가 야기됨을 알 수가 있다. 그렇지만 아직까지도 <인현왕후전>은 기록문학으로서 작자가 뚜렷이 밝혀져 있지도 않고, 또한 원작, 혹은 근사본의 모습도 밝혀지지 않고 있다.

정규복의 「구운몽 이본고」에서는 선행된 <구운몽>의 텍스트 논문으로 이가원의 「구운몽평고」(『교주 구운몽』, 덕기출판사, 1955)에서 이가원본·활자본·서울대학교본·한문본 등의 4종류가 언급됐고, 이명구의 「구운몽고」(『성균학보』, 2·3, 성균관대, 1956)에서는 한문본으로서 목각본·현토본·국문본으로서 서울대학교본·낙선재본·완판본·경판본·활자본, 외역본으로서 영역본 및 일역본 등 9종류에 대한 텍스트의 실상을 밝히는 가운데 <구운몽>의 원작 혹은 이에 가까운 것으로 서울대학본이 제시된 것에서 이재수본·강윤호본·정규복본 등이 첨보되어 보다 구체적으로 보완되었다.

그러나 정규복의 「구운몽 이본고」에서 주목해야 할 것은 이가원의 논문에서 국문원작설이 전제되어 한역본이란 명칭이 사용됐고, 이명구의 논문에서는 서울대학본이 원작 혹은 이에 가까운 텍스트로 제시된 데 대하여, 최초로 한문본을 제외한 모든 국문본 및 외역본이 결국 한문본의 번역과정에서 이루어진 번역본임을 전제로 <구운몽>의 국문원작설에 의문을 던져 한문원작설의 가능성을 제시하였다는 것이다. 이후 <구운몽>의 한문원작설은 계속 추구되어 <구운몽>의 유일본의 역할을 한 계해본은 그의 모본인 을사본이 찾아지고, 다시 을사본의 모본인 노존본이 찾아지면서 <구운몽>의 텍스트의 형성과정이 한문 노존본에서 을사본으로, 다시 계해본으로 이루어짐에 따라서, 국문본도 자연 노존본 계통, 을사본 계통, 계해본 계통으로 분류된다는 형성도식을 만들 수 있게 되었다.[2] 그러다가 최근에는 <구운몽>의 원작의 역할을 하는 노존본이 A형과 B형으로 이분화됨에 따라서 종래의 텍스트로서 제시된 A형에 선행되는 B형이 제시되었다.[3]

그러므로 정규복의 「구운몽 이본고」는 원전비평의 제1목적인 텍스트를 찾는 논문으로서는 한국문학 연구사에서 최초로 시도된 것임을 자부한다. 그것은 종래의 이본고로서 중요하게 이루어진 조윤제의 「춘향전 이본고」와 김동욱의 「춘향전 이본고」에서는 텍스트가 제시되는 것보다 텍스트의 실상과 흐름이 파악되었기 때문이다.

오세하의 「심청전 이본고」에서는 流播 소설의 성격을 지닌 <심청전>의 경판을 비롯한 고려대본·신구서림본·박문본·광문사본 등 6종의 이본 실상이 밝혀졌고, 이것이 다시 최문화의 「방각본 심청전 연구」(고려대 석사논문, 1976)에서 확대되어 경판 3종, 안성판·완판 2종 등 방각본으로서 8종의 실상 및 선후관계가 이루어지면서 最古本으로서 경판 중 大英A본이 제시됨과 동시에 <심청전>의 판소리 선행설에 의문을 던져 소설 선행설의 가능성을 제시하였다.

위의 두 논문은 결국 최운식의 「심청전 연구」(성균관대 박사논문, 1982)로 수용 확대되어 총 마무리를 이루었다. 즉, 최운식의 「심청전 연구」에서는 논문의 2/3의 분량이 이본 연구로 채워져, 경판 4종, 안성판 1종, 완판 6종, 필사본 13종, 도합 52종의 이본을 총수집하여 이들을 상호 교합하였으며, 그 결과 이본의 형성과정을 翰南本에서 宋洞本으로, 송동본에서 완판으로 이루어졌다는 것을 제시하였다. 아울러 <심청전>의 판소리 선행설에 대하여도 '설화 → 소설 → 판소리'의 선후

2) 정규복, 『구운몽 원전의 연구』, 일지사, 1977, 9~60쪽 참조.
3) 정규복, 「구운몽 노존본의 이분화」, 『국어국문학』, 90권, 국어국문학회, 1987.

관계를 제시하였다. 말하자면, <심청전>의 판소리 선행설에 대한 최
문화 씨의 의문이 최운식 씨에 의해 재확인된 셈이다.

결론적으로 마무리하면, <심청전>의 이본고는 최운식의 「심청전
연구」에서 마무리된 셈이지만, 그 이본의 방대한 연구에도 불구하고,
특히 판소리 채록본·巫歌 채록본 및 외역본에 대해서 제시만 되어 있
을 뿐, 구체적 검토가 이루어지지 않았으므로 <심청전>의 소설 선행
설도 설득력이 약해질 것 같다. 그것은 구전되는 판소리와 무가의 채
록본이 어느 경우 원형의 모습을 다분히 지녔다고도 생각되기 때문이
다. 앞으로 이들이 보완되는 가운데 <심청전>의 소설 선행설이 설득
력을 지닐 것으로 본다.

김용숙의 「한중록 이본고」에서는 가람본·일사본·나손본 등 3종의
국문본과 한역본으로서 국립도서관본·규장각본 2종 등 모두 5종의
이본적 실상을 밝혔을 뿐, 텍스트는 제시하지 않고 있다. 이들 모든 국
문본을 2차적인 사본으로 보았기 때문이다. 김용숙 교수는 계속 <한
중록>에 관심을 기울여 「한중록의 문헌비판적 일연구」(숙명여대 논문
집, 1982)에서 가람본·일사본·고려대본·캘리포니아대학본 등 10종
의 이본적 실상이 더욱 보완하면서 결국 캘리포니아대학본이 원작을
찾는 데 하나의 징검다리의 역할을 하는 것으로 파악하였다. 그러다가
근자에 김용숙의 『한중록 연구』(한국연구원, 1983)에서 <한중록>의
모든 이본의 문제가 수렴·보완되었다.

<한중록>은 주지하는 바와 같이 혜경궁 홍씨(1735~1825)에 의해
쓰여진 기록문학의 대표작이다. <한중록>이 이루어진 것도 불과 150
여 년밖에 안 된다. 그렇지만 이 작품이 궁중비화라 그런지 이본이 그
리 많지 않고 더구나 방각본은 전연 이루어지지 않아 이것이 텍스트를

찾는 데 한계 사항이 되는지도 모른다. 속히 텍스트가 이루어지길 기대할 뿐이다.

전성탁의 「장화홍련전의 일연구-박인수 작 한문본을 중심으로-」(『국어교육』, 13권, 한국어교육학회, 1967)에서는 국문본과 한문본과의 차이가 살펴지면서 한문본이 국문본보다 선행되는 것을 전제로, 작자 및 저작연대에 대하여 김태준의『조선소설사』에 오류로 휘감긴 것에 대해 이의를 제기하였고, 다시 전성탁의 「장화홍련전의 국한문본과 한문본의 내용 및 저작연대에 관한 고찰」(『춘천교대 논문집』, 8, 1970)에서 이본의 문제, 작자 및 저작연대의 문제를 더욱 구체화하면서, 다시 이들 문제가 전성탁의 「장화홍련전 연구」(고려대 석사논문, 1975)에서 확고하게 수렴되었다.

전성탁의 「장화홍련전 연구」에서는 종래 김태준에 의해 <장화홍련전>에 대하여 孝宗 연간에 김동흘이 평안북도 철산부사로 부임하여 장화홍련의 冤死사건을 처리한 실제담을 소재로 하여 이루어진 것[4]으로 특히 <장화홍련전>의 원본을 김동흘의『가제집』에 없다고 하여 작자를 '歲 戊寅腦日 古潘南 朴慶壽'라 매김해 놓은 것에 대하여 전성탁 교수는 <장화홍련전>의 이본 박인수본·秋搓本·薪菴本·의산본·고려대본·紫岩本·宋洞本·프랑스 동양어학교본 등 13본을 수집하여 이들의 내용을 대비, 문헌비평을 가하여 전거한『가제집』은『嘉薺事實錄』의 약칭으로 보고, '歲 戊寅腦日 古潘南 朴慶壽謹書'는『가제사실록』의 '歲 戊寅腦月吉 朴仁壽 謹書'로 보아 결국 <장화홍련전>의 원작인 한문본의 작자를 박인수로 시정한 것은 원전비평상 큰 수확

---

4) 김태준,『조선소설사』, 증보판, 학예사, 1939, 181쪽.

이 아닐 수 없다.

인권환의 「토끼전 이본고」에서는 <별주부전>(일사본)·<별토전>(가람본)·<토끼전>(서울대본)·<토별가>(고려대본) 등 20여 종의 이본을 수집하여 스토리의 異同을 중심으로 상호 대비하여 이들의 선후관계를 밝히면서 '판소리→소설'의 도식을 재확인하려 하였다. 물론 <토끼전>은 판소리계 소설로서 끊임없이 대중의 기호에 영향 받아 온 流播 문학이므로 앞으로 텍스트가 더 찾아질지 모르나, 그 후 인권환 교수는 계속 이본수집에 관심을 두어 현재 무려 50여 종의 이본이 수집되었으니 만큼 앞으로의 결론이 주목된다.

1960년대 말부터는 어느 정도 작자가 뚜렷한 작품의 원전비평이 주도를 잡아 온 느낌을 준다. 물론 1960년대 초에도 작자가 뚜렷한 <구운몽>의 문헌연구가 이미 수행되기도 했지만, 1960년도 초·중기 및 그 이전 1950년대엔 역시 작자를 뚜렷이 알 수 없는 작품에 대한 문헌연구가 주류를 이루었다고 생각된다.

성현경의 「옥련몽 연구」(서울대 석사논문, 1969)에서는 <옥련몽>이 남영로(1810~1875)의 저작임을 전제로 우선 본격적인 연구가 수행되기에 앞서 텍스트를 제시할 목적으로 <옥련몽>의 이본인 성현경본·국립도서관본·서강대본·이종관본·남영희본 등 5종과 활자본으로 박학서원본·광익서관본 등 2종 그리고 <옥루몽>의 이본인 서울대본·국립도서관본·낙선재본 등 3종과 활자본으로 신문관본·박문서관본 및 한문현토본으로 회동서관본·덕흥서림본 2종 등 도합 15종을 수집하여 이들을 대비 교합하여 <옥련몽>을 <옥루몽>의 선행작품으로 파악하고 <옥련몽>의 텍스트로서는 51회본 <옥련몽>을 제시하였다. 또한 <옥루몽>의 이본 전파과정은 국문본에서 한문현토본으로 이행된 것으로 파악하여 <옥루몽>은 결국 <옥련몽>의 개작이며 아울러 그 텍스트는 64회 국문본을 제시하였다.

그러나 장효현의 「옥루몽의 문헌학적 연구」에 이르러 <옥루몽>과 <옥련몽>의 이본 연구가 본격적인 원전비평의 연구로 흡수되어 보다 구체화되었다. 우선 수집된 이본 수만 하더라도 성현경의 것이 앞서 제시된 바와 같이 15종을 넘지 않지만, 장효현의 것은 <옥루몽>의 경우 국문필사본으로 규장각본, 나손본 등 13종, 국문활자본으로 신문관본, 회동서관본 등 8종, 그리고 한문현토본으로 회동서관본, 박문서관본 등 6종 등 도합 27종, 그리고 <옥련몽>의 이본으로는 국문필사본으로 이화여대본, 서강대학본 등 10종, 국문활자본으로 박학서원본, 광동서국본 등 7종, 기타 4종 등 도합 21종이 수집되어 이들의 교합이 보다 조직적으로 이루어지고 있다.

그 결과 <옥루몽>이 <옥련몽>의 후행본이며 개작본이란 결론은 성현경 교수와 같으나 접근 방법은 다르며, 또한 성현경 교수는 <옥련몽>과 <옥루몽>을 하나의 異系로 잡는 데 대하여 장효현 교수는 하나의 別系로 잡고 있다. 이들 외에 성현경 교수가 <옥련몽>의 원본을 국문본으로 한정짓고 이것이 국문본 <옥루몽>으로 이루어지고 난 후, 다시 한문현토본으로 이루어졌다고 하였는데, 장효현 교수는 <옥련몽>의 원작은 한문본이며, 이것이 국역 <옥련몽>과 한문 <옥루몽>으로 파생되고, 한문 <옥루몽>은 한문현토본으로 계통이 연결되면서 규장각본 계열과 갑진본 계열 등으로 국역 改冊되었다고 밝히고 있다.

종래에 <옥루몽>이나 <옥련몽>의 작자 문제를 놓고 남익훈·홍진사·남영로·허난설헌 등 여러 설이 분분했는데, 차용주의 「옥루몽

연구」(고려대 석사논문, 1965)에서 거의 남영로가 드러나면서, 성현경
의 「옥련몽 연구」와 장효현의 「옥루몽의 문헌학적 연구」의 원전비평
적 연구를 통해 남영로로 굳어졌다고 보인다.

　일찍이 이병기가 自藏本을 교주하고 해제를 덧붙인『요로원야화기』
(을유문화사, 1949)에서 자장본을 중심으로 작자를 박두세(1650~
1733), 텍스트는 국문본·한문본을 모두 원본의 위치로 본 이래, 이수
봉의 「요로원야화기고」는 <요로원야화기>의 텍스트의 연구로는 先業
으로 가람본(국문본)·국립도서관본(한문본)·천리대본(한문본)·반
계본(한문본) 등 4종을 수집하여 이들을 구체적으로 대비·교합하여
결론에서 반계본(李養吾, 1737~1811)을 원작으로 추정하였다. 이수봉
교수는 근자 <요로원야화기>의 모든 이본을 수렴하여 이 논문과 함
께 병합하여『요로원야화기 연구』를 출간하였는데, 이 책이 출간되기
전에 김동욱 교수에 의해 연세대본과 가람본과의 교합이 이루어져 이
미『한국고전문학대계 4』(교문사, 1984)의 일환으로 출간되었으니 이
수봉 교수의 반계본 원본 추정도 연세대본 및『동야휘집』所載本과의
정밀한 교합이 이루어진 후라야 설득력을 얻을 것이다. 또한 작자의
문제도 연세대본엔 '朴斗瑞'로 되어있고, 더구나 천리대본엔 '兪韋
柱'(1797~1860)로 되어 있느니 만큼, 이양오에 대한 보다 구체적인 생
평의 연구가 전제되어야만 설득력이 있을 것으로 믿는다.

　정규복의 「홍길동전 이본고」에서는 박노춘의 「홍길동전 목판본 편
고」(『가람 이병기박사 송수논문집』, 1966)가 수용되면서 <홍길동전>
의 이본 한남본·어청교본·완판본·안성판본·필사본·활자본 등 7
종이 수집되어 이들의 상호 교합을 통해 <홍길동전>은 순수한 국문
소설임을 제시하였다.

그러나 <홍길동전>은 작자가 허균(1569~1618)이 아닐 것이란 설도 있지만[5] 필자의 생각으론 '筠又作洪吉同傳 以擬水滸'(『택당선생별집』, 권15 잡저)가 밑받침되어 있는 한, <홍길동전>은 허균의 작품임을 의심할 여지가 없느니 만큼, 원전비평적 연구를 통해 원작 혹은 근사치가 이루어져야 할 것이다.

1970년대에 가장 방대하고 정밀하게 이루어진 문헌연구는 심재완의 『시조의 문헌적 연구』라 해도 과언은 아니다. 시조의 문헌 채집은 조선조 英祖朝를 기점으로 하여 『청구영언』, 『해동가요』를 비롯하여 『가곡원류』로 이어지면서 이것들이 최남선의 『시조유취』로 수렴되어 오다가 정병욱의 『시조문학사전』(신구문화사, 1966)으로 총정리 되었다. 그러나 심재완 교수의 평생 업인 『시조의 문헌적 연구』는 학술적 입장에서 50여 종의 가집 및 그 이본, 그리고 50여 종이나 되는 문집에 있는 시조를 모두 발췌하여 이들의 이본 간의 출입, 작가의 출입, 경우에 따라서는 자필 시조 여부까지 밝히는 등 방대하면서도 그 정밀성 또한 저자의 평생 업에 값한다고 본다. 말하자면 현재까지 이루어진 시조의 문헌으로는 총정리 되었다고 보아진 역저임에 틀림없다.

위와 같은 문헌연구로 주목되는 것은 1980년대에 나온 류탁일의 『완판방각소설의 문헌적 연구』를 들지 않을 수 없다. 이 글에선 방각본의 중심을 이룬 경판·완판·안성판 중 완판의 방각본을 택하여 그 방대한 양을 때로는 필드워크를 철저히 병행하면서 이들을 총 정리하였다. 즉, 완판방각본의 실태·배경 및 문헌 轉化의 양상과 요인 등을 구체적으로 정리하여 밝혀놓았다. 그러는 가운데, 특히 17세기(1664)에 泰仁

---

5) 이능우, 「허균론」, 『숙명여대 논문집』, 5집, 1965.
  김진세, 「홍길동전의 작자고」, 『서울대 교양부 논문집』, 1집, 1969.

지방에서 발간된 『明心寶鑑抄』가 완판방각본으로 밝혀짐으로써, 종래 방각본의 기원인 <구운몽> 을사본(1725)을 통한 18세기 설을 일층 소급시켜 놓았다는 것이다.

그러나 방각본의 전모는 결국 방대한 경판과 안성본들이 정리되어 이와 대비됨으로써 밝혀질 것이다. 이런 대비 작업이 앞으로 류탁일 교수에게 기대된다.

소재영의 『임병양란과 문학의식』엔 특히 <임진록>이 텍스트 연구에 많은 비중이 할애되었다. <임진록>의 텍스트 연구는 김순휴의 「임진록고」(『동악어문논집』, 4집, 한국어문학연구회(구 동악어문학회), 1966)에 이르러 본격화되었다. 종래 국문본과 한문본을 중심으로 막연히 대비되었던 것이 김순휴의 「임진록고」에서 비로소 국문본·한문본 등 7종의 이본이 수렴되었고 다시 임철호의 「임진록군 연구」(연세대 석사논문, 1977)에 보태지면서 이것이 소재영의 『임병양란과 문학의식』에 이르러 30종의 이본이 수렴되고 확대되었다. 소재영 교수는 이들 중 20여 종의 이본을 화소로 분석하여 異本群을 작성하고 이를 중심으로 <임진록>에 담겨진 설화와 인물들에게 뜻을 부여하였다.

말하자면, 특히 소설에 있어서 이본의 양에 따라 부여된 뜻이 한정됨을 실감할 수 있는데, 가령 이본 연구가 뚜렷하지 않은 경우 국문본과 한문본을 二大別하여 사대사상을 규준하는 것에 대해 소재영 교수는 부정적 입장을 취하는 것[6]이 그 한 예이다. 다시 근자엔 임철호의 『임진록 연구』(정음사, 1986)가 나와 소재영의 『임병양란과 문학의식』이 일층 확대되었다.

---

6) 소재영, 『임병양란과 문학의식』, 한국연구원, 1980, 11~14쪽.

임철호의『임진록 연구』에서도 문학적 해석을 가하는 것을 전제로
이본 연구를 필수조건으로 내세워 <임진록>의 이본 40여 종을 수집
하여 이들을 이야기의 체계와 성격에 따라 역사 계열·최일영 계열·
관운장 계열의 세 계열로 나누고 나서 작가의식의 풀이를 시도하여 이
를 對明 의식·對倭 의식·對內 의식으로 분류하여 이들의 뜻을 파악
하였다. 그리하여 <임진록>은 결국 민중의식과 민족의식을 강하게 드
러낸 것에다 중점을 두어 문학사적 의의를 두고 있다. 말하자면 임철
호의『임진록 연구』는 양적으로나 가장 近刊된 것으로 보아 방대한 양
에 적지 않은 문제를 지닌다 할지라도 <임진록>의 연구로는 압권임
에는 틀림이 없을 것이다.

이윤석의「임경업전 이본고」는 <임경업전>의 이본고로서는 대성
을 이루었다고 해도 좋을 것이다. 이윤석의「임경업전 이본고」가 나오
기에 앞서 텍스트의 연구로는 종래 김태준의『조선소설사』에서 국문
본 <임경업전>이 實記(한문본)보다 선행된 것으로 파악된 이래, 서대
석의「임경업전 연구」(『이선근박사고희기념논총』, 1974)에서 보다 확
대되어 경판 27장본과 활자본 및 <임충민공실기> 등 3자가 대비되어
경판 27장본이 원전에 가까운 것으로 파악되었고, 다시 최용순의「임
장군전 연구」(고려대 석사논문, 1977)에서 경판 3종, 필사본 1종, 활자
본 5종 등 9종을 대비하여 경판 가운데 한남본을 원작에 가까운 것으
로 파악하였다.

그러나 이윤석의「임경업전 이본고」에서는 각처에 흩어진 이본이
총망라되어 경판 6종, 국문필사본 6종, 한문필사본 4종, 국문활자본 6
종 등 도합 22종을 수집하여 이들 상호간의 면밀한 비교를 통해 한문
으로 이루어진 한문본이 원작이 될 것으로 추정하였다. 그러므로 현재

로는 <임경업전>의 텍스트 연구로서는 이윤석의 「임경업전 이본고」
가 가장 힘을 갖고 있다고 보아야 할 것이다.

정규복의 「백운소설의 찬자에 대하여」는 종래 『백운소설』의 찬자를
이규보로 본 것에 대해 그 찬자를 홍만종(1643~1725)으로 추정한 것
이다. 그 논리적 뒷받침은 현재까지 『백운소설』이 이규보의 찬으로 된
것은 홍만종의 『시화총림』 외엔 없고, 뿐만 아니라 현존한 『백운소설』
엔 이규보보다 후대의 글 장일규의 『요산당외기』와 『당음유향』이 삽
입되어 있고, 아울러 이규보의 글이 아닌 『백운소설』이 문체가 홍만종
의 것과 흡사한 것에 있다. 이 같은 『백운소설』의 찬자에 대한 의심은
이미 김태준의 『조선한문학사』(1931)에서 제기되었다. 다시 Richard
Rutt의 *Paegunsosol*(1977)과 유재영의 『백운소설연구』(원광대, 1979)
에서 계속 의문이 제기되어 오다가 정규복의 「백운소설의 찬자에 대하
여」에서 이규보의 찬이 아닌 것으로 확증되고, 대신 홍만종이 그의 『시
화총림』을 돋보이기 위해 『동국이상국집』의 것을 간추려 손질하여 자
찬했을 것으로 파악하였다.

고헌식의 「산성일기의 문헌학적 연구」(고려대 석사논문, 1981)는 한
문으로 된 <병자록>인 장서각본·규장각본·성균관대본·고려대본
등 6종의 내용을 대비하여 善本으로 장서각본을 선정하고 나서, 국문
으로 된 <산성일기>의 이본인 국립도서관본·장서각본 등 3종을 들
어 이들이 모두 <병자록>의 번역과정에서 이루어진 국역본임을 밝혔
다. 그리고 <병자록>의 작자는 나만갑(1592~1642)이며 완성연대는
나만갑이 卒한 1642년으로 잡고, <산성일기>의 번역자는 꽤 학문적
소양이 있는 사람이며 번역 연대는 송시열(1607~1689)이 <삼학사
전>을 지은 顯宗 12년(1671) 이후로 보고 있다.

위의 논리로 볼 때 <산성일기>의 원전은 결국 한문으로 된 <병자
록>이 이에 해당됨으로써 종래 <산성일기>를 둘러싸고 텍스트 연구
의 바탕이 없이 창작물임을 전제로 주먹구구식으로 이루어진 '병자란
때 궁녀의 작이라는 설'(김사엽), 또는 '丙亂 때 호종신 중 척화론자인
한 젊은 微宦의 작품'(남광우), 또는 '당시 지식층에 있던 궁인 혹은
사신의 한 사람'(서현) 등의 분분한 설들은 완전히 와해되어 버린 것
이다.

Bouchez 씨는 프랑스인으로서 한국문학 연구에 정력적으로 달려들
어 그의 평생 업인 김만중 연구의 일환으로『남정기의 전승 · 번역 및
해석』을 출간하였다. 그는 주로 텍스트 연구로 이루어진 저서를 간행
하기에 앞서 이미「남정기에 대한 일고찰」(『아세아연구』, 20권 1호, 고
려대 아세아문제연구소, 1977) 및「남정기 한문본고」(『백영정병욱선
생 환갑기념논총』, 1982)를 작성하여 이 저서로 수렴하였다.

『남정기의 전승 · 번역 및 해석』은 한국 · 일본 · 미국 등에 흩어져
있는 이본뿐만 아니라, 북한에서 간행된 것까지 총 수집되어 한문본
36종, 국문본 18종 도합 54종을 가지고 정규복의「번언남정기고」(『연
민이가원박사 육질송수기념논총』, 1977)를 토대로 이들을 순수 국문
본 계열, 한역본에서 再譯된 국역본 계열, 김춘택의 한역본 계열, 다른
한역본 계열 등으로 나누고 텍스트의 近似本으로 장서각본을 제시하
였다.

그러나 1986년에 이금희 교수는 Bouchez 씨의 모든 이본을 수렴하
면서 이본을 더 수집하여 무려 74종을 수집하고, 이들을 순수 국문본
계열 · 한역본에서 재역된 국역본 계열, 김춘택의 한역본 및 다른 두
종류의 한역본 계열, 그리고 국문본과 한역본이 모두 수용된 혼효본

등으로 나누어 텍스트의 近似本으로 조동일본을 제시하였다. 그러므로 현재로는 <남정기> 텍스트의 시각이 Bouchez 씨와 이 교수 사이에 거리가 있으므로 이를 분명히 하려면, 더욱 연구가 진척되어야 할 것이다.

정규복의 「추풍감별곡의 신연구」는 고소설로 알려진 <추풍감별곡>의 문헌학적 연구에 주목한 논문으로서, <추풍감별곡>의 소설 신구본 · 박문본 · 필사본 · 일역본 등 6종의 이본과 <추풍감별곡>의 가사 5종의 이본을 수집, 이들을 연계 있게 대비하여 결국 <추풍감별곡>의 텍스트로 신구본을 제시하였다.

그러나 신구본은 최근 1913년에 신구서림에서 종래 유전된 <추풍감별곡>의 가사가 소설화된 것이 밝혀짐으로써, <추풍감별곡>의 소설은 신구본에서 비롯된 것이 명료하게 밝혀진 셈이다. 이와 아울러 신구본은 그 표제가 '신소설'로 되어 있을 뿐 아니라, <추풍감별곡>이 지닌 신소설적 체제 · 구성 · 배경 등을 근거로 이 작품이 고소설이 아니라 신소설의 하나임이 밝혀졌다.

3. 맺음말

이상의 논의를 통해 한국 고전문학의 원전비평적 흐름이 대충 살펴졌으리라 생각된다. 이제 마무리로 들어가자.

첫째, 원전비평은 역사주의 비평의 하나이지만, 더 좁힌다면, 문헌비평의 골수임을 전제로 할 때, 넓은 의미에서 한국 고전문학에 있어서 원전비평의 싹은 조선조에 걸쳐 나온 시화 · 패림 · 야사 · 서발 등 문헌에서 원전의 진위 여부를 따지는 것으로부터 시작되었다고 볼 수 있다. 그러나 조직적이고 과학적인 입장에서 볼 때는 조윤제의 「춘향전 이본고」(1931)에서 비롯된다고 보며, 아울러 6 · 25를 계기로 원전비평적 시도가 활발하게 이루어지게 된 것은 김동욱의 「춘향전 이본고」(1955)가 큰 역할을 했다고 생각된다.

위의 조윤제의 「춘향전 이본고」와 김동욱의 「춘향전 이본고」는 본래는 원전비평의 제1목적인 텍스트를 찾는 작업의 일환으로 이루어졌지만, 결과는 <춘향전>이 뚜렷한 작자 및 저작연도가 미상일 뿐 아니라, 끊임없이 변해 온 流播 문학임이 밝혀졌다. 즉, <춘향전>이란 거작이 장소에 따라, 시간에 따라 수용층의 기호에 따라 변모한 흐름의 과정이 더 중점적으로 밝혀짐으로써, 유파 문학의 원전비평적 연구가 가속화되었다. 특히 「박씨부인전 이본고」(박윤재) · 「심청전 이본고」(오세하) · 「춘향전 이본고」(이재수) · 「토끼전 이본고」(인권환) · 「방각본 심청전 이본고」(최문화) · 『임병양란과 문학의식』(소재영) · 「임경업전 이본고」(이윤석) 등은 위의 직계논문에 해당되지 않을까 생각된다.

둘째, 이와는 달리 원전비평의 제1목적인 텍스트를 찾는 작업은 정규복의 「구운몽 이본고」(1960)에서 비롯되었다고 보며, 이와 같은 목적에서 이루어진 논문은 그 후 이어지는 「한중록 이본고」(김용숙) · 「옥련몽 연구」(성현경) · 「홍길동전 이본고」(정규복) · 「요로원야화기고」(이수봉) · 「옥루몽의 문헌학적 연구」(장효현) · 「백운소설의 찬자에 대하여」(정규복) · 「산성일기의 문헌학적 연구」(고헌식) · 『南征記의 전승 · 번역 및 해석』(Bouchez) · 「추풍감별곡의 신연구」(정규복) 등이 이에 해당된다고 본다. 그러나 오늘날까지 텍스트가 완전 확립된 것은

「추풍감별곡의 신연구」뿐이다. 나머지는 계속 추구되어야 할 것으로 생각된다.

이로써 한국 고전문학 연구에 원전비평의 방법이 작자가 뚜렷한 고착 문학과 작자 및 저작연대가 미상인 유파 문학인 경우, 전자는 시간과 장소에 따라 변하는 과정보다는 텍스트를 확립하는 방법이 우선되고, 후자는 텍스트의 확립보다는 시간과 장소에 따라 변해가는 과정을 우선하는 방법 등 두 가지가 있음을 알 수가 있다.

그렇지만 위의 두 가지 경향이 1960년대 말기로부터 원전을 찾는 제1위의 원전비평의 경향이 보다 활발히 진행되고 있음을 알겠다. 앞으로의 원전비평의 과제는 유파 문학인 경우에도 어느 정도 문헌이 정리된 바탕에서는 원전을 확립하는 원전비평의 방법이 계속 원용되어야 하리라고 본다.

현재는 한국 고전문학의 연구방법도 문헌비평을 기축으로 신화비평·심리주의 비평 또는 역사주의 비평 등의 방법이 다양하게 시도되어 적지 않은 성과를 거두었다고 생각된다. 그러나 현재 산적된 미해결의 많은 문헌 등을 두고 볼 때, 특히 한국 고전문학의 연구엔 원전비평이 앞으로도 계속 활발히 진행되어야 할 것이다.

이런 점을 감안하면서, 나는 다시 원전비평의 중요성을 강조하기 위해 한국 문학연구에 널리 인용되는 웰렉과 워렌의 『문학의 이론』(*Theory of Literature*)의 일절을 소개하면서 마무리로 대신할까 한다.

"학문의 가장 먼저 수행하여야 할 작업의 하나는 자료의 수집과 시대의 영향을 조심스럽게 제거하는 일, 그리고 작품의 작자·진위 및 연대를 밝히는 일이다. 그렇지만 문학도는 이런 작업이 학문의 궁극적

작업을 수행하는 데 예비 작업임을 명심해야 할 것이다. 이따금 이런
작업의 중요성이 특출하게 돋보이는 것은 이런 작업을 통하지 않고는
비평적 분석이나 역사적 이해도 결국 헛수고로 끝날 위험이 있기 때문
이다."[7]

---

7) *Theory of Literature*.(Penguin Books Ltd., Harmonds worth, Middlesex, England,
1966).

"One of the first task of scholarship is the assembly of its materials, the careful
undoing of the effects of time, the examination as to authorship authenticity, and
date,……,

Yet the literary student will have to realize that these labours are preliminary
to the ultimate task of scholarship. Often the importance of these operations is
particularly great, since without them, critical analysis and historical
understanding would be hopelessly handicapped." p.57.

제2부

원전비평의 실제

I
『금오신화』의 내각문고본 해제*

　『금오신화』의 내각문고본에 대하여는 일찍이 육당 최남선이 『계명』
(19호)에서 같은 『금오신화』의 大塚本을 말하는 가운데 일본에서 대
총본이 간행되기 전인 承應 二年(1653)에 초각본을 내각문고목록에서
보았다는 짤막한 언급이 있었을 뿐이다. 이것이 내각본(내각문고본의
약칭)에 대하여 국문학계에 알려져 있는 사실의 전부이다. 그러므로
현재 국문학계에는 내각본의 實本이 어떤 내용을 지니고 있는지, 또는
판본은 어떤 것인지 등 구체적인 사항에 대하여는 알려져 있지 않다.
필자는 오늘날 한국에 소개된 유일본의 역할을 하고 있는 대총본을 가
지고 강의를 하던 중, 내각본의 實本을 구하고 싶었던 차, 금년 여름휴
가에 대만에 갔다가 귀로에 일본 동경에 잠시 머무르는 동안 천리대학
大谷森繁 교수를 만나 내각본의 복사된 것을 얻어 이번 대총본과 내
각본을 상밀하게 대교할 수 있게 되었다. 내각본에 대하여 말하기에
앞서 편의상 대총본에 대해 잠시 언급해 두는 것이 좋을 것 같다. 대총
본은 갑신년(1894)에 동경 槧月堂에서 간행된 것인데, 그 依田百川의

---

*『인문논집』, 24집, 고려대 문과대학, 1979.

서문에 의하면 대총 彦의 私家에서 200여 년 간직한 것을 한일 문화의
친선을 위해 대총본을 간행한다는 취지를 알 수 있을 뿐, 대총 언의
家藏本이 手寫本인지 아니면 목각본인지에 대하여는 구체적인 언급
이 없다. 그러나 내각본과 대총본을 상세히 대교한 바로는 후자가 전
자의 再刊本으로서 대총본의 모본은 분명 내각본임을 알 수 있다. 그
것은 판본의 크기·자형 등은 양 본이 서로 다르면서도 자자구구가 양
자가 일치할 뿐 아니라, 내각본의 오각이 대총본에 그대로 오해되어
있는 데서도 알 수 있다. 그러므로 대총본의 서문에 밝혀진 대총 언의
사가본은 바로 내각본일 것이다. 이는 대총 언의 사가본이 200여 년이
되었다는 依田百川의 언급과 내각본의 간행 연도가 承應 二年(1653)
이라는 연대를 상조해 보더라도 더욱 분명해진다. 내각본과 대총본을
대교하여 보면 내각본의 오각이 대총본에 그대로 오각된 것도 있고,
또 내각본의 오각이 대총본에 시정되어 있는 것도 있고, 이와는 반대
로 전자의 正刻이 후자에 오각된 것도 있고, 또 양자가 아주 다른 경우
도 있다. 이들을 적어보면 다음과 같다. 이들을 밝힘에 앞서 내각본의
인용문을 표시하고 張序·前面·後面·行序는, 가령 2장 전면 5행인
경우 "2전-5"로 표시하고, 대총본은 인용문을 표시하지 않고, 대신 괄
호 내에 글자만 표시하고, 내각본과 대총본의 오각은 ×표로, 정각은
○표로 표시하겠다.

> 萬福寺樗蒲記
> 如仙妹天妃(2전-7)<妹>
> 揆出而言曰(2후-10)<突>
> 月上東山影入窓阿(3전-5)<柯>

摽梅情約竟蹉跎(5전-10)<標>

微風撼彼青莎廚(7후-6)<波>

李生窺墻傳

文房几案 極其濟楚(12후-10)<濟>

老幹夭矯排風雷(13전-9)<棑>

楝花零落箏生尖(14전-6)<楝>

卽於翌日適送蔚州(15후-9)<郞>

水漿不入於口(16전-2)<醬>

人情至重 以摽梅迨吉(16전-7)<標>

已作娟兒之行(16전-9)<婿>

醉遊浮碧亭記

命侍兒云 汝速去神護寺(22후-10)<曰>

須臾得鯉灸而來(23전-3)<臾>

江流瀲灎練裙拖(23전-6)<瀲>

月色波聲惣是哀(23후-6)<物>

南炎浮州志

列冥府十王 鞫十八獄囚(32전-5)<名>

我曰在世盡忠於王(34전-6)<曰我>

龍宮赴宴錄

忽有青衫幞頭郞官二人(36후-10)<忽>

命左右引入 生趨進禮拜(37전-9)<在>

螯流王而凝香(41전-9)<玉>

於是木石魍魎山林精怪(42후-7)<本>

年年觴石多鳴咽(43전-7)<觸>
古今世事太忽忙(43후-5)<忽>
煙沒霜膚果(44전-5)<雪>
彊域之壯 可固覽不(44후-1)<彊>

위에서 보면 내각본과 대총본이 모두 오각된 것이 6, 내각본의 정각
이 대총본에 오각된 것이 12, 또 내각본의 오각이 대총본에 시정된 것
이 2, 또 양 본이 서로 다른 것이 5로 나타나 있음을 알 수 있다. 그러
나 대총본의 모본이 내각본이므로 양 본 사이의 상위된 장면 5도 결과
적으로는 대총본의 오각으로 보아야 한다.

그러므로 위의 상위 5와 대총본의 오각 12를 합하면, 오각의 수치는
17로 내각본의 오각이 대총본에 시정된 것 2의 수치를 내각본의 것과
비교하면 결국 재각본인 대총본은 잘못 재각된 것으로 재각본으로서
별반 의의가 없다. 내각본의 체제는 목각본으로 1권 1책 46장으로 되
어 있고, 매 장 70행이며, 행이 20자로 되어 있다. 그러나 내각본의 간
행경위에 대해서는 전혀 알 수가 없고, 다만 해당 본의 말미에 "承應二
年 仲春, 崑山館道可處士刊行"이라 되어 있어 간행 연도가 승응 2년
(1653) 중춘이라는 것과 간행자가 곤산관 도가처사라는 것을 알 수 있
을 뿐이다.

그러므로 해당 본의 모본이 또 다른 목각본인지, 혹은 手寫本인지
알 수 없으나 간행 연도가 1653년으로 朝鮮朝 孝宗 癸巳年에 해당하
므로 임진왜란 중 일본으로 전출되지 않았을까 생각된다. 더 억측을
펴보면, 현재『금오신화』의 수사본이나 우리의 간본이 우리나라에 전
혀 눈에 띄지 않는 것으로 보아 혹시 원작자 김시습의 手稿本인지도

알 수 없다.

　우리는 오늘날까지『금오신화』의 유일본의 역할을 한 대총본의 모본을 찾아냈다는 것은『금오신화』의 연구사상 획을 그어놓을 만한 일임을 밝히며, 該本의 복사본을 쾌히 대여해 주신 大谷森繁 교수에게 거듭 감사한다.

Ⅱ
〈홍길동전〉의 원전비평적 연구

1. 〈홍길동전〉 이본고*

1) 서언

　〈홍길동전〉에 대한 전반적인 연구는 10여 년 전에 정주동 교수의 역저 『홍길동전 연구』(문호사, 1961)에서 이루어졌다. 연이어 조용만 교수의 비교 연구인 「홍길동전과 Tom Jones」[1]가 나왔고, 서지학적인 考究는 박노춘 교수의 「홍길동전 목판본고」[2]에서 이루어졌다. 필자는 박노춘 교수의 논문을 읽고, 이를 더욱 보궐하는 뜻에서 텍스트의 선정을 위하여 각처에 散藏된 〈홍길동전〉의 여러 이본을 수집하여 논의를 전개하고자 한다. 본고를 엮으면서 느낀 것은 오늘날 국문학 연구에 있어서 텍스트의 선정은 무엇보다도 시급한 과제라는 것이다. 그일례로 〈홍길동전〉 이본 중에서 한남본과 완판본은 사상적인 배경에서 서로 대립된다고 할 만큼 거리가 있다. 즉, 한남본에는 불교 사상이

---

　* 『국어국문학』, 48권, 51권, 국어국문학회, 1970 · 1971.
　1) 『고려대학교 60주년 기념논문집 : 인문과학편』, 고려대학교 출판부, 1965, 185쪽.
　2) 『가람이병기박사 송수논문집』, 삼화출판사, 1966, 367쪽.

은근히 옹호되어 있는가 하면, 완판본에는 척불 사상이 적극적으로 드러나 있다. 우리는 〈홍길동전〉을 연구하는데 있어서 텍스트의 선정 여하에 따라 그 배경 사상을 親佛 사상으로 판단할 수도 있고, 排佛 사상으로 볼 수도 있는 것이다.

현존하는 〈홍길동전〉의 이본은 翰南本(경성, 한남서림, 목각본)을 비롯하여 漁靑橋本(경성, 어청교, 목각본), 完板本(완주, 목각본), 安城本(안성, 목각본), 활판본(세창서관, 활자판본), 필사본(이가원 교수 소장본) 등인데, 이 외에도 이명선 씨 藏本인 〈金吉童傳〉이 있었다고 하나 현존하지 않아 고구할 길이 없고, 이재수 교수가 소장한 手寫本이 있으나, 이는 그 내용이 어청교본과 같고, 다만 該本 말미 부분의 몇 장이 낙장되었을 뿐, 별로 이본적인 가치가 없어 그 考述을 생략한다.

여기에 덧붙여 둘 일은 〈홍길동전〉의 원문이 국문으로 쓰여졌다는 국문 제작설이 진작부터 있어 왔는데, 정주동 교수가 이에 의문점을 던져 〈홍길동전〉은 한문으로 저작되었으리라는 조심성 있는 추견을 그의 『홍길동전 연구』(141쪽)에다 피력해 놓은 것이다. 이에 대하여 김동욱 교수는 정주동 교수의 『홍길동전 연구』의 서평[3]에서 정주동 교수의 한문 저작 추견설을 시인했다가 근자 그의 「홍길동전의 국내적 溯源」[4]에서 일보 후퇴하여 〈홍길동전〉이 최초의 한글 소설이라는데 대하여는 시인도 부인도 할 수 없다고 언급했다. 이와 같은 〈홍길동전〉의 표기 문자를 두고 국문이냐 한문이냐 하는 문제에 대해서 본 이본고를 통하여 〈홍길동전〉이 국문소설임을 재확인하게 되리라고 본다. 그러면 한남본, 어청교본, 완판본, 안성본, 활판본 및 필사본의

---

3) 『아세아연구』, 통권 제9호, 고려대 아세아문제연구소, 1962. 5. 205쪽.

4) 『이숭녕박사 송수기념논총』, 서울, 을유문화사, 1968, 31쪽.

순위로 고술하기로 하겠다.

2) 한남본

한남본은 경성 한남서림에서 1905년에 저자 백두용의 명의로 출간된 목판본을 지칭한다. 한남본의 체재는 단책 24장이며, 판광은 세로가 21.5cm, 가로가 17.2cm이며 제20장까지는 매장 14행, 일행이 20자 내지 23자인데 15자가 가장 많고, 서체는 필사 행서체로 되어 있다. 그리고 제21장 이하는 매면 15행, 1행이 24자 내지 25자이고 필체는 전반부와는 아주 다르게 예리한 행서체로 되어 있다.

한남본은 판각 연도는 미상이나, 該本에 출현하는 고어와 표기법은 該本의 판각 연도를 출간 연도와는 훨씬 멀리 소급시킬 수 있는 근거가 된다.

> 길동이 디왈 신이 젼하를 밧드러 만셰를 뫼올가 하오나
> 믄져 니치홀 냑을 쓰고 버거 외치홀 냑을 쓰미 죠흘ᄭ 흐노라
> 너는 가지록 불효롤 끼칠 쑨 아녀 국가의 큰 근심이 되게 흐니
> 일단 쟝부의 패흔 ᄆᆞ옴이 잇ᄂᆞᆫ지라 죡히 념녀 업슬ᄂᆞᆺ다 흐시고
> 특지의 칼을 아셔 들고 디미왈
> 원리 이 즘싱은 울동이란 즘싱이라
> 감시 이 말을 듯고 일변 슬허ᄒᆞ며 일변 쟝계를 뻐 길동을 항쇄 죡쇄흐고
> 네 무슴 일노 나를 죽이려 흐는다

이 본은 또한 현존하는 <홍길동전> 제 이본 중 다른 본에 비해 내용과 구성이 무리가 없고, 누락도 별로 없어 가장 善本에 속한다. 그리고 경성 어청교본, 안성본, 활판본 등의 대본이 된 것으로 주목된다.

한남본이 어청교본, 안성본, 활판본 등의 텍스트가 되어, 이들 중 가장 古本에 속한다는 것은 뚜렷한 사실이나, 완판본과 비교하여 볼 때, 양본의 만만치 않은 고어의 출현, 문체 비교를 통하여 보면, 어느 것이 더 古本인가는 쉽게 단언할 수 없다. 다만 다음의 네 가지 이유로 한남본이 완판본보다 그 出來 연도가 선행되리라고 추정된다.

① 고대소설의 판각지는 경성을 비롯하여 완주, 안성이지만, 아무래도 그 중심지는 경성이므로, 경판본이 출간된 후에 지방에서 이를 텍스트로 하되 그 내용을 약간 添刪하여 출간한 것이 통례이므로, <홍길동전> 완판본도 경판본인 한남본을 텍스트로 하여 이에 내용을 적당히 첨삭하여 출간되었으리라는 것이다.

② <홍길동전>의 작자 허균은 성장지가 경성이요, 또한 그의 정치 관아생활을 주로 경성에서 보냈으므로, 경판인 한남본은 완판본에 비해 작자의 원작 혹은 그 계열로 잡을 수 있는 가능성이 있다는 것이다.

③ 철자 표기법의 문제로 존재사 '있다'의 표기가 한남본에서 한결같이 '잇다'로 표기된데 대하여 완판본에는 모두 '있다'로 표기되어 있는 것이다.

> 일신이 령막ㅎ고 부형이 이시되(한남본)
> 네 무솜 흥이 이셔(한남본)
> 차후 다시 이런 말이 이시면(한남본)
> 만익 약속을 비반ㅎ고 영을 어긔오는 지 잇스면(완판본)
> 이때 군긔를 도모홀 모칙 잇시니(완판본)

또한 동사의 활용어미 '하다'의 표기에 있어서 한남본에는 통일성 있게 'ㅎ다'로 표기되어 있으나, 완판본에는 'ㅎ다', '하다', '허다' 등으로 통일성이 없다는 것이다.

> 위인이 청염 강직ᄒ며 덕망이 긔특ᄒ니(완판본)
> 군ᄉ 오십명식 영거ᄒ야 팔도의 분발할식(완판본)
> 무슴 일노 날을 히허여 쥬긔려 ᄒ는요(완판본)

그리고 완판본에는 근대어라고 생각되는 이인칭의 호칭 '선생'이 출현하고 있다. 즉 길동이 망탕산에서 요괴를 퇴치하는 장면에 울동이란 요괴가 길동에게 구원해 달라고 애걸할 때, 길동을 선생이라 부른 것이다.

> 복의 명이 조모를 보젼치 못ᄒ너니 천우신조ᄒᄉ 션싱을 맛ᄂ오니
> 션약을 ᄀ르쳐 존명을 구졔ᄒ옵소셔(완판본)

그러나 한남본에는 이 장면에 '선생'이란 명칭보다 고어에 속하는 '그디'가 사용되어 있다.

④ 작품 구성상의 문제로 완판본은 무리한 부분이 많음에 비해, 한남본은 무리한 부분이 거의 없다. 이것은 결국 완판본이 한남본을 대본으로 하여 적절히 첨산한데서 기인하지 않나 추정할 수 있다.

완판본의 구성상 무리가 많은 장면을 적어 보면,

첫째로 길동이 가출한 후 일곱 길동이 되어 팔도를 어지럽히니 조정에서는 길동을 체포하기 위해, 길동의 父 홍모를 가두고, 길동의 형 인형에게 경상감사를 제수하는 장면에서, 한남본에는 "홍길동은 니죠판셔 홍모의 셔ᄌ오 병조좌랑 홍인형의 셔졔오니"라 하여 현임 병조좌랑 홍인형을 "샹이 문파의 텬심이 감동ᄒ샤 즉시 홍모를 샤ᄒ시고 인형으

로 경상감ᄉ를 졔수ᄒ샤"에서와 같이 경상감사를 제수하는 것으로 되어 있다.

그러나 완판본에는 "홍길동은 젼승상 홍모의 셔ᄌ라 ᄒ오니 이제 홍모를 ᄀ두시고 그 형 이조판셔 길현으로 경상감ᄉ을 보위ᄒ옵쇼셔"라 하여 이조판서 吉鉉(仁衡)을 "상이 그 효셩을 감동ᄒᄉ 홍모난 집의로 보니여 치병ᄒ라 ᄒ시고 길현으로 경상감ᄉ을 보위ᄒᄉ"에서 볼 수 있는 바대로 이조판서에서 경상감사로 轉職되는 것으로 되어 있다. 한남본의 병조좌랑에서 경상감사로 전직된다는 것은 <홍길동전>의 내용으로 보아 순리로우나, 완판본의 이조판서에서 경상감사로 전직된다는 것은 하나의 降職으로 무리가 많다.

둘째로 호부호형의 처리문제에 있어서 <홍길동전> 서두에 나오는 길동의 호부호형 금지 장면에, 한남본에는,

> 길동이 미양 호부호형ᄒ면 문득 ᄭ지져 못ᄒ게 ᄒ니 길동이 십 셰 넘도록 감히 부형을 부르지 못ᄒ고 비복 등이 쳔디ᄒᄆᆯ 각골통한ᄒ여 심ᄉ를 졍치 못ᄒ더니[5]

에서와 같이 庶族 賤生이기 때문에 호부호형을 못하는 것으로 되어 있어 무리가 없으나, 완판본에는,

> 셰월이 여류ᄒ야 길동의 나히 팔 셰라 상하 다 아니 층찬ᄒ리 업고 디감도 사랑ᄒ시나 길동은 가슴의 원한이 부친을 부친이라 못ᄒ고 형은 형이라 부르지 못ᄒ미 스스로 쳔싱 되믈 ᄌ탄ᄒ더니[6]

---

5) 한남본, 2장 전면.
6) 완판본, 2장 전후면.

에서와 같이 막연히 호부호형을 금하는 것으로 스토리의 전개상 무리
가 개재되어 있다.

또 길동이 特才와 相女를 죽이고 가출코자 마음먹고 그의 부친 홍
판서를 찾아 그의 회포를 술회하니 홍 판서가 호부호형을 허락하는 장
면이 한남본에는 "공이 그 형상을 보고 측은이 녁여 기유왈 니 너의
품은 한을 짐작ㅎᄂ니 금일노부터 호부호형ㅎ물 허ㅎ노라"에서와 같
이 홍 판서가 길동의 처지를 측은히 여겨 호부호형을 허락하는 것으로
되어 있다. 그러나 완판본에는,

> 디감이 위로왈 오날노붓터 네 원을 푸러쥬는 거시니 네 ᄂᄌ 亽방
> 의 쥬류할지라도 부디 죄를 지허 부형에게 환을 끼치지 말고 슈히 도
> 라와 니의 마음을 위로ㅎ라[7]

에서와 같이 호부호형에 대하여는 일언도 없이 막연히 오늘부터 길동
의 원한을 풀어 주는 것으로 되어 있어 <홍길동전>의 주제라 할 만한
호부호형의 문제가 너무나 부자연스럽다는 것이다.

셋째로 活貧黨의 조직에 대하여, 한남본에는 활빈당의 조직이 길동
이 적굴에서 천 근의 돌을 들고 괴수가 되어 다시 그의 재주를 과시하
는 海印寺의 약탈 직후 이루어진다.

> 이 후로 길동이 즛호를 활빈당이라 ㅎ여 됴션팔도로 단니며 각읍
> 슈령이 불의로 직물이 이시면 탈취ㅎ고 혹 지빈무의훈 지 이시면 구
> 졔ㅎ여 빅셩을 침범치 아니ㅎ고 나라의 속훈 직물은 츄호도 범치 아
> 니ㅎ니 이러므로 졔적이 그 의취를 항복ㅎ더라[8]

---

7) 완판본, 9장 전면.

그러나 완판본은 해인사 약탈 후, 활빈당에 대하여는 일언의 언급이 없다가 다시 咸鏡 監營이 습격된 후에야 비로소 활빈당이 조직된다.

이날밤의 길동이 동즁의 도라와 잔치를 베풀고 질긔며 왈 우리 이졔난 빅셩의 지물은 츄호도 탈취치 말고 각읍 수령과 방빅의 쥰민고 틱ᄒᆞ는 지물을 노략ᄒᆞ야 혹 불샹흔 빅셩을 구졔ᄒᆞᆯ지니 이 동효를 활빈당이라 ᄒᆞ리라9)

활빈당의 조직은 〈홍길동전〉의 내용과 구성에서 비추어 볼 때, 한남본에서와 같이 해인사 후에 이루어지는 것이 순조로우며, 또한 활빈당 조직후에 浚民膏澤하는 탐관오리를 피격하는 것이 스토리의 전개상 자연스럽다. 완판본에서와 같이 함경 감영을 습격한 후에, 활빈당의 조직을 이루게 한 것은 아무래도 무리가 많으며, 또한 완판본의 해인사 약탈 후, 활빈당이 조직되지 않음은 완판본의 스토리로 볼 때, 작자의 부주의에서 오는 누락으로 함경 감영 습격 직후에 활빈당 조직의 삽화를 끼워 넣은 것은 성급하게 처리한 감이 다분하다는 것이다.

넷째로 길동이 草人을 만드는 장면에서 한남본은,

일일은 길동이 졔인을 모흐고 의논왈 이졔 우리 합쳔 히인사의 가 지물을 탈취ᄒᆞ고 쏘 함경감영의 가 젼곡을 도적ᄒᆞ여 소문이 파다ᄒᆞ련니와 나의 셩명을 써 감영의 붓쳐거니 오리지 아니ᄒᆞ여 줍히리라 그딕 등은 나의 지죠를 보라 ᄒᆞ고 즉시 쵸인 일곱을 민드러 진언을 념흐고 혼빅을 붓치니 일곱 길동이 일시의 팔을 쑵니며 크게 소리ᄒᆞ고 흔 곳

---

8) 한남본, 9장 후면.
9) 완판본, 14장 전후면.

의 모다 난만이 슈작ᄒ니 어느 것이 졍 길동인지 아지 못ᄒ는지라 팔
도의 흐아식 훗터지되 각각 사롬 슈빅 명식 거ᄂ리고 단니니 그 줌의
도졍 길동이 어느 곳의 잇는 줄 아지 못홀네라[10)

에서와 같이 길동이 초인을 만드는 이유는 해인사 및 함경 감영의 약
탈 이후 관에서 자기 성명을 사방에 써 붙여 이로 체포되기 쉬운데 있
다. 그러나 완판본에는,

　일일은 길동이 싱각ᄒ되 너의 팔ᄌ 무상ᄒ여 집을 도망ᄒ여 몸을
녹님호걸의 붓쳐시나 본심이 아니라 입신양명ᄒ여 우회로 임군을 도
와 빅셩을 건지고 부모으게 영화을 뵈일 거시어늘 남의 쳔디를 분이
녀겨 이 지경이 이르럿시니 ᄎ라리 일노 인ᄒ여 큰 일홈을 어더 후셰
예 젼하리라 하고 초인 일곱을 망그라 각각 오십명식 영거ᄒ여 팔도의
분발할시 다 각기 혼빅을 붓쳐 조화 무궁ᄒ니 군ᄉ 서로 의심ᄒ며 어
니 도로 ᄀ난거시 참 길동인 쥴을 모르더라[11)

에서와 같이 초인을 만드는 이유를 길동이 불행히 녹림에 몸이 매어
있지만 본심은 입신양명하여 임금을 돕고 백성을 건지고 부모에게 영
화를 누리게 하는 것이었는데, 천대를 못 이겨 녹림에 이르렀지만 괴
기를 부려 양명코자 하는 것으로 설명하고 있다. 이와 같이 한남본에
는 길동이 초인을 만드는 목적이 퍽 자연스럽게 설정되어 있으나, 완
판본에는 양명을 위하여 초인을 만드는 것으로 되어 있어 <홍길동전>
의 스토리 전개상 무리가 많다. 또한 길동이 녹림에 입당하는 것이 한
남본에서는 정당화되어 있는 반면, 완판본에는 녹림 입당을 후회하는

10) 한남본, 11장 전면.
11) 완판본, 14장 후면.

것으로 되어 있어 〈홍길동전〉의 작품 구성과도 맞지 않는다.

다섯째, 길동의 太夫人 柳氏의 物故 처리에 있어서, 한남본에는 길동의 사전에 류씨가 硉島國에 가 그곳에서 사망하여 홍 판서의 묘인 선릉에 雙葬하는 것으로 되어 있는데,[12] 완판본에는 길동의 死後에 처리되어,

> 조선 홍 승상덕 디부인이 말년의 졸ᄒ시니 장ᄌ 길현이 예절을 극진히 ᄒ여 션순 여록의 장예ᄒ고 슴연 초토을 지닌 후 조정의 집권ᄒ여 초입ᄉ의 흐림학ᄉ 디간을 겸ᄒ고 연속 승츠ᄒ여 병조정낭의셔 홍문관 교리 슈츤을 겸ᄒ고 연ᄒ여 승직ᄒ여 승상을 지니니라 이럿타시 반복하여 슴티육경을 지니니 영화 일국의 웃듬이라 미일 친손을 싱각ᄒ고 동싱을 보고져 ᄒ되 남북의 길이 갈이여 스러ᄒᆯ 마지 아니ᄒ더니라[13]

라고 되어 있다. 그러나 길동의 태부인 류씨의 물고 처리는 그 시기를 한국 고대소설이나 〈홍길동전〉의 스토리로 보아서 한남본에서와 같이 길동의 죽음 전에 두는 것이 자연스러우며, 완판본과 같이 길동의 사후 처리로 그 시기를 두는 것은 큰 모순이 아닐 수 없다. 또한 완판본의 전게 인용문에서와 같이 인형(길현)의 이야기가 말미에 길게 전개되어 있는데, 이는 쓸데없는 부언일 뿐만 아니라, 완판본의 스토리로는 인형이 길동을 잡기 위해 경상감사로 제수된 바 있고, 이에 앞서 이미 이조판서를 지낸 바 있는데, 여기서 인형이 그 모친의 삼년상을 지낸 후, 조정에 執職하여 병조정랑에서 홍문관교리수찬을 겸직했다

---

12) 한남본, 24장 후면.
13) 완판본, 36장 전면.

고 언급하는 것은 앞의 서술과 부합되지 않는다.

이상에서 언급된 완판본의 구성상의 결함 다섯 가지를 들었으나, 이 외에도 사소한 것도 상당히 많으나 번잡을 피하겠다. 위에 언급된 4항 목, 즉 한국 고대소설의 출판 지역 문제, 작자 허균의 성장 및 정치 관아생활 문제, 작품의 철자 표기법 문제 및 작품의 구성상의 문제 등 을 열거하여 한남본이 완판본보다 출래 연도가 선행하며, 이로 인해 한남본이 현존하는 이본 중 원본의 계열에 가장 가깝다는 추견을 내세 우는 바이며, 또한 이후의 논의에서 밝혀지겠지만 한남본은 <홍길동 전>의 제 이본 중 비교적 짧긴 하지만 내용, 문체, 용어, 구성의 측면에 서 볼 때, 현존하는 <홍길동전>의 이본 중 最善本의 위치를 차지한다 고 할 수 있다.

3) 어청교본

어청교본은 단책 23장이며, 판광은 세로가 23.5cm, 가로가 15.5cm 이며 매 장 15행, 매 행 22자에서 24자 내로 되어 있고 간기는 다만 "漁靑橋新刊"으로 되어 있다.

이 본의 출간 연도에 대해서는 그 간기가 없어 미상이나, 어청교본 의 텍스트는 서지적 대교를 통하여 보면, 한남본임이 분명하다. 그러므 로 이 본은 독자적인 원본의 위치를 차지하지 못하고 한남본의 아류라 고 할 수 있다. 어청교본이 한남본보다 그 성립 연도가 후행한다고 보 는 것은 다음의 몇 가지 이유에서이다. 우선 양자의 전반부를 대교해 보면, 그 문장의 자자구구가 일치할 뿐만 아니라, 한남본의 내용이 부 주의로 인하여 어청교본에 누결된 것이 곳곳에 산견된다. 또한 한남본 의 내용이 잘못 옮겨져 문리가 불비하고, 이로 인한 실수도 발견되며,

한남본에 출현하는 고어는 적절히 현대어로 대치됐고, 또한 철자에 있어서도 어청교본이 한남본보다 후대화된 흔적을 엿볼 수 있다. 그러나 어청교본은 안성본 및 활판본의 부분적인 텍스트가 되었고, 또한 필사본의 직접적인 텍스트가 되었다.

우선 철자에 있어서 어청교본이 한남본보다 후대화된 흔적을 엿볼 것 같으면, 存在詞 '있다'가 한남본에는 한결같이 '잇다'로 표기된데 대하여 어청교본에는 모두 '있다'로 표기되었고, 동사의 활용어미 '하다'도 한남본에는 'ᄒᆞ다'로 표기된 데 대하여, 어청교본에는 'ᄒᆞ다', '허다', '하다'로 혼용되어 있다. 더구나 한남본에 출현하는 '뻐'의 표기는 어청교본에 '써'로 후대화되어 있다. 즉,

　　화셜 됴션국 세종됴 시절의 흔 지샹이 이시니 셩은 홍이오 명은 뫼라 (한남본)
　　화셜 죠션국 세종죠 시절의 흔 지샹이 잇스니 셩은 홍이오 명은 뫼라 (어청교본)
　　ᄎᆞ후 다시 이런 말이 이시면 (한남본)
　　ᄎᆞ후 다시 이런 말이 잇스면 (어청교본)
　　흔번 몸을 허흔 후로 문외의 나지 아니ᄒᆞ고 타인을 취홀 ᄯᅳᆺ이 업스니 (한남본)
　　흔번 몸을 허흔 후로 문외의 나지 아니ᄒᆞ고 타인을 취헐 ᄯᅳᆺ이 업스니 (어청교본)
　　혹 쵸헌도 타고 왕니ᄒᆞ며 혹 각읍의 노문노코 쌍교도 타고 왕니ᄒᆞ며 (한남본)
　　혹 쵸헌도 타고 왕니ᄒᆞ며 혹 각읍의 노문노코 쌍교도 타고 왕니하며 (어청교본)

집의 도라가 죠병케 ᄒ시면 신이 죽기로뼈 길동을 줍아 신의 부ᄌ
의 죄롤 속ᄒ올가 ᄒᄂ이다 (한남본)
집의 도라가 죠병케 ᄒ시면 신이 듁기로뻐 길동을 잡아 신의 부ᄌ
의 죄를 속ᄒ올가 ᄒᄂ이다 (어청교본)

다음 한남본에 읽기 힘든 古語·古文을 어청교본에서는 알기 쉽게
적절히 대체해 놓은 예를 들면 다음과 같다.

길동이 디왈 신이 젼하를 만셰를 뫼올가 ᄒ오나 (한남본)
길동이 디왈 신이 젼하를 만셰를 뫼시려 ᄒ오나 (어청교본)
길동이 냑낭의 독약을 니여 급히 온슈의 화ᄒ여 먹이니 (한남본)
모든 요괴 디희ᄒ여 즉시 온슈의 가라 먹이니 (어청교본)
믄져 니치홀 냑을 쓰고 버거 외치홀 냑을 쓰미 죠홀ㄱ ᄒ노라
(한남본)
믄져 니치헐 약을 쓰고 후의 ㅂ를 약을 쓰면 불과 삼일이면 쾌ᄎ
ᄒ리니 (어청교본)
샹이 그 방문을 보시고 됴신을 모하 의논ᄒ시니 졔신왈 이제 그 도
젹을 줍으려 ᄒ다가 줍지 못ᄒ옵고 도로혀 병죠판셔 졔수ᄒ시믄 불가
ᄉ문어인국이로쇼이다 샹이 올이 녁이샤 다만 길동 줍기룰 지촉ᄒ
시더라 (한남본)
샹이 그 방문을 보시고 죠신을 모하 의논ᄒ시니 졔신왈 이제 그 도
젹을 잡으려 ᄒ옵다가 잡지 못ᄒ옵고 도로혀 병판을 졔수ᄒ시믄 불가
하여이다 샹이 올히 너기ᄉ 다만 경상 감ᄉ의게 길동잡기를 지촉ᄒ시
더라 (어청교본)

한남본의 "뫼올가"가 어청교본에는 "뫼시려"로, "온슈의 화ᄒ여 먹

이니"가 "가라 먹이니"로, "버거"가 "후의"로 "불가스문어인국"(不可使聞於隣國)의 난해한 구절이 "불가ᄒ여이다"로 쉽게 풀이되어 있다. 이와 같이 어청교본이 한남본에 비해 철자에 있어서나 古語 구에 있어서 좀 더 후대화되었다는 것은 어청교본이 한남본을 텍스트로 사용한 후행 간본이기 때문이다.

다음 한남본의 내용이 부주의로 누락되어 어청교본에서 문리가 불비된 예를 살펴보면 다음과 같다.

첫째, 길동이 초인 일곱을 만들어 여덟 길동이 팔도를 소란하게 하여 조정에서는 진짜 길동이 누군지 분명히 알지 못할 때, 이 일로 감사가 조정에 장계하는 장면이 다음과 같다.

일곱 길동이 팔을 쏩니며 크게 소리ᄒ고 흔곳의 모다 난만이 슈작ᄒ니 어늬 것이 졍 길동인지 아지 못ᄒᄂ지라 팔도의 흔아식 훗터지되 각각 사ᄅᆷ 슈빅 명식 거느리고 단니니 그중의도 졍 길동이 어느 곳의 잇ᄂ줄 아지 못홀네라 여덟 길동이 팔도의 단니며 호풍환우ᄒᄂ 슐법을 힝ᄒ니 각읍 창곡이 일야간의 종젹업시 가져가며 셔울 오ᄂ 봉물을 의심업시 탈취ᄒ니 팔도 각읍이 쇼요ᄒ여 밤외 능히 줌을 즈지 못ᄒ고 도로의 힝인이 ᄯᆫ쳐시니 이러므로 팔도 요란ᄒ지라 감ᄉᆡ 이 일노 장계ᄒ니 디강 ᄒ여시되 (하략)[14] (한남본)

여덟 길동이 일시의 팔을 쏩니며 크게 소리ᄒ고 흔곳의 모다 눈만이 슈작ᄒ니 어늬 거시 졍 길동인지 아지 못헐너라 팔도의 흔아식 훗터지되 각각 사ᄅᆷ 슈빅 명식 거느리고 다니며 호풍환우ᄒᄂ 슐법을 힝ᄒ니 각읍장곡을 일야간 종젹업시 가져가며 셔울 오ᄂ 봉물을 의심업

---

14) 한남본, 11장 후면.

시 가져가며 탈취ᄒ니 팔도각읍이 소요ᄒ여 밤의 능히 잠을 즈지 못ᄒ
고 도로의 힝인이 ᄯᅳᆫ쳐지니 이러므로 팔도요란ᄒ여 이 일노 장계ᄒ니
ᄒ엿스되 (하략)15) (어청교본)

위 예문을 보면 한남본의 방점 부분 "감시"가 어청교본에 누결되었
으므로 조정에 장계를 올린 주인공이 누구인지 분명하지 않다.

둘째, 右捕將 李洽이 소년으로 가장한 길동에게 적굴에까지 인도되
어 봉변을 당하는 장면은 다음과 같다.

그ᄃᆡ 나를 ᄯᅡ라오면 길동을 줍으리라 하고 첩첩ᄒᆫ 산곡으로 드러가
거ᄂᆞᆯ 포장이 싱각ᄒ되 나도 힘을 자랑홀만 ᄒ더니 오날 져 쇼년의 힘
을 보니 엇지 놀납지 아니리오 그러나 이 곳ᄭᅵ지 와시니 혈마 져 쇼년
혼즈라도 길동 줍기를 근심ᄒ리오 ᄒ고 ᄯᅡ라 가더니 그 쇼년이 믄
득 돌쳐셔며 왈 이 곳이 길동의 굴혈이라 너닜ᄃᆞᆫ져 드러가 탐지홀 거
시니 그ᄃᆡᄂᆞᆫ 여긔 이셔 기ᄃᆞ리라16) (한남본)

그ᄃᆡ ᄂᆞ를 ᄯᅡ라오면 길동을 잡으리라 하고 첩첩헌 산곡으로 드러가
거ᄂᆞᆯ 포장이 싱각ᄒ되 나도 힘을 즈랑헐만 ᄒ더니 오날 져 쇼년의 힘
을 보니 엇지 놀납지 아니리요 그러나 ᄂᆞ 이곳가지 왓스니 셜마 져 쇼
년이 믄득 돌쳐셔며 왈 이곳이 길동의 굴혈이라 너 먼져 드러가 탐지
헐 거시니 그ᄃᆡᄂᆞᆫ 여기셔 기다리라17) (어청교본)

위의 예문에서와 같이 한남본의 방점 부분이 어청교본에 누결되었

---

15) 어청본, 8장 후면.
16) 한남본, 13장 전후면.
17) 어청본, 9장 후면.

는데 이러므로 어청교본은 "져 쇼년이"와 "문득 돌쳐셔며 왈"과는 무
슨 말의 연결인지 문맥이 전혀 통하지 않는다. 이 누결은 고의에서가
아니라 위 한남본의 예문에서 볼 수 있는 "져 쇼년"과 "그 쇼년"이 중
첩됨으로 인한 부주의의 누락이다.

셋째, 우포장 이흡이 도적의 굴혈에 끌려가 길동의 훈계를 받고 사
면되는 장면에,

> 그디는 부졀업시 단니지 말고 썰니 도라가되 나를 보왓다 ᄒ면 반
> 다시 죄칙이 이실 거시니 부디 이런 말을 너지말나 ᄒ고 다시 술을
> 부어 권ᄒ며 좌우로 명하여 너여보니라 ᄒ니 포장이 싱각ᄒ되 니
> 가 이거시 꿈인가 상신가 엇지ᄒ여 이리 왓시며 길동의 죠화를 신긔
> 히 넉여 니러 가고져 ᄒ더니[18] (한남본)

> 그디는 부졀업시 다니지 말고 썰니 도라가되 느를 보왓다 ᄒ면 반
> 다시 죄칙이 잇슬 거시니 부디 이런 말을 너지 말느 ᄒ고 포장이 싱각
> ᄒ되 니가 이거시 꿈인가 싱신가 엇지ᄒ여 이리 왓스며 길동의 죠홰
> 신긔ᄒ도다[19] (어청교본)

위 예문의 한남본의 방점 부분이 어청교본에는 누결되어 어청교본
의 "부디 이런 말을 너지 말느 ᄒ고"와 "포장이 싱각ᄒ되"와는 뜻이
분명하지 않고 문맥마저 전연 통하지 않는다.

이 외에도 한남본의 내용이 고의적으로 어청교본에 刪除되어 뜻이
분명하지 않는 중요 부분을 들면, 길동이 陜川 해인사의 약탈과 함경

---

18) 한남본, 14장 전후면.
19) 어청본, 10장 전면.

감영의 습격이 있은 후, 그 소문과 체포를 두려워하여 초인을 만들 것을 제창하는 장면과 우포장 이흡이 봉욕을 당하는 장면 및 인형이 길동으로 인하여 조정에서 문초되어 국문을 당하는 장면 등이다.

일일은 길동이 졔인을 모흐고 의논 왈 이졔 우리 합쳔 히인사의 가 지물을 탈취ᄒ고 ᄯᅩ 함경감영의 가 젼곡을 도적ᄒᆞ여 소문이 파다ᄒ련니와 나의 셩명을 써 감영의 붓쳐시니 오리지 아니ᄒᆞ여 줍히기 쉬울지라[20] (한남본)

일일은 길동이 졔인으로 의논왈 이졔 우리 소문이 파다헐 ᄲᅮᆫ 아녀 느의 셩명을 써 감영의 붓쳐시니 오리지 아니ᄒᆞ여 잡히기 쉬울지라[21] (어청교본)

포장이 거즛 놀나며 왈 이 엇지 니르미뇨 소년왈 이졔 홍길동이란 도적이 팔도로 단니며 작난ᄒᆞ미 인심이 소동ᄒᆞ오니 이 놈을 줍아 업시치 못ᄒᆞ오니 엇지 분한치 아니리오 포장이 이 말을 듯고 왈 그디 긔골이 쟝디ᄒᆞ고 언에 츙직ᄒᆞ니 날과 ᄒᆞᆫ가지로 그 도적을 줍으미 엇더ᄒᆞ뇨[22] (한남본)

포장이 이 말을 듯고 왈 그디 긔골이 쟝디ᄒᆞ고 언에 충직ᄒᆞ니 날과 ᄒᆞᆫ가지로 그 도적을 잡으미 엇더ᄒᆞ뇨[23] (어청교본)

텬위 진노ᄒᆞ샤 셔안을 쳐 굴오샤디 길동이란 도적이 너의 셔졔라

---

20) 한남본, 11장 전면.
21) 어청본, 8장 후면.
22) 한남본, 12장 후면.
23) 어청본, 9장 전후면.

ᄒ니 엇지 금단치 아니ᄒ고 그져 두어 국가의 대환이 되게 ᄒᄂ
뇨 네 만일 줍아드리지 아니ᄒ면 너의 부ᄌ의 튱효를 도라보지 아니
리니 ᄲᆯ리 줍아드려 됴션ᄃᆝ변을 업게 ᄒ라[24] (한남본)

    텬위 진노ᄒᄉ 왈 홍길동이란 너의 셔졔라 ᄒ니 네 만일 잡아드리
지 아니면 너의 부ᄌ의 튱효를 도라보지 아니리니 ᄲᆯ니 잡아드려 ᄂᆡ의
근심을 덜나 ᄒ시니[25] (어청교본)

                    ※ 한남본의 방점 부분 어청교본에 누결.

위에 든 예문 외에도 어청교본에 小句의 누락이 작품 전반부에 산견
됨을 첨언해 둔다. 또한 전반부는 한남본과 어청교본이 내용뿐만 아니
라, 문장의 표현 및 자자구구가 거의 같아서 이본적 차이가 별반 없으
나, 〈홍길동전〉 후반부부터는 양 본 사이에 플롯의 전개가 많이 상치
되는 곳을 산견할 수 있는데 이를 비교하여 플롯의 이본적 差質을 스
토리의 순위에 따라 들어보면 다음과 같다.

  ① 길동이 망명도생하기에 앞서 그의 음모자를 처결하는데, 길동이
처결하는 인물이 한남본에는 특재와 相者 두 사람으로 되어 있으나,[26]
어청교본에는 특재와 상자 및 무녀 세 사람으로 되어 있다.[27]

  ② 길동이 해인사의 약탈과 함경 감영의 습격이 있은 후, 그 소문을
두려워하여 초인을 만드는데 그 초인 수가 한남본에는 7인으로 되어
있으나,[28] 어청교본에는 8인으로 되어 있다.[29] 그러나 팔도를 생각하

---

24) 한남본, 15장 후면.
25) 어청본, 11장 전면.
26) 한남본, 6장 후면.
27) 어청본, 5장 후면.

여 8인이 합리적으로 보이나 실제로는 8인에다 진짜 길동을 합하면 9
인이 되므로 7인이 합리적이다. 완판본, 안성본, 활판본은 모두 한남본
대로 7인으로 되어 있음을 첨언해 둔다.

③ 길동이 조정을 하직하여 남경 지방을 두루 구경하고 나서 안처할
곳을 정하고, 다시 적굴에 돌아와 正租 1천 석을 싣기 위해 그 부속들
을 대기시키는 장소가 한남본에는 경성 한강으로 되어 있으나,[30] 어청
교본은 서울 서강으로 되어 있다.[31]

④ 길동이 조정에서 정조 1천 석을 허락받고, 전하를 뵙고 사은·하
직하는 장면에서, 한남본은 길동이 천비소생으로 사방으로 오유한 이
유를 말하여 전하로부터 1천 석을 허락받고, 사은·하직하는 등 간단
히 서술되었으나, 어청교본에는 아래 예문 방점 부분에서와 같이 길동
의 정조 1천 석의 요구, 길동의 開眼 거부, 전하의 정조 사급 및 그
종속의 하직 등 많은 내용이 부가되어 있다. 즉,

> 상이 경문왈 네 엇지 심야의 온다 길동이 디왈 신이 젼하를 밧드러
> 만세롤 뫼올가 ᄒ오나 천비쇼싱이라 문으로 옥당의 막히옵고 무로 션
> 천의 막힐지라 이러므로 ᄉ방의 오유ᄒ와 관부와 작폐ᄒ고 됴정의 득
> 죄ᄒ오믄 젼희 ᄋ르시게 ᄒ오미려니 신의 쇼원을 푸러쥬옵시니 젼ᄒ
> 을 하직ᄒ고 됴션을 쩌나가오니 복망 젼ᄒ는 만슈무강ᄒ쇼셔 ᄒ고 공
> 즁의 올라 표현히 ᄂ거늘 샹이 그 직죠를 못ᄂ 칭찬ᄒ시더라 이후로는
> 길동의 폐단이 업스미 ᄉ방이 티평ᄒ더라[32] (한남본)

---

28) 한남본, 11장 후면.
29) 어청본, 8장 후면.
30) 한남본, 20장 후면.
31) 어청본, 14장 후면.
32) 한남본, 20장 후면~21장 전면.

샹이 우문왈 경이 엇지 심야의 온다 길동이 디왈 신이 뎐하를 밧드
러 만세를 뫼시려 하오나 한갓 쳔비쇼싱이라 문과를 하오나 션쳔의
막히오니 이러무로 마음을 졍치 못하와 팔방으로 오유하와 무뢰지당
으로 관부의 쟉폐하옵고 됴졍을 요란케 하오믄 신의 일홈을 셩상이
아르시게 하오미러니 셩은이 융듕하와 신의 쇼원을 푸러쥬옵시니 감
스올 바를 모르옵고 이때 신이 뎐하를 하직하옵고 됴션을 쪄나 한업
난 길을 가오니 졍죠 일쳔셕을 셔강으로 니여 쥬옵시면 뎐하 덕틱
으로 슈쳔 인명이 보젼헐가 하나이다 상이 즉시 허락하시고 왈
젼일 경의 얼굴을 ㅈ셔이 못 보앗더니 금일 비록 월희는 얼골을
드러 나를 보라 하시니 길동이 비로소 얼굴을 드나 눈을 쓰지 아
니하거늘 상왈 엇지 눈을 쓰지 안느뇨 길동이 디왈 신이 눈을 쓰
면 뎐하 놀나실가 하나이다 상이 츳언을 드르시고 과연 범인이
아니물 짐작하시고 위로하시니 길동이 은혜를 스례하고 도로 공
즁의 소소아 가거늘 상이 그 신긔하믈 일캇고 익일의 션혜당 상
의게 젼지하스 졍죠 일쳔셕을 셔강 강변으로 슈운하라 하시니 혜
당이 아모란줄 모르고 거힝하엿더니 믄득 여러 스름드리 큰 비를
다리고 잇고 가며 왈 젼임 병죠판셔 홍길동이 쳔은을 입사와 졍
죠 쳔셕을 어더가노라 하거늘 이 연유로 샹달하온디 상이 소왈
길동을 스급헌 거시라 하시더라[33] (어쳥교본)

그런데 해당 면에 있어서 어청교본과 활판본을 비교할 때, 양자 그
내용과 표현이 거의 같으므로 어청교본이 활판본에 영향을 준 것임이
틀림없고, 완판본은 표현은 다르나 내용이 같아 양자 선후관계의 伯仲
을 가리기는 어려우나 그 상호 수수관계를 엿볼 수 있다. 안성본에는

---

33) 어청본, 14장 후면~15장 전면.

이 내용 중 길동의 개안거부 설화가 누결되어 있으나, 該本 역시 그 표현이 같으므로 어청교본의 영향을 규지할 수 있고, 필사본은 어청교본과 꼭 같다.

⑤ 길동이 요괴를 퇴치하는 장면에 있어서, 요괴 퇴치 후, 白龍의 딸 백 소저와 趙鐵의 딸 조 소저를 구출하여 양 처로 삼는데, 해당 면이 한남본에는 간단히 뼈대만 진술되어 있으나,[34] 어청교본에는 백·조 양 소저가 경국지색이라는 등, 길동이 백·조 양 소저를 백룡과 조철에게 찾아 주니 대연을 배설해 주었다는 등, 또는 길동이 20세가 넘도록 원앙의 낙을 모르다가 양 처를 맞이하여 일조에 繾綣의 정을 누렸다는 등 한남본보다 훨씬 소설적으로 과장되어 있다. 어청교본의 과장된 장면은 안성본, 활판본, 필사본에도 삽입되어 있다.[35]

⑥ 길동이 율도국을 쳐 鐵峯 太守 金顯忠과 교전하는 장면에, 한남본에는 교전 일합에 김현충이 전사하는 것으로 간단히 처리되어 있으나, 어청교본에는 아래 예문의 방점 부분에서와 같이 길동이 김현충과 교전하는데 군담소설에서 볼 수 있는 戰陣法이 등장하고, 뿐만 아니라 김현충도 전사하지 않고 항복하는 것으로 되어 있다. 즉,

> 티슈 김현츙이 난디업는 군믹 이르믈 보고 디경ᄒ여 일변 왕의게 보ᄒ고 일지군을 거ᄂ려 니다라 ᄊ호거늘 길동이 ᄆᆞᆽ ᄊ와 일홉의 김현츙을 버히고 쳘봉을 엇어 빅셩을 안무ᄒ고(하략)[36] (한남본)

> 쳘봉티슈 김현츙이 ᄂᆞ디업는 군믹 니르믈 보고 디경ᄒ여 일변 왕의

---

34) 한남본, 22장 전면.

35) 어청본, 17장 전후면.

36) 한남본, 23장 후면~24장 전면.

게 보ᄒ고 일군을 거ᄂ려 쏧시 길동의 용밍을 아지 못ᄒ고 달녀
들어 슈합이 못ᄒ여 디퓌ᄒ여 도라와 견벽불출ᄒ거늘 길동이 졔
장을 모ᄒ고 의논왈 우리 이 곳의 드러와 양ᄎᆡ부족ᄒ니 만일 날
이 오리면 디ᄉᆞ를 일우지 못ᄒ리니 계교로셔 쳘봉티슈를 잡고 그
양초를 아셔 도셩을 치면 엇지 계교 아니리요 ᄒ고 장슈를 ᄉᆞ쳐
의 미복ᄒ고 마슉으로 졍병 오쳔을 거ᄂ려 여ᄎᆞ여ᄎᆞᄒ라 ᄒ니 마
슉이 ᄂᆞ 쏨을 도도니 현츙이 니다라 쏘ᄒ더니 미급슈합의 마슉
이 거즛 퓌ᄒ여 본진으로 도라오니 현츙이 뒤를 ᄯᆞ르ᄂᆞᆫ지라 길동
이 공즁을 향ᄒ여 진언을 염ᄒ니 이윽고 오방신쟝이 디군을 거ᄂ
려 일시의 에워쓰니 동은 쳥뎨쟝군이요 남은 뎍뎨쟝군이요 셔ᄂᆞᆫ
빅뎨쟝군이요 북은 흑뎨쟝군이요 즁앙은 길동이 황금투고의 디
도를 들고 즛쳐 드리가니 반합이 못ᄒ여 현츙의 탄 말을 질너 업
지르고 디즐왈 네 죽기를 앗기거든 ᄲᅡᆯ니 항복ᄒ라 현츙이 익걸왈
쇼쟝이 임의 잡히엿스니 잔명을 구ᄒ쇼셔 길동이 항복ᄒᆞᆯ을 보고
그 민 거슬 글ᄂᆞ고 위로ᄒ며(하략)[37] (어쳥교본)

⑦ 길동이 철봉 태수 김현충을 패배시키고 난 후 한남본에는 율도왕
이 주력이 꺾여 하는 수 없이 항복하여 길동이 이를 義寧君까지 봉하
여 길동의 신하가 되는데,[38] 어청교본에는 율도왕이 항복하는 것이 아
니라 왕비와 세자 등 가족과 함께 모두 자결하는 것으로 되어 있다.[39]

⑧ 길동이 율도국을 점령하고 왕으로 즉위하고 나서 어청교본에는
그 가족을 모두 책봉하는데, 해당 면은 한남본에는 전무하다.

---

37) 어쳥본, 19장 후면~20장 전면.
38) 한남본, 24장 전면.
39) 어쳥본, 20장 후면.

왕이 인ᄒ여 부인 빅씨와 됴씨로 왕비를 봉ᄒ고 부친을 츄존ᄒ여 현덕왕을 봉ᄒ고 모친은 디비를 봉ᄒ고 빅용 됴쳘노 부원군을 봉ᄒ여 궁실을 ᄉ급ᄒ고 부친 능호를 션능이라 ᄒ고 능상의 올ᄂ 졔문지여 졔ᄒ고 모부인 유씨로 현덕왕비를 봉ᄒ여 환ᄌ와 시신을 졔도의 보니여 디비와 왕비를 영졉ᄒ여 오니라⁴⁰⁾ (어청교본)

⑨ 길동이 왕위를 얻은 후 백룡을 시켜 조선 왕에게 표문을 올렸는데, 한남본에는 "빅용이 됴션의 득달ᄒ여 믄져 표문을 올닌디 샹이 표문을 보시고 디찬왈 홍길동은 진짓 긔지로다"로⁴¹⁾ 되어 있을 뿐, 표문의 내용이 없으나, 어청교본에는 표문의 전문이 다음과 같이 삽입되어 있다.

빅용이 봉명이 봉명퇴죠ᄒ고 즉일 발ᄒᆡᆼᄒ여 죠션을 향ᄒ니라 각셜 샹이 구형ᄒ는 졍죠를 쥬어 보닌 후로 십 년이 갓가오ᄂ 소식이 업ᄉ 물 ᄀ히녀기시더니 일일은 문득 률도왕의 표문이라 ᄒ고 올니거늘 샹이 놀라시며 ᄶ혀보시니 ᄒ엿스되 젼임판셔 률도국왕 신 홍길동은 돈슈빅비상언우 죠션국 셩상탑ᄒ ᄒ옵ᄂ니 신이 본디 쳔싱으로 마음이 편협ᄒ와 셩상의 텬심을 산란케 ᄒ오니 이만 불츙이 업삽 고 ᄯ 신의 아비 쳔헌 ᄌ식으로 말미암아 신병이 되오니 이런 불 효 업습거늘 뎐히 이런 죄를 ᄉᄒ시고 벼살을 더ᄒ시며 졍죠 쳔 셕을 환상ᄒ오니 복망 셩상은 신의 외람헌 죄를 ᄉᄒ시고 만슈무 강 ᄒ옵쇼셔 ᄒ엿더라⁴²⁾ (어청교본)

---

40) 어청본, 20장 후면.
41) 한남본, 24장 후면.
42) 어청본, 21장 후면.

위의 인용문 중 방점 부분의 표문에 있어서 "이런 죄를 스ᄒ시고 벼살을 더ᄒ시며"와 "졍죠 쳔 셕을 환샹ᄒ오니"는 판각 중 부주의로 내용의 일부가 누결되었는지는 알 수 없으나 문맥이 잘 연결되지 않는다.

⑩ 조선 왕이 율도국 왕 홍길동의 표문을 보고 인형으로 慰諭使를 봉하는데 있어서 한남본에는 조선 왕이 스스로 인형을 위유사로 봉하나,[43] 어청교본에는 인형의 구구한 사정을 들은 후, 인형의 요청에 의하여 그를 위유사로 봉한다.[44]

위의 어청교본의 내용을 보면, "모부인끠 탑전셔찰은 보니 눌다려 다녀가믈 닐러쓰니"는 문맥이 전연 통하지 않는다. 그러나 활판본을 보면 "탑젼셜화를 고하니 모부인이 갈아대 길동의 글월을 보니 날다려 단여감을 일넛스니"라 되니 문맥이 잘 통하고 있음으로 보아 어청교본의 텍스트가 불비한 것은 판각의 부주의도 다분히 있음을 알 수 있다.

⑪ 율도국의 자녀가 삼자이녀임은 양 본이 일치하지만 한남본에는 장자 차자가 백씨 소생으로 되어 있고, 삼자 차녀는 조씨 소생으로 되어 있으나, 어청교본에는 장자만이 백씨 소생이요 차자 삼자는 모두 조씨 소생으로 되어 있고, 이녀는 따로 궁인 소생으로 되어 있다.

　　왕이 숨ᄌ이녀을 싱ᄒ니 댱ᄌ ᄎᄌ는 빅시 쇼싱이요 샴ᄌᄎ녀는 됴씨 쇼싱이라 댱ᄌ 현으로 셰ᄌ을 봉ᄒ고 기여는 다 봉군ᄒ니라[45] (한남본)

---

43) 한남본, 24장 후면.
44) 어청본, 21장 후면~~22장 전면.
45) 한남본, 24장 후면.

왕이 일즉 삼ㅈㅈ이녀를 두엇스니 장ㅈ의 명은 현이니 빅씨 쇼성이요 ᄎᄌ의 명은 창이요 삼ㅈ의 명은 열이니 다 됴씨 소성이요 니녀는 궁 인의 쇼성이니 기기히 부풍모습ᄒ여 긔골이 장더ᄒ고 문장이 찬란ᄒ 며 일셰긔남지라 장ᄌ로 셰ᄌ를 봉ᄒ고 기ᄎ는 각각 봉군하며 니녀는 부마를 간퇵ᄒ니 그 거룩ᄒ미 곽분의 비길너라46) (어청교본)

⑫ 율도 왕 길동이 작고함에 있어서, 한남본에는 병사로 간단히 처 리되었으나 어청교본에는 일반 고대소설의 주인공이 말년에 仙人의 안내로 乘雲昇天하는 것과 같이 길동이 일일은 永樂殿에서 왕비와 함께 無常歌를 부르고 한 노옹의 안내로 백일승천하는 것으로 되어 있다.

· 왕이 치국 삼십 년의 홀연 득병ᄒ여 붕ᄒ니 쉬 칠십이셰라 왕비 이 어 붕ᄒ미 션능의 양당ᄒ 후 셰지 즉위ᄒ여 더더로 계계승승ᄒ며 태평 을 누리더라47) (한남본)

등극 삼십 년의 년긔 칠슌이라 여년의 부다ᄒ믈 짐작ᄒ고 뎍송자의 ᄌ최를 찻고져 ᄒ더니 일일은 왕이 후원 영낙뎐의 올ᄂ 이원풍악을 진쥬ᄒ고 산쳔경긔를 완상ᄒ며 노릭를 지여 부르니 그 노릭의 왈 세 상ᄉ를 싱각ᄒ니 플꼿히 아슬갓도다 빅년을 산다ᄒᄂ 이 쏘흔 부운갓 도다 귀쳔이 써잇스미여 다시 보기 어렵도다 슬프다 소년이 이졔러니 빅발된 줄 엇지 알니 아마도 안긔셩 뎍송ᄌ의 ᄌ최를 조ᄎ미 가ᄒ도 다 ᄒ고 두 왕비와 흔가지로 열낙ᄒ더니 문득 오식 구름이 젼각을 두 르며 향닉 진동ᄒ더니 일위 빅발노옹이 쳥녀장을 집고 속발관을 쓰고

---

46) 어청본, 22장 후면.
47) 한남본, 24장 후면.

학창의 입고 뎐상의 오르며 공슌이 일너왈 그디는 인간즈미 엇더ㅎ
더ㅎ뇨 이졔 우리 셔로 쳐쇼의 모도리니 갓치 가미 엇더ㅎ뇨 ㅎ고 집
허던 뉵환장으로 난간을 치니 홀연 뇌셩벽녁이 텬디진동ㅎ더니 믄득
왕과 두 왕비 간 디 업는지라 삼즈와 모든 시녜 이를 보고 망극ㅎ여
일장 통곡ㅎ다가 거즛 관곽을 갓쵸와 녜로셔 신능을 졍ㅎ여 안장ㅎ고
능호 현능이라 ㅎ니라 셰지 즉시 디위의 올ㄴ 만죠신ㅎ를 옹위ㅎ여
쳔셰를 부르며 각 읍의 스문을 ㄴ리와 빅셩을 안무ㅎ여 십 년 부셰를
견감ㅎ니 만셩인민이 그 덕을 닐캇더라 왕이 친이 뎨문 지어 션능의
치례ㅎ시고 셩사를 어질게 다스리니 조얘 칭평ㅎ고 년년 풍등ㅎ여 월
ㅎ의 격양가를 부르더라 셰월이 여류ㅎ여 왕이 쏘흔 삼즈를 두엇스니
쏘한 총명ㅎ여 셩즈신손이 계계승승ㅎ여 우금가지 왕업을 누리니 만
고의 희흔흔 일이라 니러므로 일을 긔록ㅎ여 후셰의 젼ㅎ니라[48]

(어청교본)

위 어청교본의 인용문에서와 같이 길동이 그의 만년에 영락전에서
왕비와 함께 산천경개를 완상하다가 무상가를 부르며 한 노옹의 안내
로 승천하는 장면은 〈홍길동전〉 원본의 스토리가 아니라, 〈구운몽〉
말미에 출현하는 주인공 楊少游가 그의 만년에 팔 선녀를 데리고 翠微
宮 經南山에서 노닐던 중 인간의 무상을 느끼고 육관대사의 환술로
각몽하는 장면과 그 상이 흡사한 것으로 보아 이를 모방한 것이라 본
다. 더구나 노옹이 길동에게 던지는 위 예문의 방점 부분 "그디 인간즈
미 엇더ㅎ더뇨"는 〈구운몽〉의 육관대사가 양소유의 부귀공명을 幻으
로 깨우치기 위하여 던지는 "人間滋味果如何耶"를 그대로 인용한 것
이다. 이 외에 어청교본의 "뉵환장", "난간", "속발관" 등의 어구도

---

48) 어청본, 23장 전후면.

<구운몽>에서 비롯됐다고 보아진다. 그러므로 어청교본의 해당 면은 실제로 <구운몽>의 영향을 받았다고 단언해도 좋을 것이다. 그 이유는 다음과 같은 두 가지로 어청교본의 해당 면이 <구운몽>을 읽은 바 있는 후인이 적당히 삽입해 놓았을 것이라는 것이다.

첫째, 어청교본의 말미는 구성상 도교형의 일종으로 보아야 하겠는데, 일반 고대소설의 도교형으로 말할 것 같으면, 대개가 주인공의 출생과정이 도교형일 때 그의 만년도 도교형으로서 신선의 안내로 승천하는 것이 통례인데, 어청교본은 출생과정에 대하여는 아무런 도교형의 과정을 엿볼 수 없고, 다만 스토리의 종말에 도교형이 삽입됐다는 것은 일종의 파격으로 후인의 삽입임에 틀림없다는 것이다.

둘째, <홍길동전>은 강력한 반항의식이 스며 있는 작품으로 홍길동이 庶族을 天恨으로 여겨 가출하여 그의 만년에 율도국까지 건설하여 그의 이상향을 실현한 것인데 작자가 과연 어청교본에서와 같은 무상가를 삽입해 놓았을까 하는 의심을 갖게 함으로써 이야말로 후인의 삽입으로 볼 수밖에 없다는 것이다.

4) 완판본

완판본은 단책 36장이며, 판광은 세로가 21.5cm 가로가 17cm이고 매 면 15행, 매 행 23자 내지 36자로 되어 있고, 필체는 18장까지는 <열녀춘향수절가>, <심청전>, <구운몽> 등의 완판본에서와 같이 해서체로 되어 있으나, 19장 이하는 아주 딴판으로 반초서체로 되어 있다. 판심은 18장까지는 서명 약호 <홍>자 상위에 魚尾는 下向黑魚尾에 상향 白線이 있고, 제19장 이하는 서명 약호 <홍>자 상위에 어미는 하향흑어미로 되어 있다.

철자는 경판 한남본이나 어청교본에 비해 상당히 불규칙하며, 오자
도 굉장히 많다. 그리고 간기에 대해서는 미상이어서 그 출간연도는
전연 알 수 없으나 완판본에도 한남본에 못지않은 고어가 산견된다.

　　죄을 의논ᄒᆞ면 맛당이 연좌홀 거시로되 고위 안셔ᄒᆞ나니
　　지혜와 식견이 범스롭두고 더ᄒᆞ되

그러나 완판본이 한남본보다 후행하리라는 짐작은 우선 철자에 있
어서 존재사 '있다'가 한남본에는 고형 '잇다'로 표기되었으나 완판본
에는 신형 '있다'로 표기되었고, 동사의 활용어미 '하다'가 한남본에는
한결같이 고형인 'ᄒᆞ다'로 표기되어 있으나, 완판본에는 'ᄒᆞ다', '허다',
'하다'로 혼용 표기되었다는 것인데, 이는 이미 언급한 바 있다. 또한
구성면에서 완판본을 한남본과 대비해 볼지라도 한남본은 구성이 정
확하지만, 완판본은 구성이 허술한데다 스토리도 한남본에 비해 상당
히 길지만, 구성상 무리가 많아 후인이 첨보한 흔적이 엿보이고 이로
미루어 보면, 완판본은 후인이 그 이전에 존재했던 한남본을 대본으로
하여 어청교본도 참고하여 적당히 첨보하지 않았나 생각된다.

완판본이 구성상 무리가 많다는 것은 이미 언급한 바와 같이 길동의
庶兄인 이조판서 인형(길현)의 경상감사로서의 轉職 문제, <홍길동
전>의 서두에 나타난 호부호형의 처리 및 활빈당의 조직 시기 등이며,
해당 면 외에 덧붙여 예를 들면 다음과 같다.

첫째, 길동이 집을 나가 적굴에 이르러 괴수가 되는데 있어서 한남
본에는 群賊이 길동을 녹녹치 않은 인간으로 알고 천근 석을 들라고

권고하니 길동이 이를 거뜬히 들어 자연스럽게 괴수가 되는 것으로 처리되었다. 그러나 완판본은 길동이 괴수가 되기를 자청하니, 군적은 천근 석을 드는 것과 해인사의 약탈 두 가지 수행을 조건으로 괴수가 되는 것을 허락한다는 것인데, 길동은 천여 근의 초부 石을 들었을 뿐, 해인사의 약탈이 미처 수행되기 전에 괴수가 된다는 것은 이미 언급된 바와 같이 스토리의 구성상 모순이다.

둘째, 길동이 초인을 만드는 목적에 대하여 한남본에는 해인사의 약탈과 함경 감영의 습격이 있은 후, 조정에서 이미 자기 성명을 써 붙여, 이로 인하여 체포될까 두려워한 나머지 초인을 만드는 것으로 그 처리가 퍽 자연스러우나, 완판본에는 불행히 몸이 녹림에 이르렀지만 본심은 입신양명에 있었는데 천대를 못 이겨 이왕 녹림에 이르렀으니 괴기를 부려 세상에 양명을 위해 초인을 만드는 것으로 되어 작품 주제와 모순이 아닐 수 없다. 즉,

> 일일은 길동이 싱각ᄒ되 닉의 팔즈 무상ᄒ여 집을 도망ᄒ여 몸을 녹님 호걸의 붓쳣시나 본심은 아니라 입신양명ᄒ여 우회로 임군을 도와 빅셩을 건지고 부모의게 영화을 뵈일 거시어놀 남의 천디를 분이 녀겨 이 지경이 이르럿시니 ᄎᆞ라리 일노 인ᄒᆞ여 큰 일홈을 어더 후셰에 젼ᄒ리라 ᄒ고 초인 일곱을 망그라 각각 으십 명식 영거ᄒ여 팔도의 분발홀시 다 각긔 혼빅을 붓쳐 조화 무궁ᄒ니 군스 셔로 의심ᄒ며 어닉도 ᄀᆞ난거시 ᄎᆞᆷ길동인쥬을 모로더라[49] (완판본)

셋째, 한남본에 길동이 그의 부 홍 승상이 작고하니 堤島 月峰山에 산소를 준비하여 놓고 조선에 가 홍 승상을 운구하여 장례를 치르는

---

49) 완판본, 14장 후면.

장면에, 완판본을 보면, 길동이 인형과 함께 조선에서 兩次 명당을 찾는 장면이 출현하는데 해당 면은 한남본에는 전연 나타나 있지 않고, 그대로 제도로 떠나기 전에 이미 월봉산에다 國陵 격의 명당을 마련한 것으로 처리됐다. 즉, 완판본에 "길동이 군수룰 거느리고 월봉산의 드러ㄱ 산지을 살펴 명당을 졍ᄒ고 날을 갈희여 역ᄉ을 시작ᄒ여 좌우 산골과 분묘을 능과 ㄹ치 ᄒ고"50)의 전게문이 있음에도 불구하고 조선 내에서 길동이 "길동이 그 형을 모시고 흔고듸 이르러 ㄱ르쳐 왈 이 고싀 쇼졔의 졍ᄒ 싼히로소이다"51)에서와 같이 인형을 데리고 명당을 찾는다는 것은 불필요의 첨보이며 스토리의 전개상 모순이 아닐 수 없다.

넷째, 길동의 태부인 류씨의 물고 처리에 있어서, 한남본에는 류씨가 율도국에서 작고하여 光陵에 雙葬하는 것으로 되어 있는데, 완판본에는 인형이 율도국을 다녀온 후, 재차 율도에 가지 못하고 모부인 류씨가 작고하매, 조선 선산에다 처리한 것은 하나의 異狀으로 보겠으나 스토리의 전개로 보아 모순되는 점은 류씨의 작고가 한남본서는 길동의 사전에 처리되어 순조로우나, 완판본에는 길동의 사후로 처리되어 고대소설의 구성상 부자연하다는 것이며, 또한 인형(길현)의 이야기가 너무 지리하게 나타나 있을 뿐 아니라, 길동이 이미 작고하여 차세에 없음에도 불구하고 "믹일 친손을 싱각ᄒ고 동싱을 보고져 ᄒ되 남북의 길이 갈이여 스러ᄒ믈 마지아니ᄒ더라"52)로 스토리의 종결을 맺어 놓은 것을 모순이라기보다 난센스가 아닐 수 없다.

---

50) 완판본, 29장 전면.
51) 완판본, 30장 후면.
52) 완판본, 36장 전면.

위에서 언급된 것 외에도 사소한 모순이 곳곳에 나타나 있으나 한남
본과의 대교에서 밝혀질 것이다. 여기에 하나 덧붙여 둘 것은 완판본
은 철두철미 배불사상에 입각되어 있다는 것이다. 한남본에는 길동이
해인사를 약탈하는 장면만 나타났을 뿐, 그에 대하여 아무런 논평이
없으나, 완판본에는 길동이 해인사를 약탈하고 나서 조정에서 문초를
받을 때, 승도에 대하여 무위도식하고 혹세무민하는 것이라 하여 다음
과 같이 譏評하고 있다.

　　길동이 복쥬왈 불도라 ᄒ옵난 거시 셰상을 소긔고 빅셩을 혹게 ᄒ
　여 갈지아니 ᄒ고 빅셩의 곡식을 취ᄒ여쓰지 아니ᄒ고 빅셩의 의복을
　소겨 부모의 발부를 샹ᄒ야 오랑키 모양을 숭상ᄒ며 군부을 ᄇ리고 부
　셰를 도망ᄒ오니 이예 더흔 불의지스 업스오며(하략)53) (완판본)

그리고 조정에서 길동의 병조판서 제수 여부에 대하여 반론에 선
자와 무위도식하는 승도 및 세도가 자제를 길동이 도술을 부려 응징하
는 장면이 완판본에 출현하는데, 해당 면도 한남본에는 전무하며, 다시
한남본에는 길동이 堤島에서 천문을 보고 홍 승상의 위독함을 알고
삭발위승하여 귀국하는 장면이 출현하는데 완판본에는 길동의 삭발위
승에 대하여 일언도 없음은 완판본 작자의 척불사상에서 기인한 의식
적인 삭제라고 보겠다. 그러면 한남본과 비교하여 완판본의 異狀을 스
토리의 순위에 따라 적으면 다음과 같다.

① 시대적 배경에 있어서 한남본에는 막연히 세종조 시절로 되어 있
으나, 완판본에는 세종대왕 즉위 15년이라 명기되어 있고, 길동의 출

---

53) 완판본, 22장 전면.

생 성장지에 있어서 한남본에는 아무런 언급이 없으나, 완판본에도 "홍의문 밧긔"로 되어 있고, 길동의 부의 이름에 있어서도 한남본에는 홍모라 되어 있는데, 완판본에는 "홍문"이라 되어 있다. 그러나 그 후 "홍문", "홍모"로 혼용된다.

　　화셜 됴션국 세종됴 시졀의 흔 지상이 이시니 셩은 홍이오 병은 뫼라 더더명문거족으로 소년등과ᄒ여 벼살이 니죠판셔의 이른미 물망이 됴야의 웃듬이오 츙효겸비ᄒ기로 일홈이 일국의 진동ᄒ더라[54] (한남본)

　　됴션국 세종디왕 즉위 십오 년의 홍의문 밧긔 흔 지상이 잇스되 셩은 홍이오 명은 문이니 위인이 쳥염강직ᄒ여 덕망이 긔특ᄒ니 당세의 영웅이라 일직 용문의 올나 벼살이 할림의 쳐ᄒ엿더니 명망이 됴셩의 웃듬되미 젼하 그 덕망을 승히 녀기스 벼살을 도도와 이죠판셔로 좌으졍을 ᄒ이시니 승상이 국은을 감동ᄒ야 갈츙보국ᄒ니 스방의 일이 업고 됴젹이 업스미 시화년풍ᄒ여 나라이 태평ᄒ더라[55] (완판본)

② 길동의 嫡兄의 이름이 한남본에는 "인형"으로 되어 있으나, 완판본에는 "길현"으로 되어 있고, 길동의 庶母이며 홍 승상의 총첩인 谷山母의 이름이 한남본에는 "초난"으로 되어 있으나, 완판본에는 "초낭"으로 되어 있으며, 홍 승상의 정실, 즉 길동의 嫡母는 한남본에는 "뉴씨"로 되어 있으나, 완판본에는 막연히 "부인"으로 되어 있고, 捕將에 대하여는 한남본은 "우포장 이흡"으로 되어 있으나, 완판본은 "포도대장 이업"으로 되어 있다.

---

54) 한남본, 1장 전면.
55) 완판본, 1장 전면.

③ 길동이 採藥 차 망당산으로 들어가서 요괴를 퇴치한 후, 상봉한 것은 落川縣 백룡의 딸 외에 한남본에는 또한 사람 조철의 딸이 있는데, 완판본에는 "흐낫흔 낙쳔현 빅뇽의 여ᄌ요 쏘 두 여ᄌ는 졍통양인의 녀ᄌ"56)에서와 같이 조철의 딸 대신에 "졍통양인"의 딸이 등장한다.

④ 홍 판서가 꾼 길동의 탄생의 몽조가 한남본에는 간단히 줄거리만 나타나 있으나, 완판본에는 많은 수식어가 첨보되어 있다.

> 션시의 공이 길동을 나홀 쩌의 일몽은 어드니 문득 뇌셩벽녁이 진동ᄒ여 쳥룡이 슈염을 거스리고 공의게 향ᄒ여 다라들거늘 놀나 ᄭᅵ다르니 일쟝츈몽이라57) (한남본)

> 일일은 승상 난간의 비겨 잠ᄭᅳᆫ 조의더니 흔 풍이 길을 인도ᄒ여 흔 고듸 다다르니 쳥산은 암암ᄒ고 녹슈난 양양흔듸 세류쳔만ᄭᅳ지 녹음이 파스ᄒ고 황금갓튼 ᄭᅬᄭᅩ리난 츈홍을 희롱ᄒ여 냥뉴간의 왕닉하며 긔화요초 만발흔듸 쳥학 빅학이며 비취공작이 츈광을 ᄌ랑ᄒ거날 승상이 경물을 귀경ᄒ며 졈졈 드러가니 만쟝졀벽은 하날의 다엇고 구뷔구뷔 벽계수난 골골이 폭포되어 오운이 어리엿난듸 길이 ᄭᅳᆫ쳐 갈 바을 모르더니 문득 쳥룡이 물결을 혜치고 머리를 드러 고함ᄒ니 산악이 믄허지난듯ᄒ니 그 용이 입을 버리고 긔운을 토ᄒ며 입으로 드러보거날 ᄭᅵ다르니 평싱ᄃᆡ몽이라58) (완판본)

⑤ 길동이 성장하여 재질이 뛰어나니 한남본에는 다만 "공이 일면 깃거ᄒ나 부인에게 나지 못ᄒᄆᆯ 한ᄒ더라"59)에서와 같이 길동이 정실

---

56) 완판본, 28장 전면.
57) 한남본, 1장 전면.
58) 완판본, 1장 전후면.

류씨의 몸에서 태어나지 못함을 한한다고 간단히 처리되었으나, 완판
본에는 대화체로 길게 첨보되어 있다.

　　일일은 승상이 길동을 다리고 닉당의 드러ㄱ 부인을 디흐야 탄식왈
　　이 아히 비록 영웅이오나 천성이라 무엇시 쓰리오 원통홀수 부인의 고
　　집이여 막급이로소이다 부인이 그 연고을 뭇즈오니 승상이 양미를 빈
　　축흐여 왈 부인이 젼일의 닉 말을 드르시던들 이 아이 부인 복즁의 낫
　　슬낫다 엇지 천성이 되리요 인흐여 몽스얼 셜화흐시니 부인이 츄연왈
　　츠역 쳔슈니 엇지 일력으로 흐오릿ㄱ[60] (완판본)

　⑥ 길동이 성장하여 재질이 과인하여 장차 洪門의 멸문지화를 생각
하여 길동을 살해코자 하는 이유를 설화하는 장면에, 한남본에는 그
설화자가 류씨와 인형으로 되어 있으나, 완판본에는 초낭(草蘭)으로
되어 있다.

　　부인과 좌랑이 눈물을 흘려 왈 이는 춤아 못홀 비로디 쳣지는 나라
　　을 위흐미오 둘지는 샹공을 위흐미오 셋지는 홍문을 보죤흐여라 너의
　　계교디로 힝흐라[61] (한남본)

　　초낭이 다시 엿즈오디 이 일이 여러ㄱ지 관여흐오니 흐나은 국ㄱ을
　　위홉이요 두른 디감의 환우을 위흐미요 세슨 홍씨 일문을 위흐미니 엇
　　지 져근 스셩으로 우유부단흐와 여러ㄱ지 큰 일을 싱각지 아니흐시오
　　후회막급이 되오면 엇지 흐릿고[62] (완판본)

---

59) 한남본, 1장 후면.
60) 완판본, 2장 전면.
61) 한남본, 5장 후면.
62) 완판본, 6장 후면.

⑦ 길동이 해인사를 약탈할 때, 이를 목격한 자에 대하여, 한남본에
는 불목한이 외출했다가 이 광경을 보고 관아에 고한 것으로 되어 있
는데, 완판본에는 寺中의 한 목공이 연회에 참예치 아니하고 절을 지
키다가 이를 목격하여 관가에 고한 것으로 되어 있다.

　　　　이쩌 불목한이 맛춤 나갓다가 이런 일을 보고 즉시 관가의 고ㅎ니[63]
　　　　　　　　　　　　　　　　　　　　　　　　　　　　　　(한남본)

　　　　이쩌 ᄉ즁의 한 목공이 잇셔 이 즁이 춤예치 아니ㅎ고 졀을 직키다
　　ᄀ 난듸없ᄂ 도젹이 드러와 고를 열고 졔것 ᄀ져ᄀ다시 ᄒ미 급피 도
　　망ᄒ여 합쳔 관가에 ᄀ 이 연유을 알외니[64] (완판본)

⑧ 길동이 함경 감영의 錢穀과 軍器를 수탈하는 이유가 한남본에는
함경 감사가 탐관오리로 준민고택하여 백성이 도탄에 빠진 것을 구제
키 위한 것으로 되어 있는데, 완판본에는 막연히 장차 人君을 보좌키
위해 병법의 조련으로 함경 감영을 치는 것으로 되어 있다.

　　　　일일은 길동이 졔인을 모르고 의논왈 이졔 함경감ᄉ 탐관오리로 쥰
　　민고틱ᄒ여 빅셩이 다 견듸지 못ᄒᄂ지라 우리들이 그져 두지 못ᄒ리
　　니 그듸등은 나의 지휘듸로 ᄒ라[65] (한남본)

　　　　일일은 길동이 졔젹을 불너 의논왈 우리 비록 녹님의 몸을 붓쳤시
　　나 다 나라 빅셩이라 셰듸로 이 나ᄅ 슈통을 먹으니 만일 위틱ᄒ 시졀
　　을 당ᄒ면 맛당이 시셕을 무릅씨고 인군은 도을지니 엇지 병법을 십쓰

63) 한남본, 10장 전면.
64) 완판본, 13장 전면.
65) 한남본, 11장 전면.

지 아니ᄒ리오 이졔 군긔을 도모홀 모칙이 잇시니 아모날 함경감영 남
문 밧긔 능소 근쳐의 시초을 슈운ᄒ엿다ᄀ 오날밤 ᄉ경의 블을 노흐되
능소의ᄂ 범치 못ᄒ게 ᄒ라 나난 나문 군ᄉ을 거ᄂ리고 지다려 감영의
드러ᄀ 군긔와 창고을 탈취ᄒ리라[66] (완판본)

⑨ 길동이 활빈당 조직에 있어서 한남본에는 해인사 약탈 직후에 활
빈당이 조직되는데, 완판본에는 해인사와 함경 감영의 약탈 이후에 조
직된다. 그러나 완판본에 있어서 한남본에 있는 榜文 "활빈당 힝수 홍
길동이라"를 삽입키 위해 아래 예문에서와 같이 감영 북문에 방문을
붙인 이유로 애매한 백성이 잡혀 고생하면 천벌이 두렵다는 등의 이유
를 든 것은 무리가 많으며, 해당 면에 "감영 북문"의 출현은 전면에
없는 것으로 순전히 한남본을 인용하여 스토리 전개상 무리와 모순이
많은 것이다.

> 이후로 길동이 ᄌ호룰 활빈당이라 ᄒ여 됴션팔도로 단니며 각읍슈
> 령이 불의로 지물이 이시면 탈취ᄒ고 혹 지빈무의ᄒᄌ 이시면 구졔ᄒ
> 여 빅셩은 침범치 아니ᄒ고 나라의 쇽ᄒ 지물은 츄호도 범치 아니ᄒ
> 니 이러므로 졔적이 그 의취룰 탄복ᄒ더라[67] (한남본)

이날 밤의 길동이 동즁의 도라와 잔치을 베풀고 질긔며왈 우리 이
졔난 빅셩의 지물은 츄호도 탈취치 안코 각읍수령과 방빅의 쥰민고틱
ᄒ는 지물을 노략ᄒ야 혹 불샹ᄒ 빅셩을 구졔홀지니 이 동호를 활빈
당이라 ᄒ리라 ᄒ고 쏘 ᄀ로디 함경감영 의미 군긔와 곡식을 일코 우
리 종젹을 아지 못ᄒ미 져간의 이미ᄒ 빅셩게 도라보면 ᄉ람은 비

---

66) 완판본, 13장 전면.
67) 한남본, 10장 후면.

록 아지 못ᄒᆞᄂ 천벌이 두렵지 아니ᄒᆞ랴 ᄒᆞ고 즉시 감영북문의 셔부
치되 창고와 군긔 도적ᄒᆞ긔난 활빈당 쟝슈 홍길동이라 ᄒᆞ여더라[68]

(완판본)

⑩ 길동이 각지로 돌아다니며 난동하니 조정에서 길동의 부 홍모와
庶兄 인형을 잡아들여 문책하는 장면에, 한남본에는 길동이 홍모의 서
자라는 것을 왕에게 아뢰는 것이 막연히 "一人"으로 되어 있으나, 완
판본에는 "우 승상"으로 되어 있고, 인형으로 하여금 경상감사를 제수
하는데도, 한남본에는 拿囚된 부친을 사해주면 길동을 잡는데 주력하
겠다는 인형의 말을 듣고 왕이 그로 하여금 경상감사를 제수하는데,[69]
완판본에는 길동의 부친은 나수하고 인형으로 하여금 경상감사를 제
수하면 길동이 자수할 것이라는 우 승상의 제언이 있고, 이야기는 일
단 끝났다가, 후에 다시 한남본에서와 같이 나수된 그의 부친을 사해
調病케 해주면 길동을 잡겠다는 인형의 제언을 듣고 왕이 그로 하여금
경상감사를 제수하는 것으로 되어 있다.[70] 말하자면 인형의 경상감사
를 제수의 건이 이중화된 셈이다. 이는 결국 완판본이 한남본을 텍스
트로 하여 출래한 증거도 된다.

⑪ 인형이 경상감사로 부임하여 길동의 자수를 권유하는 방문의 내
용이 한남본에는 인륜·父病 등 짤막하게 나타나 있지만,[71] 완판본에
는 이 외에도 한남본에 비해 팔십 老父가 길동으로 인하여 주야 염려
로 와병케 되었고, 뿐만 아니라 난신적자가 洪門에 날 줄은 뜻하지 아

---

68) 완판본, 14장 전후면.
69) 한남본, 15장 전면.
70) 완판본, 18장 전면.
71) 한남본, 16장 전면.

니하였다는 등 새로운 내용이 첨보되어 있다.[72]

⑫ 길동이 경상감사 인형에게 자수하는 장면에, 한남본에는 호부호형을 못하게 하므로 가출하여 도적이 되었다고 술회하고 있으나 완판본에는 막연히 賤生으로 가출하여 도적이 되었다고 술회하고 있다. 그리고 길동이 서울로 押領되는 장면이 한남본은 완판본에 비해 훨씬 구체적으로 나타나 있다.

길동이 머리를 숙이고 왈 천싱이 이의 니르믄 부형의 위터ㅎ믈 구코져ㅎ미니 엇지 다른 말이 이시리오 더져 디감쎄서 당쵸의 쳔흔 길동을 위ㅎ여 부친을 부친이라 ㅎ고 형을 형이라 ㅎ여던들 엇지 이의 니르리잇고 왕스는 일너 쓸디 업거니와 이제 소제를 결박ㅎ여 경스로 올녀보니쇼셔 ㅎ고 다시 말이 업거늘 감시 이 말을 듯고 일변 슬허ㅎ며 일변 장계를 뼈 길동을 항쇄죡쇄ㅎ고 함거의 시러 건장흔 쟝교 십여인을 쎈 압령ㅎ게 ㅎ고 쥬아비도ㅎ여 올녀 보니니 각읍빅셩드리 길동의 지죠를 드러는지라 줍아오믈 듯고 길이 머여 구경ㅎ더라[73] (한남본)

길동이 체읍쥬왈 이 불초흔 동싱 길동이 본릭 부형의 훈계을 듯지 말고져 ㅎ미 아니오라 팔즈 긔박ㅎ여 쳔싱되믈 펑싱 흔일 쑨더러 그 중의 시긔ㅎ는 스룸을 피ㅎ여 정쳐업시 다니다ㄱ 천만 몽미밧긔 몸이 젹당의 쎄져 잠시 싱희을 붓쳤습더니 죄명이 이예 밋쳐쓰오니 명일의 쇼제 즈분 연유을 장계ㅎ옵고 쇼졔을 결박ㅎ여 나라의 밧즈옵소셔 ㅎ며 담화로 날을 시우고 평싱의 감스 철시로 결박ㅎ여 보닐시 참연이 낫빗츨 고치고 희음업이 눈물을 니리우더라[74] (완판본)

---

72) 완판본, 19장 전후면.
73) 한남본, 17장 전면.
74) 완판본, 20장 후면.

⑬ 길동이 서울로 압령되어 왕의 친국을 받을 때, 그의 답변에 있어서, 한남본에는 길동은 자기가 천비소생으로 호부호형을 못하므로 적당에 들게 되었다는 것과 십 년 후면 離國할 의도를 말하는 두 가지로 간단히 처리되어 있으나,[75] 완판본에는 한남본의 내용보다 첨가된 것은 길동의 자기의 도적 행각이 국가를 추호도 범한 것이 없다는 것과, 왕이 해인사 약탈을 질책하니 佛道 欺世惑民의 無用論을 편 것과, 혹시 국가의 재물을 침범했다손 치더라도 君父一體論을 펴 죄가 성립되지 않는다는 것, 그리고 함경 감영의 陵所 화재에 대한 변명 등인데, 그러나 이것들은 <홍길동전>의 내용으로 보아서 쓸데없는 삽입이라 보아지며, 더구나 "천비의 비를 비러" 등의 표현은 행인 광대들의 삽입일지도 모르며, "흐날의 미의 녀기〈 젹당의 섄져 쓰오니"에서와 같이 길동이 적굴에 든 것을 天擘로 돌리는 것은 <홍길동전>의 주제를 모호하게 하는 표현이 아닐 수 없다. 그리고 길동의 離國 설화는 완판본엔 전연 나타나 있지 않다.[76]

⑭ 길동이 재차 서울로 압령될 때, 그 신괴를 부리는 장면이 한남본에는 길동이 궐문에 이르러 몸을 요동하니 鐵索이 끊어져 공중으로 도주한 것으로 처리되었는데,[77] 완판본에는 조정에서 길동이 압령된다는 정보를 듣고 "도감 포슈 슈박"을 매복시켜 총을 쏘게 했으나, 길동의 신술로 허사가 되고, 길동은 축지법을 써 도주했다고 더욱 황당하게 꾸며져 있다.[78]

---

75) 한남본, 18장 전면.
76) 완판본, 21장 후면~22장 전후면.
77) 한남본, 19장 전면.
78) 완판본, 23장 전후면.

⑮ 길동이 병조판서 요구에 대하여 조정에서는 이를 둘러싸고 왈가
왈부하는데 길동이 후에 그의 병조판서 제수를 반대한 자, 혹세무민한
승려 및 무위도식한 세도가의 자제들을 도술로써 응징하는 장황한 장
면이 완판본에 출현하는데79) 해당 면은 한남본 및 여타 이본에는 전무
하다.

⑯ 길동이 병조판서를 제수받고 활빈당을 떠나 장차 이상국을 세울
남방의 율도·남경·제도를 시찰하는 장면이 한남본을 비롯하여 어청
교본·안성본·활판본·필사본 등에 나타나 있으나, 완판본에는 전연
나타나 있지 않다. 한남본의 해당 장면을 들면 다음과 같다.

　　각셜 길동이 졔곳의 도라와 졔젼의게 분부ᄒᆞ되 니 단녀올 곳이 이
시니 녀등은 아모디 츌닙말고 니 도라오기를 기ᄃᆞ리라 ᄒᆞ고 즉시 몸을
소소와 남경으로 향ᄒᆞ여 가다가 ᄒᆞᆫ곳의 다다르니 이ᄂᆞᆫ 소위 률도국이
라 사면을 살펴보니 산쳔이 쳬슈ᄒᆞ고 인물이 번셩ᄒᆞ여 가히 안신홀 곳
이라 ᄒᆞ고 남경의 드러가 구경ᄒᆞ며 ᄯᅩ 졔도라 ᄒᆞᄂᆞᆫ 셤즁의 드러가 두
루 단니며 산쳔도 구경ᄒᆞ고 인심도 살피며 단니더니 오봉잔의 니ᄅᆞ러
ᄂᆞᆫ 진짓 졔일강산이라 쥬회 칠빅 니오 옥야답이 가득ᄒᆞ여 살기의 졍이
우합ᄒᆞᆫ지라 니심의 혜오디 니 임의 됴션을 하직ᄒᆞ여시니 이 곳의 와
아직 은거ᄒᆞ여다가 디소를 도모ᄒᆞ리라80) (한남본)

⑰ 길동이 그의 이상국인 율도국으로 가기에 앞서 전하를 하직하는
장면에, 한남본은 길동이 정조 1천 석을 서울 한강으로 수운해 달라는
요구로 되어 있으나,81) 완판본은 정조 3천 석을 서울 서강으로 수운해

79) 완판본, 23장 후면~24장 전후면.
80) 한남본, 20장 전면.

달라는 요구로 되어 있다. 그러나 완판본에는 해당 면 외에도 길동의
개안거부 설화, 전하의 정조 훀掐, 길동 및 그 종속의 하직 등이 부설
되어 있다.[82] 이 부설은 어청교본에도 첨보되어 있는데 이는 어청교본
과 완판본의 우연한 일치라기보다 양 본 사이에 상호 출입이 있었던
것으로 보아야 할 것이다. 그러나 이 양 본에 어느 것이 선행된다고는
단언할 수 없으나, 양 본의 개안거부 설화를 비교해 볼 것 같으면, 완판
본에 "네 고기를 들나 얼골을 보고져 흐노라 길동이 얼골을 들고 눈을
쓰지 아니흐며 오라 신이 눈을 쓰오면 놀ᄂ실ᄀ흐여 쓰지 아니흐ᄂ이
다"로 되어 있는 바와 같이 문맥이 모호한데, 어청교본에는 "젼일 경의
얼구을 자셔이 못 보앗더니 금이 비록 월흐ᄂ 얼굴을 드러 ᄂ를 보라
흐시니 길동이 비로소 얼굴을 드나 눈을 쓰지 아니흐거늘 상왈 엇지
눈을 쓰지 안ᄂ뇨 길동이 디왈 신이 눈을 쓰면 뎐흐 놀ᄂ실가 흐ᄂ이
다"에서와 같이 문맥이 논리정연하게 되어 있다. 즉 완판본은 어청교
본의 "상왈 엇지 눈을 쓰지 안ᄂ뇨"가 생략되어 대신 "신니 눈을 쓰오
면 놀ᄂ실ᄀ흐여 쓰지 아니흐ᄂ이다"로 축약되었으나 결과적으로는
문맥이 모호성을 초래케 했다. 이것이 완판본이 어청교본을 대본으로
하여 나온 것이 아닌가 추측케 하는 것이다. 또한 지명에 있어서도 정
조의 수운 장소가 완판본에 서울 서강으로 된 것도 어청교본의 영향에
서 결과된 것이라 짐작된다.

⑱ 길동이 요괴를 퇴치하는 장면에, 한남본에는 그 장면이 퍽 단조
롭게 나타나 있으나, 완판본에는 아래 예문 방점 부분에서와 같이 군
담 류의 허황한 전법이 사용되어 있고, 또한 그 괴수를 살해하는 데도

---

81) 한남본, 20장 후면.
82) 완판본, 25장 전후면.

한남본에는 독약을 온수에 풀어 먹여 살해하는 것으로 되어 있으나, 완판본에는 술에다 약을 타 살해하는 것으로 되어 있고, 그 후 괴수의 아들이 등장하여 독약 살해에 대하여 항의하니 길동이 독약을 먹이지 않았다고 변명하는 것으로 부설되어 있으나, 이는 구성상 부자연스럽고 무리가 많다.

길동이 냑낭의 독약을 니여 급히 온슈의 화흐여 먹이니 식경은 흐여 흐쇼리 지르고 쥰는지라 모든 요괴 일시의 드라들거늘 길동이 신통을 미여 모든 요괴을 즈치든지(하략)[83] (한남본)

길동이 금낭을 열고 약 흔봉을 니여 슐의 타쥬니 그 즘싱이 바다 마시너니 이윽고 몸을 뒤치며 쇼리을 크게 질너 왈 니 너 널노 더부러 원슈지은 일이 업거늘 무슴 일노 날을 히허여 쥬긔려 흐는요 흐며 졔 동싱등을 불너왈 천만몽미에 흉젹을 맛나 명을 끈치게 되니 너희등은 이 놈을 놋치말고 니의 원슈을 갑푸라 흐고 인흐여 쥬그니 모든 율동이 일시의 칼을 들고 니다라 쑤지져 왈 니 형을 무슴 죄로 쥬긔나냐 내 칼을 바드라 흐거날 길동이 닝쇼왈 졔 명이 그 쑨이라 니 엇지 죽여쓰리요 흔디 율동이 디로흐여 칼을 드러 길동을 치랴흐거날 길동이 디젹코져흐느 손의 척촌지검이 업셔 스셰 위급흐미 몸을 날녀 공즁으로 다라나니 율동이 본디 누만년 무근 요귀라 풍운을 부리고 조화무궁흔지라 무슈흔 요귀 바람을 타 올느오니 길동이 할릴업셔 육경 육갑을 부르니 문득 공즁으로 좃츠 무슈흔 신장이 니려와 모든 율동을 결박흐여 쓰히 슐이니 길동이 그 놈의 자분 칼을 아셔 무슈흔 율동을 다 버히고(하략)[84] (완판본)

83) 한남본, 22장 전면.
84) 완판본, 27장 후면.

⑲ 길동이 요괴를 퇴치한 후, 괴수의 시첩을 구출하여 처첩으로 삼는 장면에 있어서, 한남본에는 백룡의 딸 백 소저와 조철의 딸 조 소저 등 양 처로 되어 있으나, 완판본에는 백룡의 딸 백 소저와 정·통 양인의 처로 되어 있으나, 완판본에는 백룡의 딸 백 소저와 정·통 양인의 딸 양 소저로 일처양첩으로 되어 있으며, 또한 길동이 일조에 삼 부인을 거느리게 되었다는 장면을 과장하여 "길동의 나히 이십이 되도록 봉황의 쌍뉴을 모로다고 일조의 삼부인 슉녀을 맛ᄂ 친근ᄒ니 은정이 교정ᄒ여 비홀더 업더라"와 같이 한남본에 비해 훨씬 소설화되어 있다. 이와 같은 소설적 과장은 어청교본에도 보이는데, 아마 완판본 해당 면의 과장은 어청교본의 영향에서 이루어진 것이라 생각된다.

문득 소년녀지 ᄋ걸왈 첩등은 요괴 아니라 인죠 ᄉ롬으로셔 잡피여 왓스오니 존명을 구ᄒ여 셰상으로 ᄂ가게 하소셔 길동이 빅용의 일을 싱각하고 거쥬을 무르니 ᄒ나는 빅눙의 쏠이요 ᄒ나흔 됴쳘의 쏠이라 길동이 요괴을 소쳥ᄒ고 두 녀ᄌ을 각각 졔 부모을 ᄎᄌ쥬니 그 부뫼 디희ᄒ여 즉일의 홍싱 마ᄌ 사회을 삼으니 졔일 빅쇼져요 졔이 됴쇼져라 길동이 일됴의 냥쳐을 엇고 두 집 가권을 거ᄂ려 졔도셤으로 ᄀ니 모든 ᄉ롬이 반기며 치하ᄒ드라[85] (한남본)

(전략) 바로 드러ᄀ 여ᄌ 슘인을 죽이랴 ᄒ니 그 여ᄌ 울며왈 첩등은 요귀 아니요 불힝ᄒ여 요귀의게 잡피여 와 죽고져 ᄒᄂ 틈을 엇지 못ᄒ여 죽지 못ᄒ여ᄂ이다 길동이 그 여ᄌ의 셩명을 모르니 ᄒ낫혼 낙쳔현 빅눙의 여ᄌ요 두 여자 졍통 양인의 녀ᄌ라 길동이 셰 여ᄌ을 다리고 도라와 빅눙을 ᄎᄌ 이 일을 셜화ᄒ니 빅눙이 평싱 ᄉ룽ᄒ던 여ᄌ을

85) 한남본, 22장 전면.

ᄎᆞᄌᆞ미 만심찬희ᄒᆞ여 쳔금으로 ᄃᆡ연을 비셜ᄒᆞ고 현당을 모와 홍싱으로 사회을 ᄉᆞ므니 인인이 층찬ᄒᆞᄂᆞᆫ 소ᄅᆡ 진동ᄒᆞ더라 ᄯᅩ 졍통양인이 홍싱을 청ᄒᆞ여 ᄉᆞ례왈 은혜을 갑플 긔리 업스니 각각 여ᄌᆞ로 시쳡을 허ᄒᆞᄂᆞ이다 길동이 나히 이십이 되도록 봉황의 쌍뉴을 모르다ᄀᆞ 일조의 상부인을 슉녀을 맛ᄂᆞ 친근ᄒᆞ여 은졍이 교졍ᄒᆞ여 비ᄒᆞᆯᄃᆡ 업더라[86] (완판본)

⑳ 길동이 그의 형 인형과 함께 홍 승상의 喪具를 제도로 운구하여 장례를 치르는 장면에, 한남본에는 단조롭게 표현되어 있으나,[87] 완판본에는 여러 장면이 한남본에 비해 과장되어 있으며 특히 장례를 치르고 길동과 인형이 이별하는 장면에 한남본에 없는 장황한 내용이 삽입되어 있으며, 더구나 "강금의 이불이 ᄎᆞ고", "북으로 ᄀᆞ는 기러기" 등의 표현은 작품구성상 격에 맞지 않는다.[88]

㉑ 길동이 율도국을 점령하는 장면에, 길동의 부하의 이름이 한남본에는 후군장에 "마슉"(馬叔)으로 되어 있는데, 완판본에는 후군장에 "김인슈"요 따로 선봉에는 "삼호걸"(三豪傑)로 되어 있고, 그리고 한남본에 출현하는 적장 김현충은 완판본에는 전연 출현치 않는다.

즉일 진군ᄒᆞᆯ시 길동이 스스로 션봉이 되고 마숙으로 후군쟝을 ᄉᆞ마 졍병 오만을 거ᄂᆞ려 률도국 쳘봉산의 ᄃᆞᄃᆞ라 ᄊᆞ홈을 도도니 텩슈 김현츙 난ᄃᆡ업는 군ᄆᆡ 이르믈 보고 ᄃᆡ경ᄒᆞ여 일변 왕의게 보ᄒᆞ고 일지군을 거ᄂᆞ려 ᄂᆡ다라 ᄊᆞ호거ᄂᆞᆯ 길동이 ᄆᆞᄌᆞ ᄊᆞ와 일ᄒᆞᆸ의 김현츙을 버히고 쳘봉을 엇어 ᄇᆡᆨ셩을 안무ᄒᆞ고(하략)[89] (한남본)

---

86) 완판본, 28장 전후면.

87) 한남본, 23장 전후면.

88) 완판본, 31장 전후~32장 전면.

89) 한남본, 23장 후면.

즉시 틱일홀시 삼호걸노 션봉을 숨고 김인슈로 후군쟝을 숨고 길동
스스로 디원슈되야 중영을 총독ᄒ니 긔병이 오쳔이오 보죵이 이만이
라 금고흠셩은 강산의 진동ᄒ고 긔치검극은 일월을 그리왓더라 군스
을 지쵹ᄒ여 율도국으로 향ᄒ니 이른바 탐홀지 업셔 단스호쟝으로 문
을 여러 항복ᄒᄂ지라 슈월지간의 칠십여셩을 겸ᄒ니 위험이 일국의
진동ᄒᄂ지라90) (완판본)

㉒ 길동이 율도를 정복하는 장면에, 한남본에는 율도 왕이 길동의
항복하라는 격서를 보고 또한 철봉 태수 김현충이 완패함을 듣고 대세
에 못 이겨 항복하는 것으로 되어 있는데,91) 완판본에는 율도 왕이 길
동의 격서를 받고도 항의하여 기나긴 군담류 전법이 삽입되어 있는데
해당 면은 한남본엔 전연 없다.

㉓ 율도 왕이 주력이 꺾여 한남본에는 하는 수 없이 항복하여 길동
이 이에 義寧君까지 봉하는 것으로 되어 있으나, 완판본에는 율도 왕
및 그 아들이 자결하니 길동이 그들을 王禮로 장사를 지내는 것으로
되어 있다. 그러나 해당 면의 율도 왕 자결담은 어청교본의 영향일 것
이다.

율왕이 스면을 살피니 군스 ᄒ나도 쏘로난지 업스미 스스로 버셔나
지 못홀 줄 알고 분긔을 이긔지 못ᄒ야 즈결ᄒᄂ지라 길동이 스군을
거나려 승젼고을 울리며 본진으로 도라와 군스을 호궤후의 율도왕을
왕례로 장스ᄒ고 스군을 지쵹ᄒ야 도셩을 에워쓰니 율도왕의 장즈 흥
변을 듯고 날을 우러러 탄식ᄒ며 인ᄒ여 즈결ᄒ니 졔신이 홀일업셔 윤
국식슈롤 밧드러 황복ᄒᄂ지라 길동이 디군을 모다 도셩의 드러ᄀ 빅

---

90) 완판본, 32장 전후면.
91) 한남본, 33장 전후~34장 전면.

성을 진무ᄒ고 율왕의 ᄋ달도 ᄯᄒ 왕례로 중사ᄒ고 각읍의 디ᄼᄒ고
죄인을 다 방송ᄒ며 창고을 열어 빅셩을 진휼ᄒ니 일국이 그 덕을 치
하아니리 업더라[92] (완판본)

㉔ 길동이 율도 왕을 패배시킨 후, 백룡을 시켜 조선 왕에게 표문을
올리니 조선 왕이 길동의 이복형 인형으로 위유사로 배하여 諭書를
보내는 장면 및 위유사 인형이 모부인 류씨를 모시고 율도국에 갔다가
병으로 그 곳에서 별세하니 선릉(홍 판서의 릉)에 雙葬하는 장면이 한
남본에는 있으나 완판본에는 全缺되어 있다.

　　왕이 빅룡을 불너왈 니 죠션 션왕게 표문을 올리려 ᄒᄂ니 경은 슈
　고을 앗기지 말나 ᄒ고 표문과 셔찰을 홍부의 붓치니라 빅뇽이 됴션의
　득달ᄒ여 믄져 표문을 올닌디 샹이 포문을 보시고 디찬왈 홍길동은 진
　짓 긔지로다 ᄒ시고 홍인형으로 위유ᄉ을 ᄒ이ᄉ 유서을 나리오시니
　인형이 ᄉ은 후 도라와 모부인긔 년즁셜화을 고흔디 부인이 ᄯ한 ᄀ려
　ᄒ거늘 인형이 ᄆ지 못ᄒ여 부인을 뫼시고 발힝ᄒ여 여러날만의 율도
　국의 이르니 왕이 맛ᄌᄋ 향연을 비셜ᄒ고 유셔을 밧ᄌ온 모부인과 인
　형으로 반기며 산쇼의 쇼분흔 후 디연을 비셜ᄒ여 즐기더라 여러날이
　되더 유시 홀연 득병ᄒ여 졸ᄒ니 션능의 쌍댱ᄒ고 인형이 왕을 파직고
　본국의 도라 봉명ᄒ온디 샹이 모상당ᄒ믈 위유ᄒ시더라[93] (한남본)

㉕ 율도 왕 길동이 장자 "왕"이 백성의 추앙을 받으므로 그를 태자
로 봉하고 이를 축하하기 위해 70의 고령으로 술에 취하여 칼을 잡고
노래 부른 후 태자에게 선위하는 장면이 완판본에만 있고 한남본엔 출

92) 완판본, 34장 후면.
93) 한남본, 24장 전후면.

현하지 않는다. 또한 율도 왕 길동이 삼자이녀를 두었다는데 대하여는
한남본 완판본이 일치하나, 한남본에는 삼자 이녀 중 장자 차자는 백
씨 소생으로 되어 있고, 삼자 차녀는 조씨 소생으로 되어 있는데, 해당
면에 대하여 완판본에는 아무런 언급이 없다.

> 왕이 숨ᄌ이녀를 두시니 장ᄌ왕이 너부의 풍도 잇ᄂ지라 신민이 다
> 손두ᄀ치 우럴거날 장ᄌ를 티ᄌ로 봉ᄒ시고 열읍의 디ᄉᄒᄉ 티평연
> 을 비셜ᄒ고 즐길시 왕의 시년이 칠십이라 슐을 나뇨와 반취ᄒ신 후의
> 칼을 잡고 츔츄며 노리ᄒ시니 왕 칼을 잡고 우슈의 비계서니 남명이
> 몃만니뇨 디붕이 나리ᄂ니 부요풍이 이는ᄯᄃ 츔츄는 소리 바롬을 ᄯ
> 라 표표ᄒ미여 우이동편 관리 북셔편이로다 풍진을 쓰러바리고 티평
> 을 일솜으니 길운이 드러나고 경셩이 빗쵀이는 ᄯᄃ 밍장이 ᄉ방을 직
> 케 잇스미여 도적이 지졍을 엿보리 업ᄯᄃ ᄒ엿더라 이날 왕위를 티ᄌ
> 의게 젼ᄒ시고 다시 각읍의 ᄃᄉᄒ니라[94] (완판본)

㉖ 율도 왕 길동의 물고 처리가 한남본에는 "왕이 치국 삼십 녀의
홀연 득병ᄒ여 붕ᄒ니 쉬 칠십이셰라"에서와 같이 病死로 되어 있으
나, 완판본에는 그의 왕비와 함께 月靈山에서 도를 닦는 가운데 백일
승천하는 것으로 되어 있는데 이도 또한 어청교본과 유관하다고 보며
도교사상이 영향을 준 것이다.

> 도셩 숨십리 밧긔 월영순이 잇스되 예로부터 션인득도ᄒ 지초 왕왕
> 이 머무러 갈홍의 연단ᄒ던 부억이 잇고 마고의 승젹ᄒ던 바희 잇셔
> 긔이ᄒ 화훼와 흔ᄀᄒ 구름이 항상 머므는지라 왕이 그 손슈를 ᄉ룽ᄒ

고 적송즈을 좃츠 놀고져ㅎ야 그 슨중의 슘간누각을 지어 빅씨즁젼으로 더부러 쳐ㅎ시며 곡식을 오직 믈리치고 쳔지 졍긔을 마셔 션도를 비도는지라 티즈 왕위에 직ㅎ여 인식의 셰번식 거동ㅎ야 부왕과 모비젼의 문후ㅎ시더라 일일은 뇌셩이 것고 쳔지 명낭ㅎ며 션학 소리 즈즈ㅎ더니 딕왕모비 근고싀 업는지라 왕이 급피 월영순의 거동ㅎ여 보니 종젹이 막연ㅎ지라 망극흔 마음을 이긔지 못ㅎㅅ 공즁을 향ㅎ여 무슈히 호읍ㅎ시더라 딕왕의 양위롤 현능의 져장ㅎ니 스롬이 다 이르기롤 우리 딕왕건 션도롤 닷고 빅일 승쳔ㅎ시다 ㅎ시더라[95] (완판본)

5) 안성본

안성본은 단책 목판으로 총 19장이며 판광은 세로가 24.5cm, 가로가 18cm이다. 처음부터 제2장까지는 한남본의 제2장까지를 그대로 복각한 탓인지 그 자형·체재가 한남본과 같다. 즉, 제2장까지는 매 면 14행, 1행이 20자 내지 25자이고, 제3장부터 제4장까지는 매 면 14행, 1행이 20자 내지 25자로 되어 있고, 어미는 처럼 되어 있고, 서명 약호 <홍>자는 어미 下位에 있다. 그리고 제15장 이하는 매 면 16행, 1행이 29자 내지 32자인데, 30자 행이 가장 많고, 어미는 처럼 되어 있고, 서명 약호 <홍>자는 어미 하위에 있다.

필체는 관체 행서이나, 제3장 이하는 내려갈수록 반초서체로 되어 있다. 철자는 한남본·완판본과 마찬가지로 목적격 '를', '을'을 혼용한 곳이 많이 있다.

안성본도 그 판각 연도는 미상이나, 전술한 바와 같이 해당 본의 제2장까지가 한남본과 그 자형·체재·내용이 똑같은 것으로 보아 한남

---

95) 완판본, 35장 전후면.

본을 그대로 복각한 것이 틀림없음으로 안성본의 대본은 역시 한남본이다. 그러나 부분적으로는 어청교본도 안성본의 대본이 되었음을 말해둔다.

그리고 안성본이 한남본보다 후행한다는 증거는 전술했듯이 안성본의 初面이 한남본의 복각이라는 데도 있지만 철자에 있어서나 어형에 있어서 더욱 그러한 것이고, 그리고 어청교본보다 후행한다는 것은 철자와 어형 내지 고어의 대비로 쉽사리 추정할 수 없으나, 당시 교통사정으로 보아 지방인 안성에서 경판인 어청교본이 유입되었다고 보는 것이 합리적인 추정이 될 것이기 때문이다.

그러면, 한남본과 안성본의 선후 관계를 알아보기 위하여 철자와 어형을 살펴보면, 한남본의 존재사 '잇다' 형이 안성본에는 '있다' 형으로 표기되어 있고 동사의 활용어미 'ᄒ다'가 안성본에는 'ᄒ다', '허다'로 혼용되어 있는 것이다.

  이놈이 본더 지죄 이시미(한남본)
  이놈이 본더 지죄 잇스미(안성본)
  각읍 슈령이 불의로 지물이 이시면(한남본)
  각읍 슈령이 불의로 지물이 잇스면(안성본)
  너의 계교더로 힝ᄒ라(한남본)
  너의 계교더로 힝허라(안성본)
  닉 몬져 드러가 탐지ᄒ올 거시니(한남본)
  닉 몬져 드러가 탐지헐 거시니(안성본)

위의 예문 외에도 어형과 표기에 있어서 안성본이 한남본보다 후행한다는 것을 들면 다음과 같다.

이곳가지 와시니 혈마 져 소년 흔ᄌ라 길동 줍기ᄅ 근심ᄒ리오
(한남본)

곳곳가지 왓스니 셜마 져 소년 흔ᄌ라 길동 줍기를 근심ᄒ리오
(안성본)

ᄎ시 츄구월 망간의(한남본)

니ᄻᅥ 츄구월 망간의(안성본)

다음 안성본이 한남본에 비해 부주의 혹은 고의로 산략되어 문맥의 모호 내지 불통의 장면을 초래케 한 것이 곳곳에 산견되는데, 그 예를 들면 다음과 같다.

샹이 드러시고 왈 천고의 일런일이 어ᄃ 이시리오 ᄒ시고 크게 근심 ᄒ시니 (한남본)

샹이 드러시고 크게 근심ᄒ시니 (안성본)

길동이 이 말을 듯고 즉시 사모관ᄃ의 셔ᄱᅴᄱᅵ고 놉흔 쵸헌을 헌거롭게 놉히 타고 대로샹의 완연이 드러오며 이로되 이제 홍판셔 샤은ᄒ라 온다ᄒ니 (한남본)

길동이 이말을 듯고 즉시 사모관ᄃ의 셔 쵸헌을 타고 샤은ᄒ라 온다ᄒ니 (안성본)

제 지금 됴션을 ᄯᅥ나노라 ᄒ여시니 다시ᄂ 작폐홀 길 업슬 거시오 비록 슈샹ᄒ나 일단 쟝부의 쾌흔 ᄆᄋᆷ이 잇ᄂ지라 쇽히 넘녀 업슬ᄂᆺ다 ᄒ시고 팔도의 ᄉ문을 ᄂ리와 길동 줍ᄂ 공ᄉᄅ 거두시니라
(한남본)

졔 됴션을 ᄯᅥ나노라 ᄒ여시니 작폐홀 길 업슬 거시오 팔도의 사문을 ᄂ리와 길동 줍ᄂ 공ᄉ를 거두시니라 (안성본)

※ 한남본의 방점 부분은 안성본에는 산략.

그러면 안성본은 한남본과 대비하여 상이한 장면을 스토리의 전개에 따라 고찰하겠다.

① 길동의 병조판서 제수 요구 및 이에 대한 임금과 相臣과의 의론 장면이 안성본엔 나타나지 않는다.

> 샹이 더욱 놀나시며 졍 길동 줍기를 다시 힝관ᄒ여 팔도의 나리시니라 ᄎ셜 길동이 초인을 업시ᄒ고 두로 단니더니 사대문의 방을 붓쳐시되 요신 홍길동은 아모리 ᄒ여도 줍지 못ᄒ리니 병죠판셔 교지를 나리시면 줍히리이다 ᄒ엿거늘 샹이 그 방문을 보시고 됴신을 모하 의논ᄒ시니 졔신왈 이졔 그 도젹을 줍으려 ᄒ다가 줍지 못ᄒ옵고 도로혀 병죠판셔 졔슈ᄒ시믄 불가 ᄉ문어 인국이로쇼이다 샹이 올히녁이샤 다만 경상감ᄉ의게 길동 줍기를 지촉ᄒ시더라 이ᄯᅥ 경상감시 엄지를 보고 황공송율ᄒ여 엇지홀 줄 모르더니[96] (한남본)

> 샹이 더욱 놀ᄂ시며 다시 졍 길동 잡기를 팔도의 힝관ᄒ시니라 이ᄯᅥ 경상감ᄉ 엄지를 보시고 황공송율ᄒ여 엇지헐 줄 모르더니[97] (안성본)

② 길동이 전하를 하직하는 장면에, 안성본이 한남본에 비해 正租 1천 석의 요구, 이에 대한 전하의 허락 및 길동과 그 무리의 하직 등의 내용이 첨보되어 있다.

> 샹이 가라ᄉ디 네 엇지 심냐의 온다 길동이 디왈 신이 마음을 졍치 못ᄒ와 무뢰지당으로 관부의 작폐ᄒ고 조졍을 요란케 ᄒ오믄 신의 일

---

96) 한남본, 18장 전후면.
97) 안성본, 13장 전면.

홈을 진히 아르시게 ᄒ오미러니 국은이 망극ᄒ와 신의 쇼원을 푸러 주옵시니 츙셩을 셤기미 올ᄉ오ᄂ 그러치 못ᄒ와 젼하를 ᄒ직ᄒ옵고 됴션을 영영 쩌ᄂ 한업슨 길을 가오니 졍됴 일쳔셕을 한강으로 디혀 주옵시면 슈쳔인명이 보젼헐가 ᄒᄂ이다. 상이 즉시 허락하시니 길동이 은혜 ᄉ례ᄒ고 도로 공즁으로 소소와 가거늘 상이 신긔홈을 일컷고 날이 붉으미 션혜당상의게 젼지ᄒᄉ 졍됴 일쳔셕을 한강으로 슈운허라 ᄒ시니 해당이 아모란줄 모르고 거힝ᄒ여더니 문득 여러 ᄉ람더리 큰 비를 디히고 싯고 가니라[98] (안성본)

그런데 길동의 正租 요구와 전하의 이에 대한 허락 및 길동과 그 무리의 하직 장면은 안성본 외에도 어청교본, 완판본에도 들어 있어 안성본의 해당 장면에 대한 부설은 독창적인 것이 아니라 그 표현, 내용 심지어는 자자구구가 거의 어청교본의 것과 같으므로 이는 결국 어청교본의 영향을 입어 이루어진 것이다.

길동이 은혜를 ᄉ례ᄒ고 도로 공즁의 소소아 가거늘 상이 그 시긔홈을 일캇고 익일의 션혜당상의게 젼지ᄒᄉ 졍됴 일쳔셕을 셔강 강변으로 슈운ᄒ라 ᄒ시니 혜당이 아모란줄 모르고 거힝ᄒ엿더니 믄득 여러 ᄉ룸드리 큰 비를 다하고 싯고 가며왈[99] (어청교본)

그러나 정조 1천 석의 수송 장소가 어청교본에는 "서강"으로 되어 있으나, 안성본에는 해당 면을 어청교본을 대본으로 했으면서도 "한강"으로 한 것은 안성본에 일치시키기 위해서라고 본다.

---

98) 안성본, 16장 전후면.
99) 어청본, 15장 전면.

③ 길동이 요괴 퇴치에 앞서 살촉에 바를 약을 구하러 망탕산으로 향하는데 백룡을 만난 장소가 한남본에는 "洛川"으로 되어 있으나, 안성본에는 "南京"으로 되어 있어 격에 맞지 않으며, 또한 한남본에는 길동이 막연히 떠난 것으로 되어 있는데, 안성본에는 부하들에게 隘口를 잘 지키라 부탁하고 발선한 것으로 되어 있으며, 백룡의 딸의 인물에 대해서도 한남본에 비해 안성본에는 詩書에 능하다는 등 더욱 과장되어 묘사되어 있다.

일일은 길동이 살촉의 바를 냑을 어드러 망당산으로 향ᄒ더니 낙천 싼의 이르러는 그곳의 부즈 빅뇽이란 스롭이 이스니 일즉 한 똘을 두어시되 지질이 비상ᄒᄆᆡ 부뫼 익중ᄒ더니[100] (한남본)

일일은 길동이 졔인을 불러왈 니 망당산의 드러가 살촉의 바를 약을 어더올 거시니 여등은 그 스이 익구를 잘 직히라 ᄒ고 즉일 발선하여 망당산으로 향ᄒᆯ쎠 슈일만의 남경짜히 이르러는 그곳의 만셕부지 잇으니 셩명은 빅용이라 일즉 ᄒᆫ 똘을 두엇으되 인문과 지질이 비상ᄒ고 겸ᄒ여 시셔를 통ᄒ여 검술이 초등ᄒ니 그 부모 극히 스랑ᄒ여 텬하영웅 곳 아니면 스회를 삼지 아니려 ᄒ여 두루 구ᄒ더니[101] (안성본)

그러나 안성본의 해당 면도 어청교본과 내용 및 자자구구가 꼭 같으므로 어청교본에서 유래된 것을 알 수 있다. 즉,

일일은 길동이 졔인을 불러왈 니 망당산의 드러가 살촉의 ᄇ를 냑을 어더 올 거시니 여등은 그사이 익구를 잘 직히라 ᄒ고 즉일 발션ᄒ여

100) 한남본, 21장 전면.
101) 어청본, 15장 후면.

망당산으로 향홀시 슈일만의 낙천짜히 이르러는 그 곳의 만셕군부지
잇으니 셩명은 빗용이라 일즉 한 쓸을 두엇스되 인문과 직질이 비상ㅎ
고 겸ㅎ여 시셔를 통ㅎ여 검슐이 초등ㅎ니 그 부모 극히 스랑ㅎ여 텬하
영웅 곳 아니면 스회를 삼지아니려 ㅎ여 두루 구ㅎ더니¹⁰²⁾ (어청교본)

④ 길동이 요괴를 퇴치하는데 있어서, 길동이 괴수 울동을 죽이니
모든 요괴가 도전하는 것을 한남본에서는 "모든 요괴 일시의 드라들거
늘 길동이 신통을 니여 모든 요괴를 즈치듯이"에서와 같이 간단하게
처리하였으나 안성본에서는 다음과 같이 교전 장면이 비교적 상세히
나와 있다.

> 뇨괴 등이 이 형상을 보고 칼을 들고 왈 너갓혼 흉셕은 버려 우리
> 디왕의 원슈를 갑흐리라 ㅎ고 일시의 다라드니 길동이 홀노 당치 못ㅎ
> 여 공중의 쇼쇼며 활노 무슈히 쏘니 모든 요괴 아무리 조홰 잇스ᄂ 엇
> 지 길동의 신긔혼 슐법을 당ㅎ리오 혼바탕 쓰홈의 모든 요괴를 다 죽
> 이고 도로 그집의 드러ᄀ니¹⁰³⁾ (안성본)

그러나 같은 장면이 어청교본에도 출현함으로 보아 이 역시 어청교
본의 영향에서 이루어진 것으로 볼 수 있다.

> 요괴 등이 이 형상을 보고 길동에게 다라드러 칼로 찌르며 왈 너갓혼
> 흉적은 버혀 우리 디왕의 원슈를 갑흐리라 ㅎ고 일시의 다라드니 길동
> 이 공중의 소스며 풍빅을 부려 큰 바람을 일회고 활노 무슈히 쏘니 요
> 괴 아모리 죠홰 잇스나 엇지 길동의 신긔혼 술법을 당ㅎ리오 혼바탕
> 싸홈의 모든 요괴를 다 쇼멸ㅎ고 도로 드러가 숣펴보니¹⁰⁴⁾ (어청교본)

---

102) 어청본, 15장 후면.
103) 안성본, 17장 후면.

⑤ 길동이 요괴를 퇴치한 후, 백·조 양 소저를 구출하여 그들을 처로 맞아들이는 장면이 한남본에는 간단히 처리되어 있으나, 안성본에는 어청교본·완판본과 같이 비교적 자세하게 소설화되어 있다.

길동이 빅뇽의 일을 싱각ᄒ고 거쥬를 므르니 ᄒ나흔 빅뇽의 쫄이요 ᄒ나흔 묘쳤의 쫄이라 길동이 요괴를 쇼쳥ᄒ고 두 녀ᄌ을 각각 제 부모를 차ᄌ쥬니 그 부뫼 더히ᄒ여 즉일의 홍싱 마ᄌ 스회을 삼으니 제일 빅쇼져요 졔이 묘쇼져라[105] (한남본)

길동이 혜오디 힝여 빅용의 녀지 갓ᄒ여 ᄌ시 보니 화용월틱 진짓 경국지싁이라 인ᄒ여 거쥬를 무르니 ᄒ아헌 빅뇽의 쫄이요 ᄒ나흔 묘쳘의 쫄이라 길동이 닉심의 희한이 여겨 그 녀ᄌ를 인도ᄒ여 낙쳔현 빅용을 ᄎᄌ 뵈고 젼후 슈말을 이르며 그 녀ᄌ를 보이니 빅용의 부뷔 그 녀아를 보고 여취여셩ᄒ여 셔로 붓들고 울며 조쳘도 그 녀ᄌ를 맛ᄂ보니 조곰 더ᄒ더라 이날 빅용이 묘쳘과 의논ᄒ고 더연을 비셜ᄒ며 홍싱을 마ᄌ 스회를 숨으니 길동이 ᄂ히 니십이 늠도록 원앙의 ᄌ미를 모르다가 일조의 양쳐를 취ᄒ니 그 견권지졍이 비힐더 업더라[106]

(안성본)

그러나 안성본에 "낙쳔 현 빅용"이라 되어 있음은 前面의 "남경 ᄶᆞ 빅용"과는 지명의 표기에 있어서 모순이 아닐 수 없는데, 이는 결국 어청교본의 지명 표기인 "남경 ᄶᆞ 빅용"과 "한아흔 낙쳔 현 빅용의 쫄이요"와의 모순을 아무런 비판 없이 받아 들인 데서 연유한 실수이다.

---

104) 어청본, 16장 후면.
105) 한남본, 22장 전면.
106) 안성본, 18장 전면.

⑥ 길동의 부 홍 판서가 작고한 연령에 대하여, 한남본에는 아무런 언급이 없으나, 안성본에는 팔순으로 되어 있다.

> 각셜 홍판세 길동이 멀니 간 후로 근심업시 지니미 연말 팔순의 호련 득병ᄒ여 졈졈 위중ᄒ지라 부인과 인형을 불너왈 니 나히 팔십이라 죽으느 무훈이로되 길동이 스싱 아지 못ᄒ니 눈을 감지 못헐지라 졔 만일 추즈오거든 부디 젹셔를 분변치 말나 ᄒ고 인ᄒ여 명이 진ᄒ니[107]
>
> (안성본)

⑦ 한남본 및 그 외의 본은 길동이 김현충 등 모든 장수와 율도국 왕을 물리치고 율도국 왕이 되어 그의 이상향을 실현한 후 棄世하는 것으로 스토리가 종결되는데, 안성본은 길동이 부친 葬을 치른 후 三喪을 치르는 것으로 스토리가 중간에 끝난다.

> 각셜 홍길동이 부친산소를 졔쩌히 뫼시고 조석졔젼을 지셩으로 지니니 졔인이 탄복아니리 업더라 셰월이 여류ᄒ여 숨상을 맛치고 무예를 연습ᄒ며 농업을 힘쓰니 슈년지니의 병졍양족ᄒ여 뉘 알니 업더라[108] (안성본)

그러나 이와 같이 안성본에 율도국 건설이 제거된 것은 어청교본에 출현하는 길동과 김현충과의 사이에 벌어지는 황당한 군담과 길동의 백일승천을 제거함으로써 비현실적 요소를 줄여 스토리를 리얼하게 종결시키자는 안성본 작자의 의도가 개입한 것이 아닐까 한다.

---

107) 안성본, 18장 후면. .
108) 안성본, 19장 후면.

6) 활판본

활판본은 신소설기 이후 각 출판사에서 영리를 목적으로 출판한 것이다. 그 내용은 같으며 다만 장수가 출판사에 따라 차이가 있을 뿐이다. 현존하는 활판본으로는 世昌書館本, 文言社本, 六造社本, 德興書林本, 禮和出版社, 翰南書館本 등이 있으나, 이미 언급한 바와 같이 그 내용이 같으므로 여기서는 세창서관본을 텍스트로 하여 활판본의 문제를 살펴보겠다.

활판본은 상하 양 편 단책으로 되어 있으며, 상편이 17항, 하편이 15항으로 모두 32항으로 되어 있다. 즉, 상편 끝에는 "성명이 엇지된고 하회를 보아 분해하라"라 하여 章回體로 되어 있다. 활판본의 직접적인 텍스트는 물론 한남본이며 후면은 어청교본을 텍스트로 하여 곳곳을 과장·첨보하여 내용을 풍부히 꾸며 놓았다. 그러나 활판본이 한남본을 텍스트로 하여 그 내용뿐만 아니라 자자구구 그대로 옮겨 놓으면서도 활판본은 독자의 욕구와 영리를 목적으로 한 탓인지 한남본을 훨씬 현대화한 흔적을 엿볼 수 있다. 즉, 존재사 '잇다'는 '있다' 형으로, 동사의 활용어미 'ᄒ다'는 '하다' 형으로 현대화하였으며 한남본에 출현하는 고어도 적절히 현대화해 놓았다.

화설 됴션국 세종됴 시졀의 흔지샹이 이시니 (한남본)
화설 조선국 세종시졀의 한 재상이 잇스되 (활판본)
엇지 협흔 마음을 발ᄒ여 (한남본)
엇지 편협흔 마음을 발하야 (활판본)
혹 지빈무의흔지 이시면 구졔ᄒ며 (한남본)
혹 심이 빈한한재 잇스면 구제하며 (활판본)

너는 가지록 불효를 끼칠 뿐아녀 국가의 큰 근심이 되게 ᄒ니
(한남본)
너는 갈사록 불효를 끼칠 뿐아니라 국가의 큰 관심이 되게 하니
(활판본)

그리고 활판본이 그 前面에 있어서 한남본을 충실히 옮겨 놓았으면
서도 작자의 부주의에서인지, 혹은 고의에서인지 小句의 산략이 곳곳
에 보이고 이로 인한 문맥의 모호함도 엿보인다.

일일은 흉계를 싱각ᄒ고 무녀롤 쳥ᄒ여 왈 (한남본)
일일은 무녀를 청하여왈 (활판본)
쵸난이 무녀와 샹ᄌ롤 교통ᄒ여 (한남본)
쵸난이 무녀를 교통하야 (활판본)
길동이 니ᄅ롤 엇지 쳐치ᄒ시ᄂᄂ니잇가 쳔쳡도 놀랍고 두려워 ᄒ
옵ᄂᄂ니 일즉져롤 업시흠만 갓지 못ᄒ리로쇼이다 (한남본)
길동에 일을 엇지 쳐치하시니잇가 일즉이 쳐롤 업시한만 갓지 못하
도소이다 (활판본)

다음은 활판본에 한남본의 내용이 잘못 옮겨져 誤文이 된 것을 들
면, 첫째 우포장 이흡이 길동을 잡으려 하다가 오히려 길동에게 능욕
을 당하는 장면이다.

포장이 생각하되 이것이 쑴인가 생신인가 엇지하야 이리 왓스면 길
동의 조화 신긔하도다 하며 일어가자 하더니 홀연 사지를 요동치 못
하겟는지라 고히 녁여 정신을 진정하야 살펴보니 가죽부대 속에 드럿
거늘 간신이 나와 본즉 부대 세히 남게 걸렸거늘 차례로 실너 자세히

보니 처음 쩌날 째 다리고 왓던 하인이라 셔로 일오대 이거시 엇진 일
인고 우리 쩌날 째에 문경으로 모히자 하더니 엇지 이곳에 왓든고 하
며 두루 살펴보니 곳 장안성 북악이라 사인이 어이업셔 장안을 구버
보다가 감사 하인다려 무러왈 엇지 이곳에 왓는다[109] (활판본)

위의 인용문에서 방점을 가한 "감사"는 문맥상 "포장"이라야 맞는
다. 그러나 한남본에는 "사인이 어이업셔 장안을 구버보며 하인다려
일러왈 너는 엇지 이곳의 왓는ᄃ"에서와 같이 아무런 어구가 첨보되어
있지 않은데, 활판본에는 오히려 원문에도 없는 것을 첨보하여 결과적
으로 오문이 되게 하였다.

둘째로, 길동이 각처로 다니며 난무하여 병조판서 제수를 요구하니
조정에서 할 수 없어 이를 허락하고, 이어 길동이 조정에 출현하는 부
분이다.

상이 올히 녁이사 즉시 홍길동으로 병조판서를 계수하시고 사문의
방을 부치니라 이째 길동이 이 말을 듯고 즉시 사모관대에 셔씌를 씌
고 놉혼 초헌을 헌거롭게 놉히 타고 대로상에 완연이 드러오며
이에 홍판셔 사은하라 온다하니 병죠하속 마자 호위하야 궐내에 드
러갈새 백관이 의론하되 길동이 그날 사은하고 나올 것이이 도부수를
매복하엿다가 나오거든 일시에 내다라 쳐죽이라[110] (활판본)

위의 인용문 중 방점 부분의 "초헌을 헌거롭게 놉히 타고 대로상에
완연이 드러오며 이에 홍판셔 사은하라 온다하니"는 한남본의 "초헌

---

109) 세창본, 16쪽.
110) 세창본, 22쪽.

을 헌거롭게 놉히 타고 대로상의 완연이 드러오며 니르되 이졔 홍판
셔 샤은흐라 온다 흐니" 중 "니르되 이졔"를 "이졔"로 축소 대치하여
오문이 되게 했다. 즉, 위의 "홍판셔 사은하라 온다"라는 것은 한남본
에서와 같이 길동의 오만불손한 말이나 이것이 활판본에는 오문이 된
탓으로 "홍판셔 사은하라 온다"는 것은 결과적으로 삼인칭의 어구로
되어 문맥의 앞뒤가 맞지 않는다.

그러면 활판본을 한남본과 대비하여 相違한 장면을 차례로 들어보
겠다.

① 길동이 가출함에 앞서 한남본에는 특재와 상자 두 사람을 죽이는
것으로 되어 있는데, 활판본에는 특재와 상녀 및 무녀 등 세 사람을
죽이는 것으로 되어 있다.

초난이 무녀와 상녀로 하여금 상공과 의론하고 너를 죽이려 함이니
엇지 나를 원망하리오 하고 칼을 들고 다라들거늘 길동이 분긔를 참지
못하야 요술을 베풀어 특재의 칼을 아사 들고 대매왈 네 재물을 탐하
야 사람 죽임을 조히 역이니 너갓흔 무도한 놈은 죽어 후환을 업시하
리라 하고 한번 칼을 드니 특재의 머리 방중에 나려지는지라 길동이
분긔를 이긔지 못하야 이 밤에 바로 상녀와 무녀를 잡아다가 특재 죽
은 방중에 드리치고 나를 죽이려 하얏나냐 하고 버히니 엇지 가련치
아니리오[111] (활판본)

그러나 활판본의 이 부분은 어청교본의 "길동이 분긔롤 니긔지 못
흐여 니밤의 바로 상ᄌ와 무녀를 잡아 특지 죽은 방의 드러치고 쑤지

<hr />

111) 세창본, 7쪽.

져왈 너의 날로 더무러 무삼 원쉬 잇관디 쵸난과 흔가지로 느를 죽이려흐는다 흐고 흔 칼의 버히니 엇지 가련치 아니리요"[112]의 영향을 받은 것이다.

② 길동이 조정에서 正租 1천 석을 허락받고, 전하를 만나 사은·하직하는 장면에서, 한남본은 어청교본을 다룰 때 언급한 바와 같이 전하의 1천 석의 사급을 받고 사은·하직하는 것으로 간단히 처리되어 있으나, 활판본에는 아래의 예문 방점 부분에서와 같이 어청교본을 대본으로 하여 길동의 정조 1천 석의 요구, 길동의 개안 거부, 전하의 정조 사급 및 길동과 그 부처의 하직 등의 내용이 첨보되어 있다.

　　샹이 경문왈 네 엇지 심야에 온다 길동이 대왈 신이 뎐하를 밧들어 만셰를 뫼시올가 하오나 쳔비 쇼생이라 문과를 하오나 옥당에 참례치 못할 것이오 무과를 하오나 션젼에 막힐지라 이럼으로 사방에 오류하와 무뢰지당으로 관부에 쟉폐하옵고 죠졍을 요란케 하옴은 일흠을 셩상이 아르시게 하옴이러니 신의 소원을 푸러주옵시니 뎐하를 하직하고 조션을 쩌나 한업슨 길을 가오니 졍죠 일쳔셕을 셔강으로 대여주옵시면 뎐하 덕택으로 수쳔명이 보젼할가 하나이다 상이 즉시 허락하시고 왈 젼에 경의 얼골을 자셰 못보앗더니 금일 비록 월하나 얼골을 들어 나를 보라 하신대 길동이 비로소 얼골을 드나 눈을 쓰지 아니하거늘 상이 갈아사대 엇지하야 눈을 쓰지 안나뇨 길동이 대왈 신이 눈을 쓰면 뎐하 놀나실가 하나이다 상이 이 말을 드르시고 과연 범인이 안임을 짐작하시고 위로하시니 길동이 뎐은을 돈슈 사례하고 도로 공중에 소소와 가거늘 상이 그 신긔

---

112) 어청본, 5장 후면.

함을 일캇고 익일의 션혜당상에게 젼지하사 천조 일천석을 셔강
으로 슈운하라 하시니 혜당이 아모란줄 모르고 거행하얏더니 믄
득 여러 사람이 큰 배에 실고 가며 왈 젼님 병조판셔 홍길동이
텬은을 입사와 정조 천셕을 여더 가노라 하거늘 이 연유로 상달하온
대 상이 소왈 길동을 사급한 것이라 하시더니라[113] (활판본)

그런데 해당 면의 정조 1천 석을 수운하는 장소가 어청교본에서와
같이 "셔강"(西江)으로 되어 있는데, 한남본에는 그 이전에 그 무리를
대령하는 장소가 "모월모일의 경성 한강의 디령ᄒ라"에서와 같이 경
성 한강으로 되어 있다. 그러나 활판본은 이 면에 한남본을 대본으로
하여 "모월모일의 경성 한강에 대령하라"에서와 같이 경성 한강으로
해 놓고, 해당 면엔 어청교본을 좇아 "서강"으로 해 놓은 것은 텍스트
를 이중으로 취한 데서 오는 지명 표기의 실수이다.

③ 길동이 堤島에서 망탕산으로 矢藥을 캐러 갔다가 백룡과 해우하
는 장면 및 백 소저의 실종 등이 한남본에는 간단히 처리되어 있으나,
활판본에는 어청교본을 대목으로 하여 이보다 장면 장면이 훨씬 과
장·첨보되어 있다.

일일은 길동이 활촉의 바른 냑을 어드러 망당산으로 향ᄒ더니 낙천
산의 이르러는 그 곳의 부ᄌ 빅농이란 사람이 이스니 일즉 한 ᄯᅩᆯ을 두
어시되 직질이 비상ᄒ미 부뫼 인중ᄒ더니 광풍이 디작ᄒ며 ᄯᅩᆯ이 간더
업는지라[114] (한남본)

113) 세창본, 24쪽.
114) 한남본, 21장 전면.

일일은 길동이 계인을 불너왈 내 망당산에 드러가 살촉에 바를 약
을 엇어올 것이니 여등은 그 사이 액구를 잘 직히라 하고 즉일 발션하
야 망당산으로 드러갈 새 슈일만에 락천짜에 이르러는 그곳에 만셕부
쟈 잇스니 셩명은 백용이라 일즉 한 딸을 두엇스되 인물과 재질이 비
상하고 겸하야 백가셔를 달통하여 검술이 죠등하니 그 부뫼 극히 사랑
하야 텬하영웅이 곳 아니면 사위를 삼지아니려 하야 두로 구혼하더니
일일은 풍운이 대작하고 텬디 아득하더니 백룡의 딸이 간 대 업는지
라[115] (활판본)

④ 길동이 요괴를 퇴치한 후 백·조 양 소저를 구출하여 양 처로
삼는 장면에, 한남본은 간단히 뼈대만 처리된 감을 주나, 활판본에는
어청교본을 대본으로 하며 백·조 양 소저가 경국지색이라는 것과, 또
는 길동이 20세가 넘도록 원앙의 낙을 모르다가 백·조 양 소저를 맞
이하여 일조에 견권지정을 누리게 되었다는 등 한남본보다 훨씬 소설
화되어 있다.

그 게집이 울며 애걸왈 첩 등은 요괴 아니오 인간 사람으로 이곳
요괴에게 잡혀 죽으려 하더니 텬행으로 장군이 드러와 요괴를 멸하시
니 첩등에 잔명을 보전하야 고향에 도라가게 하심을 바라압나이다 하
고 울며 애걸하니 길동이 그 잔인함을 보고 자셰 보니 진짓 경국지색
이라 인하야 거쥬를 두르니 하나는 락천현 백용에 딸이오 한아는 죠쳘
의 딸이라 길동이 내심의 희환이 여겨 즉시 두 녀자를 인도하야 락천
현의 가 백룡을 차자보고 전후를 이르며 그 녀자를 뵈니 백룡부뷔 일
엇던 녀아를 보고 여취여광하야 서로 붓들고 울며 조쳘도 쪼한 녀아를
보매 죽엇든 자식을 만나드시 깃부믈 칭량치 못하더라 이째 백룡이 조

115) 세창본, 25쪽.

철과 의론하고 즉시 친척을 모와 대연을 배설하고 홍생 길동을 마자
사회를 삼으니 첫재 안해는 백소져오 긔차는 죠소져라 길동이 나히 이
십이 넘도록 원앙에 자미를 모로더니 일조의 량처를 어드매 량가로 락
을 보니 그 견권지정을 비할대 없더라[116] (활판본)

⑤ 길동이 율도국을 치기 위하여 철봉 태수 김현충과 교전하는 데
있어서, 한남본에는 교전 일합에 김현충이 죽은 것으로 간단히 처리되
어 있으나, 활판본은 어청교본에서와 같이 김현충과의 교전에 군담류
소설에서 볼 수 있는 戰陣法이 등장하고, 김현충은 전사 대신에 항복
하는 것으로 되어 있다.

철봉 태수 김현츙이 난대업는 군마를 보고 대경하야 일변 왕에게
보하고 일군을 거나려 싸홀새 길동을 모르고 달려드러 수합이 못하야
대패하야 본진에 도라와 견벽불츌하거늘 길동이 뎨장을 모와 의론왈
우리 이곳에 드러와 량초 부족하니 만일 날이 오래면 대사를 일우지
못하리니 게교를 써 쳘봉태수를 잡고 그 량초를 아사 도성을 치면 엇
지 게교 아니리오 장수를 사쳐에 매복하고 마숙으로 정병 오천을 거나
려 여차여차하라 하니 마숙이 쳥령하고 군사를 거나려 나와 싸홈을 도
도니 현충이 뒤를 짜로는지라 길동이 공중을 향하야 진언을 렴하니 이
윽고 오방신쟝이 대군을 거나려 일시에 에워싸니 동은 청뎨장군이오
남은 적뎨쟝군이오 셔는 백뎨장군이오 북은 흑뎨장군이오 중앙은 길
동이라 황금투구에 대도를 들고 짓처 들어가니 반합이 못하야 현충의
탄 말을 질너 업지르고 대질왈 네 죽기를 앗기거든 쌜니 항복하라 현
충이 애걸왈 쇼쟝이 임의 잡히엿스니 잔명을 살려주소서 길동이 항복
함을 보고 그 맨 것을 글으고 위로하며 인하야 쳘봉을 직히라 하고 군

116) 세창본, 27~28쪽.

사를 모라도성을 칠새(하략)117) (활판본)

⑥ 철봉 태수 김현충의 패배의 후처리에 있어서, 한남본에는 율도국 왕이 주력이 꺾임을 보고 항복하니 길동이 이를 의녕군에 책봉하는 것으로 되어 있으나, 활판본은 어청교본에서와 같이 율도국 왕이 항복하지 않고 세자 및 왕비와 함께 모두 자결하는 것으로 되어 있다.

왕이 남필에 대경왈 아국이 전혀 철봉을 밋거늘 이뎨 철봉을 일엇스니 쟝찻 엇지하리오 하고 인하야 자결하니 셰자 왕비 쏘한 자결하는지라 길동이 성중에 들어가 백성을 안무하고 우양을 잡아 뎨쟝군졸을 호궤하고 길동이 왕위에 나가니 을측 졍월초구일이라118) (활판본)

⑦ 활판본에 어청교본에서와 같이 길동이 율도국을 점령하고 왕위에 올라 그의 가족을 모두 책봉하는 장면이 출현하는데, 해당 면은 한남본엔 없다.

왕이 인하야 부인 백씨와 됴씨로 다 왕비를 봉하고 부친을 츄존하야 현덕왕을 봉하고 모친을 대비를 봉하고 백룡과 죠쳘로 부원군을 봉하야 궁실을 사급하고 부친릉호를 션릉이라 하야 릉쇼에 올나가 뎨문을 지여 뎨사할 새 모부인 류씨로 현덕왕비를 봉하고 환자와 시신을 보내어 대비와 왕비를 영접하야 오니라119) (활판본)

⑧ 인형이 위유사가 되어 그의 모부인 류씨와 함께 율도국을 찾아가

117) 세창본, 31~32쪽.
118) 세창본, 33쪽.
119) 세창본, 33쪽.

길동과 해후하는 장면에 , 활판본은 어청교본이 대본으로 되어 있으나, 어청교본의 일부분이 누결되어 이로 인하여 아래의 예문 방점 부분에서와 같이 墳上에 올라 소분하는 것과 궐내에서 大宴을 배설하는 장면이 활판본에 누결되어 있다. 활판본이 어청교본을 대본으로 했으나, 첨보된 것은 볼 수 없고, 곳곳에 누결된 부분이 있음을 말해둔다.

참판이 만류치 못ᄒ여 모부인을 뫼시고 길의 올ᄂᆞ 삼삭만의 졔도산 하의 이르니 률왕이 발셔 멀니 나와 마ᄌᆞ 지영더위 엄슉ᄒ고 두 왕비ᄂᆞ와 마즈니 위의 거록ᄒ더라 산소의 올ᄂᆞ 소분ᄒ고 궐닉의 드러가 더연을 비셜ᄒ고 즐길시 만영인민이 송덕 아니리 업더라 이러구러 여러놀이 되민 티부인 뉴씨 홀연 득병ᄒ여 빅약이 무효ᄒ지라[120] (어청교본)

참판이 만류치 못ᄒ야 부인을 뫼시고 삼삭만에 뎨도에 이르니 왕이 먼져 나와 지영하며 두 왕비 나와 마지니 위의 거록하더라 이러구러 오래매 모부인 류씨 홀연 득병하야 백약이 무효하니[121] (활판본)

⑨ 율도 왕이 백룡을 시켜 조선 왕에게 표문을 올리는 장면에, 한남본에는 "왕이 빅뇽을 불러왈 닉 죠션 셩상께 표문을 올니려 ᄒᆞᄂᆞ니 경은 슈고을 앗기지 말나ᄒ고 표문과 서찰을 홍부의 붓치니라"에서와 같이 율도 왕이 백룡을 시켜 표문을 부쳤다고만 되어 있을 뿐, 표문의 내용은 없으나, 활판본에는 어청교본과 같이 全文이 삽입되어 있다.

각셜 상이 ᄌᆞ청하는 정조를 주어 보낸 후로 십 년이 갓가오되 쇼식

---

120) 어청본, 22장 전면.
121) 세창본, 35쪽.

이 업슴을 고히 역이시더니 일일은 문득 률도왕 표문이라하고 올니거
날 상이 놀나시며 써여 보시니 하얏스되 견임 병조판셔 률도왕 신 홍길
동은 돈슈백배상언우죠션성샹탑하하옵나니 신이 본대 쳔생으로 마음
이 협협하와 셩상에 텬심을 살란케 하오니 이만 불츙이 업삽고 쪼 신의
아비 쳔한 자식으로 신병이 되오니 이런 불효업삽거날 뎐하 이런 죄를
샤하시고 벼살을 더하시며 졍조 쳔셕을 상급하시니 이 텬은을 갑홀길
이 업사오며 그사이 사방으로 유리하옵다가 자연 군사를 모와 률도국
에 드러가 한번 북쳐 나라를 엇고 외람이 왕부에 거하오니 복망 셩상은
신의 외람한 죄를 사하시고 만슈무강 하소쑈 하얏더라[122] (활판본)

⑩ 조선 왕이 율도국 왕 홍길동의 표문을 보고 인형으로 위유사를
봉하는 장면에, 한남본에는 조선 왕이 스스로 인형을 위유사로 봉하나,
활판본은 어청교본에서와 같이 조선 왕이 인형의 구구한 사정을 들은
후, 인형의 요청에 의하여 그를 위유사로 봉하여 율도국에 가게 한다.

    샹이 표문을 보시고 대경대찬하사 즉시 홍인령을 명초하샤 률도왕
의 표문을 뵈시며 희한함을 일카르시니 이째 인형에 벼살이 참판에 거
한지라 맛참 길동의 셔찰을 보고 놀나던차에 더욱 황감하야 놀나 복디
쥬왈 신의 아오 길동이 타국에 가서 비록 귀이되엿스나 실노 셩상의
대덕이오니 알월 말삼 업거니와 신의 망부신소를 겨로 인하야 률도 근
쳐에 썻사오니 복원 뎐하는 신의 졍사를 살피샤 일년 말미를 주시면
단여올가 하나이다 샹이 의윤하야 인형으로 률도국 위유사를 하이시
니 인형이 하직하고 집에 도라와 모부인게 탑젼셜화를 고하니 모부인
이 갈아대 길동의 글월을 보니 날다려 단여감을 일넛스니 너와 갓치
가리라 하니 참판이 만류치 못하야 부인을 뫼샤 삼삭만에 뎨도에 이르

122) 세창본, 34쪽.

니 왕이 먼져 나와 지영하며 두 황비 니와 마지니 위의 거룩하더라[123]

(활판본)

⑪ 율도 왕의 세자가 삼자 삼녀임은 양 본이 같으나, 한남본에는 장자 차자가 백씨 소생으로 되어 있고, 삼자 차녀는 조씨 소생으로 되어 있으나, 활판본에는 어청교본에서와 같이 장자만이 백씨 소생이고 차자 삼녀는 모두 조씨 소생이며, 이녀는 따로 궁인 소생으로 되어 있다.

왕이 삼자일녀를 두엇스되 장자의 명은 현이니 백씨 소생이오 차자의 명은 창이오 삼자의 명은 열이니 조씨 소생이요 이녀는 궁인 쇼생이니 부풍모습하야 다 긔난숙녀러라 장자는 세자를 봉하고 기차는 각각 봉군하며 이녀는 부마를 간택하니 그 거룩함이 곽분양을 비할너라[124] (활판본)

⑫ 율도 왕 홍길동의 작고 처리가 한남본에는 단순히 病死로 되어 있으나, 활판본에는 어청교본과 같이 無常歌를 부르는 가운데 한 노옹의 안내로 백일승천하는 것으로 되어 있다.

왕이 등극 삼십년에 년긔 칠순이라 일일은 왕이 후원 영락뎐에 왼갓 풍악을 갓초고 노래를 지어 부르니 하얏스되 세상을 생각하니 풀꼿해 이슬갓도다 백년을 산다하나 이 쏘한 부운갓도다 귀천이 쌔 잇스미여 다시 보기 어렵도다 소년이 어졔러니 백발될줄 어이 알니 하며 두 왕비와 열락하더니 문득 오색구름이 뎐각을 두르며 일위로옹이 쳥려장을 집고 속발관을 쓰고 학창의를 입고 뎐상에 오르며 왈 그대 인간

123) 세창본, 35쪽.
124) 세창본, 36쪽.

자미 엇더하뇨 이뎨 우리 모되리라 하더니 문득 왕과 왕비 간대 업는
지라 삼자와 모든 시녀 이를 보고 망극하야 일장 통곡하다가 거짓 관
각을 갓초와 례로써 선릉에 안장하니 릉호를 현릉이라 하고 세자 즉시
대위에 올으니 만조신해 옹위하야 천세를 부르며 각읍에 사문을 나리
와 백셩을 안무하며 십년부녜를 특감하니 만셩인민이 덕을 일컷더라
왕이 친이 폐문을 지어 선등을 치뎨하고 정사를 어질게 하시더니 조야
송덕하고 년년이 풍년들매 월하에 격양가를 부르더라[125] (활판본)

7) 필사본

이 필사본은 이가원 교수가 소장한 것으로 필사본 말미에 "계亽 정
월 월일 취산 칠십亽셰옹 셔ㅎ니 몽농이긔 젼ㅎ다"의 후기가 있음으로
보나, 그 지질로 보아 1894년, 74세된 취산옹이 再寫한 것이 틀림없다.
그러나 필사본 말미에 있는 再寫 시기를 알려주는 간지는 이것이 쓰여
진 연도를 알려줄 뿐만 아니라, 이 필사본의 대본이 된, 출래 시기가
확적치 않은 어청교본이 결국 1894년 이전에 판각된 것을 알려주는데
중요한 의의가 있다고 본다.

이 필사본은 단책이며 총 21장으로, 그 체재는 세로가 26cm, 가로가
17cm이며 매 면 적게는 12행 많게는 16행으로 불규칙하게 이루어지고
있으며, 필치는 노옹이 쓴 것이니만큼 난필에 가깝다.

또한 이 필사본은 독창적인 원본 계열이 아니다. 정확한 이본 대교
를 통해서 보면 그 대본이 된 것은 어청교본임을 알 수 있다. 즉, 그것
은 어청교본이 가지고 있는 다음과 같은 <홍길동전>의 이본으로서의
특색이 본 필사본과 대비해 볼 때 플롯뿐만 아니라, 자자구구가 거의

---

125) 세창본, 36쪽.

일치하고 있다는 것이다.

① 길동이 망명도생함에 앞서 그의 음모자의 처결에 있어서, 그 인
물이 어청교본에는 특재 · 상자 · 무녀 세 사람으로 되어 있는데, 필사
본도 마찬가지이다.

> 길동이 분긔를 니긔지 못ᄒ여 이밤의 무녀와 샹ᄌᆞ을 잡아 특지 죽
> 은 방의 드리치고 ᄭᅮ지져왈 너의 날로 더부러 무슨 원슈로 ᄒᆞᆫ가지로
> 날을 죽이려 ᄒᆞᄂᆞᆫ뇨 ᄒᆞ고 ᄒᆞᆫ칼노 머리롤 버히니 엇지 가련치 아니ᄒᆞ
> 리오 이ᄯᅥ 길동이 삼인을 죽이고(하략) (필사본)

② 길동이 해인사의 약탈과 함경 감영의 습격이 있은 후, 그 소문과
체포를 두려워하여 만든 초인의 수가 어청교본에 8인으로 되어 있는
데, 필사본도 마찬가지이다.

> 즉시 쵸인 여덟을 맨드러 진언을 ᄒᆞ고 혼백을 부치니 여덟 길동이
> 일시의 팔을 쏍니며 크게 소리ᄒᆞ고 ᄒᆞᆫ곳의 모혀 난민이 슈작ᄒᆞ니 어
> 너 것이 졍 길동인쥴을 알지 못ᄒᆞ지라 (필사본)

③ 길동이 남경 시찰 후 安處를 정하고 다시 적굴에 돌아와 正租
1천 석을 싣기 위해 그 부속들에게 待侯시키는 장소가 어청교본에는
"서울 서강"으로 되어 있는데, 필사본에도 "서울 서강"으로 되어 있다.

> 그디 등이 아모날 양천강변의 가비를 만니 지여 모월모일의 셔을
> 셔강으로 디령ᄒᆞ라 (필사본)

④ 길동이 조정에서 正租 1천 석의 사급을 허락받고, 전하를 뵙고 사은하직하는 장면에, 어청교본에는 정조 1천 석의 요구, 길동의 개안 거부, 전하의 정조 사급 및 길동과 그 종속의 하직 등이 부설되어 있는 데, 필사본에도 이 장황한 내용이 그 순위대로 표현되어 있다.

신이 젼흐을 밧드러 만셰을 뫼시려 흐오나 흔갓 쳔비쇼싱이라 문과 을 흐오나 옥당의 춤예치 못헐 것시요 무과을 흐오나 션쳔의 막힐 것 시오니 이럼으로 마음을 졍치 못흐와 팔방으로 오유흐와 무뢰지당으 로 관부의 작폐흐옵고 됴졍을 요란케 흐옴은 신의 일홈을 셩상이 알르 시긔 흐오미러니 셩은이 융즁흐와 신의 쇼원을 푸러쥬옵시니 쳔은을 갑스올 ᄇ를 모르옵고 이졔 신이 뎐흐긔 흐직흐옵고 죠션을 쩌ᄂ 한업 ᄂ 길을 가오니 졍죠 일쳔셕을 셔강으로 너여쥬면 뎐흐의 덕틱으로 슈 쳔인명이 보젼헐가 흐옵ᄂ이다 샹이 허락흐시고 왈 젼일 경의 얼골을 ᄌᄉ이 못 보아더니 금일 비록 월흐이나 얼골을 드러 ᄂ를 보라 길동 이 얼골을 드나 눈을 ᄄ지 아니흐더 샹이 왈 엇지흐여 눈을 ᄄ지 아니 허ᄂ뇨 디왈 신이 눈을 ᄄ면 젼희 놀나실가 흐ᄂ이다 샹이 드르시고 범인이 안인줄을 짐작흐더라 길동이 흐직흐고 공즁의 쇼쇼와 가거늘 샹이 그 신긔홀을 일컷고 익일의 션혜당샹의게 흐교흐ᄉ 졍죠 일쳔셕 을 셔강으로 슈운흐라 흐시니 혜당이 거힝흐여더니 문득 여러 ᄉ람들 리 큰 비를 디하고 싯고가며 왈 젼임병판 홍길동이 쳔은을 입ᄉ와 엇 어간다 흐거늘 이 연유로 샹달흔디 샹이 쇼왈 니 홍길동을 ᄉ급던 것 이라 흐시더라 (필사본)

⑤ 길동이 요괴를 퇴치한 후, 백·조 양 소저를 구출하여 양 처를 삼는데, 어청교본에는 백·조 양 소저가 경국지색이라는 등, 또는 그들 을 맞이하여 길동이 견권지정을 누렸다는 등 장황하게 묘사되어 있는

데, 필사본도 백·조 양 소저에 대한 具述이 그대로 표현되어 있을 뿐
아니라 자자구구가 어청교본과 거의 같다.

그 계집이 울며 익걸왈 첩등은 요귀 아니옵고 인간 스람으로셔 이
곳 요귀에게 잡혀와 죽으려 ᄒ더니 천힝으로 장군이 드러오스 요귀를
멸ᄒ시니 첩등의 잔명을 보전ᄒ여 고향의 도라가게 ᄒ심을 천만 바라
ᄂ이다 길동이 잔잉이 녁여 ᄌ셔이 보니 곳 경국지식이라 니렴의 희한
이 녁여 인ᄒ여 거쥬을 무르니 ᄒ아혼 낙천현 빅용의 쏠이요 ᄒ아혼
됴철의 쏠이라 즉시 두 녀ᄌ을 인도ᄒ여 낙천의 가 빅용을 ᄎ져보고
전후슈말을 이르며 그 녀ᄌ을 뵈니 빅용의 부뷔 일허쓴 녀ᄌ을 보고
여취여광ᄒ여 셔로 붓쓸고 울며 됴쳘도 ᄯᅩ혼 녀ᄌ를 보미 죽어든 ᄌ식
만ᄂ는듯 깃부믈 츙양치 못ᄒ더라 이쩌 빅용이 됴쳘과 의논ᄒ고 즉시 일
가친척을 모ᄒ고 디연을 비셜ᄒ고 홍싱을 마져 스회를 숨ᄒ니 쳣지는
빅소져요 기ᄎ는 됴소져라 길동이 나히 니십이 넘도록 원앙의 ᄌ미을
모로더니 일죠의 양쳐을 두미 그 견권지정을 비할더업더라 (필사본)

⑥ 길동이 철봉 태수 김현충과 교전하는 장면이 어청교본에는 매우
자세하게 서술되어 있으며, 뿐만 아니라 군담류 소설에 등장하는 戰陣
法이 삽입되어 있는데, 필사본에도 그와 같은 전진법이 삽입되어 있을
뿐만 아니라 자자구구가 어청교본과 같다.

철봉티슈 김현츙이 ᄂ디업는 군미 이르믈 보고 디경ᄒ여 일면 왕의
게 보ᄒ고 군스을 거ᄂ리고 ᄊ홀시 길동의 용밍을 아지 못ᄒ여 달녀들
러 슈합이 못되여 퓌ᄒ여 본진으로 도라와 견벽불츌ᄒ거날 길동이 제
장을 모ᄒ고 의논왈 우리 이곳의 드러와 양쵀부죡ᄒ니 만일 날이 오리
면 디스를 일루지 못ᄒ리니 계교로써 철봉티슈를 삼고 그 양쵸을 아셔
도셩을 치면 엇지 죠치아니리요 쟝슈를 스쳐의 미복ᄒ고 마슉으로 졍

병 오천을 거느려 여츠여츠후라 후니 마슉이 나셔 사홈을 도도니 현츙이 닛다라 쏘오더니 미급 슈합의 마슉이 거짓 피하여 본진으로 도라온디 현츙이 뒤흘 짜라는지라 길동이 공즁을 향후여 진언을 후니 이윽고 오방신장이 딕군을 거느려 일시의 에위산니 동은 쳥졔장군이요 셔는 빅졔장군이오 북은 흑졔장군이요 남은 젹졔쟝군이요 즁앙은 길동이 황금투즈의 딕도를 들고 쫏쳐 드러가니 반합이 못되여 현즁의 탄 말을 질너 업지르고 딕즐왈 네 죽기를 앗기거든 쌸니 항복허라 현즁이 익걸 왈 쇼장이 임의 잡펴시니 잔명을 슬녀쥬쇼셔 (필사본)

⑦ 길동이 철봉 태수 김현충을 패배시키므로, 어청교본에는 율도 왕이 투항하지 않고 세자·왕비 등 가족과 함께 자결하는 것으로 되어 있는데, 필사본도 이와 같다.

왕이 남필의 딕경왈 아국이 전혀 철봉산으로 쑤리더니 이졔 철봉을 이러시니 장찻 엇지후리요 후고 즈결후니 셰즈와 왕비 쏘흔 즈결후는 지라 (필사본)

⑧ 길동이 왕위에 오른 후, 백룡으로 하여금 조선 왕에게 표문을 올리게 했는데, 필사본에도 어청교본과 같이 꼭 같은 표문의 全文이 실려 있다.

젼임 병죠판셔 률도왕 신 홍길동은 돈슈빅비상언우 죠션국 셩상탑후의 올니느니 신이 본딕 죠션국 쳔싱으로 마음이 편협후와 젼후의 텬심을 산란크 후오니 이런 불츙이 업습고 또 아비 쳔흔 즈식으로 말미암아 신병이 되오니 이런 불효 업습거날 젼히 이러헌 죄를 스후시고 벼술을 더후시며 졍죠 쳔셕을 스금후옵시니 신이 쳔은을 갑플 길이 업

스오며 그 스이 스방으로 유리ᄒ옵다가 ᄌ연 군스를 모와 률도국의 드
러가 흔북 북쳐 ᄂ라을 엇고 외람이 왕위의 거ᄒ오니 평싱한이 업스오
나 미양 셩상의 덕덕을 앙망ᄒ와 뎡죠 천셕을 환상ᄒ오니 복망 셩상은
신의 외람ᄒ온 죄를 스ᄒ시고 만슈무강ᄒ옵소쇼 (필사본)

⑨ 조선 왕이 인형으로 慰諭使를 봉하는데 있어서, 어청교본에는 조
선 왕이 인형의 구구한 사정을 들은 후, 인형의 요청에 의하여 그를
위유사로 봉하는데 필사본도 이와 꼭 같다.

상이 보시고 디경디찰ᄒ스 즉시 홍인형을 픠쵸ᄒ시고 률도왕의 표
문을 뵈시고 희ᄒ ᄒ시믈 닐커르시니 이쩌 인형이 벼살니 참판의 거ᄒ
지라 길동이 셔찰을 보고 놀나든ᄎ의 젼지을 듯고 즉시 궐닉하여 복지
쥬왈 신의 아오 길동이 타국의 가 비록 귀이 되어스오니 실노 셩상의
덕덕이오니 알월 말슴이 업습ᄂ이다 신의 망뷔 산쇼을 져로 인ᄒ여 률
도 근쳐의 쓰오니 이졔 젼ᄒᄂ 신의 졍스을 살피스 일년 말미를 쥬옵
시면 ᄃ려올리이다 샹이 허락ᄒ신디 인형이 ᄒ직홀식 인ᄒ여 인형으
로 률도국 위유스를 ᄒ이신디 (하략) (필사본)

⑩ 율도 왕의 삼자 이녀설에 있어서, 어청교본에는 장자만이 백씨
소생이요 차자 삼자는 모두 조씨 소생으로 되어 있고 이녀는 따로 궁
인 소생으로 되어 있는데, 필사본도 이와 똑같다.

왕이 일즉 숨ᄌ이녀를 두어시니 장ᄌ의 명은 현이니 빅씨 쇼싱이요
ᄎᄌ의 명은 창이요 숨자의 명은 연이니 다 됴씨 소싱이요 니녀는 궁
인의 쇼싱이니 긔긔이 부풍 모습ᄒ여 긔골이 쟝디ᄒ고 문쟝이 츌듕ᄒ
여 일세 긔남ᄌ라 장ᄌ로 셰ᄌ를 봉ᄒ고 기ᄎᄂ 각각 봉군ᄒ여 니녀는
부마를 간퇴ᄒ니 그 거록ᄒ미 곽분왕의 비길네라 (필사본)

⑪ 율도 왕 길동의 물고 처리에 대하여, 필사본에는 病死로 처리되지 않고, 왕비와 더불어 無常歌를 부르고 한 노옹의 안내로 백일승천하는 것으로 되어 있는데, 이도 어청교본과 일치한다.

> 동국 삼십년의 년긔 칠슌이라 여년이 다흠을 짐작ᄒ고 젹숑ᄌ의 ᄌ최을 찻고져 ᄒ여 일일은 왕이 후원 방낙젼의 올나 니원풍악을 진슈ᄒ고 산쳔경긔을 완샹ᄒ며 노리를 지여 부르니 그 노리의 ᄒ여시되 셰상ᄉ를 싱각ᄒ니 플끗히 이슬갓도다 빅년을 산다ᄒ나 쇼년이 어졔로다 빅발됨을 엇지 알니 아마도 안긔싱 젹숑ᄌ의 ᄌ최를 조츠미 가ᄒ도다 ᄒ고 두 왕비와 ᄒ가지로 열낙ᄒ더니 문득 오식구름이 션각을 두루며 향니 진동ᄒ더니 일위빅발노승이 쳥녀장을 집고 속발관을 쓰고 학창의를 입고 뎐상의 오르며 공슌이 일너왈 그디 인간 ᄌ미을 엇지 ᄒ는뇨 이졔 우리 셔로 쳐쇼의 모더리니 갓치 가미 엇더ᄒ니 ᄒ고 집허든 뉵환장으로 논간을 치니 홀연 뇌셩벽녁이 쳔지진동ᄒ더니 문득 왕과 두 왕비 간 디 업논지라 ᄉᄌ와 모든 시녀 이 거동을 보고 망극ᄒ여 일장통곡ᄒ다가 거줏 관곽을 갓초와 신능을 졍ᄒ여 안장ᄒ고 능호을 영능이라 ᄒ니라 (필사본)

이상의 11항을 들어 어청교본과 필사본과의 유사·공통점을 밝혔거니와 그러면 필사본이 어청교본보다 후행한다는 것을 무엇을 통해서인가? 양자를 세밀히 대조해 보면 필사본에 어청교본의 문체·어구가 고의로 현대화된 점을 엿볼 수 있다는 것이다. 즉,

> 천헌 소견은 길동을 죽여 업시ᄒ면 상공의 병환도 쾌ᄎᄒ실ᄲᆫ 아녀 문호를 보젼ᄒ오리니 (어청교본)
> 천흔 소견은 길동을 죽여 업시ᄒ면 상공의 병환도 쾌ᄎᄒ실ᄲᆫ 아니

라 문호를 보젼ᄒ오리니 (필사본)
　샹이 우문왈 경이 엇지 심야의 온다 (어청교본)
　샹이 우문왈 경이 엇지 심야의 오ᄂᆞᆫ요 (필사본)
　텰식으로 목을 올가 풍우갓치 모라가니 (어청교본)
　쇠ᄉ슬노 목을 올가 풍우갓치 모라가니 (필사본)
　현충이 익걸왈 쇼쟝이 님의 잡히엿스니 잔명을 구ᄒ소셔
　　　　　　　　　　　　　　　　　　　　　　　　(어청교본)
　현충이 익걸왈 쇼쟝이 임의 잡펴시니 잔명을 술녀줍쇼셔 (필사본)

즉, 위를 보면 문체에서 어청교본의 "아녀"와 "다"의 의문형이 필사본에는 모두 "아니라"와 "냐"로 되어 있고, 어구에 있어서는 어청교본의 "텰식"(鐵索)과 "구ᄒ소셔"가 필사본에는 "쇠ᄉ슬"과 "술녀줍쇼셔"로 모두 현대화되어 있음은 필사본이 어청교본보다 후행한다는 것을 설명하는 일례이다.

그리고 필사본이 어청교본에 비해 산략에 있어서 小句의 산략은 허다히 볼 수 있거니와 또한 大句의 산략도 있고, 심지어는 무리한 산략에서 오는 문맥의 불통도 엿볼 수 있다. 우선 산략된 그 예를 살펴보면 다음과 같다.

　길동이 그 형다려 일너왈 이졔 친산을 더더의 뫼셨스니 더더로 장상이 ᄭᅳᆫ치지 아니리니 (어청교본)
　길동이 왈 이졔 친산을 더지의 뫼셔시니 더더로 장샹이 ᄭᅳᆫ치아니리니 (필사본)
　길동이 왕위에 즉ᄒ니 을축 정월쵸팔일이라 졔장은 다 각각 봉작헐시 마숙으로 좌승상을 삼고 김질노 우승상을 삼고 그 남은 스롬은 다

벼살을 도도고 최철노 슌무안찰스를 ᄒ여 률도삼빅구십쥬를 슌힝
케 ᄒ니 만문빅관이 일시의 견세를 부르고 ᄒ례ᄒ니 원근빅셩이
숑덕ᄒ더라 왕이 인ᄒ여 부인 백씨와 됴씨를 왕비를 봉ᄒ고
(어청교본)

길동이 즉위ᄒ니 을축경원 쵸팔일이라 졔장은 다 봉작홀시 마숙으
로 좌승상을 숨고 김질노 우승샹을 숨고 그남은 이를 추례로 벼슬을
도도고 왕이 인ᄒ여 부인 빅씨로 왕비을 봉ᄒ고 (필사본)
※ 어청교본의 방점 부분은 필사본에 누결.

또한 어청교본 말미에 표현된 다음의 장면은 필사본에 "셰즈 즉시
디위의 올나 빅즈천손ᄒ니라"로 간단히 종결지어 놓았다.

세시 즉시 디위의 올ᄂ 만죠신ᄒ를 옹위ᄒ야 천세를 부르고 각읍의
ᄉ문을 ᄂ리와 빅셩을 안무ᄒ여 십년부세를 견림ᄒ니 만셩인민이 그
덕을 닐캇더라 왕이 친이 뎨문지어 션능의 치째ᄒ시고 졍스를 어질게
다스리니 조애 칭병ᄒ고 년년풍등ᄒ여 월ᄒ의 격양가를 부르니라 셰
월이 여류ᄒ여 왕이 쏘흔 삼즈를 두엇스니 쏘흔 총망ᄒ여 셩즈신손이
계계승승ᄒ여 우금가지 왕업을 누리니 만고의 회ᄒ흔 일이라 니러므
로 그 일을 긔록ᄒ여 후셰의 전ᄒ니라 (어청교본)

다음 문리가 불비된 곳과 오문의 예를 들면, 첫째 "반항 후 이녀막의
나아가 상인을 보고 일장통곡ᄒ다가"는 어청교본의 "반향 후 길동이
여막의 ᄂ아가 상인을 보고 일장통곡 ᄒ다가"의 방점 부분인 "길동"
이 생략되어 문리가 불비되었고 또한, 길동이 함홍 감영을 습격하는
장면에,

길동이 졔인을 모흐고 의논왈 이졔 함경감스가 쥰민고퇵흐여 빅셩
이 다 도탄의 든지라 그져 두지 못흐리니 그듸등은 니 지휘디로 흐라
흐고 흔아 씩 훗터드러가 아모날노 긔약을 졍흐고 남문 밧긔 불을 지
르니 감스 디경흐여 불을 구흐니 관쇽과 빅셩이 일시의 니다려 일시
의 구혈시 (필사본)

중 방점친 부분 "일시의 구혈시"는 어청교본의 "일시의 그 불을 구
홀시" 중 "그 불"이 생략되어 무엇을 구했는지 문리가 통하지 않는다.

둘째로 오문의 예를 들면, 길동이 율도국의 항복을 받고 나서 왕위
에 즉하여 그 가족을 책봉하는 장면에,

왕이 인흐여 부인 빅씨을 왕비을 봉흐고 됴쳘노 부왕비를 흐이시
고 부친은 츄존흐여 궁실을 스급흐고 능호를 션능이라 흐고 모부인
유씨는 덕현 왕비을 봉흐여 환즈와 시비을 보니여 디비와 왕비을 영
접흐여 오니라 (필사본)

라 되어 있는데, 위 인용문 중 방점 부분의 "됴쳘노 부왕 비를 흐이시
고"는 조철이 길동의 장인으로 부원군이 되어야 하겠는데, "부왕 비"
란 무슨 말인지 전연 뜻이 통하지 않고 있으며, 뿐만 아니라 위의 인용
문 중 "빅용 됴쳔노 부원군을 봉흐여"라는 어구가 출현함으로 보아 결
국 "됴쳘노 부왕비를 흐이시고"는 아무런 뜻을 갖지 못하며 필사본의
텍스트가 된 어청교본을 보아도 해당 오문 구절은 전연 찾아볼 수 없
으므로 필사자의 무지의 소산으로 보아지며, 또한 위 인용문의 "능호
를 션능이라 흐고"의 구절에 있어서 필사본의 텍스트가 된 어청교본을
보면 "부친 능호를 션능이라 흐고"로 되어 있어 "션능"이 길동의 부친

능호임을 쉽게 알 수 있는데, 위 인용문을 보면 막연히 "빅용 됴쳘노 부원군을 봉호여 궁실을 스급호고 능호를 션능이라 호고"라 되어 있어 "션능"이 결국 백룡·조철의 능호로 잘못 귀착된다. 그러나 이 필사본 의 후면으로 보아도 "션능"이 길동의 부친 홍 승상의 것으로 되어 있 으므로 해당 면의 착오는 필사자의 부주의에서 온 것이라 생각된다.

오문의 또 한 예는 홍 승상의 장례를 치르고 율도국에서 길동과 인 형 형제가 이별하는 장면에,

> 이러구러 여러 눌이 되믹 딕부인 뉴씨 홀연 득병호여 빅약이 무효 혼지라 부인이 탄왈 몸이 만리 타국에 와 죽으니 혼심허나 너의 부친 산소를 혼번 보니 쏘한 혼이 업도다 호고 명이 진호니 인형형졔 네를 갓초와 션능의 합장호고 쥬야애통호더니 슈월이 지닌후 인형다려 일 너왈 형장이 이곳오신지 발셔 숨삭이 지니여 불힝이 모친이 기셰 ㅇ ㅇ ㅇ ㅇ 호시니 망극호온 말숨은 충양치 못호나 오릭 머무지 못호고 본국 ㅇ ㅇ ㅇ ㅇ ㅇ ㅇ ㅇ ㅇ ㅇ ㅇ ㅇ ㅇ ㅇ 의 도라가리니 쩌닉미 심이 경연호나 스셰부득호미 형장은 길의 ㅇ ㅇ ㅇ ㅇ 보즁호옵소셔 (필사본)

라 되어 있는데, 위의 인용문을 보면, "인형다려 일너왈"에서와 같이, 그 대화의 시발자가 길동으로 되어 스토리가 전개되며 호칭이 "형장" (兄丈)으로 되어 있으나, 기실 내용을 보면 논리상 필사본 텍스트인 어청교본에서와 같이 그 대화의 시발자가 인형으로 되어야 할 것인데, 그렇지 못하여 오문이 되게 했다. 즉, 위 예문의 방점 부분에서와 같이 "인형다려 일너왈 형장이 이곳 오신 지 발셔 숨삭이 지니며 불힝이 모 친이 기셰호시니 망극호온 말숨을 측양치 못호나"는 일변 그럴듯하게 스토리를 끌고 나갔으나, 그 아래 "오릭 머무지 못호고 본국의 도라가

리니"는 논리상 길동이 율도국을 버리고 본국으로 귀향한다는 것으로 이는 〈홍길동전〉의 구성상 모순이 이만저만이 아니다. 그러나 필사본의 텍스트인 어청교본은 다음과 같이 논리정연함은 물론이다.

> 이러구러 여러늘이 되미 틱부인 뉴씨 홀연 득병ᄒ여 빅약이 무효혼지라 부인이 탄왈 몸이 만니 타국의 와 죽으니 흔심ᄒᄂ 너의 부친 산소를 흔번 보니 쏘흔 무한이로다 ᄒ고 명이 진ᄒ니 인형형뎨 녜를 갓초와 선능의 합장ᄒ고 듀야 이통ᄒ더니 슈월이 지는 후 인형이 왕다려 일너왈 우형이 이곳의 온지 발셔 삼삭이 지는지라 불힝ᄒ여 모친이 기셰ᄒ시니 망극ᄒ옴믄 피츠 일반이오뎌 오리 머무지 못ᄒ고 본국의 도라가리니 쩌ᄂ미 심이 결연ᄒᄂ 스셰부득ᄒ미니 현뎨는 보중ᄒ라
>
> (어청교본)

이상에서 보면, 이 필사체는 이본적인 특색은 없고, 다만 이것의 대본이 어청교본이라는 사실을 통해 어청교본의 판각 시기를 어느 정도 가늠할 수 있게 되었다. 이 필사본은 대본을 충실히 옮겨 놓지 못하고 군데군데 필사자의 고의, 혹은 부주의로 인해 산략해 놓은 곳이 많고 오문 역시 많아 拙本으로 떨어지게 되었다.

8) 결론

이상에서 논급한 것을 종합해 보면, 현존하는 〈홍길동전〉의 모든 이본 중, 한남본이 最古本으로 그 제작 연도는 정확히 추정할 수 없으나 어청교본, 안성본, 활판본의 대본이 된 것으로 주목되고, 또한 이를 완판본과 비교할 때, 철자·표기법에서 완판본보다 선행할 뿐 아니라, 구성 면에서 보아 완판본의 대본이 되었을 것이라는 것, 그리고 한남

본은 모든 이본 중 그 구성이나 문체로 보아 最善本의 위치를 차지하며, 현재 <홍길동전>의 원작은 존재하지 않으나 작자 허균의 宦路가 서울이 중심이 된 것으로 보면 경판인 한남본이야말로 현존하는 이본 중 원작에 가장 가깝다고 보아지며, 앞으로는 <홍길동전> 연구의 텍스트로는 한남본이 이에 해당되어야 할 것이다.

그리고 어청교본의 대본은 물론 한남본에 있으나, 구성 면에서 한남본과 대비할 때, 12부분이 相違하는데, 그 후반부의 스토리는 군담류 소설의 영향을 받은 것이며, 완판본은 한남본과 자매본으로 다른 이본에 비해 구성과 내용이 가장 많이 상위하며 그 중요한 것은 무려 25부분이나 된다. 안성본은 한남본과 어청교본을 종합하여 복수의 대본으로 이루어져 있으며, 후면의 율도국 건설이 전연 고의적으로 제거되어 있고, 활판본의 그 직접적인 대목은 어청교본에 있으나, 전반부 및 곳곳에 한남본을 대본으로 한 흔적이 엿보이고, 필사본은 어청교본을 그대로 再寫해 놓았으나 몇 군데 문맥을 바로잡지 못해 오문이 되게 한 것이다. 이상을 종합하여 이본의 상호 영향 관계를 도표로 제시하면 다음과 같은 유파 과정을 알 수 있다.

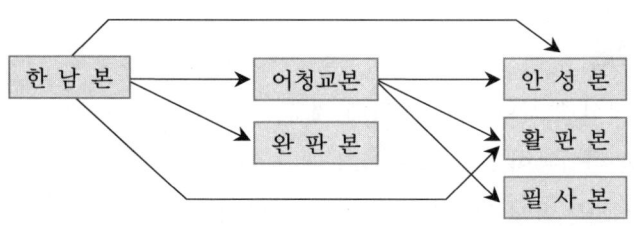

그러면 <홍길동전>의 원작이 한문으로 저작되었을 것이라는 이유

는 어디에 있는가? 이를 최초로 발설한 정주동 교수는 그의 『홍길동전
연구』에서 두 가지 이유를 들었는데, 첫째, <홍길동전>에 대하여 "筠
又作洪吉童傳 以擬水滸"(『택당선생별집』)이라 언급한 택당 이식은
당시 한문 사대가의 일인으로 체면상 과연 국문소설을 읽었을까 하는
것이요, 둘째는 이조의 문헌상 국문소설을 소개함에 있어서 반드시 '俗
諺', '諺課', '諺稗', '諺書古談'이라 하여 한문소설과 구별한 것 같다는
것이다. 즉,

　　西浦頗多以俗諺爲小說 <『北軒雜說』>
　　傳奇叟 (中略) 居東門外 口誦諺課稗說 如淑香傳
　　　　　　　　　　　　　　　　　　　<『秋齋集』 卷七 紀異>
　　東俗敎女子以諺而不以文 是故生不聞聖哲成訓　旣不識三綱五常
　之爲重 至若諺稗者皆是淫衰不經之說 <『梅山雜識』>
　　東圓嶠山男妹 做諺書古談 爲蘇氏名行錄 <『林下筆記』>

　그러나 <홍길동전>을 소개함에는 그저 <홍길동전>을 지었다 했을
뿐이지 속언 운운은 찾아볼 수 없다는 것이다. 즉,

　　筠又作洪吉童傳 以擬水滸 <『澤堂別集』>
　　筠作洪傳 以擬水滸 <『松泉筆談』>

　그렇지만, 필자가 <홍길동전>의 이본 대교를 교합해 본 결과로는
아직껏 <홍길동전>의 한문본이 전무하고, 뿐만 아니라 현존한 <홍길
동전>의 모든 이본은 기존에 있었을지도 모르는 한문본을 대본으로
하여 출래한 譯本 계열이 아니라 그 문체나 어구 내지 소설 구성으로

보아 종래의 군담류 소설 계통을 이어 밟아 내려온 국문소설 체재로
이루어져 있다는 것이다. 만일 <홍길동전>의 원작이 한문으로 쓰여졌
다면, 당시 국문소설을 한문으로 번역하여 읽는 판국에 오늘날 한문본
이 반드시 전할 것이요, 그렇지 않으면 현존하는 <홍길동전> 국문본
이 한문본의 번역에서 유래한 역어체 국문본이 있을 것인데, 역어체
국문본이 전무한 실정이다. 이것은 결국 <홍길동전>의 원작이 한문으
로 쓰여진 것이 아니라 국문으로 쓰여졌다는 것을 증명해주는 것이 아
닐까 한다.

즉, 이상에서와 같이 필자의 <홍길동전>의 서지적 교합을 통해서
본 것으로나, 또는 <홍길동전>이 한문으로 저작되었다는 뚜렷한 문헌
이 아직껏 있지 않으며, 그리고 한문본이 출현하지 않는 한, <홍길동
전>의 원작이 한문으로 쓰여졌으리라는 정주동 교수의 추견은 <홍길
동전>이 국문소설이라는데 대한 오늘날의 정설에 대해 별로 큰 문제
가 되지 않는다고 본다. 오히려 필자의 본 이본고를 통하여 본 것으로
써 <홍길동전>이야말로 국문으로 쓰여졌다는 종래의 막연한 정설을
확립하는데 일조가 되었으리라고 본다.

2. <홍길동전> 한문본의 텍스트 문제*

1) 서언

현재 <홍길동전> 한문본은 두 종류가 있다. 하나는 1925년 계명구
락부에서 발간된 『계명』 15호와 16호에 진암 이보상에 의해 한역으로

*『동방학지』, 69집, 연세대, 1990.

연재되다가 중단된 〈홍길동전〉과 다른 하나는 현재 서강대학교에 소
장되어 있는 〈홍길동전〉이 그것이다. 그러나 여기서 거론할 〈홍길동
전〉 한문본은 후자에 한정된다.

〈홍길동전〉 한문본이 출현하여 거론된 것은 1988년 이종주 교수의
「한문본 홍길동전 검토-경판 · 완판과의 대비」(『국어국문학』, 99권, 국
어국문학회, 1988)에서 비롯되었다.

이 교수는 이 글에서 한문본을 현존하는 한글본보다 선행되는 最善
本이라는 것을 조심스럽게 제언하였다가 같은 해에 『서강어문』에서
이를 밑받침하여 한글본 중 경판과 완판과 한문본을 대비하여 한문본
을 이들 한글본에 비해 보다 곡진한 구성을 가졌음을 전제로 가장 오
래된 最善本으로 규정하여 〈홍길동전〉의 작품론에서 텍스트로 삼아
야 할 것을 강하게 제언하였다.[126] 이것이 현재까지 〈홍길동전〉 한문
본에 대해 활자로 공개된 유일한 논고이다. 위와 같이 이 교수에 의해
거론된 이래, 이에 대한 보완적 또는 시정적 구두 발표가 이루어졌는
데, 김진영 교수는 대체로 이 교수의 논고를 시인한 반면,[127] 정하영
교수는 한문본은 경판과 완판을 참고하여 번역한 한역본이라는 의견
을 제시, 이 교수의 最善本說을 부정하였다.[128]

지난날 〈홍길동전〉 이본 연구는 한문본이 없어 이에 대한 거론이
이루어지지 않은 상태에서 때로는 〈홍길동전〉의 원작이 한문으로 되
었을 것이라는 주장이 있었다.[129] 따라서 한문본 全文이 출현함으로

---

126) 이종주, 「한문본 홍길동전 해제를 위한 도론」, 『서강어문』, 6집, 서강어문학회, 1988.
　　12.
127) 1989년도 고려대학교에서 모임을 가진 한문학회에서 이루어진 연구발표에서.
128) 정하영, 「조선초기 국문소설의 한역에 대하여」, 1989년 8월 한국고전문학연구회 발
　　표 요지.

말미암아 한문본의 존재가 <홍길동전> 이본 연구에서 중요성을 인정 받게 된 것은 당연한 일이 아닐 수 없다. 더구나 <홍길동전>의 원작이 국문본이란 주장[130]과 <홍길동전>은 최초의 국문소설이라는 통설이 거의 굳어져 있는 현 상황에서 한문본이 출현하고, 이종주 교수가 이를 最善本이라고 주장한 것은 <홍길동전> 연구의 기초를 뒤흔든 것이라 할 수 있다. 그러므로 <홍길동전> 한문본에 대한 보다 정확한 검증은 <홍길동전>의 연구를 위해 반드시 수행되어야 할 필수 과제라 생각된다.

이 교수의 한문본에 대한 주지는 경판과 완판이 각기 지닌 자주적 일광성의 부족을 한문본이 메워줄 뿐 아니라, 그 묘사의 곡진성으로 볼 때 <홍길동전> 이본 중 한문본이 最善本이라는 것이다. 또 이 교수는 위의 사실을 근거로 삼아 <홍길동전>의 원전이 한문본일 가능성과 아울러, <홍길동전> 작품론의 주 자료 텍스트로 한문본이 선택되어야 한다는 것이다.[131] 그렇지만 필자는 이 교수가 언급한 대로 상궤를 벗어나게 한 자료 해제[132]를 기본적으로 재검토하여, 한문본이 最善本[133]에 해당되는지의 여부와 한문본이 이 교수의 추측대로 과연 작

---

129) 정주동, 『홍길동전 연구』, 대구: 문호사, 1961, 141쪽.
130) 정규복, 「홍길동전 이본고 2」, 『국어국문학』, 51권, 국어국문학회, 1971, 73~75쪽.
131) 이종주, 「한문본 홍길동전 해제를 위한 도론」, 『서강어문』, 6집, 서강어문학회, 1988, 244쪽.
132) 이종주, 위의 논문, 244쪽.
133) 우선 많은 이본 가운데 最善本으로 규정되는 것은 가령 <홍길동전>과 같이 작자가 분명한 경우, 작자의 원작의 요소를 가장 많이 지니고 있는 경우가 이에 해당될 것이다. 그러나 현 <홍길동전> 이본의 경우, 뚜렷한 작자의 원작이 밝혀져 있지 않은 이상, 古本이 비교적 원작의 요소를 많이 가지고 있을 것이라는 가정에서도 이 교수가 한문본을 最善本으로 규정한 경우, 한문본이 국문본보다 꼭 앞선다는 뚜렷한 논리가 이루어지지 않고, 다만 내용이 보다 풍부하다는 조건으로만 最善本으로 규정해 놓은 데는

자 허균의 원작일 가능성이 있는가의 여부를 풀어가기로 하겠다.

　우선 서두에서 내세우고 싶은 것은, 필자가 검토한 바로는 한문본이 〈홍길동전〉의 最善本, 혹은 허균의 원작 또는 그 계열과는 달리, 국문본중 경판과 완판이 아울러 참조되면서 이루어진 분명한 한역본이며, 그 한역된 시기는 극히 최근의 일로 20세기 전후가 될 만큼 문체가 서투른 근래의 한국식 문장으로 이루어졌다는 것이다. 게다가 때로는 오역 · 오문 나아가서는 텍스트의 일관성의 결여로 앞뒤의 내용이 연결되지 않는 컨텍스트의 불비 등이 산재되어 있다는 것을 밝혀두고 싶다.

　이들 문제를 풀기 위하여 첫째, 경판과 완판의 특징을 들어 한문본이 이들 판본을 어떻게 수용하였는가를 밝히고 나서 둘째, 한역된 양상을 '컨텍스트의 불비', '오역 · 오문', '서투른 근대적 한국식 문체' 등으로 나누어 살펴 한문본이 분명한 한역본임을 매김하고, 셋째 한역본이 언제 이루어졌는가를 규정지을까 한다. 본고에 사용될 경판과 완판의 텍스트는 편의상 경판은 정주동의 『홍길동전 연구』 부록 경판을, 완판은 김동욱의 『영인 고소설판각본전집 3』(연세대 인문과학연구소, 1973)을 사용키로 하고, 한문본은 『서강어문』 6집(서강어문학회, 1988. 12)의 부록 영인본을 사용하기로 하겠다. 이후 이들 텍스트의 표시는 가령 정주동의 『홍길동전 연구』의 경우, '홍길동전 연구'로 김동욱의 『영인 고소설판각본전집』은 '영인 고소설'로 한문본의 『서강어문』은 '서강어문'으로 표시하겠다.

많은 문제가 있다.

2) 한문본의 텍스트 문제

그러면 한문본은 무엇이 대본이 되어 이루어졌는가를 우선하여 살펴고자 한다. 이미 서두에서 언급된 바 있지만, 한문본이 경판―여기서 경판은 경판 중 한남본을 지칭한다―과 완판이 아울러 저본이 되어 이루어졌다고 단정할 수 있는 것은 현존한 <홍길동전>의 모든 이본이 판본이건 필사본이건, 혹은 활자본이건 모두가 경판과 완판, 혹은 그 계열로 이루어진 계열본이라는 것이다. 이 문제에 대해서는 별도로 지면을 빌리고자 한다.

현존하는 <홍길동전>의 이본은 다음과 같다.

경판본 4종
  한남본   서울 한남서림 간행년도 미상
  야동본   서울 야동서교 간행년도 미상
  송동본   서울 송동교   간행년도 미상
  어청교본 서울 어청교   간행년도 미상

안성본 2종
  안성본 경기 안성 간행년도 미상
  안성본 경기 안성 간행년도 미상

완판본 1종
  완판본 전라 완주 간행년도 미상

활자본 3종
  신문관본 경성 신문관   1913, 44항
  덕흥본   경성 덕흥서림   1915, 37항

세창본   경성 세창서관본 1957, 36항

필사본 15종
정신문화 A본 정신문화연구원 75장
정신문화 B본 정신문화연구원 58장
국립도서관본 국립중앙도서관 72장
연세대학본 연세대학도서관 59장
김동욱 A본 김동욱 소장 89장
김동욱 B본 김동욱 소장 69장
김동욱 C본 김동욱 소장 57장
김동욱 D본 김동욱 소장 20장
김동욱 E본 김동욱 소장 47장
이가원본 이가원 소장 21장
이재수본 이재수 소장 20장
정규복본 정규복 소장 66장
강전섭 A본 강전섭 소장 34장
강전섭 B본 강전섭 소장 51장
박순호본 박순호 소장 53장
조종업본 조종업 소장 71장
하동호본 하동호 소장 51장

한역본
서강대본 서강대학 도서관
계명본 『계명』, 15·16, 1925

　이상 경판 4종, 안성판 2종, 완판 1종, 활자본 3종, 필사본 15종, 외에
한역본 2종 등 도합 27종의 〈홍길동전〉 이본이 현존하지만, 이들이

결국 경판과 완판으로 이분화된다는 것은 <홍길동전> 이본 분포에서 마땅히 주목해야 한다.[134)

경판과 완판 모두 의적 모티브가 처음부터 끝까지 전개되는 양상은 거의 차이가 없지만, 부분 부분에 전개되는 양상은 양 본의 출입이 계속 이어져 있다. 필자는 이 문제에 대해 완판은 경판을 저본으로 하되 전파과정에서 로칼리즘에 영입되어 확대돼 나온 것이라고 주장한 바 있다.[135) 즉, 경판의 특색은 점잖은 문체와 논리적 서술로 일관되었고, 아울러 三敎思想의 접근에서 경시된 불교가 적이 親佛로 기울어진 것이다. 완판의 특색은 경판을 토대로 익살과 비논리적 토속의 문체와 서술에다가 허구의 군담이 삽입되면서 道仙的 구조가 첨가되고, 아울러 무위도식하는 중과 탐관오리에 대한 排佛 내지 불의에 대한 강한 저항의식이 일관되게 반영된 것이다. 이 문제에 대하여도 따로 지면을 빌리고자 한다.

전언한 바와 같이 한문본이 경판과 완판을 아울러 저본으로 하여 한역되었는데, 그 비중은 완판이 大題가 되고, 아울러 경판과 완판이 내부의 군데군데에 따라 저본이 되었음을 밝혀두고 싶다.

첫째, 완판의 특색의 하나는 이미 언급된 대로 도선적 구조인데, 가령 <홍길동전>의 출생담과 백일승천은 한문본이 완판과 궤를 같이

---

134) <홍길동전>의 27종이나 되는 모든 이본이 경판과 완판으로 이분화된다는 것은 <홍 길동전>이 허균(1569~1618)에 의해 저작된 것을 전제로, <홍길동전>이 이루어진 것이 늦어도 1618년 이전에 출현된 것을 알게 된다. 그러나 후면에서 논의되겠지만 경판과 완판이 모두 19세기 중·후엽 이후 성립된 것을 감안할 때, <홍길동전>의 문헌상의 출현과 實本이 출현 사이엔 무려 250여 년이란 공백이 생기게 되는데 이 문제는 매우 심각하게 다루어져야 할 일이다.

135) 정규복, 「홍길동전 이본고 1」, 『국어국문학』, 48권, 국어국문학회, 1970, 21~25쪽.

하고 있다.

션시의 공이 길동을 나흘 찌의 일몽을 어드니 문득 뇌셩병력이 진동ᄒᆞ며 쳥룡이 슈염을 거스리고 공의게 향ᄒᆞ여 다라들거놀 놀나 씨다르니 일쟝츈몽이라136) (경판)

일일은 승샹이 난간의 비겨 잠ᄭᆞᆫ 조으더니 흔 놀이 길을 인도ᄒᆞ여 흔고더 다다르니 쳥산은 암암ᄒᆞ고 녹슈난 양양흔더 셰류쳔만ᄀᆞ지 녹음이 파스ᄒᆞ고 황금갓튼 ᄭᅬ꼬리난 츈흥을 희롱ᄒᆞ여 냥뉴간의 왕ᄂᆡᄒᆞ며 긔화요초 만발흔더 쳥학빅학이며 비취공작이 츈광을 ᄌᆞ랑ᄒᆞ거날 승샹이 경물을 귀경ᄒᆞ며 졈졈 드러가니 간쟝졀벽은 하날의 다엿고 구뷔구뷔 벽계슈난 골골이 폭포되어 오운이 여리엿난더 길이 ᄯᅳᆫ쳐 갈바을 모로더니 문득 쳥룡이 물결을 혜치고 머리을 드러 고함ᄒᆞ니 산학이 문허 지나듯 ᄒᆞ더니 그 용이 입을 버리고 긔운을 통ᄒᆞ여 승샹의 입으로 드러뵈거날 씨다르니 평싱ᄃᆡ몽이라137) (완판)

相公嘗馮花園欄干 暫眠矣 偶得一夢 魂魄悠悠蕩蕩 到一處 靑山峩峩 綠水潺潺 楊柳千萬綠 浮沈於波瀾 喚友鶯聲 亦助春興 公愛春景 漸入路 窮有絶壁層岩 而忽有一峰接天 飛流瀑布如垂水晶簾錯 萬丈層岩 雲霧朦朧 公踞垂石上 弄流波矣 忽然一聲 雷霆震動天地 從波濤匈匈之中 一靑龍瞋離目紅口 向空中大作聲進 欲吞公 公大驚欲轉身回廢覺之 此乃南柯一夢也138) (한문본)

---

136) 홍길동전 연구, 266쪽.
137) 영인 고소설, 457쪽 상 좌우.
138) 서강어문, 259～260쪽.

위는 길동의 출생담으로서 경판은 "뇌셩병력"과 "쳥룡이 슈염" 등 겉치레의 어귀가 추상적으로 서술되었을 뿐인데, 완판은 청룡이 물결을 헤치는 가운데 입을 벌리고 승상을 삼킨다는 내용에다가 도가의 고소설적 분위기가 어울려 보다 구체적으로 표현되어 있음을 알 수가 있다. 이에 대하여 한문본은 완판과 함께 양자의 방점 부분 "승상이 난간의 비겨 잠ㄷ 조으더니", "흔 농이 길을 인도ㅎ여 흐고더 다다르니 쳥산은 암암ㅎ고 녹슈난 양양흔더", "셰류쳔만ㄱ지", "황금갓튼 쇠꾀리난 츈흥을" 등은 "相公嘗憑花欄干 暫眠矣", "到一處 靑山峨峨 綠水潺潺", "楊柳千萬綠" 등에서 확인되듯 자자구구가 그 수식과 표현에 있어서 거의 일치하고 있음은 우연이 아니라 양자의 교섭이 있었음을 짐작케 해준다.

위의 출생담에 이어지는 길동의 물고 처리에 있어서도 경판은 단순한 病死로 처리되었지만, 완판은 왕비와 함께 월령산에서 도를 닦는 가운데 백일승천하는 것으로 처리되어 있다. 즉,

> 왕이 치국 삼십 년의 홀연 득병ㅎ여 붕ㅎ니 쉬 칠십이셰라[139] (경판)

> 도셩 슙십 리 밧긔 월영산이 잇스되 예로부터 션인득도흔 지초 왕왕이 갈홍의 연단ㅎ던 부억이 잇고 마고의 승젹ㅎ던 바희 잇셔 긔이흔 화훼와 흔ㄱ흔 구름이 항상 머무는지라 왕이 그 슨슈를 ㅅ랑ㅎ고 젹송ㅈ을 좃ㅊ 놀고져ㅎ야 그 손즁의 슘간 누각을 지어 빅씨 즁젼으로 더부러 쳐ㅎ시며 곡식을 오직 물리치고 쳔지졍긔을 마셔 션도를 비호는지라 팀ㅈ 왕위예 직ㅎ여 일 삭의 세 번식 거동ㅎ야 부

---
139) 홍길동전 연구, 315쪽.

왕과 모비젼의 문후ㅎ시더라 일일은 뇌셩벽녁이 쳔지 진동ㅎ며 오식
운무 월영손을 두루더니 이윽ㅎ야 뇌셩이 것고 쳔지 명낭ㅎ며 션학소
리 ㅈㅈㅎ더니 디왕모비 근 고식 업는지라. 왕이 급히 월영손의
거동ㅎ여 보니 죵젹이 막연흔지라 망극흔 마음을 이긔지 못ㅎ스 공
즁을 향ㅎ여 무슈히 호읍ㅎ시더라 디왕의 양위를 현능의 허장ㅎ니 사
룸이 다 이르기를 우리 디왕은 션도룰 닷ㄱ 빅일승쳔ㅎ시다 ㅎ시
더라140) (완판)

治國四十年 年已七十矣 忽地念肅然 入辟穀而欲從赤松子 一日大
會文武諸臣而議之 傳位于長子翼善 而次子箕善 割地而封君 招諸功
臣 各以金排賞賜之 於是具御前風樂以娛樂之 王滿醉焉 諸世上思之
渺滄海之一栗 富貴榮華如靑天之浮雲 一生思之 百年不多矣 富貴貧
賤自有時 平生行樂於我足矣 安期生赤松子其無乃吾朋耶 伊後謝人
事 欲與之同於也 歌罷不勝楸然慷慨 滿潮諸臣 莫不悽凉矣 此日宴罷
自明日新 王殿坐代理 而太玉率三夫人 入靈神山中修道 靈神山距都
城三十里 景槩絶勝 神仙往來云之地也 王於其山之中 數間草堂 精酒
作之 與白夫人 共修仙道 每於朝夕 吸日月之精氣 不食火食 筋力百勝
精神莊莊 綠髮長春 童顔不喪矣 新王治國行恩德 國富兵强 四方太平
矣 每於一朔 兩次式幸行于靈神山 問候於太上王矣 一日國中望見之
則五色雲霧 匝繞靈神山矣 王大驚則卽率百官 以到靈神山下 五色雲
已 太王亦無去處矣 驚索四方 因無蹤跡 世上人論之曰 太上王內外分
白日升天云矣141) (한문본)

---

140) 영인 고소설, 474쪽 상 좌~하 우.
141) 서강어문, 316~317쪽.

위 삼자의 대비를 통해 한문본의 "백일승천"을 유도하는 도선적 문체의 풍이 완판의 도선적 풍과 같음을 알 수 있다. 다만, 굴절된 것은 완판의 "월영손"(月靈山)이 한문본에 "靈神山"으로 되어 있는 것뿐이다. 더구나 한문본의 방점 부분 "靈神山距都城三十里"와 이를 이어주는 "王於其山之中 數間草堂精酒作之 與白夫人共修仙道 每於朝夕 吸日月之精氣"와 "太王亦無去處矣 驚索四方 因無蹤跡 世上人論之曰 太上王內外分 白日昇天云之矣"는 완판의 방점 부분과 너무나 혹사한데, 이들의 相似性을 우연으로 돌릴 수가 없을 것이다.

여기에 첨언해 둘 일은 한문본의 "五色雲已 太王亦無去處"와 "太上王內外分" 등은 서투른 한국식 근대문장으로 이루어져 있다는 것이다. 이에 대해서는 뒤에서 자세히 논의되겠지만, 한문본의 성격 및 성립연대와 관련해 주목해야 할 사항이다.

위의 도선적 구조 외에도 완판이 지닌 허구적 군담에 있어서도 한문본이 완판을 좇고 있다. 즉, 길동의 '요괴퇴치' 장면의 경우 경판엔 다만 요괴의 괴수 울동을 독살시킨 것[142]으로 처리됐지만, 완판은 六甲六丁 등이 등장하여 전술을 일으키는 기나긴 도술적 군담으로 확대되어 있는데,[143] 여기에서도 한문본은 완판과 일치하고 있다.[144] 또 율도국과의 大戰에 있어서도 경판은 율도 왕이 김현충의 완패됨을 듣고 항복하는 것으로 서술되어 있을 뿐이지만,[145] 완판은 역시 군담적 전법이 삽입되어 있는데,[146] 이 경우에도 한문본은 완판과 일치하

---

142) 홍길동전 연구, 308쪽.
143) 영인 고소설, 470쪽 상 좌우.
144) 서강어문, 307~308쪽.
145) 홍길동전 연구, 312~313쪽.
146) 영인 고소설, 472쪽 하 좌~473쪽 하 좌.

고 있다.[147]

이와 같이 〈홍길동전〉의 구성상의 大題가 경판보다 완판과 일치하고 있음은 결국 한문본이 경판과 완판을 함께 저본으로 하여 이루어지면서도 완판에 더욱 치중된 것임을 말해주는 것이라 생각된다.

다음은 경판과 완판이 한문본의 저본이 된 것을 확인하기 위해 편의상 〈홍길동전〉의 초반부·중반부·후반부에서 하나씩 예를 들어 살펴보기로 하자.

첫째, 초반부에 길동이 호부호형의 금지로 밖으로 뛰쳐나와 탄식하는 중, 부공 홍 승상과 나누는 대화의 한 장면을 예로 들어 보기로 한다.

맛춤 공이 쏘흔 월식을 구경ᄒ다가 ㉮길동의 빈회ᄒ믈 보고 즉시 불너 문왈 ㉯네 무슴 흥이 이셔 야심토록 잠을 즈지 아니ᄒᄂ다 길동이 공경대왈 쇼인이 맛춤 월식을 사랑ᄒ미여나와 대개 ㉰하늘이 만물을 ᄂᆡ시미 오직 사름이 귀ᄒ오나 쇼인의게 니르러는 귀ᄒ오미 업스오니 엇지 사름이라 ᄒ오리잇가 공이 그 말을 짐작ᄒ나 짐즛 칙왈 네 무슴 말인고 길동이 지비고왈 쇼인이 평성 셜운바는 대감 졍기로 당당ᄒ온 남지 되여ᄉ오미 부성모육지은이 깁ᄉ거놀 그 부친을 부친이라 못ᄒ옵고 그 형을 형이라 못ᄒ오니 엇지 사람이라 ᄒ오리잇가 ᄒ고 눈물 흘녀 단삼을 젹시거놀 공이 쳥파의 비록 측은ᄒ나 ㉱만일 그 쓰을 위로ᄒ면 ᄆᆞ음이 방ᄌᆞ홀가 져어 크게 ᄭᅮ지져왈 지상가 쳔비 쇼성이 비단 너ᄲᅮᆫ이 아니어든 네 엇지 방ᄌᆞᄒ미 이갓ᄒ뇨 ᄎᆞ후 다시 이런 말이 이시면 안젼의 용납지 못ᄒ리라 ᄒ니 길동이 감이 일언을 고치 못ᄒ고 다만 복지유체ᄲᅮᆫ이라[148] (경판)

147) 서강어문, 314~315쪽.
148) 홍길동전 연구, 269~270쪽.

　①이쩌 승상이 망월을 ᄉ랑ᄒ야 창을 열고 비겻더니 길동의 거동을 보시고 놀니 ᄀ로디 밤이 아무 깁퍼거눌 네 무슨 질거오미 잇셔 이러ᄒᄂ냐 ②길동이 칼을 던치고 부복디왈 ③쇼인이 디감의 졍긔을 타 당당흔 남ᄌ로 낫ᄉ오니 이만 질거흔 일이 업ᄉ오디 평싱 셜워ᄒᆞᆸ난 아부를 아부라 부르지 못ᄒᆞᆸ고 형을 형이라 못ᄒ와 상하 노복이 다 쳔이 보고 친쳑고구도 손으로 가르쳐 아모의 쳔싱이라 이르오니 이런 원통흔 일이 어더 잇ᄉ오릿ᄀ 인ᄒ여 디셩통곡ᄒ니 디감이 마음의 긍측이 녀기시ᄉ 만일 그 마음을 위로ᄒ면 일노 조ᄎ 방ᄌ홀ᄀ ᄒ야 ᄭ지져왈 지상의 쳔싱이 너ᄲᆫ 아니라 ᄀ장 방ᄌ흔 마음을 두지말나 일후의 다시 그런 말을 버거이 흔 일이 잇스면 눈 압푸 용납지 못ᄒ리라 ᄒ시니 길동이 한갓 눈물 흘이ᄲᆫ이라[149] (완판)

　　・

　①此時相公愛秋月之明朗 推紗窓而生見吉童之出自渠房 ㉮徘徊舞釰 不勝驚忿之心 <u>命待童招之</u> ②吉童投釰 <u>至西軒拜謁</u> 相公曰 夜氣甚冷 ㉯汝有何興 故徘徊於月下耶 吉童俯伏對曰 小人獨有興 故徘徊也 公曰 汝有何興 吉童對曰 ㉰天生萬物 唯人最貴 ③小人稟於大監之精氣而生 此一樂也 男女之中 男貴女踐 人人乃是堂堂之男子 則此二樂也 但平生悲懷之心 地惟依伏天 不得仰心中之所寃恨也 終言而流漏沾臉 公於心中惻然 而<u>十歲小兒猶能斟酌世間之苦樂</u> ㉱若慰勞其情 則心益放蕩 法則不立矣 乃責人曰 宰相家賤婢所生 非獨汝也 汝何驕忿心 此後若更欲如此言 則不容於吾眼前矣 吉童聽大監分付 而俾垂漏 伏於爛干矣[150] (한문본)

---

149) 영인 고소설, 457쪽 하 좌~458쪽 상 우.
150) 서강어문, 262~263쪽.

　위에서 한문본 ①△ "此時相公愛秋月之明郎 推紗窓而生 見吉童之
出自渠房"과 "不勝驚忿之心"은 완판 ①△ "이쩌 승상이 망월을 스랑
ᄒ야 창을 열고 비겻더니 길동의 거동을 보시고 놀너 ᄀ로디"의 구절
과 문체의 순위가 일치하고 있다. 또 한문본 ㉮○ '徘徊'는 경판 ㉮○
'길동의 비회ᄒᄆ를 보고'와 연결되는데, 이상의 부분은 한문본이 완판과
경판을 교묘히 아울러서 이 장면의 골자인 상공이 달을 사랑하여 사창
을 열고 길동이 배회하는 것을 본 것으로 표현하였다고 생각된다. 한
문본 ㉯○ "吉童投釰", "吉童俯伏對曰"은 완판 ②△ '길동이 칼을 던
지고 부복디왈'과 상통되며, 한문본 ㉰○ "天生萬物 唯人最貴"는 경판
㉰○ '하늘이 만물을 니시미 오직 사롬이 귀ᄒ오니'로 연계된다. 그리
고 한문본 ㉱○ "若慰勞其情 則心益放蕩"과 "乃責人曰 宰相家賤婢所
生 非獨汝也 汝何驕恣心 此後若更欲如此言 則不容於吾眼前矣"는
경판 ㉱○ '만일 그 뜻을 위로ᄒ면 ᄆᄋ이 방ᄌ홀가 져어 크게 ᄭ지져
왈 지상가 쳔비쇼싱이 비단 너뿐이 아니어든 네 엇지 방ᄌᄒ미 이갓ᄒ
뇨 ᄎ후 다스 이런 말이 이시면 안젼의 용납지 못ᄒ리라ᄒ니'와 연계
되었다고 생각되는데, 이는 완판의 이 장면보다 어구가 더욱 혹사하기
때문이다.

　이 장면은 대체적으로 경판과 완판이 골고루 한문본의 저본이 되면
서도 역자가 보다 자기 기호에 맞게 첨보해 둔 것을 알 수가 있다. 특
히 한문본의 밑줄 부분 중 "命侍童招之吉童投釰 至西軒排謁"은 경판
과 완판이 길동과 홍 승상이 직접 대화를 하는 것과는 달리, 홍 승상의
권위를 나타내듯 시동을 시켜 길동을 불러오게 하여 대화를 이루게 한
것까지는 오히려 분위기를 자연스럽게 만들어 놓았다고 볼 수 있다.
그러나 그 이하에서 홍 승상이 무슨 흥이 있느냐는 질문에 길동이 답

하는 내용 중 "天生萬物 唯人最貴 小人稟於大監之精氣而生 此一樂
也"는 결국 그 뜻이 동물로 태어나지 않고 사람으로 태어난 것이 일락
의 조건이 된다는 것이요, "男女之中 男貴女賤 人人乃是堂堂之男子
二樂也"는 남녀 가운데 사내로 태어났다는 조건이 二樂이라는 것인데,
이는 <홍길동전>의 주지인 경판이나 완판의 '호부호형'의 문제에서
벗어난 본말이 전도된 모자이크식 확대·첨보에 지나지 않는 것이다.
더구나 위의 "男女之中 男貴女踐 人人乃是堂堂之男子"는 오자는 고
사하고 문맥도 연계되지 않는 오문이다. 그리고 이를 잇는 "但平生悲
懷之心 地惟依伏天 不得仰心中之所冤恨也 終言而流漏沾臉"도 무슨
뜻인지 전연 연결되지 않는 오문이다. 뿐만 아니라 역시 한문본의 밑
줄 부분 "十歲小兒獨能斟酌世間之樂"은 중대한 컨텍스트의 불비로서
이에 대하여는 뒤에서 따로 논의될 것이다.

다음은 <홍길동전>의 중반 부분, 길동이 자수의 조건으로 병조판서
를 요청했지만 받아들여지지 않아 경상 감사의 권유로 자수하여 서울
로 압송되는 장면을 들어보면 다음과 같다.

　　추셜 길동이 효인을 업시흐고 두로 다니더니 ①사대문의 방을 붓
쳐시되 요신 홍길동은 아모리 흐여도 즙지 못흐리니 병죠판셔 교지롤
나리시면 즙히리이다 흐엿거늘 샹이 그 방문을 보시고 됴신을 모화
의논흐시니 제신왈 이제 그 도젹을 즙으려 흐다가 즙지 못흐읍고 도
로혀 병죠판셔 졔수흐시믄 불가스문어인국이로쇼이다 샹이 올히 넉
이샤 다만 경상감스의게 길동 즙기롤 재촉흐시더라 이쩍 경상감셔 엄
지롤 보고 황공숑율흐여 엇지흘줄 모로더니 일일은 길동이 공중으로
나리와 졀흐고 왈 쇼졔 지금은 정작 길동이오니 형장은 아모 넘녀마
르시고 쇼졔롤 결박흐여 경소로 보닉쇼셔 감시 이 말을 듯고 집수유

체왈 이 무거흔 아히야 너도 날과 동긔여눌 부형의 교훈 듯지 아니ᄒ
고 일국이 쇼동케ᄒ고 엇지 긔특흔 ᄋ히 ᄀ다ᄒ고 ②급히 길동의 좌
편 다리룰 보니 과연 홍졈이 잇거눌 즉시 ᄉ지룰 결박ᄒ고 함거
의 너허 건장흔 장교 슈십을 갈히여 철통갓치 ᄡ고 풍우갓치 모라가
되 길동의 안식이 죠곰도 변치 아니ᄒ더라[151] (경판)

이적의 경상감ᄉ 길동을 ᄌᄇ 올리고 심회 둘 고지 업셔 공ᄉ룰 젼
폐ᄒ고 경ᄉ 쇼식을 긔다리더니 문득 교지을 니렷거날 북궐을 향ᄒ야
ᄉ빈 후의 턱견ᄒ니 교지의 ᄀᄅ디 길동을 잡지 아니ᄒ고 초인을 보
니여 형부를 챡란케 ᄒ니 허망긔군지죄을 면치 못ᄒ지라 아즉지율의
논치 아니ᄒᄂ니 십 일 니로 길동을 ᄌ부라 ᄒ시고 ᄉ의엄졀흔지라
감ᄉ 항공무지ᄒ여 ᄉ방의 지휘ᄒ고 길동을 춧더니 일일은 ⑦월야를
당ᄒ여 난간의 비겻더니 션화당 들보 우희로셔 흔 쇼년이 니려와
복지지비ᄒ거날 ᄌ셰히 보니 이 곳 길동이라 감ᄉ ᄭ지져왈 네 갈슈
록 죄을 키워 ᄀᄐ여 화유일고의 ᄭ치고져 ᄒᄂ냐 즉금 나라으셔 엄
명이 막중ᄒ시니 너는 날을 원치 말고 일즉 천명을 슐슈ᄒ라 길동이
부복디왈 형장은 염예치 마르시고 명일 쇼졔룰 ᄌᄇ 보니시되 쟝교
듕의 부모와 쳐ᄌ 업난지을 갈희여 쇼졔을 압영ᄒ시면 조흔 뫼칙
이 잇ᄂ이ᄃ 감ᄉ 그 연고을 알고져 ᄒ디 길동이 디답지 아니ᄒ니 감
ᄉ 그 쇼견을 아지 못ᄒᄂ 쟝ᄌ을 졔밀라 ᄀᄎ 별턱ᄒ고 길동을 영솔
ᄒ야 경ᄉ로 올녀 보니니라[152] (완판)

某日午時 ①帖榜于四大門曰 小人吉童平生之恨 無可釋路 伏乞聖
上勿以爲卑賤除授兵判 喩旨一下則臣當離所矣 上與朝臣等議論 諸

---

151) 홍길동전 연구, 300~301쪽.
152) 영인 고소설, 467쪽 하 좌~468쪽 상 우.

臣皆曰 吉童有大功於國 兵判猶不可 況不忠不孝漢 豈除此爵 懈弛國
法也 此後吉童於長安大路上 或承翼鳥或乘雙轎 緩緩往來 作亂無數
矣 無識見而捕捉者也 上又降嚴旨于嶺伯曰 假吉童勿捉之 眞吉童捉
上來 免汝減門之禍也 監使不勝悚懼 特徵服而行 覔捉之矣 ㉮其夜三
更 自宣化堂樑上 一少年降坐于書案之頭曰 兄長識賤弟否 監司大驚
疑鬼神 詳視則吉童也 乃責曰 此不尙無狀 吉童上欺君 次不受父兄之
命 父子兄弟欲則爲仇讐也耶 因汝一國之騷動 家內悚怛 汝何不願志
父情境耶 吉童答曰 兄長少勿疑之 盧捕弟 上送擇將卒中無父母妻子
者 押領結搏 鳳凰爲之上送 則弟有可爲之道理矣 監司益疑之 明日納
鐵絲 ②吉童之四肢 緊緊束之 考左股紅點 載檻車 雖飛鳥 使不得漏罔
晝夜上送 不過三四日 得達于長安 吉童少不變色[153] (한문본)

위의 내용에서, 첫째 길동이 사대문에 방을 붙여 兵判이 제수되면
자수한다는 그의 제언에 대해 조정에서 이를 거절하기까지의 대목을
살펴보면, 한문본 ①○ "帖榜于四大門曰"은 경판 ①○ "사대문의 방을
붓쳐시되"가 저본이 되고, 길동이 경상 감사에게 자수한다는 한문본
㉮△는 분명히 완판 ㉮△가 저본이 되었다고 보아야 할 것이다. 이는
양 본에 길동이 달밤에 선화당 樑上에 나타나는 과정과 이에 따른 길
동의 "上送擇將卒中無父母妻子者" 운운이 완판 "장교등의 부모와 쳐
ᄌ업난지을 갈희여" 운운과 자구가 혹사하다는 데서도 확인된다.

그리고 한문본 ②○ "吉童之四肢 緊緊束之 考左股紅點 載檻車" 이
하시 역시 경판 ②○ "급히 길동의 좌편다리를 보니 과연 홍졈이 잇거
늘 즉시 ᄉ지룰 결박ᄒ고 함거의 너허" 이하가 저본이 된 것으로 보인

---

153) 서강어문, 300~302쪽.

다. 더구나 한문본 "吉童少不變色"의 종구가 경판의 종구 "길동의 안
석이 죠곰도 변치 아니ᄒ더라"와 너무나 혹사하게 결구되었다는 데서
도 이를 재확인할 수가 있을 것이다.

위 항은 경판이 완판보다 더 저본이 된 예이지만, 한문본의 밑줄 부
분 "此後吉童於長安大路上 或乘翼鳥 或乘雙轎 緩緩往來 作亂無數矣
無識見而捕捉者也"는 국문본에 전연 없는 구절로서 한문본의 앞뒤 문
맥으로 봐도 사족에 불과하며, 이 구절 중 "翼鳥"는 "比翼鳥"의 오류
인 듯하다. 더구나 "無識見而捕捉者也"는 무슨 뜻인지 전연 파악되지
않는 오문이다. 그 외에 한문본 말미의 "明日納撒絲 吉童之四肢 緊緊
束之 考左股紅點 載檻車"는 자구의 순위가 뒤바뀌는 등 컨텍스트의
불비를 초래케 한 것으로 이 문제는 보다 구체적으로 후술될 것이다.

셋째, 최종 부분에 길동이 율도국과 堤島로 가기 위해 조선을 떠나
는 장면은 경판과 완판의 차이가 가장 심한 부분의 하나이다. 즉, 경판
은 길동이 율도국과 제도를 미리 탐방하며 산천이 수려하고 전답이 풍
요한 것을 알고 나서 재차 도적에게 나타나 陽川 강변에 배를 많이
만들고 한강에 대령할 것을 부탁하고 대신 자기는 왕에게 正租 1천
석을 구득할 것이라 하며 어느 날 달밤에 왕에게 나타나 "신의 쇼원을
푸러주옵시니"154)하며 고마움을 표시하고 조선을 떠나는 것으로 되어
있다.155) 이에 대해 완판은 길동이 율도국이나 제도의 사전 탐방이 없
이 곧바로 달밤에 왕에게 나타나 정조 3천 석을 西江에 준비해줄 것을
부탁하고, 왕이 이를 승낙하자 어디론지 떠나는 것으로 되어 있다.156)

---

154) 홍길동전 연구, 305쪽.
155) 상동, 304~305쪽.
156) 영인 고소설, 469쪽.

이 장면에서는 한문본이 대체로 완판을 따르고 있다.[157]

그러면 이들의 문제를 부분적으로 나누어 살펴보기로 하자.

    추시 ①츄구월 망간의 샹이 월식을 씌여 ②후원의 비회ᄒᆞ실시
문득 일진쳥풍이 니러나며 공즁으로셔 옥져쇼리 쳥아ᄒᆞᆫ 가운디
ᄒᆞᆫ 쇼년이 나려와 샹긔 복지ᄒᆞ거늘 샹이 경문왈 션동이 엇지 인간의
강굴ᄒᆞ여 무슴 일을 니ᄅᆞ고져 ᄒᆞᄂᆞ뇨 ③쇼년이 복지쥬왈 신은 ④젼
임병죠판셔 홍길동이로쇼이다 샹이 경문왈 네 엇지 심야의 온다[158]
(경판)

    ㉮삼 년 후의 샹이 월야을 당호시 ㉯환즉을 거ᄂᆞ리시고 월식을
귀경ᄒᆞ시더니 ᄒᆞ날노셔 ᄒᆞᆫ 션관이 오운을 타고 나려와 복지ᄒᆞ난지라
샹이 놀너 ᄀᆞᆯᄋᆞᄃᆡ 귀인이 누지의 임ᄒᆞ여 무슨 허물을 이르고져 ᄒᆞ
ᄂᆞ얏ᄀᆞ 그 ᄉᆞ람이 쥬왈 ㉰쇼신은 젼 병죠판셔 홍길동이로쇼이다. 샹
이 놀너ᄉ 길동의 손을 ᄌᆞ부시고왈 ㉱그디 긔간은 어디을 갓더뇨[159]
(완판)

    ㉮三年之後 ①秋九月望間 <u>金風簫瑟 木葉盡脫 月色皎皎 鴻雁南飛
喚友銀河西傾矣</u> 上愛月色 ㉯率數三䆠者 ②排徊後園矣 忽一陳霜風
起而自空中 淸雅玉笛聲入聞矣 上大驚大喜 審視之 一少年來前伏地
上問曰 仙宰也 非人間之耶 欲問何語而來耶 ③少年更伏地奏曰 ㉰小
臣 ④前任兵曹判書洪吉童也 殿下欣然曰 ㉱汝往在何處 與何事而來
耶[160] (한문본)

---

157) 서강어문, 303~305쪽.
158) 홍길동전 연구, 305쪽.
159) 영인 고소설, 469쪽 상 우좌.
160) 서강어문, 303~304쪽.

위의 三者에서 한문본 ㉔△ "三年之後"는 완판 ㉔△ "삼년후의"와,
한문본 ①○ "秋九月望間"은 경판 ①○ "츄구월 망간의"와 같으며, 한
문본 ㉯△ "率數三窪者"는 완판 ㉯△ "환즈을 거느리시고"와, 한문본
②○ "徘徊後園矣 忽一陳霜風 起而自空中 淸雅玉笛"은 경판 ②○
"후원의 비회ᄒ실시 문득 일진쳥풍이 니러나며 공중으로셔 옥적쇼리
쳥아한 가운디 흔 쇼년이 나려와"와 같다. 또 한문본 ③○ "少年更伏
地奏曰"은 경판 ③○ "쇼년이 복지쥬왈"과 자구가 꼭 같으며, 한문본
㉱△ "小臣"은 완판 ㉱△ "쇼신"과, 한문본 ④○ "傳任兵曹判書洪吉童
也"는 경판 ④○ "젼임병죠판셔 홍길동이로쇼이다"와 그 相이나 자구
가 같다. 결국 이 장면 역시 경판과 완판을 두루 저본으로 삼아 한문본
이 이루어졌음을 알 수가 있다.

다만 한문본의 밑줄 부분 "金風簫瑟 木葉盡脫 月色皎皎 鴻雁南飛
喚友銀河西傾矣"는 국문본에 전연 없는 것으로 그럴듯한 일종의 신소
설적 삽입이라고 할 수 있으며, 그 중 "木葉盡脫"은 추구월로서는 어
울리지 않은 誤揷이다.

위 삼자를 잇는 내용을 계속 들어보며 검토해 보기로 하자.

길동이 딕왈 신이 젼하롤 받드러 만셰롤 뫼올가 ᄒ오나 쳔비쇼싱이
라 문으로 옥당의 막히옵고 무로 션쳔의 막힐지라 이러므로 ①ᄉᄫᅡᆼ의
오류ᄒ와 관부와 작폐ᄒ고 됴졍의 득죄ᄒ오믄 ②젼히 ᄋ르시게 ᄒ
오미려니 신의 쇼원을 푸러쥬옵시니 ③젼ᄒ을 하직ᄒ고 됴션을 쩌
나가오니 ④복망 젼ᄒᄂ 만슈무강ᄒ셔 ᄒ고 공즁의 올나 표현
히 ᄂ거늘 샹이 그 지죠을 못니 칭찬ᄒ시더라 이후로는 길동의 폐
단이 업스미 ᄉᄫᅡᆼ이 티평ᄒ더라[161] (경판)

㉮길동이 슈왈 산중의 잇습더니 어졔는 죠션을 쩌ᄂ 다시 젼ᄒ 뵈올날이 업스오며 ᄒ직ᄎ로 왓스오며 젼하의 너부신 덕퇴의 ㉯졍조 슘빅 셕만 쥬시면 슈쳔 인명이 ᄉ라나겟ᄉ오니 셩은을 ᄇᄅ나이다 상이 허락ᄒ시고 왈 ㉰네 고기을 들나 얼골을 보고져 ᄒ노라 길동이 얼골을 들고 눈을 ᄯᅳ치 아니 ᄒ여왈 신이 눈을 ᄯᅳ오면 놀니실 ᄀᄒ여 ᄯᅳ지 아니 ᄒᄂ이다 ᄒ고 이윽고 모셧다ᄀ 구름을 타고 ᄀ며 ᄒ직왈 젼하의 덕ᄒ의 졍조 슘빅 셕을 쥬시니 셩은이 ᄀ지록 망극ᄒ신지라 졍조을 명일 셔강으로 슈운ᄒ여 쥬옵쇼셔 ᄒ고 ᄀ난지라 상이 공중을 향ᄒ야 이윽귀 ᄇᄅ시며 길동의 지조을 못닉 ᄎ셕ᄒ시고 ㉱잇튼날 티동당샹의 ᄒ교ᄒᄉ 졍조 슘쳔 셕을 셔강으로 슈운ᄒᆯ쉬 강상으로셔 션쳑 두리 쩌오더니 졍조 슘쳔 셕을 비의 실코 가며 길동이 티궐을 향ᄒ야 ᄉ비ᄒ직ᄒ고 아모더로 ᄀ난쥴 모를네라[162] (완판)

㉮吉童奏日 臣當修才與四書三經及六韜三略 盡爲通達 與壯元及第 幸而得中矣 萬無吏曹通情之路 故弃擲世上 ①以四海八方爲家 而無依鰾夫 聚集爲盜賊以作弊故以臣名及 ②聞于殿下矣 天佑敢承天顔 豈無忠輔之心而本賊之 故今夜 ③下直于殿下 離朝鮮向天淮 伏乞殿下 ㉯借白米千石而輸及于西江 則數千人命以殿下恩德 救活保命矣 上允許日 白米千石 當下以輸去乎 吉童對日 此則臣之手段也 會無詳見汝面故 ㉰擧顔也吉童擧顔而不開目 上日 汝何不開目 吉童日 開目則恐殿下驚也 上不强勸之 吉童祝手國恩 而吏奏日 ④伏乞聖上萬世無彊焉 言罷投身 而乘一陣淸風 吹玉簫 向雲間上 無數嘆息 而㉱明日大同米千石輸之西江 積于江邊矣 自忽水上 五六船隻如天而來 盡載

---

161) 홍길동젼 연구, 305~306쪽.
162) 영인 고소설, 469쪽 상 좌~하 우.

之從風而去 不知其所向矣[163) (한문본)

위 삼자의 대비에서 한문본 ㉮△ "吉童奏曰"은 完本 ㉮△ "길동의 쥬왈"과, 한문본 ①○ "以四海八方爲家 而無依鰥夫 聚集爲盜賊以作弊"는 경판 ①○ "亽방의 오유호와 관부와 작폐호고"와, 한문본 ②○ "聞于殿下矣"는 경판 ②○ "젼희 ᄋᆞ르시게 ᄒᆞ오미려니"와, 한문본 ③○ "下直于殿下離朝鮮"도 역시 경판 ③○ "젼하을 하직호고 됴션을 쩌나가오니"와, 한문본 ㉯△ "借白米一千石"과 "則數千人命以殿下恩德 救活保命矣 上允許曰"은 완판 ㉯△ "졍조 슴빅셕만 쥬시면 슈쳔인 명이 스라나겟스오니 셩은을 ᄇᆞ리나이다 상이 허락ᄒᆞ시고 왈"과, 한문본 ㉰△ "擧顔也 吉童擧顔而不開目"과 "開目則恐殿下驚也"는 역시 완판 ㉰△ "네 고기을 들나 얼골을 보고져ᄒᆞ노라 길동이 얼골을 들고 눈을 ᄯᅳ지 아니ᄒᆞ여왈 신이 눈을 ᄯᅳ오면 놀ᄂᆞ실ᄭᆞᄒᆞ여"와 연계된다. 또 한문본 ④○ "伏乞聖上萬世無疆焉 言罷投身而承一陳淸風 吹玉簫 向雲間上 無數嘆息"은 경판 ④○ "복망 젼하는 만슈무강ᄒᆞ쇼셔ᄒᆞ고 공즁의 올나 표현이 ᄂᆞ거늘 샹이 그 직죠을 못ᄂᆡ 칭찬ᄒᆞ시더라"와 한문본 ㉱△ "明日大同米千石輸之西江 積于江邊矣 自忽水上 五六船隻 如夭而來 盡載之"는 완판 ㉱△ "잇튼날 ᄃᆡ동댱샹의 ᄒᆞ교ᄒᆞᄉ 졍조 슴천셕을 셔강으로 슈운홀시 강상으로셔 션쳑 두리 쩌오더니 졍죠 슴쳔셕을 ᄇᆡ의 실코 가며"와 연계됨을 알 수가 있다.

그러나 한문본의 밑줄 부분 "臣當修才與四書三經及六蹈三略 盡爲通達 與壯元及第 幸而得中矣 萬無史曹通情之路"는 경판의 "문으로

---

163) 서강어문, 304~305쪽.

옥당의 막히옵고 무로 션천의 막힐지라"[164]가 유가 이념에 따라 확대·변용된 것이라고 생각되는데, 그 중 "與壯元及第 幸而得中矣"(다행이 壯元及第가 이루어졌지만)는 국문본에는 전연 흔적이 없다.

그런데 그 구절의 삽입은 문장의 구문상 연계가 되지 않고 있는 것은 고사하고 <홍길동전>의 주제인 '호부호형'의 문제와 전연 관계가 없는 그릇된 첨보가 아닐 수가 없다. 이것은 후면에서 논의되어야 할 컨텍스트의 불비의 성격을 지닌다고 보아진다. 이 외에도 역시 밑줄 부분 "天佑之敢承天顔 豈無盡忠輔之心而本賊之"(그 뜻은 "하늘의 도움으로 天顔을 보오니 어찌 盡忠輔心을 하지 않겠는가"이겠으나)는 한문 어법이 전연 통하지 않는 오문의 일종이다.

위 항을 앞뒤로 나누어 살펴본 결과, 前文은 경판과 완판을 함께 저본으로 삼아 교묘하게 엮었으나, 後文은 완판을 주로 저본으로 삼고, 경판은 부분적으로 저본으로 된 것임을 알 수가 있다. 그러나 後文에서 이루어진 첨보 내지는 과장은 컨텍스트와 어법이 무시된 일종의 拙文 내지는 오문이 되고 말았다.

이상에서와 같이 한문본의 텍스트는 이종주 교수가 언급한대로 경판과 완판을 아울러 가진 最善本인 것과는 달리, 역으로 경판과 완판을 아울러 텍스트로 하였다는 전제하에, 완판이 위주가 되고 경판은 부분적으로 그때그때 저본이 되면서 이루어졌다는 가능성을 도출하였다. 그 방법으로는 경판과 완판의 변별적 특징에서 완판의 중요 구조인 신선적 구조에다 초점을 맞추어 완판이 중요한 텍스트가 된 것을 밝히고 나서, <홍길동전>의 내용을 편의상 초반부, 길동이 호부호형

---

164) 홍길동전 연구, 306쪽.

의 금지로 외출하여 그의 父公과 나누는 대화의 일장, 중반부, 길동이
경상감사의 권유로 자수하여 서울로 압송되는 장면, 종반부, 길동이 율
도국으로 떠나기 위해 조선을 하직할 때, 왕에게 正租를 부탁하는 장
면 등으로 삼등분하여 경판과 완판이 아울러 한문본의 저본이 된 실례
를 예시하면서 살폈다. 그러나 이와 같이 한문본이 경판과 완판이 저
본이 되어 이루어졌다는 실례는 〈홍길동전〉 전반에 미치고 있음을
밝혀 두는 바이다.

3) 번역의 양상

다음은 한문본의 번역양상이 어떻게 이루어졌는가를 살피기로 하는
데, 그 순서는 첫째, 컨텍스트의 불비, 둘째, 오역과 오문, 셋째, 서투른
근대적 한국식 문체 등으로 나누어 검증하면서 한문본이 작자 허균의
독자적 원본 계열이 아니라, 분명한 번역본임을 매김하고자 한다.

a) 컨텍스트의 불비

한문본에 나타난 컨텍스트의 불비는 국문본 중 경판과 완판을 아울
러 저본으로 하는 과정에서 이들을 일관성 있게 저본으로 하지 않았기
때문에 나타난 경우와 또는 첨보·수식하는 과정에서 이루어지는 경
우도 있다.

첫째, 길동의 나이에 있어서 길동이 그의 부친 홍 승상의 靈位에 문
상을 하고 집을 떠날 때, 길동의 나이가 경판과 완판엔 전연 밝혀져
있지 않다. 그러나 한문본엔 분명히 밝혀 놓았는데, 여기에 문제가 생
기게 된다.

명일 운구ᄒ여 졔 모친을 ᄃ리고 셔강 강변의 이르러 길동의 지휘
ᄒᆫ 바 션척이 디후ᄒᆫ지라[165] (경판)

길동이 부인게 엿ᄌ오디 쇼ᄌ 도라와 모ᄌ지졍을 다 펴지 못ᄒᆞ옵고
ᄯᅩᄒᆫ 대ᄀᆞᆷ영위의 조셕공향이 난쳐ᄒᆞ오니 이미 와 흅긔 이별길의 흅긔
ᄒᆞ오면 조흘ᄭ ᄒᄂ이다 부인이 허락ᄒᆞ시거날 직일 발ᄒᆡᆼᄒᆞ여 셔강의
다다르니 졔군이 디션 ᄒᆫ 쳑을 디후ᄒᆞ엿ᄂᆫ지라[166] (완판)

翌日陪喪輿發行 吉童告于大夫人曰 小子離母十餘年 今霱謁而離
去 還爲伏悵然 伏乞大夫人 暫許由則不啻伸母子之情 大監山所朝夕
祭奠奉行也 大夫人許之 吉童下直焉 隋喪行到西江 船隻待候矣[167]
(한문본)

위의 한문본은 전체적 문맥으로 보아 경판보다는 주로 완판을 저본
으로 삼아 의역한 것이다. 그러나 한문본의 방점 부분 "小子離母十餘
年"은 새롭게 삽입된 것으로 중대한 컨텍스트의 불비를 초래하고 있다.
즉, 길동이 호부호형의 금지로 가출하여 활빈당을 조직하고 堵島에
들어가 백룡의 딸과 결혼한 당시의 나이가 완판엔

길동의 나히 이십이 되도록 봉황의 ᄊ뉴을 모로다ᄀ[168]

와 같이 20세로 되어 있다. 말하자면 완판에 따를 것 같으면, 가출한
지가 한문본에서와 같이 10년이 된 셈이다. 그러나 문제는 한문본엔

---

165) 상동, 311쪽.
166) 영인 고소설, 472쪽, 하 우.
167) 서강어문, 312쪽.
168) 영인 고소설, 470쪽.

완판의 20세를 엉뚱하게 "吉童年三十餘 不知琴瑟之樂"[169]에서와 같이 30세로 번역해 놓고,[170] 다시 위 인용문에서 "小子離十餘年"을 삽입시킨 것은 앞뒤가 고려되지 않은 오역이 분명하며, 이는 결국 한문본이 완판을 무질서하게 번역한 결과임을 알 수가 있다.

길동이 호부호형의 금지로 그의 모 춘섬과 헤어져 가출한 나이가 경판엔 막연히 10세가 넘었다고 되어 있고,[171] 완판엔 8세로 되어 있어[172] 양자 출입이 있다. 한문본은 완판과 같이 8세로 되어 있어[173] 엄격하게 길동의 나이 표현의 정상화에서 보면, 길동의 나이가 20세가 되었다는 것은 가출한 지가 12년이 되었다는 것으로서 위의 "小子離母十餘年"은 매우 정상적이다. 그러나 결혼시의 나이를 정상적인 20세를 제쳐놓고 "吉童年三十餘 不知琴瑟之樂"으로 번역해 놓은 데서 앞뒤가 맞지 않는 컨텍스트의 불비가 생겨난 것이다. 여기에서 우리는 한문본이 저본이 되어 완판이 이루어진 것이 아니라, 완판이 저본이 되어 한문본이 이루어졌다는 것을 확인하게 되는 것이다.

이 문제와 곁들여서 전거한 바 있는 "한문본의 텍스트문제"에서 거론된 "十歲小兒猶能斟酌世間之苦樂"[174]도 똑같이 길동의 나이가 일

---

169) 서강어문, 308쪽.

170) 경판엔 길동의 결혼당시 "그 부뫼 디희ᄒᆞ여 즉일의 홍성 마ᄌ ᄉ회을 삼으니 졔일 빅 쇼져요 졔이 됴 쇼졔라"(홍길동전 연구, 308쪽)와 같이 나이가 전연 밝혀져 있지 않다.

171) "길동이 십셰 넘도록 감히 부형을 부르지 못ᄒᆞ고"(홍길동전 연구 268쪽).

172) "셰월이 여류ᄒᆞ야 길동이 나히 팔셰라……길동은 가슴의 원한이 부친을 부친이라 못ᄒᆞ고 형을 형이라 부르지 못ᄒᆞ미 스스로 쳔셩되믈 ᄌ탄ᄒᆞ더니"(영인 고소설, 457쪽 하 우).

173) 歲月催促 吉童年 至八歲……以其賤生之故 呼父曰爺爺則撻笞之 呼其兄曰兄主則叱責之(서강어문, 261쪽).

174) 서강어문, 262쪽.

치되지 않고 있다. 앞에서 언급된 대로 호부호형의 금지로 길동이 천
생임을 자각하는 나이가 한문본은 완판이 저본이 되어 8세로 되어 있
었다. 그러나 위의 "十歲小兒猶能斟酌世間之苦樂"은 국문본엔 전연
없는 구절로 한역자의 고의적인 삽입으로 이루어진 것이라 짐작되는
데, 길동이 호부호형의 금지로 천생임을 자각한 나이가 완판을 좇아
8세로 해 놓았다가 다시 "十歲小兒" 운운된 것은 분명히 앞뒤의 나이
가 고려되지 않은 컨텍스트의 불비라고 할 수 있다. 경판엔 호부호형
의 금지로 천생임을 자각한 나이가 10세[175]로 되어 있는데, 이러한 오
류는 한역자가 막연히 완판과 경판을 저본으로 삼아 엮는 도중에 혼동
을 일으킨 결과로 생각된다. 말하자면 위의 예는 한역자가 경판과 완
판을 통일성 있게 저본으로 하지 않은 데서 야기된 컨텍스트의 불비에
해당되는 경우가 될 것이다.

다음은 공간의 입장에서 컨텍스트의 불비가 초래된 경우를 들어보
기로 하자. 길동이 草人을 만들어 호풍환우하여 팔도를 어지럽힐 때,
조정에서 右捕將을 시켜 그를 체포하러 경상도 聞慶으로 파견하는 경
우를 살펴보기로 하자.

> 니흡이 하직ᄒ고 허다 관졸을 거ᄂ리고 발ᄒ힝홀ᄉ|각각 훗허려 아모
> 날 문경으로 모도이믈 약속ᄒ고 니흡이 포졸 슈삼인을 다리고 변복ᄒ
> 고 다니더니 일일은 날이 져물믹 쥬졈을 ᄎᄌ 쉬더니 문득 일위쇼년
> 이 나귀롤 타고 드러와 뵈거늘[176] (경판)

---

175) 길동이 십 셰 넘도록 감히 부형을 부르지 못ᄒ고 비복 등이 쳔디ᄒᄆᆯ 각골통한ᄒ여
실ᄉ롤 젼치 못ᄒ더니(홍길동젼 연구, 268쪽).
176) 홍길동젼 연구, 290쪽.

이엽이 즉시 전하의 슉비ᄒ직ᄒ고 직일 발ᄒᆼᄒ오셔 과천을 지니여는 각각 군ᄉ을 분발ᄒ야 약속을 정ᄒ되 너희난 이리이리 ᄒ고디롤 좃ᄎ 아모날 문경으로 모히라 ᄒ고 미복으로 ᄒᆼᄒ야 슈일 후의 ᄒ고디 이ᄅ니 날이 장ᄎ 져물거날 쥬점의 드러 쉬더니 이윽고 엇더ᄒᆫ 소년이 나귀을 타고 독ᄌᆞ 슈인을 거ᄂᆞ리고 드러와 좌정 후의 셩명과 거지롤 통ᄒ고 담화ᄒ더니¹⁷⁷⁾ (완판)

李惏率軍出城外 各散而議曰 各道各邑與閭閻着實跟捕 某月某日 踰鳥嶺 會于聞慶云 李惏獨來金浦邑六十里 日暮矣 覓入一酒店 勿有 靑袍少年大息長嘆¹⁷⁸⁾ (한문본)

위의 삼자를 대비하면, 경판은 우포장 이흡이 소년—사실은 길동—을 만난 장소가 聞慶 근방으로 되어 있고, 완판은 보다 추가되어 果川을 거쳐 聞慶에서 일어난 것으로 되어 있다. 그러나 한문본엔 鳥嶺을 거쳐 聞慶까지 이루어지다가 난데없이 엉뚱한 金浦邑이 출현하는데, 여기에서 중대한 문제가 발생한다. 즉, 방점 부분 "李惏獨來 金浦邑六十里" 운운은 앞뒤 문맥으로 보아 전연 어울리지 않는 삽입이다. 당시 지리상 서울에서 과천을 거쳐 조령을 넘어 문경에 이르게 되는 것은 당시나 오늘날이나 꼭 같다. 말하자면, 김포는 서울의 서북쪽 아래에 위치한 곳으로서 문경에 이르는 것과는 하등 관계가 없는 지역이다. 이는 지리적 위치를 고려치 않은 전연 잘못된 삽입이다.

다음은 인물 묘사에 있어서 이루어진 컨텍스트의 불비를 들어보기로 하자. 경판과 완판의 차이점의 하나는, 이미 전개된 바 있지만, 불교

---

177) 영인 고소설, 464쪽 상 우~하 좌.
178) 서강어문, 290쪽.

사상의 접근에서 경판은 親佛的으로 기울어졌다고 한다면, 완판은 철두철미 排佛的으로 강하게 기울어져 있다는 것이다. 그것은 해인사 습격 과정의 묘사에서 경판은 비교적 점잖게 서술되었는데 대하여, 완판은 "이 완만흔 즁놈드리", "무위도식흐는 즁놈들" 등 속언이 마구 구사되었을 뿐 아니라, 친불적인 경판의 길동이 홍 승상의 위독을 알고 찾아갈 때, 삭발위승한 중의 신분 묘사가 완판엔 의도적으로 삭제되었다고 생각되기 때문이다. 즉 해인사 습격 과정의 경판과 완판의 차이를 들어보면 다음과 같다.

길동이 상을 밧고 먹더니 문득 모러를 가마니 닙의 너코 씨무니 그 쇼리 큰지라 졔승이 듯고 놀나 사죄흐거늘 길동이 거줏 디로흐여 꾸지져 왈 너희들이 엇지 음식을 이다지 부정케 흐뇨 이는 반다시 능멸흐미라 흐고 죵즈으게 분부흐여 졔승을 다 흔줄의 결박흐여 안치니[179] (경판)

길동이 스미로셔 모러을 니여 입의 넛고 씨부니 돌 쩌지는 소리에 졔승이 혼불부신흐는지라 길동이 디로왈 닉 너희로 더부러 승속지분의을 붓니고 즐긴후의 공부흐렷더니 이 완만흔 즁놈드리 날을 슈히 보고 음식의 부정흐미 이 ᄭᄐ니 ᄀ이 통분흔지라 다러ᄌᄃᆫ 흐인을 추령흐여 졔승을 일제 결박흐라 지쵹이 션화 ᄭᄐᆫ지라 흐인이 일시예 다려 졀승을 졀박홀시[180] (완판)

吉童褰袂欣然下箸而喫飯數匙矣 暗掬沙 納於口中 以碎沙一聲 諸僧盡驚 恭謹謝罪 吉童張目大聲叱責曰 吾與汝等擺脫僧之禮 欲爲同

179) 홍길동전 연구, 285~286쪽.
180) 영인 고소설, 462쪽 하 좌~463쪽 상 우.

樂矣 不精飮食如此 豈不忿痛哉 言罷分付下人曰 僧徒一一結縛之[181]
(한문본)

위의 삼자에서 드러나듯 완판의 방점 부분은 중에 대한 본질적 능멸의 표현이지만, 한문본은 이 부분에서도 완판이 저본이 되면서 그 방점 부분의 한편이 "吾與汝等擺脫僧俗之禮 慾爲同樂矣"로 번역되어 중에 대한 본질적 능멸의 표현이 그대로 드러나게 하였다. 그러나 이후 길동이 율도국에서 홍 승상의 위독을 알고 홍 승상을 찾아갈 때 한문본은 완판을 저본으로 하지 않고 경판을 따라 친불적인 '삭발위승'의 묘사를 그대로 이루어놓고 있다. 즉,

즉시 삭발위승ᄒᆞ여 일엽쇼션을 ᄐᆞ고 됴션으로 향ᄒᆞ니라[182] (경판)
乃削頭爲僧 乘江湖一飛船 向朝鮮[183] (한문본)

이후 경판의 길동은 계속 '삭발위승'의 신분으로 나타나는데, 한문본도 계속 경판에 따라 길동이 삭승의 신분으로 나타난다. 말하자면 이것은 인물묘사에 있어서 컨텍스트의 불비의 하나가 된 것이다.
이 외에 길동이 초인을 만들어 팔도를 어지럽힌 이후 결국 자수하고 체포되자, 홍 승상이 왼쪽 엉덩이에 있는 홍점으로써 홍길동을 확인하는 대목이 경판과 완판에 모두 삽입되어 있다.

천싱 길동은 좌편다리의 불근 혈점이 있ᄉᆞ오니 일노 죠ᄎᆞ 알니

---

181) 서강어문, 284쪽.
182) 홍길동전 연구, 310쪽.
183) 서강어문, 309쪽.

로쇼이다[184] (경판)

신의 쳔즈 길동은 외편다리의 불근졈 일곱이 잇스오니 이를 증험ㅎ와 적발ㅎ옵쇼셔[185] (완판)

吉童左股有紅點矣[186] (한문본)

그러나 길동은 검사를 받는 과정에서 탈출했다가, 다시 체포되어 서울로 압송되는데, 이 장면은 이미 한문본의 텍스트 문제에서 거론된 대로 경판이 저본이 되었다. 그런데 길동의 左股에 홍점이 있음으로써 사지가 묶여 함거에 실리는 과정에서 저본이 된 경판과 한문본엔 그 순위의 하나가 다음과 같이 뒤바뀌어 있다.

길동의 좌편다리를 보니 과연 홍점이 잇거눌 즉시 스지롤 각별 결박ㅎ고 함거의 너허[187] (경판)

納鐵絲 吉童之四肢 緊緊束之 考左股紅點 載檻車[188] (한문본)

즉, 위에서 경판은 좌편 다리에 홍점이 있는지 여부가 확인된 후 사지가 묶여 함거에 실린다고 되어 매우 논리적으로 이루어졌으나, 한문본은 사지가 꽁꽁 묶인 후 左股에 홍점이 있는지 여부가 헤아려지고 나서 함거에 실린다. 이것은 분명 순차가 서로 뒤바뀐 것이며, 이는 번역자의 부주의에서 기인된 컨텍스트의 불비라고 생각된다. 더구나 "納鐵絲 吉童之四肢 緊緊束之"는 한국식 한역이며, 이를 잇는 "雖飛鳥使

---

184) 홍길동전 연구, 299쪽.
185) 영인 고소설, 467쪽 상 좌.
186) 서강어문, 299쪽.
187) 홍길동전 연구, 301쪽.
188) 서강어문, 301~302쪽.

不得漏罔”은 전연 뜻이 통하지 않는 오문이다.

위에 들은 시간과 공간, 그리고 인물묘사에 나타난 컨텍스트의 불비외에 인명의 표기에 있어서도 적지 않은 출입이 보인다. 그러나 이들 인명의 출입은 나름대로 독자적 뜻을 지니고 있다고 생각된다. 가령 길동의 母名이 한자표기가 “春暹”으로 나타난 것은[189] “춘섬”이 여자의 이름임을 고려할 때 의당 “春蟾”으로 표기되어야 하리라고 본다. 이는 다른 한문본엔 春纖[190]으로 표기된 데서도 알 수가 있다.

또한 길동의 아버지 홍 승상의 이름은 경판은 “홍모”로, 완판은 “홍문”으로 출입이 있다.[191] 그러나 한문본엔 이들의 출입이 고려됐는지

　　　　姓洪名字 煩於諺書 故不錄也[192]

와 같이 名은 언서에 번잡하므로 기록치 않는다고 하여 표기하지 않았다. 이에 대해 이종주 교수는 “문학적 표현” 등 복잡한 문제로 확대하고 있으나[193] 필자는 홍 승상의 이름이 경판과 완판에 “홍모”, “홍문” 등 출입이 있으므로 이를 번잡하게 받아들여 이름을 표기하지 않았다는 뜻으로 받아들이고 싶다. 그렇지만 “姓洪名字 煩於諺書 故不錄也”의 전제와는 달리, 이후 출현하는 홍 승상의 이름은 한결같이 경판을 좇아 “洪某”로 일관성 있게 표기된다. 즉,

---

189) 須臾小婢春暹 恭進黃恭 (서강어문, 260쪽.)

190) 次日 吉同은 侍妾春纖의 所生이더라 (『계명』, 15, 40쪽.)

191) 셩은 홍이오 명은 뫼라 (홍길동전 연구, 265쪽.)
　　　셩은 홍이로 명은 문이니 (영인 고소설, 457쪽, 상 우.)

192) 서강어문, 259쪽.

193) 이종주, 「한문본 홍길동전 검토」, 『국어국문학』, 99권, 국어국문학회, 1988, 33~36쪽.

홍길동은 전님 니죠판셔 홍모의 셔즈오[194] (경판)

吉童則前右議政洪某之庶子[195] (한문본)

한문본의 "洪某"를 혹시 "홍 아무개"로 읽을 수 있지만, 한문본엔
다른 경우, 이름을 표기하지 않고 "煩於諺書 故不錄也"의 원칙대로

샹이 문파의 텬심이 감동ᄒ샤 즉시 홍모롤 샤ᄒ시고[196] (경판)

샹이 그 효셩을 감동ᄒᄉ 홍모[197] 난 집으로 보녀여 치병ᄒ라 ᄒ시
고[198] (완판)

上奇特其孝心 洪丞相特爲, 而右議政復職[199] (한문본)

으로 되어 있다. 거기서 "姓洪名字 煩於諺書 故不錄也"와 "洪某"의
표기는 분명 컨텍스트의 불비에 해당되는 것이다. 외에 해인사 습격
시 길동이 해인사에 보낸 백미의 분량에 있어서도 경판은 "수십 셕",
완판은 "이십 셕"으로 돼 있는데, 한문본엔 엉뚱하게 "一百石"으로 되
어 있어[200] 현실성을 상실케 하고 있다. 이는 과장이라기보다는 하나

---

194) 홍길동전 연구, 295쪽.

195) 서강어문, 295쪽.

196) 홍길동전 연구, 296쪽.

197) 완판에도 서두엔 "홍문"이라 표기됐지만, 그 뒤엔 "홍문"과 "홍모"가 계속 엇갈려
     표기되고 있다. 이것은 경판이 완판의 저본이 되어 이루어졌음을 간접적으로 확인해
     주는 것이리라.

198) 영인 고소설, 465쪽 하 우.

199) 서강어문, 297쪽.

200) "길동이 도라와 빅미 슈십 셕을 보니고" (홍길동전 연구, 285쪽.)

     "늬 아모 고을 아즁의 ᄀ 본관을 보고 빅미 이십 셕을 보닐 거시니", 영인 고소설,
     462쪽 하 우)

     明日白米一百石自本官出送矣, 서강어문, 283쪽.

의 현실성을 완전히 제외시킨 컨텍스트의 불비에 속한다.

위에서 거론된 한문본에 나타난 컨텍스트의 불비는 거의가 경판과 완판을 저본으로 하는 가운데 양 본에 나타난 출입을 면밀하게 검토하여 일관성 있게 저본으로 하지 않는데서 야기된 것으로, 이들 컨텍스트의 불비는 경판과 완판이 한문본을 저본으로 하여 이루어졌을 가능성보다는, 역으로 한문본이 경판과 완판을 저본으로 하여 한역되었다는 것을 확인해 주는 것이라 생각된다.

b) 오문·오역

다음은 한문본에 나타난 오문·오역의 문제를 들어보기로 하자. 여기에서 오문이란 뜻을 파악할 수 없는 그릇된 문장을 지칭하고 오역이란 번역된 문장임이 전제가 되어 그릇된 문장임을 뜻한다.

> 세상 스롬이 갈관박이라도 부형을 부형이라 ᄒ되[201] (완판)
> 是誰人謂褐冠博[202] 亦稱呼其父兄[203] (한문본)

> 한즁이 숑낙을 쓰고 ᄯᅩ 쟝삼 닙고[204] (경판)
> 身着長衫 頭載松絡[205][206] (한문본)

---

201) 영인 고소설, 457쪽 하 좌.
202) "褐冠博"이 아니라 "褐寬博"이라야 한다. "褐寬博"은 노랗고 검은 큰 옷으로 천인들이 입는 의복. (不受於褐寬博 亦不受於萬乘之君, 『孟子』, 公孫丑 上)
203) 서강어문, 262쪽.
204) 홍길동전 연구, 286쪽.
205) 한문본에 "松絡"으로 된 것은 경판의 "숑낙"을 음역한 것이며, 당연히 "松衲"이라야 한다. 이는 즉 한문본이 경판을 저본으로 하여 이루어졌다는 것을 간접적으로 확인시켜 주는 것이라 보아진다.
206) 서강어문, 285쪽.

　　장안 디로을 혹 쵸헌을 타고 왕니하며207) (경판)
　　長安大道　上乘超軒　任意往來208) (한문본)

　　오날날 하날니 치시흥사 위연이 이 고디 이르러시니 녹님호걸의
　　읏듬 장슈 되미 엇더흐뇨흐며209) (완판)
　　今日天佑之幸210)到此處　雖無才勇　願爲綠林豪傑之領袖　與諸君同
　　死生如何211) (한문본)

　　인흐여 길동이 슘 부인과 빅능 부체이며 일ㄱ 졔족을 다 거느리고
　　졔도로 드러ㄱ니 모든 군ᄉ 강변의 나와 마ᄌ 원로의 평안이 힝ᄎ흐
　　시믈 위로흐고 호위흐야 졔도중의 드러가 디연을 비셜흐고 즐기더라
　　세월이 여류흐여 졔도의 드러올졔 거의 슘 연이라212) (완판)
　　白龍極愛之　收拾家産而捲歸于鼙島　諸黨流出江邊　問安遠路　行次
　　爲還洞中　大宴排設而大樂之歲月如流已三年矣213) (한문본)

　　위 항은 백룡이 자기의 딸을 구출해 준 길동을 사랑하여 사위로 삼
자 길동이 가족을 거느리고 제도로 돌아가는 장면인데, 한문본의 "白
龍極愛之"와 "收拾家産" 이하의 사이엔 의당 "길동"이 삽입되어야 한
다. 그런데 번역과정에서 길동이 삽입되지 않아 결국 "수습가산" 이하
의 주어는 백룡으로 귀착케 되는 오문이 되었으며, ×부분 "大宴排設"

---

207) 홍길동전 연구, 294쪽.
208) 서강어문, 295쪽. 여기의 "超軒"은 "軺軒"의 오자.
209) 영인 고소설, 461쪽 하 좌.
210) "以天佑之幸"이라야 한다.
211) 서강어문, 279쪽.
212) 영인 고소설, 470쪽 하 우.
213) 서강어문, 308쪽.

도 "排設大宴"의 오문이다.

> 男子出世 當立身揚名 以顯父母 生其先祖門戸之光輝亦是報父生
> 母育之恩 小子八字無狀 鄕黨外之親戚 賤之育中之所懷積寃 天知地
> 知之外 更無知者 大丈夫豈可碌碌守分而爲人之浚受其指揮乎[214]
> (한문본)

위는 길동이 홍 승상의 심한 꾸지람을 듣고 물러나 그의 母 춘섬과 만나 이루어지는 대화의 일절,

> 쇼지 모친으로 더브러 전싱년분이 즁ᄒᆞ여 금셰의 모지 되오니 은혜
> 망극ᄒᆞ온지라[215] (경판)
> 小子與母親 前生緣分至重 爲母子於今世[216] (한문본)

에 이어지는 첨가의 부분이다. 그 뜻은 대충 "남자가 세상에 태어나서 마땅히 입신양명으로 부모를 드러내고 선조문호의 빛을 내게 하는 것이 부생모육의 은혜를 보답하는 것이지만, 소자는 팔자가 무상하여 이웃뿐만 아니라 친척들이 천히 여기는 것이 원한이 되어 쌓였음을 하늘이 알고 땅이 아는 외에도 모르는 것이 없으니 대장부가 어찌 녹녹히 분수만을 지키고 다른 사람들의 지휘만을 받겠는가"의 뜻으로 받아들일 수 있다. 그러나 위 인용문의 방점 부분 "賤之育中所懷積寃"은 전연 문장이 될 수 없는 오문이다.

---

214) 서강어문, 263쪽.
215) 홍길동전 연구, 270쪽.
216) 서강어문, 263쪽.

相女躊躇曰 妾遍踏長安百萬家宰相宅 ⚬⚬⚬⚬⚬
貴童子相已多矣 曾未見如
此相貌 若告實事想見罪責於大監矣217) (한문본)

위는 홍 승상이 상녀를 불러들여 길동의 관상을 보게 한 후, 상녀의
평가를 듣는 장면이 하나이지만, 그 번역의 저본은,

소녀ㄱ 열읍의 쥬류ᄒ며 천만인을 보와시되 공ᄌ의 상 갓튼 이는
쳐음이연이와 아지못게라 부인의 긔츌이 아닌ㄱ ᄒᄂ이다……이 말슴
을 바로 알외오면 디감의 마음을 놀닐ㄱ ᄒᄂ이다218) (완판)

를 순위를 적당히 배합하여 의역해 놓은 것이 아닌가 한다. 그러나 방
점 부분 "貴童子相已多矣"는 국문본의 문맥으로 보아 귀동자의 상을
이미 많이 보았다는 뜻의 문장으로 보이지만 한문으로는 분명한 오문
이다.

小人不顧身命來此 天地神明 伏願公子活此殘命也 吉童聞此言 尤
不勝憤氣 專取特才之釖 高峯於目上 大叱曰 汝貪財物 殺人知以勝
今活汝則無罪之人多殺矣 減汝惡種以除後事矣 釖光閃閃 特才之頭落
於房中219) (한문본)

위는 특재가 길동을 죽이려 할 때 되려 봉변을 당하는 장면인데, 이
는 분명 경판의

217) 서강어문, 269쪽.
218) 영인 고소설, 459쪽 상 우.
219) 서강어문, 273~274쪽.

길동이 분긔롤 춥지 못ᄒ여 요술노 특지의 칼을 아셔 들고 디민왈 네 지물을 탐ᄒ여 사롬 죽이를 죠히 넉이니 너갓흔 무도흔 놈을 죽여 후환을 업시 ᄒ리라 ᄒ고 흔번 칼홀 드니 특지의 머리 방중의 나러지 는지라220) (경판)

의 번역 과정에서 이루어진 것이라 생각되지만, 번역문 자체가 한국식 번역으로 이루어진 것 외에 한문본의 방점 부분 "高峰於目上"은 앞뒤 문맥상 전연 연계되지 않는 오문이다. 또 방점 부분 "殺人知以勝"은 경판의 "사롬 죽이믈 죠히 넉이니"의 역문으로 보이지만 뜻이 파악되 지 않는 졸렬한 오문이 아닐 수 없다. 게다가 방점 부분 "今活汝 則無 罪之多殺矣"는 그대로 살려주면 무고한 사람을 많이 죽일 것이라는 뜻에 해당되겠으나 이 역시 한국식 졸문이다.

위에서 거론된 오역문 외에 곳곳에 산재된, 오문의 실례를 들면 다 음과 같다.

南大門入去 左右都監砲手等 裝樂于鏡園之岾岾221) (한문본)
此後吉童於長安大路上 或承翼鳥 或承雙轎 緩緩往來 作亂無數 矣222) (한문본)
萬一兵敗則未免着恥矣 莫如堅壁不出 而積草且糧 緊守信地223)
(한문본)
大監以汝之故 臨終時不得暄目 豈不閔極乎224) (한문본)

---

220) 홍길동전 연구, 279쪽.
221) 서강어문, 302쪽.
222) 서강어문, 301쪽.
223) 서강어문, 314쪽.
224) 서강어문, 310쪽.

c) 서투른 근대적 한국식 문체

한문본은 한국 문장가들에 의해 흔히 쓰인 古雅한 문체로 이루어진 것이 아니라, 서투른 근대적 한국식 문체로 이루어졌다는 것은 이미 언급된 바 있다. 여기서 서투른 근대적 한국식 문체라 함은 孤立語인 中文으로서가 아니라 첨가어인 韓文의 어법적 구사에 의해 동사와 명사가 뒤바뀐 것과, 한국어의 근대어적 성격을 띤 "一番失手"·"兩次式"·"滿八十"·"寒心"·"山所" 등의 낱말이 곳곳에 산재해 있는 것을 말한다.

그러면 이들을 확인하기 위해 실례를 들어 보기로 하자.

吉童着軍服 走入城中 叩營門而疾呼曰 今陵所無出處火災時急 陵軍沒死云 監使與判官睡熟之際 魂飛魄散 急起望見 果然火光○天矣 一邊招官軍 急到陵所 火勢甚急矣 城中無老弱 皆到陵所卽城內一空矣 此時衆賊開倉而糧穀及軍器 奪取容易 出城門外 行縮地法 還洞口[225] (한문본)

위는 길동이 함흥 감영을 습격하여 이루어지는 장면인데, 이는 완판

길동이 급피 드러ㄱ 관문을 두다리며 소리ㅎ되 능소의 불이 낫스오니 급피 구완ㅎ옵소서 감시 잠결의 디경ㅎ여 나셔보니 과연 화광이 창천ㅎ지라 ㅎ인을 거ㄴ리고 ㄴㄱ며 일변 군ㅅ을 조발ㅎ니 셩즁이 물ㅅ틋ㅎ지라 빅셩들도 다 능소의 ㄱ고 셩즁이 공허하여 노약만 나맛ㄴ지라 길동이 졔적을 거ㄴ리고 일시의 달여드러 창곡과 군긔를 도젹ㅎ야 ㄱ지고 축지법을 ㅎㅎ야 슌식의 동즁으로 도라오니라[226] (완판)

---

225) 서강어문, 288쪽.

가 저본이 되어 이루어진 것이라 생각된다. 그런데 한문본의 방점 부분 "無出處火災"(출처 없는 火災)는 근대적 한국식 한문의 표현이며, 더구나 국문본의 방점 부분 "셩중이 공허하여 노약만 나맛는지라"가 한문본의 방점 부분 "城中無老弱 皆到陵所則城內一空矣"로 번역된 것은 한국인만이 터득할 수 있는 구어체의 표현이다. "糧穀及軍器 奪取容易"도 역시 한국식 한문이 아닐 수가 없다.

> 李恰於其時 收拾散落之精神 擧目視之 果是酒店所見青袍少年 始覺見低結頭 不敢一言答對之 所賜酒來得辭 盡醉飲之 陛下伏三人視之 則渠所率來軍卒也 心內嘆服其神奇矣 又賜酒連飲數十杯 不勝醉氣 憑于大廳欄干矣 醉已醒 飢渴甚矣 欲起坐則 四肢無搖動之道 暗爲收拾精神 審視則納于革袋裡 縣于林木之上矣 輾出革袋外見之則又有三革袋 一字懸之 次第解而視之則初發行時率來下人也 相見謂曰 此夢耶 當時耶 何來此處也 審視之 此卽北漢山城也[227] (한문본)

위는 우포장이 길동을 잡으러 왔으나 되려 길동의 신술에 잡혀 곤경을 겪는 장면인데, 이는 국문본

> 다시 술을 부어 권호며 너여보니라 호니 포쟝이 싱각호되 니가 이거시 쑴인가 샹신가 엇지호여 이리 왓시며 길동의 죠화를 신긔히 넉여 니러가고져 호더니 홀연 ᄉ지를 요동치 못호는지라 고히 넉여 졍신을 진졍하여 살펴보니 가죡부디 속의 드러거늘 간신히 나와 본즉 부디 셰이 남긔 걸녀거늘 ᄎ례로 글너 니여보니 쳐엄 써날

---

226) 영인 고소설, 463쪽 하 우.
227) 서강어문, 293~294쪽.

져 다리고 왓던 하인이라 셔로 니르되 이거시 엇진 일인고 우리
써날제 문경으로 모히즈 ᄒ여더니 엇지 이곳의 왓는고 ᄒ이 두루
살펴보니 다른 곳이 아니오 쟝안셩북악이라²²⁸⁾ (경판)

의 방점 부분이 한문본에 거의 그대로 축자직역이 되다시피 이루어져
있다. 그러나 그 번역된 문체가 근대적 한국식 문장으로 이루어졌음을
알 수가 있다. 즉, 그 번역된 문체가 한문본의 방점 부분 "收拾散落之
精神"이라든가, "四肢無搖動之道" 또는 "初發行時卒業下人也" 등은
한국인만이 이해할 수 있는 한국적 근대식 문자임을 감지할 수가 있다.

이런 서툰 근대적 한국식 한문은 거의 全卷에 걸쳐 찾아볼 수가 있
는데, 중요하다고 생각되는 것을 들어보면 다음과 같다.

五平生邀遊四海 無一番失手 豈畏彼小童也²²⁹⁾
言罷分付下人曰 僧徒一一結縛之²³⁰⁾
各邑守令之財産及倉穀無數奪取²³¹⁾
李惚曰 盡君之力蹴我 墮我於岸下²³²⁾
李惚莫知自己之生死低伏矣²³³⁾
今厥父嚴囚於禁府²³⁴⁾
上長嘆曰 朝鮮無捕此漢者 豈不寒心哉²³⁵⁾

---

228) 홍길동전 연구, 293쪽.
229) 서강어문, 271~272쪽.
230) 상동, 284쪽.
231) 상동, 289쪽.
232) 상동, 291쪽.
233) 상동, 292쪽.
234) 상동, 295쪽.

臣之父年滿八十 賤生子吉童 非不敎訓也[236]

聞此捕去之說 前路左右 肩皆磨矣 現視之[237]

知子莫如父 八吉童之中 卿之子素出也[238]

如此險惡之處 豈用父母之山所哉[239]

暫許由則不啻伸母子之情 大監山所朝石祭奠奉行也[240]

我輩自少至老 周遊四方 曾無敵我者 豈碌碌守轂鳥空老也[241]

無更逢之期 豈不悲哉 言終淚如雨下[242]

每於兩次式 幸行于靈神山[243]

世上人論之曰 太上王內外分 白日升天云矣[244]

위에 예거된 구절은 모두가 서투른 근대적 한국식 표현으로 "無一番失手"(한 번 실수가 없었다), "豈不塞心哉"(어찌 한심치 않겠는가), "聞此捕去之說 前後左右 肩皆磨矣 現視也"(이 잡혀 간다는 이야기를 듣고 전후좌우에서 어깨를 모두 비비며 나타나 보았다), "豈碌碌守轂鳥空老也"(어찌 녹녹히 제도를 지키며 헛되이 늙겠는가), "兩次式"(두 차례씩) "山所"(산소) 등은 아무래도 한국인이 아니고서는 잘 이해할 수가 없는 한자어들이다.

235) 상동, 295쪽.
236) 상동, 296쪽.
237) 상동, 298쪽.
238) 상동, 299쪽.
239) 상동, 311쪽.
240) 상동, 312쪽.
241) 상동, 313쪽.
242) 상동, 313쪽.
243) 상동, 316~317쪽.
244) 상동, 317쪽.

위의 한문본에서 나타난 컨텍스트의 불비, 오문·오역, 그리고 서투른 근대적 한국식 문체 등 세 가지 조건은 한문본이 前項에서 논의된 경판과 완판 등 국문본을 저본으로 하여 이루어졌을 것이라는 가능성에서 일층 한역으로 이루어진 확고한 한역본임을 확인시켜주었을 것으로 생각된다.

4) 한문본의 성립 연대

위에서 한문본이 경판과 완판을 저본으로 하여 성립된 한문본임을 밝혔다. 그러면 한문본은 언제 이루어졌는가를 밝혀야 하는데, 이 문제는 한문본이 경판과 완판을 저본으로 하여 이루어진 한역본임이 밝혀진 이상, 우선 경판과 완판이 언제 성립되었는가를 밝혀야 할 것이다.

경판과 완판은 뚜렷한 年紀가 아직 밝혀져 있지 않다. 다만, 판본 중 최고본으로 경판 중 한남본이 거론된 적이 있고,[245] 최근에는 경판 중 야동본이 거론된 적이 있다.[246] 그러나 경판 중 최고본이 한남본이든, 야동본이든 결국 경판이 완판보다 먼저 이루어진 것이 뚜렷이 밝혀져 있고,[247] 뿐만 아니라 한문본이 경판과 완판을 저본으로 한 것이 전제가 되기 때문에 결국 한문본은 경판이 저본이 되어 이루어진 완판의 후행본이 되는 셈이다.

그러면 완판은 언제 이루어졌는가. 물론 이 문제는 우리나라 국어사가 확적하게 밝혀져 있지 않아 정확한 연도도를 밝힐 수는 없지만, 19세기 후기로부터 20세기 초로 잡아 보면 어떨까 한다. 그 이유는 어휘

---

245) 정규복, 「홍길동전 이본고」
246) 송성욱, 「홍길동전 이본신고」, 『관악어문』, 13집, 서울대 국문과, 1989.
247) 정규복, 「홍길동전 이본고」

와 문체에서 볼 때 완판보다 확적하게 선행된 경판도 결국 19세기 중엽에서 후엽으로 잡아야 하기 때문이다. 그것은 중국소설 〈鏡花緣〉의 번역소설인 〈第一奇諺〉이 역자 洪羲福(1794~1859)의 생평과 그 번역 연대 "乙未"(1835)가 뚜렷이 밝혀져 있는 것[248]을 통하여 〈제일기언〉에 나타난 고어 및 문체와 경판이나 완판에 나타난 고어 및 문체를 대비하면 후자가 전자보다 몇 10년 후행된다는 것은 뻔한 사실이다. 이들의 고어 및 문체 비교의 문제는 따로 지면을 빌리기로 하고 여기서는 번잡을 피하겠다.

이렇게 보면 경판의 성립 시기는 아무리 이르게 잡아도 19세기 중엽 이전보다 상승할 수가 없다. 따라서 완판의 성립은 경판을 저본으로 하여 성립됐고, 거기에 출현하는 어휘와 문체로 보아 20세기 전후로 잡아야 하리라고 본다. 이는 〈홍길동전〉 완판의 어휘와 문체에 있어서 동류라고 생각되는 현 〈春香傳〉의 완판 〈烈女春香守節歌〉의 성립이 20세기 초에 이루어졌다는 데서도[249] 그 논리의 추리가 가능하다고 생각된다. 이 문제에 대한 구체적 검토도 따로 지면을 빌리기로 하겠다. 즉, 완판이 저본이 되어 성립된 한문본의 성립은 자연 아무리 일찍 잡아도 결국 20세기 전후로 잡혀질 수밖에 없다. 이를 밑받침해 주는 것은 다행히 한문본의 필사년도가 "戊申臘月廿八日始作"과 "己酉正月初四日書終"으로 되어 있다는 것이다. 말하자면 "戊申"은 1848, 1908, 둘 중 하나에 해당될 터인데, 1848년은 한문본의 저본이 된 완판의 성립이 아무리 일러도 19세기 후기 이전으로 소급시킬 수 없기 때

---

248) 정규복, 『한중문학비교의 연구』, 고려대 출판부, 1987, 220~243쪽.
249) 류탁일 교수의 『완판방각소설의 문헌학적 연구』, 학문사, 1981. 158~177쪽에 의하면 〈열녀춘향수절가〉가 뒤늦게 1906년에 간행된 것으로 되어 있다.

문에, 결국 "戊申"은 불가불 "1908"로 잡아야 되므로, 한문본의 필사년 도는 1908년이 되는 셈이다.

그러나 이 한문본이 再筆本일 가능성도 많지만, 이 한문본의 원작 한역본도 이미 앞 항에서 거론된 바 있는 문체상의 근대적 표현은 말할 것도 없고, 아울러 사대문에 대한 근대적 표현인 "동대문"과 "남대문"250)의 명칭이 출현하고, 그리고 길동의 아버지 홍 승상의 근대적 나이의 셈수인 "滿 八十"251)으로 표기된 것으로 역시 20세기 전후로 보는 것이 좋을 것이다.

5) 결어

위에서와 같이 한문본이 국문본 중 경판과 완판이 저본이 되어 이루어진 한역본임을 밝히고, 그 성립 시기는 경판과 완판이 19세기 중기부터 후기, 혹은 20세기 전후로 성립되었을 것이라는 짐작과 동시에, 한역본에 나타난 서투른 근대적 한국식의 문체를 기준으로 하여, 20세기 전후에 한역되어 이루어졌을 것임을 밝혔다.

이들 문제를 밝히는 방법으로는 첫째, 국문본 중 경판과 완판의 중요한 차이점을 들어 한문본이 완판을 중요 저본으로 하고, 아울러 경판도 저본으로 하면서 이루어진 것을 밝혔고, 둘째, 한문본이 독자적한문본의 원본, 혹은 원본계열일 수 있다는 가능성과는 달리, 호부호형의 금지대목을 중심으로 한 길동의 나이 문제, 우포장이 길동에 의해

---

250) 忽自東大門顏如玉 風如仙一少年 靑龍黑帶坐輻軒圓如也 (서강어문, 302쪽.)
     南大門入去 左右都監砲于等裝圍之匝匝 (서강어문, 302쪽.)
251) 臣之父年 滿八十 (서강어문, 296쪽.)

봉변을 당하는 장소의 문제, 경판과 완판의 특징을 규정지을 수 있는
'삭발위승' 대목을 중심으로 한 인물 묘사의 문제, 길동의 아버지 홍
승상의 명칭에 텍스트의 不統으로 야기된 표기 문제 등으로 일어나는
컨텍스트의 불비, 또는 한문본에 나타난 오문·오역 그리고 서투른 근
대적 한국식 문체를 들어 한문본은 결국 국문본 중 경판과 완판을 저
본으로 하여 20세기 전후에 한역으로 이루어진 한역본임을 밝혔다.

이제 모처럼 출현한 한문본이 근자에 <홍길동전> 이본 중 最善本
이라는 것이 전제가 되어 이를 중심으로 <홍길동전>의 작자 허균의
한문 원작 내지는 그 계열로까지의 추견으로 확대되려고 한 것은 불필
요한 謬見으로 들어난 셈이다. 즉, 이종주 교수에 의해 요망 사항으로
제시된 한문본과 허균의 문체 비교의 문제에 있어서도 허균의 여타 소
설 <남궁선생전>·<엄처사전>·<손곡산인전>·<장산인전>·<장
생전> 등 다섯 편과 그 밖에 허균의 산문에 전연 서투른 근대적 한국
식 문체가 있을 수 없다는 것은 분명한 사실인바, 이제 한문본이 <홍
길동전> 이본 연구에 곁길을 이루는 장식품에 불외하게 되었다.

여기에 덧붙여 둘 일은 <홍길동전>이 엄연히 최초의 국문소설로
추정되어 오다가 정주동 교수에 의해 그 원작이 한문본일 것이라는 추
론252)이 제기되어 <홍길동전> 원작을 둘러싸고 적이 혼선으로 돌입
하였다가 다시 필자의 이본 연구를 통해 국문원작설로253) 환원된 바
있다. 그러나 이 한문본의 출현으로 국문원작설이 다시 휘둘리는 듯하
였지만, 위와 같이 한문본이 경판과 완판 등 국문본이 저본이 되어 이
루어진 한역본임이 밝혀진 이상, 역시 <홍길동전>의 원작 국문본설이

---

252) 정주동, 『홍길동전 연구』, 대구: 문호사, 1961, 141쪽.
253) 정규복, 「홍길동전 이본고」.

다시 정설로 매김하게 되었다.

이를 계기로 우리는 앞으로 작자가 뚜렷한 홍길동의 원작 혹은 원작 계열이 찾아질 때까지 계속 이본 연구를 추구해 나아가야 할 것이다.

3. 〈홍길동전〉 텍스트의 문제*

1) 도언

〈홍길동전〉의 텍스트 문제는 아직 확립은 고사하고 善本의 문제도 이설이 있는 형편이다. 더구나 〈홍길동전〉은 여타 한국 고소설의 언어적 이중성과 같이 국문본 설과 한문본 설이 엇갈리고 있다. 또 오늘날 〈홍길동전〉의 원작이 국문본 설로 통설화 되고 있지만, 이 문제도 뚜렷한 문헌적 뒷받침을 통해 이루어진 것은 아니다. 〈홍길동전〉이 한국 소설사상 차지하는 위치의 비중을 감안할 때, 그 텍스트의 해결은 시급하다고 생각된다.

필자는 텍스트의 문제를 전개하는 방법으로 우선 〈홍길동전〉의 기본 연구에 해당되는 이본의 연구 상황을 살피고 이를 기축으로 하여 작자 허균과 〈홍길동전〉을 둘러싼 주변 사항을 살펴 접근해 보기로 한다. 현재 〈홍길동전〉의 이본은 목판본 · 활자본 · 필사본 등 세 계열이 있으며, 표기 문자별로 이를 대별하면 국문본 · 한문본 · 국한문 혼용본 등으로도 분류된다. 그러나 현재 〈홍길동전〉의 총 이본 30여 종 가운데 한문본 2종, 국한문 혼용본 1종 등 한문본 계열이 모두 3종에 불과하고 나머지는 모두가 국문본이므로, 본 이본 연구의 문제는 전자

*『정신문화연구』, 통권 44호, 한국학중앙연구원, 1991.

의 목판본 · 활자본 · 필사본 등 세 가지 분류 방법에 따라 서술해 나아
가는 것이 보다 합리적이라 생각된다.

부언해 둘 일은 목판본의 텍스트는 편의상 김동욱의 『영인 고소설
목판본전집』(연세대학출판부, 1955)을 사용하고 이를 “영인 고소설”로
약칭하겠다.

2) 〈홍길동전〉 이본의 현황

<홍길동전> 이본에 대한 최초의 거론은 정주동에 의해 이루어졌다.
정주동은 원전비평의 시각에서보다도 이본에 대한 소개와 자료 소개
에 그쳤다.[254] 그 후 박노춘 교수도 역시 완판본의 소개에 그쳤다가[255]
필자에 이르러 비로소 원전비평적 시각에서 <홍길동전> 목판본 중
한남본 · 어청본 등 경판본과 완판본, 그리고 안성본 외에 활자본 1종,
필사본 2종 등 도합 7종을 수집, 이들을 대상으로 각 이본의 성격을
아울러 검토하면서 아울러 한남본을 最善本으로 파악하였다.[256] 최근
송성욱 씨에 이르러 한남본 · 야동본 · 어청본 · 송동본 등 4종의 경판
과 완판 그리고 안성본 2종 등 도합 7종이 수집되면서 종래 필자에
의해 最古最善本으로 파악된 한남본 대신에 야동본이 최고최선본으
로 대체되었고, 외에 안성본 23장본과 어청본의 대비에서 23장본이 후
자에 선행되는 것으로 파악되었다. 아울러 필자에 의해 경판 중 한남
본과 어청본이 전라도의 로칼리즘에 의해 재구되었다는 소위 경판과
완판의 연계성이 부정되었다.[257]

---

254) 정주동, 『홍길동전 연구』, 문호사, 1961, 141~147쪽.
255) 박노춘, 「홍길동전 목판본고」, 『국어국문학』, 36권, 37 · 38권, 국어국문학회, 1967.
256) 정규복, 「홍길동전 이본고」, 『국어국문학』, 48권, 51권, 국어국문학회, 1970, 1971.

이들 이본 연구 외에 주목되는 것은 근자 이종주 교수에 의해 한문본이 찾아지면서 이를 최고최선본으로 파악했을 뿐만 아니라, 심지어 허균의 원작으로까지 추측할 수 있는 가능성을 제시하였다는 것이다.[258] 그러나 한문본이 최선본이 아님은 말할 것도 없고, 경판과 완판을 텍스트로 하여 극히 최근에 이루어진 서투른 한역본이라는 것이 이미 밝혀진 바 있다.[259] 그리고 이윤석 교수는 국한문혼용문을 역시 경판과 완판의 텍스트가 된 최선본으로 파악하였으나[260] 이에 대한 비판은 후술될 것이다.

이상에서 거론된 것이 <홍길동전> 이본에 대한 연구사이다. 필자는 최근 <홍길동전> 이본에 대한 연구사를 검토하는 과정에서 보다 많은 이본을 수집하였으며, <홍길동전> 목판본의 중요성을 다시 확인하게 되었다. 아울러 송성욱 씨에 의해 제기된 야동본의 최선본 문제도 근본적으로 검토하지 않으면 안 될 것이 있어서 다시 이본 연구를 거론하게 되었다.

이미 언급된 바와 같이 <홍길동전>의 이본은 목판본·활자본·필사본 등 세 가지 계열로 분류된다. 즉, 목판본으로는 한남본·야동본·어청본·송동본 등 4종 외에 완판본 1종, 안성본과 안성동문이본 등 도합 7종이 현존하고 있으며 활자본으로는 신문관본·한역본·세창서관본 등 3종이 있다. 또 필사본으로는 김동욱 소장본 5종, 강전섭 소장본 2종, 박순호 소장본 2종 외에 이재수·이가원·조종업·하동호·정

257) 송성욱, 「홍길동전 이본 신고」, 『관악어문』, 13집, 서울대 국문과, 1989.
258) 이종주, 「한문본 홍길동전 검토」, 『국어국문학』, 99권, 국어국문학회, 1988; 「한문본 홍길동전 해제를 위한 도론」, 『서강어문』, 6집, 서강대, 1988.
259) 정규복, 「홍길동전 한문본의 텍스트 문제」, 『동방학지』, 69집, 연세대, 1990.
260) 이윤석, 「홍길동전 필사본 89장본에 대하여」, 『애산학보』, 9집, 애산학회, 1990.

규복 소장본 등 5종 그리고 정신문화연구원 소장본 2종, 중앙도서관·
연세대학·서강대학 소장본 3종 등 도합 18종으로 총 수는 31종에 이
른다. 이들에 대한 서지적 사항은 이미 언급된 바 있으므로 舊稿를[261]
중심으로 이들을 열거하면 다음과 같다.

　가. 목판본 7종
　　　한남본 24장 한남서림
　　　야동본 26장 야동교
　　　어청본 23장 어청교
　　　송동본 19장 송동교
　　　완판본 36장 완주
　　　안성본 19장 안성
　　　안성동문이본 23장 안성동문이신간

　나. 활자본 4종
　　　신문관본 44항 신문관 1913.9.3.
　　　덕흥본　 37항 덕흥서림
　　　세창본　 36항 세창서림 1952.3.20.
　　　한역본 『계명』, 15 계명구락부 1925.

　다. 필사본 20종
　　　김동욱 A본 89장 김동욱 소장 국한문혼용
　　　김동욱 B본 69장　　〃
　　　김동욱 C본 57장　　〃
　　　김동욱 D본 20장　　〃

261) 정규복, 위의 논문.

김동욱 E본 47장   〃

이가원본 21장 이가원 소장

이재수본 20장 이재수 소장

정규복본 66장 정규복 소장

하동호본 51장 하동호 소장

조종업 A본 51장 조종업 소장

조종업 B본 상하권 74장 조종업 소장

강전섭 A본 34장 강전섭 소장

강전섭 B본 51장   〃

박순호 A본 86장 박순호 소장

박순호 B본 52장   〃

중앙도서관본 72장 국립중앙도서관 소장

연세대학본 59장 연세대학 중앙도서관 소장

정신문화원 A본 75장 정신문화연구원 소장

정신문화원 B본 58장   〃

한문본 30장 서강대학 도서관소장

본고에서는 텍스트를 탐색하기 위하여 주로 목판본 텍스트의 전래 과정에 대한 그간의 이설262)을 정리하고, 필사본에 대하여는 <홍길동전> 필사본은 모두가 목판본이 텍스트가 되어 이루어졌다는 필자의 견해에 위배 되는 논고263)에 한하여 논하기로 하겠다.

---

262) 여기에 異說이라는 것은 주로 송성욱 씨가 현존한 <홍길동전>의 善本을 필자가 목판본 중 한남본으로 본 것에 대하여 야동본으로 대체한 것과 완판본은 한남본이 텍스트가 되어 성립했다는 것에 대하여 이를 무관하게 파악한 것 등을 지칭한다.

263) 이종주 교수가 한문본(서강대학 소장)을 경판본과 완판본으로 텍스트가 된 것으로 파악한 경우와 이윤석 교수가 국한문혼용본(김동욱 A본)을 역시 경판본과 완판본의 텍스트가 된 것으로 파악한 경우가 있으나, 필자는 역으로 한문본이나 국한문혼용본은 함께 경판과 완판을 텍스트로 하여 성립되었다고 보고 있기 때문이다.

a) 한남본과 야동본

한남본이 어청본·완판본·안성본 및 활자본 그리고 필사본인 이재
수본과 이가원본 등의 母本 계열에 해당된다는 것은 필자에 의해 이미
밝혀진 바 있다.[264] 그러나 최근 송성욱 씨에 의해 야동본·송동본·안
성동문이본 등 목판이 추가되면서 한남본보다 선행되는 야동본이 제시
되었다.[265] 필자가 「홍길동전 이본고」에서 〈홍길동전〉 이본 중 모본
으로 제시하였던 한남본을 다시 모본으로 환원시키기 위해 송성욱 씨
에 의해 모본으로 제시된 야동본과 대비하면서 논고를 전개하겠다.

이미 지적된 대로 한남본의 20장까지와 야동본의 18장까지는 복각
판이라고 할 만큼 내용은 말할 것도 없고, 자구도 거의 꼭 같다. 그런
데 송성욱 씨가 야동본이 한남본보다 선행되었다고 한 기본적 이유는
다만 한남본 21장부터와 야동본 18장부터의 종결부분이 전자가 후자
에 비해 축소되어 있다는데 있다.[266]

그렇지만 한남본이 야동본에 비해 선행된다는 것을 우선 어학적 측
면에서 살펴보기로 한다. 첫째, 존재사 '있다'와 '하다'의 문제다. 즉, 한
남본은 '잇다'와 'ᄒᆞ다'의 古形으로 거의 일관되어 있는데, 야동본은 '있
다'와 '허다' 때로는 '하다'로 혼재해 사용하고 있다는 것이다.

　　　　이놈이 본디 지죄 이시미[267] (한남본)
　　　　이놈이 본디 지죄 잇스미[268] (야동본)

---

264) 정규복, 「홍길동전 이본고」, 참조.
265) 송성욱, 위의 논문.
266) 송성욱, 위의 논문, 118쪽.
267) 영인 고소설 3, 413쪽 상 좌.
268) 영인 고소설 5, 1005쪽 하 우.

비록 향곡의 이시나 국가를 위ᄒᆞ여[269] (한남본)
비록 향곡의 잇스나 국가를 위ᄒᆞ여[270] (야동본)

일헌 일이 어디 이시리오[271] (한남본)
일헌 일이 어디 잇스리오[272] (야동본)

너의게 교디로 힝ᄒᆞ라[273] (한남본)
너의게 교디로 힝허라[274] (야동본)

나라의 속흔 지물은 츄호도 범치 아니ᄒᆞ니[275] (한남본)
나라의 속헌 지물은 츄호도 범치 아니ᄒᆞ니[276] (야동본)

샹이 대경ᄒᆞ샤 약원으로 구ᄒᆞ라 ᄒᆞ시니[277] (한남본)
샹이 대경허샤 약원으로 구허라 ᄒᆞ시니[278] (야동본)

위의 예는 편의상 <홍길동전> 전반부·중반부·후반부에서 들은 것이다. 그런데 전자의 '잇다'가 후자의 '있다'로 표기된 것은 18군데에 이르고 있고, 전자의 'ᄒᆞ다'가 후자의 '허다'로 표기된 것은 33군데나 나타나 있다.

---

269) 영인 고소설 3, 417쪽 상 우.
270) 영인 고소설 5, 1009쪽 상 우.
271) 영인 고소설 3, 420쪽 상 좌.
272) 영인 고소설 5, 1011쪽 하 좌.
273) 영인 고소설 3, 413쪽 하 우.
274) 영인 고소설 5, 1006쪽 상 우.
275) 영인 고소설 3, 416쪽 상 우.
276) 영인 고소설 5, 1007쪽 하 우.
277) 영인 고소설 3, 419쪽 하 우.
278) 영인 고소설 5, 1011쪽 상 우.

위와 같이 어법상에서 한남본이 야동본과 거의 꼭 같은 語辭·자구
로 이루어져 있다. 그러나 야동본에는 '잇다'·'ᄒ다'의 후기형이라 보
아지는 '있다'·'허다'가 산견될 뿐만 아니라, 한자어 역시 비교적 순수
한 우리말로 풀이한 것도 산견된다.

① 도로혀 병죠판셔 졔슈ᄒ시믄 불가ᄉ문어인국이로쇼이다[279]
(한남본)

도로혀 병죠판셔 졔슈ᄒ시믄 불가ᄒ더이다[280] (야동본)

② 쥬회칠빅니오 옥야답이 가득ᄒ여 살기의 졍히 의합ᄒ지라 니
심의 해오디[281] (한남본)

쥬회칠빅니오 옥야 가장 기름진지라 닌심의 해오디[282] (야동본)

③ 즉시 삭발위승ᄒ여 일엽쇼션을 틋고[283] (한남본)

즉시 머리를 싹가 듕ᄉ의 모양으로 져근 ᄇᆞ를 타고[284](야동본)

④ 기여졔장은 다 각각 봉쟉흔 후[285] (한남본)

그 남은 ᄉ롬을 다 각각 벼슬을 도도고[286] (야동본)

⑤ 길동이 냑낭의 독샥을 너여 급히 온슈의 화ᄒ여 먹이니 식경은
하여 흔쇼리 지르고 죽는지라 모든 요괴 일시의 ᄃᆞ라들거늘 길동

---

279) 영인 고소설 3, 420쪽 상 우.
280) 영인 고소설 5, 1011쪽 하 우.
281) 영인 고소설 3, 420쪽 하 좌.
282) 영인 고소설 5, 1012쪽 좌 우.
283) 영인 고소설 3, 422쪽 상 우.
284) 영인 고소설 5, 1014쪽 상 좌.
285) 영인 고소설 3, 422쪽 하 우좌.
286) 영인 고소설 5, 1016쪽 상 좌.

　　　이 신통을 믹여 모든 요괴을 즈치든니287) (한남본)
　　　모든 요괴 딤히ᄒ여 즉시 온슈의 가라먹이니 식경은 ᄒ여 비를
　　　두다리고 눈을 실녹이며 소리를 지르니 두어번 쮜놀다가 죽ᄂ지라
　　　즈근 요괴 등이 이 형상을 보고 길동의게 다ᄅ드러 칼노 지르며 틋
　　　며왈……모든 요괴를 다 죽이고288) (야동본)

　위의 다섯 항 방점 부분에서 볼 수 있듯 한남본의 ① "불가스문어인
국이로쇼이다"가 야동본엔 "불가ᄒ더이다"로 쉽게 풀이되었고, 전자
의 ② "옥야답이 가득ᄒ여 살기의 정히 의합ᄒ더이다"가 후자엔 "옥야
가장 기름진지라"로 역시 쉽게 풀이되어 있다. 또 전자의 ③ "삭발위승
ᄒ여 일엽쇼션을 ᄐ고"가 후자엔 "머리를 싹가 디스의 모양으로 져근
비를 타고"와 같이 쉽게 우리말로 풀이되었고, 전자의 ④ "기여졔장"
과 "봉직흔후"가 후자엔 "그남은 스람"과 "벼슬을 도도고"로 역시 쉽
게 풀이되었다. 그리고 전자의 ⑤ "온슈의 화ᄒ여 먹이니"와 "즈치든
니"는 후자에 "온슈의 가라먹이니"와 "다죽이고"로 쉽게 풀이되었음
을 알 수가 있다.
　이들 외에

　　　이곳거지 와시니 혈마 져소년 혼즈라도289) (한남본)
　　　이곳거지 왓스니 셜마 져소년 혼즈라도290) (야동본)

무슈흔 황건 녁시 좌우의 나열ㅎ고[291] (한남본)
무슈흔 황건 역시 좌우의 버렷고[292] (야동본)

등에서 한남본의 방점 부분 "와시니 혈마"와 "녁시"·"나열ㅎ고"가
야동본엔 "왓스니 셜마"와 "역시 버렷고"로 표기된 것도 후자가 전자
에 비해 후기본에 해당됨을 추론케 하고 있다.

이와 같이 현대화된 것들 외에 한남본은 비교적 논리적으로 연계되
어 있지만, 야동본은 논리적으로 연계가 잘 이루어지지 않는 장면도
출현한다. 이는 길동이 달밤에 왕에게 나타나 자기가 관부에 作弊한
이유를 술회하는 장면을 대비해 보면 여실하게 들어난다.

천비쇼싱이라 문으로 옥당의 막히옵고 무로 션천의 막힐지라 이러
므로 스방의 오유ㅎ와 관부와 작폐ㅎ고 됴졍의 득죄ㅎ옴은 젼히 ᄋ르
시게 ᄒ오미러니[293] (한남본)

흔갓 천비쇼싱이라 문과를 ᄒ오나 옥당의 춤녀치 못홀 거시오
무과롤 ᄒ오나 션쳔의 막히올리니 이러므로 마음을 졍히 뭇ᄒ와 팔
방으로 오유ᄒ오며 무뢰지당으로[294] 관부의 작폐ᄒ옵고 됴졍을 요란

---

291) 영인 고소설 3, 417쪽 하 우.
292) 영인 고소설 5, 1009쪽 하 좌.
293) 영인 고소설 3, 421쪽 상 좌.
294) 방점 부분 "관부의 작폐ᄒ옵고"를 한남본의 "관부와 작폐ᄒ고"와 대비하면, 야동본
의 내용이 뚜렷해진다. 한남본의 "관부와 작폐ᄒ고"는 논리상 관부와 함께 작폐하였다
는 뜻이 되므로 결과적으로는 오문이다. 그래서 원문은 "관"인지 "과"인지 판자가 뚜렷
하지 않아 한남본을 텍스트로 하여 오역된 한문본(서강대본)엔 "鰥夫"(304쪽)로 엉뚱
하게 오역됐지만 정주동이 그의 『홍길동전 연구』(306쪽)에서 지적한 대로 "관부의 작
폐ᄒ고"의 오각이라 보아진다. 그러므로 여기에 야동본에 "관부의 작폐ᄒ옵고"로 되어
있는 것은 현대적 교정이 가해진 예에 해당될 것이다.

케 ᄒ오문 문신의 일홈을 들츄와 젼히 아르시게 ᄒ오미러니[295]

(야동본)

위에서와 같이 한남본엔 천비소생으로 文科玉堂 武科宣薦이 막혔다는 것으로 풀이된 데 대하여, 야동본은 방점 부분에서와 같이 문과가 이루어졌지만 옥당이 막혀 있고, 무과가 이루어졌지만 선천이 막혀 있다고 한 것은 <홍길동전>의 주제에도 맞지 않으려니와 당시 관례에도 어긋난, 말하자면 앞뒤가 모순된 표현이다.

이상에서 거론된 요소들은 한남본이 야동본에 비해 전기본에 해당되고, 대신 야동본은 한남본에 비해 후기본임을 추정케 하는 것들이라 생각된다. 이는 야동본에 한남본의 어구가 빠져 컨텍스트의 불비를 일으키고 있다는 사실에서도 뚜렷이 알 수 있다. 즉 길동이 자수하여 서울로 압송되어 왕 앞에 나타나 그간 천비소생으로 호부호형이 금지되어 적당에 들어가 수령의 재물을 탈취하는 등 나라를 어지럽혔지만 앞으로 3년만 있으면 조선을 떠나 갈 곳이 있다는 것을 호소하는 장면을 보면,

길동 등이 샹고 쥬왈 신의 아비 국은을 만히 닙어스오니 신이 엇지 감히 불측ᄒᆫ 힝ᄉ롤 ᄒ올잇가마ᄂᆞ 신은 본더 천비쇼싱이라 그 아비롤 아비라 못ᄒᆞᆸ고 그 형을 형이라 못ᄒ오니 평싱 한이 밋쳐습기로 집을 바리고 적당의 춈녜ᄒ오나 빅셩은 츄호 불범ᄒᆞᆸ고 각읍 슈령의 쥰민고틱ᄒᆞᄂ 지물은 탈취ᄒ여ᄉ오나 이졔 십 년을 지니면 됴션을 써나 가올 곳이 잇ᄉᆞ오니 복걸 셩샹은 근심치 마르시고 신을 줍는 관ᄌ롤 거두옵쇼셔[296] (한남본)

길동 등이 샹긔 쥬왈 신의 아비 국은을 만히 닙어ㅅ오니 신이 엇지 감히 불측흔 힝ㅅ를 ㅎ올잇가마는 신은 본디 쳔비쇼싱이라 그 아비를 아비라 못 ㅎ옵고 그 형을 형이라 못 ㅎ오니 평싱 한이 밋쳐습기로 집을 바리고 젹당의 츔녜ㅎ오나 빅셩은 췌호 불범ㅎ옵고 각읍 슈령의 쥰민고틱ㅎ는 지물은 탈취ㅎ여ㅅ오나 이졔 십 년을 지니면 ‧ㅆ‧나 ‧가‧올 ‧곳‧이 ‧잇‧ㅅ‧오‧니 복걸 셩샹은 근심치마르시고 신을 줍는 관ㅈ를 ‧거‧두 옵쇼[297] (야동본)

위의 방점 부분에서와 같이 한남본은 "됴션을 ㅆ나 가을 곳이 잇ㅅ 오니"로 되어 있는데, 야동본엔 "ㅆ나 가올 곳이 잇사오니"로 되어 있을 뿐, 한남본의 "됴션"(朝鮮)이 빠져 어디를 떠나간다는 장소가 전연 명시되어 있지 않다. 그러나 한남본엔 분명하게 조선을 떠나, 해당 면에는 표시 되어 있지 않지만, 異國 율도국으로 가겠다는 길동의 의지가 분명히 들어나 있다. 이와 관련해서 우리가 주목해야 할 것은 이 장면 이후에 야동본은 한남본과 꼭 같이 "됴션"이 삽입되어 있다는 사실이다.

제신 중 일인이 쥬왈 그 길동의 원이 병죠판셔를 흔번 지니면 됴‧션‧을 ㅆ나리라 ㅎ오니[298] (한남본)
제신 중 일인이 류왈 길동이 소원이 병죠판셔를 흔번 지니면 됴‧션‧을 ㅆ나리라 ㅎ오니[299] (야동본)

---

296) 영인 고소설 3, 419쪽 하 좌.
297) 영인 고소설 5, 1011쪽 상 좌.
298) 영인 고소설 3, 420쪽 상 좌.
299) 영인 고소설 3, 1011쪽 하 좌.

구절에 "됴션"이 빠지게 된 것은 한남본을 텍스트로 삼아 판각하는 과정에서 이것이 판각자의 부주의로 누락된 것이라 추측된다. 이는 야동본 계열에 속하는 어청본과 송동본에도 조선이 제외되어 있고,[300] 안성본엔 이 장면이 전연 결여되었다가 그 후에 전개되는, 즉 신하가 왕에게 아뢰는 장면엔 역시 야동본에서와 같이 다시 조선이 삽입되어 있다는 것에서[301] 다시 한번 확인된다.

이로 보면 야동본에 "됴션"이 빠져 있음은 이미 언급된 대로 당시 한남본이 텍스트가 되는 과정에서 부주의로 이루어진 것이 분명하다. 따라서 야동본을 비롯하여 그의 계열인 어청본·송동본·안성본은 결국 "됴션"이 제외되어 있음으로써 앞뒤가 분명히 연결되지 않은 컨텍스트의 불비에서 초래케 된 것임을 알 수 있다.

외에 한남본의 것이 자형의 혼동으로 야동본에 와기된 것도 눈에 띈다.

　　　정쳐없이 보니고 엇지 이즈리오[302] (한남본)
　　　정쳐없이 보니고 엇지 잇스리오[303] (야동본)

　　　우리 부친이 닐노 말미암아 병닙골슈ㅎ시고[304] (한남본)
　　　우리 부친이 닐노 말미암아 병니골슈ㅎ시고[305] (야동본)

---

300) "십년을 지니오면 써느까올 곳이 잇스오니"(어청교본), 영인 고소설 3, 429쪽 상 우.
　　　"십년을 지니오면 써느까올 곳이 잇스오니"(송동본), 영인 고소설 5, 998쪽 하 좌.
301) 길동의 소원이 병조판서를 ㅎ면 지니면 됴션을 써는다 ㅎ오니(안성본)
　　　영인 고소설 3, 442쪽 하 우.
302) 영인 고소설 3, 414쪽 하 좌.
303) 영인 고소설 5, 1006쪽 하 우.
304) 영인 고소설 3, 418쪽 하 좌.

위의 한남본 "이즈리오"의 뜻은 천생의 대우로 가출하겠다는 길동
의 말을 들은 초란이 정처 없이 너를 보내고 엇지 너를 잊어버릴 수
있겠느냐는 뜻인데, 이것이 야동본에 엉뚱하게 "잇스리오"로 오각된
것임을 쉽게 감지할 수가 있다. 물론 이 장면은 역시 야동본계열인 어
청본·송동본·안성본에306) 모두 오각되어 있다. 그리고 한남본의 "병
닙골슈"는 "病入骨髓"의 국문표기인데 이것도 야동본엔 자형을 착각
하여 "병니골슈"로 "닙"을 "니"로 오각해 놓고 있다.

위에서 거론된 한남본과 야동본의 선후 관계의 문제에서 어학적 측
면으로 전자의 '잇다'와 'ㅎ다'가 후자에 '있다'와 '허다'로 표기되고, 아
울러 문체적으로 전자의 漢語式 고문체가 후자에 비교적 현대식 우리
말로 풀이된 것에서 우리는 전자가 후자에 선행될 것이라는 가능성을
점쳐 볼 수 있다. 그러나 두 이본의 선행 관계를 보다 분명하게 하는
것은 길동이 서울로 압송되어 왕에게 천비 소생에 대하여 하소연하는
장면에 꼭 삽입되어야 할 "됴션"이 야동본에는 판각자의 부주의에 빠
져 결국 컨텍스트의 불비를 초래케 한 것과 자형의 혼동으로 오각시켜
놓은 것이다.

한편, 송성욱 씨는 또 근래 상업주의로 인하여 후행되어 내려올수록
출판되는 과정에서 축소되었다는 방대수 씨의 논리307)를 적용하여 야
동본이 한남본에 선행된 것으로 풀이하고 있다.308) 물론 한남본은 총

---

305) 영인 고소설 5, 1011쪽 하 좌.
306) "정쳐업시 보닉고 엇지 잇스리오" 어쳥본·안성본, 영인 고소설 3, 425쪽 하 우;
     송동본, 영인 고소설 5, 995쪽 하 우.
307) 방대수, 「전우치전 이본군의 작품구조 연구」, 서울대 대학원, 1988.
308) 송성욱, 상게서, 118쪽.

장수가 24장으로 야동본의 총 장수 26장에 비해 분량이 짧은 것은 분명하다. 그러나 이는 한남본이 야동본을 저본으로 하여 축소된 것이라기보다 내용의 표현이 별계인 이본으로 잡아야 할 것이다. 방대수씨에 의해 거론된 축소의 논리는 판각하는 과정에서 상업주의가 개입되어 어구를 짧게 축소시킨 것으로 파악되는데, 이러한 논리가 <홍길동전> 목판본의 경우에 적용된다 하더라도, 한남본이 야동본에 비해 종말 부분은 짧은 것은 분명하지만, 중반부까지는 오히려 야동본이 한남본보다 축소된 구절이 곳곳에 보인다는 사실에 주목해야 한다.

> 나롤 츳나리 치라 ᄒ고 낭곳히 나아 안거눌309) (한남본)
> 나롤 츳라ᄒ고 낭곳히 나아 안거눌310) (야동본)

> 원문 밧긔 와 뵈오믈 쳥ᄒ다 ᄒ거눌311) (한남본)
> 원문 밧귀 와 뵈오믈 쳥ᄒ디312) (야동본)

> 일단 쟝부의 쾌흔 ᄆ음이 잇ᄂ지라 족히 넘녀업슬ᄂ다 ᄒ시고313)
> (한남본)
> 일단 쟝부의 마음이라 족히 넘녀업슬이라 ᄒ시고314) (야동본)

이상에서 열거된 내용은 야동본이 한남본과 꼭 같은 내용과 자구를 지니면서도 오히려 축소돼 있음을 여실하게 보여주는 부분으로서, 이

---

309) 영인 고소설 3, 41쪽 상 우.
310) 영인 고소설 5, 1009쪽 하 우.
311) 영인 고소설 3, 419쪽 상 우.
312) 영인 고소설 5, 1010쪽 하 우.
313) 영인 고소설 3, 420쪽 하 우.
314) 영인 고소설 5, 1012쪽 상 우.

는 오히려 송성욱 씨가 적용한 축소의 논리가 역으로 야동본을 판단하
는 근거가 될 수도 있음을 뜻한다.

　방대수 씨가 적용한 축소의 논리는 모든 것에 적용되는 보편적 논리
라기보다는 경우에 따라 신축성을 지닌 ‘케이스 바이 케이스’의 논리로
적용되는 것이 좋을 것 같다. 가령 필자에 의해 원전비평의 작업이 이
루어진 〈구운몽〉의 경우, 후행본이 선행본보다 축소된 경우도 있지
만, 첨보된 경우도 있기 때문이다. 그러므로 송성욱 씨에 의해 시도된,
야동본에 비해 짧은 한남본의 말미 부분을 축소로 간주한 후 유도해
낸 선후의 논리는 선행과 후행을 가려내는 데 아무런 도움이 안 되며,
양자의 말미 부분은 다만 별계로 잡아야 할 것이다.

　실은 양본 말미 부분이 별계라 하더라도 양본을 자상히 검토해 보면
분명 서로 교섭이 이루어졌음을 추정할 수가 있다.

　　이튼날 길동이 월봉산의 올나가 일장 디지를 엇고 그날부터 역군
을 푸러 산역을 시작ᄒ되 셕물범졀이 국능의 갓갑게 허라ᄒ고 졔인
중 지모 잇ᄂᆞᆫ 즈를 불너 큰 비 흔 쳑을 쥰비ᄒ되 됴션국 셔강 강변의
디후허라 ᄒ고 즉시 머리를 싹가 디스의 모양으로 져근 비를 타고 됴
션국으로 향ᄒ니라[315] (야동본)

　　잇흔날 길동이 월봉산의 드러ᄀ 일쟝디지을 엇고 산녁을 시작ᄒ되
셕물롤 국능과 갓치허고 일 턱 디션을 쥰비ᄒ여 됴션국 셔강 강변으로
디후ᄒ라 ᄒ고 즉시 삭발위승ᄒ여 일엽 쇼션을 트고 됴션으로 향ᄒ니
라[316] (한남본)

315) 영인 고소설 3, 1014쪽 상 좌.
316) 영인 고소설 3, 422쪽 상 우.

위의 양 본을 대비하면 야동본의 방점 부분이 덧붙여진 것 외엔 내
용을 전개시키는 순서·어구·자구, 심지어 조사까지 혹사함을 알 수
가 있다.

위 장을 잇는 다음의 사항은 더욱 텍스트의 多元을 추측케 한다.

각셜 홍판셰 길동이 멀니 간후로 만졈 근심이 업시 지니미 년만
팔순의 호련 득병ᄒ여 졈졈 위즁ᄒ지라 부인과 장ᄌ 인형을 불너왈
니 나히 팔십이라 죽으나 무한이로되 다만 길동의 사싱을 아지 못ᄒ
고 죽으니 눈을 감지 못할지라 졔 죽지 아니시면 반다시 ᄎᄌ올 거시
니 부디 젹셔를 분변치 말고 졔 어머를 디졉허라 ᄒ고 인ᄒ여 명이 진
ᄒ니[317] (야동본)

각셜 홍판셰 홀련 득명ᄒ여 위즁ᄒ지라 부인과 인형을 불너왈 니
죽으니 무한이로되 길동의 ᄉ셩을 ᄋ지 못ᄒ니 유한이라 졔 싱존ᄒ엿
으면 ᄎᄌ올 거시니 젹셔을 분변치 말고 졔 어미을 디졉ᄒ라 ᄒ고 명
이 진ᄒ니[318] (한남본) ·

각셜 이ᄴ에 승상이 년장구십의 초련 득병ᄒ여 츄구월망일 더욱 즁
ᄒ여 부인과 장ᄌ 길현을 불어 ᄀ로디 니나히 구십이라 나 이졔 죽은
들 무슴 ᄒ어 잇실이요마는 길동이 비록 쳔쳡 쇼싱이나 ᄯ호 니의 골
류이라 ᄒ번 문외에 나미 존망을 아지 못ᄒ고 임종의 상면치 못ᄒ니
엇지 슬푸지 아니ᄒ리요 나 죽은 후라도 길동의 모를 디졉ᄒ여 편케ᄒ
며 부디 후회을 싱각ᄒ여 만일 길동이 드러오거든 쳔비 쇼싱으로 아지
말고 동복형졔ᄀ치 ᄒ여 부모의 유언을 져ᄇ리지 말나 ᄒ시고 ᄯ 길동

---

317) 영인 고소설 5, 1014쪽 상 좌~하 우.
318) 영인 고소설 3, 422쪽 상 우.

의 모을 불어 갓ㄱ히 안즈라 ᄒ여 손을 잡고 눈물을 홀녀왈 닉 너을
잇지 못ᄒ문 길동이 나 그후의 쇼식이 돈졀ᄒ여 ᄉ싱 존망을 모르니
닉 ᄆ옴의 이갓치 ᄉ럼이 간졀ᄒ거든 네 ᄆ옴이야 더욱 측냥ᄒ랴 길동
은 녹녹ᄒ 인물이 아니라 만일 ᄉ라시면 너룰 져바릴비 업스리라 부디
몸을 ᄌᄎ부야의 ᄇ리지 말고 안보ᄒ여 조이 지니라 닉 황천의 도라ᄀ도
눈을 곱지 못ᄒ리로라 ᄒ시고 인ᄒ여 별세ᄒ시니[319] (완판본)

위 삼자의 대비에서 보면, 야동본의 방점 부분 외엔 역시 내용뿐만
아니라 어구·자구마저도 혹사하다. 이로 보아 야동본이 한남본을 텍
스트로 하여 성립되었음을 짐작케 해 준다. 한편 야동본의 첨가된 방
점 부분 중 "년만팔순의", "닉나히 팔십이라", "인ᄒ여" 등은 묘하게도
그 분위기가 완판본의 방점 부분, "년장구십의", "닉나히 구십이라",
"인ᄒ여" 등과 혹사함으로 보아 야동본이 완판본과 서로 교섭이 있었
음을 짐작케 하지만, 이 문제는 후면에서 다시 거론키로 하겠다.

b) 야동본과 완판본

야동본과 완판본과의 상관성은 전연 논의되지 않았다. 송성욱 씨도
야동본과 한남본과의 선행 문제를 중심으로 어청본 등과의 상관성을
논의했을 뿐이다. 필자에 의해 앞에서 지적된 대로 야동본은 완판본과
도 서로 교섭이 있었을 것이라는 짐작을 더욱 확대해 나아가기로 하
겠다.

이미 누차 지적된 것처럼 한남본의 20장까지와 야동본의 18장까지
는 그 내용뿐만 아니라 자구까지 거의 같아 특징적 변별성이 전연 없

---

319) 영인 고소설 3, 471쪽 상 우 좌.

지만, 양본 말미 부분은 충분히 변별성을 들어 내주고 있으므로 완판
본이 한남본과 상관되느냐, 아니면 야동본과 상관되느냐는 쉽게 파악
할 수가 있다.[320] 즉, 양본 말미 부분의 변별성은 다음과 같이 다섯 항
으로 분류될 수 있다.

첫째, 길동이 왕과 월야 상봉하는 장면
둘째, 堵島의 건설
셋째, 망탕산 요괴와 相逅하는 장면
넷째, 요괴로부터 백 소저를 구출하여 백룡의 사위가 되는 장면
다섯째, 천문으로 부친 위독을 예지하여 슬퍼하는 장면

위 다섯 항에서 야동본이 한남본과는 달리 완판본의 내용과 일치하
고 있을 뿐 아니라 때로는 구절도 일치하고 있다. 즉 야동본 말미 장면
은 완판본과 직접적 상관성을 이루고 있다. 한 예를 편의상 다섯째 항,
길동이 천문을 보고 홍 승상의 위독을 예지하고 슬퍼하는 장면을 들어
보기로 하자.

길동이 일일은 ᄆ음이 ᄌ연 슬허ᄒ더니 문득 천문은 살피고 눈물
을 흘니거늘 빅쇼졔 문왈 무슴 일노 슬허ᄒ시ᄂ니잇고 길동이 디왈
나는 텬지간의 용납지 못헐 불효지라 니 본디 이곳 ᄉ룸이 아니
오 됴션국 홍 승상의 천첩 쇼싱으로 ᄉ람의 츔녀치 못ᄒ미 평싱한

---

320) 필자는 진작 <홍길동전>의 이본고를 작성할 때, 어청본과 완판본과의 상관성을 중
심으로 완판본이 어청본의 간접적 영향을 추정한 바 있으나, 당시 야동본의 존재가
확인되지 않은 상태에서 잘못 추정이 이루어진 것임을 밝히고, 아울러 완판본과 어청본
과의 상관성은 당연히 야동본으로 대체됨을 부언한다. 정규복, 「홍길동전 이본고」, 『국
어국문학』, 48권, 국어국문학회, 1970, 36쪽 참조.

이 미친지라 쟝부의 지긔를 썰길업는 고로 부모를 하직ᄒ고 이곳의
와 몸을 의지ᄒ여시니 닉 녀양부모의 안부를 텬상셩두로 살피더니 앗
가 건상을 본즉 부친계셔 병환이 위즁하샤 오릭지 아니ᄒ여셔 셰상을
ᄇ리실지라 닉 몸이 만니 밧긔 잇셔 밋쳐 득달치 못ᄒ기로 일노
인ᄒ여 슬허ᄒ노라 빅쇼졔 그졔야 그 근본을 알고 비감ᄒ여 ᄒ더
라[321] (야동본)

일일은 길동이 월식을 슐오ᄒ야 월ᄒ의 비회ᄒ더니 믄득 쳔문을
살피고 그 부친 졸ᄒ실쥴을 알고 그리 통곡ᄒ니 빅씨 문왈 낭군이 평
싱 스러ᄒ시미 업더니 오날 무슴 일노 낙누ᄒ시ᄂ잇ᄀ 길동이 탄식왈
나ᄂ 쳔지간 불효지라 닉 본디 이곳 ᄉ룸이 아니라 죠션국 홍 승
상의 쳔쳡 쇼싱이라 집안의 쳔디 ᄌ심ᄒ고 조졍으로 춤예치 못ᄒᄆ
쟝부을 화을 참지 못ᄒ셔 부모을 하직ᄒ고 이곳의 와 은신ᄒ여시나
부모의 긔후을 ᄉ모ᄒ더니 오늘날 쳔문을 살피니 부친의 유명ᄒ신 명
이 불구의 셰샹을 이별ᄒ실지라 닉 몸이 만리 외예 잇셔 밋쳬 득달
지 못ᄒ게 되니 싱젼의 부친 안젼의 비옵지 못ᄒ게 되오니 글노 ᄉ
러ᄒ노라 빅씨 듯고 닉심의 탄복왈 그 근본을 금초지 아니ᄒ니 쟝부
로다 ᄒ고 지삼 위로ᄒ더라[322] (완판본)

일일은 길동이 텬문을 보ᄃ가 놀나 눈물을 흘니거늘 졔인이 문왈
무슴 연고로 슬허허는뇨 길동이 탄왈 닉 부모을 텬상셩신으로 안부를
짐작ᄒ더니 건상을 본즉 부친병셰 위즁ᄒ신지라 닉몸이 원쳐의 잇셔
밋지 못ᄒ가 ᄒ노라 ᄒ니 졔인이 바감ᄒ여 ᄒ더라[323] (한남본)

---

321) 영인 고소설 5, 1014쪽 상 우 좌.
322) 영인 고소설 3, 470쪽 하 좌~471쪽 상 우.
323) 영인 고소설 3, 421쪽 하 좌~422쪽 상 우.

위의 삼자를 야동본을 중심으로 대비하면, 한남본은 천문을 보고 홍
승상의 위독을 예지하는 대화가 "길동의 계인"으로 되어 있지만, 야동
본과 완판본은 그 세밀한 부분이 서로 일치하고 있음은 말할 것도 없
고, 그 대화가 "길동과 백 소저"로 되어 있는 것도 공통된다.

더구나 야동본의 방점 부분 "문득 천문을 살피고", "나는 텬지간의
용납지못헐 불효지라 니 본더 이곳 스름이 아니오 됴션국 홍 승상의
천첩 쇼싱으로", "춤녀치 못ㅎ미", "부모를 하직ㅎ고 이곳의 와", "니몸
이 만니 밧긔 잇셔 밋쳐 득달치 못ㅎ기로 일노 인ㅎ여 슬허ㅎ노라",
"그 근본을" 등은 완판본의 방점 부분과 어사·자구 표현이 혹사함은
우연한 일치가 아니라 야동본과 완판본이 서로 교섭이 있었음을 분명
히 해줄 것이다.

그러므로 야동본은 이미 존재했던 한남본을 모본으로 하면서도 다
시 한남본을 모본으로 하여 이루어진 완판본[324]과도 교섭이 있었음을
확인할 수 있다. 그러나 야동본과 완판본의 선후 문제는 쉽게 단언할
수 없다. 다만, 당시 교통과 유통과정으로 보아 야동본이 선행된다고
짐작되지만 이를 보다 분명히 하려면 자료가 수집되어야 할 것이다.

c) 한남본과 완판본

완판본이 한남본을 모본으로 하여 이루어진 후행본임은 이미 언급
된 대로 필자에 의해 진작 밝혀진 바 있다.[325] 그러나 송성욱 씨는 필
자의 견해에 대해 재고를 요청하고 한남본에서 완전 독립된 별계의 이

---

324) 완판본이 한남본을 모본으로 하여 이루어졌다는 것에 대하여는 후술될 "한남본과
완판본"에서 언급될 것이다.
325) 정규복, 「홍길동전 이본고」.

본으로 보는 것 같다.326) 필자는 이미 완판본은 한남본이 전라도로 전
입, 그곳의 로칼리즘으로 재구되었다는 것을 밝혔다. 즉, 어청본과 안
성본이 지닌 내용이 거의 한남본과 일치하고 있지만, 완판본은 완전
별계로 잡을 만큼 로칼리즘으로 재구되었다는 것이다. 여기에 로칼리
즘이라 한 것은 한남본이 점잖음과 합리적 표현을 지니고 있는데 대하
여 완판본은 익살과 排佛·비합리성으로 이루어진 것을 지칭한다. 물
론 이것들이 완전 별계라 할 만큼 독특한 성격을 지니고 있음은 사실
이다. 그러나 거듭되는 말이지만, 완판본은 그 이전에 존재했던 한남본
계열의 경판을 모본으로 하여 이루어진 것임을 전제하면서 이를 보다
구체화시킬까 한다.

우선 한남본 계열과 완판본의 뚜렷한 변이는 홍길동의 아버지 홍판
서의 이름이 전자는 "홍모"로 되었고, 후자는 "홍문"으로 되어 있다는
것이다.

셩은 홍이요 명은 모이니327) (한남본)
승은 홍이요 병은 문이니328) (완판본)

그러나 그 이후에 전개되는 장면에서는 한남본 계열은 한결같이
"홍모"로 고정되어 있지만, 완판본은 "문"으로 일관되지 않고 한남본
계열을 따라 "모"로도 출현하여 일관성을 상실하고 있다.

홍길동은 젼님 홍모의 셔즈오329) (한남본)

326) 송성욱, 위의 논문, 122~123쪽.
327) 영인 고소설 3, 411쪽 상 좌.
328) 영인 고소설 3, 457쪽 상 우.

　　도적 길동은 젼 승상 홍모의 셔ᄌ라330) (완판본)
　　샹이 문파의 텬심이 감동ᄒ샤 즉시 홍모를 샤ᄒ시고 인형으로 경상
감ᄉ를 졔슈ᄒ샤331) (한남본)
　　샹이 그 효셩을 감동ᄒ사 홍모난 집으로 보니여 치병ᄒ라 ᄒ시고
길현으로 경상감ᄉ로 보위ᄒ사332) (완판본)

　위와 같이 완판본의 드문 경우지만 "홍문"의 원칙을 벗어나 "홍모"
로 표기된 것은 한남본 계열을 모본으로 하는 가운데 앞뒤를 헤아리지
않고 저질러진 실수이며, 이는 단적으로 한남본 계열이 그 모본이 된
것을 확증해주는 것이 아닌가 한다. 또 길동이 조선을 떠나 제도(堵島)
에 들어가 이상향을 건설하는 경우에도 마찬가지이다. 즉 한남본 계열
은 모두 그 지명이 역시 "제도"로 되어 있는데, 완판본엔 "셩도"로 되
어 있다는 것이다.

　　각셜 길동이 됴션을 하직고 남경ᄶ 졔도셤으로 드러가333) (한남본)
　　이날 길동 삼 쳔 젹군을 거ᄂ려 망망딕희로 쩌ᄀ더니 셩도라 ᄒᄂ
도즁의 이르러334) (완판본)

　그러나 그 후 전개되는 이야기에서 역시 한남본 계열에 따라 다시
"제도"로 표기되고 있다.

---

329) 상게서, 418쪽 상 좌.
330) 상게서, 465쪽 하 우.
331) 상게서, 465쪽 하 좌.
332) 상게서, 465쪽 하 좌.
333) 상게서, 421쪽 상 좌.
334) 상게서, 469쪽 하 우.

길동이 일됴의 냥 쳐을 엇고 두 집 가권을 거ᄂ려 졔도셤으로 ᄀ니 모든 사름이 반기며 치하ᄒ드라[335] (한남본)

길동이 슘 부인과 빅능 부쳬이며 일ᄀ 졔족을 다 거ᄂ리고 졔도로 드러ᄀ니 모든 군ᄉ 강변의 나와 마즈 원로의 평안이 힝ᄎᄒ시믈 위로ᄒ고 호위ᄒ야 졔도 즁의 드러와 디연을 비셜하고 즐긔더라[336] (완판본)

위와 같이 완판본이 그 변이대로 일관되지 않고 홍 승상의 이름 "홍문"이 "홍모"로 또는 율도국의 하나인 지명 "셩도"가 "졔도"로 혼용된 것은 결국 완판본이 한남본 계열을 모본으로 하여 이루어졌다는 것을 단적으로 지적해주는 것이라고 생각된다.

이런 인명과 지명의 혼용 외에도 완판본의 전체적 골격 구도가 한남본에서 완전 독립된 것이 아니라, 서술 내용이 거의가 한남본을 중심으로 이루어진 것임을 엿볼 수가 있다. 게다가 어느 장면에 이르러서는 완판본의 구절이 한남본과 같이 되어 있음이 산견됨은 우연이 아니라 한남본 계열을 텍스트로 하는 과정에서 이루어졌음을 부정하기가 어렵다.

그러면 위의 문제를 편의상 〈홍길동전〉의 전반부・중반부・후반부에서 각각 예증하기로 하겠다. 우선 전반부에서 谷山母 초란이 길동을 제거하기 위해 흉계를 꾸미는 장면에서 예를 들어보기로 하자.

원ᄂ니 곡산모는 곡산 긔싱으로 디감의 총쳡이 되어 쓰니 방즈ᄒ긔로 노복이라도 불합ᄒ 일이 잇스면 ᄒ번 참소의 ᄉ싱이 관계ᄒ여

---

335) 상게서, 421쪽 하 좌.
336) 상게서, 470쪽 하 우 좌.

스룸이 못되면 긧거ᄒ고 승ᄒ면 시기ᄒ더니……초난이 디희ᄒ야 직시 관상녀의게 통ᄒ여 지물노뻐 다리고 디감딕 일을 낫낫치 ᄀ르치고 길동 졔거홀 약속을 졍ᄒ 후의 날을 긔약ᄒ고 보ᄂ니라337) (완판본)

원ᄂ 곡산모는 본디 곡산 기싱으로 상공의 총쳡이 되여시니 일홈은 쵸난이라 가쟝 교만방ᄌᄒ여 졔 심즁의 불합ᄒ면 공의게 춤쇼ᄒ니……쵸난이 대희ᄒ여 먼져 은ᄌ 오십 냥을 쥬며 상ᄌ를 쳥ᄒ여 오라ᄒ니 무녜 하직ᄒ고 가니라338) (한남본)

위의 양자를 대비하면, 곡산모 초란이 대감 총첩이 된 것을 기회로 무녀의 흉계를 듣고 대희하여 무녀에게 상금을 주어 상녀를 데려오게 하는 내용은 약간 차이가 있다. 그러나 서술 순위가 같음은 물론, 위의 방점 부분 중 특히 "원ᄂ 곡산모는 곡산긔싱으로 디감의 총쳡이 되어쓰니"는 조사까지 혹사한바, 이는 우연이 아니라 반드시 양본의 교섭이 있음을 말해주는 것이다.

둘째, 중반부에서 길동이 捕將 이흡을 잡아 문초하는 장면을 들어보기로 하자.

환건을 쓰고 오며 위여왈 네 포도디쟝인ᄃ 우리 지부디왕의 명을 ᄇᄃ 너을 ᄌ부러 왓노라ᄒ고 일시의 달녀드러 쳘쇄로 묵거 가니 이업이 혼불부신ᄒ야 지ᄒ인쥴 인ᄀ인쥴 모로고 ᄀ더니 경각의 ᄒ고디 이르니 의희흔 와긔궁궐 ᄌ튼지라339) (완판본)

---

337) 상게서, 458쪽 하 우 좌.
338) 상게서, 412쪽 하 우.
339) 상게서, 464쪽 하 좌.

점점 갓가이 와 포장을 결박ᄒ며 ᄭ지져왈 네 포도디쟝 니흡인다
우리 등이 지부왕명을 바다 너롤 줍으러 왓다 ᄒ고 철삭으로 목을 올
가 풍우갓치 모라가니 포장이 혼불부쳬ᄒ여 아모론줄 모로ᄂ지라[340]
(한남본)

위의 양자를 대비하면, 길동이 포장 이흡을 철삭으로 묶어 꾸짖으니
혼이 나갔다는 구절은 서술의 순위가 같을 뿐만 아니라, 완판본의 방
점 부분 "네 포도디장인ᄃ 우리 지부디왕의 명을 ᄇᄃ 너을 ᄌ부러왓
노라ᄒ고", "쳘쇄", "혼불부신" 등은 한남본의 방점 부분과 조사 어구
가 혹사함으로써 양자의 교섭을 짐작케 한다.

셋째는 말미 부분에 해당하는 것으로서, 완판본의 경우 앞에서 이미
언급된 바와 같이 한남본 계열의 하나인 야동본과 교섭이 있는 부분이
다. 그러나 이 부분에 있어서 완판본은 한남본과도 궤를 같이 하고 있
음을 볼 수가 있다.

일일은 풍우디작ᄒ여 지력을 분별치 못ᄒ게 ᄒ고 뇌셩벽녁이 진
동ᄒ더니 빅소쳬 근고지 업난지라 백용의 부쳬 경황실식ᄒ여 텬금
을 홋터 ᄉ방으로 슈탐ᄒ되 종적이 업ᄂ지라 빅용이 실셩흔 ᄉ롬
이 되어 거리로 다니며 방을 붓쳐 이르되 아모 ᄉ롬이라도 ᄌ식의
거쳐을 아라 지시ᄒ면 인ᄒ여 ᄉ회을 습고 ᄀ손을 반분ᄒ리라 ᄒ
더라[341] (완판본)

일일은 광풍이 디작ᄒ며 쓸이 간ᄃ 업는지라 빅농 부뷔 슬허ᄒ며

---

340) 상게서, 417쪽 하 우.
341) 상게서, 469쪽 하 우 좌.

텬금을 훗터 스방으로 츠즈되 종적이 업는지라 부뷔 슐허 말을 펴
왈아모라도 니 쫄을 츳즈쥬면 가산을 반분ᄒ고 스회을 숨으리라
ᄒ거늘342) (한남본)

일일은 호텬풍운이 디작ᄒ고 텬지 아득ᄒ더니 빅룡이 쫄이 간더
업는지라 빅룡의 부뷔 슬허ᄒ여 천금을 훗터 스면으로 츠즈되 맛춤
니 그 종젹을 알길 업는지라 부뷔 쥬야로 통곡ᄒ여 거리로 단니며
왈 아모라도 ᄌ식의 니 쫄을 츳즈쥬면 만금지물을 쥴 뿐아니라
맛당이 스회을 숨으리라 ᄒ거늘343) (야동본)

위의 삼자 대비에서 완판본의 방점 부분 "일일은 풍우디작ᄒ여"는
야동본 "일일은 호텬풍운이 디작ᄒ고"보다는 한남본의 "일일은 괄풍
이 디작ᄒ며"와 가까우며, 완판본의 "텬금을 훗터 스방으로 슈탐ᄒ되
종적이 업는지라"는 야동본의 "천금을 훗터 스면으로 츠즈되 맛춤니
그 종적을 알길 업는지라"보다는 한남본의 "텬금을 훗터 스방으로 츠
즈되 종적이 업는지라"와 혹사하다. 그리고 완판본의 "아모스룸이라도
ᄌ식의 거쳐을 아라 지시ᄒ면 인ᄒ여 스회을 숨고 ᄀ손을 반분ᄒ리라"
는 야동본의 "아모라도 니 쫄을 츳자쥬면 만금지물을 쥴뿐아니라 맛당
이 스회를 숨으리라"보다는 한남본의 "아모라도 니 쫄을 츳즈쥬면 가
산을 반분ᄒ고 스회을 숨으리라"와 더욱 유사함을 엿볼 수가 있다.

위의 세 번째 항을 통해 보면, 결국 완판본이 야동본과의 직접적 교
섭은 말할 것도 없고, 부분적으로 한남본과도 교섭이 있었음을 규지할

---

342) 상게서, 421쪽 상 좌.
343) 영인 고소설 5, 1013쪽 상 우.

수가 있다. 물론 이미 앞에서 언급된 대로 야동본이 한남본을 모본으로 하여 이루어진 것이다. 그러나 말미 부분에서는 야동본과 완판본의 상관성 하에서도, 한편 야동본이 한남본을 적지 않게 텍스트로 삼았으며, 그러면서도 완판본이 한남본과 교섭됨을 짐작케 하는 것은 텍스트가 多元的으로 이루어졌음을 알리는 것이다.

첨언해둘 일은 앞에서 진작 논의된 후기본일수록 상업주의로 인해 축소된다는 논리의 문제이다. 해항의 완판본·한남본·야동본의 예문에서 한남본은 야동본보다 전체 분량이 짧은 것은 사실이다. 그러나 앞으로 논의가 이루어지겠지만, 위의 삼자에서 가장 후기본에 속하는 완판본은 삼자 중 축소의 논리로 보면 분량이 가장 짧아야 할 터인데 역으로 가장 길게 나타나 있다는 사실이다. 이는 상업주의로 인한 축소 논리의 한계성을 단적으로 들어 내준 것이라고 본다.

위에서 거론된 완판본의 인명·지명의 혼선은 완판본이 한남본 계열을 모본으로 하는 가운데 이루어진 것을 거의 확증시켜주는 반증이며, 아울러 양자의 서술구조뿐만 아니라, 어구 내지 조사의 구사까지 혹사한 것은 전자가 후자를 텍스트로 하였다는 것을 확증시켜줄 것이라 생각된다.

그러면 완판본이 한남본 계열뿐만 아니라 한남본과도 연계되어 있다는 것은 이미 위의 서술구조의 말미 부분에서 언급된 대로 확실하다고 생각되는데, 이 문제를 보다 확대하기 위해 한남본과 야동본의 내용뿐만 아니라 자구도 거의 꼭 같이 나타나 있는 전·중반부의 변이를 들어내어 완판본과 대비하는 것이 좋을 것 같다.

한남본과 야동본의 자구의 변이가 있는 것은 10여 곳에 불과하며, 완판본과는 불과 세 곳에 자구의 변이가 있을 뿐이다.

셋지는 홍문을 보존ᄒᆞ미라[344] (한남본)

셋지ᄂᆞᆫ 문호를 보존ᄒᆞ미라[345] (야동본)

셔슨 홍씨일문을 위ᄒᆞ미요[346] (완판본)

그 존망을 아옵지 못ᄒᆞ와[347] (한남본)

그 죵젹을 아옵지 못ᄒᆞ와[348] (야동본)

죵젹을 모로옵더니[349] (완판본)

복망 젼하는 ᄌᆞ비지퇵을 드리옵쇼셔[350] (한남본)

복망 젼하는 하ᄒᆡ지퇵을 드리옵쇼셔[351] (야동본)

복원 젼하는 하ᄒᆡᄀᆞᆺ튼 은덕을 ᄂᆡ리오스[352] (완판본)

위에서 첫째 항 방점 부분은 완판본이 한남본과 같고, 둘째, 셋째 항은 야동본과 같음을 볼 수가 있다. 이로써 보면 완판본의 일차적 대본은 야동본이 작용된 것 같고, 한남본은 이차적 대본의 역할을 하지 않았나 생각된다.

위와 같이 완판본과 한남본과의 교섭에서 한남본 계열을 선행 조건으로 보는 근본적 근거는 어디에 있는가. 역으로 완판본이 한남본 계

---

344) 상게서, 413쪽 하 우.

345) 영인 고소설 5, 1013쪽 상 우.

346) 영인 고소설 3, 459쪽 하 좌.

347) 상게서, 478쪽 하 우.

348) 영인 고소설 5, 1010쪽 상 좌.

349) 영인 고소설 3, 465쪽 하 좌.

350) 상게서, 418쪽 하 우.

351) 영인 고소설 5, 1010쪽 상 좌.

352) 영인 고소설 3, 465쪽 하 좌.

열보다 선행되는 조건은 없는가, 이미 선행 문제는 필자에 의해 밝혀
진 바 있지만[353] 완판본 역시 한남본의 존재사 '잇다'가 '있다'로, 'ᄒ다'
가 '허다', '하다' 등으로 비교적 후행화 되어 있다는 사실이다. 이외에

> 홍인문 밧긔 일등관상녜 이시니[354] (한남본)
> 동디문 밧긔 관상ᄒ난 계집이 잇스되[355] (완판본)

에서와 같이 한남본의 "홍인문"이 완판본에 "동디문"으로 표기된 것은
완판본이 후행본임을 여실하게 들어내 주는 것이다.

d) 야동본과 어청본

필자는 이미 어청본은 한남본을 모본으로 이루어진 후행본으로 논
술한 바 있다.[356] 즉 어청본이 한남본에 후행되는 이유는 주로 어학적
측면에서 파악되었고, 또한 한남본을 텍스트로 하는 가운데, 부주의로
일부 구절이 누락되어 문리의 불비가 초래되었다는 것도 아울러 밝혔
다. 그러나 송성욱 씨는 필자의 어청본의 母系 한남본설 대신에 야동
본설로 대체시켜 주로 상업주의적 의도에서 어청본이 야동본을 모본
으로 하면서도 축약되어 이루어진 축약본으로 파악하였다.[357] 이에 대
하여 필자는 당시 야동본이 출현하지 않은 상태이므로 송성욱 씨가 어
청본의 모본을 한남본 대신에 야동본으로 대체해 놓은 것은 전적으로

---

353) 정규복, 위의 논문, 21~22쪽.
354) 영인 고소설 3, 412쪽 하 좌.
355) 상게서, 458쪽 하 우.
356) 정규복, 위의 논문, 8~21쪽.
357) 송성욱, 위의 논문, 107~111쪽.

동의하는 바이다. 우선하여 어청본이 같은 한남본 계열로서 한남본보다 야동본에 더욱 밀착되어 있다는 것은 한남본과 야동본의 말미 부분에서 후자와 같은 데서도 확증된다. 다만, 여기에 야동본과 어청본과의 선후 문제에 대하여도 송성욱 씨가 별로 고증적 자료를 제시하지 않았으므로 이 문제를 보다 확고히 하기 위하여 필자에 의해 이미 거론된 바 있는 어학적 자료를 보완할까 한다.

<blockquote>
ᄎ후 다시 이런 일이 이시면[358] (한남본)
ᄎ후 다시 이런 일이 이시면[359] (야동본)
ᄎ후 다시 이런 일이 잇스면[360] (완판본)
</blockquote>

<blockquote>
혹 각읍의 노문노코 쌍교도 타고 왕닉ᄒ며[361] (한남본)
혹 각읍의 노문노코 쌍교도 타고 왕닉ᄒ며[362] (야동본)
혹 각읍의 노문노코 쌍교도 타고 왕닉하며[363] (완판본)
</blockquote>

위의 예문에서 볼 수 있는 바와 같이 한남본과 야동본은 '잇다'로 되어 있는데 어청본엔 '있다'로 되어 있고, 전자의 'ᄒ다'는 후자에 '하다'로 되어 있음으로써 어청본이 야동본을 모본으로 하여, 말하자면 군데군데 축약이 이루어진 후행본임을 감지할 수가 있다. 이는 마치 한남본과 야동본의 선후 문제에서 이미 거론된 바와 같이 전자의 '잇다'

---

358) 영인 고소설 3, 418쪽 상 좌.
359) 영인 고소설 5, 1010쪽 상 우.
360) 영인 고소설 3, 427쪽 하 좌.
361) 영인 고소설 3, 418쪽 상 좌.
362) 영인 고소설 5, 465쪽 하 좌.
363) 영인 고소설 3, 427쪽 하 좌.

와 '흐다'가 후자에 '있다'와 '허다'로 혼용되어 결국 후자가 후행본임을
감지할 수 있게 하는 것이나 꼭 같은 이치에 해당된다.

이것들 외에도 어청본이 야동본에 비하여 언어의 현대화가 비교적
점철되어 있는 것도 눈에 띈다.

> 니 느히 팔십이라 죽으나 무흔이로되 다만 길동의 스싱을 아지 못
> 흐고 죽으니 눈을 감지 못헐지라 졔 죽지 아녀쓰면 반다시 츠즈올 거
> 시니 부디 젹셔를 가리지 말고 졔 모를 디졉흐라 흐고 인흐여 명이
> 진흐니[364] (어청본)

> 니 나히 팔십이라 죽으나 무한이로되 다만 길동의 스싱을 아지 못
> 흐고 죽으니 눈을 감지 못할지라 졔 죽지 아니시면 반다시 츠즈올 거
> 시니 부디 젹셔를 분변치 말고 졔 어미를 디졉허라 흐고 인흐여 명이
> 진흐니[365] (야동본)

위의 양자에서 어청본의 방점 부분 "가리지 말고"가 야동본에 "분변
치 말고"로 전자의 "아녀쓰면"이 후자에 "아니시면"으로 되어 있음은
전자가 후자에 후행된다는 것을 지적해주는 것이라 생각된다.

e) 어청본과 송동본

송동본은 야동본을 모본으로 하여 이루어진 어청본의 축약본임이
송성욱 씨에 의해 밝혀졌다.[366] 그러나 송동본이 어청본의 축약본이

---

364) 영인 고소설 3, 431쪽 하 우.
365) 영인 고소설 5, 1014쪽 하 우.
366) 송성욱, 위의 논문, 113~114쪽.

란 것에 대해 이의는 없지만, 송성욱 씨에 의해 어청본과 송동본의 선후 문제에 적용된 축약의 논리를 보다 보완하기 위해 자료를 첨가할까 한다.

우선 송동본이 어청본의 同系本임을 입증코자 한남본·야동본·어청본 등과 병렬하여 논술키로 하겠다.

연흐여 장계 오르니367) (한남본)
연흐여 장계 오르되368) (야동본)
연흐여 장계를 올니되369) (어청본)
연흐여 장계를 올니되370) (송동본)

쏘흔 도격이 되여 세상의 비치못홀 죄룰 흐는다371) (한남본)
쏘흔 도격이 되여 세상의 내치못헐 죄룰 흐는다372) (야동본)
쏘흔 도격이 되여 세상의 비치못헐 죄를 짓는다373) (어청본)
쏘흔 도격이 되니 세상의 비치못할 죄를 짓는다374) (송동본)

천싱이 이의 니르믄375) (한남본)
싱이 이의 이르믄376) (야동본)

---

367) 영인 고소설 3, 418쪽 상 좌.
368) 영인 고소설 5, 1010쪽 상 우.
369) 영인 고소설 3, 428쪽 하 우.
370) 영인 고소설 5, 998쪽 상 좌.
371) 영인 고소설 3, 419쪽 상 우 좌.
372) 영인 고소설 5, 1010쪽 하 좌.
373) 영인 고소설 3, 428쪽 하 우.
374) 영인 고소설 5, 998쪽 상 좌.
375) 영인 고소설 3, 419쪽 상 좌.
376) 영인 고소설 5, 1010쪽 하 좌.

쇼뎨 이의 이르믄 (어청본)
쇼뎨 이의 이르믄[377] (송동본)

쟝교 십여인을 샌 압영ᄒ게 ᄒ고[378] (한남본)
쟝교 십여명을 샌 압영ᄒ게 ᄒ고[379] (야동본)
쟝교 슈십을 샌 압영ᄒ게 ᄒ고[380] (어청본)
쟝교 슈십을 샌 압영ᄒ게 ᄒ고[381] (송동본)

일단 장부의 쾌흔 ᄆ음이 잇ᄂ지라 죡히 넘녀업슬늣다[382] (한남본)
일단 장부의 쾌흔 마음이라 죡히 넘녀업슬이라[383] (야동본)
일단 장부의 쾌흔 마음이라 죡히 넘녀업스리라[384] (어청본)
일단 장부의 쾌흔 마음이라 죡히 넘녀업스리라[385] (송동본)

위 다섯 가지 예는 〈홍길동전〉 중반부에 집중되어 있는데, 이들은
결국 송동본이 야동본을 모본으로 하여 이루어진 어청본과 同系임을
분명하게 해줄 뿐만 아니라, 한남본·야동본·어청본·송동본 등은 같
은 한남본 계열로서 그들의 특징과 선후 문제를 암시해줄 것이라 생각
된다. 첫째 항의 방점 부분 가운데 한남본의 "오르니"는 야동본에 "오
르되"로 변했고, 이는 다시 어청본에 "올니되"로 변했지만, 송동본엔

---

377) 영인 고소설 5, 998쪽 상 좌.
378) 영인 고소설 3, 419쪽 상 좌.
379) 영인 고소설 5, 1010쪽 하 좌.
380) 영인 고소설 3, 428쪽 하 우.
381) 영인 고소설 5, 998쪽 상 좌.
382) 영인 고소설 3, 419쪽 상 좌.
383) 영인 고소설 5, 1010쪽 하 좌.
384) 영인 고소설 3, 420쪽 하 좌.
385) 영인 고소설 5, 999쪽 상 좌.

역시 "올니되"로 되어 결국 송동본은 어청본과 동계임을 알 수가 있다.

둘째 항의 방점 부분 중 한남본의 "죄롤 흐는다"는 야동본에 그대로 "죄롤 흐는다"로 수용됐지만, 이것이 어청본엔 "죄를 짓는다"로 비교적 현대적으로 풀이되었는데, 이것이 송동본엔 그대로 수용되어 결국 송동본은 어청본과 동계임을 알 수가 있다.

셋째 항 방점 부분 한남본의 "천싱"이 야동본엔 "싱"으로 축소됐지만, 이것이 어청본엔 "쇼뎨"로 변하여 수용되었고, 다시 이것이 송동본엔 그대로 수용되어 결국 송동본은 어청본과 동계임을 알 수가 있다. 또한 같은 방점 부분 한남본의 "니르믄"은 야동본의 중간 철자 "ㄹ"가 "르"로만 됐을 뿐 똑같이 "이르믄"으로 수용됐다가, 이것이 어청본엔 "이르믄"에서와 같이 구개음화에서 벗어나 있는데, 송동본은 어청본을 그대로 수용하고 있다.

넷째 항 방점 부분 한남본의 "십여인"이 야동본엔 "십여명"으로 현대적으로 수용됐고, 다시 이것은 어청본엔 "슈십"으로 더욱 현대적으로 수용됐지만, 이것이 그대로 송동본에 수용으로써 결국 송동본은 어청본과 동계임을 알 수가 있다.

다섯째 항 방점 부분 한남본의 "ᄆᆞ음이 잇는지라"가 야동본엔 "마음이라"로 축소된 것이 어청본엔 철자만 변하여 "마옴이라"로 수용되었는데, 이것이 철자까지 그대로 송동본에 수용되어 있다. 그리고 한남본의 방점 부분 古形인 "넘녀업슬눗다"가 야동본엔 쉽게 "넘녀업슬이라"로 수용되었다가 어청본엔 철자만 바뀌어 그대로 "넘녀업스리라"로 표기되었는데, 이것 또한 송동본과 꼭 같음으로써 결국 송동본은 어청본과 동계임을 분명하게 알 수 있을 뿐 아니라, 한남본 계열의 각 이본의 특징은 말할 것도 없고, 그들의 선후 관계를 어느 정도 암시케 해주는 것이다.

위의 예문은 편의상 〈홍길동전〉의 중간부분에서 취택한 것이지만, 송동본을 어청본의 동류로 볼 수 있는 예문은 전반부・후반부에 꼭 같이 적용된다는 것을 첨엄해둔다.

그러면 송동본은 어청본과 同系로서 어떤 특징은 지니고 있는가를 고찰해 보자. 우선 송동본은 어청본에 비해 판각자의 부주의로 글자가 빠져나간 곳이 곳곳에 보인다.

심즁의 디희ᄒ여 싱각ᄒ되 닉 이졔 농몽을 어더시니 반다시 귀즈를 나흐리라[386] (어청본)
심즁의 디희ᄒ여 싱각ᄒ되 이졔 농몽을 어더스니 반다시 귀즈를 ᄂ흐리라[387] (송동본)

길동이 공경디왈……더기 ᄒ놀이 만물을 니시미 스롬이 귀헌지라 쇼인의게 이르러는 귀ᄒ오미 업스오니 엇지 스롬이라 ᄒ오리잇가 공이 그 말을 짐작ᄒ나 짐줏 칙왈 네 무슴 말인고[388] (어청본)
길동이 공경디왈……더기 ᄒ놀이 만물을 니시미 스롬이 귀혼지라 소인의게 이르러는 귀ᄒ오미 업스오니 엇지 스롬이라 ᄒ오리가 공이 그 말을 짐작ᄒᄂ 짐짓 칙왈 네 무슴인고[389] (송동본)

크게 ᄯ지져왈 지상가천싱이 비단 너ᄲᆫ이 아니여든 네 엇지 방즈ᄒ미 이갓ᄒ요 ᄎ후 다시 이런 말이 잇스면 안젼의 용납지 못ᄒ리라 ᄒ

---

386) 영인 고소설 3, 423쪽 상 우.
387) 영인 고소설 5, 993쪽 상.
388) 영인 고소설 3, 423쪽 하 우.
389) 영인 고소설 5, 993쪽 하 좌.

니 길동이 감히 일언도 고치 못ᄒ고 다만 복디유쳬 ᄲᅮᆫ이라390) (어청본)
크게 ᄭᅮ지져왈 지상가 쳔셩이 비단 너ᄲᅮᆫ 아니여든 네 엇지 방ᄌᆞᄒᆞ
미 이갓트요 ᄎᆢ후 다시 그런말 잇스면 안젼의 용납지 못ᄒ리라 ᄒᆞ니
길동이 감히 일언도 고치 못ᄒ고 다만 유쳬ᄲᅮᆫ이라391) (송동본)

위의 세 가지 항의 예는 <홍길동전> 전면에서 되는 대로 뽑은 것이
다. 첫째 항은 홍 판서가 길동을 얻고 기뻐하는 장면으로 양본 중 어청
본의 방점 부분 "니이졔"가 송동본엔 "니"가 빠져 결국 주어가 결여된
셈이고, 둘째 항은 월야에 길동이 외출하여 홍판서와 대화를 나누는
장면인데, 어청본의 방점 부분 "무슴말인고"가 송동본엔 "무슴인고"로
축소되어 결국 "말"이 빠져 문맥을 흐리게 하였다. 그리고 셋째 항은
둘째 항의 대화를 토대로 홍판서가 길동을 꾸짖는 장면인데, 어청본의
방점 부분 "너ᄲᅮᆫ이" "그런말이 잇스면", "복디유쳬" 등이 송동본엔 "너
ᄲᅮᆫ", "그런말 잇스면", "유쳬" 등으로 축소되어 의미상으로 혼돈은 없
지만 조사 및 어구가 빠지거나, 아니면 다른 말로 뒤바뀐 것을 알 수가
있다.

이와 같이 송동본이 어청본과 동계이면서도 자구가 빠져 때로는 문
맥이 애매하게 된 것은 전자가 후자를 모본으로 하였을 것이라는 중요
한 단서가 된다. 이를 밑받침해 주는 것은 송동본이 어청본과 동류이
면서도 어학적 측면에서 어청본의 "허다"가 송동본에는 "하다"로 된
것이 산재하고 있으며, 아울러 전자의 "녀겨"가 "여겨"로 보다 현대화
의 음으로 변화된 것도 있다는 것이다.

---

390) 영인 고소설 3, 423쪽 하 좌.
391) 영인 고소설 5, 993쪽 하 좌.

그디 만일 용녁이 이셔 츔네코져 홀진디[392] (한남본)
그디 만일 용녁이 잇셔 츔예코져 헐진디[393] (야동본)
그디 만일 용녁이 잇셔 츔예코져 헐진디[394] (어청본)
그디 만일 용녁이 잇셔 츔예코져 할진디[395] (송동본)

관군이 그 졀 즁이 가르치는 쥬룰 알고 풍우갓치 북편 쇼로로 츠
즈가다가[396] (한남본)
관군이 그 졀 즁인가ᄒ여 풍우갓치 북편 쇼로로 츠즈가다가[397]
(야동본)
관군이 그 졀 즁만 녀겨 풍우갓치 북편 쇼로로 츠즈가다가[398]
(어청본)
관군이 그 졀 즁만 여겨[399] 풍우갓치 북편 쇼로로 츠즈가다가
(송동본)

위의 첫째 항 한남본의 방점 부분 "이셔"와 "츔네", "홀진디"가 야동
본엔 "잇셔"와 "츔예", "헐진디"로 비교적 근대형으로 변화·수용되었
고, 이것들이 어청본엔 그대로 수용되면서도 송동본에 이르러서는 보
다 현대화된 "하다"로 수용된 것과, 둘째 항 한남본의 방점 부분 "그졀
즁이 가르치는 쥬룰 알고"가 야동본엔 "그졀즁인가ᄒ여"로 축소되면
서 이것이 어청본엔 더욱 축소되어 "그졀즁만녀겨"로 변하지만, 이것

---

392) 영인 고소설 3, 415쪽 상 우.
393) 영인 고소설 5, 1007쪽 상 좌.
394) 영인 고소설 3, 426쪽 상 좌.
395) 영인 고소설 5, 996쪽 상 좌.
396) 영인 고소설 3, 415쪽 하 우.
397) 영인 고소설 5, 1008쪽 하 좌.
398) 영인 고소설 3, 426쪽 상 좌.
399) 영인 고소설 5, 996쪽 상 좌.

이 송동본에 이르러서는 그대로 이어지면서도 다만 어청본의 "녀겨"
가 "여겨"로 보다 편리한 음으로 변화가 이루어지는 데서 우리는 <홍
길동전> 목판본의 시간적 흐름이 한남본에서 야동본으로, 야동본에서
어청본으로, 다시 송동본으로 이어져 내려온 것을 짐작할 수가 있다.

끝으로 부언해 두고 싶은 것은 송동본과 동계이면서도 때로는 어청
본이 모본이 된 야동본과 상통되는 장면도 출현하고 있다는 것이다.

> 쳥농이 슈염을 거스리고 공의게 향ㅎ여 다라들거늘[400] (송동본)
> 쳥농이 슈염을 거스리고 공을   향ㅎ여 다라들거늘[401] (어청본)
> 쳥농이 슈염을 거스리고 공의게 향ㅎ여 다라들거늘[402] (야동본)
> 쳥농이 슈염을 거스리고 공의게 향ㅎ여 다라들거늘[403] (한남본)

> 일기옥동을 싱ㅎ니 괴골이 비범ㅎ여 진짓 영웅호걸의 긔샹이라[404]
> (송동본)
> 일기옥동을 싱ㅎ니 긔골이 비범ㅎ여 진짓 긔남지라[405] (어청본)
> 일기옥동을 싱ㅎ니 긔골이 비범ㅎ여 진짓 영웅호걸의 긔샹이라[406]
> (야동본)
> 일기옥동을 싱ㅎ니 긔골이 비범ㅎ여 진짓 영웅호걸의 긔샹이라[407]
> (한남본)

---

400) 영인 고소설 5, 993쪽 상.
401) 영인 고소설 3, 423쪽 상 우.
402) 영인 고소설 5, 1003쪽 상 우.
403) 영인 고소설 3, 411쪽 상 우.
404) 영인 고소설 5, 993쪽 하 우.
405) 영인 고소설 3, 423쪽 상 좌.
406) 영인 고소설 5, 1004쪽 상 우.
407) 영인 고소설 3, 411쪽 상 우.

위의 두 가지 예문에서 드러난 바와 같이 송동본의 방점 부분 "공의게 향ᄒ여"와 "영웅호걸의 긔상이라"는 어청본과는 달리 야동본이나 한남본과 꼭 같음을 규지할 수가 있다. 이는 분명 송동본이 어청본을 모본으로 하면서도 그 선행본인 야동본이나 한남본을 상고했다는 흔적을 알려주는 것이며, 송동본의 말미 부분이 야동본 계열과 일치됨으로 보아 한남본보다 야동본에 직결시키는 것이 좋을 것 같다.

f) 야동본과 안성본

안성본은 한남본을 모본으로 하고 어청본도 부분적으로 참고 되면서 이루어졌다는 것이 필자에 의해 언급된 바 있다.[408] 그러나 송성욱 씨에 의해 안성본은 야동본의 축약본으로 규정되었다.[409] 거듭되는 말이지만 필자가 <홍길동전> 이본고를 작성할 때는 야동본이 제외된 상태이므로 부득이 안성본을 한남본과 직결시키게 된 것은 불가피한 일로서, 그 오류를 시인한다. 그러나 필자가 다시 안성본을 여타 이본과 대비한 결과, 안성본은 야동본의 축약본이란 것을 재확인할 수 있었다.

여기서는 송성욱 씨가 안성본과 야동본과의 연계를 다만 어청본만을 예로 들었기 때문에 필자는 그 연계를 보다 공고히 하기 위해 한남본을 더 추가 예증할까 한다.

셋지는 홍문을 보본ᄒ미라 너의 계교디로 힝ᄒ라[410] (한남본)

---

408) 정규복, 위의 논문, 51~57쪽.
409) 송성욱, 위의 논문, 118~120쪽.
410) 영인 고소설 3, 413쪽 하 우.

셋지는 문호을 보존ㅎ미라 너의 계교더로 힝허라[411] (야동본)
문호를 보존ㅎ오리니 엇지 이를 싱각지 아니시는잇고[412] (어청본)
문호를 보존ㅎ오리니 엇지 이를 싱각지 아니시는니가[413] (송동본)
셋지는 문호를 보존ㅎ미라 너의 계교더로 힝허라[414] (안성본)

흔집의 이셔도 쳐쇄 쵸간ㅎ여 미양 인인ㅎ더니[415] (한남본)
흔집의 잇셔도 쳐쇄 쵸원ㅎ여 미양 인인ㅎ더니[416] (야동본)
흔집의 잇셔도 쳐쇄 쵸원ㅎ여 미양 연연ㅎ더니[417] (어청본)
흔집의 잇셔도 쳐소 쵸원ㅎ여 미양 연연ㅎ더니[418] (송동본)
흔집의 잇셔도 쳐쇄 쵸원ㅎ여 미양 인인ㅎ더니[419] (안성본)

관군이 그 절 즁이 가르치는쥬룰 알고 풍우갓치 북편 쇼로로 츳
즈가다가[420] (한남본)
　관군이 그 절 즁인가ㅎ여 풍우갓치 북편 쇼로로 츳즈가다가[421]
(야동본)
　관군이 그 절 즁만 여겨 풍우갓치 북편 쇼로로 츳즈가다가[422]
(어청본)

---

411) 영인 고소설 5, 1006쪽 상 좌.
412) 영인 고소설 3, 424쪽 하 좌.
413) 영인 고소설 5, 994쪽 하 좌.
414) 영인 고소설 3, 437쪽 상 좌.
415) 영인 고소설 3, 414쪽 하 우.
416) 영인 고소설 5, 1006쪽 하 좌.
417) 영인 고소설 3, 425쪽 하 우.
418) 영인 고소설 5, 995쪽 하 우.
419) 영인 고소설 3, 488쪽 상 우.
420) 영인 고소설 3, 415쪽 하 좌.
421) 영인 고소설 5, 1007쪽 하 우~1008쪽 하 좌.
422) 영인 고소설 3, 426쪽 상 좌.

관군이 그 졀 즁만 여겨 풍우갓치 북편쇼로로 츠즈가다가[423]

(송동본)

관군이 그 졀 즁인가ᄒᆞ여 풍우갓치 북편쇼로로 츠즈가다가[424]

(안성본)

위의 세 가지 예문에서 드러나듯 안성본은 한남본·야동본·어청본·송동본 중에서 야동본과 일치하고 있음을 알 수가 있다.

즉, 첫째 항에서는 한남본의 방점 부분 "홍문"과 "ᄒᆞ"가 야동본엔 "문호"와 "허"로 수용되었고, 이것이 어청본과 송동본엔 다른 문장으로 변질되었지만, 안성본은 야동본과 꼭 같이 "문호"와 "허"로 수용되었다.

둘째 항에서는 한남본의 방점 부분 "이"와 "쵸간"이 야동본엔 "잇"과 "쵸원"으로 변화 수용되었고, 이것이 송동본엔 다만 "쵀쇄"가 "처소"로 비교적 근대형으로 수용되었지만, 안성본은 야동본과 내용과 철자까지 꼭 같음으로 안성본은 야동본을 모본으로 하였음을 분명하게 알 수 있다.

셋째 항에 있어서는 한남본의 방점 부분 "그졀즁이 가르치는 쥬롤 알고"가 야동본엔 "그졀즁인가ᄒᆞ여"로 축소된 것이 어청본엔 "그졀즁 만녀겨"로 한 음이 더욱 축소되었지만, 이것이 송동본엔 그중 "녀겨"가 "여겨"로 구개음화가 이루어졌을 뿐 그대로 수용되고 있는바, 역시 안성본은 야동본과 꼭 같음을 알 수 있겠다. 말하자면 위의 세 가지 예문은 안성본이 야동본을 모본으로 하여 이루어졌음을 극명하게 드러내줄 뿐 아니라, 〈홍길동전〉 목판본의 전파과정, 즉 한남본에서 야동본으로, 야동본에서 어청본으로, 어청본에서 송동본으로 전파되는

---

423) 영인 고소설 5, 996쪽 상 좌.
424) 영인 고소설 3, 439쪽 상 좌.

동시에 한편 야동본에서 안성본으로 전파된 것을 엿보게 하는 것이다.

그러면 안성본은 유독 야동본만이 연계되었을까 위와 같이 안성본은 야동본의 축약본이면서도 간혹 이미 이루어진 목판본도 참고가 되지 않았을까 하는 생각이 든다. 이는 다음과 같이 어청본과도 문구가 흡사한 장면이 출현하고 있다는 것에서 엿볼 수 있다.

네 이제 정작 몸이 와 나를 보고 줍혀 가기를 즈원ᄒ니 도로혀 긔 특ᄒᆞᆫ 일로다 ᄒᆞ고 급히425) 길동의 좌편다리를 보니426) (야동본)
네 이제 정작 몸이 와 ᄂᆞ를 보고 줍혀가믈 원ᄒ니 도로혀 긔특ᄒᆞ 도다 ᄒᆞ고 죽시 길동의 좌편다리를 보니427) (어청본)
네 이제 정작 몸이 와 ᄂᆞ를 보고 줍혀가기 원ᄒ니 도로혀 그특ᄒᆞ 도다 ᄒᆞ고 즉시 길동의 좌편ᄃ리를 보니428) (송동본)
네 이제 정작 잡혀가기를 즈원ᄒ니 긔특ᄒᆞ도다 ᄒ고 즉시 ᄉ지를 결박ᄒᆞ여 건장ᄒᆞᆫ 장교 슈십명을 갈히여 풍우갓티 모라가되429) (안성본)

위 장면은 길동이 잡혀 서울로 압송되기 직전의 이야기다. 안성본의 모본이 된 야동본 및 어청본의 방점 부분에서 드러나듯 야동본은 "긔 특ᄒ이로다ᄒ고 급히"로 되어 있고 어청본은 "긔특ᄒᆞ도다ᄒ고 죽시"로 되어 있는데, 안성본과 송동본·어청본과 일치하고 있음으로 보아, 분명 이 장의 안성본과 어청본의 일치는 우연히 이루어진 것이 아니라

---

425) 이 면은 한남본도 다만 철자법이 두 군데 다르고 "그특ᄒᆞᆫ ᄋᆞ희로다" (영인 고소설 3, 420쪽 상 좌) 운운으로 되어 있을 뿐, 야동본과 꼭 같다.
426) 영인 고소설 5, 1011쪽 하 우.
427) 영인 고소설 3, 439쪽 상 좌.
428) 영인 고소설 5, 999쪽 상 우.
429) 영인 고소설 3, 442쪽 상 좌.

상호 연계된 것을 짐작케 한다.

이 문제를 보다 분명히 하기 위해선 여타 목판본과의 정밀한 점검이 필요하다. 다만, 송성욱 씨에 의해 제시된 바와 같이 안성본에 율도국 건설·병조판서 제수의 요구, 개안거부 설화 등이 의도적으로 삭제된 것은 야동본을 축약한 결과임이 분명한 것 같다.

아울러 여기에 첨언해 두어야 할 일은 송성욱 씨가 경판의 하나인 어청본과 꼭 같은 내용과 자형으로 된 안성동문이본을 쉽게 안성본의 하나로 규정한 문제이다.[430) 그가 안성동문이본을 안성본으로 파악하게 된 중요한 이유는 양 본의 末張에 판지를 새겨놓기 위한 사선판 둘째선의 길고 짧음으로 쉽게 선후 판으로 파악한 데 있고, 이를 전제로 안성동문이본이 먼저 안성에서 이루어지고 나서 이것이 서울로 들어와 어청본이 되었다고 하였다. 그러나 필자가 보기엔 어청본 셋째선과 넷째선 사이를 잇는 하단선은 안성동문이본에 빠져 있어, 이는 그가 양 본의 선행 간행으로 삼은 논리로서도 역으로 어청본이 먼저 이루어진 것으로 파악할 수도 있다. 요는 안성동문이본의 "안성동문이" 중 "안성"을 "安城"의 지명으로 본다면 그 다음에 이어지는 "동문이"는 어떻게 보아야 하느냐가 문제이다. 필자가 보기엔 어청본은 "漁青橋"란 것이 분명한 지명이고 보면, 어청본이 공개적으로 출간된 것을 전제로 볼 때, 당시 판권이 있었는지 알 수는 없지만, 어청본이 안성동문이본으로 盜板된 것이 아닌가 한다. 그러므로 본고에서는 안성동문이본은 어청본의 도판으로 보고 더 언급치 않겠다.

---

430) 송성욱, 위의 논문, 111~112쪽.

g) 한문본과 국한문본

한문본의 문제에 대하여는 이미 언급된 대로 따로이 구론이 있으므로 구체적 논의는 생략하고, 다만 여기에서는 본고의 주지를 들어내기 위한 범위내에서 간략하게 언급하기로 하겠다.

한문본(서강대학 중앙도서관 소장)은 이종주 교수에 의해 경판과 완판이 이루어지게 된 중요한 텍스트이며, 더 나아가서 작자 허균의 원작 가능성도 있다고 언급된 바 있다.[431]

그러나 한문본은 뒤늦게 20세기를 계기로 어느 배움 도상에 있는 漢學徒에 의해 경판과 완판이 복수로 모본이 되면서 서투르게 한문으로 번역된 한역본이라는 것이다.[432]

그 이유는 한문본의 모든 장면이 하나하나가 독자적 계열이 없는데다가 완판과 경판이 대본으로 이루어지면서도 일률적으로 텍스트가 되지 않았기 때문에 야기되는 문맥의 불일치는 말할 것도 없고, 곳곳에 서투르게 나타난 한국식 한문, "一番失手" "豈不寒心哉" "豈碌碌守轅島空老也"와 근대적 한국식 자구 "兩次式" "太上王內外分" "臣之父滿八十" 등은 한문본이 서투르게 나타난 근대적 한역본임을 극명하게 보여주는 것이다.

국한문본은 김동욱이 소장하고 있는 소위 86장으로 돼 있는 김동욱 A본을 지칭한다. 거의 모든 국문소설의 필사본이 순 국문으로 표기된 것이 관례인데, 이 본은 국문과 한문, 때로는 이두까지 뒤섞인 일종의 국한문 혼용본에 해당한다.

---

431) 이종주, 「한문본 홍길동전 해제를 위한 도론」, 『서강어문』, 6집, 서강대, 1988.
432) 정규복, 「홍길동전 한문본의 텍스트 문제」, 『동방학지』, 68집, 연세대학 국학연구원, 1990.

이 본은 이미 이윤석 교수에 의해 〈홍길동전〉 목판본의 중요한 기둥인 경판과 '야동본' 완판이 이루어진, 말하자면 경판과 완판의 모본에 해당된다는 것으로 언급된 바 있다.[433]

그러나 필자가 상고한 바로는 완판이 위주가 되고 경판도 참고가 되면서 조잡스럽게 이루어진 경판과 완판의 후기본이라는 것이다. 문제는 이윤석 교수가 경판과 완판을 성립시킨 이들의 선행본으로 파악한 데 대하여 필자는 반대로 경판과 완판을 모본으로 하여 나온 이들의 후행본이라는 것이다.

우선 국한문본의 초두 장면을 경판과 완판과 대비하여 살펴보자.

공이 春和時을 當하여 忽然 몸이 困ᄒ야 비몽사몽간에 인ᄒ여 ①한곳의 다다르니 靑山은 疊疊하고 綠水는 殘殘ᄒᄃ 풍은버들은 초록쟝도 드리왓고 ᄌ빅등풍의 벗브는 黃鳥은 春興을 ᄌ어니이 景槩佳麗하더라 ②公이 景槩을 貪하여 漸漸 드러가니 길이 솟치고 層岩絶壁이 하날의 다아는ᄃ 흐ᄂᄅ 瀑布는 白龍이 씌놋듯 萬丈石潭의 彩雲은 어려외거날 公이 大發豪興하야 石上의 바예 正이 風景을 구경ᄒ더니 ⑪문득 雷聲霹靂이 天地振動하여 水勢深深하여 淸風이 이러나며 靑龍이 鬚髥을 거사리고 눈을 브릅쓰고 朱紅가튼 입을 벌이고 公을 向하여 달여드러 弑殺코져 ᄒ거날 公이 大驚하여 몸을 避고ᄌ 하더니 龍이 발셔 몸의 감겨지란 ᄉ가달르니 檻柯一夢이라[434] (국한문본)

---

433) 이윤석, 「홍길동전 필사본 89장본에 대하여」, 『애산학보』, 9집, 애산학회 1990.
434) 국한문본, 1장~2장 전후.

션시의 공이 길동을 나흘 써의 일몽을 어드니 문득 뇌졍벽녁이 진
동ᄒᆞ며 쳥룡이 수염을 거ᄉ리고 공의게 향ᄒᆞ여 다라들거늘 놀나
ᄭᅢ다르니 일쟝츈몽이라[435] (한남본)

일일은 승샹이 난간의 비겨 잠근 조의더니 훈풍이 길을 인도ᄒᆞ여 ①
ᄒᆞ고더 다다르니 쳥산은 암암하고 녹슈난 양양ᄒᆞ더 셰류쳔만ᄀᆞ지
녹음이 파ᄉᄒᆞ고 황금갓튼 ᄭᅬᄭᅩ리난 춘흥을 희롱ᄒᆞ여 냥뉴간의
왕ᄂᆞᄒᆞ며 긔화요초 만발ᄒᆞ더 쳥학빅학이며 비취공작이 츈광을 ᄌᆞ랑 ᄒᆞ
거날 ②승샹이 경물을 귀경ᄒᆞ미 졈졈 드러가니 쟝쳔벽은 하날의
다앗고 구뷔구뷔 벽계수난 골골이 폭포되어 오운에 어리엇ᄂᆞ더
길이 ᄭᅳᆫ쳐 갈마을 모ᄅᆞ더니 문득 쳥뇽이 물결을 혜치고 머리을 드러
고함ᄒᆞ니 산하이 문허지난듯 ᄒᆞ더니 그 뇽이 입을 버리고 긔운을 토ᄒᆞ
여 승샹의 입으로 드리ᄆᆡ거날 ᄭᅢ다르니 평싱더몽이라[436] (완판본)

위 삼자의 내용은 홍 승상이 길동을 낳게 되는 몽조인데 이들을 대
비해 보면, 국한문본 ①·부분 "한곳의 다다르니 靑山은 疊疊하고 綠
水는 殘殘ᄒᆞ더 푸은버들은 초록쟝도 드리왓고 ᄌᆞ빅등풍의 벗브는 黃
鳥은 春興을 ᄌᆞ어ᄂᆞ이"와 ②·"공이 景槩을 貪하여 漸漸 드러가니 層
岩絶壁이 하날의 다아는더 흐ᄂᆞ르 瀑布ᄂᆞᆫ 白龍이 ᄭᅬᆨ놋듯 萬丈石潭의
彩雲은 어려외거날"은 완판본 ①·과 ②·의 방점 부분과 혹사하고,
국한문본 ①○부분 "문득 雷聲霹靂이 天地振動하여" "水勢深深하여
靑龍이 鬚髥을 거사리고", "公을 向하여 달여드러"는 경판 ①○부분과
혹사함을 인지할 수가 있다. 더구나 국한문본 ①·부분 중 "한곳의 다

---

435) 영인 고소설 3, 411쪽 하 우.
436) 영인 고소설 3, 457쪽 상 우 좌.

다르니 靑山은 疊疊하고 綠水는 殘殘흐디"와 완판본 ①·부분 "한고
디 다다르니 청산은 암암흐고 녹슈난 양양한디"와 전자의 ②·부분 중
"景概을 貪하여 漸漸드러가니"와 후자의 ②·부분 "승상이 경물을 귀
경흐미 졈졈 드러가니", 그리고 국한문본의 ①〇부분 중 "문득 雷聲霹
靂이 天地振動하여", "靑龍이 鬚髯을 거사리고", "公을 向하여 달여드
러"와 경판 한남본 ①〇 "문득 뇌정벽녁이 진동흐며 청룡이 수염을 거
스리고 공의게 향흐여 다라들거늘"과 어구의 순위와 자구가 거의 같
다. 우리는 여기서 국한문본이 완판과 경판 한남본과 연계된 것임을
확인할 수가 있다.

이와 같은 양자의 연계는 전편에 이르고 있으므로 국한문본이 경판
한남본과 완판에 연계되어 있음은 이윤석 교수나 필자가 견해를 같이
하고 있다. 다만 이미 언급된 바와 같이 선후 문제에 대한 견해가 다를
뿐이다.

그러면 어떤 근거에서 이윤석 교수는 국한문본이 경판 한남본과 완
판의 대본이 되었다고 보고 있는가. 그는 실증적으로 뚜렷한 자료를
제시하지는 않고 있지만 대체로 국한문본의 장수가 89장으로 되어 있
는 바와 같이 필사본으로서 상업주의로 축소된 듯한 방각본인 경판 한
남본이나 완판에 비해 내용이 풍부하고 묘사가 섬세하다는 데 그 이유
를 두는 것 같다.[437]

그러나 국한문본 필자의 考讀으로는 어느 장을 읽어보나 목판본 중
한남본보다 섬세점을 별로 볼 수가 없었다. 오히려 오자와 오문, 거친
문장 등으로 문맥이 흐려져 내용의 뜻이 모호한 것은 고사하고, 어느

---

437) 이윤석, 위의 논문, 93~95쪽.

장면에 이르러서는 한 단락이 생략되어 뜻이 연계되지 않는 경우도 있다. 또 보태진 내용도 그로 말미암아 컨텍스트의 불비를 초래케 한 경우도 적지 않다. 우선 오자와 오문을 들어보기로 하자.

未人梁容正色曰[438] (3후)

正이 親合코려 ᄒ거늘 (3후)

春郞이 그날부터 孕胎하니 (3후)

눈을 브릅쩌고 禁之ᄒ니 (5전)

非但 너ᄒ나ᄲᅡ아니라 (6후)

내 前의도 放者한 말을 ᄒ지 말나 ᄒ여거늘 (7전)

書案을 倚之ᄒ야 周易을 보아 (15후)

爺爺의 ᄆᆞ음을 爲勞ᄒᆞᆷ이 죠의되 計敎 업시믈 恨ᄒ더니 (16전)

特才大히왈 이는 非難之事라 (17전)

그石을 들면 그 勇力을 알거시오 그 둘치은 合天下仁寺[439]를 쳐
(31전)

졀 뒤히 風景이 巨泉ᄒ다ᄒ니 (35후)

慶尙道 文景[440]으로 모ᄒ라 (42후)

長安의 大道上의 優然니 草幰[441]을 타고 (49후)

洪某와 仁賢을 줍어오라 ᄒ시되 (50후)

三朔만의 薛陵[442]의 安葬ᄒ고 (86후)

---

438) "3후"는 국한문본 3장 후면을 뜻한다. 전면은 "전", 후면은 "후"로 표시하겠다.

439) "陜川 海印寺"의 오기.

440) "聞慶"의 오기.

441) "軺軒"의 오기.

442) 국한문본에 엉뚱하게 "薛陵"으로 되어 있는 것은 경판 "션능의 안당 흐후"(영인 고소설 3, 422쪽 하 좌)의 "션능(先陵)"의 오독이라 생각됨.

둘째는 완판의 오독과 생략으로 인하여 문리가 불비된 예를 들어보
기로 하자.

①公而笑曰 女冠이 相을 잘 본다 ᄒ니 우리 家中上下相을 한번 살
펴보고 貶論하되 前後事을 보다시 告ᄒ니 ᄒ나도 틀림이 업ᄂ지라 公
과 夫人이 稱贊하믈 마지아니ᄒ며 果然 妙호 術法이라 ᄒ며……[443]
(국한문본)

위의 예문은 홍 승상이 찾아온 상녀에게 길동의 관상을 부탁하는
장면인데 ①부분 "公而笑曰" 운운부터 "우리家中上下相을"까지가 홍
승상의 말인지, 아니면 더 이어서 "한번 살펴보고 貶論하되"까지 홍
승상의 말로 보아야 할지 그 예문만 가지고는 정확히 알 수가 없다.
그러나 이 장면은 완판의 것과 상통되는 것으로서 이 장면의 완판,

디감이……우으시며왈 네 암커ᄂ 갓ᄀ히 올아 니의 평싱을 확논ᄒ
라ᄒ시니 관상녀 국궁ᄒ고 당의 올나 몬쳠 디감의 상을 술핀 후의 이
왕지ᄉ을 역역히 알외여 너두ᄉ을 보ᄂ다시 논당ᄒ니 호발도 디감의
마음의 위월흔마디 업ᄂ지라 낫낫치 본다시 폄논ᄒ야 흔 말도 허망
흔 고시 업ᄂ지라 디감과 부인이며 좌즁졔인이 디혹ᄒ야 신인이라
일ᄏ더라[444] (완판본)

와 매우 흡사하다. 더구나 완판의 방점 부분 "낫낫치 본다시 폄논ᄒ야
흔 말도 허망흔 고지 없ᄂ지라"는 국한문본의 "貶論ᄒ되 前後事를 보

---

443) 국한문본, 11장 전 후.
444) 영인 고소설 3, 458쪽 하 좌~459쪽 상 우.

다시 告ᄒ니 ᄒ나도 틀림이 없는지라"와 묘하게 어구까지 상통하고 있다. 이로써 보건대 국한문본의 이 장면은 완판에서 유래되었음을 확인할 수가 있다. 그러므로 국한문본에서 홍 승상의 말은 "女冠이 相을 잘 본다ᄒ니 우리家中 上下相을"까지로 보아야 하며, 그 나머지 "한번 살펴보고 貶論하되 前後事를 보다시 告ᄒ니 ᄒ나도 틀림이 업는지라"가 상녀의 관상 적중에 대한 설명어임을 알 수가 있다. 여기서 국한문본의 "貶論하되"는 완판의 "폄논ᄒ야"를 오독한 데서 야기된 잘못이며 마땅히 "評論하되"로 되었어야 할 것이다.

끝으로 국한문본이 경판과 완판을 확대하여 분량이 늘어나 있지만, 그것들은 절실하고 유효적절한 확대가 아니라, 뒤틀린 확대가 대부분이란 것이다. 그 예를 완판을 저본으로 삼아 확대했지만, 앞뒤의 문맥이 고려되지 않은 것에서 들어보기로 하자.

> 공이 길동의 공부하믈 탐지ᄒ여 알고 크게 근심ᄒ여 왈 이놈이 본디 귀흔상이요 또흔 지죄 범유안이라 만일 범남흔 의ᄉ을 닐진된 후 환될지라 우리집 션셰로부터 갈츙보국ᄒ는 츙희을 일죄의 이놈으로 ᄒ여금 멸문지환을 당할이니 엇지 이달지 안이ᄒ리요 져를 마당이 쥬겨 후환을 업시할만 가지못ᄒ다 ᄒ고 一家宗族을 모와 說罷ᄒ여 가만니 죽여 後患을 업게ᄒ리라 ᄒ다가 춤아 天倫의 動ᄒ미 行치 못ᄒ니라[445] (국한문본)

> 공이 이일을 알고 크게 근심ᄒ여왈 이놈이 본디 지죄이시미 만일 범남흔 의ᄉ를 두면 상녀의 말과 갓흐니 이롤 장추 엇지ᄒ리오 ᄒ

---

445) 국한문본, 13장 후~14장 전.

더라[446] (한남본)

  디감이 발(말)을 드루신 후로 니렴의 크게 근심ᄒᆞᄉ 일염의 싱각ᄒᆞ
시되 이놈이 본디 범상흔 놈이 아니요 쏘흔 천셩되믈 ᄌᆞᄐᆞᆫᄒᆞ여 만일
범상흔 마음을 머그면 누디 갈튱보국ᄒᆞ던 일이 쓸디업고 디차 일문
의 밋츠리니 멀이쳐을 업셰여 ᄀᆞ화을 덜고져 ᄒᆞᄂ 인졍의 ᄎᆞ마 못홀
비라 싱각이 이리흔즉 션쳐홀 도리업셔 일념이 병이 되여 식불감 침
불안ᄒᆞ시ᄂᆞᆫ지라[447] (완판본)

  위의 예문은 길동에 대한 홍 승상의 고민이 토로된 장면 중의 하나
이다. 3자의 방점 △부분은 자구마다 공통성을 띠고 있어 삼자의 상호
연계성을 규지할 수 있다. 아울러 국한문본의 방점 부분 "갈튱보국"
운운의 내용은 완판의 것이 작용·확대된 것인데, 그 중 "一家宗族을
모아 說罷ᄒᆞ여 가만니 죽여 後患을 업게 ᄒᆞ리라"는 내용에 어울리지
않는 확대다. 왜냐하면 이 장을 유도하는 前文에 홍 승상이 무녀의 길
동에 대한 관상의 결과를 듣고 비밀을 지키라고 당부하는 간곡한 장면
이 경판이나 완판보다도 더욱 강하게 표출되어 있기 때문이다.

  너는 일언 말을 번지니 漏泄치 말나 만일 流通ᄒᆞ는 일이 닛시면 死
罪을 면치 못ᄒᆞ리라[448] (국한문본)
  너는 이런 말을 누셜치 말나[449] (한남본)
  이디여 말을 숨ᄀᆞ 발구치 말나[450] (완판본)

---

446) 영인 고소설 3, 413쪽 상 우 좌.
447) 영인 고소설 3, 459쪽 상 우 좌.
448) 국한문본, 13장 전후.
449) 영인 고소설 3, 413쪽 상 우.

즉, 위의 국한문본은 비밀을 유지하기 위해선 "一家宗族을 모와 說罷" 운운은 '不格의 公開'로 말하자면 '嚴秘와 公開'가 엇갈린 것으로써 분명한 컨텍스트의 불비에 해당된다는 것이다.

위와 같은 오자와 오문, 컨텍스트의 불비 등은 전면을 통해 더욱 속출될 것으로 생각되며, 이미 언급된 바와 같이 국한문본은 완판을 주요 저본으로 하고 경판을 참고하면서 근자에 서투르고 무질서하게 이루어진 拙本임을 마무리 짓는 바이다. 이윤석 교수도 그에 의해 모아진 필사본 박순호본이 이미 경판의 내용과 상통되고, 이가원본도[451] 경판과 상통됨을 확인한 것같이[452] 현존한 <홍길동전> 필사본 20여 종이 한번 검토된다면 모두가 경판이 아니면 완판의 텍스트를 통해 이루어진 것임을 알게 될 것이다.

위의 텍스트의 현황에서 목판본 7종 중 한남본이 그들의 모본이 된 것을 밝혔다. 즉 기타 목판의 이본, 야동본, 어청본(안성동문이본), 송동본 및 완판본과 안성본 등은 결국 직접 간접으로 한남본을 통해 이루어진 異本群임을 밝혔다. 외에 활자본 3종은 모두가 경판 중 어청본을 통해 이루어진 것을 전제로 하였고,[453] 아울러 국문 필사본 18종도 경판 아니면 완판을 통해 이루어진 것을 전제로 하면서도, 다만 한문본과 국한문본은 이미 경판과 완판의 모본이 되었다는 기왕의 학설을

---

450) 영인 고소설 3, 459쪽 상 좌.
451) 이가원본은 이미 졸고, 「홍길동전 이본고」에서 어청본에서 유래된 후행본이란 것이 밝혀졌다.
452) 이윤석, 앞의 논문, 94쪽.
453) 활자본의 하나인 세창본이 어청본을 통해 이루어졌다는 것은 이미 필자의 「홍길동전 이본고」에서 밝힌 바 있다. 그러나 다시 신문관본이 새로 출현했지만 이것도 세창본과 꼭 같으므로 구체적 언급의 필요가 없다.

비판적으로 검토함으로써 이들도 역시 경판과 완판을 통해 이루어진 후행본임을 밝혔다.

이로써 〈홍길동전〉 27종의 모본의 영광은 결국 한남본이 차지하게 된 셈이다. 그러면 한남본은 과연 작자 허균의 원작 그대로인가, 아니면 원작의 요소에 얼마만큼 접근되어 있는가, 또는 언제 형성되었는가에 대하여는 다음 항에서 거론하기로 하자.

3) 허균과 〈홍길동전〉 텍스트의 문제

그러면 한남본이 허균의 원전 text인지 아니면 원전의 요소를 얼마만큼 지니고 있는지 알아보아야 할 것이다.

한남본은 그것이 지니고 있는 어학적 요소와 문체로 볼 때, 19세기 중엽 이전을 더 상승하지 못할 것이다.[454] 필자가 소장하고 있는 홍희복(1794~1859)의 수고본인 〈제일기언〉이 분명하게 19세기 초·중엽 (1835~1848)에 이루어진 것을 감안할 때, 언어·문체적 측면에서 한남본은 〈제일기언〉에 비해 비교적 후기에 속한 것이 확실하다.[455] 따라서 한남본의 성립연대는 이르게 잡아도 19세기 중엽부터 후엽 사이

---

454) 조희웅 교수는 그의 「국문본 고전소설 형성연대 고구」, 『국민대 논문집』, 12집, 1977, 28~29쪽에서 19세기에 들어와 형성되었음을 밝혔고, 임형택 교수는 그의 「홍길동전 신고찰」, 『한국고소설연구』, 이우, 1984, 322쪽에서 〈홍길동전〉의 경판이 19세기 말에 이루어졌음을 밝힌 바 있다.

455) 가령 〈제일기언〉엔 "어엽비"(憫)·"샹히"(常)·"사오나온"(反)·"비골푸믈"(飢)· "구움"(富)·"ᄆ이어"(映)·"묏도치"(野猪) 등 고어가 속출하고 아울러 "쳐로"(처럼)·"ᄃ히"(대로) 등 고문체가 산견됨으로써 주석이 없이는 읽기가 매우 어려운데 대하여, 한남본엔 기껏해야 "아셔"(빼앗어)·"깃거"(기뻐)·"가지록"(갈수록)·"쑌아녀"(뿐아니라) 등이 드물게 보임으로써 별로 주석 없이도 읽기에 지장이 없으므로 〈제일기언〉은 한남본에 비해 적어도 50년, 길게는 100년이 앞선다고 생각된다.

가 되지 않을까 생각된다. 여기에 중요한 사항은 <홍길동전>이 허균에 의해 이루어진 것이 뚜렷한 이상[456] 작자 허균과 한남본의 시간적 간격은 무려 250년이란 공백이 생기게 된다는 사실이다. 아울러 허균의 원작 <홍길동전>은 어떤 형태로 이루어졌으며 한남본은 <홍길동전> 원전의 요소를 얼마만큼 지니고 있느냐가 문제가 된다. 그러므로 현재로서는 19세기 중엽 이후에야 이루어진 한남본을 가지고 작자 허균과 직결된 언어·문체와 사상 등 형식적 미학은 말할 것도 없고, <홍길동전>이 지니고 있는 의적 모티브의 세미적 사항의 연구도 이루어지기가 어려울 것이다.

그러면 허균의 원작은 어떤 형태로 이루어졌으며 그 원작과 현 한남본과의 거리는 어떻게 유지되었을까. <홍길동전>의 원작은 현재 존재치 않고 있으려니와 이에 대한 별반 자료가 없어 자칫하다간 그 추정도 공염불이 될 가능성이 크다.

오늘날까지 <홍길동전>에 대한 원전 논의는 뚜렷한 텍스트가 없는 상황에서 진작부터 <홍길동전>은 "최초의 국문소설"이란 것이 관행으로 유전되어 왔다. 그러다가 정주동에 의해 국문 원작설에 대한 의심이 던져짐과 동시에 한문 원작설이 제기되었다. 그 이유는 첫째, 국문소설의 경우 그 명칭에 있어서 관례상 "諺課·稗說·俗諺·諺稗" 등 접두사가 붙는 것이 보통이지만, <홍길동전>의 경우 이식의 "筠又作洪吉同傳 以擬水滸"와 심재의 "筠作洪傳 以擬水滸"에서와 같이 관

---

456) <홍길동전>이 허균에 의해 이루어졌다는 것을 부정하는 논문이 일찍 김진세의 「홍길동전 작자고」(『論文集』, 1집, 서울대 교양과정부, 1969)와 이능우의 「홍길동전과 허균의 관계」(『국어국문학』, 42·43권, 국어국문학회, 1969)에 의해 이루어진 적이 있지만, 이는 이식의 "筠又作洪吉同傳 以擬水滸"(『택당별집』 권 15)라는 기록을 정면으로 부정하지는 못할 것이다.

례의 접두사가 없다는 것과, 둘째 〈홍길동전〉의 작자를 허균으로 매김한 이식이 한학자로서 읽게 된 것은 한문으로 된 〈홍길동전〉일 것이라는 두 가지에다 두고 있다.[457)]

필자는 〈홍길동전〉 이본에 대한 연구를 통해서 〈홍길동전〉의 경우 모두가 국문본뿐 한문본이 없다는 것과, 현존한 국문본이 번역과정에서 이루어진 듯한 국역본이 없을 뿐더러 모두가 문체상 국문 계열이라는 점을 들어 정주동의 한문 원작설을 부정하고 다시 국문 원작설을 재확인해 놓았었다.[458)] 그렇지만 조희웅 교수는 역시 『택당집』의 "筠又作洪吉同傳 以擬水滸"를 중요시하여 〈홍길동전〉의 원작은 실존인물 洪吉同의 실전이며, 〈엄처사전〉·〈남궁선생전〉 등 다섯 편과 같이 傳 양식의 한문본일 것이라고 추정하였다.[459)]

필자는 위와 같은 기왕설을 모두 수렴하면서 결론적으로 〈홍길동전〉은 역시 현존한 허균의 한문소설인 〈엄처사전〉·〈남궁선생전〉·〈손곡산인전〉·〈장산인전〉·〈장생전〉 등 다섯 편과 같이 실존인물인 의적 "洪吉同"의 실기에 바탕을 둔 實傳 양식으로 이루어졌을 것임을 제시하고자 한다. 그 이유는 다음과 같다.

첫째, 〈홍길동전〉의 인물 "洪吉童"은 허구의 인물이 아니라 실존인물 "洪吉同"에 해당된다는 것이다. 洪吉同에 대한 최초의 기록은 王朝實錄 燕山君 六年十月條에 다음과 같이 나타나고 있다.

領議政韓致亨 左議政成俊 右議政李直均啓 聞捕强盜洪吉同 不勝

---

457) 정주동, 위의 책, 141쪽.
458) 정규복, 「홍길동전 이본고」, 74~75쪽.
459) 조희웅, 위의 논문, 28~29쪽.

欣抃 存民除害 莫大於此 請於此時 窮捕其黨從之[460]

위의 기록 중 방점 부분 "强盜洪吉同"은 의적 홍길동임을 극명하게 보여주는 것이다. 이후 홍길동은 鬼沒한 존재로『왕조실록』에 다섯 차례나[461] 나타나고 있음으로 보아 현존한 한남본 <홍길동전>에 홍길동이 신출귀몰한 인물로 묘사된 것은 근거가 있음을 알 수가 있다.

둘째, <홍길동전>의 작자를 문헌상 제일 먼저 허균으로 매김한 것은 주지하는 바와 같이 이식(1584~1647)이다. 그는 "筠又作洪吉同傳 以擬水滸"[462]에서 보듯 오늘날 <홍길동전>의 한자표기가 "洪吉童傳"인 것과는 달리 "洪吉同傳"으로 되어 있음을 주목할 필요가 있다. 이는 한학자 이식의 눈에 띈 <홍길동전>은 "洪吉同傳"으로 표기되어 있음을 극명하게 들어 내는 것이다. 말하자면, <홍길동전>의 원작은 의적 洪吉同의 실기일 가능성을 다분히 제시해주는 것이라고 본다. 더욱이 현존한 <엄처사전>·<남궁선생전>·<손곡산인전>·<장산인전>·<장생전> 등 다섯 편의 實傳이 있다는 것과 연계시킬 때, <洪吉同傳>의 모습은 의적 洪吉同의 실전이 바탕된 傳의 양식으로 이루어졌을 가능성을 능히 짐작할 수가 있다.

이와 같은 시각을 감안할 때, 원작 <洪吉同傳>은 실존인물인 의적

---

460) 국사편찬위원회,『왕조실록 13』, 탐영실, 1920, 431쪽.

461) 燕山君六年十一月條·十二目條, 中宗十八年月條 中宗二十五年十二月條, 宣祖二十年正月條 등.

462)『택당집』(조용승, 서울:[발행처 불명], 1977), 594쪽.
　　그러나『택당집』을 <홍길동전>과 관련 처음으로 인용한 김태준의『조선소설사』79쪽에 "筠又作洪吉童傳 以擬水滸"에서와 같이 "洪吉同"을 "洪吉童"으로 오기해 놓았기 때문에 오늘날 대부분『택당집』을 잘못 인용하고 있다.

洪吉同을 실전의 양식에 의하여 통설대로 국문으로서가 아니라 한문으로 표기되었다고 보아야 할 것이다. 그러므로 정주동이 〈홍길동전〉이 애초에 국문소설이라면 일찍이 한학자인 이식의 눈에 띄었겠느냐는 의문과 '諺稗' 등 접두사가 없는 택당의 기록을 중요시하여 한문 원작 가능성을 내세운 것이 오늘날 다시 필자의 텍스트 연구가 밑받침되어 매우 설득력을 지니게 된다는 것이다.

아울러 현존한 〈홍길동전〉은 율도국 건설의 공간적 설정으로 주제가 모호케 되었다는 비판적 인식이[463] 대두된 바와 같이, 〈홍길동전〉 원작의 모습은 흥미가 중심이 되어 여러 화소가 덧붙여진 현존 〈홍길동전〉과는 달리 의적 모티브가 중심이 되었을 것으로 추정된다.

이러한 의적 모티브 중심의 〈홍길동전〉 원작은 체제 도전으로 인하여 작자 허균이 처형됨과 동시에 없어졌을 것으로 생각된다. 그 이후 의적이 중심이 된 〈홍길동전〉은 구전되어오다가 19세기 중엽에 이르러 어느 好文家에 의해 당시 독자층이 감안되어 많은 흥미로운 화소가 보태져 재창작된 것이 현존한 한남본이 아닌가 생각된다.

4) 결어

이제 마무리로 들어가자.

위의 2항에서는 〈홍길동전〉의 이본을 한남본 · 야동본 · 어청본(한성 동문이본) · 송동본 등 경판본 4종 외에 완판본 · 안성본 등 도합 7종의 목판본과 김동욱 A본 등 도합 20종의 필사본, 그리고 신문관본 등 4종의 활자본을 모와 이들을 목판본 · 필사본 · 활자본으로 나누어

---

463) 이현국, 「홍길동전에 있어서 율도국의 위상과 성격」, 『문학과 언어』, 8집, 문학과언어학회, 1987.

고찰한 결과 한남본이 결국 이들의 모본에 해당됨을 인지하게 되었다. 즉, 목판본은 한남본에서 야동본으로 야동본은 어청본으로, 어청본(안성동문이본)에서 다시 송동본으로 이어지면서 경판계가 형성되었고, 대신 완판본은 한남본뿐만 아니라 야동본과도 교섭이 이루어졌으나 양자의 선행 관계에 있어서는 당시 교통 사정으로 보아 야동본이 선행된 것으로 짐작되고, 안성본은 판본 중, 특히 어청본을 모본으로 하고 어청본도 간접적으로 텍스트가 되어 형성되었음을 아울러 밝혔다.

필사본은 모두가 경판 아니면 완판이 대본이 되어 이루어졌다는 것을 전제로 번잡을 피해 실제적 검토는 생략하였다. 그러나 이들 중 한문본은 경판과 완판을 탄생시킨 선행본 설이 있음으로 필자의 기존 논문 "홍길동전 한문 텍스트의 문제"를 대신하여 한문본도 경판과 완판이 대본이 된 후행본임을 밝혔다. 그리고 김동욱 A본에 해당되는 국한문본도 경판과 완판을 형성시킨 선행본 설이 있으므로 역시 이를 재검하여 국한문본도 경판과 완판이 대본이 되어 무질서하게 이루어진 후행본임을 밝혔다.

여기에 가장 큰 문제로 거론된 것은 한남본과 야동본의 선후 문제이다. 이들의 선후 문제에 있어서 양자의 전·중반부는 거의 꼭 같은 내용과 형식을 지니고 있지만, 어학적 측면에서 한남본이 야동본보다 비교적 古型으로 이루어졌다는 것과 특히 후자가 전자를 모본으로 하는 과정에서 일부 어구를 빠뜨려 결국 컨텍스트의 불비를 초래케 하였고, 아울러 字型의 혼돈으로 오문을 야기케 하였다는 것으로 한남본이 야동본보다 선행됨을 밝혔다. 그렇지만 양 본의 현격한 차이가 있는 말미 부분에 있어서 기왕에 언급된 한남본의 부분을 축약으로 보지 않고

별본으로 파악하였다. 이 부분의 확고한 논리에는 더욱 심층적 검증이
보완되어야 할 것이다. 설사 한남본의 말미 부분이 축약으로 간주된다
할지라도 중반 이전 부분이 야동본보다 선행되는 것이 뚜렷한 이상,
축약된 말미 부분만 가지고 한남본의 선행을 부정할 수는 없을 것이다.
혹 한남본의 말미 부분이 거듭된 인쇄과정에서 닳아 없어졌거나 분실
되었을 가능성도 생각할 수 있기 때문이다.

　〈홍길동전〉 이본의 전승과정을 도표로 제시하면 다음과 같다.

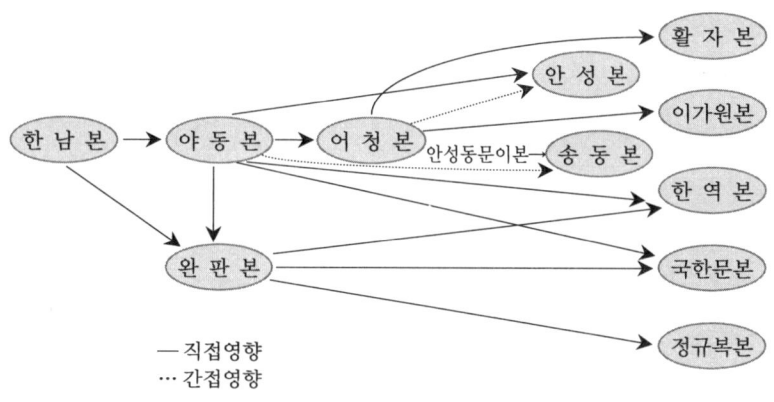

〈홍길동전〉 중요 이본도

　이제 한남본이 현존한 〈홍길동전〉 이본 중 모본으로 들어났지만,
줄잡아도 19세기 중·후엽에 어느 好文家에 의해 형성되었다고 할 때,
작자 허균의 원작과는 무려 250년의 시간적 간격이 엄존해 있음으로
써 그것이 얼마만큼 원작의 요소를 지니고 있느냐가 문제로 남아 있다.
　곧 허균의 원작은 현존한 한남본의 모습으로 된 것이 아니라, 허균
의 여타 한문소설, 즉 實傳이 바탕이 되어 이루어진 〈엄처사전〉·

<남궁선생전> 등과 같이 의적 "洪吉同"의 실전이 바탕이 되어 傳의 양식으로 이루어진 한문소설일 것이라는 것이다. 필자에 의해 마무리로 제시된 <홍길동전>의 원작 한문본설은 텍스트 연구가 바탕이 되어 이루어졌지만, 자연 정주동·조희웅 교수의 한문본설과 부합되어 더욱 힘을 갖게 될 것이라 생각된다.

Ⅲ
〈구운몽〉의 원전비평적 연구

1. 〈구운몽〉의 원작과 텍스트의 문제*

　〈구운몽〉은 〈춘향전〉과 함께 우리나라의 고소설을 대표하는 작품임은 주지된 사실이다. 오늘날에 이르러 〈구운몽〉도 〈춘향전〉과 같이 연구사를 정리해야 할 만큼 다량의 논문이 나와 있다. 현재까지 〈구운몽〉에 대한 논문도 무려 40여 편을 헤아리게 되었고, 이에 대한 연구사도 이미 김병국 교수에 의해 검토된 바 있다.[1]

　필자가 이곳에서 〈구운몽〉에 대한 여러 문제 가운데 거론하고자 하는 것은 10여 년 전에 간행된 졸저『구운몽 연구』에서 제기된 원전비평적 문제·사상적 문제·비교문학적 문제 가운데 특히 필자가 힘을 기울인 원전비평의 문제에 있다. 그것은 필자가 〈구운몽〉의 원작을 한문본으로 보고 한문본 가운데 老尊本으로 확정하여 이를 재구하여 再構本을 간행하여 텍스트를 확정하였음에도 불구하고, 필자의 한

---

*『교육논총』, 15집, 고려대 교육대학원, 1985.
1) 김병국, 「구운몽 연구의 현황과 문제점」, 『한국학보』, 5집, 일지사, 1976. 이것이 다시 『김만중 연구』(새문사, 1983)의 「구운몽, 그 연구사적 개관과 비판」으로 보충되었다.

문 원작설에 대하여는 異論 아닌 異說이 나와 있고, 확정된 텍스트에 대하여는 아직도 학계 일부에서 <구운몽>의 본격적인 풀이에서 서울 대학본(서울대 중앙도서관 소장)·이가장본(이가원 교수 소장) 등 국 역본이 그 텍스트로 사용되고 있어 학계의 혼선을 가져오고 있기 때문 이다.

이 글을 거론하는 순서에서 우선 필자는 <구운몽>의 한문 원작설 에 대하여 贊否 양론으로 분류하여 이들에 대한 필자의 견해를 밝히고 나서, 텍스트의 문제에 있어서는 국역본 가운데 주로 古本으로 사랑을 받는 서울대학본이 縮譯된 국역본임을 재확인함과 동시에 텍스트의 誤選으로 어떤 결과를 가져올 수 있다는 가능성을 제시하고자 한다. 말하자면, 작자와 직결되는 <구운몽>의 풀이에 있어선 특정한 경우가 아니고서는 再構本을 제쳐 놓고 국역본을 텍스트로 사용하는 것은 삼 가야 할 것이다.

이 글을 이끄는 데 주로 사용되는 <구운몽> 국역본으로서는 서울 대학본의 원본은 현재 행방불명의 상태이므로 편의상 주석본(민중서 관, 1972)을 그리고 이가원 소장본도 그 원본이 현재 없으므로 부득이 주석본(연세대, 1970)을 사용하게 됨을 序에 첨언한다.

필자의 한문 원작설에 대하여 지난날에도 贊否의 異說이 있었는데 贊說을 편 분은 외국인 大谷森繁 교수와 Richard Rutt씨이고,[2] 異說 을 제기한 분은 고 이재수·정병욱 교수,[3] 근자에 설성경 교수가 <구

---

2) 大谷森繁 교수는 그의 「운영전 연구」(『조선학보』, 37·38, 일본 천리대 조선학회)에 서, Richard Rutt씨는 그의 "Old Korean Literature in Chinese Neglected"(*Korea Journal*, Vol. 10, No. 1, January 1970)에서 각기 필자의 한문 원작설에 대하여 동의를 표하였다.

3) 이재수 교수의 異說에 대하여는 졸고, 「구운몽의 원작에 대하여」(『국어국문학』, 54권,

운몽〉의 원작에 대하여 색다른 한문·국문의 병행설을 펴면서 서울대
학본은 여성독자를 위한 自譯이란 뜻을 주장한 데 대하여는 이미 필자
의 뜻을 밝힌 바 있으므로[4] 여기에 다시 되풀이하지 않는다.

1.

　그러면 근자부터 일기 시작한 필자의 한문 원작설에 대한 찬부 양론
에 대하여 살펴보기로 하자.

　우선 贊說을 들면 다음과 같다.

　황패강 교수는 그의 『조선왕조 소설연구』에서 〈구운몽〉를 과감하
게 한문소설의 항에 편입하는 동시에 그 원전은 당초 한문으로 저작된
정통적 한문소설로 보았고,[5] 또한 필자가 〈구운몽〉 원작을 한문 노존
본으로 규정한데 대해 〈구운몽〉의 원작이 국문이라고 한 통설을 전
적으로 수정하고 한문 원본설을 확정 시켰다고 언급하고 있으며,[6] 소
재영 교수는 그의 『고소설통론』의 「국문소설과 한문소설」에서 그 발
달 과정을 살피는 가운데 〈구운몽〉를 "한문소설"란에 삽입하여 〈구
운몽〉의 원작이 한문본임을 거의 확실해졌다고 전제하고 나서, 필자
가 〈구운몽〉의 한문 노존본이 이본 가운데 宗主本이며 〈구운몽〉가

　국어국문학회, 1971)와 『구운몽 연구』(고려대 출판부, 1974)에서, 정병욱 교수의 異說
　　에 대하여는 졸고, 「구운몽」(『인문논집』, 18집, 고려대 문과대학, 1972)에서 필자의 의
　　견을 표하였다.

　4) 졸고, 「구운몽의 원작에 대하여―설성경 씨의 한문·국문 병행설에 대하여」(『고대
　　교육신보』, 고려대 교육대학원, 1977.6.18) 및 『개신어문연구: 동천조건상박사 정년퇴
　　임기념호』, 1집, 충북대 사범대학 국어교육과, 1981) 295~301쪽.

　5) 황패강, 『조선왕조소설연구』, 한국연구원, 1978, 61쪽.

　6) 황패강, 「한국고전소설 연구사 서설」, 『한국학보』, 34집, 일지사, 1984, 51쪽;『한국고
　　전소설연구의 방향』, 새문사, 1985, 61쪽.

지닌 구조적 문제와 서포 門中 설화 등을 종합하여 <구운몽>의 원작
이 한문으로 창작되었을 가능성을 고증하였다고 이를 긍정적으로 받
아들이고 있다.[7]

장덕순 교수는 그의 『한국문학사』에서 필자의 한문 원작설에 대하
여 이를 유력하게 받아들여 계속적인 고려가 요구된다고 하여 소극적
인 긍정을 보였고,[8] 박을수 교수는 그의 『신한국문학사』에서 <구운
몽>의 원작에 대하여 이제까지 한글 원작설이 통설도 되어 왔으나 최
근에 한문 원작설이 굳어져 가고 있다고[9] 하여 필자의 한문 원작설에
동의를 표하고 있다. 근자에 사재동 교수는 그의 「구운몽 연구 서설」
에서 <구운몽>의 사상을 불교관의 입장에서 풀이하는 가운데 필자의
한문 원작설을 전제로 불교소설의 국문본·한문본에 있어서 한문본
선행의 관례에 따라 <구운몽>의 원작도 한문으로 이루어져야 한다는
당위성을 제시하고 있다.[10]

다음은 필자의 한문 원작설에 대한 반론에 대하여 살펴보기로 하자.

정병욱 교수가 서울대학본의 注釋 『구운몽』을 출간하는 가운데 그
해제에서 국문 원작설을 전제로 서울대학본을 김만중의 원작으로 추
정한 데 대하여 필자가 반론을 제기하였다는 것은 앞에서 이미 언급한
바 있다. 그러나 정 교수의 주석인 『구운몽』은 출판사의 사정으로 민
중서관에서 정 교수 생존 시에 보문사로 넘어 갔다가 근래에 다시 교
문사로 판권이 넘어갔다. 그렇지만 정 교수는 필자의 반론에 대하여

7) 소재영, 『고소설통론』, 이우출판사, 1983, 57쪽.
8) 장덕순, 『한국문학사』, 동화출판사, 1975, 214쪽.
9) 박을수·석일균, 『신한국문학사』, 성문각, 1982, 202쪽.
10) 사재동, 「구운몽연구서설」, 『어문연구』, 14집, 어문연구학회, 1985.

아무런 언급도 없으려니와 정 교수의 국문 원작설을 전제로 한 서울대학본의 원작 추정은 유감스럽게도 현재까지도 고쳐지지 않고 되풀이 되고 있다.

장덕순 교수가 필자의 한문 원작설을 유력하게 받아들였다는 것은 이미 언급되었다. 그러나 최근 출간된 『동아세계백과사전 4』[11]에서는 〈구운몽〉의 텍스트 문제에 있어서 한글본이 한문본보다 선행한다는 것은 단정할 수 없다고 하고, 〈구운몽〉 이본 가운데 유독 한문본으로는 癸亥本과 한문현토본, 국문본으로는 이가원 소장본과 서울대학본만이 자료로 언급되었다. 그렇지만 서울대학본을 원전일 가능성이 있다고 결말을 지어놓은 것은 백과사전에 제시된 자료만으로도 전후 문맥이 연결되지 않으며, 한문본으로도 거기에 제시된 계해본 외에 계해본의 모본인 을사본, 다시 을사본의 모본인 노존본의 존재가 학계에 거의 일반화 되고 있는 마당이므로, 결국 백과사전에 작성된 〈구운몽〉의 자료는 이미 20여 년 전 1960년도에 이루어진 필자의 「구운몽 이본고」(『아세아연구』, 8호, 9호, 고려대 아세아문제연구소, 1961, 1962)에 不外하다고 할 수 있다. 백과사전의 일반성을 고려하여 다시 작성되기를 바랄 뿐이다.

김균태 교수가 〈구운몽〉의 한문본·국문본의 선후 문제를 비롯하여 작품의 주제, 제작 동기 및 사상적 배경 등에 대하여 그 이견이 좀처럼 좁혀지지 못했다고[12] 한데서 우리는 〈구운몽〉의 국문본·한문본의 선행 문제에 대한 김 교수의 同等說을 볼 수 있고, 조동일 교수는 그의 『한국문학통사 3』에서 〈구운몽〉의 원작에 대해 논란은 많았으

---

11) 『동아세계백과사전』, 동아출판사, 1982, 411쪽.
12) 장덕순 외, 『한국고전산문연구』, 동화출판사, 1981, 168쪽.

나 판가름하기 어렵다고 언급하여,[13] 역시 국문 원작설과 한문 원작설을 동등한 위치에서 보고 있는 것 같다.

이상택·성현경 교수는 그들이 편한 『한국 고전소설 연구』에서 <구운몽>의 연구사를 해설하는 가운데, <구운몽>의 원작에 대하여 필자의 원전비평적 업적을 평가하여 다음과 같이 언급하고 있다.

> <구운몽>에 대한 원전비판은 아직 미흡한 상태에 머물러 있다 …… 이 설이 과연 정설로 받아들여질 수 있는지 아직 미지수이다.[14]

위의 문맥에서 보면 구체적인 사항은 파악할 수 없지만 필자의 한문 원작설이 미흡하여 정설로 인정할 수 없다는 것 같다.

위에서 언급된 김균태·조동일·이상택·성현경 교수는 정도의 차는 있을지언정 이미 앞에서 언급된 황패강·소재영 교수의 적극적인 贊意나 또는 장덕순·박을수 교수의 소극적인 찬의와는 달리 부정적이고 인색한 평설이다. 물론 필자는 필자의 한문 원본설을 너그럽게 보아달라는 것은 아니다. 그러나 필자의 한문 원본설은 근 20년 간 자료수집 등에 비교적 골몰하여 모처럼 도출된 결론으로 위와 같이 간략한 평설은 조심해야 될 일로 알고 있고, 필자를 위해서 또는 학계를 위해서 보다 구체적인 학술적 논문이 바람직하다고 생각된다. 앞으로 이를 기대한다. 또한 위의 『한국고전소설연구』의 필자가 위와 같이 필자의 한문 원작설을 평설하면서 그 말미에 간단히 "설성경 교수의 異說이 제기되었다"고 언급되어 있는데 그 '異說'의 한계도 모호하다. 필

---

13) 조동일, 『한국문학통사 3』, 지식산업사, 1985, 105쪽.
14) 이상택·성현경 편, 『한국고전소설연구』, 새문사, 1983, 105쪽.

자가 설 교수의 소위 이설을 정밀히 검토한 바로는 그 글의 핵심은 필
자의 한문 원작설과 다를 것이 없고, 다만 국역본 가운데 善本으로 평
가되는 서울대학본의 譯者에 대해 설 교수가 김만중 자신으로 본 데
대해서 이미 필자는 이를 반론하는 글을 작성한 바 있어[15] 편자들이
이 글을 읽었다면 그 '이설'에 대한 견해도 달라질 것으로 안다.

지난해 고등학교의 국정 교과서가 개편되면서부터 3학년 국어에
〈구운몽〉이 삽입되어 그 텍스트로 서울대학본이 사용되고, 이에 따라
교사용 지침서가 간행되었다. 그 지침서의 풀이에 특히 〈구운몽〉의
원작에 대해 국문본설(김태준·이명구·정병욱), 한문본설(정규복), 한
글·한문 양본설(설성경) 등 세 가지 설이 제시되었다.[16]

위의 세 가지 설의 나열은 국문본설·한문본설·국문한문 양본설
등에 꼭 같은 위치의 균형을 잡아 놓으려는 편자의 객관성 유지의 효
과에 있을 것이다.

이에 대해 필자는 편자의 객관성을 유지하려는 의도를 우선 높이
사는 바이다. 그렇지만 소위 국문 원본설은 누누이 설명한 바와 같이
김태준이 최초로 발설할 때 뚜렷한 전거에 의해 이루어진 것은 아니며,
김태준 이후 모든 국문학사론을 엮는 과정에서 이것이 아무런 비판 없
이 정설로 못 박혔으니, 실은 유독 국문 원작설의 멤버에 구태여 이명
구·정병욱 교수만이 내포될 필요는 없는 것이다. 왜냐하면 종래 국문
학사론을 쓴 분이면 거의가 〈구운몽〉에 대해 직·간접적으로 "국문

---

15) 졸고, 「구운몽의 표기문자에 대하여」, 『고대교육신보』, 고려대 교육대학원, 1977.6.18)
   및 『개신어문연구: 동천조건상박사 정년퇴임기념호』, 1집, 충북대 사범대학 국어교육
   과, 1981)
16) 『고등학교 국어교육 지침서』, 한국교육개발원, 1985, 63쪽.

소설"이라고 언급하였기 때문이다. 그러므로 엄격히 말해서 국문 원작설을 최초로 발설한 김태준만이 이에 포함될 것이다.

그리고 필자의 한문 원작설은 국문 원작설을 비판하여 論考가 세워진 것이고, 더구나 국문한문 병행설은 그 핵심이 결국 한문 원작설로 귀착되므로 실은 영향을 주리라고 생각되는 지침서의 작성은 신중을 기해야 하고, 아울러 위의 소위 세 가지 원작설 중 어떤 것이 타당한가는 전문가적 입장에서 검토한 연후에 재작성 되기를 바란다. 왜냐하면 학계엔 아직 필자의 한문 원작설에 대해 본격적인 반론이 제기 되어 있지 않기 때문이다.

이와 같이 필자의 한문 원작설에 대한 찬반 양론에 대해 필자의 견해를 밝혔다. 한편 필자의 한문 원작설에 대한 찬반 양론을 펴는 자리에서 아울러 필자의 한문 원작설 및 텍스트의 재구 과정을 펴고 나서 텍스트의 문제로 들어가는 것이 좋을 것 같다.

2.

필자의 한문 원작설과 텍스트의 재구 과정은 여러 곳에서 이미 논의된 것을 간추려 요점만을 적으면 다음과 같다.

첫째, <구운몽>의 원작을 국문으로 본 것은 우리나라에서 최초로 한국소설사를 엮은 김태준의 『조선소설사』에서 비롯된다. 그 이전엔 아무런 문헌에도 <구운몽>의 원작이 국문으로 되어 있는지, 혹은 한문으로 되어 있는지 확적한 전거가 없다. 다만, 김태준이 <구운몽>의 원작을 국문본으로 본 것은 김만중의 <남정기>가 국문으로 씌어졌다는 뚜렷한 전거와 아울러 김만중의 뛰어난 소위 "국문 문학론"이 김태

준으로 하여금 〈구운몽〉의 원작을 국문본으로 단정 짓게 한 것이 아
닌가 한다.

둘째, 〈구운몽〉의 원전비평적 고증을 거친 바로는 현존한 모든 국
문본은 한문본의 번역 과정에서 이루어진 국역본임을 단정할 수 있다.
또한 한문본의 계통은 노존본(1725이전)에서 을사본(1725)으로, 다시
을사본에서 계해본(1803)으로 전승되어 내려왔다. 따라서 국역본도 노
존본 계통의 것, 을사본 계통의 것, 계해본 계통의 것 등으로 분류된다.
그러므로 〈구운몽〉의 원전은 한문 노존본이 이에 해당된다고 할 수
있다.

셋째, 김만중의 一作인 국문소설 〈남정기〉는 한국의 전통적인 국
문소설의 구성을 지닌 것인 데 대하여, 〈구운몽〉는 한문으로 써야만
하는 중국 章回小說의 구성을 지니고 있다는 것이다. 말하자면, 오늘
날 모든 국역본은 한문본 없이는 그 주석이 매우 어렵고, 또한 〈구운
몽〉의 곳곳에 삽입된[17] 많은 시와 상소문은 국문으로 쓰기가 거의 불
가능하다는 것이다.

위의 세 가지가 〈구운몽〉의 원작을 한문본으로 보아야 하는 중요
한 이유이며, 곁들여 서포 門中 설화가 이를 더욱 밑받침해 준다. 그러
나 필자의 한문 원작설의 가장 중요한 이유는 〈구운몽〉 텍스트의 도
식화에 있다.[18] 즉, 한문본은 노존본에서 을사본으로, 을사본은 다시
계해본으로 전승됨에 따라 국역본도 노존본 계통, 을사본 계통, 계해본
계통으로 도식화 된다는 것이다. 〈구운몽〉 텍스트의 도식화에 따라
필자는 〈구운몽〉의 원전을 노존본으로 확정짓고 재구 작업에 착수하

---

17) 졸저, 『구운몽 연구』, 고려대 출판부, 1974, 200~213쪽.
18) 졸저, 『구운몽 원전의 연구』, 일지사, 1977, 60쪽.

여 재구본[19)]을 간행하기에 이르렀다.

3.

<구운몽>의 텍스트 재구본이 간행된 후에도 학계 一隅에서는 여전히 국역본이 사용되고 있으며, 특히 古本에 속하는 서울대학본이 애용되고 있다.[20)] 그렇지만 이분들에 의해 원전 대신에 노존본 계통의 국역본인 서울대학본이 사용되었다고 해서 그들에 의해 도출된 풀이가 달라진다든가, 혹은 엉뚱한 방향으로 뒤바뀐다든가 하는 경우는 다행히 없다 할지라도 양상에 있어서는 달라질 수 있다고 가정되며, 원칙상 특별한 경우가 아니면, 학술논문에 있어서는 원전을 인용하는 것이 관례일 것이다. 더구나 성현경 교수는 서울대학본보다 선행본으로 밝혀진 을사본을 인용한다고 언급하고 부분적으로 한문본을 인용하면서도[21)] 실은 서울대학본을 인용하는 이유를 알 수가 없다.

위의 서울대학본과는 달리, 민긍기 교수는 그의 학위논문에서 <구운몽>을 영웅소설의 입장에서 풀이하는 가운데 역시 국역본의 하나인 이가원 소장본을 사용하고 있다. 그렇지만 이가원 소장본도 이 본만이 지닌 특색은 있다 할지라도 서울대학본과 같이 역시 直譯·意譯·縮

---

19) 졸저, 『구운몽 원전의 연구』, 163~282쪽.

20) 김열규, 「구운몽의 구조」(『김만중 연구』, 새문사, 1983); 이상택, 「구운몽과 춘향전」 (『김만중 연구』, 새문사, 1983); 성현경, 「구운몽과 김만중의 삶 의식」(『김만중연구』, 새문사, 1983); 김균태, 「구운몽의 공간 개념에 대하여」(『한국고전산문연구』, 동화출판사, 1981); 김일렬, 「구운몽 新考」(『한국고전산문연구』, 동화출판사, 1981); 조동일, 『한국문학통사 3』, 지식산업사, 1984; 신동일, 『한국고전소설에 미친 현대소설의 영향』, 서울대 박사학위논문, 1985.

21) 성현경, 「구운몽과 김만중의 삶 의식」(『김만중 연구』, 새문사, 1983, 참조). 실은 서울대학본의 선행본은 을사본이 아니라 노존본이다.

譯·刪略 또는 무리한 산략에서 오는 문리의 불비·오역 등을 지니고 있는 일종의 축역본임을 면치 못한다.22) 여기 민 교수가 이용한 일부분을 오늘날 비교적 잘 알려진 여타의 국역본과 비교하여 예로 들어보기로 하자.

① 대시 ᄀᆞᆯ오디 네 승흥ᄒᆞ야 갓다가 흥진ᄒᆞ야 도라와시니 내 므슨 간녜ᄒᆞ미 이시리오 네 ᄯᅩ 니ᄅᆞ디 인셰의 눈회홀 거슬 꿈을 ᄭᅮ다ᄒᆞ니 이는 인셰의 꿈을 다('둘'의 오기: 필자 주)리다 ᄒᆞ미니 네 오히려 꿈을 치 ᄭᅢ디못ᄒᆞ엿도다 댱쥐 꿈의 나뷔 되여다가 나뷔 댱쥐되니 어니 거ᄎᆞᆺ 거시오 어니 진짓 거신줄 분변티못ᄒᆞᄂᆞ니 어('이'의 오기: 필자 주)제 셩진과 쇼유 어니는 진짓 꿈이오 업('어니'의 오기: 필자 주)는 꿈이 아니뇨23) (서울대학본)

② 대사 이르되 네 흥을 타고 갔다가 흥이 다하여 돌아왔으니 내 무삼 간예함이 있으리오 또 네 이르되 꿈과 세상을 나누어 둘이라 하니 이는 네 꿈을 오히려 깨지못하였도다. 장주 꿈에 나뷔 되었다가 나뷔 장주되니 어이 거짓것이요 어이 참것인줄 분변치 못하나니 어이 셩진과 소유 어이는 참이요 어이는 꿈이뇨24) (이가원 소장본)

③ 경판본 누결

④ 디스왈 네 흥으 씌여갓다가 흥이 진ᄒᆞ미 왔스니 니 무삼 간셥ᄒᆞ리료 ᄯᅩ 네 셰상과 꿈을 달이 아니 네 꿈이 오히려 ᄭᅢ지 못ᄒᆞ여ᄯᅩ

---

22) 졸저, 『구운몽 연구』, 고려대 출판부, 1974, 13~26쪽.
23) 『구운몽』, 민중서관, 1972, 418쪽.
24) 『구운몽』, 연세대 출판부, 1970, 324쪽 및 민긍기, 『영웅소설의 의미체계 연구』, 연세대 박사논문, 1985, 135~136쪽.

다²⁵⁾ (완판본)

⑤ 디사 ᄀ로디 네 홍을 타고 갓다가 홍이 다ᄒᄆᆡ 왓시니 내 엇지 간녜ᄒᆞ이리요 네 ᄯᅩ 가로디 졔ᄌᆞ 쑴에 인셰에 윤회ᄒᆞᆯ 일이라 ᄒᆞ니 네 쑴으로써 인셰로 더부러 난ᄒᆞ 써 둘ᄒᆞ니 네 쑴이 오히려 다 ᄭᅵ지못ᄒᆞ 야ᄯᅩ다 쟝쥬는 쑴의 호졉이 되고 호졉이 쑴의 쟝쥬되야ᄂᆞ야 죵시 능히 분변치못ᄒᆞ리로다 뉘 엇지 일로 쑴이 되며 엇지 일로 춤이 되ᄂᆞᆫ쥴을 알이요 이졔 네 셩진으로써 네 목숨이 되고 쑴으로써 네몸 쑴이 되야 네 ᄯᅩ 몸으로써 쑴으로 더부러 ᄒᆞᆫ 물이 아니라 일으니 셩진 쇼유 뉘 이 쑴이며 뉘 쑴이 아닌요²⁶⁾ (B型 鄙藏本)

⑥ 디ᄉᆞ왈 네가 스스로 홍을 타셔 갓다가 홍이 진ᄒᆞᆫ 후 도라옴인이 니야 무어셜 상관ᄒᆞ리요²⁷⁾ (A型 鄙藏本)

⑦ 디새 갈오디 네 홍을 타고 갓다가 홍이 다ᄒᆞ야 오니 너 무슴 상관이 잇시리오 ᄯᅩ 네 갈ᄋᆞ디 인새 륜회ᄒᆞᄂᆞᆫ 일을 쑴ᄭᅮ엇다 ᄒᆞ고 ᄯᅩ 네 쑴과 셰상을 난호아 둘을 ᄒᆞ니 네 쑴이 오히려 ᄭᅵ지못ᄒᆞ얏도다 쟝쥐 나빅 되고 나븨 쟝쥬되니 쟝주의 쑴이 나비뇨 나븨의 쑴이 쟝주뇨 맛ᄎᆞᆷ니 분변치못ᄒᆞᆯ지어날 이졔 네 셩진으로 네 몸을 삼고 ᄭᅮᆷ으로 네 몸의 ᄭᅮᆷ을 삼은즉 네 ᄯᅩᄒᆞᆫ 몸과 ᄭᅮᆷ은 한 물건을 삼지아니ᄒᆞᆷ이니 셩진과 쇼위 뉘이 ᄭᅮᆷ이며 뉘이 ᄭᅮᆷ이 아니뇨²⁸⁾ (新飜 구운몽)

⑧ 디새 닐ᄋᆞ디 네 홍을 타고 갓다가 홍이 다ᄒᆞ야 오니니 무슴 상관이

---

25) 완판본, 『영인 고소설판각본전집 1』, 연세대, 1973, 153쪽.

26) 비장본 A, 3권.

27) 비장본 B, 3권.

28) 신번 구운몽 下, 동문서림, 1913, 136쪽.

잇스리오 또 네가 인간륜회ᄒᄂᆞᆫ 일을 ᄭᅮᆷᄭᅮ엇다 ᄒᆞ고 또 네 ᄭᅮᆷ과 세상을 난호아 둘을 ᄒᆞ노니 네 ᄭᅮᆷ이 오히려 ᄭᅵ지못ᄒᆞ얏도다[29] (유일서관본)

⑨ 大師曰 汝乘興而去 興盡而來 我有何干與之事乎 汝又曰 弟子夢人間輪回之事 此汝以夢與人世 分而二之也 汝夢猶未盡覺也 莊周夢爲蝴蝶 蝴蝶又變爲莊周 莊周曰 莊周之夢爲蝴蝶耶 蝴蝶之夢爲莊周耶 終不能卜之 孰知何事之爲夢 何事之爲眞耶 今汝以性眞爲汝身 以夢爲汝身之夢 則汝亦以身與夢 謂非一物也 性眞少游 孰是夢也 孰非夢也[30] (재구본)

위의 서울대학본을 비롯한 이가원 소장본·경판본·완판본·A형, B형의 비장본·신번 구운몽·유일서관본 등 여덟 가지 국역본에서 우리가 알아두어야 할 일은 모두가 한문본의 번역 과정에서 이루어진 국역본 계열로서, 각기 한문본의 테두리 안에서 번역된 양상이 다르다는 것이다. 즉, 서울대학본의 방점 부분은 한문본의 "莊周夢爲蝴蝶 蝴蝶又變爲莊周 莊周曰 莊周之夢爲蝴蝶耶 蝴蝶之夢 爲莊周耶 終不能卜之 孰知何事之爲夢 何事之爲眞耶"의 縮譯이며, 그 아래 이어지는 한문본의 "汝以性眞爲汝身 以夢爲汝身之夢 則汝亦以身與夢謂非一物也"가 서울대학본에 그 번역이 제외되었고, 또 서울대학본의 "다리다", "어제"와 "업는"은 한문본의 내용으로 보아 "둘이다", "이제"와 "어니는"의 오기일 것으로 생각된다. 말하자면 한문본과 대비해 읽지 않고서는 전혀 그 뜻이 이해되지 않을 뿐 아니라 엉뚱한 뜻으로 전환될 우려도 있다.

---

29) 유일서관본 下, 유일서관, 1913, 116쪽.
30) 졸저, 『구운몽 원전의 연구』, 일지사, 1977, 281쪽.

다음 이가원 소장본은 한문본의 "弟子夢人間輪回之事"가 번역에서 제외되어 있고, 이가원 소장본의 방점 부분은 축역된 것이 서울대학본과 꼭 같고, 또한 그 아래 이어지는 한문본의 "汝以性眞爲汝身 以夢爲汝身之夢 則汝亦以身與夢謂非一物也"도 그 번역이 제외되어 있음은 서울대학본과 꼭 같다. 그러므로 해당 면에 있어서는 이가원 소장본이 서울대학본과 동류의 축역본이지만, 한층 이가원 소장본으로 하여금 졸렬스럽게 만드는 것은 바로 앞에서 언급된 "弟子夢人間輪回之事"가 번역에서 제외되었다는 데 있다. 왜냐하면, 한문본의 "弟子夢人間輪回之事"가 이가원 소장본에 그 번역이 제외됨으로써 문맥이 순조롭지 않기 때문이다. 말하자면, 컨텍스트의 불비를 가져오게 한 것이다. 이 윤회의 문제는 작품 초반에 성진이 팔선녀로 인해 득죄하였을 때, 육관대사는 그로 하여금 윤회의 고통을 맛보게 한다.

한번 돌아가는 고생을 면하지 못하리라 一番輪回之苦 烏得免乎[31]
(한문본)

그 후 성진이 大覺을 이룬 후에, 육관대사에게 윤회의 고통 대신에 하룻밤의 꿈으로 대각케 한데 대해 성진은 다음과 같이 사은하는 것이다.

제자 행실이 부정하오니 자작지죄 수원수구리오 마땅히 결함한 세계에 처하여 길이 윤회하는 재앙을 받을 것이어늘 스승이 하로밤 꿈을 불어 깨우사 성진의 맘을 깨닫게 하시니 스승의 은혜는 천만겁을 지나도 가히 갚지 못하리로소이다.[32]

---

31) 이가원 소장본, 연세대 출판부, 1970, 56쪽.

弟子無狀 操心不正 自作之孽 誰怨誰咎 宜處缺陷之世界 永受輪
回之咎殃 而師傳喚起一夜之夢 能悟性眞之心 師傳大恩 雖閱千萬塵
而不可報也 (한문본)

이로 보면, 해당 면의 이가원 소장본은 서울대학본과 달리 컨텍스트
가 이루어지지 않음을 분명히 확인할 수가 있다. 그렇다고 해서 이가
원 소장본이 서울대학본에 비해 모든 장면이 졸렬스럽게 이루어져 있
다는 것은 결코 아니다. 어떤 장면은 서울대학본에 이가원 소장본과는
달리 역으로 컨텍스트가 이루어지지 않고 있는 것도 있다.

다음 경판본과 완판본에 있어서는 경판본엔 이 장이 빠져 있고, 완
판본은 한문본의 "汝乘興而去 興盡而來 我有何干與之事乎"와 "此汝
以夢與人世 分而二之也 汝夢猶未盡覺也"만의 내용이 있을 뿐, 그 나
머지의 기나긴 내용이 모두 누락되었고, 경판본의 "달이 아니"는 "둘
이라 하니"의 오기로 전혀 내용이 전달되지 않는다. 말하자면 엉터리
축역이라는 것이다.

다음 A형 비장본은 한문본의 짤막한 "汝乘興而去 興盡而來 我有何
干與之事乎"만이 번역되었고, 그 나머지 기나긴 장면은 전부 빠져 있
고, B형 비장본엔 한문본의 전 장면이 모두 逐字에 의해 충실히 번역
되어 있어 완역임을 알 수가 있다.

다음 최근에 번역된 신번 구운몽은 한문본의 일자일구도 빠지지 않
고 축자에 의해 모두가 번역되어 있는 全譯本이다. 단, 방점 부분 "뉘
이쯤이며 뉘이쯤이 아니뇨"는 한문본의 "孰是夢也 孰非夢也"의 직역

---

32) 위의 책, 323~324쪽.

구로서 뜻을 오해케 하리만큼 축자 직역에 충실하였고, 유일서관본은 신번 구운몽을 모체로 하여 나온 것으로서, 한문본의 기나긴 "莊周夢爲蝴蝶 蝴蝶又變爲莊周 莊周曰 莊周之夢爲蝴蝶耶 蝴蝶之夢爲莊周耶 終不能卞之 孰知何事之爲夢 何事之爲眞耶 今汝以性眞爲汝身 以夢爲汝身之夢 則汝亦以身與夢 謂非一物也 性眞少游 孰是夢也 孰非夢也"가 全缺된 축약으로 이루어져 있다.

위의 여덟 가지 국역본을 위의 장면을 중심으로 한문본과 비교해 본 결과, 국역본들이 모두 한문본의 테두리 안에서 축역·졸역으로 이루어졌고, 전역본에 속하는 것은 B형 비장본과 신번 구운몽뿐임을 알 수 있었다. 더욱이 민 교수가 텍스트로 사용한 이가원 소장본은 "輪回의 苦"의 누결로 앞뒤가 연계되지 않음을 알 수가 있었다.

민 교수가 <구운몽>의 환몽을 영웅적 구조의 입장에서 푸는 장면에 인용된 위의 이가원 소장본은 결국 축역된 장을 인용한 셈이 된다. 말하자면 이가원 소장본에 그 번역이 제외된 한문본의 "弟子夢人間輪回之事"와 "以性眞爲汝身 以夢爲汝身之夢 則汝亦以身與夢 謂非一物也"가 해당 면을 푸는 민 교수의 주제에 다행히 큰 틀을 벗어나게 한다고는 할 수 없지만, 이들을 합해 푼다면 보다 각도가 분명해지리라고 기대된다. 그렇지만 민 교수가 만일 위에 든 여덟 가지 국역본의 사항을 알았더라면, 국역본으로서도 의당 전역본에 속하는 B형 비장본이나 신번 구운몽을 텍스트로 사용했을 것으로 믿는다.

이 문제와 곁들여 텍스트의 誤選이 어떤 결과를 가져왔는지를 실례를 들어 보기로 하자.

박성의 교수가 <구운몽>의 사상 분석을 시도한 大論을 엮는 글에서 텍스트로 국역본 가운데 가장 적은 량을 지닌 경판본을 사용한 적이 있었다. 경판본은 앞에서 언급한 바와 같이 가장 적은 축약본으로 그 분량은 한문본의 1/10에도 미달되며, 축약된 방법도 不均을 이루어 말하자면, 〈구운몽〉 이본 가운데 미숙한 경개본에 불과하다.[33] 그렇지만 박 교수는 경판본을 텍스트로 하여 유·불·도 삼교의 중량을 다룬 통계적 연구를 시도하였다. 더구나 경판본의 내용을 푸는 데 한문본을 제쳐놓았기 때문에 오독도 산견된다. 가령 위 부인이 육관대사에게 주는 글의 일절, "텬되 날을 슈고롭게 ᄒᆞ샤" 가운데 "텬되"를 "天道"로 풀이하였으나,[34] 이는 한문본의 "賤曹多事 使我苦惱"[35]로 비추어 볼 때 "텬되"는 분명 "賤曹"의 오독임을 쉽게 알 수 있다. 다음과 같이 경판본의 해당 면은 다른 국역본을 살펴볼 때 복잡한 출입이 있다.

> 텬도 일이 날을 슈고롭게 ᄒᆞ야[36] (서울대학본)
> 천한 몸이 다사ᄒᆞ외[37] (A형 비장본)
> 쳔죠다샤ᄒᆞ야 날로ᄒᆞ여곰 고뇌ᄒᆞ기로[38] (B형 비장본)
> ᄌᆞ연 다스ᄒᆞ와 (완판본[39]·이가원 소장본[40]·유일서관본[41])
> 천조가 다스ᄒᆞ야 날로 괴롭게 ᄒᆞ야[42] (신번 구운몽)

---

33) 졸저, 『구운몽 연구』, 고려대 출판부, 1974, 63~66쪽.
34) 박성의, 「구운몽의 사상적 배경연구-한국고전문학 배경론의 일환으로서」, 고려대 박사논문, 1970, 81쪽.
35) 졸저, 『구운몽 원전의 연구』, 일지사, 1977, 168쪽.
36) 서울대학본, 6쪽.
37) A형 비장본, 초권 2장, 후면.
38) B형 비장본, 상 2장, 전면.
39) 완판본 2장, 후면.
40) 이가원 소장본, 48쪽.
41) 유일서관본 상, 2쪽.
42) 신번 구운몽 상, 3쪽.

번역된 것이 다채로운데, 만약 이들을 한문본과 對讀치 않는 경우, 서울대학본의 "텬도"나 B형 비장본의 "천죠"나 신번 구운몽의 "천조" 는 엉뚱한 말로 풀이될 가능성을 지니고 있다. 이런 오독은 경판본의 오독만이 아니라, 정병욱 교수 등에 의해 이루어진 서울대학본의 원전 인 노존본과의 對讀이 이루어지지 않음으로써 그 오독은 곳곳에 산견 된다.[43] 위와 같은 사항을 통하여 더구나 <구운몽>에 대한 학술논문 의 작성에 서울대학본이나 이가원 소장본 또는 경판본 등의 국역본 대 신에 재구본이 의당 그 텍스트로 사용되어야 하는 당위성이 자명해졌 으리라고 본다.

4.

다음은 흔히 善本이란 호평을 받고 <구운몽> 연구의 텍스트로 많 이 사용되는 서울대학본의 성격에 대해 언급해 보기로 하자. 이 본이 선본으로 평가를 받는 것은 내용이 훌륭한 데 있는 것보다는 국역본으 로서 현재 출현한 이본 가운데 가장 古本이라는 데 있다. 그렇지만 고 본이라는 것도 국역본 가운데 그렇다는 것이지 한문본에 비한다면 문 제는 매우 달라진다. 이미 앞에서 누누이 언급한 바와 같이 서울대학 본은 한문본 가운데 가장 고본의 위치에 있을 뿐 아니라, <구운몽>의 원전에 해당되는 노존본의 국역본이라는 것이며, 또한 국역본의 성격 도 노존본의 全譯이 아니고 산략·축역 또는 국역으로서도 무리한 산 략에서 오는 컨텍스트의 불비, 내지 오역, 혹은 국문으로서 尊卑體의 불일치 등 여타 국역본이 지니고 있는 결점을 모두 갖고 있는 일종의

---

43) 졸저, 『구운몽 연구』, 고려대 출판부, 1974, 349~356쪽.

축역본이라는 것이다. 그러므로 이 본이 선본이란 평가를 받는 것도 앞에서 수차 언급된 바와 같이 그의 원본인 노존본에 비하면 사정은 아주 달라진다는 것이다.

서울대학본이 노존본의 축역본이란 것은 이미 구체적으로 언급된 바 있으므로[44] 사족을 피한다. 그러나 여기에서 이 본에 대해 중대한 언급을 첨가하자면, 근자에 필자가 서울대학본의 직접적인 대본이 된 듯한 노존본 하나를 입수한 것과 관련된 것이다.(소장자는 강전섭 교수)

이 본의 서지적 사항을 간단히 소개하면, 단권 필사본으로 67장, 매 장 12행, 매 행 30여자 내외로 되어 있고, 필사자와 필사연도는 미상이다.

서울대학본은 노존본의 국역본이지만 현존한 노존본에 비해 곳곳에 相違한 작은 장면이 출현하고 있다. 그렇다고 이 작은 상위의 장면 때문에 서울대학본이 크나큰 특색이 있는 것은 결코 아니고, 노존본 계통과 類를 같이하면서도 이들의 작은 상위의 장면을 번역자의 첨보 내지 改譯으로 처리하였었다.[45] 그러나 이 본이 노존본 계통의 번역과정에서, 특히 시 또는 小句의 상위로 처리되었던 것이 근래 출현된 노존본에 대충 나타나 있음으로써 이 본에 나타나 있는 첨보가 결국 독창적인 것이 아니고 필자에 의해 그 당시 사용됐던 노존본(하버드대본·나손본·장암본·석헌본)과 계통을 같이하면서도 異系로 잡아야 하는 다른 노존본임을 확인하게 되었다. 그러므로 필자는 노존본을 양분하여 하버드대본·나손본·장암본·석헌본 및 필자에 의해 재구된 노존본을 우선 "A형 노존본"이라 가칭하고 강전섭 교수의 소장본을 B형

---

44) 위의 책, 157~188쪽.

45) 위의 책, 172~182쪽.

노존본이라 가칭하고자 한다.

그러면 종래 서울대학본에 소위 첨보 내지 改譯으로 처리된 몇 장면
을 들어 예증하기로 하는데, 우선 장회 명칭부터 들어보면 다음과 같다.

第四回
초녀도관뎡부디음 노亽도금방틱현셔[46] (서울대학본)
倩女冠鄭府遇知音 老司從金榜得快婿[47] (A형 노존본)
俏女冠鄭府遇知音 老司從金榜擇快婿[48] (B형 노존본)

第八回
시쳡슈의亽쥬인 쳡여슈검부화쵹[49] (서울대학본)
宮女掩淚隨黃門 侍妾含裵辭主人[50] (A형 노존본)
侍妾守義辭主人 俠女袖劍赴花燭[51] (B형 노존본)

위 4회장과 8회장의 서울대학본·A형 노존본·B형 노존본의 삼자
를 대비해 보면 서울대학본이 B형 노존본과 부분적인 변이는 있지만
큰 맥락에선 일치하고 있다. 즉 4회의 "초녀"와 "倩女" 8회의 "시쳡슈
의亽쥬인 쳡여슈검부화쵹"과 "侍妾守義辭主人 俠女袖劍赴花燭"[52]이

---

46) 서울대학본, 186쪽.
47) 졸저, 『구운몽 원전의 연구』, 일지사, 1977, 186쪽.
48) B형 노존본, 강전섭 소장, 삼십 장, 전면.
49) 서울대학본, 186쪽.
50) 졸저, 위의 책, 217쪽.
51) B형 노존본, 십팔 장, 전면.
52) 八回章은 앞뒤 구절이 서울대학본과 B형 노존본이 꼭 같으나, 다만 뒤 구절이 전자는
    "쳡여" 운운으로 되어 있으나 후자엔 "俠女" 운운으로 되어 있어 양자 相違된다. 이
    중 후자가 옳다고 보아야 하는데 이 구절은 양소유가 토번과 싸울 때, 전진에서 만난
    검술에 능한 협녀 심요연과의 이야기이므로 서울대학본의 "쳡여"는 당치않다. 거기서

서울대학본과 B형 노존본이 꼭 같다.

　다음은 시문에서 일례를 들어보기로 하자. 시문에 있어서 서울대학
본과 종래 노존본과의 두드러진 차이는 양소유가 과거 차 상경하다가
天津橋 詩會에서 계섬월을 만나 쓴 소위 천진교시에 있다. 삼자의 변
이를 들어보면 다음과 같다.

　　향딘욕긔모운다 공디요희일곡가 십이가두춘완만 양화여셜내수하
　　화지슈새옥인장 미발셤가구이향 하채양셩혼블관 지수난득쳘위댱
　　긔졍모셜안양쥐 최시왕랑득의츄 쳔고ᄉ문원일믹 막교젼비텬풍류
　　초직셔유노입진 쥬루니취낙양츈 월등단계슈단졀 금디쥬루니취낙
　　양츈문쟝ᄌ유인53) (서울대학본)

　　楚客西遊路入奏 酒樓來醉洛陽春 月中丹桂誰先折 今代文章自有人
　　天津橋上柳花飛 珠箔重重映石暉 側耳要聽歌一曲 錦筵休復舞羅衣
　　花枝差殺玉人粧 未吐纖歌口已香 待得樑塵飛盡後 洞房花燭賀新郎54)
　　　　　　　　　　　　　　　　　　　　　　　　　　　　　　(A형 노존본)

　　香塵欲起暮雲多 共待妙姬一曲歌 十二樓頭春腕晚 楊花如雪奈愁何
　　花枝差殺玉人粧 未發纖歌氣已香 下蔡陽城渾不管 只恐粧得鐵爲腸
　　旗亭暮雪按凉州 最是玉郎得意秋 千古斯文元一脈 莫敎前輩擅風流55)
　　　　　　　　　　　　　　　　　　　　　　　　　　　　　　(B형 노존본)

　서울대학본의 주석본(186쪽)의 한자 삽입, "婕妤手劍付華燭"은 의당 B형 노존본에
따라 "俠女袖劍赴花燭"으로 고쳐야 할 것이다. 단, 현 서울대학본의 주석본에 "쳡여"
로 되어 있는 것은 혹시 원본엔 "협여"로 되어 있는 것을 주석자가 오역한 것이 아닌가
추측된다.

53) 서울대학본, 60~62쪽.
54) 졸저, 위의 책, 183쪽.
55) B형 노존본, 11장, 후면.

위와 같이 서울대학본, A형 노존본, B형 노존본 중 서울대학본과
B형 노존본이 일치하고 있다. 단, 서울대학본은 四章詩로 되어 있고,
B형 노존본은 A형 노존본과 같이 三章詩로 되어 있으나, 서울대학본
의 사장시는 末章 "楚客西遊路入秦" 운운이 A형 노존본의 것과 일치
하고, 나머지 3장은 방점 부분 두 군데 자구의 출입56) 외엔 B형 노존
본과 꼭 같다. 그렇지만 서울대학본의 사장 구성에서 이 본의 전면에
B형 노존본과 같이 삼장시를 쓴 것으로57) 되어 있음으로 보아 결국
서울대학본의 사장 구성 중 말장의 삽입은 후인의 오삽이라고 보지 않
을 수 없다.

다음은 양소유가 女冠으로 가장하여 정경패를 찾아 彈琴할 때, 최
부인과 문답을 나누는 장면에서 서울대학본은 노존본과 큰 차이를 보
인다.

> 양싱이 피셕ᄒ여 디답ᄒ디 빈도는 본디 ① 오초사롬이라 구름ᄀ
> 톤 ᄌ최 졍쳐업시 단니더니 쳔ᄒᆞ ᄌ최롤 인연ᄒ여 부인긔 뵈오믈
> 뜻ᄒ디못ᄒ이다. ② 부인이 닐ᄋ디 ᄉ부의 잡ᄃᆞᆫ 바ᄂᆞᆫ 므슨 곡
> 됴고 양싱이 디왈 빈되 일즉 남뎐산 듕의셔 이인을 만나 여러가
> 지 곡됴롤 뎐ᄒ야시디 다 녯사롬의 소리라 금인의 귀예 맛갓디
> 못홀가 ᄒᆞᄂ이다. 부인이 시비로 ᄒ여금 양싱의 거문고를 가져오라
> ᄒ여 닐오디 가쟝 됴흔 지목이라58) (서울대학본)

---

56) 서울대학본의 "구이항"이 B형 노존본엔 "氣已香"으로, 또 "지수난득"이 "只恐粧得"
으로 되어 있을 뿐이다. 본 천진교시의 서울대학본 주석본에도 B형 노존본에 따라 그
한자의 삽입도 곳곳에 바로 잡아야 할 곳이 있다.
57) 서울대학본, 58쪽.
58) 서울대학본, 86쪽.

陽生避席對曰 貧道本是吳楚間孤賤之人也 浪迹如雲 朝東暮西 玆
因賤技 攅近於夫人座下 是豈始望之所及哉 夫人命侍婢 取楊生手中
之琴 置膝摩挲 乃稱賞曰 眞個妙材也[59] (A형 노존본)

楊生避席對曰 貧道 ① 吳楚之人 如雲之蹤行無定處 因緣賤才不意
得見於夫人也 ②夫人曰 師父所彈 何曲調耶 楊女答曰 貧道曾於藍田
山中 遇異人許多曲調也 皆古人之聲而似不合今人也 夫人使侍婢持來
楊生琴而見之 贊曰 良材也[60] (B형 노존본)

위의 삼자를 대비해 보면, 서울대학본의 방점 부분 ① "오초사롤이
라 구름ᄀ튼 ᄌ최 정쳐업시 단니더니 쳔흔 ᄌ최롤 인연ᄒ여 부인긔 뵈
오믈 ᄯᄃᄒ디못ᄒ이다" 운운은 B형 노존본의 방점 부분 ① "吳楚之人
如雲之蹤行無定處 因緣賤才不意得見於夫人也" 운운과 일치할 뿐 아
니라, 또한 전자 방점 부분 ②는 A형 노존본에 전연 없는데 B형 노존
본엔 방점 부분 ②와 같이 그대로 삽입되어 있음으로써, 해당 면의 부
분은 서울대학본이 B형 노존본과 동궤임을 알 수가 있다.

이상에서 든 서울대학본과 A형 노존본·B형 노존본 등 삼자의 장
회 구절·시문·小場面의 내용이 A형 노존본과는 별도로 서울대학본
과 B형 노존본이 서로 일치함으로써 결국 서울대학본이 B형 노존본의
계열임을 알 수가 있다. 장회 구절·시문·소장면의 내용만을 든 것은
번잡을 피하여 서울대학본과 B형 노존본이 동궤임을 확인하는 한도
내에서 요점만을 언급하기 위해서이다. 이들 외에 A형 노존본과는 달

---

59) 졸저, 『구운몽 원전의 연구』, 일지사, 1977, 189쪽.
60) B형 노존본, 15장, 후면.

리 양자의 상당수가 일치하고 있지만, 보다 구체적인 작업은 따로 지면을 빌리고자 한다.

위와 같이 서울대학본과 B형 노존본이 동궤임에도 불구하고 혹시 서울대학본을 지나치게 善本으로 본 나머지 후자가 전자의 번역과정에서 나온 한역본일 가능성이 있지 않을까 의심을 가져볼지도 모르나, 이에 대하여는 이미 누누이 언급된 바와 같이 전자에 나타난 어색한 축자 직역구, 산략, 또는 무리한 산략에서 오는 컨텍스트의 불비 내지 오역, 그리고 문체상 존비체의 불일치 등이 그러한 억측을 근본적으로 막아준다. 그러므로 이 글에서 분명해진 것은 서울대학본이 노존본의 A·B형 두 계열에서 B형의 국역본이란 것이다. 이번 B형 노존본이 출현함으로써 종래의 노존본이 A형과 B형으로 이분화되었는데, 양자의 선후 관계에 대한 문제는 별도로 다루겠다.

5.

이제 이 글의 마무리로 들어간다. 위에서 논의된 것은 오늘날 <구운몽> 연구의 텍스트로서 연구자의 隨意에 따라 서울대학본, 혹은 이가원 소장본 등 소위 국역본이 종종 사용되고 있는 현황으로 학계의 혼선을 빚고 있는데 대하여, 이를 바로잡기 위해 필자가 10여 년 전 <구운몽>의 원전으로 한문 노존본으로 확정지은 것을 재확인함과 동시에 필자의 한문 원작설을 찬반 양론으로 나누어 이들을 거론하고, 서울대학본 등 국역본을 텍스트로 사용하는 부당성을 지적함과 아울러 특별한 경우가 아니면 의당 필자에 의해 재구된 재구본이 텍스트가 되어야 한다는 당위성을 밝혔다.

소위 선본으로 평가를 받는 서울대학본의 텍스트 부당성을 더욱 확고히 하기 위해, 근래 출현한 노존본 계통의 한문 필사본(강전섭 소장)을 통하여 종래의 노존본이 A형과 B형으로 이분화하였는데, 서울대학본은 장회 구절·시문·소장면 등이 B형과 일치됨으로써 결국 B형 노존본의 국역본임이 확인되었다. 그렇지만 종래 노존본이 A형과 B형으로 이분화됨에 따라, A형과 B형의 선후 관계에 대한 문제는 앞으로의 과제로 남겨두며 이 글을 마무리한다.

2. 〈구운몽〉 노존본의 이분화*

1) 도언

〈구운몽〉 텍스트의 연구는 필자에 의해 이미 근 30년 전에 「구운몽 이본고」(『아세아연구』, 8호, 9호, 고려대 아세아문제연구소, 1961, 1962)로써 제기되었다. 이 논문이 엮어질 당시, 〈구운몽〉의 이본은 한문본으로 당시 유일본의 역할을 한 계해본을 비롯한 국문 목각본·필사본·활자본·外譯本 등 15종이 있었다. 필자는 이들을 서로 대비한 결과, 국문본이 원작이라는 통설에 최초로 의문을 던지면서 한문본이 원작일 가능성을 제시하였다. 이후 한문본으로 유일본인 계해본의 모본인 을사본이 찾아지는 동시에, 거기에 "大覺" 장면이 삽입돼 있음으로써 〈구운몽〉의 이본에서 한문본의 위치는 획기적인 중요성을 부여받게 되었다.

---

*『동방학지』, 59집, 연세대 국학연구원, 1988 참조.

여기에서 <구운몽>의 텍스트 연구는 멈추지 않았다. 1960년대서부터 1970년 초 사이에 필자에 의해 수집된 <구운몽> 한문본의 이본은 무려 30여종에 이르렀다. 이들 한문본을 분류하는 과정에서 <구운몽> 한문본의 위치를 근원적으로 소급시켜 놓았던 을사본의 모본인 노존본이 나타남으로써 필자는 비로소 노존본이 <구운몽>의 원작임을 확증 짓게 되었다. 다시 말하면, 한문본의 전승과정이 노존본에서 을사본으로 이루어지고, 을사본은 다시 계해본으로 이루어짐에 따라서 국문본은 노존본 계통의 국역본, 을사본 계통의 국역본, 계해본 계통의 국역본 등으로 이루어진다는 도식이 성립되었으며, 필자는 한문 노존본이 <구운몽>의 원작에 해당된다는 결론을 도출하였다.

여기에서 필자는 노존본 계통의 이본을 수집하여 노존본의 원전조정(Attribution)작업에 착수하여 드디어 <구운몽>의 원전을 재구하게 되었다. 이것이 졸저 『구운몽 원전의 연구』이다. 그러나 <구운몽>의 원전이 재구된 지 근 10년에 이르러 다시 필자에 의해 재구된 노존본의 재구본과 근본적으로 異系에 속하는 다른 노존본(강전섭 교수 소장)이 이번에 출현함에 따라서 이를 재구본과 비교하여 선후 문제를 판가름하였다. 그 결과, 재구본을 A형으로, 새로 출현한 노존본을 B형으로 가정할 경우, B형이 A형에 선행된다는 확증이 이루어져 필자는 그 요지를 작년 제30차 전국 국어국문학회에서 발표한 바 있다.

여기에서는 이 문제를 훨씬 구체화하여 노존본의 A형과 B형의 선후 문제를 매듭짓기 위해 양자를 형식면과 내용면으로 나누어 검토하겠다.

2) A형 노존본과 B형 노존본의 변이

A형 노존본과 B형 노존본은 노존본의 골격 구조에서 보면, 동일한 것이지만, 세부적 형식과 내용에서 보면 상이하다. 즉, 모든 것이 자자 구구가 거의 달리 표현되어 있다는 것이다. 단도직입적으로 언급한다면, 형식면에서 A형이 율문체·수식체·문어체로 되어 있는데 반하여 B형은 산문체·산만체·구어체로 이루어져 있고, 내용면에서는 장회의 명칭과 시문이 군데군데 서로 다른 곳이 있다. 특히 주목해야할 차이점은 A형이 B본에 비해 부분적으로 첨보 내지 大添補가 이루어져 있어서 그 분량을 비교할 때, B본의 한자 수가 4만 7천여자로 돼 있는데 대하여 A본은 무려 7만 7천여 자에 이르고 있다는 것이다. 더구나 인명과 지명, 또는 물량 수에 있어서도 상이한 것이 곳곳에 있어서 이들을 노존본·을사본·계해본의 삼분법적 분류에서 나타나는 자구의 상이와는 달리, 크게 상이한 異系로 잡아야 할 논리적 근거가 있다는 것이다.

그러면 A형 노존본(이후 A본이라 칭하겠음)과 B형 노존본(이후 B본이라 칭하겠음)의 특징을 들어내기 위해 그 변이를 문체, 大添補, 시문·상소문의 첨보, 장회의 출입, 시문의 출입 및 인명·지명의 출입 등 작은 항목으로 나누어 살펴보기로 한다.

a) 문 체

앞에서 언급한대로 문체면에서 A본이 율문체·수식체·문어체로 되어 있는데 대하여 B본은 산문체·산만체·구어체로 이루어져 있는 것을 편의상 〈구운몽〉의 상권과 하권에서 두 개씩 예를 들어 살피기로 하겠다.

첫째, 제3회 "楊千里酒樓擢桂 桂蟾月鴛被薦賢"에서 예를 들면 다음과 같다.

> 王生大笑曰 說道於兄 何害之有 吾洛陽素稱人才府庫 是以近前科甲 洛陽之人 不爲壯元 則必爲榜眼探花 吾輩諸人 皆得文字上虛名 而未能自定其高下優劣矣 彼娘子姓桂 名蟾月 非但姿色歌舞 獨步於天下 古今詩文 無所不通 且其詩眼尤妙矣 靈如鬼神(A본)[61]

> 諸人曰 言之無害也 我洛陽之人才聚處 自前科甲 洛陽之人 非壯元 則爲榜眼探花 我諸人暫得文字虛名 自不能定優劣 彼娘子名蟾月姓桂氏 姿色歌舞 非但獨步於天下 詩文無不知之 看文之眼 如神名(B본)[62]

양소유가 천진교의 詩酒會에 참여하였을 때, 계섬월을 둘러싼 왕생과의 대화의 한 부분이다. 즉, A본은 총 자수가 103인데 대해 B본은 82로 A본이 21자가 늘어져 있다. A본이 문어체에 입각하여 수식·율문·논리화되어 있는데 대하여, B본은 구어체에 입각하여 산문체 내지 산만체로 이루어졌음을 알 수가 있다. 즉, B본의 방점 부분 "言之無害也"가 A본의 방점 부분엔 "說道於兄 何害之有" 등 4언의 율문으로 보다 수식되어 있고, B본의 "人才聚處"가 A본엔 "人才府庫"로 문장화되어 있다. B본의 "彼娘子名蟾月姓桂氏"도 A본엔 "彼娘子姓桂名蟾月"로 논리화되어 있고, B본의 "看文之眼 如神明"이 A본엔 "古今

---

61) A형 노존본의 대본은 필자에 의해 재구된 『구운몽 원전의 연구』(일지사, 1977)를 사용하여 페이지를 표시하겠다. A형 노존본, 182쪽.

62) B형 노존본의 대본은 현재 유일본인 강전섭 교수 소장본을 사용하여 페이지를 표시하겠다. 단, 강전섭본은 張面으로 되어 있지만 필자는 편의상 이를 풀어 페이지로 표시하겠다. B형 노존본, 21쪽.

詩人 無所不通 且其詩眼尤妙矣 靈如鬼神"으로 문장화·율문화되어 있음을 알 수 있다. 이들 외에 A본의 "是以"는 B본엔 없는 것으로 앞 뒤 문맥을 잘 논리화시켜 주고 있다.

둘째는 제6회 "賈春雲爲仙爲鬼 狄驚鴻乍陰乍陽"에서 예를 들어보 기로 하자.

　　① 翰林至燕國 絶徼之人 未曾睹皇華威儀 見翰林如地上祥麟 雲間 端鳳 到低擁車塞路 無不以一覩爲快 而翰林威如疾雷 恩如時雨 邊民 亦皆欣欣鼓舞 嘖嘖相稱曰 聖天子將活我矣 ②翰林與燕王相見 翰林 盛稱天子威德 朝廷處分 以向背之勢 順逆之機 縱橫闢闔 言皆有理 滔滔如海波之瀉 凜凜如霜颷之烈 ③燕王瞿然而驚 愓然而悟 乃以膝 蔽地而謝曰 弊蕃僻陋 自外聖化 習故狃常 迷不知返 此承明敎 大覺 前非 自此當戢狂圖恪修臣職 惟皇使歸秦朝廷 使小邦 因危獲安 轉禍 爲福 則是小鎭之幸也 ④仍設宴於壁鏤宮以餞 翰林將行 以黃金千斤 名馬十匹贐之 ⑤翰林却不受 離燕土而西歸(A본)[63]

　　① 翰林至燕 遠址之人 未嘗見如此風采 過去之處 挾車塞道 威風 大振矣 ②與燕王相見 盛言大唐威德 開諭利害 言辭滔滔 如翻波瀉 ③燕王多屈以服 卽修表文 去王號而 請歸順矣 ④燕王設宴 餞行 贐黃 金千兩名馬十足 ⑤却不受 離燕西歸(B본)[64]

위는 양 한림이 귀순하지 않는 燕國에 이르러 燕 王을 설득하여 귀 순케 하는 장면인데 위의 내용을 편의상 위의 인용문에 붙인 번호에 따라 다섯 항목으로 나누면 다음과 같다.

---

63) A형 노존본, 209쪽.
64) B형 노존본, 51쪽.

① 양 한림은 연국에 이르자 연국인이 양 한림의 위풍을 보고 감탄한다.

② 양 한림은 연 왕을 만나 大唐國에 귀순할 것을 설득한다.

③ 연 왕은 양 한림의 언설에 감동되어 드디어 귀순한다.

④ 연 왕은 양 한림을 위해 대연을 배설하고 선물을 준다.

⑤ 그러나 양 한림은 선물을 거절하고 귀국길에 오른다.

이 다섯 항목의 구조는 예문의 번호에서와 같이 양 본이 같지만, 세부적 사항에 있어선 A본의 자수가 235인데 대해 B본은 91로 되어 있는 바와 같이 출입이 심하다. 즉, B본 ①항의 양 한림이 연에 이르자 먼 땅의 사람이 양 한림의 풍채 같은 것을 본 일이 없었으므로 지나는 곳마다 수레가 길을 빽빽이 메워 있어 양 한림의 위풍이 크게 떨쳤다는 것이 A본의 ①항엔 많은 수식으로 첨보되어 있다. 즉, "見翰林如地上祥麟 雲間端鳳" 혹은 "翰林感如疾雷 恩如時雨" 등이 그것이며, 더구나 "邊民亦皆欣欣鼓舞 噴噴相稱曰 聖天子將活我矣"는 고소설적 과장의 수식이다.

2항의 B본은 양 한림이 연 왕과 만나자 大唐의 威德을 들어 달래니 "언사가 도도하기가 물결을 뒤집는 듯 했다"로 된 가운데, B본의 "開諭利害"가 A본엔 "朝廷處分 以向背之勢 順逆之機 縱橫闔闢"으로, 그리고 B본의 "言辭滔滔 如翻波濤"가 A본엔 "言皆有理 滔滔如海波之瀉 凜凜如霜飇之烈"로 훨씬 소설적으로 수식되어 있다. 그리고 ③항의 B본은 다만 "燕王氣屈以服卽修表文 去王號而請歸順矣"로 돼 있는데, A본은 "燕王瞿然而驚 愓然而悟乃以膝蔽地而謝曰 幣蕃僻陋 自化聖化 習故狃常 迷不知返 此承明敎大覺前非 自此當戢戢狂昌 恪

修臣職 惟皇使歸秦朝廷 使小邦 因危獲安 轉禍爲福 則是小鎭之幸 也”로 같은 줄거리 안에서 대화체로 훨씬 확대되었고, ④의 B본 “燕王 設宴餞行 贐黃金千兩 名馬十足”은 A본에 설연 장소인 壁鏤宮이 제 시되었고, ⑤의 B본 “却不受 離燕西歸”는 A본에는 “翰林”의 주어가 삽입되고 “離燕而歸”도 “離燕土而西歸”에서와 같이 주석을 달듯 풀 어 서술되어 있다. 위 장면은 전반적인 면에서 검토될 때, A본이 B본 을 토대로 하여 수식화·율문화되고 부연되어 있다.

셋째는 12회 “楊尙書夢游上界 賈孺人矯傳遺言”에서 예를 들어보 기로 하자.

①崔夫人受恩感激 叩頭曰 臣妾晩得一女 愛之如玉 一誤禮幣 還送 老臣 魂骨俱碎 惟願速死 不見其可憐之形矣 貴主累往於蓬蓽之中 屈 其體下交賤息 仍與携入於禁中 使被曠世之恩章 此葉於朽木 魚於涸 水 惟當竭髓彈力 以效報答之梱 而臣妾之夫 年老病深 心長髮短 旣不 能奔走職事 以貢微勞 臣妾赤彫謝癃疿 與鬼爲隣 亦未由追逐宮娥 自 服掖庭掃洒之役 丘山之恩 將何以仰報乎 惟有千行感淚 河傾雨瀉而 已 乃起而拜 伏而泣 雙袖已龍鍾矣 ②太后爲之嗟歎 又曰 英陽已爲吾 女 夫人更不可挈去矣 ③崔氏俯伏奏曰 臣妾何敢率歸於家中乎 但母 女不得團聚 稱誦如天之德 是可欠也 ④太后笑曰 不越乎行禮之前也 惟夫人勿憂也 成婚之後 蘭陽亦托於夫人矣 夫人視蘭陽 亦如寡人視 英陽也 仍召蘭陽公主 與夫人相見 ⑤夫人重謝前日之褒慢(A본)[65]

①崔夫人感激惶恐而已 ②太后又曰 榮陽今爲我女 夫人勿推也 ③ 夫人曰何敢推之 但臣妾之夫妻 年老悲未更見也 ④太后笑曰 不過婚

65) A형 노존본, 243쪽.

姻前 婚姻後則 蘭陽女兒托於夫人矣 因召蘭陽 與夫人相見 ⑤夫人前
日褻慢再三稱謝矣(B본)[66]

위의 내용은 최 부인이 태후의 슈으로 입궁하여 정 소저가 영양 공
주로 책봉된 것을 중심으로 태후와 대화를 나누는 장면인데 그 이야기
는 아래와 같이 대충 다섯 갈래로 나누어진다.

① 최 부인이 입궁하여 감격해 하는 장면.
② 태후가 최 부인에게 정 소저는 이미 자기의 딸이 되었으므로 私
   家에 데리고 갈 수 없다는 것.
③ B본엔 최 부인은 자기 부부가 이미 늙어 자기 딸을 볼 수 없게
   되었다는 것이나, A본은 최 부인 모녀가 함께 단란하게 모여 태
   후의 하늘같은 은덕을 칭송치 못할까 걱정이라는 것으로 이 항은
   A본과 B본이 각기 다르다.
④ 태후가 최 부인에게 혼례 후엔 난양 공주까지도 최 부인에게 맡
   기겠다는 것.
⑤ 최 부인이 지난달 설만했던 것을 태후에게 사과한다는 것 등이다.

위에서와 같이 대체의 골격은 같다 할지라도 세부사항에 있었던 A
본의 글자 수가 301인데 대하여 B본은 불과 85인 것에서와 같이 A본
이 훨씬 길게 첨보·수식이 이루어져 있다는 것이다.
   즉, 위의 ①에서는 B본이 "崔夫人感激惶恐而已"로 간단히 제3자의
입장에서 서술됐는데 대하여, A본은 방점 부분에서와 같이

---

66) B형 노존본, 92쪽.

　　최 부인이 은혜를 바드미 감격ᄒ야 고두주왈 신텹이 늣게야 ᄒᆫ ᄯᅡᆯ을 어드미 샤랑ᄒ기를 금옥ᄀᆞᆺ치 ᄒ더니 그 혼샤을 밋쳐 ᄒᆫ번 그르쳐 녜폐을 도로 보ᄂᆞ미 노신의 혼골이 업셔지고 오즉 원이어셔 죽에 가긍ᄒᆫ 형샹을 보지아니ᄒᆯ가 ᄒ더니 귀쥬 루츳 루지녜 강임ᄒ야 그 존귀ᄒᆫ 심을 굴ᄒ여 쳔식을 사괴여 인ᄒ야 다리고 금듕에 들어와 광셰의 은장을 입피니 이ᄂᆞᆫ 모든 남기 입피 피고 모든 고기 믈쥼이라 오즉 졍셩을 다ᄒ야 갑고져 ᄒ되 신텹의 부뷔 나히 만ᄒ고 병이 깁퍼 구산 ᄀᆞᆺᄒᆫ 은혜을 만분의 일도 갑지못ᄒ오니 오즉 텹항 늣긴 눈물이 바다흘 지우리며 비ᄲᅮ임ᄀᆞᆺᄒ여 일어나며 업려 샤녜ᄒ미 두 쇼미 임의 룡죵이라[67]

로 부연되었을 뿐 아니라, "愛之如玉 及其婚事 一誤禮幣 還送老臣 魂骨俱碎 惟願速事"와 같이 4언 율문으로 이루어지기도 하였고, B본의 ② "太后又曰 英陽今爲我女 夫人勿推也"는 A본엔 "太后爲之嗟嘆 又曰 英陽已爲吾女 夫人更不可挈去矣"로 보다 길게 부연됐고, B본의 ③ "夫人曰 何敢推之 但臣妾之夫妻年老悲未更見也"는 A본에 "崔夫人俯伏奏曰 臣妾何敢率歸於家中乎 但母女不得團聚 稱誦如天之德 是可欠也"로 약간 변색되어 부연됐고, B본의 ④ "太后笑曰 不過婚姻前 婚姻後則 蘭陽女兒亦托於夫人矣 因召蘭陽 與夫人相見"은 A본에 "不越乎行禮之前也 惟夫人勿憂也 成婚之後 蘭陽亦托於夫人矣 夫人視蘭陽亦如寡人之視英陽也 仍召蘭陽公主 與夫人相見"으로 보다 문장체로 첨가되었고, B본의 ⑤ "夫人前日藝慢再三稱謝矣"와 같은 한국적 구어체는 A본에 "夫人重謝前日之藝慢"에서와 같은 정제된 문장체로 다듬어졌음을 엿볼 수가 있다.

---

67) 비장본 국문 노존본 中卷 15장 전후면. 번역문 내용이 빠진 것도 있고 오기도 있지만 옛 번역문임을 존중하여 편의상 예문으로 들어 놓았다.

넷째, 14회 "樂遊原會獵鬪春色 油壁車招搖占風光"에서 예를 들어
보기로 하자.

丞相笑曰 ①少游追念其時之事 誠可哈也 ②下土窮儒 一驢一童 間
關遠路 爲飢火所迫 過飮村店之濁醪 行過天津橋上 適見洛陽才子數
十人 大張娼樂於樓上 飮酒賦詩 少游以弊衣破巾 詣其座上 蟾月亦在
其中矣 ③雖諸生僕隷 未有如少游之疲弊者 而醉興方濃 不知慚愧 拾
掇荒蕪之語 構成一詩 不記其詩意何如 句格何如 而桂娘拈出其詩 於
衆篇之中 歌而泳之 盖座中初旣相約曰 諸人所作 若入於桂娘之歌者
則當讓與蟾娘於其人 故不敢與少游相爭 此亦緣也(A본)[68]

丞相笑曰 ①少游其時事言之 實可笑 ②遠方騎驪書生 過飮村店之
濁醪 過天津酒橋 洛陽才子鞠十人挾娼樂 而飮酒賦詩於其上 小妾亦
在其中矣 少游以樊布之衣 沾雨之巾 假酒力而進座上 ③諸生牽馬之
奴 無有如少游之麁粗矣 少游醉中 元無竣惑荒雜之句 不知以何爲辭
而諸詩之中 少妾擇少游之詩而歌之 諸人已有約 故不敢爭蟾月 此亦
似因緣矣(B본)[69]

위의 내용은 양소유와 越 王과의 樂遊原 놀이에서 월 왕이 양소유
에게 계섬월을 만난 연유를 물었을 때, 양소유가 지난날 과거를 보러
상경 중에 천진교에서 시주로써 계섬월과 인연을 맺게 된 것을 술회하
는 장면이다.

우선 A본의 자수가 185인데 대해 B본은 139로 A본이 46자가 더

---

68) A형 노존본, 265쪽.
69) B형 노존본, 115쪽.

첨가되었음을 알 수가 있겠지만, A본은 B본이 산문체·산만체·구어
체로 이루어져 있는데 대하여, A본은 문장체 내지 율문체로 수식되고
다듬어져 있음을 쉽게 엿볼 수가 있다. 즉, B본 ① "少游其時事言之
實可笑"의 소리 나는 대로 적은 구어체의 한국적인 한문이 A본 ① "少
游追念其時之事 誠可咍也"에서와 같이 문법적으로 정제된 문장체로
다듬어져 있고, B본 ② "遠方騎驥書生 過飮村店之濁醪"의 산만체가
A본 ②의 "下土窮儒 一驢一童 間關遠路 爲飢火所迫 過飮村店之濁
醪"에서와 같이 문어체·율문체로 보다 수식되어 있고, B본 ③의 "諸
生牽馬之奴 無有如少游之麁粗矣 少游醉中 元無竣惑荒雜之句 不知
以何爲辭 而諸詩之中 少妾擇少游之詩而歌之"는 뜻을 제대로 파악할
수 없으리만치 산만하고 비문법적인 것이지만,[70] 이것들이 A본 ③엔
"雖諸生僕隷 未有如少游之疲弊者 而醉興方濃 不知慚愧 拾輟荒蕪之
語 構成一詩 不記其詩意何如 句格何如 而桂娘拈出其詩於衆篇之中
歌而咏之"로 문법화·율문화의 방향으로 수식되어 문장체로 다듬어
져 있다.

---

70) 예문 넷째 항의 B본 ③이 얼마나 산만하고 비문법적인가는 국문 노존본의 하나이며,
한편 바로 B형 노존본의 번역본에 해당되는 서울대학본에도 이것이 다음과 같이 번역
된 데서도 알 수가 있다. 즉, "졔셩의 겻마든 죵도 쇼유쳐로 츄러ᄒᆞ니 업더이다 쇼위
취둥이라 쥰혹도 업다아녀 황잡흔 글귀를 무어시라 지여던디 쇼쳡이 모든 글듕의 굴히
여 노릭브르니"(『영인본 고전소설 1』, 고려서림, 1986, 436쪽)라 오역되어 있는 것으로
보아 B형 노존본의 이 글이 얼마나 난삽하고 비문법적인가를 가히 알 수가 있다. 뿐만
아니라, 서울대학본의 주석본에도 위의 오역문의 뜻이 주석자에 의해 잘 파악되지 않아
위의 서울대학본 예문 가운데 "겻마든 죵도"도 그 原句인 "牽馬之奴"와는 달리 엉뚱하
게 "곁에 따라다니니"(『구운몽: 한국고전문학대계 9』, 민중서관, 1972, 367쪽)로, "쥰혹
도 업지아녀"는 "부끄러운 줄 모르고"(同書, 같은 페이지)로 誤註가 범해졌다. 이는
결국 B본의 해당 문장이 얼마나 난삽한가를 단적으로 말해주는 것이라고 본다. 그렇지
만 A형 노존본엔 본문에서와 같이 그 뜻이 잘 파악되어 유려하게 풀이되었다.

더구나 ③에 이어지는 B본의 "諸人已有約"은 A본에 "盖座中初旣
相約曰諸人所作 若入於桂娘之歌者 則當讓與蟾娘於其人"으로 쓸데
없이 대화체로 구체화되어 있고, 계속 이어지는 B본의 "故不敢爭蟾
月"이 A본에 "故不敢與少游相爭"으로 문법화 되어 있지만, 양 본엔
싸운 대상이 "蟾月" 혹은 "少游"로 되어 있더라도 각자 합리적 뜻을
지닌다고 본다. 이것들 외에 양 본의 양소유의 대상인물인 계섬월의
자칭이 B본엔 "小妾"으로 A본엔 "蟾月"로 돼 있음은 A본은 문장체로
B본은 구어체로 이루어진 文章心理學的 특징을 단적으로 지적해 주
는 것이라고 생각된다.

위에서 예로 들은 네 가지 항목을 통하여 노존본의 A본과 B본의
문체적 특징으로 A본이 율문체·수식체·문장체 등으로 이루어졌는
데 대하여 B본은 산문체·산만체·구어체 등으로 이루어졌다는 것을
확인할 수가 있었다.

위의 네 가지 항목은 편의상 <구운몽>의 상권과 하권에서 두 가지
씩 예로 들었을 뿐, 이와 같은 A본과 B본의 문체적 특징은 전 장면에
걸쳐 이루어진 전반적인 것임을 언급해 둔다.

다음은 내용면에서 A본과 B본의 차이를 살펴보기로 하겠는데, 내
용면에서 대충 A본과 B본의 비교에서 두드러지게 나타난 점으로 A본
이 B에 비해 전체적으로 수식·확대·첨보되었다는 것은 앞에서 이미
밝혀진 바 있고, 여기서는 크게 첨보된 것과 아울러 양 본의 장회 명칭
및 시문의 출입, 그리고 지명·인명에서 두드러지게 서로 다른 것 등
두 가지 측면에서 항을 나누어 살펴보기로 하겠다.

b) 大添補

A본이 B본의 테두리 안에서 전체적으로 수식·첨보되어 전체의 한 자수가 B본이 4만 7천여 자로 이루어졌는데 대하여 A본은 7만 7천여 자로 이루어졌다는 것은 이미 앞에서 언급되었다. 작은 첨보는 차치하고 크게 첨보된 것을 〈구운몽〉 상권과 하권에서 그 예를 들어 보기로 하겠다.

첫째, 6회 "賈春雲爲仙爲鬼 狄驚鴻乍陰乍陽"에서 들어보기로 하자.

春雲亦以新人 與於末席 至夜春雲執燭陪翰林 至花園 翰林醉甚 把春雲之手而戲之曰 汝眞仙乎 仍就視之曰 非仙也非鬼也 乃人也 吾仙亦愛之 鬼亦愛之 況人乎又曰 仙亦非汝也 鬼亦非汝也 或使汝而爲仙 或使汝而爲鬼者 亦眞有爲仙爲鬼之術 而以楊翰林爲俗客 而不欲相從耶 以花園爲陽界而不欲相訪耶 人能使汝爲仙爲鬼 而我不能使汝而變化乎 使汝而欲爲仙也 其將爲月殿之姮娥乎 使汝而欲爲鬼也 抑將爲南岳之眞眞乎 春雲對曰賤妾僭越 實多欺罔之罪 惟相公寬假之 翰林曰 當汝之變化爲鬼 亦不以爲 忌 到今豈有追咎之心乎 春雲起拜而謝之 楊翰林得第之後 卽入翰苑 身縻職事 尙未歸覲 方欲請暇歸鄕 省拜母親(A본)[71]

春雲以新人 參於末席 日暮執燭 侍楊生歸花園 楊翰林得由朝廷 欲奉來柳夫人(B본)[72]

위는 양 한림이 과거급제로 정경패와 정혼 후, 혼례 전에 정경패의

---

71) A형 노존본, 206쪽.
72) B형 노존본, 49쪽.

시녀인 가춘운의 "爲仙爲鬼"로 황홀경에 빠졌다가 그 기괴한 사건이
희극적으로 마무리된 후, 가춘운과 함께 화원의 숙소에 돌아와 대화를
나누는 장면이다. 그러나 양 본 중, A본의 방점 부분 "爲仙爲鬼"의 감
탄 장면이 B본에는 전연 없다.[73] 그러면 이 장이 A본에 첨보된 것이
아니라, 거꾸로 A본의 것이 B본에 산략되었다고 추측이 가능하나 B
본의 번역본인 서울대학본에도[74] B본 것이 본래적인 것으로 A본의
것이 B본의 테두리 안에서 크게 첨보되었다고 보아야 할 것이다.

둘째, 하권 제13회 "合卺席花錦相輝暎 獻壽宴鴻月雙擅場"에서 예
를 들어 보기로 하자.

英陽曰 相公職理之人也 何爲浮誕之言也 鄭氏設有殘魂餘魄 九重
嚴邃 百神護衛 渠安能入乎 丞相曰 鄭女方在吾傍 何以曰不敢入乎
蘭陽曰 古人盃中弓影 而有成疑疾者 恐丞相之病 亦以弓而爲蛇也 丞
相不答 但搖手而已 ①英陽見其病勢轉劇 不敢終諱 乃進坐曰 丞相只
念死鄭氏 而不欲見生鄭氏乎 相公苟欲見之 妾卽鄭氏瓊貝也 丞相佯
若不信曰 是何言也 鄭司徒只有一女 而死已久矣 死鄭女旣在吾之身
邊 則死鄭女之外 豈有生鄭女乎 不死則生 不生則死 人之常也 一人之
身 或謂之死 或謂之生 則死者爲眞鄭氏乎 生者爲眞鄭氏乎 生固眞也
死則妄也 死固眞也 生則誕也 貴主之言 吾不信也 蘭陽曰 吾太后娘娘
以鄭氏爲養女 封爲英陽公主 與妾同事相公 英陽姐姐卽當日聽琴之
鄭小姐也 不然姐姐 何以與鄭氏無毫髮之爽也(A본)[75]

---

73) 춘운이 신인으로 말셕의 참예ᄒ고 날이 져므도록 잇다 쵸롱을 들고 양셩을 뫼셔 화
  원으로 도라가니라 양한님 됴졍의 말믜ᄒ고 모친을 드려오려 ᄒ더니(영인본, 전게서)
  182쪽.

74) 서울대학본 영인본, 상동, 398~400쪽.

75) A형 노존본, 225쪽.

　　鄭夫人曰 丞相識理丈夫 何爲此怪異之言乎 設有鄭女殘魂 九重宮
闕 百神護衛 渠何以入來侵入乎 丞相曰 彼方在我側 何爲無之 蘭陽不
耐謂曰 古人見弓影 而得蛇蟲云丞相如此矣 丞相見鄭小姐之鬼神云
若有生小姐 則何以爲之 丞相但搖首 ①鄭夫人曰 丞相欲見生鄭女 則
妾卽鄭氏瓊貝也 ②丞相曰 豈有此理 蘭陽曰 我娘娘愛鄭小姐封公主
與妾事君子 此眞言也 不然姐姐之容貌聲音 何同於鄭小姐乎(B본)⁷⁶⁾

　　위는 양소유가 토번의 정복에서 돌아와 영양·난양과의 성혼 후 공
주들의 꾀에 빠져 당혹스런 곤욕을 당하였다가 다시 양소유가 공주들
을 곤욕에 빠뜨리고자 生病을 가장하여 그들을 속이는 장면이다. 즉,
B본의 글자 수가 불과 164자로 이루어졌는데 대하여 A본은 304자로
크게 확대되어 있는 바와 같이 A본이 大添을 이루고 있다. 위의 내용
이 전체적으로 B본의 일자일구가 A본에 첨가되어 있지만, B본의 ①
"鄭夫人曰 丞相欲見生鄭女 則妾卽鄭氏瓊貝也"가 A본의 ①엔 "英陽
見其病勢轉劇 不敢終諱 內進坐曰 丞相只念死鄭氏而不欲見生鄭氏乎
相公苟欲見之 妾卽鄭氏瓊貝也"로 확대되었고, B본의 ② "丞相曰 豈
有此理"의 불과 일곱 자가 A본의 ①엔 "丞相佯若不信曰 是何言也"
이하 107자로 익살스럽게 수식이 가해지면서 크게 확대되어 있음을
알겠다. 물론 이 장도 B본이 서울대학본과 동궤를 이루고 있음으로 보
아 산략된 것이 아니라 본래적임을 알 수가 있다.
　　위에서 들은 것 외에 크게 첨보된 부분은 대충 제2회의 양소유가
藍田山 도사와의 해우 장면,⁷⁷⁾ 제3회의 양소유가 계섬월 집에서 하룻

<hr/>

76) B형 노존본, 105쪽.
77) A형 노존본, 178쪽, B형 노존본, 17쪽.

밤을 지내는 장면,[78] 제4회의 두련사와 鄭司徒家의 錢妮가 해우하여 음률에 대하여 대화를 나누는 장면,[79] 제6회의 양소유가 연국의 항복을 받으러 가는 장면[80]과 역시 양소유가 연국의 항복을 받고 귀로에 계섬월과 재회하는 장면,[81] 제12회의 최 부인이 입궁하여 정 소저가 공주로 책봉된데 대하여 황태후와 대화를 나누는 장면[82] 등이 크게 첨보된 편이다. 이들 외에 시문·상소문 등이 첨보된 것도 있지만, 이에 대하여는 다음 항에서 논의될 것이다.

c) 시문 및 상소문의 첨보

첫째, 양소유가 정경패와 인연을 맺기 위해 女冠으로 가장하여 정경패 앞에서 탄금하는 소위 "女裝彈琴" 장면에서 九曲에 내포된 시문이 A본엔 삽입되어 있지만, B본엔 전연 없다는 것이다. 가령 구곡 중 제1곡인 霓裳羽衣曲에 있어서

> 生乃改座 授琴先奏霓裳羽衣之曲 小姐曰 美哉此曲 宛然天寶太平之氣像也 此曲人必解之而曲臻如妙 未有如道人之手段者也 此非所謂漁陽鼓動地來 驚罷霓裳羽衣曲者乎 階亂之淫樂 不足聽也 願聞他曲(A본)[83]

> 生引琴奏霓裳羽衣 小姐贊之曰 美哉此聲 宛然見天寶太平氣像矣

---

78) A형 노존본, 183~184쪽, B형 노존본, 23쪽.
79) A형 노존본, 188~189쪽, B형 노존본, 29쪽.
80) A형 노존본, 207쪽, B형 노존본, 50쪽.
81) A형 노존본, 209~210쪽, B형 노존본, 52쪽.
82) A형 노존본, 243쪽, B형 노존본, 92쪽.
83) A형 노존본, 190쪽.

此曲雖人人奏之未聞如是盡善盡美也 雖然此乃世俗之聲 願聞古調
(B본)[84]

에서와 같이 A본엔 방점 부분 "漁陽鼓動地來 驚罷霓裳羽衣曲"(白樂天의 長恨歌의 일절)이 출현하지만, B본엔 전연 없다.

이와 같이 이후 계속되는 칠곡에 각기 삽입된 "地下若逢陳後主 豈宜重問後庭花"(李商隱 隋宮詩의 일절), 그리고 "胡人落漏沾邊草 漢使斷腸對歸客", "誰憐一曲傳樂府 能使千秋傷綺羅", "獨鳥下東南 廣陵何處在", "逍遙九州無定處", "南風之薰兮 可以解吾民之慍", "至鳳兮鳳兮歸故鄉 逍遊四海求其鳳" 등의 시구[85]가 역시 A본엔 삽입되어 있지만, B본엔 없다.

둘째 양소유가 정생과 함께 終南山 장여랑(가춘운)의 묘에서 고혼을 위로하는 위혼시가 A본엔 있지만, B본엔 전연 출현하지 않는다. 즉,

翰林自是多情之人也 乃曰 兄言可也 遂與鄭生 至其墳前 擧酒澆之各製四韻一首以弔孤魂 翰林之詩曰 美色曾傾國 芳魂已上天 管絃山鳥學 羅綺野化傳 古墓空春草 虛樓自暮烟 秦川舊聲價 今日屬誰邊 鄭生之詩曰 問昔繁華地 誰家窈窕娘 荒凉蘇小宅 寂寞薛濤庄 草帶羅裙色 花留寶靨香 芳魂招不得 惟有暮鴉翔 兩人傳看浪吟 更進一盃鄭生繞墓徊徨 至崩頹之處 得白羅所書絶句一首 而咏之曰 何處多事之人作此詩 納於女娘之墓乎(A본)[86]

---

84) B형 노존본, 30~31쪽.
85) A형 노존본, 190~191쪽, B형 노존본, 31~32쪽.
86) A형 노존본, 200~201쪽.

楊生自是多情君子也 與鄭生就墳酌酒 弔問古事 作詩淸詠矣 鄭生
便於墳頹處 得出白羅題詩者曰 何許多無事人作詩 納於女娘之墓乎

(B본)[87]

위 예문에서와 같이 B본의 방점 부분 "作詩淸詠矣"는 A본에 그 기
나긴 방점 부분으로 확대되었을 뿐 아니라, 양 한림의 오언 율시와 정
생의 오언 율시가 실제로 삽입되어 있다.

그렇지만 B본엔 다만 시를 지어 읊었다고 되어 있을 뿐, 시의 실문
이 없는 것이 본래적이냐, 아니면 A본에서와 같이 시의 실문이 삽입된
것이 본래적이냐 하는 문제에 대해서는 보다 다각도의 분석이 필요하
겠지만, 우선 여기서는 역시 B본과 동궤인 서울대학본에도 시의 실문
이 없을 뿐만 아니라, 문맥에 있어서도 B본과 서울대학본이 꼭 같으므
로[88] B본의 것이 본래적이라고 생각된다.

셋째, 양 한림과 월 왕이 낙유원의 놀이에서 황상의 명령으로 이루
어지는 양 한림과 월 왕의 소위 낙유원 시가 A본엔 출현하지만, B본엔
전연 없다는 것이다.

越王往候於幕中矣 兩大監至酌御賜黃封美酒 以勸兩人 仍授龍鳳
彩箋一封 兩人盥手 跪伏圻見 以大獵郊原爲題 而使之賦進矣 兩人頓
首四拜 各賦四韻一首 付黃門而進之 丞相詩曰 晨圻壯士出郊壩 釼若
秋蓮矢若星 帳裡群娥天下白 馬前雙翮海東青 恩分玉溫爭合感 醉拔

---

87) B형 노존본, 42쪽.

88) 양싱은 본디 다졍흔 사룸이라 뎡셩을 드리고 무덤의 나아가 술을 쑤리고 녜일을 됴
문흐여 각각 시를 지어 묽게 읊더니 홀연 무덤 문허진 굼그로셔 흰깁의 글쁜 거슬
어더 닑으며 닐오더 엇던 브졀업슨 문인이 시룰 디어 녀랑의 무덤의 너헛느뇨 (영인
본, 158쪽).

金刀首割腥 仍憶去年四塞外 大荒風雪獵王庭 越王詩曰 鸞蝶飛龍閃
電過 御鞍鳴釰立平坡 流星勢疾殲蒼鹿 明月形開落白鵝 殺氣能教豪
興發 聖恩留帶醉韻酡 汝陽神射君休說 爭似今朝得雋多 黃門拜辭而
歸(A본)[89]

丞相與越王徐進張('帳'의 오기: 필자 주)幕而待 兩宮大監酌黃封御
酒而勸 天子下御製詩兩人叩頭四拜飮酒 各作和詩親寫 與太監而遣
之(B본)[90]

위 예문에서와 같이 B본은 다만 방점 부분에서와 같이 "各作和詩親
寫"로 되어 있지만, 그것이 A본엔 방점 부분에서와 같이 보다 길게
확대되면서 양 한림의 칠언 율시와 월 왕의 칠언 율시의 실문이 삽입
되어 있다. 이 장면도 역시 서울대학본[91]은 B본과 동궤를 이루고 있다.

다음은 상소문의 첨보에 대하여 언급하기로 하자.

첫째, 양소유가 정경패와 혼약을 맺은 후, 황태후가 강제적으로 정
경패의 혼례 예물을 퇴하고, 이소화와 정혼을 하려 할 때, 양소유는 이
에 반대 상소문을 올렸다가 투옥되는 장면에, A본은 상소문이 실문이
출현하지만, B본엔 전연 없다.

尙書五情憒亂 萬慮膠擾 仰屋長吁 撫掌頻晞而已 翌日乃上一疏 言
甚激切 其疏曰 禮部尙書臣楊少游 謹頓首拜 上言于皇帝陛下 伏以倫
紀者 王政之本也 婚姻者 人倫之始也一失其本 則風化大壞而其國亂

---

89) A형 노존본, 264쪽.
90) B형 노존본, 114쪽.
91) 영인본, 430~431쪽.

不謹其始 則家道不成而其家亡 有關於家國之興衰者 不其較著乎 是
以聖王哲辟 未嘗不留意於是 欲治其國 必以植倫紀爲重 欲齊其家 必
以正婚爲先者 何莫非端本出治之道 別嫌明微之意也 臣旣已納幣於鄭
女 且已托跡於鄭家 則臣固有妻也 固有室也 不意今者 歸妹之盛禮 遞
及於無似之賤臣 臣始疑終惑 震駭悚惕 實不知聖上之擧措 朝家之處
分 果能盡其禮 而得其當也 設令臣未行儷皮之幣 不作甥館之客 族賤
而地微 才譾而學蔑 則寔不合於禁臠之抄揀 而況與鄭女 已有伉儷之
義 與婦翁已定舅甥之分 不可謂之禮之未行也 豈可以貴价之尊 下嫁
於匹夫之微 而不問禮之可否 不分事之輕重 冒苟且之譏 而行非禮之
禮乎 至於密下內旨 使之廢已行之禮儀 退已捧之聘幣 尤非臣攸聞也
臣恐陛下未能效光武得宋弘之寔也 賤臣品迫之忱 已關於聖明之德 鄭
女窮蹙之情 亦係於私家之事 臣固不敢更慲於絓纊之下 而臣之所恐者
王政由臣而亂 人倫因臣而廢 以至於上累聖治 下壞家道 終不救亂亡
之禍也 伏乞聖上重禮義之本 正風化之始 亟收詔命 以安賤分 不勝幸
甚 上覽其疏 轉秦於太后 太后大怒 下楊少游於獄(A본)[92]

　　尙書慘然廢寢食矣 翌日上疏 言甚激切 太后大怒 下楊尙書于御史
獄(B본)[93]

　　위와 같이 A본의 방점 부분 422자의 상소문이 B본엔 다만 방점 부
분과 같이, "翌日上疏"로만 되어 있을 뿐, 상소문의 실문은 전연 없다.
뿐만 아니라, B본의 "尙書慘然廢寢食矣"의 산문적 성격이 A본엔 "五
情憒亂 萬慮膠擾 仰屋長吁 撫掌頻唏" 등 4언 율문으로 풀이된 것이

92) A형 노존본, 220~221쪽.
93) B형 노존본, 64쪽.

눈에 띈다. 즉, 이 장의 상소문이 없는 등 B본의 특색은 서울대학본과 동궤이며94) 본래적임을 알 수가 있다.

둘째, 양소유가 토번을 치고 진중에서 전쟁 사항을 황상에게 알리는 상소문이 양 본에 모두 삽입되어 있지만, A본은 상소 내용이 보다 구체적이며 문체가 씩씩하게 이루어져 있는데 대하여 B본은 매우 소략하게 나타나 있을 뿐이다.

　　少游在軍中上疏 其疏曰 臣聞王者之兵 貴於萬全 而坐失機會 則功不可成也 又聞常勝之家 難與慮敵 而不乘飢弱 則賊不可破也 今賊之兵力 不可謂不强 器械不可謂不利而彼則以客而犯主 我則以飽而待飢 此臣所以得樹尺寸之功 而賊所以勢日勢 而兵日弱矣 兵法乘勞 乘勞而不勝者 不過以糧不給也 地利之不便也 令賊氣旣挫 蹈藉而走 賊之勞弊極矣 雄州大城 皆峙蒭粮 則我無半籍之患 平原廣野 最得形便 則彼無設伏之處 若畜銳勇 進追躡其後 則庶幾坐收全功 今乃狃一時之少捷 棄萬全之良策 徑罷王師 不意天討者 臣未知其得計也 伏願陛下 博採廟議 郭揮乾斷 許令臣馳兵遠襲 直搗巢穴 臣雖不能燔龍城之積 勒燕然之石 誓使隻輪不返 一箭不發 以除我聖上西顧之憂矣 疏奏 上壯其意 嘉其忠 卽進秩拜御史大夫 兼兵部尙書征西大元師(A본)95)

　　尙書在軍中 上疏曰 賊兵雖敗 首級之數 不及十分之一 今大軍留京師 猶有侵犯之意 願調發各鎭兵馬 秉銳深入虜君 滅國永絶子孫之憂 天子見表大悅 加楊少游之職爲御史大夫 兼兵部尙書 征西大元師
　　　　　　　　　　　　　　　　　　　　　　　　　(B본)96)

94) 상세 참연흐믈 니긔디못흐야 침식을 폐흐엿더니 이튼날 샹쇼롤 올녀 말숨이 심히 격절흐니 태휘 대로흐샤 쇼유롤 어스옥의 느리오시니 (영인본, 246쪽.)
95) A형 노존본, 222쪽.

위와 같이 A본의 방점 부분의 상소문은 무려 259자로 문체가 박력이 있고 율동적으로 수식돼 있지만, B본의 방점 부분 상소문은 불과 47자로 소략하지만, A본의 대의는 그대로 지니고 있으며, 아울러 서울대학본에도 B본과 같이 소략하여 동궤[97]임을 알 수가 있다.

셋째, 양소유가 병부상서 등 大位를 얻는 가운데 영양·난양 공주와의 결혼이 이루어진 후, 황상에게 귀향하여 노모를 모셔오겠다는 길고 간절한 상소문이 A본엔 출현하지만, B본엔 다만 "上疏請得由"로만 되어 있을 뿐 상소의 실문은 전연 출현하지 않는다.

> 明日丞相就朝堂 理國政 遂上疏請暇 欲將母而來 其疏曰 丞相魏國公駙馬都尉臣楊少游 頓首百拜 上言于皇帝陛下 伏以臣卽楚地編戶之民也 生事不過數頃 學業止於一經 而老母在堂 菽水不繼 欲營升斗之祿 以備甘毳之供 不揣才分 猥蒙鄉貢 方臣之躡履赴擧 老母臨門而送之曰 門戶殘矣 家業檗矣 堂構之責 十口之命 皆付於汝之一身 汝其力學決科 以顯父母 是吾望也 而祿仕太早 則躁競之刺興 官職太驟 則負乘之患生 汝其戒之 臣敢受母訓 銘在心肝(…346자 생략…)今幸國家無事 官府多閑 伏乞陛下 諒臣危迫之情 察臣終養之願 特許數月之暇 使之歸省先墓 將歸老母 母子同居 歌詠聖德 得以盡瀜洩之樂 效反哺之誠 則臣謹當彈竭移孝之忠 誓報體下之恩矣 伏乞陛下 矜憫焉 上覽之 歎曰 孝哉楊少游也 特賜黃金千斤 綵排八百疋 歸爲老母壽 且令輦母遄返(A본)[98]

---

96) B형 노존본, 65쪽.
97) 영인본, 250~251쪽.
98) A형 노존본, 256~257쪽.

丞相就朝堂 治國事 上疏請得由 挈來母親 上許之 敎以速還(B본)⁹⁹⁾

위와 같이 A본의 방점 부분, 무려 616자의 상소문이 B본엔 방점 부분 "上疏請得由"로 되어 있을 뿐이다.

뿐만 아니라 A본엔 상소문을 본 황상이 양소유에게 특사품을 내리고 나서 양소유는 양 공주·진채봉·가춘운 등과 헤어진 후 귀향길에 올라 천진교에 이르러 미리 대기하고 있던 계섬월과 적경홍과 만나 하루를 지낸 후, 고향에 도착하여 노모 유 부인을 만나서 금의환향으로 열흘간의 잔치를 즐기는 장면과 그 후 양소유는 다시 상경 도중 낙양에 이르러 계섬월과 적경홍을 찾았으나 이들이 없어서 그냥 상경한다는 내용이 부연돼 있지만 역시 B본엔 매우 소략하게 나타나 있을 뿐이다.¹⁰⁰⁾ 그리고 이 장면도 B본은 서울대학본과 동궤를 이루고 있다.¹⁰¹⁾

그렇지만 A본의 확대 부분에 양소유가 계섬월과 적경홍을 만나 지낸 것이 다만 "丞相與兩人經夜"¹⁰²⁾로 돼 있다가 그 후 양소유가 귀로에 낙양에서 그녀들을 다시 찾았으나 재회하지 못한 것을 "兩娘子向京師已有日矣 丞相頗以交違悵缺"¹⁰³⁾로 돼 있음은 논리상 앞뒤가 연

---

99) B형 노존본, 107쪽.

100) A형 노존본, 257~259쪽, B형 노존본, 107쪽.
　　즉, B본엔 "楊少游十六歲離家 三四年之間 丞相威儀 魏國印綬還歸故鄕 觀於母親柳夫人喜悅之極而重淚矣 丞相奉夫人發行 諸道方伯刺使縣令奔走陪行 榮華光彩 古無比也 丞相過洛陽而訪蟾月驚鴻 家人謂上京師已久 丞相嘆其訪違 行多日 詣闕蕭拜兩宮引見賞賜金銀彩搬十車獻壽夫人"의 115자가 A본엔 600여 자로 무려 6배로 확대되었다.

101) 영인본, 406~410쪽.

102) A형 노존본, 258쪽.

103) 상동.

결되지 않아 A본의 확대 부분이 B본을 대본으로 하여 이루어졌을 것임을 다분히 암시해 준다.

넷째, 양소유가 만년에 여덟 부인을 손아귀에 넣고 출장입상으로 부귀공명이 극에 이르렀을 때, 은퇴하겠다는 상소문이 역시 A본에는 나타나 있지만, B본엔 전연 보이지 않는다.

楊丞相以一介書生 遇知己之主 値有爲之時 武定禍亂 文致太平 功名富貴 與郭汾陽齊名 而汾陽六十爲上將 少游二十出爲大將 入爲丞相 久居鼎位 協贊國政 過於汾陽二十四考 上得君心 下協人望 坐享豊亨 豫大之樂 誠歷萬古絶百代 而所未開也 丞相自以盛溝可戒 大名難居 乃上疏乞退 基疏曰 丞相魏國公駙馬都尉 臣楊少游謹頓首百拜 上言于皇帝陛下 臣竊伏以人臣之落地而顧者 不過曰將相也 曰公侯也 官至將相公侯 則無餘願矣 父母之爲子而祝者 不過曰功名也 曰富貴也 身致功名富貴 則無餘望矣 然則將相公侯之榮 功名富貴之樂 豈非人心之所艶慕 時俗之所爭奪者乎(…490자 생략…)臣荷陛下眷注之寵 旣至矣 沐陛下生成之澤 亦深矣 一毫一毛 莫非造化陶鑄之功 則臣亦豈欲遠辭天陛 退伏丘壑 使訣堯舜之聖哉 第已盈之器 不可使濫 已泛之駕不可復乘 伏乞陛下諒臣不堪任事 察臣不願居尊 特許券歸松楸 以保殘齡 俾免亢龍之悔 臣謹當歌詠聖德 感激洪私 以圖結草之報矣 上賢其疏 乃以手書 賜批曰……丞相以前世佛門高弟(A본)[104]

楊丞相以一介書生 逢知己之主 武定禍亂 文致太平 功名富貴與郭汾陽齊名 而汾陽六十方爲將相 而少游二十爲丞相 前後享相位 過汾陽之二十四考 名臣共享太平福祿之完全 實千古所無也 丞相自謂 久

---

104) A형 노존본, 275~277쪽.

在相位 家門盛溝 上疏請去官退老 天子枇曰……丞相本佛家高弟子
(B본)[105]

위와 같이 A본엔 무려 714자나 되는 긴 상소문이 삽입돼 있지만, B본엔 다만 방점 부분에서 보듯 "上疏請去官退老"로 되어 있을 뿐, 상소문의 실문은 없다. 이 상소문에 이어지는 황상의 비답문도 양 본에 모두 출현하지만, 역시 A본은 193자로 이루어졌고, B본은 98자로 A본의 절반 밖에 안 된다. 이 장면의 문체에 있어서도 A본은 거의가 율문으로 수식되어 있다. 물론 이 장에서도 B본이 서울대학본과 동궤를 이루므로[106] 본래적이다.

다음은 장회, 시문 및 인명·지명의 출입에 대하여 차례대로 살펴보기로 하자.

d) 장회의 출입

1회 老尊師南岳講妙法(A본)   尊老[107]師南岳講妙法(B본)
    少沙彌石橋逢仙女   少沙彌石橋遇仙女
3회 楊千里酒樓擢桂(A본)   楊千里酒樓托契(B본)
    桂蟾月鴛被薦賢   桂蟾月鷰被薦賢
4회 倩女冠鄭府遇知音(A본)   俏女冠鄭府遇知音(B본)
    老司徒金榜得快婿   老司徒金榜擇快婿

---

105) B형 노존본, 127쪽.
106) 영인본, 479~480쪽.
107) B본과 동궤본인 서울대학본(영인본, 3쪽)엔 "노존ᄉ남악강묘법"으로 되어 있으므로 B본의 "尊老師" 운운은 노존사의 오기라고 생각된다. 그렇지만 "尊老師" 운운도 제대로 뜻을 지니고 있으므로 출입으로 간주하여 여기에 적어 놓는다.

8회 宮女掩淚隨黃門(A본)	侍妾守義辭主人(B본)
侍妾含悲辭主人	俠女神釧赴花燭
10회 楊元師[108]傔閑叩禪扉(A본)	元師傔閑叩禪扉(B본)
公主微服訪閨秀(A본)	王姬微服訪閨女(B본)
11회 長信君七步成詩(A본)	長信君七步試藝(B본)
12회 楊少游夢遊上界(A본)	楊尙書夢遊上界(B본)
賈春雲巧傳玉語	賈孺人矯傳遺言
13회 合졸席蘭英相諱名[109](A본)	合졸席花錦相輝映(B본)
劇壽筵鴻月雙擅場	劇壽宴鴻月雙擅場

위의 장회명 외에 分章에 있어서 8회와 10회 사이에 현격한 차이가 A본과 B본에 발견된다. 즉 <구운몽>이 상, 하권으로 구권된 것은 1회에서 8회까지가 상권, 9회에서 16회까지가 하권에 해당되는데, 9회 "白龍潭楊郞破陰兵 洞庭湖龍君宴嬌客"을 중심으로 A본은

尙書卽發 使遣妙倪琓於吐蕃 遂行到大山之下 峽路甚窄 纔容一馬 攀壁緣澗 魚貫而進 過數百里 始得稍廣之處[110]

---

108) A본의 "楊元師傔閑叩禪扉" 중 "楊元師"는 B본의 "元師傔閑叩禪扉"로나 A본의 後節 "公主微服訪閨秀"로 보아 본래의 "元師"가 "楊元師"로 늘어난 것 같다.

109) 12회의 명칭이 A본엔 "合졸席蘭英相諱名"으로 되어 있고 B본엔 "合졸席花錦相輝映"으로 돼 있다. 그러나 A본의 "蘭英相諱名"이 그릇된 것은 양소유가 戰陣에서 돌아와 난양 공주(이소화)와 영양 공주(정경패)와 서로 결혼을 하게 되지만, 실은 정경패는 죽은 것으로 가장되어 있어 실제로 이름을 숨긴 것은 정경패뿐이므로, "蘭英相諱名"은 성립이 안 된다. 더구나 B본과 동궤인 서울대학본(영인본, 367쪽)에도 "합근셕화금상휘명"으로 돼 있으므로 이 장회에 있어서 결국 B본의 "花錦相輝映"은 결혼식 첫날밤의 화려한 이부자리의 휘날림을 말해 주는 것으로 B본의 명칭이 맞음을 알 수가 있다.

110) 재구본, 225쪽.

에서와 같이 8회 마지막에 양소유가 토번을 칠 때, 그를 위경에서 구출
하고자 만났던 심요연과 하룻밤을 지내고, 앞으로 있을 對戰 과정에서
통과하여야 할 盤蛇谷의 위경을 모면할 묘책을 가르쳐 주는 것으로,[111]
8회의 이야기가 종결된 후, 위 예문과 같이 양 상서가 묘예완을 토번
왕 찬보에게 주고 행군하여 험한 태산을 지나 비로소 넓은 곳에 이르
러 군사를 쉬게 한다.

그러나 B본은 A본의 8회 "宮女掩淚隨黃門 侍妾合悲辭主人"의 양
소유가 戰陣에서 위경에 처해 있을 때, 우연히 만난 자객 심요연을 만
나 대화를 나누는 장면,

> 尙書知爲刺客不動色而問曰 女子何如人 而半夜來吾帳中何也 女
> 子(曰) 奉吐蕃贊普令欲受尙書之命而來矣 尙書曰 大丈夫豈畏死哉
> 斬吾頭而去 女投釰 進尙書之前 叩頭曰 貴人母驚也 妾何敢害貴人
> 尙書扶起曰 旣携釰入營中而不害何也 女子曰 欲盡告妾之本末而難
> 悉 於立談之間矣 尙書賜座 更問曰 女子何如人而今來見我楊少游有
> 何可敎之事乎[112]

---

111) 재구본, 224쪽 참조.
112) B형 노존본 65~66쪽.
　　A본과 B본의 8회·9회의 分章이 다른 것이 본래적인 것임을 실증하기 위해 B본의
동궤본인 서울대학본의 이 장면을 계속 들어 두기로 하겠다.
　　상세 ᄌᆞ긱인줄 알고 ᄂᆞ비촐 동치아니ᄒᆞ고 무러 갈오ᄃᆡ 녀ᄌᆞᄂᆞᆫ 엇던 사ᄅᆞᆷ이며 반야의
나의 군듕의 드러오믄 엇디오 녀ᄌᆞ왈 토번국 찬보의 명을 바다 원슈의 머리ᄅᆞᆯ 가디고
오라ᄒᆞ기 가질나 왓ᄂᆞ이다 샹셰왈 대댱뷔 어이 죽기ᄅᆞᆯ 두려ᄒᆞ리오 내 머리ᄅᆞᆯ 쾌히
버혀가라 녀지 칼을 더지고 샹셔의 알ᄑᆡ 고두ᄒᆞ여 ᄀᆞᆯ오ᄃᆡ 귀인은 놀나디마ᄅᆞ 쇼셔
쳡이 어이 귀인을 히ᄒᆞ리잇가 샹셰 붓드러 니ᄅᆞ혀 ᄀᆞᆯ오ᄃᆡ 임의 칼을 잇글고 연듕의
드러와 도로혀 해치아니믄 엇디오 녀ᄌᆞ왈 쳡의 근본을 알외고져 훌진ᄃᆡ 닙담간의 다ᄒᆞ
기 어려울가 ᄒᆞᄂᆞ이다 샹셰 좌ᄅᆞᆯ 주어 안ᄌᆞ라 ᄒᆞ고 다시 무러 ᄀᆞᆯ오ᄃᆡ 낭ᄌᆞᄂᆞᆫ 엇던
사ᄅᆞᆷ이며 이제 쇼유ᄅᆞᆯ 와 보려ᄒᆞᆷ믄 무슨 가ᄅᆞ치미 잇ᄂᆞᆨ뇨 ᄒᆞ더라 (영인본, 253~255쪽).

에서 8회가 종결되고, A형 8회의

> 其女子椎結雲髮 高挿金替 身着挾袖戰袍 而袍上書石竹花 足着鳳
> 尾靴 腰懸龍泉釰天然艶色 若浥露之海棠花 非從軍之木蘭 必偸盒之
> 紅線也[113]

등이 B본에

> 白龍潭楊郞破陰兵 洞庭湖龍君宴嬌客 楊尙書見其女子如雲之髮而
> 高髻而簪金簪狹袖戰 袍繡石竹花穿如鳳頭繡靴腰佩龍泉釰匣 天然絶
> 色如一枝海棠花若非從軍之木蘭則是偸盒之紅線也[114]

와 같이 되어 있어 결국 A본의 8회 말미 부분이 B본의 9회 시발 장면
으로 옮겨져 있음을 알 수가 있다.

e) 시문의 출입

첫째, 楊柳詞

願君勤種植[115](A본)	願君勤栽植[116](B본)
願君莫攀折[117]	願君莫漫折[118]

---

113) A형 노존본, 223쪽.
114) B형 노존본, 66쪽.
　　서울대학본엔
　　빅농담양낭파음병동졍농군연교긱양샹세그녀ᄌ롤보니구롬ᄌᄒ머리털을피오쓰러금
　　줌을꼿고ᄉ미좀은젼포의셕듁화롤슈ᄒ엿고발의ᄂ봉의머리뎌로슈질ᄒ휘롤신고허리의
　　ᄂ농텬검가플을차시디쳔연ᄒ졀쇡이ᄒ가지히당화ᄌᄒ니만일죵군ᄒ던목ᄂ아니면이합
　　을도격ᄒᄂ홍션이러라 (영인본, 259쪽).
115) A형 노존본, 175쪽.
116) B형 노존본, 13쪽.

好結春消息[119)]   係定春消息[120)]

天津橋詩
楚客西遊路入秦[121)](A본) 香鹿欲起暮雲多[122)](B본)
酒樓來醉洛陽春   共待妙姬一曲歌
月中丹桂誰先折   十二街頭春腕晚
今代文章自有人   楊花如雪奈愁何

天津橋上柳花飛   花枝愁穀玉人粧
珠箔重重映夕暉   未發纖歌氣已香
側耳要聽歌一曲   下蔡陽城渾不管
錦筵休復舞羅衣   只恐粧得鐵爲腸

花枝愁穀玉人粧   旗亭暮雲按凉州
未吐纖歌口已香   最是王郎得意秋
待得探塵飛盡後   千古斯文元一脈
洞房花燭駕新郎   莫敎前輩擅風流

詠鞋詩
使爾抛却象床下[123)](A본) 終須抛却象床下[124)](B본)

---

117) A형 노존본, 175쪽.
118) B형 노존본, 13쪽.
119) A형 노존본, 177쪽.
120) B형 노존본, 15쪽.
121) A형 노존본, 183쪽.
122) B형 노존본, 22쪽.
123) A형 노존본, 196쪽.
124) B형 노존본, 38쪽.

張女娘詩

相別花在地[125])(A본)	相別花在水[126])(B본)
弱水杳千里	流水杳千里
白雲何離披	白雲何離離
深誠未效恩先絶[127])	深誠不效恩先絶[128])
莫道芳魂寄古墳[129])	莫道芳魂寄故墳[130])

雨過天津詩

可憐玉節歸來地[131])(A본)	可憐馹馬歸來遲[132])(B본)
不見當墟勸酒人	不見當敎如玉人

楊少游의 紈扇詩

紈扇團團月一團[133])(A본)	紈扇團團月一規[134])(B본)
佳人玉手正相隨	佳人玉手鎭相隨
無路遮却如花面	無勞障却如花面

秦彩鳳의 紈扇詩

憶曾樓上對羞顏[135])(A본)	憶曾樓上障羞顏[136])(B본)

---

125) A형 노존본, 199쪽.
126) B형 노존본, 41쪽.
127) A형 노존본, 203쪽.
128) B형 노존본, 45쪽.
129) A형 노존본, 204쪽.
130) B형 노존본, 46쪽.
131) A형 노존본, 208쪽.
132) B형 노존본, 51쪽.
133) A형 노존본, 217쪽.
134) B형 노존본, 60쪽.
135) A형 노존본, 218쪽.

初知咫尺不相識　　　　　早知咫尺不相識
却悔敎君仔細看　　　　　悔不從君仔細看

英陽公主의 七步詩
何來好鳥語咬咬[137](A본)　　何來好鳥語交交[138](B본)
南國天華與鵲巢　　　　　南國穠華與鵲巢

蘭陽公主의 七步詩
銀漢作橋須努力[139](A본)　　銀浦作橋須努力[140](B본)

秦彩鳳의 喜鵲詩
鳳仙花上起春風[141](A본)　　夭桃花上起春風[142](B본)

賈春雲의 喜鵲詩
虞庭幸逐鳳凰儀[143](A본)　　虞庭幸逐鳳來儀[144](B본)

위의 시문 외 정경패가 양소유와의 혼약이 이소화와의 결연을 위해
황태후에 의해 강제적으로 깨어진 후, 춘운을 시켜 보내지는 평생을
홀로 지내겠다는 정경패의 축문[145]이 A본은 산문으로 이루어져 있는

---

136) B형 노존본, 16쪽.
137) A형 노존본, 240쪽.
138) B형 노존본, 88쪽.
139) A형 노존본, 240쪽.
140) B형 노존본, 88쪽.
141) A형 노존본, 242쪽.
142) B형 노존본, 91쪽.
143) A형 노존본, 244쪽.
144) B형 노존본, 92쪽.
145) 즉, 이 축문에 있어서 A본은 산문과 율문이 혼잡돼 있고, B본은 4언 율문으로 일관되

데 대하여 B본은 4언 율문으로 되어 있다는 것이다.

이상에서와 같이 시문을 중심으로 A본과 B본의 相異를 들었다. 여기에 첨가해둘 일은 역시 B본의 A본과 상이한 자구가 동궤본인 서울대학본과 거의 같으므로 단독적이라는 것이다.

다음은 인명과 지명의 출입을 들기로 하자.

f) 인명·지명의 출입

雖古之王右丞李學士 蔑以加矣 (A본 176쪽)

古之善詩人王右丞崔學士 不過此也 (B본 15쪽)

院中諸吏大奇之 以爲王子晋在吾翰苑中矣 (A본 213쪽)

諸院吏大奇之 相謂曰 王子眞[146]下來間矣 (B본 55쪽)

南海龍王之子五賢 聞妾略有姿色 (A본 226쪽)

南海龍王之子放賢 聞妾之美 (B본 70쪽)

尙書又問曰 柳先生[147] 今何在耶 (A본 229쪽)

尙書大悅 告于王曰 劉先生安在 (B본 73쪽)

上以御筆大書曰 奉太后聖旨 以養女鄭氏 封爲英陽公主 (A본 241쪽)

上御筆大書曰 奉皇太后聖旨 以養女鄭氏爲英陽公主 (B본 90쪽)

太后與帝同書 喜曰 雖咏雪之蔡女 瞠乎下矣 (A본 242쪽)

어 있어 형식상 현격한 차이를 보이고 있다. 우선 여기서 전제해 두어야 할 일은 A본이 B본을 바탕으로 산문과 4언 율문이 협잡된 것임을 밝혀 두면서 구체적 사항은 후술될 것이다.

146) 王子晋: 王子喬 周靈王太子 名晋 本姫姓 以直諫廢爲庶人一說 晉好吹笙作鳳鳴 遊伊洛之間 道士浮丘生接晉上嵩高山(『中國人名大辭典』) 그러므로 B본의 "王子眞"은 그릇되었음.

147) 柳先生: 여기서는 柳先生이 唐代 傳奇인 <柳毅傳>의 柳毅를 가리킨 것이므로 B본의 "劉先生"은 그릇되었음.

太后與帝 共看贊之曰 謝道縕 不及也[148] (B본 91쪽)

大王神弓 無異汝陽王[149] (A본 263쪽)

大王之神箭 古之養王不及也 (B본 113쪽)

世尊之妻 東家之女 尊卑絶矣 貞淫別矣 同爲大釋之弟子 (A본 274쪽)

耶須夫人 世尊之妻 登伽女子[150] 淫亂之娼女 共爲佛家弟 (B본 125쪽)

第三子名舜卿 賈氏出也 爲御史中丞 (A본 275쪽)

第三子叔卿 賈氏所生 爲御史中丞 (B본 126쪽)

第五子名五卿 桂氏出也 爲翰林學士 (A본 275쪽)

第五子有卿 桂氏出也 爲翰林學士 (B본 126쪽)

長女名傳丹 秦氏出也 爲越王子瑯琊王妃 (A본 275쪽)

長女名全丹 秦淑人所生 爲越王子瑯琊王之夫人 (B본 127쪽)

위에서 언급된 인명의 출입에서 B본의 崔學士・王子眞・劉先生・
滎陽公主・謝道縕・養王・登伽女子・叔卿・有卿・全丹 등이 모두
서울대학본과 역시 동궤를 이루므로 오기가 아니라 본래적임을 알 수
가 있다.

다음은 지명의 출입을 열거해 보기로 하자.

---

148) 謝道縕: 晉安從女 王凝之妻 聽識有才辨 値天雪 安曰 何所似也 安兄子謂曰 撤監空
  中差寸擬 道縕曰 未若柳絮因風起…(『中國人名大辭典』) 그러므로 A본의 "蔡女"는
  그릇되었음.
149) 汝陽王: 李璡 唐讓皇帝憲子 性謹潔 善射玄宗愛之 封汝陽王 (『中國人名大辭典』)
  그러므로 B본의 "養王"은 그릇되었음.
150) 登伽女子: 阿難乞食 路上有女 名吉鉢帝 請水 女曰 我是摩登伽種 君爲貴種 我敢特
  水不與 阿難曰 我不問汝姓羅茶 但施我水…婬女卽思惟佛道 得阿難漢果 (『毘奈耶』
  三) 그러므로 A본의 "東家之女"는 그릇되었고 특히 을사본・계해본엔 "本家"로 표시
  되어 혼란이 초래되었음.

問之則曰 此屬皆沒入 爲英南縣奴婢者也 (A본 179쪽)

今朝被罪 家屬爲奴婢於嶺南¹⁵¹⁾也 (B본 18쪽)

楊生聽之……乃治行具 下去秀州 (A본 179쪽)

楊生問此言……治行 還王王¹⁵²⁾ (B본 18쪽)

妾本韶州¹⁵³⁾人也 父當爲此州驛丞矣 (A본 184쪽)

妾本蘇州人 父當此土驛丞 (B본 23쪽)

驚鴻卽播州¹⁵⁴⁾良家女也 早失怙恃 依其姑母 (A본 185쪽)

驚鴻貝州地良家女子 父母早死 依於叔母 (B본 25쪽)

時西城大眞國 進白玉洞簫 (A본 213쪽)

則天皇后之時 西城大秦國¹⁵⁵⁾ 貢白玉洞簫 (B본 55쪽)

復所失五十餘城 駈大軍至積雪山下 (A본 222쪽)

---

151) 嶺南: 太宗元年 因山川形便 分天下爲十道 一曰關內 二曰河南 三曰河東 四曰河北
五曰山南 六曰隴右 七曰淮南 八曰江南 九曰河東 十曰嶺南. (『唐書』 地理志) 더구나
嶺南縣은 전연 근거가 없으므로 그릇 되었음. 서울대학본엔 "녕님짜"(영인본, 59쪽)로
되어 있음.

152) 壽州: 唐置 見壽張縣條 隋置 尋廢 壽復置 改曰 蘄春郡 尋復爲壽……(『中國古今地
名大辭典』)

153) 韶州: 南朝梁於始興郡置東衡州 隋郡廢 改東衡州曰韶州 尋廢 唐置香州 改曰東衡
州 尋復曰韶州 (『中國古今地名大辭典』)
蘇州: 春秋吳國地 隋置蘇州 宋升平江府 元爲平江路 明初改蘇州府 淸爲江蘇省治
民國廢故治郎今吳縣(『中國古今地名大辭典』) 그러므로 A본의 "韶州"와 B본의 "蘇
州"는 모두 일리가 있음.

154) 播州: 唐置郎州 改曰播州 又改曰播州郡 尋復爲播州 後沒於蠻 宋復置播州樂源郡
元置播州軍民宣撫使 明曰播州宣慰司 改曰遵義府 卽今貴州遵義縣…(中國古今地名
大辭典)
貝州: 北周置 隋廢 唐復置 改曰淸河郡 尋復爲貝州 宋因之 尋改爲恩州 故治卽今
直隷淸河縣 (『中國古今地名大辭典』). 그러므로 A본의 "播州"와 B본의 "貝州" 모두
일리가 있음. 서울대학본에도 "패쥐"(영인본 85쪽)로 돼 있어 동궤임을 알 수 있다.
그러나 서울대학본 주석본(71쪽)에는 A본에 맞추어 "播州"로 풀어 誤註되었다.

155) 大秦國: 大秦國 亦云海西 以石爲城郭 宮室皆以水精爲柱 食器亦然 其良皆長大平
正有類中國故謂之大秦 (『後漢書』 西城傳) 그러므로 A본의 "大眞國"은 그릇되었음.

　　回復吐蕃所奪之邑五十餘城　軍行到赤石山[156]下　(B본 65쪽)

　　妾本楊州人也　世爲大唐之民　(A본 223쪽)

　　妾本凉州人[157]　自祖上大唐百姓也　(B본 66쪽)

　　正弊院尼姑曰　鄭司徒家　本行佛事於吾寺　(A본 231쪽)

　　定惠院[158]尼姑曰　鄭司徒家佛家本於吾寺　(B본 76쪽)

　　小妾裊烟　姓沭氏　西潦州人也　(A본 267쪽)

　　妾裊烟　姓沭氏　西凉州[159]人也　(B본 118쪽)

　위의 인명·지명 외에도 수치 또는 馬名의 출입[160]이 있으나 번잡을
피해 본론에서는 생략하기로 하겠다.

　이상에서와 같이 A본과 B의 상이점을 문체, 大添補, 시문·상소문
의 첨보, 장회 및 시문의 출입, 그리고 인명과 지명의 출입 등에 대해
살폈다.

　문체에 있어서는 대충 A본이 율문체·수식체·문어체 등으로 이루

---

156) 積雪山: 적설산은 『중국고금지명사전』에 全無하다.
　　赤石山: 在浙江定海縣東北海濱 舊建砲臺(『中國古今地名辭典』) 이로 보면, A본의
　　"積雪山"의 표기는 그릇되었음.
157) 楊州: 『中國古今地名辭典』에 없음.
　　凉州: 漢置 今甘肅省 凉者地處西方 常寒凉也 後漢凉州刺史治隴 今甘肅秦安縣東
　　北 故隴城一云治冀… (『中國古今地名辭典』). 그러므로 A본의 "楊州"는 그릇되었음.
158) 이가원의 『구운몽 교주본』(연세대 출판부) 208쪽에 의하면 "定惠院"은 湖北省 黃岡
　　縣에 있는 院名으로 풀이되었고, 定弊院은 그릇되었다고 하였음.
159) 西凉州: "西潦州"는 『중국고금지명사전』에 전연 보이지 않는다.
　　西凉州: 晋時十六國之一 李暠據敦煌(今甘肅敦煌縣) 稻凉公 史稱西凉 今甘肅酒泉
　　縣治 有今甘肅道地 傳三十一年 爲北凉所滅(『中國古今地名辭典』)
160) 乘雪色千里崇山馬 (A본 263쪽)
　　騎雪色千里驪霜馬 (B본 112쪽)
　　仲秋旣望 卽丞相晬日(A본 278쪽)
　　八月念日 是丞相生辰也(B본 128쪽)

어졌음에 대하여 B본은 산문체·산만체·구어체 등으로 A본과 대응
관계를 이루고 있음을 볼 수 있고, 장회와 시문의 출입에 있어서는 양
자가 모두 독자적 뜻을 지니고 있다고 볼 수 있고, 시문과 상소문의
유무에 있어서는 본래 <구운몽>에 삽입된 시는 杜工部의 서경시 五
月寒風詩(칠언절구 1회)와 仙尨詩(오언 5회) 및 彈琴詩(칠언 3회) 가
운데 칠언시 7수 및 古詩 1수, 양소유의 楊柳詞(오언율시 2회)와 진채
봉의 楊柳詞(오언절구 2회) 및 양소유의 答楊柳詞(오언절구 2회), 양
소유의 천진교시(삼장칠언 2회), 가춘운의 咏鞋詩(칠언절구 5회), 장
여랑의 相逢詩(오언절구 5회)와 양소유의 天風詩(오언절구 5회), 양소
유의 慰魂詩(오언율시 5회)와 정생의 慰魂詩(오언율시 5회), 장여랑의
昔訪詩(칠언절구 6회)와 양소유의 冷然詩(칠언절구 6회), 양소유의 壁
上詩(칠언절구 6회), 양소유의 紈扇詩(칠언율시 7회)와 진채봉의 紈扇
詩(칠언절구 8회), 정경패의 七步詩(칠언절구 11회)와 이소화의 七步
詩(칠언절구 11회), 진채봉의 喜鵲詩(칠언절구 12회)와 가춘운의 喜鵲
詩(칠언절구 12회), 양소유의 樂游原詩(칠언율시 14회)와 월 왕의 樂
游原詩(칠언율시 14회) 중 양소유와 정생의 위혼시 및 양소유와 월 왕
의 낙유원 시가 A본엔 삽입돼 있지만, B본엔 시의 실문이 전연 없다.

　그리고 산문의 성격을 띠고 있는 것으로는 상소문이 3종 및 이에
대한 황상의 비답문이 2종, 외에 정경패의 축문, 월 왕의 서간문 및 責
文, 양소유의 辨文, 팔 선녀의 結爲兄弟文 등 9종이 삽입돼 있다. 그러
나 이들 9종 중 상소문만은 A본에만 있고 B본엔 상소했다는 것만 알
릴뿐 실문은 전연 없다. 인명과 지명의 상이에 있어서는 대부분 A본의
것이 典據가 없어 틀린 것이 많다.

　이들 변이를 종합해 볼 때, A본과 B본이 같은 노존본 계통이면서도

왜 그와 같이 변이가 나타나 있느냐는 것이 문제가 된다. 다시 말하면, A본과 B본 중 어느 것이 선행되느냐가 문제이다. 즉 장회와 시문의 상이·유무와 상소문·축문·서간문·結爲兄弟文 등의 변이 내지 유무를 통해 결정적으로 A본과 B본 중 어느 것이 선행 되느냐를 들어내기란 어렵다. 다만 이들 변이 가운데 문체에 있어서 대충 구어체에서 문어체로, 산만체에서 수식체로 이행된다는 것이 통례인 것을 감안한다면, A본의 율문체·수식체·문어체가 선행된다고 보기보다는 B본의 산문체·산만체·구어체가 선행된다고 보아야 할 것이다. 즉, B본의 산문체·산만체·구어체가 A본의 율문체·수식체·문어체로 다듬어지는 가운데 이루어졌을 것이 아닌가 한다. 그러나 이것은 하나의 가능성의 전제이지 결코 결정적 단서는 되지 않으므로 보다 분명하게 따지는 것은 다음 선후 관계의 문제를 다루는 데서 확대하기로 하겠다.

3) A본과 B본의 선후 문제

우선 위항에서 논의된 변이의 문제에 A본이 B본을 토대로 하여 이루어졌을 가능성의 문제를 논의하기로 하자.

첫째, 문체의 상이에서 A본이 율문체·수식체·문어체로 이루어졌음에 대하여 B본은 산문체·산만체·구어체로 이루어졌다는 것은 이미 밝혀졌다.

흔히 문체의 발달에서 능숙성에서 미숙성으로 발달하는 것보다는 미숙성에서 능숙성으로 정착된다는 것이 관례이며 순리적이다. 이것을 전제로 할 때 A본의 율문체·수식체·문어체가 B본의 산문체·산만체·구어체로 이행되었다기 보다는 B본의 산문체·산만체·구어체

가 A본의 율문체·수식체·문어체로 이루어졌다고 보는 것이 아무래
도 순리적이다.

둘째, 정경패가 그녀와 인연을 맺은 양소유가 강제적으로 인연을 끊
고 대신 이소화와 인연을 맺음에 대하여 한을 품고 定惠院 寺觀에 발
원문을 보냈는데 그 발원문의 형식이 A본은 산문과 율문이 병행되어
있고, B본은 철두철미 사언 사십팔구로 이루어져 있다는 것이다. 다시
말하면, 같은 내용의 발원을 중심으로 A본이 사언의 율문과 산문으로
병행된 것은 B본의 사언 사십팔구를 토대로 이루어진 것이 아닌가 하
는 강한 추측을 갖게 한다.

  弟子鄭瓊貝 謹使婢子春雲 敬告于諸佛及菩薩座下 ①弟子瓊貝 罪
惡甚重 業障未除生爲女子之身 且無兄弟之樂 頃旣受幣於楊家 將欲
終身於楊門矣 楊郎被揀於禁臠 君命至嚴 弟子已與楊家絶矣 只恨天
意人事 自相乖違 薄命之人 更無所望 而身雖未許 心旣有屬 則至今
二三其德 非義之所敢出也 姑欲依存 於怙恃膝下 以送未盡之日月矣
因此命送之崎嶇 幸得一身之淸閑 故乃敢薦誠於佛前 以告弟子之心
事 伏願僉佛聖之靈 燭祈懇之忱 垂悲慈之念 使弟子老父母 俱享遐箅
壽與天齊 令弟子 身無疾病災殃 以盡衣彩弄雀之歡 ②則父母身後 誓
歸空門 斷俗緣服戒行 齊心誦經 潔躬禮佛 以報諸佛之厚恩矣 侍婢賈
春雲 本與瓊貝 大有因果 ③名雖奴主 實則朋友 曾以主人之命 爲楊家
之妾矣 事與心違 佳緣莫保 永辭楊家 復歸主人 ④死生苦樂 誓不異
同 伏乞諸佛俯憐吾兩人之心事 ⑤世世生生 俾免爲女子之身 消前生
之罪過 贈後世之福祿 使之還生於善地長享逍遙快活之樂(A본)[161]

---

161) A형 노존본, 232쪽.

　　弟子瓊貝鄭氏 謹使婢子春雲 叩頭告于諸佛菩薩 ①弟子瓊貝 多罪
前生 生爲女子 亦無兄弟 受楊家幣 許之以身 顧惟楊家 揀於禁闈 朝
廷命嚴 天意違人 二三其德 義所不忍 永依父母 以終餘年 因命畸窮
得此淸閑 獻誠于佛 叩頭陳辭 願我父母 壽過期願 亦使弟子 身無災
殃 班衣弄雛 娛樂無窮 ②父母身後 誓歸空門 焚香誦經 以報佛恩 亦
有侍婢 名曰春雲 早與瓊貝 有大因果 ③名雖奴主 實則朋友 以主之命
先使抱稠 事乃大謬 離夫歸主 ④死生苦樂 誓與共之 伏望諸佛 哀我
兩人 ⑤世世生生 免爲女身 消我罪惡 加我智德 還度好地 逍遙快樂
　　　　　　　　　　　　　　　　　　　　　　　　　　　(B본)[162]

　　위의 글에서 볼 수 있는 것처럼 A본은 B본의 사언 율문을 확대·수
식 해 놓은 것이 우선 주목된다. 즉, 발원문의 첫 구절을 장식한 A본의
"弟子鄭氏瓊貝謹使婢子春雲 齋沐頓首 敬告于諸佛及菩薩座下"는 발
원문 바로 직전에 출현하는 B본의 "弟子瓊貝鄭氏 謹使婢子春雲 叩頭
告于諸佛及菩薩"을 거의 그대로 옮겨 놓은 인상을 주지만, 그 이하의
A본 "弟子瓊貝 罪惡甚重 業障未除 生爲女子之身 且無兄弟之樂 頃
旣受幣於楊家 將欲終身於楊門矣"는 B본의 "弟子瓊貝 多罪前生 生
爲女子 亦無弟兄 受楊家幣 許之以身"을 토대로 율문과 산문이 병행
된 문체로 엮어져 있는 인상을 준다. 즉 위와 같은 인상은 A본과 B본
의 각자 같은 번호 안의 실문을 대비해 보면, 모든 번호에 그대로 해당
됨을 알 수 있다.

　　더구나 이와 같이 확대된 글도 문제가 되겠지만, A본의 사언 방점
부분의 "①弟子瓊貝", "②父母身後 誓歸空門", "③命雖奴主 實則朋

162) B형 노존본, 76~77쪽.

友", "④死生苦樂", "⑤世世生生" 등은 B본의 방점 부분에 삽입된 꼭 같은 사언임을 생각할 때, A본을 토대로 하여 B본이 이루어졌느냐, 아니면 B본을 토대로 하여 A본이 이루어졌느냐 하는 문제는 보다 확적한 방향으로 선후 문제가 밝혀지리라고 본다. 바꾸어 말하면, A본의 무질서한 율문과 산문의 병행은 B본의 질서 있는 사언 사십팔구로 이루어졌다기보다는 B본의 질서 있는 사언 사십팔구가 A본의 무질서한 율문과 산문으로 병행하여 이루어졌다고 보는 것이 보다 순리적이기 때문이다.

다음으로 13회장의 명칭에 양 본의 현격한 차이가 있음은 언급된 바 있다.

合졸席蘭英相諱名 獻壽宴鴻月雙擅場(A본)
合졸席花錦相輝映 獻壽宴鴻月雙擅場(B본)

즉, A본의 것은 양소유가 난양 공주(이소화)와 영양 공주(정경패)와의 合졸席(결혼식)에서 난양과 영양이 서로 이름을 숨겼다는 것을 지칭하는 것이고, B본의 것은 결혼식에 꽃과 비단이 서로 휘날려 비친다는 것으로 이는 결국 화려한 大禮를 지칭하는 것이다. 그러나 여기에서 A형의 명칭이 논리상 잘못된 이유는 양소유의 결혼식에 정체를 숨긴 것은(이것은 희극적 효과를 노리기 위한 것이지만) 영양 뿐이지 난양은 해당되지 않기 때문이다. 왜냐하면, 양소유가 토번을 치러 전진에 나아갈 때는 약혼녀 정경패(영양 공주)와는 강제적으로 破約된 후 대신 이소화(난양 공주)와 약혼을 맺은 상태에서, 전진에서 승리하여 돌아와 대례를 치를 때는 정경패는 양소유에게 이미 죽은 것으로 간주되었기 때문이다. 그러므로 A본의 "合졸席蘭英相諱名" 운운은 논리상 전연 성립될 수 없는 명칭이며, 더구나 "相諱名"은 난양과 영양이 서로 이름을 감추었다는 뜻으로 이 장면의 이야기와 전연 빗나간 명칭이다. 이는 개작 과정에서 야기된 실수가 아닌가 생각된다. 물론 이와 같은 A형 노존본의 잘못된 명칭은 을사본·계해본에도 그대로 이어지고, B본의 명칭은 동계본인 서울대학본과 같다.[163]

　다음은 양소유가 영양 공주와 난양 공주 및 진채봉과 대례를 이룬 후에 그녀들과 三日夜를 지내는 장면이다. A본은 양소유가 영양과의 첫날밤이 "是夜"로 다음날 난양과의 첫날밤은 "是夕"으로 돼 있지만, 셋째 날 진채봉과의 첫날밤은 "第三日"로 되어 있다. 즉, 둘째 날 난양과의 첫날밤이 B본과 같이 "第二日"로 돼 있지 않고, "是夜"로 돼 있음은 순서의 표기상 분명 오류이다. 그러나 B본은 영양과의 첫날밤은 "차일"로 난양과의 첫날밤은 "第二日"로, 진채봉과의 첫날밤은 "第三日"로 되어 있어서 순서의 표기상 매우 논리적이며 분명하다. 즉,

　是夜與英陽公主聯衾　早起間寢於太后　太后賜宴　帝及皇后亦入侍太后　終夕罄歡　是夕與蘭陽公主竝枕　第三日往淑人之房　淑人仰視丞相　輒泫然垂涕(A본)[164]

　此日與英陽共夜　早起問安太后　太后賜宴丞相　上與越王侍太后　終日娛樂　第二日與蘭陽共夜　翌日又宴　第三日往淑人之房　垂錦帳　出銀燭之際　淑人垂涙(B본)[165]

163) "합근석화금상휘명 헌슈연홍월쌍천당" 서울대학본 영인본 367쪽.
　위에서 "상휘명"에서와 같이 "영"이 명으로 된 것은 유사자의 오독에서 야기된 실수로 보인다. 서울대학본 교주본 309쪽엔 "合졸席花今相諱名"으로 잘못되어 있다.
164) A형 노존본, 249쪽.

이는 결국 첫날밤의 표기에서 A본이 B본의 此日·第二日·第三日
로 된 것을 第一公主 영양과의 첫날밤을 강조한 나머지 손질하여 是
夜·是夕으로 개작하면서도 第三日은 부주의로 미처 개작이 이루어
지지 않는데서 야기된 실수라 보아진다.

위에서 예로 든 A본과 B본의 문체의 변이, 발원문의 변이, 그리고
13회장의 출입 및 대례일의 첫날밤 표기의 출입 등은 A본이 B본을
토대로 변이·출입되었다는 강한 가능성을 알려줄 뿐, A본이 B본을
토대로 하여 이루어졌다는 확증은 되지 못한다고 생각된다. 그러나 위
와 같은 추측도 다음에 예시되는 "換着彈琴"의 컨텍스트의 불비로 인
하여 A본이 B본을 토대로 하여 성립되었다는 결정적 증거가 들어날
것으로 믿는다.

첫째, 13회장의 환착탄금의 삽입 문제이다.

<구운몽> 4회에 양소유가 과거를 보려 상경하였다가 문벌이 높은
가문의 아가씨 정경패를 보통의 수단으로는 도저히 접근할 수 없어서
두련사의 알선으로 女冠으로 가장하여 거문고를 들고 정경패의 집에
초대되어 그녀의 앞에서 탄금함으로써 드디어 그녀와 인연을 맺게 된
다. 이러한 '換着彈琴談'이 A본에는 13회에 재차 삽입이 되지만 B본엔
삽입되어 있지 않다는 사실이다. 즉 '환착탄금담'의 발단은 이러하다.

㉮ 양소유가 토번에서 승리를 거두고 돌아와 영양과 난양 그리고 진
채봉과 성혼한 후, 그는 영양의 방에서 난양·진채봉 등과 모여 오락
을 즐긴다. 이때 영양이 나직한 음성으로 시녀를 시켜 진채봉을 호출

했는데 영양의 음성이 하도 죽었던 것으로 알려진 정경패[166)]의 음성과
흡사하여 옛날 鄭府에서 정경패와 대좌하여 탄금하던 추억에 잠기며
죽은 정경패를 생각하여 눈물까지 흘리게 된다.

> 明日丞相與蘭陽公主 會英陽公主房中 閑坐傳盃 英陽依聲招侍女
> 請秦氏 丞相聞其聲音 中心自動 悽艶之色 忽上於面 盖曾入鄭府 對少
> 姐彈琴 聞其評曲之聲音 比容貌尤慣矣 此日聞英陽之聲 如自鄭小姐口
> 中出也 旣聞其聲 則聲亦鄭小姐也 貌亦鄭小姐雙淚滎欲滴 (A본)[167)]

> 明日丞相與蘭陽公主 會于英陽公主之房 從容傳杯 英陽低聲召侍
> 女 請秦淑人 丞相聞英陽之聲 忽動心 夫當初往鄭家彈琴時 小姐聲音
> 熟於容貌 此日見英陽之聲音 宛然如小姐 復看容貌尤覺……顔色慘然
> (B본)[168)]

㉴ 양소유가 그녀들과 오락을 즐기는 마당에 홀연 눈물을 흘리는 광
경을 본 영양은 그에게 까닭을 물으니 양소유는 그제야 지난날 鄭司徒
家에서 정경패를 보았는데, 이제 영양의 음성과 용모가 하도 정경패와
같아 자연 悲色이 나타났음을 실토하였다. 이로 인해 영양은 질투를
느껴 그만 퇴장해 버린다.

> 丞相謝曰 小生心事 當不諱於貴主矣 少游曾往鄭家 見其女子矣 貴
> 主聲音容貌 怡似鄭家女子 故觸自興思 悲形於色 遂令貴主有疑 貴主
> 勿怪也 英陽聽訖 顔頰微赤矣 勿起入內殿 久不出 (A본)[169)]

---

166) 실은 정경패가 죽은 것이 아니라, 희극적 분위기를 유도하기 위해 양소유가 출전
중에 황태후·난양·진채봉 등이 공모하여 정경패가 죽었다고 꾸민 것이다.
167) A형 노존본, 250쪽.
168) B형 노존본, 100쪽.

丞相自覺其誤 難於說也 直曰 吾不欺貴主矣 少游前日定婚於鄭家
時 見鄭氏女子 今榮陽之容貌聲音 實爲彷彿 故追想古事 不覺見於色
使夫人極不安矣 榮陽聞此言 顏色暫紅 起而入內 久不出來 (B본)[170]

㉯ 양소유는 퇴장한 영양이 오래도록 나타나지 않음을 보고 진채봉
을 시켜 까닭을 알아보니 영양은 자기를 음녀에 가까운 정경패에게 비
유했다고 해서 秋胡에 속임을 당한 추호의 처와 같이 물에 스스로 던
질 수는 없지만, 양소유와의 결혼을 포기하고 앞으로는 深宮에서 홀로
평생을 마치겠다는 뜻을 전한다.

丞相問曰 貴主有何語耶 秦氏曰 貴主怒氣方峻……比之鄭女 況且
鄭女曾不顧嫌 自矜其色 與相公 接言語 論琴曲則不可謂持身有禮也
其濫可知矣……昔魯之秋胡以黃金 戲採桑之女 其妻卽赴水而死 妾
何可以羞顏 更對相公乎 不願爲無行人之妻也 且相公記其顏面於已
死之後 卞其聲音於久難之餘 此必挑琴於卓女之堂 偸香於賈氏之室
其行之汚甚於秋胡 妾雖不能效古人投水 自此誓不出閨門之外 終老
而死矣 (A본)[171]

丞相問曰 貴主云何 秦氏曰 貴主盛怒 言辭甚過 不敢傳矣 …… 何
以擬妾於鄭女乎 況鄭女不顧男女之嫌而誇顏色而言語酬酢 潛越如此
……昔魯國秋胡 以黃金戲桑女 其妻溺水而死 誠使無行之人 羞與爲
偶也 相公已知鄭女之容貌聲音 此有挑琴偸香 行實之卑甚於秋胡 妾
雖未效效古人之投水 而誓老於深宮 (B본)[172]

---

169) A형 노존본, 251쪽.
170) B형 노존본, 100쪽.
171) A형 노존본, 251쪽.

위에서 문제가 되는 것은 공주의 신분으로 그 토로된 심정이 일절에 A본이 방점 부분에서와 같이 "論琴曲"이 삽입돼 있지만 B본엔 論彈琴의 이야기가 없다는 것이다. 사실은 '환착탄금담'의 발단이 된 ㉯항에서도 이미 확인된 바와 같이 양소유가 鄭府에 들어가 정경패를 만난 과정을 실토할 때에 '환착탄금'의 이야기는 A본과 B본엔 모두 빠져 있고 대신 鄭家에서 슬쩍 보았다는 것만이 언급된 것은[173] 양소유가 공주 앞에서 체면을 세우기 위해 망신스런 '환착탄금'을 의도적으로 숨기기 위한 것이다. 그러나 이 문제가 B본은 그 의도에 따라 이 항에서 숨겨져 있지만, A본은 "言語酬酢"이 더욱 부연되어 "論彈琴"이 삽입된 것은 개첨자가 앞뒤 문맥을 헤아리지 않고 4회에서 읽은 '환착탄금'을 그대로 첨언한데서 야기된 과오로 보인다.

㉰ 위 문제는 이 항에서 계속 이어진다. 즉, 양소유가 영양·난양·진채봉·가춘운 등이 영양(정경패)이 지난달 양소유에게서 수모를 당한 '환착탄금'의 분풀이를 하기 위해 공모로 이루어진 사기극임을 드디어 알아낸 후, 대신 그 분풀이를 그들에게 돌리기 위해 정신병자로 가장하여 그녀들을 당황하게 한다. 즉, 양소유가 정신병자로 가장할 때, 난양이 당황한 나머지 양소유에게 영양이 바로 죽은 정경패임을 실토하게 되는데 A본엔 탄금의 이야기가 노골적으로 삽입돼 있지만, B본엔 계속 숨겨져 있다는 것이다.

---

172) B형 노존본, 101쪽.

173) 특히 B형 노존본(100쪽)엔 이 장면이 "少游前日定婚於鄭家時 見鄭氏女子"로 되어 있지만 서울대학본(373쪽)엔 이 장면의 분위기를 잘 살려 "쇼위 전일 뎡가의 뎡혼ᄒᆞ야 실실 뎡시녀즈롤 보았더니"로 번역되어 있다.

丞相佯不信曰 是何言也 鄭司徒只有一女而死已久矣 死鄭女旣在
吾之身邊 則死鄭女之外 豈有鄭女乎……蘭陽曰 吾太后娘娘 以鄭氏
爲養女 封爲英陽公主 與妾同事相公 英陽姐姐 卽當日聽琴之鄭小姐
也 (A본)[174]

丞相曰 豈有此理 蘭陽曰 我娘娘愛鄭小姐 封公主 與妾同君子 此
眞言也 不然姐姐之容貌聲音 何同於鄭小姐乎 (B본)[175]

위 예문에서 난양이 A본의 방점 부분에서와 같이 '탄금'의 비밀을
토로한다는 것은 이 항을 유도하기 전의 이야기에서 가춘운의 '爲仙爲
鬼'의 이야기가 삽입돼 있지만, 실은 난양이 가춘운의 '爲仙爲鬼'를 듣
고 이를 들은 바 없으니 자세히 들려 달라는 내용이[176] A본과 B본에
꼭 같이 들어 있다.

이로 보면 A본에서와 같이 난양이 "英陽姐姐卽當日聽琴之鄭小姐
也"로 실토가 처리됐다는 것은 의미 문맥상 언어도단이 아닐 수가 없
다. 그것은 수치스런 가춘운의 '爲仙爲鬼'를 영양의 자존심으로 난양
에게 실토할 수 없는 것 이상으로 양소유의 '환착탄금'을 실토할 수 없
는 것이기 때문이다. 그러므로 13회의 '환착탄금'의 이야기에서 A본에
"탄금" 운운이 삽입된 것은 아무래도 A본이 B본을 토대로 하여 수식
과 확대하는 개첨 과정에서 이루어진 것이라고 보아야 할 것이다.

둘째는 영양의 述懷文에 삽입된 "深宮"의 문제이다. 영양(정경패)

---

174) A형 노존본, 255쪽.
175) B형 노존본, 105쪽.
176) 蘭陽公主笑問於英陽曰 春雲語尾 小妹亦未及聞之 丞相其果見欺於春雲乎 (A본,
253쪽)
蘭陽笑問鄭夫人曰 春娘之言 吾亦不詳聞 丞相果見瞞乎 (B본, 103쪽)

은 위에서 거론된 '환착탄금'의 항에서와 같이 양소유가 정경패에 대한 '환착탄금'의 추억을 실토하자 퇴방한 후, 진채봉을 시켜 그녀는 앞으로 양소유와 동거를 포기하고 혼자 심궁에서 외로이 終老하겠다는 술회문을 양소유에게 보냈는데, 그 술회문의 일절이 A본과 B본이 서로 다르다.

妾雖陋劣 卽太后娘娘之寵女鄭女雖奇 不過爲閭閻家賤微女子 禮曰 式路馬 此非馬之敬也 敬君父之所乘也 君父之馬 尙且敬之 況君父所嬌之女乎 相公若敬君父而尊朝廷也 國不可以毫比之鄭女 況且鄭女曾不顧嫌 自矜其色 與相公 接言語論琴曲 則不可謂身有禮也 其濫可知矣 自傷婚事之差池 身致幽鬱之疾病 終至夭折於靑春 亦不可謂多福之人也 其命最奇矣 相公何嘗比余於是乎……妾雖不能古人之投水 自此誓不出閨門之外 終老而死矣 (A본)[177]

妾雖陋 太后娘娘之愛女 鄭女雖美 不過閭閻倣賤之女子 禮式路馬 非敬馬也 相公若敬朝廷 何以擬妾於鄭女乎 況鄭女不顧男女之嫌而誇顔生而言語酬酢 濫越如此 恨婚事之差遲 盂盂得病 夭死靑年 其薄命如此 妾雖庸劣 竊爲羞之……妾雖未效古人之投水 而誓老於深宮
(B본)[178]

위와 같이 양자 술회문의 大旨는 같지만, 그 표현에 있어서는 A본이 B본에 비하여 훨씬 수식이 많을 뿐만 아니라 율문적·문장적 특색을 지니고 있음은 이미 앞에서 지적한 바이다.

그러나 여기에 문제가 되는 것은 양자 방점 부분에서와 같이 심궁의

---

177) A형 노존본, 251쪽.
178) B형 노존본, 101쪽.

표현이

> 自此誓不出閨門之外 終老而死矣 (A본)
> 誓老於深宮 (B본)

으로 A본은 "閨門"으로 B본은 "深宮"으로 돼 있다는 데 있다. 물론
앞뒤 문맥으로 보아서는 "閨門"·"深宮"도 좋지만, 원래의 표기가 무
엇으로 돼 있느냐가 문제이다. 그렇지만 이후 이어지는 표기에는 A본
과 B본이 모두 "深宮"으로 되어 있다.

　양소유가 영양의 '終老而死'하겠다는 술회문을 듣고 자기의 宮中苦
를 난양에게 술회하니, 난양은 다시 영양을 찾아가 '종노이사'의 결심
을 재차 확인하고 난양도 다음과 같이 '종노이사'하겠다는 결단을 내리
고 있다.

> 　妾游說萬端 姐姐終不回心 妾當初與姐姐結約 死生不相離 苦樂必
> 相同 以矢言告之 於天地神祇 姐姐終老於深宮則妾亦終老於深宮 姐
> 姐若不近於相公則妾亦不近於相公 公就淑人之房 穩度今夜 (A본)[179]

> 　姐姐百端開諭而不回 妾當初姐姐死生不相苦樂 欲與共之 姐姐老
> 於深宮則妾亦老於深宮 相公請往淑人之房 平安休息也 (B본)[180]

　위에서 난양이 영양의 궁중에서 늙어 죽겠다는 결심에 따라 자기도
궁중에서 늙어 죽겠다는 결단의 大旨는 같지만 표현은 현격한 차이가
있다. 즉, A본의 "妾遊說萬端 姐姐終不回心"이 B본엔 "姐姐百端開諭

---

179) A형 노존본, 252쪽.
180) B형 노존본, 101~102쪽.

而不回"[181]로 되어 있는 것은 A본이 문장체로 다듬어져 있는 것에 대하여 B본은 한국식 구어체로 된 것의 일단이며, 그리고 A본의 "穩度今夜"가 B본엔 "平安休息"으로 된 것도 결국 문장체와 구어체의 좋은 대조가 된다는 것을 재차 확인시켜 준다. 이런 표기의 일환으로 A본의 "閨門"의 표기가 자취를 감추고, A본도 B본과 같이 "深宮"으로 되어 있다는 것은 결국 원래의 표기가 "深宮"이라는 것을 단적으로 확인해 주리라 믿는다.

위에서 거론된 A본의 '환착탄금'의 삽입과 난양의 술회문 가운데 "閨門"과 "深宮"의 표기의 불일치는 결국 A본이 B본을 토대로 이루어졌다는 증좌이다.

4) 결어

새로 발굴된 노존본과 재구본을 이분화하여 각기 A본과 B본으로 명명하여 이들의 선후관계를 살피는 방법으로, 첫째 A본과 B본을 문체면과 내용면의 대첨보 내지 장회·시문·인명과 지명 등에 나타난 상호 변이 및 출입을 살피고 나서 A본과 B본의 선후 문제를 검토하여 결국 A본이 B본을 토대로 하여 수식 확대된 것임을 매김하였다.

이를 확인하는 방법으로 문체상에 있어서 B본이 산문체·산만체·구어체로 이루어졌음에 대하여 A에서는 율문체·수식체·문장체로 윤색·확대되었다는 것을 검토하였고 아울러 문체의 발달 과정이 거의가 구어체에서 문장체로, 산만체에서 수식체로 이루어졌음을 전제

---

181) "姐姐百端而不回"는 아무래도 한국식 한문이지만, 서울대학본엔 "져져롤 빅단기유 ᄒᄃᆡ 도로혀디아니ᄒᄂᆞ" (영인본, 373쪽)으로 무난하게 번역되었다.

로 하여 B본이 A본보다 선행되었을 것으로 추정하였다. 그러나 이와 같은 추정도 본 소설 13회의 명칭에 있어서 B본의 "合졸席花錦相輝映"의 합리적 명칭이 수식·윤색 과정을 통하여 A본의 "合졸席蘭英花相輝名"의 엉뚱한 명칭으로 오류를 초래케 한 것과 역시 13회에서 양소유와 영양·난양·진채봉 등과의 첫날밤 명칭이 B본의 "此日"·"第二日"·"第三日"의 표기가 수식·윤색 과정에서 A본에서는 "是夜"·"是夕"·"第三日"로 잘못 표기된 것 등으로 A본이 B본을 토대로 하여 성립되었을 것이라는 보다 강한 추정을 내리게 되었다.

위에서 A본이 B본을 토대로 하여 이루어졌을 것이라는 추칙과 보다 강한 추정도 결국 역시 13회의 '환착탄금'의 이야기에서 A본이 격에 맞지 않게 '탄금'의 이야기가 수식·윤색 과정에서 덧붙여서 A본으로 하여금 더욱 불합리성을 야기 시킨 것과 아울러 영양의 술회문에 B본의 "深宮"의 표기가 수식·윤색 과정에서 "閨門"·"深宮"으로 불합리하게 표기가 되었다는 것은 결정적으로 컨텍스트의 불비를 초래케 한 것으로서 결국 이는 A본이 B본을 토대로 하여 이루어졌다는 것을 확증해 주는 것이다.

이제 이번에 새로 발굴된 B형 노존본이 출현함으로써 노존본이 A본과 B본으로 이분화됨과 동시에 종래 중요한 <구운몽> 이본의 전승 과정이 노존본에서 을사본으로, 을사본에서 계해본으로 이루어졌다는 도식이 다시 A본에서 B본 노존본이 추가됨으로써 다음과 같이 <구운몽> 이본의 전승 과정의 도식이 성립되게 되었다.

B형 노존본 → A형 노존본 → 을사본 → 계해본
(1725년이전) (1725년) (1803년)

그렇지만 B형 노존본의 성립시기는 A형 노존본의 성립시기가 을사본이 확적하게 이루어진 간기가 영조 1년(1725)임을 전제로 하여 그 이전에 이루어진 것임을 알 뿐, 언제 이루어진 것임을 알 수 없는 것과 같이 그것을 확정짓지 못하는 것이 아쉬울 뿐이다. 이런 가운데에서도 이번 출현한 B형 노존본을 중심으로 〈구운몽〉의 전승 과정을 살필 때, 1차로 어느 호문가에 의해 산만한 구어체의 B형 노존본이 율문체로 수식된 문장체의 A형 노존본으로 확대되고, 이것이 다시 영조 1년을 기하여 사대부들의 독자를 위해 보다 간결체로 다듬어져 방각본으로 간행되었음을 짐작할 수가 있다. 그러나 다듬어진 이 간결체의 을사본도 뒤늦게 순조 3년(1803)을 기하여 복각될 때, 뭉그러진 판에 철저한 교정이 가해지지 않고 판각되었기 때문에 복각된 계해본이 결국 신번 구운몽·유일서관본 등 근대본으로 하여금 가장 불충분한 국역본이 되게 하였을 뿐 아니라, 〈구운몽〉 이본 가운데 가장 결함이 많은 惡板이 되고 말았다.

여기에 부언해야 할 일은 B형 노존본이 문체가 산만하게 이루어진 구어체란 것은 종래 〈구운몽〉이 귀양지에서 "一夜制之" 또는 "速成"[182]을 전제로 할 때, B형 노존본이 지닌 산만체·구어체는 작자 김만중의 환경적 조건과 상당히 거리가 좁혀질 가능성도 있을 것으로 본다. 더구나 근자에 〈구운몽〉이 김만중의 宣川 귀양지에서 씌어졌다는 확적을 알리는 문헌[183]이 출현한 것은 B형 노존본의 문체 문제를 파악하는데 도움이 된다. 그러나 이런 추측을 하면서도 과연 김만중과 같은 문장가가 그러한 산만체·구어체로 글을 썼을까 하는 문제가 가

---

182) 정규복, 『구운몽 연구』, 고려대출판부, 1974.
183) 김병국, 「구운몽 저작 시기 변증」, 『한국학보』, 51집, 일지사, 1988.

로 놓여 있기 때문에 이 문제는 보다 구체적 자료와 연구가 축적된 후
일을 기할 수밖에 없다.

다만 여기에서 첨가해 두어야 할 일은 B형 노존본이 현존한 <구운
몽> 국역본 중 최고본임을 자랑하는 서울대학본과 동궤본으로 결국
후자가 전자의 국역본이라는 것이다. 이것은 B형 노존본이 A형 노존
본과 이분화되는 데에 이루어지는 모든 변이의 특징을 서울대학본이
그대로 지니고 있기 때문이다. 이번 B형 노존본이 출현함으로써 종래
한문본으로서 계해본만을 가지고 주석을 가한 현 서울대학본의 교주
본(민중서관, 1972)은 그 誤註가 곳곳에 보인다. 再註가 시급하지 않
을 수 없다. 이번 출현한 B형 노존본은 동궤본인 서울대학본 외엔 하
나도 없다. 그러나 B형 노존본에도 더러 오자가 보인다. 그러므로 B형
노존본이 A형 노존본과의 변이도 결국 서울대학본이 있음으로써 그
여부를 가늠할 수 있음은 다행이다. 앞으로는 B형 노존본 系가 더욱
수집되면서 B형 노존본의 재구도 가능하리라고 본다.

3. 〈구운몽〉 서울대학본의 재고

1) 도언

〈구운몽〉 서울대학본은 주지하는 바와 같이 〈구운몽〉 이본 중 국
문본으로선 最善本에 속한다. 즉, 그것이 지닌 고아한 문체에다가 고
어가 산재해 있어 일찍이 1950년대에 이가원·이명구 교수에 의해 고
본으로서 높이 평가를 받은 바 있다. 이가원 교수는 最古本, 즉 한문본
에 비해 거기에 나타난 축약·譯體 등의 단점을 지닌 것으로 인정하면

서도 숙종 당대에 이루어졌을 것으로 보았고,[184] 이명구 교수는 最古本임은 말할 것도 없고 거기에 삽입된 한문본에도 없는 "大覺" 장면을 들어 심지어 김만중의 원작 가능성으로까지 추정하였다.[185] 그러나 필자는 당시 새로 출현된 을사본을 중심으로 노존본에 "大覺" 장면이 들어 있는 것으로써 서울대학본은 분명히 한문본의 번역과정에서 이루어진 것임을 밝히고, 이어 한문본은 계해본 · 을사본 · 노존본 등으로 분류됨에 따라서 서울대학본은 노존본 계통의 국역본임을 매김하였다.[186] 더 부연하면, 서울대학본은 노존본 계통의 국역본으로서 분량이 축소된 축약본으로 규정해 놓았던 것이다.

근자 노존본의 이본(강전섭 소장)이 새로 출현함에 따라 노존본이 이분화됨으로써 필자에 의해 재구된 노존본은 A본으로, 새로 출현한 노존본은 B본으로 각기 명명하고 결국 양본은 B본에서 A본으로 확대된 것임이 밝혀졌다.[187] 아울러 여기에 이 글을 엮기 위해 전제가 되어야 할 것은 서울대학본은 노존본이 이분화됨에 따라서 B형 노존본의 번역과정에서 이루어진 국역본이라는 것이다.

여기서는 서울대학본이 노존본 B형의 번역과정에서 이루어진 것임을 보다 구체적으로 밝히기 위해 우선 노존본 B형의 특징을 들고, 이를 중심으로 노존본 A형과 B형의 차이점을 장회의 출입, 시문의 출입 및 인명 · 지명의 출입 그리고 시문 · 상소문의 출입 등으로 나누어 서울대학본이 그 출입에서 어디에 해당되는가를 밝히기로 하겠다. 서울

184) 이가원, 「구운몽 평고」, 『교주 구운몽』, 덕기출판사, 1955.
185) 이명구, 「구운몽고」, 『성균학보』, 2집, 성균관대, 1955.
186) 정규복, 『구운몽 연구』, 고려대 출판부, 1974.
187) 정규복, 「구운몽 노존본의 이분화」, 『동방학지』, 59집, 연세대학, 1988. 9.

대학본의 텍스트는 편의상 영인본 『구운몽』(서울: 고려서림, 1986)으로 하고 노존본 A본은 필자에 의해 재구된 재구본 『구운몽 원전의 연구』(서울: 일지사, 1988, 삼판)로, 노존본 B형은 현재 유일본인 강전섭 교수 소장본으로 하겠다.

2) B형 노존본의 특색

노존본 B형의 특색은 우선 문체면에서 볼 때, 노존본 A형이 율문체·수식체·문어체로 되어 있는데 반해 산문체·산만체·구어체로 대응되어 있다는 것이다.[188] 즉, A본이 문체상 그와 같이 확대되어 있는데 대하여 B본은 토속적으로 이야기가 짧게 이루어져 있어, 분량에 있어서도 전자가 무려 7만 7천여 자로 확대되어 있는데, 후자는 불과 4만 7천여 자에 지나지 않는다. 더 부연하면, A본은 B본을 텍스트로 하여 확대된 후행본이고, B본은 A본의 텍스트가 된 선행본이라는 것이다. 그 이유는 이미 밝혀진 졸고[189]를 참고해 주기 바란다.

그러면 위와 같이 B본에 나타난 특색을 중심으로 서울대학본이 B본과 어떻게 상응되는가를 편의상 상, 하권에서 예를 하나씩 들어 예증할까 한다.

상권에서는 제6회 "賈春雲爲仙爲魂 狄驚鴻乍陰乍陽"에서 예를 들어보기로 하자.

① 翰林至燕國 絶徼之人 未曾睹皇華威儀 見翰林如地上祥麟 雲間端鳳 到底擁車塞路 無不以一覩爲快 而翰林威如疾雷 恩如時雨 邊民

---

188) 정규복, 위의 논문, 132~140쪽.
189) 정규복, 위의 논문, 159~168쪽.

亦皆欣欣鼓舞 嘖嘖相稱曰 聖天子將活我矣 ②翰林與燕王相見 翰林
盛稱天子威德 朝廷處分 以向背之勢 順逆之機 縱橫闔闢 言皆有理
滔滔如海波之瀉 凜凜如霜颷之烈 ③燕王瞿然而驚 惕然而悟 乃以膝
蔽 地而謝曰 弊蕃僻陋 自外聖化 習故狃常 迷不知返 此承明敎 大覺
前非 自此當戢狂圖恪修臣職 惟皇使歸奏朝廷 使小邦 因危獲安 轉禍
爲福 則是小鎭之幸也 ④仍設宴於璧鏤宮以餞 翰林將行 以黃金千斤
名馬十匹贐之 ⑤翰林却不受 離燕土而西歸 (A본)[190]

　①翰林至燕 遠地之人 未嘗見如此風采 過去之處 挾車塞道 威風
大振矣 ②與燕王相見 盛言大唐威德 開諭利害 言辭滔滔 如翻波濤
③燕王多屈以服 卽修表文 去王號而請歸順矣 ④燕王設宴 餞行 贐黃
金千兩名馬十足 ⑤却不受 離燕西歸 (B본)[191]

　①한님이 연국의 가니 먼 짜사롬이 일죽 이런 풍치롤 보디못ᄒ얏는
디라 다나는 대마다 수리롤 ᄭ이고 길히 메여시니 위풍이 단동ᄒ더니 ②
연왕으로 더브러 셔로 보매 대당위덕으로 표쟝ᄒ고 니ᄒᆡ로 기유ᄒ여
말솜이 도도ᄒ고 물결을 뒤치는 ᄃᆞᆺᄒ니 ③연왕이 긔운을 굴ᄒ고 ᄆᆞ음의
항복ᄒ야 즉시 표문을 닷가 왕호롤 업시ᄒ고 귀순ᄒᄆᆞᆯ 쳥ᄒ더라 ④연왕
이 별노 군듕의 잔치롤 비셜ᄒ야 젼숑ᄒ고 황금쳔냥과 병마 십필을 주
거늘 ⑤밧디 아니ᄒ고 연도롤 ᄯ더나 셔로 도라올시 (서울대학본)[192]

위는 양 한림이 귀순하지 않는 연국에 이르러 연 왕을 설득하여 귀
순케 하는 장면인데 위의 내용을 편의상 위의 인용문에 붙인 번호에
따라 다섯 항목으로 나누면 다음과 같다.

---

190) 정규복, 『구운몽 원전의 연구』, 서울: 일지사, 1977, 209쪽.
191) 노존본 B본, 51쪽.
192) 서울대학본, 192~193쪽.

① 양 한림이 연국에 이르자 연국인이 그의 위풍을 보고 탄식한다.

② 양 한림은 연 왕을 만나 대당국에 귀순할 것을 설득한다.

③ 연 왕은 양 한림의 언설에 감동되어 드디어 귀순한다.

④ 연 왕은 양 한림을 위해 대연을 배설하고 선물을 준다.

⑤ 그러나 양 한림은 선물을 거절하고 귀국길에 오른다.

이 다섯 항목의 구조는 예문의 번호에서와 같이 양 본이 같지만, 세부적 사항에 있어선 A본의 자수가 235자인데 비해, B본은 91자로 되어 있는 바와 같이 출입이 심하다. 즉, B본 ①항의 양 한림이 燕에 이르자 먼 땅의 사람이 양 한림의 풍채 같은 것을 본 일이 없었으므로 지나는 곳마다 차가 길을 빽빽이 메우고 있어 양 한림이 위풍을 크게 떨쳤다는 것이 A본의 ①항엔 많은 수식으로 첨가되어 있다. 즉, "見翰林如地上祥麟 雲間端風" 혹은 "翰林感如疾雷 恩如時雨" 등이 그것이며, 더구나 "邊民亦皆欣欣鼓舞 嘖嘖相稱曰 聖天子將活我矣"는 고소설적 과장의 수식이다.

②항의 B본은 양 한림이 연 왕과 만나자 대당의 위덕을 들어 달래니 "언사가 도도하기가 물결을 뒤집는 듯 했다"로 된 가운데, B본의 "開諭利害"가 A본엔 "朝廷處分 以向背之勢 順逆之機 縱橫闔闢"으로 그리고 B본의 "言辭滔滔 如飜波濤"가 A본엔 "言皆有理 滔滔如疲波之濤 凜凜如霜飆之烈"로 훨씬 소설적으로 수식돼 있다. 그리고 ③항의 B본은 다만 "燕王氣屈以服 卽修表文 去王號而請歸順矣"로 돼 있는데, A본은 "燕王瞿然而驚 惕然而悟 乃以膝蔽地而謝曰 幣蕃僻陋 自化聖化 習故狃常 迷不知返 此承明敎 大覺前非自此當永戢狂圖 恪修臣職 惟皇使歸奏朝廷 使小邦 因危獲安 轉禍爲福 則是小鎭之幸也"

로 같은 줄거리 안에서 대화체로 훨씬 확대되었고, ④의 B본 "燕王設
宴餞行 贐黃金千兩 名馬十疋"은 A본엔 설연 장소인 壁鏤宮이 제시
됐고, ⑤의 B본 "却不受 離燕西歸"은 A본엔 "翰林"의 주어가 삽입되
고 "離燕而歸"도 "離燕土而西歸"에서와 같이 주석을 달듯 풀어 서술
되어 있다.

위 장면은 전반적인 면에서 검토할 때, A본이 B본을 토대로 하여
수식화·율문화로 부연되어 있다.

그러나 서울대학본의 ①항 "한님이 연국의 가니 먼 짜 사람이 일즉
이런풍치롤 보디 못ᄒ얏ᄂ디라 디나ᄂ 대마다 수리롤 씨고 길히 메여
시니 위풍이 딘동ᄒ더니"는 B본의 1항 "翰林至燕 遠方地之人 未嘗見
如此風采 過去之處挾車塞道 威風大振矣"의 축자 직역임을 쉽게 알
수가 있고, 서울대학본의 ②항 "연왕으로 더브러 셔로 보매 대당위덕
으로 표쟝ᄒ고 니해로 기유ᄒ여 말ᄉᆷ이 도도ᄒ고 물결을 뒤치ᄂ듯ᄒ
니" 역시 B본의 2항 "與燕王相見 盛言大唐威德 開諭利害 言辭滔滔
如飜波濤"의 축자 직역이며, 서울대학본의 ③항 "연왕이 긔운을 굴ᄒ
고 ᄆᆞ옴의 항복ᄒ야 즉시 표문을 닷가 왕호롤 업시ᄒ고 긔슌ᄒᄆᆞᆯ 청ᄒ
더라"는 역시 B본의 ③항 "燕王氣屈以服 卽修表文 去王號而請歸順
矣"의 거의 축자 직역으로 이루어졌고, 서울대학본의 나머지 ④·⑤항
도 역시 B본의 ④·⑤항과 일치하고 있다.

하권에서는 제14회 "樂遊原會獵鬪春色 油壁車招搖占風光"에서 예
를 들어 보기로 하자.

　　丞相笑曰 ①少游追念其時之事 誠可胎也 ②下土窮儒 一驢一童 間
關遠路 爲飢火所迫 過飮村店之濁醪 行過天津橋上 適見洛陽才子數

十人 大張娼樂於樓上 飮酒賦詩 少游以獘衣破巾 詣其座上 蟾月亦在
其中矣 ③雖諸生僕隷 未有如少游之疲弊者 而醉興方濃 不知斬愧 拾
輟荒蕪之語 構成一詩 不記其詩意何如 句格何如 而桂娘拈出其詩 於
衆篇之中 歌而咏之 蓋座中初旣相約曰 諸人所作 若入於桂娘之歌者
則當讓與蟾娘於其人 故不敢與少游相爭 此亦緣也 (A본)[193]

丞相笑曰 ①少游其時之事言之 實可笑 ②遠方騎驪書生 過飮村店
濁醪 過天津酒樓 洛陽才子鞠十人挾娼樂 而飮酒賦詩於其上 小妾亦
在其中矣 少游以醉布之衣 沾雨之巾 假酒力而進座上 ③諸生牽馬之
奴 無有如少游之鹿粗矣 少游醉中 元蕪竣惑荒雜之句 不知以何爲辭
而諸詩之中 少妾擇少游之詩而歌之 蓋座中初旣相約曰 諸人所作 若
入於桂娘之歌者 則當讓與蟾娘於其人 故不敢與少游相爭 此亦緣矣
(B본)[194]

승샹이 쇼왈 쇼유의 그째 일을 싱각건대 실노 가쇼로오니 나귀탄
원방셔싱이 촌졈탁쥬를 과히 먹고 텬진쥬루를 디나더니 냑양지쟈 수
십인이 누샹의셔 챵악을 씨고 글지으며 술먹으니 슈쳡이 쏘 그듕의 잇
더이다 쇼위 헌뵈옷과 비마즌 두건으로 쥬력을 비러 좌샹의 나아가니
졔싱의 겻마든 죵도 쇼유쳐로 츄러ᄒ나 업더이다 쇼위 취듕이라 쥰혹
도 업디아녀 황잡흔 글귀를 무어시라 지여던디 쇼쳡이 모든 글듕의 골
히여 노리브르니 임의 졔인의 언약이 잇ᄂᆞᆫ고로 감히 셤월을 다토디 못
ᄒ니 이 쏘흔 인연인가 ᄒᆞᄂᆞ이다 (서울대학본)[195]

위의 내용은 양소유와 월 왕과의 낙유원 놀이에서 월 왕이 양소유에

---

193) A형 노존본, 265쪽.
194) B형 노존본, 115쪽.
195) 서울대학본, 435~436쪽.

게 계섬월을 만난 연유를 물었을 때, 양소유가 지난날 과거를 보러 상
경 중에 천진교에서 詩酒로써 계섬월과 인연을 맺게 된 것을 술회하는
장면이다.

우선 A본의 자수가 185자인데 비해 B본은 139자로 A본이 46자가
더 첨가되었음을 알 수 있고, B본이 산문체·산만체·구어체로 이루
어져 있는데 대하여 A본은 문장체 내지 율문체로 수식되고 다듬어져
있음을 쉽게 엿볼 수가 있다. 즉, B본 ① "少游其時事言之 實可笑"의
소리 나는 대로 적은 구어체의 한국적인 한문이 A본 ① "少游追念其
時事 誠可哈也"에서와 같이 문법적으로 정제된 문장체로 다듬어져 있
고, B본 ② "遠方騎驟書生 過飮村店濁醪"의 산문체가 A본의 ② "下
土窮儒 一驢一童 間關遠路 爲飢火所迫 過飮村店濁醪"에서와 같이
문장체·율문체로 보다 수식되어 있고, B본의 ③ "諸生牽馬之奴無有
如少游之鹿粗矣 少游醉中 元無竣惑荒雜之句 不知以何爲辭 而諸詩
之中 少妾擇少游之詩而歌之"는 뜻을 제대로 파악할 수 없으리만큼
산만하고 비문법적인 것이지만, 이것들이 A본 ③엔 "雖諸生僕隷 未有
少游之疲弊者 而醉興方濃 不知慚愧 拾掇荒蕪之語 措成一詩 不記其
詩何如 句格何如 而桂娘拈出其詩於衆篇之中 歌而咏之"로 문법화·
율문화로 수식되어 문장체로 다듬어져 있다.

더구나 ③에 이어지는 B본의 "諸人已有約"은 A본에 "盖座中初旣
相約曰 諸人所作 若入於桂娘之歌者 則堂讓與蟾娘於其人"으로 쓸데
없이 대화체로 구체화되어 있고, 계속 이어지는 B본의 "故不敢爭蟾
月"이 A본엔 "故不敢與少游相爭"으로 문법화 되어 있다. 양 본엔 싸
운 대상이 "蟾月" 혹은 "少游"로 돼 있더라도 각자 합리적 뜻을 지닌
다고 본다. 이것들 외에 양 본의 양소유의 대상인물인 계섬월의 자기

적 명칭이 B본엔 "小妾"으로 A본엔 "蟾月"로 돼 있음은 A본은 문장
체로 B본은 구어체로 이루어진 문장심리학적 특징을 단적으로 드러내
는 것이라고 생각된다.

그러나 서울대학본은 위와 같은 A본과 B본의 변별적 차이를 고려
하여 고찰할 때 철두철미 B본의 것을 거의 축자 직역하여 이루어졌음
을 엿볼 수가 있다. 더구나 서울대학본의 "쇼위취중이라 쥰혹도 업디
아녀 황잡흔 글귀롤 무어시라 지여던디"에서 "쥰혹도 업디아녀 황잡
흔 글귀"는 B본의 "竣惑荒雜之句"의 직음이 취해진 것으로서 결국 오
역 구가 돼버렸고, 서울대학본의 "겻마든죵"도 역시 B본의 "牽馬之
奴"의 직음으로서 오역 구가 되어버렸다. 이런 구절이 서울대학본의
주해에도 엉뚱하게 풀이된 것을 보면[196] 이들이 얼마나 까다롭고 난삽
한 難句인가를 짐작할 수가 있다.

위에서와 같이 노존본 상, 하권에서 한 예씩 들어 A본과 B본의 특
색을 들어 서울대학본이 B본과 밀착되어 있음을 살펴, 결국 서울대학
본이 B본을 텍스트로 하여 거의 축자 직역으로 이루어졌음을 확인하
였다.

3) B형 노존본과 서울대학본

노존본 A형과 B형은 전거한 바와 같이 문체상으로 특징이 대응될
뿐만 아니라, 형식상 두드러진 것은 장회, 시 및 인명·지명 그리고 시

---

196) "쥰혹"은 서울대학본 주해본에 "주늑도"로 달고 이를 "부끄러운줄 모르고 언죽번죽
하는 것"이라 풀이하고, "겻마든 죵"은 "곁마든 종도"로 달고, 그 풀이에 엉뚱하게 "곁
에 따라다니는"으로 처리해 놓았다. (『구운몽: 한국고전문학대계 9』, 민중서관, 1972,
367쪽)

문·상소문 등의 출입이 있다는 것이다. 그러면 이들의 출입을 살펴보기로 하자.

a) 장회 명칭의 출입

제4회

倩女冠鄭府愚知音 老司徒金榜得快壻[197] (A본)

俏女冠鄭府愚知音 老司徒金榜擇快壻[198] (B본)

초녀도관뎡부디음 노사도금방택현서[199] (서울대학본)

제8회

宮女掩淚隨黃門 侍妾含悲辭主人[200] (A본)

侍妾守義辭主人 俠女神劍赴花燭[201] (B본)

시쳡수의ᄉ쥬인 쳡여슈검부화쵹[202] (서울대학본)

제9회

楊元帥偸閑叩禪扇 公主微服訪閨秀[203] (A본)

元帥偸閑叩禪扇   王姬微服訪閨秀[204] (B본)

양원쉬투한고션미 왕희미복방규슈[205] (서울대학본)

---

197) A형 노존본, 186쪽.
198) B형 노존본, 26쪽.
199) 서울대학본, 90쪽.
200) A형 노존본, 217쪽.
201) B형 노존본, 60쪽.
202) 서울대학본, 232쪽.
203) A형 노존본, 229쪽.
204) B형 노존본, 73쪽.
205) 서울대학본, 285쪽.

제11회

楊少游夢遊上界 賈春雲巧傳玉語[206] (A본)

楊尙書夢遊上界 賈孺人矯傳遺語[207] (B본)

양샹셔몽유샹계 가춘운교뎐유언[208] (서울대학본)

제12회

合戔席蘭英相諱名[209] (A본)

合戔席花錦相諱名[210] (B본)

합근석화금상휘명[211] (서울대학본)

　위에 열거된 장회는 16회장 가운데 출입이 있는 것뿐인데 제4회는
A본의 "倩"과 "得"이 B본엔 "俏"와 "擇"으로 되어 있지만 서울대학본
은 B본과 같이 "초"와 "택"으로 되어 있고, 제8회는 A본의 "宮女掩漏
隨黃門 侍妾含悲辭主人"이 B본엔 "侍妾守義辭主人 俠女神劍赴花
燭"으로 되어 있지만 서울대학본은 역시 B본과 같이 "시첩수의스쥬인
첩여슈검부화쵹"으로 되어 있다. 그러나 B본의 "俠女神劍"이 "첩여슈
검"으로 출입이 있음은 B본의 정당성을 감안할 때 전사 과정에서의
오기로 이루어진 것 같다.

　제9회는 A본의 "公主"가 B본에 "王姬"로 되어 있지만 역시 서울대
학본엔 B본과 같이 "왕희"로 되어 있다. 그러나 A본의 "閨秀"는 B본

---

206) A형 노존본, 241쪽.

207) B형 노존본, 89쪽.

208) 서울대학본, 338쪽.

209) A형 노존본, 248쪽.

210) B형 노존본, 97쪽.

211) 서울대학본, 367쪽.

에 "閨女"로 되어 있지만 서울대학본은 A본과 같이 "규슈"로 되어 있음은 전사 과정에서의 오기로 이루어진 것인지 아니면 B본의 것이 오기인지 현재로서는 확인할 수가 없다.

제11회는 A본의 "楊少游"·"賈春雲"·"玉語"가 B본엔 "楊尙書"·"賈孺人"·"遺言"으로 되어 있지만 서울대학본엔 B본과 같이 "양샹셔"·"유언"으로 되어 있다. 그러나 A본의 "賈春雲"만은 서울대학본과 일치되고 있어 현재로서는 B본의 "賈孺人"이 원래적인 것인지 확인할 수가 없다.

제12회는 A본의 "蘭英相諱名"이 B본엔 "花錦相輝映"으로 되어 있지만, 서울대학본은 B본과 같이 "화금상휘명"으로 되어 있다. 그러나 끝 글자가 "명"으로 되어 있는 것은 전사과정의 오기로 생각된다. A본과 B본의 장회의 출입에서 B본과 서울대학본이 비록 부분적인 차이를 간혹 지니고 있을지라도 대부분이 전사과정에서 이루어진 오기라 생각되며, 전체적으로 볼 때 일치되고 있음은 분명하게 확인된다. 다음은 시의 출입을 살펴보기로 하자.

b) 시문의 출입

A본과 B본의 시에서 거의 모든 시문이 크고 작은 차이는 있을망정 자구의 출입은 전체적으로 이루어지고 있다. 시의 출입에서 전문이 출입된 것을 천진교 시이다. 이들을 열거해 보자.

楚客西遊路入秦 酒樓來醉洛陽春
月中丹桂誰先折 今代文章自有人
天津橋上柳花飛 珠箔重重映夕暉

側耳要聽歌一曲　錦筵休復舞羅衣
花枝羞殺玉人粧　未吐纖歌口已香
待得樑塵飛盡後　洞房花燭賀新郎[212]　(A본)

香塵欲起暮雲多　共待妙姬一曲歌
十二街頭春睌晚　楊花如雪柰愁何
花枝愁殺玉人粧　未發纖歌氣已香
下蔡陽城渾不管　只恐粧得鐵爲腸
旗亭暮雪按涼州　最是王郎得意秋
千古斯文元一脈　莫敎前輩擅風流[213]　(B본)

향단욕긔모운다　향긔로운뜻글이닐고져ᄒ고져믄구롬이만ᄒ니
공디요희일곡가　한가지로고은계집의흔곡됴노리롤기ᄃ리ᄂ도다
십이가두츈완만　열두거리우희봄이ᄂ져시니
양화여셜내수하　버들꼿치눈ᄀᆺᄐ니근심을어이ᄒ리오
화지슈새옥인쟝　꼿가지옥인의단쟝을붓그려ᄒ니
미발셤가구이향　가ᄂ노리롤발티아냐셔입의긔운이향긔롭도다
하채양셩혼불관　하채와양셩은다시거리ᄭᅵ디아니ᄒᄃᆡ
지수난득쳘위댱　다만쇠ᄒ흔애롤엇기어려올가근심ᄒ노라
긔졍모셜안양쥐　긔졍져믄눈의양쥐ᄌᄉ롤브ᄅ니
최시왕낭득의츄　이가쟝완낭의득의흔째로다
천고ᄉ문원일믹　천고ᄉ문원일믹ᄒ니
막교젼비텬풍뉴　젼비로ᄒ야금풍뉴롤젼쥬ᄒ디말나
초긱셔유노입진　초나라손이서로놀믹길히진에드러시니
쥬루니취낙양츈　술다락의와낙양봄을취ᄒ여도다

---

212) A형 노존본, 183쪽.
213) B형 노존본, 22쪽.

월듕단계슈단절　　달가온디블근계수룰뉘몬져썻글고
금디문쟝ᄌᆞ유인이라 금디에문쟝이스스로사롬이이시리로다[214]

(서울대학본)

위의 삼자를 대비하면, 전면적으로 B본과 서울대학본이 동궤임을 쉽게 알 수가 있다. 다만, B본의 첫째 연 방점 "妙"와 셋째 연 방점 "氣" 및 넷째 연 방점 "恐粧"이 서울대학본엔 "요"·"구"·"수난"으로 되어 있지만 "요"는 풀이 글에서 보면 "묘"의 오기 같고, "구"는 그 풀이 글로 보면 "기"의 오기[215]일 것이고, "수난"(穗難)은 그 풀이를 비추어보면, 오기는 아닐 것 같다. 전후 시적으로 보면 B본이 오기인 것 같지만 현재로선 확적하게 알 수가 없다. 그리고 서울대학본의 末聯 "초긱셔유노임진" 운운은 A본의 첫째 연인데 이것이 末聯에 삽입된 것은 전사과정에서 잘못 삽입되었다고 보아야 할 것이다. 이 四章 시를 유도하는 그 구절에 분명하게 "삼쟝 시를 쓰니"[216]로 되어 있을 뿐 아니라, 그 후면에 이를 이어 받는 곳에서도 역시 "삼댱 지를 ᄎᆞ례로 외우니"[217]에서와 같이 분명하게 三章 시로 되어 있는 데서도 알 수가 있다.

---

214) 서울대학본, 74~76쪽.

215) B본의 "未發纖歌氣已香"이 서울대학본에 "미발셤가구이향"(가는 노리롤 발티아나셔 입의 긔운이 향긔롭도다)에서와 같이 "氣"가 "구"(口)로 표기되어 있지만 B본의 "氣"가 옳다고 보아야 할 것은, 그 후에 전개되는 양소유가 계섬월과 재회하였을때 천진교 시를 연상하는 장면에 다시 출현하는 "옥인의 단장을 붓그러ᄒᆞ니 가는노리를 발티못ᄒᆞ아셔 긔운이 임의 향긔롭도다"(서울대학본 영인본, 437쪽)에서 보면 "구"(口)가 잘못이고 "氣"가 옳다는 것을 분명하게 알 수가 있다. 이와 같이 B본의 "未發纖歌氣已香"이 그 후 이어지는 후면에도 역시 "未發纖歌氣已香"으로 되어 있는 것에서 우리는 서울대학본이 B본의 국역본임을 쉽게 규지할 수 있다.

216) 서울대학본, 73쪽.

217) 서울대학본, 437쪽.

　그러므로 서울대학본에 "초긱셔유노입진" 운운의 삽입은 어느 면에서는 이것이 삽입된 A형 노존본 내지는 을사본 및 계해본까지의 영향으로 보게 될 소지가 된다고 본다. 이 문제는 후면에서 더 기술될 것이다.[218)]

　위의 천진교 시 외에 "楊柳詞" 중 B본의 "顧君勤裁植"[219)] "원군근지식"[220)]으로 "顧君莫漫折"[221)]은 "원군막만절"[222)]로 "係定春消息"[223)]은 "계뎐츈쇼식"[224)]으로 역시 B본과 서울대학본이 동궤이고 咏鞋詩 중 "終須抛擲象床下"[225)]는 "죵슈포쳑상상하로"[226)] 張女娘 詩 중 "相別花在水"[227)]는 "상별화지슈"[228)]로 "流水杳千里"[229)]는 "뉴슈묘쳔니"[230)]로 "白雲何離離"[231)]는 "빅운하나니"[232)]로, 雨過天津橋詩의 "可憐駟馬歸來遲"[233)]는 "가련ᄉᆞ마귀너디"[234)]로, "不見當敎如玉人"[235)]은

---

218) 이하 한문의 방점은 B본의 것으로 A본과 출입 있는 부분이다. A본의 출입은 번잡을 피하여 생략한다.

219) B형 노존본, 13쪽.

220) 서울대학본, 48쪽.

221) B형 노존본, 13쪽.

222) 서울대학본, 48쪽.

223) B형 노존본, 13쪽.

224) 서울대학본, 48쪽.

225) B형 노존본, 38쪽.

226) 서울대학본, 136쪽.

227) B형 노존본, 41쪽.

228) 서울대학본, 154쪽.

229) B형 노존본, 41쪽.

230) 서울대학본, 154쪽.

231) B형 노존본, 41쪽

232) 서울대학본, 154쪽.

233) B형 노존본, 51쪽.

234) 서울대학본, 191쪽.

"불견당노여옥인"[236]으로, 양소유의 紈扇詩 "無勞障却如花面"[237]은 "무로쟝각여화면"[238]으로, 진채봉의 紈扇詩 "早知咫尺正相識"[239]은 "조디지쳑불상식"[240]으로 "悔不從君仔細看"[241]은 "회불죵군ᄌ셰간"[242]으로, 진채봉의 喜鵲詩 "夭桃花上起春風"[243]은 "요도화샹긔츈풍"[244]으로, 가춘운의 喜鵲詩 "虞庭幸逐鳳來儀"[245]는 "우졍힝튝봉니의"[246]로 〈구운몽〉에 삽입된 모든 시가 A본과 B본이 서로 출입이 있는 가운데, B본과 서울대학본은 위와 같이 동궤임을 알 수가 있다.

다음은 인명·지명의 출입에 대하여 서울대학본이 A·B본 중 어떻게 적응되는가를 살펴보자.

c) 인명·지명의 출입

雖古之王右丞李學士 蔑以加矣[247] (A본)

古之善詩人王右丞崔學士 不過此也[248] (B본)

---

235) B형 노존본, 51쪽.
236) 서울대학본, 191쪽.
237) B형 노존본, 60쪽.
238) 서울대학본, 230쪽.
239) B형 노존본, 61쪽.
240) 서울대학본, 234쪽.
241) B형 노존본, 61쪽.
242) 서울대학본, 234쪽.
243) B형 노존본, 61쪽.
244) 서울대학본, 234쪽.
245) B형 노존본, 92쪽.
246) 서울대학본, 348쪽.
247) A형 노존본, 176쪽.
248) B형 노존본, 15쪽.

비록 녜시잘ᄒ던 왕우승과 최혹시라도 이에셔 낫디못ᄒ리로다[249]
(서울대학본)

太后與帝同看 喜曰 雖咏雪之蔡女 瞠乎下矣[250] (A본)

太后與帝同看贊之曰 謝道縕不及也[251] (B본)

틱휘 뎨로더부러 보시고 글오사디 ᄉ도온이라도 밋디못ᄒ리로다[252]
(서울대학본)

大王神弓 無異汝陽王也[253] (A본)

大王神箭 古之養王不及也[254] (B본)

대왕의 신젼은 녜 양왕의 밋디못ᄒ리로소이다[255] (서울대학본)

世尊之妻 東家之女 尊卑絶矣 貞淫別矣 同爲大釋之弟子[256] (A본)

耶須天人 世尊之妻 登伽女子 淫亂之娼女 共爲佛家弟[257] (B본)

야슈부인은 셰존의 안히오 등가녀ᄌᄂ 음난ᄒ 창녀로디 ᄒ가지로
부쳬의 졔ᄌ되어 ᄆ춤니 졍과롤 어더시니[258] (서울대학본)

第三子名舜卿 賈氏出也 爲卿史中丞[259] (A본)

第三子名叔卿 賈氏所生 爲卿史中丞[260] (B본)

---

249) 서울대학본, 48쪽.
250) A형 노존본, 242쪽.
251) B형 노존본, 91쪽.
252) 서울대학본, 344쪽.
253) A형 노존본, 113쪽.
254) B형 노존본, 113쪽.
255) 서울대학본, 428쪽.
256) A형 노존본, 274쪽.
257) B형 노존본, 125쪽.
258) 서울대학본, 474쪽.
259) A형 노존본, 275쪽.

삼은 슉경이니 어스듕승을 ᄒᆞ엿고[261] (서울대학본)

方五子名五卿 桂氏出也 爲翰林學士[262] (A본)
方五子名有卿 桂氏出也 爲翰林學士[263] (B본)
오는 유경이니 계시의 쇼셩이오 한님ᄒᆞ스롤 ᄒᆞᆨ엿고[264]
(서울대학본)

長女名傳丹 泰氏出也 爲越五子琅耶王妃[265](A본)
長女名全丹 泰氏出也 爲越五子琅耶王妃[266](B본)
댱녀의 명은 뎡난이니 진슉인쇼셩이라 월왕의 아들 낭야왕부인이
되고[267] (서울대학본)

위의 인명에서 A본 "李學士"가 B본엔 "崔學士"로 되어 있지만, 서
울대학본은 "최흑시"로 되어 있고, 이후 A본의 "蔡女"는 B본과 서울
대학본엔 역시 "謝道縕"과 "스두온"으로, "汝陽王"은 "養王"과 "양왕"
으로, "東家之女"는 "登伽女子"와 "등가녀ᄌᆞ"로, "無卿"은 "叔卿"과
"슉경"으로, "五卿"은 "有卿"과 "유경"으로 "傳丹"은 "全丹"과 "뎡단"
으로 각각 모두가 B본과 서울대학본이 같아 동궤임을 알 수가 있다.
이어 지명을 열거해 보겠다.

---

260) B형 노존본, 126쪽.
261) 서울대학본, 477쪽.
262) A형 노존본, 275쪽.
263) B형 노존본, 126쪽.
264) 서울대학본, 477쪽.
265) A형 노존본, 275쪽.
266) B형 노존본, 127쪽.
267) 서울대학본, 478쪽.

問之則曰 此屬皆沒入 爲英南縣奴婢者也[268] (A본)

今朝被罪家屬 爲奴婢於嶺南地[269] (B본)

오늘 아춤의 죄입은 가쇽들이 녕남싸희 노예를 삼아[270]
(서울대학본)

驚鴻卽播州良家也 早失怙恃 依其姑母[271] (A본)

驚鴻貝州地良家女子 父母早死 依於姑母[272] (B본)

경홍은 패쥐낭가녀작라 부모일즉 죽고 아즈미게 의지ᄒᆞ여더니[273]
(서울대학본)

復所失五十餘城 馳大軍 至積雪山下[274] (A본)

回復吐著所存之邑五十餘城 軍行到赤石山下[275] (B본)

도적의 아엿던 고으롤 이십여 셩을 회복ᄒᆞ고 군이 힝ᄒᆞ여 젹셕산
밋희 진쳣더니[276] (서울대학본)

正弊院尼姑曰 鄭司徒家 本行佛事於五寺[277] (A본)

定惠院尼姑曰 鄭司徒家 佛事本於我寺[278] (B본)

정혜원 니괴 니ᄅᆞ디 뎡스도 집의셔 불스를 젼부터 우리졀의 와 ᄒᆞ

---

268) A형 노존본, 179쪽.
269) B형 노존본, 18쪽.
270) 서울대학본, 59쪽.
271) A형 노존본, 185쪽.
272) B형 노존본, 25쪽.
273) 서울대학본, 85쪽.
274) A형 노존본, 222쪽.
275) B형 노존본, 65쪽.
276) 서울대학본, 252쪽.
277) A형 노존본, 231쪽.
278) B형 노존본, 76쪽.

거니와[279] (서울대학본)

小妾裊煙 姓沈氏 西潦州人也[280] (A본)
小妾裊煙 姓沈氏 西凉州人也[281] (B본)
첩뇨연은 셔량쥐사룸이오 셩은 심시로소이다[282] (서울대학본)

위의 A본 "英南縣"이 B본과 서울대학본엔 "嶺南地"와 "녕남짜"로 되어 있고, 이하 "播州"가 "具州"와 "패쥬"로, "積雪山"이 "赤石山"과 "젹셕산"으로, "正弊院"이 "定惠院"과 "졍혜원"으로, "西潦州"가 "西凉州"와 "셔량쥬"로 되어 있는데서 우리는 B본과 서울대학본이 인명에서와 같이 지명도 역시 동궤임을 알 수가 있다.

위의 인명과 지명 외에도 馬名의 출입도 보이지만,[283] 예외 없이 B본과 서울대학본은 동궤를 이루고 있다.

다음은 A본과 B본의 시문과 상소문의 제 문제에 있어서 서울대학본이 B본과 동궤를 이루고 있는 것에 대하여 살펴보자.

d) 시문과 상소문의 출입

A본과 B본의 출입이 심한 것은 시문과 상소문이 A본엔 첨보되어

---

279) 서울대학본, 297쪽.
280) A형 노존본, 267쪽.
281) B형 노존본, 118쪽.
282) 서울대학본, 444쪽.

283) 乘雪色千里崧山馬 (A본, 263쪽)
　　駿雪色千里驌霜馬 (B본, 112쪽)
　　천니 슉상마룰 타고 (서울대학본 425쪽.)

있지만 B본엔 제외되어 있는 경우가 있다는 것이다. 그렇지만 이런 경우에도 예외 없이 서울대학본은 B본과 동궤를 이루고 있다. 가령 양소유가 정경패와 인연을 맺기 위해 女冠으로 가장하여 정경패 앞에서 탄금하는 소위 "女裝彈琴" 장면에서 九曲에 내포된 한문이 A본엔 삽입되었지만, B본엔 전연 없는 것이다. 즉, 구곡 중 제1곡인 예상우의곡에서

生乃改座 授琴先奏霓裳羽衣之曲 小姐曰 美哉此曲 宛然天寶太平之氣像也 此曲人必解之而曲臻如妙 未有如道人之手段者也 此非所謂漁陽鼓動地來 驚罷霓裳羽衣曲者乎 階亂之淫樂 不足聽也 願聞他曲[284] (A본)

生引琴先奏霓裳羽衣 小姐贊之曰 美哉此聲 宛然見天寶太平氣像矣 此曲雖人人奏之 未聞如是盡善盡美也 雖然此乃世俗之聲 願聞古調[285] (B본)

싱이 거문고롤 인ᄒᆞ여 예샹우의롤 주ᄒᆞ니 쇼졔기려굘오더 아름답다 이곡됴여 완연이 텬보젹 태평긔샹을 보리라 이곡됴롤 비록 사름마다 타나 이톄로진션진미ᄒᆞ믈 보다못ᄒᆞ여ᄂᆞ이다 비록 그러나 이ᄂᆞᆫ 셰속소리니 다론곡됴롤 둣고져 ᄒᆞᄂᆞ이다[286] (서울대학본)

에서와 같이 A본엔 방점 부분 "漁陽鼓動地來 驚罷霓裳羽衣曲"이 출현하지만, B본엔 전연 없다.

---

284) A형 노존본, 190쪽.
285) B형 노존본, 30~31쪽.
286) 서울대학본, 107~108쪽.

이와 같이 이후 계속되는 七曲에 각기 삽입된 "地下若逢陳後主 豈
宜重問後庭花" 그리고 "胡人落淚沾邊草 漢使斷腸對歸客", "誰燐一
曲傳樂府 能使千秋傷綺羅", "獨鳥下東南 廣陸何處在", "逍遙九州無
定處", "南風之薰兮可以解吾民之慍", "至鳳兮鳳兮歸故鄕 遨游四海
求其鳳" 등의 시구가 역시 A본[287]엔 삽입돼 있지만, B본과[288] 서울대
학본[289]에 전연 없다.

위 '女裝彈琴'의 구곡 외에도 양소유가 정생과 함께 經南山 장여랑
의 묘에서 고혼을 위로하는 위혼시가 A본엔[290] 첨보되어 있지만, B
본[291]과 서울대학본[292]에 전연 출현치 않고 있고, 양 한림과 월 왕이
낙유원 놀이에서 황상의 명령으로 이루어지는 양 한림과 월 왕의 소위
'낙유원 시'가 A본엔[293] 첨보되어 있지만, B본[294]과 서울대학본[295]엔
전연 출현치 않는다.

다음은 상소문의 출입을 예로 들어보기로 하자.

양소유가 정경패와 혼약을 맺은 후, 황태후가 강제적으로 정경패의
혼례 예물을 퇴하고, 이소화와 정혼을 하려 할 때, 양소유는 이에 반대
상소문을 올렸다가 투옥되는 장면에, A본은 상소문이 실문이 출현하
지만 B본엔 전연 없다.

---

287) 서울대학본, 107~108쪽.
288) A형 노존본, 190~191쪽.
289) B형 노존본, 31~32쪽.
290) 서울대학본, 200~201쪽.
291) B형 노존본, 42쪽.
292) 서울대학본, 158쪽.
293) A형 노존본, 264쪽.
294) B형 노존본, 114쪽.
295) 서울대학본, 430~431쪽.

尙書五情憤亂 萬慮膠擾 仰屋長吁 撫掌頻唏而已 翌日乃上一疏 言
甚激切 其疏曰 禮部尙書臣楊少游 謹頓首百拜 上言于皇帝陛下 伏以
倫紀者 王政之本也 婚姻者 人倫之始也 一失其本 則風化大壞而其國
亂 不謹其始 則家道不成而其家亡 有關於家國之興衰者 不其較著乎
是以聖王哲辟 未嘗不留意於是 欲治其國 必以植倫紀爲重 欲齊其家
必以正婚爲先者 何莫非端本出治之道 別嫌明微之意也 臣旣已納幣於
鄭女 且已托跡於鄭家 則臣固有妻也 固有室也 不意今者 歸妹之盛禮
遞及於無似之賤臣 臣始疑終惑 震駭悚惕 實不知聖上之擧措 朝家之
處分 果能盡其禮 而得其當也 設令臣未行儷皮之幣 不作甥館之客 族
賤而地微 才譾而學蔑 則寔不合於禁闥之抄揀 而況與鄭女 已有伉儷
之義 與婦翁 已定舅甥之分 不可謂之禮之未行也 豈可以貴价之尊 下
嫁於匹夫之微 而不問禮之可否 不分事之輕重 冒苟且之議 而行非禮
之禮乎 至於密下內旨 使之廢已行之禮儀 退已捧之聘幣 尤非臣攸聞
也 臣恐陛下未能效光武待宋弘之寬 賤臣品迫之忱所 已關於聖明之
德 鄭女窮蹙之情 亦係於私家之事 臣固不敢更瀆 於絓纊之下 而臣之
所恐者 王政由臣而亂 人倫因臣而廢 以至於上累聖治 下壞家道 終不
救亂亡之禍也 伏乞聖上重禮義之本 正風化之始 亟收詔命 以安賤分
不勝幸甚 上覽其疏 轉奏於太后 太后大怒 下楊少游於獄[296] (A본)

尙書慘然廢寢食矣 翌日上疏 言甚激切 太后大怒 下楊尙書于御史
獄[297] (B본)

상셰 참연ᄒᆞᆷ믈 니긔디못ᄒᆞ야 침식을 폐ᄒᆞ엿더니 이튿날 상쇼를 올
녀 말슴이 심히 격졀ᄒᆞ니 태휘 대로ᄒᆞ샤 쇼유를 어ᄉᆞ옥의 ᄂᆞ리오시
니[298] (서울대학본)

---

296) A형 노존본, 220~221쪽.
297) B형 노존본, 64쪽.

위와 같이 A본의 방점 부분 422자의 상소문이 B본엔 다만 방점 부분과 같이 "翌日上疏"로만 되어 있을 뿐, 상소문의 실문은 전연 없다. 뿐만 아니라, B본의 "尙書慘然廢寢食矣"의 산문적 성격이 A본엔 "五情憤亂 萬慮膠擾 仰屋長旴 撫掌頻唏" 등 4언 율문으로 풀이된 것이 눈에 띈다. 즉, 이 장의 상소문이 없는 등 B본의 특색은 서울대학본과 동궤임을 알 수가 있다.

이와 같이 상소문의 실문이 출현치 않는 것은 양소유가 토번을 치고 진중에서 황상에게 알리는 상소문299)과 양소유가 병부상서 등 大位를 얻는 가운데 영양과 난양 공주와의 결혼이 이루어진 후, 황상에게 귀향하여 노모를 모셔오겠다는 길고 간절한 상소문,300) 그리고 양소유가 만년에 여덟 부인을 손아귀에 넣고 출장입상으로 부귀공명이 극에 이르렀을 때 은퇴하겠다는 상소문301)에 있어서도 A본엔 실문이 있지만 B본과 서울대학본엔 실문이 출현치 않는다는 것이다.

이상에서와 같이 A본과 B본의 장회·시 및 인명과 지명의 출입에서 B본과 서울대학본이 동궤를 이루고 있을 뿐 아니라, 시문과 상소문에 있어서도 실문의 유무를 통해 역시 B본과 서울대학본이 동궤임을 확인할 수 있었다.

---

298) 서울대학본, 246쪽.
299) A형 노존본, 222쪽.
　　　B형 노존본, 65쪽.
　　　서울대학본, 250~251쪽.
300) A형 노존본, 256~257쪽.
　　　B형 노존본, 127쪽.
　　　서울대학본, 406~480쪽.
301) A형 노존본, 276~277쪽.
　　　B형 노존본, 127쪽.
　　　서울대학본, 479~480쪽.

4) 서울대학본의 형성시기

그러면 서울대학본은 B본 노존본의 국역본으로서 언제 형성되었을까?

이 문제에 대하여는 이미 거론된 바 있듯이 이가원·이명구 교수는 작자 김만중 당대 肅宗 시기까지 소급시키고 있지만,[302] 이는 뚜렷한 근거가 제시된 것이 없으므로 하나의 가설에 불과하다.

이제 서울대학본이 B형 노존본의 국역본으로 다시 밝혀진 것을 전제로 할 때, 서울대학본의 성립 시기는 가장 이르기는 B본의 성립이 작자 김만중 당대로까지 소급시킬 수 있는 가능성을 전연 배제할 수가 없다. 더구나 거기에 산재한 고어와 고문체는 아직껏 국어사가 정리는 되지 않고 있지만 훨씬 가능성을 더 첨가해준다. 비록 B본의 성립이 김만중 당대에까지 소급된다 하더라도 B본의 국역은 얼마든지 내려잡을 수 있기 때문에 위와 같이 김만중 당대까지의 소급도 뚜렷한 밑받침이 없는 한, 하나의 가설에 불과하다. 그러나 서울대학본의 내용을 정밀하게 검토해보면, 이것이 가장 초기에 성립된 B형 노존본의 국역본이지만, 한문과 장회의 명칭에 있어서 A형 노존본과 계해본의 요소를 지니고 있다는 것에 우리는 주목할 필요가 있다. 우선 서울대학본의 천진교 시에 삽입된

초긱서유노입진
쥬류니취낙양츈

---

302) 이가원 교수는 서울대학본의 필치를 그의 「구운몽 평고」(『구운몽』, 덕기출판사, 1955)에서 肅宗朝 尹游의 海平 尹氏의 필적으로 추단하였고, 이명구 교수는 그의 「구운몽고」(『성균학보』, 2집, 1955)에서 延一閣 舊藏本으로 추정한 바 있다.

월듕단계슈단졀

금티문쟝ᄌᆞ유인이라303)

는 A형 노존본에서 비로소 형성되기 시작하여 이어 을사본을 거쳐 계해본까지 이어 내려온 것이다. 즉, B본의 천진교 삼장 시는 "香塵欲起暮雲多"부터 시작하여 "莫教前輩壇風流"304)로 끝나는 것으로, A본의 "楚客西游路入秦"305)으로부터 시작하여 "洞房花燭賀新郎"으로 종결되는 것과는 전연 다르다는 것이다.

그렇지만 "楚客西游路入秦" 운운은 천진교 삼장 시에서 첫째 연인데 이것이 서울대학본엔 넷째 마지막 연에 삽입되어 있는 것은 재 필사 과정에서 후인에 의해 덧붙여 삽입된 것인지는 분명하지 않으나 誤揷임에 틀림없다. 그것은 천진교 시는 본래가 삼장 시로 되어 있는 것이 분명하기 때문이다.306)

이와 같이 천진교 시에 "초긱서유노입진" 운운이 삽입된 것은 줄여잡을 경우, 그 성립연대를 계해본이 성립된 순조 3년(1803) 이후로 하향해 잡을 수도 있게 된다.

게다가 서울대학본의 장회 명칭이 이미 전거한 대로 거의가 B본과 같지만, 그 중 제14회의 명칭이 계해본의 명칭 "낙유원회엽투츈식 유벽거쵸요고풍광"307)(樂游原會獵鬪春色 油壁車招搖古風光)으로 되어 있다는 것이다. 두말할 것도 없이 "古風光"은 을사본의 "占風光"에서

---

303) 서울대학본, 76쪽.
304) B형 노존본, 22쪽.
305) A형 노존본, 183쪽.
306) 서울대학본, 73쪽; 437쪽 참조.
307) 서울대학본, 410쪽.

"占"과 "古"의 유사자의 혼돈에서 야기된 오자이다. 그러므로 서울대
학본에 계해본의 잘못된 장회 명칭이 삽입된 것은 매우 古本이라는
것과는 달리, 계해본이 이루어진 1803년을 더 소급시킬 수 없는 중요
한 단서가 된다. 이런 입장에서 볼 때, 제12회 장회명칭 "합근석화금상
휘명"308)도 B본의 "合巹席花錦相輝暎"을 따르면서도 계해본의 "合巹
席蘭英相違名" 중 B본의 끝 글자 "暎" 대신에 의도적으로 계해본의
끝 글자 "名"이 참고가 된 것인지도 모른다.

이런 점을 감안할 때, 현 서울대학본은 거기에 고어 및 古文體가 삽
입되기는 하지만 오자·오문으로 보아 서울대학본의 원본은 비록 B본
의 번역과정에서 이루어진 것일지라도 현 서울대학본의 모습은 재사
본으로서 19세기 초에 형성된 것이 아닌가 조심스럽게 추측해 본다.
그것은 비록 서울대학본에 많은 고어와 고문체가 산재해 있다 하더라
도 그 정도의 고어의 산견은 19세기 초기 문헌인 홍희복(1794~1859)
의 <제일기언>309)이나 기타 <平妖傳>의 번역본310)에서도 얼마든지
확인될 수 있기 때문이다.

5) 결어

이상에서와 같이 서울대학본이 노존본이 A본과 B본으로 이원화됨
에 따라서 종래의 노존본의 축약본이라는 것과는 달리 B형 노존본의
번역과정에서 이루어진 국역본에 해당된다는 것을 밝히고, 아울러 현

---

308) 서울대학본, 367쪽.
309) 정규복, 『한중문학비교의 연구』, 고려대 출판부, 1987, 236~242쪽.
310) 현재 <평요전>의 국역본은 낙선재문고에 두 종류가 있는데, 거기에도 서울대학본에
    쓰인 고어와 고문체가 산견된다는 것이다.

서울대학본의 모습은 그 형성시기가 19세기 초를 더 상승치 못한 것임을 밝혔다.

즉, 서울대학본이 B형이 노존본의 번역과정에서 이루어졌다는 논거는 첫째 B본의 특징이 A본과 대응되어 전자가 산문체·산만체·구어체로 이루어졌는데 대하여 후자가 율문체·수식체·문어체로 이루어졌지만, 서울대학본은 자자구구가 B본과 동궤를 이루고 있고, 둘째, A본과 B본의 출입에 있어서 장회·시·인명과 지명이 서울대학본이 B본과 역시 동궤를 이루고 있고, 셋째 시문과 상소문의 제외 문제에 있어서도 서울대학본은 B본이 제외된 것에 따라 자자구구뿐만 아니라, 함께 제외되어 있다는 것 등에서 서울대학본과 B본은 완전 동궤를 이루고 있다는 것이다.

그리고 현 서울대학본의 형성이 19세기 초에 이루어졌다는 논거는 서울대학본이 B본의 번역과정에서 이루어진 것이 뚜렷하다 할지라도, 천진교 시에 나타난 "초긱셔유노입진"은 A형 노존본부터 출현하는 시구로 이것이 을사본·계해본까지 이어져왔다는 것과 아울러 제14회 장회명칭 "유벽거초요고풍광"(油壁車招搖古風光)은 1803년에 형성된 계해본의 장회 명칭이므로 계해본의 요소가 서울대학본에 잠입되었을 것이라는 근거에 두고 있는 것이다.

이제 서울대학본이 분명한 B형 노존본의 국역본임이 밝혀진 이상, 이를 가지고 〈구운몽〉 연구의 본격적인 논의는 삼가야 할 것이다. 그런데 일찍이 정병욱은 서울대학본을 앞서 김만중의 원작가능성으로 보려고 논리를 시도한 이명구 교수의 논리를 원용하여 원작 가능성을 되풀이했지만[311] 필자는 이를 부정하고 서울대학본은 분명한 노존본 계열의 국역본임을 밝힌 바 있다.[312] 그 후 설성경 교수는 김만중이 사대부와 부녀자의 두 계층의 독자를 위해 우선 사대부 등을 위해 한문으로 <구운몽>를 저작해 놓고, 부녀자들을 위해 국문으로 저작해 놓은 것이 서울대학본이라는 異說을[313] 내놓았으나, 역시 필자는 이를 부정하고 서울대학본은 거기에 산재된 한역, 문체의 불일치 등을 들어 분명히 김만중에 의해 이루어진 것이 아니라고 밝혔다.[314] 그러나 근자 설 교수는 필자의 평설에 대해 아무런 반응도 제시하지 않고 다시 서울대학본을 "한문 이해가 불가능한 독자를 위해"[315] 운운으로 舊說을 되풀이한 것은 유감이다.

다시 마무리로 강조하거니와 서울대학본은 거기에 출현되는 역어체·축자역 내지 오역, 또는 컨텍스트의 불비 그리고 尊卑體의 불일치[316] 등은 분명히 B형 노존본의 번역과정에서 이루어진 일종의 국역본임을 마무리 짓는다. 앞으로 서울대학본에 대한 과제는 이미 兩次에 이루어졌으나, 그 주석이[317] B본이 참고 되지 않은 상태에서 수행되었기 때문에 誤注가 많다. 따라서 B본이 참고 되는 가운데 再注 작업이 속히 이루어져야 할 일이다.

이 글을 마무리한 후, 다시 신재홍의 「구운몽의 서술원리와 이념성」

311) 정병욱 역, 『구운몽』, 민중서관, 1972.
312) 정규복, 『인문논집』, 고려대 문리대, 1971.
313) 설성경, 「구운몽의 구조적 연구(IV)·표기문자론」, 『원우론집』, 2집, 연세대 대학원 원우회, 1974.
314) 정규복, 「구운몽의 원작에 대하여-설성경 씨의 한문·국문 병행설에 대하여」, 『고대교육신보』, 고려대 교육대학원, 1977.
315) 설성경, 「구운몽의 주인공론」, 『한국고소설의 조명』, 아세아문화사, 1990, 137쪽.
316) 정규복, 『구운몽 연구』, 고려대 출판부, 1974, 159~173쪽.
317) 서울대학본의 주석은 1972년에 정병욱·이승욱 교수에 의해 이루어진 『구운몽: 한국고전문학대계 9』, 민중서관이 출간되고 1984년에 김병국 교수에 의해 주석이 이루어진 『구운몽』(서울: 시인사, 1984)에 출간되었다.

(『고전문학연구』, 5집, 한국고전문학회, 1990)을 접하게 되었다. 그 글 가운데 서울대학본에 삽입된 난양 공주의 喜鵲詩에 대한 황태후의 평설과 아울러 만옥연의 白蓮曲 연주 부분에 있어서 서울대학본의 것이 노존본의 것보다 논리적으로 엮어진 것 등을 들어 신재홍 씨는 원작에 대한 필자의 노존본설에 의심을 제기하였다.318) 그러나 신재홍 씨가 그와 같은 의심을 제기한 것은 필자의 "구운몽 노존본의 이분화"를 읽지 않았다는데 있다고 보지만, 여기에 난양 공주의 喜鵲詩에 대한 황태후의 평설319)과 만옥연의 白蓮曲 연주 부분320)도 역시 노존본 B본에 서울대학본과 꼭 같이 삽입되어 있음을 알린다.

318) 신재홍, 「구운몽의 서술원리와 이념성」, 『고전문학연구』, 5집, 한국고전문학회, 1990, 131~133쪽.
319) B형 노존본, 88~89쪽.
320) 위의 책, 119쪽.

III
〈왕랑반혼전〉의 원전과 형성

1. 서언

〈王郞返魂傳〉은 주지하는 바와 같이 불교의 홍교를 위해 이루어진 전교설화의 일종이다. 〈왕랑전〉(이후 〈왕랑반혼전〉을 편의상 〈왕랑전〉이라 약칭하겠음)에 대한 그간 이루어진 연구는 작자 문제[1], 내원 문제[2] 및 형성문제[3] 등으로 분류될 수 있을 것 같다.

하지만 이들 중 작자와 형성문제가 지금껏 확연하게 풀리고 있지 않은 상태이다. 즉, 작자의 문제에서 황패강 교수가 〈왕랑전〉의 華嚴本(화엄사본의 약칭)을 중심으로 그것의 작자를 懶庵 普雨(1515~1565)로 추정한데 대하여[4] 미상으로 돌려놓아진 상태에 더 보태진 것

---

1) 작자 문제에 대하여는, 황패강의 「나암 보우와 왕랑반혼전」(『국어국문학』, 42・43권, 국어국문학회, 1969)과 이것이 재록된 황패강의 『한국서사문학연구』(단국대출판부, 1972, 207~217쪽)가 있다.
2) 내원문제에 대하여는, 김현룡의 「왕랑반혼전 형성에 관한 일고찰」(『국어국문학』, 51권, 국어국문학회, 1971) 및 『한중소설설화비교연구』(일지사, 서울:1976, 356~365쪽), 그리고 정규복의 「서유기와 왕랑반혼전」(『월암박성의박사환력기념론총』, 1977)과 『한중문학비교의 연구』(고려대출판부, 1987, 356~365쪽)가 있다.
3) 사재동, 「왕랑반혼전의 몇 가지 문제」, 『한국언어문학』, 13집(한국언어문학회, 1975).
4) 황패강, 위의 책.

은 없는 것으로 알고 있고5), 형성문제에 있어서도 황패강 교수가 화엄
본을 최고본으로 하여 그 후 桐華本(동화사본)을 비롯한 여타 이본이
화엄본을 통해 이루어진 것으로 파악된 것에 대하여, 사재동 교수는
그 저본(한문본)은 여말선초에 형성되기 시작하고 그 후 불교중흥의
기운 속에서 국문으로 많은 이본이 형성된 것으로 파악하였다.6)

    내원문제에 있어서는 일찍이 김태준이 외국문학, 특히 중국문학과
의 습합으로 明僧 담연의 <魚兒佛> 및 『태평광기』의 <費子玉> <王
王壽> 晉羊祜의 傳說, 그리고 <唐太宗傳> 등 많은 중국문학의 작품
들과 연계시킨 것7)에 대하여, 김현룡 교수는 이들의 많은 연계를 좁혀
『태평광기』의 田先生・幕容・文嚴・趙文信・趙文昌・趙文若・孫文
貞・李簡・竹季貞・陸彦・王僴 등에다 연계시켰다.8)

    하지만 필자는 다시 김 교수의 위의 연계보다도 <왕랑전>이 지닌
골격구조인 환생설화를 중심으로 <서유기>의 <唐王故事>에 연계시
킨 바 있다.9) 즉, <왕랑전>의 환생설화는 <서유기>의 <당왕고사>
중 <劉全> 설화에다 두어야 한다는 것을 밝힌 이래 사재동 교수가
본 작품의 사상적 접근으로서 『佛說無量壽經』을 추가해 놓은 것10) 외

---

 5) 사재동, 위의 논문, 107쪽.
 6) 사재동, 위의 논문, 111쪽. 이후 『고전소설연구』(황패강교수정년퇴임기념론총, 1993)
    에서 사재동 교수는 새로 출현한 고려본을 다시 <왕랑전>의 최고본으로 제시하였다.
 7) 김태준, 『조선소설사』, 증보판, 학예사, 1939, 43쪽.
 8) 김현룡, 위의 논문, 356~365쪽.
 9) 정규복, 『한중문학비교의 연구』, 고려대 출판부, 1987, 186~197쪽.
10) 사재동, 『불교계국문소설의 연구』, 중앙문화사, 1994, 85쪽. 하지만 사재동 교수가
    <왕랑전>의 사상적 배경으로서 『無量壽經』은 들어 놓았지만, 필자가 보기엔 김태준
    이 이미 <왕랑전>의 영향적 배경으로 들어놓은 文典 가운데 『阿彌陀經』이 삽입되어
    있기 때문에 이는 김태준과 같은 의견의 제시라고 보아진다. 한편, 김태준이 애초에
    사상적 연계로 『아미타경』을 들어놓은 것은 현재 고려본 을 비롯한 동화본에도 『아미

에 다른 의견이 제시되지 않고 있다.

위와 같은 본 소설의 연구사를 지닌 상태에서 이 글에서 문제를 제기하고 싶은 의도는 <왕랑전>의 최고본으로 알려진 화엄본보다 연대가 훨씬 상승되는 고려본[11]<元 大德八年甲辰(1304, 충렬왕 30년)>이 출현함으로써 <왕랑전>의 원전 문제, 작자 문제 및 형성과정의 문제 등 전반적인 문제가 재검토되지 않으면 안 되게 되었다는 것이다. 즉, 화엄본을 중심으로 한 최고본의 형성연대인 1637년에서 고려본의 출현으로서 무려 2백 여 년이 소급되어야 한다는 것이고, 따라서 화엄본을 중심으로 한 나암 보우의 본 소설의 강한 작자 추정설도 자연 힘을 잃게 되었다는 것이다.

위와 같은 연구사의 남은 문제를 중심으로 첫째, <왕랑전>의 원전에 해당되는 고려본은 과연 어떻게 성립될 수 있었으며, 그 이후 이 본이 오늘날 최고본으로 알려진 화엄본에 어떻게 수용되었으며, 화엄본을 텍스트로 하여 이루어진 <왕랑전> 및 국역본은 다시 어떻게 형성되었는가를 살펴보기로 하겠다.

2. 고려본과 화엄본

현재까지 알려진 <왕랑전>의 형성에서 최고본에 해당되는 화엄본

타경』이 大宗을 이룬 것으로 보아 필자가 보기엔 <왕랑전>은 『아미타경』의 염불과 극락왕생의 뜻을 펴기 위해 지어 『아미타경』 속에 삽입시킨 것으로 생각된다.

11) 고려본은 현재 동국대학교 도서관에 갈아 있는 것으로서 이것의 존재가 최초로 발설된 것은 고익진 교수가 주편한 『한국불교전서』(동국대 출판부, 1986)에서 비롯되고, 이후 사재동 교수에 의해 고려본이 <왕랑전>의 최고본으로 그의 「왕랑반혼전」(김진세 편, 『한국고전소설작품론』, 집문당, 1990)에서 논의되기 시작하였다.

이 간행된 후 이것이 동화본('동화사본'의 약칭, 1753)으로 성립되고,
동화본은 다시 곁길로 홍률본('홍률사본'의 약칭, 1765)으로 성립되는
한편, 다시 해인본('해인사본'의 약칭, 1766)으로도 성립되고, 해인본은
다시 선운본('선운사본'의 약칭, 1780)으로 성립되었다는 것이 대충 오
늘날까지 알려진 이본의 전승사항이다.12) 그러면서도 사 교수는 이들
도 화엄본계열, 동화본계열, 홍률본계열 등 세 계열의 순차적 형성을
더 가미한 것이 특징이라 보아진다.

그러면 위와 같은 〈왕랑전〉의 형성과정에서 최고본에 해당되는 화
엄본과 새로 출현한 고려본과는 어떤 연관을 지니고 있는가. 이에 대하
여는 이미 언급된 바와 같이 고익진 교수에 의해 고려본의 출현이 소개
되고,13) 이어 황패강 교수와 사재동 교수에 의해 實本이 확인되지 않
은 채 고려본이 화엄본에 앞서는 최고본이라는 것이 소개되었을 뿐,14)
양자에 대한 보다 구체적이고 논리적 연계가 없는 상태이므로 필자는
우선하여 고려본과 화엄본 양자의 구체적 일치점을 연계시켜 고려본이
화엄본의 모체가 됨을 드러내고, 현재 〈왕랑전〉의 이본 사항으로는
고려본이 〈왕랑전〉의 텍스트가 되어야 함을 밝힐까 한다.

고려본과 화엄본, 양자의 대비로 들어가기 전에 고려본의 체재를 들
어보면 다음과 같다.

고려본은 현재 동국대학교 중앙도서관에 소장되어 있으며, 『아미타
경』의 부록으로 삽입된 것으로 총 20장으로 되어 있는 목판본이다. 『아
미타경』의 장수는 『아미타경』의 繪圖 1장이 맨 앞장에 나오고, 이후

---

12) 황패강, 위의 논문, 11~24쪽; 사재동, 위의 논문, 87~97쪽.
13) 고익진 주편, 『한국불교전서』, 동국대출판부, 1986, 611쪽.
14) 황패강, 『성오소재영교수환력기념논총; 고소설사의 제문제』, 집문당, 1993, 444쪽.

『불설아미타경』10장, 그리고 <無量壽佛說往生淨土呪>·<阿彌陀心呪>·<工品上生眞言壽無量>·<如來根本直言> 등 3장이 삽입되고, 끝으로 <왕랑전>이 6장, 그리고 <皇帝陛下統御萬手>의 後記 2장 등 도합 20장으로 구성되어 있다. 후기의 간기는 '皇帝陛下統御萬手'란 제하에 後文이 쓰여지고, '大德八年甲辰九月 日誌'가 있어 이것이 元의 成帝 년초인 大德 8년 9월(고려 忠烈王 30년, 서기 1304)에 간행된 고려본15)임을 분명하게 알 수가 있다.

이미 언급된 바와 같이 고려본의 <왕랑전>은 분명히『아미타경』의 부록으로 삽입되어 결국『아미타경』의 염불왕생을 펴기 위한 수단으로 삽입된 것이고, 아울러 <왕랑전>의 출현 전의 '窮原集云'으로 보면, 고려본은 새로 쓰여진 것이 아니라, 이미 있었던『궁원집』의 <왕랑전>을 차용한 것임을 알 수가 있다. 그러므로 고려본의 성립 시기는 이 책의 간행기 '1304' 이전으로 소급되어야 한다는 것이다. 이 문제에 대하여는 사재동 교수가 <왕랑전>에 정토신앙이 삽인된 것을 근거로 신라통일기로까지 추견한 바 있지만16), 필자는『궁원집』자체가 미상이고, '궁원'의 명칭으로 보나 <왕랑전>에 삽입된 <古本 西遊記>의 환생담17)으로 보아 고려후기의 어느 선승의 문집이 아닌가 생각된다. 이

---

15) '고려본'이라 명명한 것은 이 본이, 여타의 것이 조선조에 간행된 것과는 달리, 유일하게 고려시대에 간행된 것을 존중하였기 때문이다.

16) 사재동,『불교계 국문소설의 연구』, 대전: 중앙문화사, 1994, 333쪽.

17) 여기서 <고본 서유기>의 환생담이란 것은 흔히 사람이 죽었다가 再生되는 모든 환생담을 지칭하는 것이 아니라, <서유기>의 唐王故事에 드러난 劉全과 李翠蓮 부부의 환생담을 지칭한다. 즉, 유전과 이취련이 염왕의 동정을 받고 재생되어야 하는데, 유전은 죽은지 얼마 안 되어 그대로의 환생이 가능하지만, 그의 처 이취련은 죽은지 오래되어 몸이 부패돼 부득이 저승에 오게 될 옥영궁주의 몸에 의탁되어 환생되는 것과, <왕랑전>의 왕랑은 죽은지 얼마 안 되어 그대로의 환생이 가능하지만, 죽은지 오래된 송 씨는 부득이 월지국 옹주의 몸에 의탁되어 환생되는 그런 환생담을 지칭하는 것이

에 대해서는 후술될 기회가 있을 것이다.

1) 同系本의 문제

이같은 형태를 지닌 고려본은 화엄본과 대비해 보면, 전체 내용은 말할 것도 없고, 사소한 자구 및 내용을 제외하고는 동일본이라 할만치, 같은 자구, 같은 순차, 같은 내용으로 되어 있다는 것이다. 우선하여 양 본의 꼭 같은 자구와 내용을 〈왕랑전〉의 초반·중반·하반의 예를 들어 대비해 보기로 하자.

첫째, 초반부 2·3항18)의 실문을 들어보기로 하자.

> 郎驚怪云 何要事耶 宋氏云 我亡後已來十一年中 問正未畢 待君已決 前日閻王商議 來朝捉君使五鬼來 君宜家堂中 彌陀佛掛西壁 君東邊向西坐 念彌陀佛也 〈고려본〉
> 郎驚怪云 何要事也 宋氏曰 我亡後十一年 問其罪而未畢 待君已決 前日 閻王 相議久矣 來朝捉君使五鬼來 君宜家中彌陀幀 高掛西壁 君東坐向西 念彌陀佛 〈화엄본〉

위의 내용은 죽은 송 씨가 염불을 하지 않는 왕랑을 찾아와 내일 염왕이 사자를 보내어 그대의 信佛을 타진할 것이니 아미타불을 서벽에 걸고 부지런히 염불할 것을 부탁하는 장면이다. 위의 양 본에 나타난 방점 ○부분 '耶'와 '也', '云'과 '曰', '商'과 '相', '佛'과 '幀', '向西坐'와 '坐向西'는 다만 문체적 상이이고, 나머지 방점 △부분은 상호 추가

다. 정규복, 『한중문학비교의 연구』, 고려대 출판부, 1987, 186~197쪽 참조.
18) 항의 나눔에 있어서는 화엄본이 간행될 때, 23항으로 나누어져 있는데 이것이 꼭 합리적인 것은 아니지만, 편의상 화엄본의 것을 따랐다.

된 글자 부분일 뿐, 이들은 전체적 문맥에 아무런 변동을 일으키지 않는다. 그 나머지 '郞驚怪云', '待君已決', '來朝捉君使五鬼來' 등은 완전 꼭 같다. 그러므로 이 장면은 세부의 글자의 출입일 뿐, 완전 동계본이라는 것이다.

둘째, 중반부 10 · 11 · 12 · 13항의 실문을 들어보기로 하자.

第一鬼告王郎曰 雖有犯罪如山 必可入地獄 吾等所見 善奏閻王 必置人道 君不敢悲閔 君若生極樂 不忘吾等鬼使 因偈曰 我作冥間使 今已百千劫 未曾見念佛 墮於惡道中 君若生蓮華 念吾脫鬼報 已後到冥曹 閻王怒勅使曰 急捉將來 如何遲晚 鬼使具陳所見 王下座立云 善來王郎 速速上階 <고려본>

第一鬼告王郎曰 雖有犯罪如山 必入地獄 吾等所見 善奏閻王 必置人道 君不敢悲閔 君若生極樂 不忘吾等鬼使 因跪示偈曰 我作冥間使 今已百千劫 不見念佛人 墮於惡道中 君若生蓮花國 念吾輩脫鬼報 已然後到冥曹 閻王怒勅使曰 急捉縛來 如何遲晚也 鬼使具陳所見 王起座立云 善哉王郎也 速階上 <화엄본>

위의 내용은 鬼使가 왕랑을 찾아가 이르기를 범죄가 많아 지옥에 떨어질 것이지만 우리들의 소견을 염왕에게 잘 아뢰면 반드시 人道로 환생시킬 것이니 그대가 극락에 왕생하게 되면 자기들을 잊지 말아달라는 내용이 전개되고, 이어 偈文이 삽입되고 나서 귀사가 왕랑을 데리고 염왕에게 본 바를 구체적으로 진술하는 장면이다.

위의 양 본에 나타난 방점 ○부분 '未曾見念佛'과 '不見念佛人', '將'과 '縛', '下'와 '起', '來'와 '哉', '速速上階'와 '速階上' 등은 양 본의 상이한 글자 내지 자구이며, 방점 △부분인 고려본의 '可', 화엄본의 '跪

示'와 '也'는 첨가 부분이다. 하지만 이들은 양 본이 동계본이라는데 아
무런 이견이 있을 수 없다. 그 나머지의 偈文을 비롯한 모든 내용과
字句는 꼭 같다는 것이다.

셋째로 하반부 21 · 22항의 실문을 들어보기로 하자.

> 閻王向安老宿 拜曰 道體如何 日新堅固 隔三年 三日初一日 西方
> 化主 持紫金蓮座 迎君西方上品往生 言訖還至本家 家人欲葬 還生偈
> 曰 滿堂妻子與財珍 受苦當時不伐身 一念彌陀消罪報 還生延命更修
> 眞 <고려본>
>
> 閻王向老宿 拜曰 道體如何 日新堅固 隔三年 三日初一日 西方教
> 主 持紫金蓮花座 迎君西方上品往生 言訖還生本家 家人欲葬時 還生
> 偈曰 滿堂妻子與財珍 受苦當時不伐身 一念彌陀消罪報 還生延命更
> 修眞 <화엄본>

위의 내용은 염왕이 안노숙에게 3년 후 3월 초하루에 서방교주가
자금연좌를 가지고 서방상품에 왕생케 한다는 것을 전하자, 안노숙이
본가에 이르러 가인들이 그를 장사지낸다는 장면 다음에 偈文이 삽입
되어 있다. 양자의 자구 및 그 순차가 거의 꼭 같고, 다만 방점 ○부분
고려본의 '化'와 '至'가 화엄본의 '教'와 '生'으로 이루어지고, 고려본의
방점 △부분 '安'과 '時'가 첨가되었을 뿐이다. 즉, 전체의 변이 양상이
동일본이나 다름없이 너무나 혹사하다는 것이다.

위와 같이 양 본의 字句의 내용과 순차가 거의 꼭 같아, 고려본과
화엄본을 동일본 내지 동계본으로 묶게 되는 것은 위에 들은 초반 · 중
반 · 하반의 예문뿐만 아니라, 거의 전항에 해당됨은 물론이다. 즉, 양
본의 초반 · 중반 · 하반의 대교를 통하여 고려본과 화엄본이 동일본

내지 동계본임이 확인됨으로써 종래 화엄본이 <왕랑전>의 최고본 내지 원본이라는 추정으로부터 고려본이 결국 최고본 내지 원전이라는 영광과 위상을 지니게 되었다는 것이다.

2) 고려본과 화엄본의 차이

다음은 고려본과 화엄본의 동계본으로서 양 본의 차이점인 오자와 오문 그리고 상이 등을 들어보기로 하자.

양 본의 차이점인 오자와 오문 그리고 상이점을 들기에 앞서, 우선하여 화엄본의 모체가 된 것으로 보이는 고려본의 글자수는 914이고, 화엄본의 것은 966으로 이루어져 50여 자가 첨보되어 있다. 도표를 제시하면 다음과 같다.

항수	1	2	3	4	5	6	7	8	9	10	11	12	13	14	15	16	17	18	19	20	21	22	23	24	총계
고려본	49	28	36	39	33	41	45	23	32	46	30	12	38	56	28	53	56	52	49	25	51	32	38	24	914
화엄본	61	27	37	38	35	46	49	28	34	43	30	12	40	54	28	38	59	65	53	23	51	32	42		966

위의 도표에서와 같이 고려본의 것이 화엄본에 첨보된 부분은 1·3·5·6·7·8·9·13·17·18·19·23·24항 등 13항에 이르고 있고, 대신 줄어든 것은 2·4·10·14·16·20 등 6항에 머물러 있고, 나머지 11·12·15·20 등 4항은 꼭 같은 것을 통하여 화엄본이 고려본에 비해 전체 수에서와 같이 첨보되어 있음을 알 수가 있다.

그러면 양 본의 오자·오문을 들어보기로 하자. 오자·오문에 대하여는 고려본 자체가 잘못된 것이 화엄본에 정자로 바로 잡힌 경우도 있지만, 경우에 따라서는 고려본의 정자가 잘못 옮겨진 경우도 있다.

吾等雖敬無二 難避閻王之命 〈고려본 7항〉
吾等雖敬無已 難避閻王之命 〈화엄본 7항〉

越支19)國公主 時命二十一歲 … 夜摩天報已進〈고려본 18항〉
越支國公主 時命二十一歲 … 夜摩天報已盡〈화엄본 18항〉

위와는 달리 고려본의 정자·正文을 빠뜨리거나 잘못 옮겨 오자·
오문이 되게 한 것도 있다. 즉, 10항을 들어보자.

放夫妻 還返人間 遺命三十年 加六十歲 〈고려본〉
夫妻還返人間 遺命三十年 加六十歲 〈화엄본〉

위의 내용은 염왕이 왕랑 夫妻를 놓아주어 인간계로 되돌려 遺命
30년에 60년을 더 살게 한다는 것인데, 화엄본은 위의 방점 부분에서
와 같이 고려본의 '放夫妻' 중 '放'을 탈락하여 '夫妻'로만 옮겨 놓았기
때문에, '夫妻還返人間'에서와 같이 엉뚱한 내용인 오문이 되고 말았
다. 거기서 화엄본의 국역문도 '부처을 인간이 도로ᄒᆞ야'에서와 같이
전연 비문법적 문장으로 애매모호하게 되었다.
다음은 14항을 들어보자.

十王齊拜 王曰 汝夫妻曾誹謗安老宿念佛 〈고려본〉

---

19) 月氏國 古國名 先居甘肅西境 漢時爲匈奴所破 西走阿母河 臣服大夏 都河北曰 大月
氏 獨居救地者爲小月氏 大月氏强盛時 庵有印度恒河流域 古代米爾阿當汗及葱嶺裏
區地 金壺字考謂讀如肉支 〈中國古地名辭典, 臺灣 商務所書館〉

十王齊拜曰 夫妻曾誹謗安老宿念佛 <화엄본>

위의 전항에서 왕랑의 그간 염불하였다는 소식을 귀사로부터 들은
염왕이 왕랑에게 계단으로 올라오라는 명을 내리자 이를 들은 十王이
일제히 염왕에게 拜하였다는 내용이 전개된 후, 이 항에서는 염왕이
다시 왕랑 夫妻에게 안노숙의 염불을 비방하였다는 것인데, 화엄본에
는 '十王이 일제히 절하며 이르기를 夫妻는 일찍이 안노숙의 염불을
비방하였다'는 것으로 된 것같이, '汝夫妻曾誹謗安老宿念佛'을 말한
주체가 고려본엔 염왕으로 돼 있지만, 화엄본엔 十王으로 된 것은 고
려본의 '十王齊拜 王曰'에서 '王'이 제거되어 있기 때문이다.

하지만 이와 같이 문법상 모두가 아무런 하자가 없지만, 문맥상에는
고려본이 맞고 화엄본이 틀린다는 것이다. 그것은 전하에서 귀사들이
잡아온 왕랑을 이미 염왕이 심문한 과정이 언급되어 있기 때문에, 본
항에 있어서도 화자는 염왕이 되어야 하지, 十王이 될 수가 없기 때문
이다. 그러므로 화엄본의 '十王齊拜曰'은 '王'이 탈락된 분명한 오문이
라는 것이다. 따라서 화엄본의 국역본도 결국 오문이 되고 말았다.

다음은 17항을 들어보자.

王勅喚冥曹府崔判官 王郎排造彌陀道場 <고려본>
王勅曹府崔判官 王郎排造彌陀道場 <화엄본>

위와 같이 고려본의 '冥曹府崔判官'이 화엄본엔 '曹府崔判官'에서와
같이 '冥'이 탈락되어 오문이 되었다. 국역본에도 역시 '조부최판관을
명ᄒᆞ야 굴오디'와 같이 '조부최판관'으로 오역되었다.

다음은 21항을 들어보자.

　　君則常供養如父母 請君持吾等音信 傳達安老宿 〈고려본〉
　　君則常供養如父母 請君吾等音信 傳達安老宿 〈화엄본〉

　위의 '請君持吾等音信 傳達安老宿'의 뜻은 '청컨대 그대가 우리들의 음신을 안노숙에게 전달해 달라'는 것이므로 화엄본의 '請君持吾等音信' 중 '持'가 탈락되어 문맥을 이룰 수가 없다. 한편 국역본에는 '그더ᄭᅴ 쳥ᄒᆞ노니 우리들 음신을 안노슈ᄭᅴ 젼ᄒᆞ야 아뢰쇼셔'로 의역으로 처리됐지만 화엄본의 것은 분명 오문이다.
　다음은 상이에 대하여 언급하기로 하자. 여기서 상이는 고려본과 화엄본이 꼭 같은 독자성을 지닌 것을 말하지만, 첨자나 약자는 편의상 제외하고 글자의 출입에 한한다.

　　君宜家堂中 彌陀佛掛西壁 〈고려본 3항〉
　　君宜家堂中 彌陀幀高掛西壁 〈화엄본 3항〉

　　每日晨朝 向西五十拜…万名爲業 〈고려본 4항〉
　　每日早朝 向西五十拜…萬篇爲業 〈화엄본 4항〉

　　郎明旦 如其所告 念佛之時 〈고려본 6항〉
　　於是明朝 如其所告 至誠念佛時 〈화엄본 6항〉

　　不修道業 故今受鬼報未脫 〈고려본 9항〉
　　不修善業 故今受鬼報未脫 〈화엄본 9항〉

　　西方化主 持紫金蓮座 … 言訖還至本家 〈고려본〉

西方教主 持紫金蓮座 … 言訖還生本家 <화엄본>

위와 같이 글자의 상이는 자구인 佛과 幀, 旦과 朝, 至와 生 등에
불외하다. 그러나 출입이 全文을 통해 심한 것은 1항, 23항, 34항이 심
한 편이지만, 1항은 문맥의 순차가 뒤바뀔 정도의 차이에 불외하고, 23
항과 24항은 전체적 문맥은 상통된다 하더라도 작은 내용을 표시하는
자구 등은 전연 별개라 하리만큼 혹심하다.
우선하여 제1항을 들어보기로 하자.

吉州王思机 郎年五十七 妻宋氏先亡 隔十一年三更時 扣窓云 王郎
睡不 郎云防阿誰也 郎君故妻宋氏 乍傳惡意 故而來也 <고려본>
此王郎者 姓王名思机 吉州人也 年五十七 其妻宋氏先亡後 十一年
中夜云更 扣窓云 郎宿耶 不宿耶 郎云阿誰也 郎君故妻宋氏也 乍傳
要意 以告之而來也 <화엄본>

위의 내용은 죽은 송 씨가 信佛치 않는 남편 왕랑을 찾아온 것인데,
위 내용을 이룬 작은 화소 하나하나는 모두 같지만 순차와 표현이 다
를 뿐이다. 즉, 고려본의 방점부분 '吉州王思机 郎年五十七 妻宋氏先
亡 隔十一年三更時'가 화엄본엔 '此王郎者 姓王名思机 吉州人也 年
五十七 其妻宋氏先亡後 十一年中夜云更'에서와 같이 왕사궤의 고
향·나이·나타난 시간이 모두 일치하는 가운데 그 순차와 표현이 다
를 뿐이다. 하지만 고려본은 뜻만을 전하는 것에 불외하지만, 화엄본의
것은 고려본의 '吉州王思机'를 '此王郎者 姓王名思机 吉州人也'로 된
바와 같이 고려본이 중심이 되어 기교적 표현의 문장으로 되어 있다는

것이다.

다음은 23항을 들어보기로 하자.

宋氏到於王宮 託公主身還生 王與夫人歡喜 言公主還生 公主具陳
上事王等悲怪 歡喚王郎 〈고려본〉

宋氏托公主身還生 王與夫人歡喜時 公主生身 具陳上事 王嘆之 詔
王郎曰 朕曾不見此事 所謂夢中之瑞 〈화엄본〉

위의 내용은 송 씨의 환생 과정을 지적하는 것이나, 고려본과 화엄
본이 그 서술에서 상당한 차이가 개입되어 있음을 볼 수가 있다. 즉,
고려본엔 송 씨가 환생코자 왕궁(월지국 왕궁)에 이르러 월지국 공주
의 몸에 의탁되어 환생하니 왕과 부인(월지국왕과 왕후)이 기꺼하여
공주의 환생을 말하니, 공주는 지난 환생과정(송씨가 월지국 공주의
몸을 비러 환생된 것)을 구체적으로 말하자, 왕 등(월지국왕과 왕후)이
슬프고 괴상히 여겼지만, 결과적으로는 즐거워서 왕랑을 불러들였다
는 것이다.

이에 대해 화엄본은 송 씨가 월지국 공주의 몸을 빌려 환생되자 월
지국왕과 왕후가 기꺼워하면서 공주의 환생을 말하니, 공주는 지난 환
생과정을 구체적으로 알리자 왕(염왕으로도 볼 수 있지만, 여기서는
문맥상 월지국왕으로 보아야 할 것이다.)이 감탄하고 왕랑을 불러 이
르기를, 짐이 일찍이 이런 일의 소위 꿈속의 상서로운 일은 본 일이
없다고 감탄한 것으로 되어 있다. 하지만, 독자는 화엄본의 '王嘆之'의
윤문자도 원래 고려본의 '王等悲怪'(월지국왕과 왕후)를 '王嘆之'('王
等嘆之'로 해야 할 것을 '等'이 제거되어 '王嘆之'로 된 것으로도 볼 수
있음)로 하여 엉뚱하게 염왕으로 대체된 것이 아닌가 생각된다. 그러

므로 23항의 화엄본의 윤문은 긁어 부스럼이 되고만 오문이 아닌가 생
각된다.

다음은 24항을 들어보기로 하자.

    王郎則歡喜 同歸本宅 壽延一百四十七歲後 生西方也 〈고려본〉
    王郎卽奏言 宋氏十一年間 不思餘親 唯守前信 乃遇重親 歡喜而退
延壽一百四十七歲後 同生極樂也 〈화엄본〉

위의 고려본의 내용은 전항 23항의 월지국왕과 왕후(왕 등)의 왕랑
의 호출에 따라 본항 24항에는 왕랑이 즐거워하며 송 씨와 함께 본댁
으로 돌아와 수가 1백47세까지 연장된 후, 서방(극락)에 왕생하였다는
것으로 되어 있다. 이에 대해 화엄본은 전항 23항의, 염왕이 왕랑을 불
러 즐거워한 나머지 소위 꿈속의 서광을 본 적이 없다는 언급에다가
본 항 24항엔 방점 부분 '宋氏十一年間 不思餘親 唯守前信 乃遇重親
歡喜而退'가 첨보된 후에 수가 1백47세까지 연장된 후에 왕랑은 부인
송 씨와 함께 극락왕생하였다는 것이다.

즉, 고려본 전항의 내용인 왕랑과 부인이 염왕 대신에 월지국왕과
왕후와의 직접적 대화가 이루어진 후, 함께 본댁으로 돌아갔다는 것으
로 되어 있을 뿐, 염왕이 전연 제거되어 있어 논리전개의 문맥상 모순
이 없다. 하지만, 화엄본은 전항에 염왕이 등장됨(실례로 본 항도 월지
국왕과 왕랑과의 대화 중 우연히 염왕이 문맥상 모순된다)에 따라, 왕
랑 부부는 고려본에서와 같이 함께 본댁으로 돌아갔다는 내용이 생략
되는 동시에 방점부분 '송씨가 11년간 餘親을 생각지 않고, 오직 前信
을 지키고 이에 重親을 만났다는 것'이 삽입됐지만, 무슨 내용인지 앞

뒤의 문맥상 전연 연계가 되지 않는다.

위에서와 같이 고려본과 화엄본은 별계본이 아니라, 동일본 내지 동계본으로서 고려본이 화엄본의 텍스트가 된 모본임을 전제로 하여 양자 사이에 나타난 오자와 오문, 그리고 상이점을 드러내어 양 본의 차이점을 살폈다. 하지만 그와 같은 차이점이 있다고 할지라도 양 본이 지닌 不信의 왕랑이 송 씨의 개입으로 인해 염불함으로써 극락왕생하였다는 것엔 아무런 변함이 없다. 다만 양 본의 대비로 확인되는 것은 고려본의 것이 화엄본의 것으로 첨보·수식되어 있다는 것이다.

3. 〈왕랑반혼전〉의 형성

1) 고려본의 형성

앞에서 언급된 바와 같이 종래의 〈왕랑반혼전〉의 최고본 역할을 한 화엄본은 고려본이 출현함으로써 그것의 위치가 고려본으로 뒤바뀌었다. 그러므로 현재로는 고려본에서 더 소급될 〈왕랑전〉이 없기 때문에 결국 고려본은 〈왕랑전〉의 최고본일 뿐만 아니라, 그것의 텍스트의 역할을 담당하게 될 것이다.

그러면 고려본은 어떻게 이루어지게 될 것인가, 고려본이 이루어질 때, 이것이 단독으로 된 것이 아니라, 『아미타경』이 판각될 때 거기에 부록형식으로 삽입되어 이루어진 것이다. 즉, 〈왕랑전〉이 삽입될 때, 다만 '窮原集云'의 형식은 빌었기 때문에 고려본이 이루어질 때 만들어진 것이 아니라, 『궁원집』에 삽입된 것을 원용해온 것임을 알 수가 있다. 그러므로 고려본은 大德 8년(1304)에 『아미타경』이 판각된 당시 이루어진 것이 아니고, 그때까지 존속된 『궁원집』에 삽입된 것이므로 그 소급연대는 1304년 그 이전으로 소급될 수밖에 없다는 것이다.

하지만 『궁원집』은 현재 전하지 않고 있고 누구의 문집인지도 알 수가 없다. 혹시 중국의 것인지도 알 수가 없지만, 『궁원집』의 '窮原'의 명칭으로 보면, 고려후기에 살던 어느 선사의 아호가 아닌가도 추측된다. 한편 고려본의 문체는 정교한 문장으로 이루어진 것이 아니라, 투박하고 거친 문장으로 된 것으로 보아, 어느 선사가 염불·극락왕생을 주제로 하여 작성된 것이 아닌가 추측이 되지만 뚜렷한 근거는 없다.

되풀이 된 바와 같이 <왕랑전>은 사찰 계통에서 불교의 전교를 위해 작성된 불교소설이다. 즉, <왕랑전>은 염불·극락왕생을 주제로 하여 거기에 본 소설의 골격구조인 환생담을 개입시킨 것은 같은 불교소설인 <서유기>의 唐王故事가 중요하게 차용되었다는 것은 이미 언급된 바 있다.[20] 이것이 전제되는 한, 이 <왕랑전>의 최고본인 고려본과 <서유기>와의 연계는 매우 중요한 뜻을 지닌다.

고려본이 아무리 늦어도 1304년 이전에 이루어진 것을 감안할 때, 고려본에 개입된 <서유기>는 가장 널리 알려진 소위 오승은(1500~1582)의 百回本 <서유기>가 아니라, 元末明初에 이루어졌다는 <고본 서유기>[21]가 이에 해당되기 때문이다.

---

20) 정규복, 「왕랑반혼전과 서유기」, 『한중문학비교의 연구』, 고려대 출판부, 1987.

21) 원말명초에 이루어졌다는 소위 <고본 서유기>에 대하여는 현재 실본이 존재하고 있는 것이 아니라, 다만 현존하는 『박통사 언해』에 삽입된 <서유기>의 이야기와 『永樂大典』에 삽입된 <서유기>의 한토막 <夢斬涇河龍>을 통하여 宋代의 『取經詩話』와 明 刊本 사이에 元代의 <고본 서유기>가 있을 것이라는 추정이다. 小川環樹의 『中國小說史의 研究』(東京:岩波書店, 昭和43, 75~85쪽) 및 大田辰夫 『朴通事諺解所引西遊記考』(日本 神戶外大論叢10, 第10卷 第2號, 1959) 참조.

〈고본 서유기〉의 발생연도가 『박통사』로 인하여 명초를 넘어 원말로 거슬러 올라가리라는 것은 『박통사』가 원말(고려후기)에 이루어졌을 것이라는 추론이 밑받침되고 있지만, 이번 고려본이 출현함으로써 이것이 〈고본 서유기〉와 연계되는 한, 〈고본 서유기〉의 성립 시기는 분명 원말 이전으로 거슬러 올라가게 된다는 것이다.

지금 생각으로는 고려후기에 〈고본 서유기〉가 유행됨으로써 이것이 『박통사』에 수용되고, 아울러 〈왕랑전〉에서와 같은 사찰 계통의 수용이 이루어지지 않았을까 강하게 추정해볼 수 있을 것 같다. 그러므로 〈왕랑전〉을 성립시킨 것은 사찰에서 불교를 홍교하기 위하여 그것의 환생담을 당시 유행된 〈고본 서유기〉의 것을 원용하여 〈왕랑전〉의 환생담의 골격구조로 삼았을 것이라고 보아진다. 이런 차원에서 보면, 고려본의 출현은 다분히 〈고본 서유기〉의 성립시기를 가늠하는 중요한 국제적 의의를 지닌 것이라 생각된다.

2) 화엄본의 형성

화엄본은 이미 언급된 대로 고려본이 출현하기 전까지는 황패강 교수에 의해 『勸念要錄』의 서문에 삽입된 '懶庵 撰'이 중심이 되어 화엄본의 작자는 보우로 알려졌다.[22] 그러나 사재동 교수는 화엄본이 지닌 국어학적 문제와 '나암 찬'이 꼭 〈왕랑전〉에 적용시킬 수는 없다는 것이 중심이 되어 작자 미상으로 돌려놓았다.[23]

고려본이 출현함으로써 〈왕랑전〉의 최고본의 위치는 화엄본에서

---

22) 황패강, 『한국서사문학연구』, 단국대학교, 1972, 207~217쪽.
23) 사재동, 「왕랑반혼전의 몇 가지 문제」, 『한국언어문학』, 13집, 한국언어문학회, 1975.

고려본으로 뒤바뀌게 되었다는 것도 이미 전술되었다. 거기서 <왕랑
전>이 보우에 의해 이루어졌다는 강한 가설도 일단 힘을 잃게 되었다.
아울러 전항에서 고려본과 화엄본의 상호 대비를 통해 화엄본은 고려
본의 동계본으로 확인된 이상, <왕랑전>에 대한 종래의 작자문제 시
비는 일단락되었다는 것이다. 다만, 화엄본에 대하여는 고려본과의 차
이점에서 누가 손을 댔느냐는 것이 남아 있게 되는데, 이 문제도 화엄
본이 고려본에서 독립되어야 할 아무런 의의가 없으므로 결국 뜻을 지
니지 못하게 되었다는 것이다.

  이 항에서 문제가 되어야 할 것은 화엄본이 성립될 때, 고려본이 모
본이 되면서 현토본으로 처리됨과 동시에, 아울러 국역되어 국역본이
성립되게 되었다는 것이다. 하지만 국역본 역시 한문 원본에 충실하여
축자 번역되어서 국역본으로서도 아무런 독자성을 지니지 못하고 있
고, 다만 국역될 때, 한문 원본에 나타난 오문을 그대로 처리하여 오문
이 되게 하였고, 때로는 원문 중 오자를 빼거나 다른 뜻으로 번역된
경우도 있다.

  고려본이 화엄본으로 이루어질 때, 오자・오문・상이 등 차이점은
이미 전항에서 언급되었으므로 그 항으로 미루지만 여기서는 국역본
에 나타난 오자・오문, 내지는 한국어 문체성, 중대한 뜻을 담당하는
존비체의 불일치 등의 문제를 들어보기로 하겠다.

  첫째, 오자・오문의 경우를 들어보기로 하자.

    3항. 아리 염왕이 시로 의논ᄒᆞ미 오란더라 … 그더 집 거운더 미타
  텽을 션녁벽의 노피 걸고 <화엄본>
    前日閻王 相論久矣…君宜家中彌陀幀 高掛西壁 <한문본>

위의 방점부분 '시로'와 '션녁벽'의 '시'와 '션'은 '서로'와 '셔녁벽'의 오자로 화엄본을 모본으로 성립된 동화본을 비롯한 기타본엔 '서로'와 '셔벽'으로 제대로 되어 있음은 물론이다.

4항. 랑이 날오디 명관이 날 잠기ᄂᆞ 므스일오 〈화엄본〉
     郞云 冥官捉吾何事 〈한문본〉

위의 ×부분 '잠기ᄂᆞ'의 '잠'은 '잡'의 오자로 역시 동화본을 비롯한 기타본엔 '잡기ᄂᆞ'으로 바로 잡혔다.

6항. 버거 왕랑은 졀ᄒᆞ야늘 랑이 키롤과 자의 ᄂᆞ려 답ᄒᆞ야 절ᄒᆞ대
                                          〈화엄본〉
     次拜王郞 郞大驚下坐 答拜 〈한문본〉

위의 ×부분 '자의'의 '자'는 '좌의'의 '좌'의 오자로 역시 동화본을 비롯한 기타본엔 '좌의'로 되어 있다.

9항. 어진도리롤 닷디못ᄒᆞᆯ식 그런ᄃᆞ로 이제 귀보롤 못버스니 〈화엄본〉
     不修善道 故受鬼報未脫 〈한문본〉

위의 ×부분 '그런ᄃᆞ로'의 'ᄃᆞ'는 그런고로의 '고'의 오자로 역시 동화본을 비롯한 기타본엔 '그런고로'로 바로잡혀 있다.

10항. 우리둘이 보론바로 염왕ᄭᅴ 이대 술오면 반드기 인도에 도로 오리니 〈화엄본〉
     吾等所見 善奏閻王 必還人道 〈한문본〉

위의 ×부분 '보론바로'의 '보론'은 본바로의 '본'의 오자로 역시 동화본을 비롯한 기타본엔 '본바로'의 '본'으로 바로잡혀 있다.

12항. 왕이 자의 니러셔서 일오디 <화엄본>
王起座立云 <한문본>

위의 ×부분 '자의'의 '자'는 '좌의'의 '좌'의 오자로 역시 동화본을 비롯한 기타본엔 '좌의'로 되어 있다.

22항. 나는 ○○도 이런 이룰 보디 못ᄒ야시니 <화엄본>
朕曾不見此事 <한문본>

위의 ×부분 '잠깐'은 한문본의 방점 '曾'의 오역으로 이는 동화본을 비롯한 기타본에도 오역으로 전승되었다.

다음 오문의 예를 들어 보자. 이미 언급된 바와 같이 오문의 경우는 국역본 자체의 오문이 아니라, 화엄본의 원문 자체가 전이 과정에서 이루어져 자연히 국역과정에서 이어진 것이다.

14항. 열왕이 모다 절ᄒ야 굴오디 부체 미샹애 일즉 안노슉의 렴불ᄒᄂ는 일을 비방ᄒ더니 <화엄본>
十王齊拜曰 夫妻常曾誹謗安老宿念佛事 <한문본>
十王齊拜 王曰 汝夫妻曾誹謗安老宿念佛 <고려본>

위의 내용은 전후 문맥으로 보아 고려본의 방점부분 '十王齊拜 王

曰'에서와 같이 '汝夫妻曾誹謗安老宿念佛'의 화자는 염왕이지만, 이것이 화엄본에 옮겨지는 과정에서 그것의 ×부분 '十王齊拜曰'에서와 같이 十王으로 잘못 옮겨진 것이다. 따라서 그것의 번역문 ×부분 '열왕이 모다 절ᄒᆞ야 ᄀᆞᆯ오ᄃᆡ'에서와 같이 十王으로 오역되었다. 그러므로 본문은 분명 오문이다.

15항. 부쳐을 인간의 도로ᄒᆞ야 기친명이 셜흔ᄒᆡ어을 년을 여슌히을 더ᄒᆞ야 브즈런이 닷가 정진ᄒᆞ야 미타불을 렴ᄒᆞ야 섈리 뎌 세계예 가시리니 〈화엄본〉
夫妻還返人間 遺命三十年 年加六十歲 勤修精進 念彌陀佛 速往彼刹 〈한문본〉
放夫妻 還返人間 遺命三十年 年加六十歲 勤修精進 念彌陀 速往彼刹 〈고려본〉

위의 내용은 염왕이 왕랑 夫妻를 풀어주어 인간으로 되돌려 90년을 더 살게 한다는 것이다. 하지만, 국역본의 ×부분 '부쳐을 인간의 도로ᄒᆞ야'는 그것의 화엄본 ×부분 '夫妻還返人間'의 적당한 의역이지만, 고려본의 ○부분 '放夫妻 還返人間' 중 '放'이 탈락된 것으로 국역본은 결국 오문이 되고 말았다.

17항. 월지국옹쥐 이제 명이 스믈ᄒᆞᆫᄉᆞ리라 명그슴미 이믜 다온 쳥초로 혼이 이제 다 야마텬샹의 나리니 〈화엄본〉
月支國翁主 時命二十一歲 命限已盡 故魂今來此 夜魔天報已 盡還生於天上 〈한문본〉

위의 내용은 죽은 송씨가 오래 되어 월지국 옹주의 몸을 빌려 환생됨에 따라서 월지국 옹주는 夜魔天에 태어나게 된다는 것(月支國翁主時命二十一歲 命限已盡 故魂今生於夜魔天 <동화본>)으로 위의 ×전부분 '故魂今來此 夜魔天報已盡 還生於天上'의 애매한 문장이 바로잡힌 바와 같이 본 번역문은 애매한 내용으로 번역이 이루어져 있다. 하지만 동화본을 비롯한 기타본엔 원문이 바로 잡힌 대로 번역문도 바로잡혀져 있다는 것이다. 그러므로 화엄본의 번역문은 분명 오문이다.

다음은 존비체의 불일치된 장면을 들어보기로 하자.

18항. 염왕이 깃거 굴오디 랑군부체 이 원을 아니 니즈면 셔방의 쎨리 나시리니 그디 즈셔히 드르라 <화엄본>

閻王歡喜曰 郎君夫妻 不忘此願 速生西方 君則諦聽 <한문본>

위는 염왕이 왕랑 부부에게 염불왕생할 것을 알릴 터이니 이를 자세히 들으라는 명령의 내용이다. 위의 방점부분 '드르라'에서와 같이 염왕의 권위로 왕랑 부부에게 해라체로 명령하는 것이다. 그러나 이 같은 정상적인 권위와는 달리, 전항 12항에서는 존대체로 처리되어 있다는 것이다.

왕(염왕)이 자('좌'의 오기)의 니러 셔셔 닐오디 됴홀셔 왕랑이여 쎨리 계절의 오른쇼셔 <화엄본>

王起坐立云 善哉王郎耶 速階上 <한문본>

즉, 염왕이 사자들의, 왕랑이 열심히 염불하고 있었다는 보고를 듣고 명부에 잡혀온 왕랑에게 깍듯이 존대를 하는 존대체로 처리돼 있다

는 것이다. 하지만 이것도 한문본의 '善哉王郎耶 速階上'으로 본다면
응당 해라체로 번역되었어야 했을 것이다. 이런 격에 맞지 않은 존대
체는 계속 다음과 같이 이루어지고 있다.

그디는 상례 공양호물 부모곧티호샤 그디씌 청호노니 우리둘 음식
을 안노슈씌 젼호야 아뢰쇼셔 〈화엄본〉
君則常供養如父母 請君吾等音信 傳達安老宿 〈한문본〉

즉, 부처님 공양하기를 위의 방점부분 '부모곧티호샤'라든가 또는 염
불을 성실히 하는 안노숙에게 音信을 전해주기를 방점부분 '아뢰쇼셔'
와 같이 극존대체로 처리해 놓았다는 것이다. 하지만 이런 엇갈린 존
비체의 불일치는 이들의 원문이 된 한문본에도 이미 언급된 '善哉王郎
耶 速階上'과 이항의 '請君吾等音信 傳達安老宿'에서와 같이 존비의
혼란이 엿보인다는 것이다.

이런 왕랑에 대한 존비체의 불일치는 본시부터 신불염불에 투철한
안노숙에 대한 대화에서도 보인다.

염왕이 노숙을 향호야 절호고 굴오디 도톄 엇더호고 날로 새로 견
고히 호시니 세히스이 잇다가 삼월초호론날이면 셔방교쥐 즈금련꼿
좌을 가지고 그디을 마자 셔방샹품애 가 나게 호리라 〈화엄본〉
閻王向安老宿拜曰 道體如何 日新堅固 隔三年 三月初一日 西方
教主 持紫金蓮座迎君 西方上品往生 〈한문본〉

위와 같은 염왕과 안노숙의 경우, 왕랑과는 달리 한문본의 '閻王向
安老宿拜曰 道體如何'로 본다면, 의당 번역본은 존대체로 이루어져야

할 것이다. 그러나 위의 방점부분 '도뎌 엇더흐고'와 '나게 흐리라'에서
와 같이 卑待體로 이루어져 있다는 것이다.

3) 동화본의 형성

동화본은 건륭 18년(서기 1753) 11월에 경상도 대구 팔공산 동화사
에서 이루어진 목판본이다. 총 장수는 10장으로 역시 화엄본과 같이
한문으로 표출되고 따라 국문본으로 표출되고 항수도 23항으로 되어
있지만, 화엄본과 다른 것은 한문본이 현토로 되어 있지 않다는 것이다.

동화본이 무엇을 모본으로 하여 이루어졌느냐에 대하여는 아무런
기록이 없어 이를 확적하게 알 수 없지만, 이미 이루어져 있는 화엄본
과 대비하여 보면 특수한 것을 제외하고는 한문과 국역문의 내용・순
차・향수 및 철자까지도 일치하고 있어 화엄본이 텍스트가 되었다고
보지 않을 수가 없다.

이와 같이 동화본이 화엄본과 거의 꼭 같은 동일본의 체재를 이루면
서도 크게 특징지어질 수 있는 것은 <왕랑전>의 이야기가 끝난 후 다
음과 같은 후문이 삽입되어 있다는 것이다.

> 彼王郎於此念佛 雖不信輕笑 以其見聞 故終成往生之益 況見聞而
> 不輕笑 見聞而隨善者乎 故附此傳 助現念佛利澤之廣

그러면 동화본을 화엄본과 대비하여 그 차이점을 들어보기로 하자.
이를 열거하는 방법은 동화본의 것을 예문으로 들고 그 차이가 나는
화엄본의 자구・철자를 괄호 안에 넣고 상이의 것은 ○으로, 틀린 것
은 ×로 표시한다.

1항. 이 왕랑은 셔은 왕이오 이흠은 ᄉ궤니 길쥬사롬이라 나히 쉰일
굽애 겨집 송씨 몬져 주근 열흔희만애 밤듕삼경쌔(삐)애 창을 텨 일오
디 랑랑(랑)아 자ᄂ는야 아니 자ᄂ는야 ᄒᆞ야놀 랑이 닐오디 누고오 ᄒᆞ대
랑군의 고텨(례계집) 송씨러니 죵요로운(조ᄉ로왼) 뜨들 잠깐 뎐ᄒᆞ야
니ᄅ라 왯노라

2항. 랑이 롤나(로라) 괴이히 닐오디 무슨 죵요로온(조ᄉ뤈)일고
(오) 송씨 ᄀᆞᆯ오디 … 그 죄ᄅᆞᆯ(올) 무러 못디아니 ᄒᆞ고….

3항. 그디 자블(볼) 치ᄉ 다ᄉ귀신이 오ᄂ니 그디집 가운디 미타텅
을 셔벽에(션녁벽의) 노피 걸고

4항. 랑이 닐오디 명관이 날 잡기ᄂ 무스일고(오)…미타불 넘ᄒᆞ기를
(롤) 일만편으로 업을 ᄒᆞ거놀

5항. 우리들히 필연히 디옥애 ᄲᅥ러디면 기리 날 긔약이 업스리로다
(다ᄒᆞ고) 말ᄆᆞᆺ매

6항. 이에 랑이 붉ᄂ는 아춤애 그 말다이ᄒᆞ야 지셩넘불(지극정셩으로
렴불)ᄒᆞ더니 긋긔 문득 오귀신(다ᄉ귀거시) ᄠᅳᆯ가온디 셔(세)셔…네
(절)ᄒᆞ고 버거 왕랑을 절ᄒᆞ야놀 랑이 ᄏᆞ게 놀나 좌(위를라자)의 ᄂᆞ려
(녀) 답ᄒᆞ야 절한대

7항. 우리둘히 비록 공경을 마디아니ᄒᆞ나(냐)

8항. 왕랑을 엄히 미여 ᄀᆞ져오라 ᄒᆞ시니 틱녕(칙령)다이 아니면(ᄒᆞ
면) 왕의 진심을 우리ᄃᆞᆼ(돌)이 가히(어루) 나브리로다

9항. 나믄 귀신(귓거시) 골오디 우리둘히 한 틱령(령)을 니블쌔(브미)언뎡 션도(어진도리)롤 닷디못홀씨 그런고(드)로 이 제보롤 못비(버)스니 출히 주글 죄룰(롤) 슈홀디언뎡 감히 넘불(브터넘)ᄒᆞᄂᆞᆫ 사롭을 녕(령)을 조차미디 못홀디니라

10항. 뎨일귀신(귓거시) 왕랑ᄃᆞ려 닐러골오디 … 산곤ᄒᆞ야 반ᄃᆞ시(기) 디옥애 드로미 이시나 우리둘히 본바로(보론바론) 염왕ᄭᅴ 이대 술오면 … 그디 만일(ᄒᆞ다가) 극락의 나든 우리둥(둘) 귀스롤 닛디 마ᄅᆞ쇼셔(셔ᄒᆞ고)

11항. 이제 빅(이미빅)쳔겁 그디 ᄒᆞ다가 년화국의 나든 우리물(물을) 넘ᄒᆞ야 귀보을 벗게 ᄒᆞ쇼셔

12항. 善哉王郎也(耶) 速階上 <한문본>
염왕이 틱스ᄃᆞ러(려) 로ᄒᆞ야 골오디 … 왕이 좌(자)의 니러 셰셔(셰서) 닐오디 … 샐리(니) 섭에(계절의) 오ᄅᆞ쇼셔

13항. 부체(체) 미샹애 일즉 안노슉의 렴불ᄒᆞᄂᆞᆫ 일을 비방ᄒᆞ더니 … 왕랑(랑)ᄃᆞ려 맛당히 물위 악도애 쩌러디리라ᄒᆞᅡ(야) … 부르러니 렴(럼)블ᄒᆞ니 엇던죄 이시리오

14항. ᄒᆞ다가 훈굴ᄀᆞ티(ᄀᆞ라치) 져부텨롤(을) 아니렴(럼)ᄒᆞ면

15항. 부쳐을 인간이 도로ᄒᆞ야 기틴(친) 명이 … 졍진ᄒᆞ야 미불(미타불)을 렴ᄒᆞ야 … 우리둥(둘) 시왕도 다 셔방어(의) … 보내니다(뇌디)

16항. 왕랑(랑)이 도량을 버리고 근졀히 넘불(부쳐을 넘)ᄒᆞ니 … 이제(재)이믜 흐터 업고 오직 넘불(럼블)공덕으로 부텨를(브와쳐와을)

흔가지로 인간이(인가닉) 도라보내여 흔끽(쩍) 늘거 … 명무촌히 오래(라)니 … 혼(혼졍)을 어늬고대 부틸(칠)고

17항. 月氏國翁主 時命二十一歲 命限已盡 故魂今生於夜摩天(來此夜魔天報已盡 還生於天上) 其體專在宋氏之魂 托於公主形 還生可宜 〈한문본〉

왕랑(량)끽 졀흐고 부와 쳐(쳐와)을 왕끽 술오더 … 이제 명이 스믈흔싯(ᄉ)리라 명흔이(명그습미) 임의 다흔고로(다온젼ᄎ로) 혼이 이제 야마턴의 난지라 그 몸이 오오라(이에 와 야마턴샹의 나리니 그 모미올와) 이시니 송씨의 혼을 옹쥬(옹쥬의) 얼굴의 의탁ᄒ야 도로 나게호미 어루 맛당ᄒ니다 ᄒ야늘

18항. 랑군부쳐(체) … 그더집 북의(브긔) 사는 안로슉을 이몸 슈ᄒ야 오믹(매) 샹애 셔방을 죤히 ᄒ니

19항. 꼭 같음

20항. 집사롬이 영장ᄒ고져 홀쌔(쩨)애

21항. 지븨 ᄀ득ᄒ얏는 쳐ᄌ아 지믈(ᄌ쇳)보비 왜 슈고당흔 새졀애는

22항. 왕랑을 죠(됴)셔ᄒ야 굴오더

23항. 목슘 일빅마(망)은 닐굽희을 므는 후애

위와 같이 화엄본의 것이 동화본에 거의가 꼭 같이 내용과 체재로 전제되는 가운데 19항을 제외하고 전 항목의 자구의 철자가 때로는 오기로 때로는 시정으로 군데군데 출입이 나타나 있지만, 이들이 내용과

문체의 정서를 뒤바꿔 놓을만한 것은 전연 아니다.

위의 양 본의 차이점에서 두드러지게 나타난 것은 17항의 한문본의 방점부분 '生於夜摩天'이 화엄본엔 '來此夜魔天報已盡 還生於天上'으로 되어 있는 것인데, 이는 화엄본의 것이 문맥상 애매하여 동화본에 그와 같이 고의로 다듬어진 것 같다. 따라서 국역본 화엄본의 애매한 '이에 와 야마텬상의 나리니 그 모미 올와이시니'가 '야마텬의 난지라 그 몸이 도도라이시니'로 문맥이 연결되어 이루어질 수 있게 되었다는 것이다. 이런 한문본의 출입은 12항의 '善哉王郎也'에서와 같이 화엄본의 '耶'가 '也'로 나타난 것 외엔 출입이 전무하다.

국역본의 출입에서 주목되어야 할 것은 동화본이 그 선행본인 화엄본을 텍스트로 하는 과정에서 양 본의 116년의 시간적 간격에서 古語의 표기의 경우, 'ᄢᅢ'와 'ᄢᅴ'가 'ᄶᅢ'와 'ᄭᅴ'로, 또는 'ᄒᆞ다가'와 '다ᄋᆞᆫ젼ᄎᆞ로'가 '만일'과 '다ᄒᆞᆫ고로' 등으로 나타나 있다는 것이다.

위와 같이 화엄본이 동화본으로 이루어질 때 나타난 변이는 그 후 지속되는 해인본·선운본 외에 조명기본 등으로 전승되는 과정에서도 꼭 같은 내용·순차·절차 및 체재로 이루어져 있다. 단 예외적인 것은 한문본의 경우, 17항의

受此身以來 常尊西方 由(日)此功 故諸佛諸天常護持也

에서와 같이 동화본의 '由'가 '日'로 해인본·선운본·조명기본 등에 계속 오각되어 있고, 그리고 24항 국역본의

왕랑을 죠(쇼)셔ᄒᆞ야 굴오더

에서와 같이 동화본의 '죠'가 '쇼'로 오각되어 있다. 또 다른 하나는 화엄본의 현토로 이루어진 것 외에 동화본을 비롯한 기타본이 현토를 벗어났다는 것은 전거한 바 있지만, 단 2항 첫 구절 '郞驚怪云ᄒᆞ더'만은 다음과 같이 변이되어 있다.

> 郞이 驚怪云ᄒᆞ더 〈화엄본〉
> 郞驚怪云ᄒᆞ더 〈동화본〉
> 郞驚怪云ᄒᆞ디 〈해인본·선운본·조명기본〉

즉, 동화본이 이루어질 때, 화엄본의 '郞이 驚怪云ᄒᆞ더'를 '郞驚怪云ᄒᆞ더'로 현토 '이'를 탈락시켰고, 다시 해인본이 이루어질 때는 동화본의 '郞驚怪云ᄒᆞ더' 중 'ᄒᆞ더'를 'ᄒᆞ디'로 오각되었지만, 이후 이루어지는 선운본·조명기본은 해인본의 오각을 그대로 받아들이고 있다.

그러므로 우리는 이것들이 동화본이냐 아니면 해인본·선운본이냐를 가려내는 준표가 될 것이다. 말하자면, 동화본은 그 후 이루어진 해인본·선운본은 서로 이본의 위치에 있는 것이 아니라, 모두가 완전한 동일본을 모본으로 하여 이루어진 해인본이나 이를 잇는 선운본은 따로 언급할 하등의 필요가 없게 된 것이다.

마지막으로 동화본과 동일본의 관계를 지니고 있는 해인본·선운본 및 조명기본 등과 이계를 지니고 있는 홍률본에 대하여 언급하기로 하자.

4) 홍률본의 형성

홍률본은 같은 동화본을 정통으로 이어 이루어진 해인본·선운본과는 많은 변이를 지닌 〈왕랑전〉의 별계본이다. 즉, 홍률본은 동화본을

모본으로 하여 거의 그대로 이어받은 정통본과는 달리, 역시 동화본을
텍스트로 하여 이루어졌지만, 체재 자체도 한문 원본이 제외되고 국역
본으로만 이루어져 있고, 곳곳에 구절들이 첨가되고, 또한 근대적 언어
와 표기법으로 뒤바뀌는 등 많은 변이를 일으키고 있는 별계본이라는
것이다. 이것이 <왕랑전>의 현존하는 여러 이본 가운데 동화본이 모
본이 되었을 것이라는 근거는 본 소설 18항의,

> 왕이 슬허ᄒ고 왕랑을 됴셔ᄒ야 골오디 <화엄본>
> 왕이 슬허ᄒ고 왕랑을 죠셔ᄒ야 골오디 <동화본>
> 왕이 슬허ᄒ고 왕랑을 됴셔ᄒ야 골오디 <해인본·선운본>
> 왕이 슬허ᄒ고 왕랑을 죠셔ᄒ야 골오디 <홍률본>

에서와 같이 홍률본의 방점 부분 '죠'가 동화본과 같기 때문이다.

홍률본에 대하여는 일찍이 사재동 교수에 의해 화엄본과 대비된 바
있다.[24] 필자가 이를 바탕으로 재검토한 바에 의하면, 홍률본이 동화
본을 모본으로 하면서도 군데군데 첨가도 되고 근대어와 표기법으로
이루어져 있는 것을 확인할 수 있었다. 그러면 이런 문제를 중점으로
언급해 보기로 하자.

첫째, 첨가된 부분은 우선 첫머리와 기타 것

> 이 왕랑은 셩은 왕이요 일홈은 스궤니 길쥬사롬이라 <동화본>
> 녜 흔 사롬이 이시니 셩은 왕이요 일홈은 스궤니 길쥬사롬이라
> <홍률본>
> 랑이 롤과 괴이히 넘겨 닐오디 … 그디롤 기드려사 결단ᄒ리라
> <동화본>

---

24) 사재동, 위의 논문, 89~96쪽.

낭이 놀라 괴이히 녀겨 닐오더 … 그디을 기드려 결단ᄒ리라 ᄒ더니
<홍률본>

의 방점부분이 첨가된 것이다. 그러나 무엇보다도 첨가된 것은 동화본
부터 시작된 〈왕랑전〉의 한문으로 된 후문이 다음과 같이 번역되었
다는 것이다.

더 왕랑이 이 넘불을 비록 신타아녀 업슈이 녀겨 우스나 그 보고
들으믈 쓴고로 ᄆ춤내 왕싱홀 니익을 일윗거든 ᄒᆞᆯ며 보며 듯고 업슈
이 녀겨 웃디아니ᄒ고 보며 듯고 조차 긔거ᄒᆞᄂᆞᆫ 이어니ᄯᆞ녀 그러므로
이 뎐을 붓텨넘불애 니틱이 너르믈 도아낫노이다.

둘째, 동화본의 오류가 바로 잡힌 부분

미ᄇᆞᆯ을 렴ᄒᆞ야 샐리 뎌 세계애 가시리니 <동화본>
미타불을 넘ᄒᆞ야 샐니 뎌 세계애 가시리니 <홍률본>
念彌陀佛 速往彼刹 <한문본>

즉, 동화본을 비롯한 여타본의 '미ᄇᆞᆯ'이 '미타불'로 바로 잡혀 있다는
것이다.

이런 여러 변이 가운데에도 무엇보다도 주목되는 것은 근대어와 그
표기법이다.

A. 우리둘히 필연히 디옥애 ᄲᅥ러디면 … 즉제 도라니거늘 <동화본>
   우리둘히 필연히 디옥애 ᄭᅥ러디면 … 즉제 도라가거늘 <홍률본>

B. 붉는 아춤애 그 말ᄃᆞ이ᄒᆞ여 몬져 미타팅을 녜ᄒᆞ고 버거 왕랑을
   절ᄒᆞ야 <동화본>

> 넑는 아춤애 그 말ᄀ티ᄒ야 몬져 미타팅의 녜ᄒ고 버거 왕랑의
> 졀ᄒ야ᄂ <홍률본>

C. 그디 ᄒ다가 년화국의 나든 <동화본>
  그디 만일 년화국의 나거든 <홍률본>

위의 A·B·C의 예에서 방점부분 동화본의 '뻐'·'도라니거늘'·'말
다이ᄒ여'·'을ᄒ다가~나든' 등이 홍률본엔 '써'·'도라가거늘'·'말ᄀ
티ᄒ야'·'만일 ~나거든' 등으로 근대적으로 표기되어 있음을 알겠다.
즉, 이들이 대충 홍률본이 지닌 중요한 사항이다. 그러므로 홍률본은
<왕랑전>가운데 가장 뒤늦게 이루어진 것이라 생각된다.

이상의 <왕랑전>의 형성에서 처음으로 고려본이 늦어도 1304년까
지는 형성된 이래, 이것이 1637년에 체재와 내용상 약간의 변이가 이
루어지는 가운데 화엄본으로 성립되고, 다시 이것이 1753년에 자구의
철자상 약간의 변이로 동화본이 형성되고, 이후 이것이 1765년에 별계
본의 홍률본으로 성립되는 한편, 다시 이것이 해인본·선운본·조명
기본 등 완전히 꼭 같은 동일본으로 전승되게 되었다는 것이다. 이들
의 형성을 도표로 제시하면 다음과 같다.

〈왕랑반혼전〉의 전승도

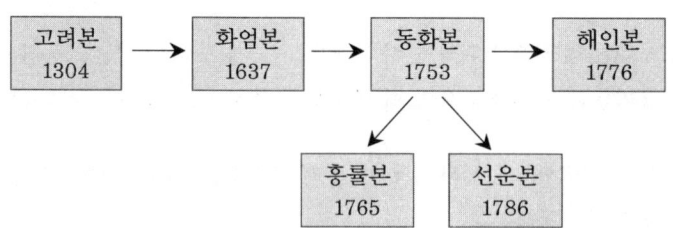

4. 결어

이상에서와 같이 〈왕랑전〉의 원전과 그 형성 문제를 대충 살폈다. 위에서 살펴진 사항을 마무리하면 다음과 같다.

첫째, 종래 〈왕랑전〉의 최고본으로 알려진 화엄본의 모본 고려본이 출현함으로써 〈왕랑전〉의 최고본은 화엄본에서 고려본으로 대체되고, 고려본의 형성을 이루게 한 것은 『아미타경』의 염불왕생 외에도 元末의 〈고본 서유기〉의 환생담인 唐王故事가 화소의 중요 모티프가 되어 이것이 〈왕랑전〉에 수용되어 사찰 계통의 불교 전교소설의 역할을 담당하게 되었다는 것이다.

둘째, 고려본이 화엄본에 수용과정에서 체재와 내용상 오문·시정·첨가 등 부분적인 변이를 일으키고, 이것이 현토됨과 동시에 국문 독자를 위해 국역본으로 형성되는 가운데 한문본의 오문이 그대로 번역되고, 때로는 문맥이 잘못 잡아져 오문이 되게 한 것도 있다. 더구나 국역본은 그 후 이루어진 동화본·해인본·선운본 등에도 그 오문과 함께 특히 이후 출간된 동화본의 시간적 간격에서 시대에 맞춰 고어와 절차 표기의 변이도 있지만, 거의 그대로 전승되어 동일본으로 이어지게 되었다는 것이다.

셋째, 본소설의 형성과정에서 화엄본이 동화본으로 수용될 때, 염불 의식의 권장을 위해 쓰여진 後文이 동화본에 첨보된 것은 그대로 해인본·선운본에 이어진다. 하지만 동화본이 해인본으로 이어질 때 주목되는 것은 화엄본과 꼭 같은 18항의 구절 중 '由此功'의 '由'가 '曰'로, 또는 22항의 번역문 중 '왕랑을 죠셔ᄒᆞ야 ᄀᆞ로오디'의 '죠'가 '쇼'로 오각된 것과 그리고 2항 '郞驚怪云ᄒᆞ오디'가 '郞驚怪云ᄒᆞ오디'의 '디'로 된 것

등은 해인본을 이어 전승되는 선운본, 조명기본에도 그대로 나타나 있
어 앞으로 <왕랑전>의 다른 이본이 출현될 때, 위와 같은 특징을 통해
고려본계통인지 화엄본계통인지, 아니면 동화본계통인지, 해인본계통
인지를 감별해낼 수 있는 중요한 단서가 된다는 것이다.

　위와 같은 세 가지의 마무리를 중심으로, 결국 <왕랑전>의 원전이
고려 후기에 이루어진 고려본으로 뒤바뀜에 따라 <왕랑전>의 원전은
속칭 조선조에 이루어진 화엄본이 아니라, 엄연히 고려후기에 예속되
는 불교한문소설이라는 것이다. 이런 점은 일찍이 김태준이 <왕랑전>
을 어떤 생각에서 고려소설로 내포시켜 그의 『조선소설사』를 엮고 나
서 後註의 형식을 빌려 다시 조선조 소설로 취급한 갈팡질팡의 기록25)
은 <왕랑전>을 어찌 보면 애초에 제대로 된 것을 긁어 부스럼의 혐이
되게 한 것이 아닌가 생각된다.

　한편, <왕랑전>을 오늘날 불교소설의 대표작으로 확대 높이 평가되
고 있는 것과는 달리, '夫妻還返人間'(16항) 또는 '故今受鬼報未脫'(9
항), '迎君西方上品往生'(20항) 등의 한국어적 문체의 거친 미숙성, 그
리고 '十王齊拜王曰'(고려본) 혹은 '十王齊拜曰'(화엄본) 등 텍스트가
뒤바뀌는 가운데 야기된 애매한 문맥, 또는 '王'으로 단순 표기되어 이
것이 염왕인지 왕랑인지 뚜렷하지 않은 것, 더욱 '王與夫人'(22항)은
문맥상 의당히 '月支國王과 王后'이지만 이것이 그 후 연계되는 '閻王'

---

25) 김태준이 그의 『조선소설사』를 엮을 때, 초판본(청진서관, 1932)에서 <왕랑전>을
　　고려시대의 것으로 내포시킨 것은 이후 이루어진 개정판(학예사, 1939)에도 그대로
　　이어지지만, 단 개정판의 후기형식에서는 '왕랑반혼전을 고려편에서 논'한 것은 망발
　　이다. 후일의 수정을 약한다'고 써놓고, 또 <왕랑전>의 발생에 대하여도 동화본(건
　　융 18년)을 중심으로 초판본에서는 '조선초기'로 써놓았다가 이것이 개정판에서는
　　'이조중기'로 뒤바뀌었다.

으로 슬그머니 둔갑하는 따위의 앞뒤 문맥의 혼돈성, 인물배열의 단순
성도 문제가 되지만 五鬼使를 鬼使·第一·第三·餘鬼 등 종잡을 수
없는 설화성 등은 〈왕랑전〉으로 하여금 소설로 보기는 어렵고, 아무래
도 소설을 형성케 한 설화의 수준으로 볼 수밖에 없다고 생각된다. 이
는 김태준이 그의『조선소설사』에서 고려시대 이야기로 예속시켜 '설
화시대의 소설' 항에서 다루는 한편, '조선초기에 유행하든 설화'26) 운
운한 것과 일맥상통된 생각이라고 본다. 또한 사재동 교수도 이미 본소
설이 구성의 부족으로 설화성을 지닌 것으로 본 바27) 있다.

　한편 〈왕랑전〉은 종래부터 '불교계 국문소설의 대표작' 운운으로
흔히 논의되어 왔다. 이 문제도 고려본이 출현됨으로써 '국문소설' 운
운은 별반 의의가 없다고 생각된다. 설사 화엄본·동화본·해인본을
비롯한 그 후기본들에 삽입된 국역본을 가지고 있다 하더라도, 그 번
역본은 한문본에 충실하기 위해 축자의 번역방법으로 이루어지는 가
운데, 때로는 오역, 때로는 문맥불통으로 이루어져 이것이 〈왕랑전〉
의 진면목을 연구하는데 별반 도움이 안 된다는 것이다. 그러므로
〈왕랑전〉의 진면목을 파악·연구하기 위해서는 의당 고려본이 중요
텍스트가 되어야 할 것이다. 거기서 〈왕랑전〉은 결국 한문의 이야기
지, 결코 국문소설은 아니라는 것이다.

　앞으로 남은 과제는 고려본이 내포된『궁원집』을 찾아내는 일이요,
고려본에 산재된 문맥의 애매함과 오자 등을 화엄본과 대비하여 완본
으로 재구해 놓은 원전비평의 작업이라고 생각된다.

---

26) 김태준,『조선소설사』, 증보판, 학예사, 1939, 43쪽.
27) 사재동,『불교계국문소설의 연구』, 대구: 중앙문화사, 1994.

V
〈왕랑반혼전〉의 원전복원

1. 도언

　〈왕랑전〉(왕랑반혼전의 약칭)의 텍스트 문제는 이미 필자에 의해 이루어진 졸고[1]에 구체적으로 제시된 바 있다. 즉, 〈왕랑전〉의 텍스트는 화엄본이 최고본으로 인정되어 왔으나 근래에 고려본이 출현함으로써 기존의 입장이 바뀌어졌다. 아울러 화엄본이 국역된 국역본과 아울러 동화본으로 전승되고, 동화본은 다시 해인본으로 전승됨과 동시에 한편으로 흥률본의 이계본으로 전수되고 해인본은 다시 선운본으로 전승되었다는 종래의 전승과정설이 필자의 논구에 의해 재확인되었다. 하지만 여기에서 필자는 화엄본을 잇는 동화본 계열이냐, 혹은 해인본 계열이냐를 구별할 수 있는 원칙 요소도 밝혀 기존 전승설의 근거를 확고히 하였다.

　필자는 또한 고려본이 〈왕랑전〉의 텍스트가 되어야 한다는 당위성 외에도 지엽적인 문제로서 국역본을 중심으로 〈왕랑전〉이 '국문소설'

---

　1) 정규복, 「왕랑반혼전의 원전과 형성에 대하여」, 『고소설연구』, 2집, 한국고소설학회, 1996.

로 말해지고, 그 작품성을 평가하면서 '불교의 뛰어난 소설'이라 칭해
진 것에 대하여도 다른 입장을 제시하였다. 즉 〈왕랑전〉은 원전이 한
문으로 표기되어 있으며, 그 미숙한 구성, 설화성 때문에 뛰어난 소설
로 보기에는 충분치 않은 고려의 설화문학이라는 것이다.

고려본이 〈왕랑전〉의 텍스트가 되어야 한다는 근거는 다음과 같다.
고려본은 글자 수가 917개로 이를 텍스트로 하여 이루어진 화엄본은
967개로 증보되었지만 거의가 불필요한 첨가이거나, 아니면 변개, 첨
보되는 과정에서 때로는 오히려 긁어 부스럼의 곁길도 있어 고유의 특
징이 전혀 없는 졸본이 되고 만 것이다. 그러므로 여기에서는 논의의
중복을 피하면서 반드시 언급되어야 할 문제 중 빠진 것이나 아니면
분명하게 드러나지 않은 것을 보다 명료하게 확대하면서 고려본이 텍
스트가 되어야 할 타당성을 밝히고자 한다.

그러면 우선 고려본과 이를 텍스트로 하여 이루어진 화엄본과의 대
비를 통하여 문제점을 살피고 나서 이들을 중심으로 고려본을 토대로
원전을 복원하고자 한다.

2. 고려본과 화엄본의 대비

고려본은 大德 8년 甲辰 九月 日(고려 충렬왕 30년, A.D.1304)에
『불설아미타경』에 부설된 것으로 총 7장, 순한문으로 된 목판본이다.
거기서 〈왕랑전〉의 이야기가 출현하는 가운데 '窮原集云, 王思机' 운
운으로 고려본이 1304년에 비로소 만들어 진 것이 아니라 이미 있었던
『궁원집』의 것을 전사한 것으로 추정되지만 현재 『궁원집』은 전하지

않아 그 실체를 파악할 수 없음이 유감이다.

고려본의 실본이 알려지기 시작한 것은 고익진 교수에 의해 비롯되지만,[2] 이에 대한 구체적 언급이 없었고, 이어 황패강 교수와 사재동 교수에 의해서도 실본의 존재가 소개되었을 뿐, 역시 구체적 언급이 없었다.[3] 여기에서는 고려본의 복원을 목적으로 하는 범위 안에서 이를 화엄본과 대비하면서 서로 불충분한 가운데 전자의 것이 후자에게 모순되게 개편되었다던가, 아니면 전자의 것이 후자의 것에 보다 선명하게 드러난 경우도 있어서 이들을 대비하면서 복원작업을 수행해 나아갈까 한다.

1) 劫과 勅의 문제

이 부분의 실문은 <왕랑전> 9항에 다음과 같이 전한다.

> 餘鬼曰, 君我等多劫, 不受道業, 故今受鬼報未脫, 寧受死罪, 不敢念佛者, 嚴法縛之 <고려본>
> 餘鬼曰, 若我等被多勅, 不受道業, 故今受鬼報未脫, 寧受死罪, 不敢以念佛者, 從令縛之 <화엄본>

위의 내용은 鬼使들이 염왕의 영으로 왕랑의 염불 혹은 排佛 여하를 확인하기 위해 왕랑을 찾아갔다가 뜻밖에 그의 염불을 확인하고, 자신들이 죽을 죄를 받을지언정 염불하는 왕랑을 묶어갈 수 없다고 하는 부분이다. 위 양 본의 강조부분은 서로 출입되는 자구로서 전체적

---

2) 고익진 편, 『한국불교전서』, 동국대, 1986, 6~11쪽.
3) 황패강, 『성오 소재영교수 환력기념논총: 고소설의 제문제』, 집문당, 1993, 444쪽. 사재동, 『불교계국문소설의 연구』, 중앙문화사, 1994, 332쪽.

뜻에는 아무런 충돌이 없지만, 그 중 '多劫'과 '被多勅'은 현격한 차이가 난다. 즉 전자의 多劫은 불가의 무한한 시간 劫(KALPA)을 뜻하지만 후자의 多勅은 염왕으로부터의 명령인 勅令을 의미한다. 이 두 부분을 각각 번역해보면, 전자는 '나머지 귀사들이 이르기를 그대와 우리들은 많은 劫으로 도업을 닦지 않은 까닭에 (그 중 우리들은) 지금 鬼報를 받아 벗어나지 못하였으니 차라리 (우리들은) 죽을 죄를 받을지언정 감히 念佛者(왕랑)를 엄한 법으로 묶어갈 수는 없다'는 의미이다. 후자는 '나머지 귀사들이 이르기를 그대와 우리들은 많은 칙령을 받아 선업을 닦지 않았던 까닭에 (그 중 우리들은) 지금 鬼報를 받아 (이를) 벗어나지는 못하였으니 차라리 줄을 죄를 받을지언정 감히 念佛者를 勅令에 따라 묶어갈 수는 없다'는 의미가 된다.

양자의 문맥은 서로 일치하는 가운데 전자의 자구 '多劫'과 '不敢念佛者, 嚴法縛之'는 후자의 '被多劫'과 '不敢念佛者, 從令縛之'에 비해 古文體의 감을 풍기는데 대하여 후자는 보다 다듬어진 문체의 감을 준다. 하지만 중대한 차이점은 전자의 多劫이 후자의 被多勅으로 되어 있다는 것이다. 즉 이를 앞뒤 문맥으로 살펴보면, 전자는 선천적으로 '多劫'(永劫의 죄)을 지었으므로 도업을 닦지 않았다는 것이 되지만, 후자의 '被多勅'은 전자의 영겁과는 상관없이 염왕으로부터 많은 칙령을 받았다는 뜻이 되어 이어지는 不修善業과는 의미가 통하지 않는다. 이는 이미 화엄본의 국역 '나믄 귓거시 굴오디 우리들히 한틱령을 니브미언뎡'에서와 같이 시도됐지만 문맥은 애매하여 컨텍스트의 불비가 되고 말았다.

거기서 이 장면은 전자의 '多劫'이 후자의 '被多勅'보다는 훨씬 합리적이다. 즉 전자도 부드러운 문맥은 아니지만 그런대로 이미 위의 전

자의 번역문 중 괄호 속의 삽입구(그 중 우리들은)로 연결해보면 그런
대로 잘 통하는 문장이 된다.

2) 偈文의 문제

<왕랑전>의 게문은 11항, 14항, 21항 등 세 곳에 삽입되어 있다. 즉
11항은 오언육구, 14항은 칠언사구, 21항은 칠언사구로 되어 있는데
화엄본은 이들을 사구로 맞추기 위해 11항의 본래의 육구를 사구로 고
치고 말구 2구는 산문의 형식을 빌려 게문에서 제외시켜 놓았다.
　양자의 실문을 들어보기로 하자.

　　　第一鬼告王郎曰, 雖有犯罪如山, 必可入地獄, 吾等所見, 善奏閻王,
　　必還人道, 君不敢悲閔, 君若生極樂, 不忘吾等鬼使, 因偈曰,
　　　我作冥間使　　今已百千劫
　　　未嘗見念佛　　墮於惡道中
　　　君若生蓮華　　念吾脫鬼報　　<고려본>
　　　第一鬼告王郎曰, 雖有犯罪如山, 必入地獄, 吾等所見, 善奏閻王,
　　必還人道, 君不敢悲閔, 君若生極樂, 不忘吾等鬼使, 因跪示偈曰,
　　　我作冥間使　　今已百千劫
　　　不見念佛人　　墮於惡道中
　　　君若生蓮華國　念吾脫鬼報　　<화엄본>

　위의 장면은 제일귀가 왕랑을 찾아가 비록 범죄가 산 같아 지옥에
떨어질 것이지만 우리들이 그대의 염불을 본대로 염왕에게 아뢰면 반
드시 人道로 환생할 것이니 슬퍼 고민할 것이 없고, 다만 그대가 극락
에 태어나게 되면, 우리들 귀사를 잊지 말아달라는 부탁이다.

위의 강조 부분은 서로 출입되는 것이지만 상호 문맥상 아무런 지장
이 없고 두드러진 차이는 이미 언급한 바와 같이 고려본의 문구 중 말
구 '君若生蓮華, 念吾脫鬼報'가 화엄본에 '君若生蓮國華, 念吾輩脫鬼
報'로 본래의 육구에서 떼어내어 줄을 바꾸면서 산문의 형식을 빌려
종결지어 놓았다는 것이다. 이것은 전자가 원문을 아전인수 격으로 곁
길로 변개한 예이다.

3) 十王齊拜의 문제

십왕제배는 <왕랑전> 14항부터 16항 사이에 삽입되어 있다. 실문
을 들어 열거하면 다음과 같다.

> 已後到冥曹, 閻王怒勅使曰, 急捉將來, 如何遲晚? 鬼使具陳所見,
> 王下座立云, 善來, 王郎, 速速上階. ⓐ (十王齊拜) 王曰, 汝夫妻曾誹
> 謗安老宿念佛及爭家地, 先囚汝妻宋氏, 當汝問考墮惡道, 差極惡鬼
> 使, 鬼使所見聞之, 汝改心懺悔念佛, 有何罪乎? … 偈文 … 放夫妻,
> 還返人間, 遺命三十年, 加六十歲, 삽입구 ⓑ (十王齊拜) 謹精進, 念彌
> 陀, 速生彼刹, 吾等十王, 汝歸彼之時, 惟奉蓮華, 慰送汝也 <고려본>

> 已後到冥曹, 閻王怒勅使曰, 急捉縛來, 如何遲晚也? 鬼使具陳所見,
> 王起坐立云, 善哉, 王郎耶, 速階上. ⓐ (十王齊拜) 曰, 夫妻常誹謗安
> 老宿念佛事, 先囚宋氏, 當問王郎墮於惡道, 今差極惡鬼使, 鬼使所見
> 聞之, 君改心懺悔, 謹修念佛, 有何罪乎? … 偈文 … 夫妻還返人間,
> 遺命三十年, 年加六十歲, 삽입구 ⓑ (十王齊拜) 謹修精進, 念彌陀佛,
> 速生彼刹, 吾等十王, 並到西方爲送 <화엄본>

위의 장면은 귀사들이 명부로 돌아오자 염왕이 늦게 온 귀사들을 보고 노하여 '급히 잡아오라고 하였는데 왜 늦었느냐'고 하자 귀사들이 본 바를 구체적으로 알리니 염왕이 자리에서 내려와 이르기를 '잘 왔도다, 王郞이여! 속히 계단으로 올라오라'는 명령을 내린다. 그러자 十王이 일제히 절하니 염왕이 이어 왕랑에게 이르기를 '너희 부처가 일찍이 안노숙이 염불한 것을 비방하고 家地의 문제를 가지고 다투었으니 먼저 네 처 송 씨를 가두고, 너는 마땅히 問考에 부쳐 惡道에 떨어뜨리고자 극악한 귀사를 부렸으나 귀사들이 본 바를 들으니 네가 마음을 고쳐 참회하고 염불하였으니 무슨 죄가 있겠는가' 하고 왕랑 부처를 석방하여 인간으로 되돌려 유명 30년에 60세를 더 보탰다는 내용에다가 '삼가 정진하여 미타를 외우고 속히 극락에 태어날지어다. 우리들 十王도 그대가 극락으로 돌아갈 때, 오직 蓮華를 받들어 그대를 위로하여 보낼 것이다'라는 화소의 내용이 첨보되어 끝을 맺고 있다.

위의 양자의 강조부분은 서로 출입되는 부분이며, ⓐ와 ⓑ의 '十王齊拜'는 후술하겠지만, 이 면의 내용과 문맥을 원활히 하기 위하여 ⓐ의 원문을 ⓑ에다 옮겨 삽입시킨 것이다. 한편 고려본의 '十王齊拜王曰'과 화엄본의 '十王齊拜王'과는 전후 문맥상 현격한 차이가 있다. 즉 전자는 '십왕이 일제히 절하니 閻王이 王郞에게 이르기를'의 의미가 되지만 후자는 국역의 '열왕이 모다 절ᄒᆞ야 ᄀᆞᆯ오ᄃᆡ'와 같이 '십왕이 일제히 절하여 이르기를'로 되어 '夫妻常誹謗安老宿念佛事' 이하의 화자가 十王이 된다. 말하자면 전자의 화자가 염왕인데 대하여 후자의 화자는 十王이 되므로 어떤 것이 옳은가는 깊이 따져 보아야 할 일이다.

전자의 '十王齊拜'를 굳이 후자의 풀이에 맞추어 여기에다 '王曰'을 덧붙여 이를 '十王이 일제히 閻王에게 전하여 이르기를'로 풀이하여

화자를 十王으로 할 경우, 그 후 이어지는 게문의 '王因偈曰'의 '王'은
분명히 염왕에 해당되므로 가정된 화자 十王과는 정면으로 어긋난다.
뿐만 아니라 게문에 이어지는 '放夫妻, 還返人間, 遺命三十年, 加六十
歲'의 서술문의 주어는 전후 문맥으로 보아 아무래도 十王보다는 염왕
으로 보는 것이 합리적일 것이다. 그러므로 후자의 '十王齊拜曰'은 그
이후의 화소의 화자를 十王으로 해 놓고, 그 뒤에 이어지는 게문은 전
자의 게문 형식을 따라 '王因偈曰'이라 하여 화자를 다시 염왕으로 해
놓은 것은 전후 문맥을 고려하지 않은 중대한 오류라 할 수 있다. 여기
에다 다시 서투른 문장 '夫妻還返人間, 遺命三十年, 年加六十歲'의 서
술문을 삽입해 놓고, 다시 전자의 형식을 따라 '謹修精進, 念彌陀佛,
速往彼刹, 吾等十王, 並到西方爲送'의 十王의 화소를 잇게 하여 문맥
의 혼란을 초래하고 말았다.

요는 전자의 '十王齊拜曰'을 유도하는 그 앞의 왕랑의 捉來를 중심
으로 염왕과 귀사와의 대화의 의미로 본다면, '十王齊拜王曰' 이하의
화소의 화자는 十王이 아니라 염왕이 되는 것이 전후 문맥상 합리적이
라는 것이다. 이것이 전제될 경우, '十王齊拜'는 앞뒤 문맥상 쓸모없는
삽입구에 불과할 뿐이어서 이것이 제외되어도 문맥은 그대로 이어질
수 있다.

이미 잠시 암시된 바 있지만, 앞에 제시된 〈왕랑전〉 12항으로부터
15항 사이의 예문에서 고려본이나 화엄본 모두가 '十王齊拜王曰'이든
'十王齊拜曰'이든 그 이후의 서술부분 '放夫妻, 還返人間, 遺命三十年,
加六十歲'와 이를 잇는 화소부분 '謹精進, 念彌陀, 速生彼刹, 吾等十
王, 汝歸彼之時, 惟奉蓮華, 慰送汝也'와는 전혀 연결이 되지 않는다.
이것은 역시 화엄본의 국역이 문맥과 내용이 제대로 파악되지 않는 오

문이 된데도 여실하게 드러난다.

　거기서 '十王齊拜'의 쓸모없는 삽입구를 떼어다가 '放夫妻, 還返人間, 遺命三十年, 加六十歲'의 서술부분과 '謹精進, 念彌陀, 速生彼刹, 吾等十王, 汝歸彼之時, 惟奉蓮華, 慰送汝也'의 화소부분 사이에 삽입시키면 다음과 같이 앞뒤의 문맥이 연계되는 무리 없는 문장이 된다.

　　　已後到冥曹, 閻王怒勅使曰 : "急捉將來, 如何遲晚?" 鬼使具陳所見, 王下座立云 : "善來王郎. 速速上階." 王曰 : "汝夫妻曾誹謗安老宿念佛及爭家地, 先囚汝妻宋氏, 當汝問考墮惡道, 差極惡鬼使, 鬼使所見聞之, 汝改心懺悔念佛, 有何罪乎?" … 偈文 … 放夫妻, 還返人間, 遺命三十年, 加六十歲. 十王齊拜 : "謹精進, 念彌陀, 速生彼刹, 吾等十王, 汝歸彼之時, 惟奉蓮華, 慰送汝也."

　위의 부분을 번역하면 다음과 같다.

　　이후에 冥府에 이르니 閻王이 勅使(鬼使)들에게 화를 내어 이르기를 "급히 잡아오라 했는데 어찌 늦었는가?" 하니 鬼使들이 본 바를 모두 진술하니 閻王이 자리에서 내려서서 이르기를, "잘 왔도다 王郎이여, 속히 계단으로 올라오라" 하였다. 閻王이 (재차) 이르기를 "너희 夫妻는 일찍이 安老宿의 염불을 비방하고, 집과 땅의 문제를 다투었기에, 먼저 그대의 처 송씨를 가두고, 그대는 마땅히 問考에 붙여 惡道에 떨어뜨리고자 극악한 鬼使를 부려 鬼使들의 본 바를 들어보니 그대는 마음을 고쳐 참회하고 念佛하였으니 무슨 죄가 있겠는가" 하고 王郎夫妻를 석방하고 인간으로 되돌려 유명 30년 수에 60세를 더 살게 하였다. 十王이 일제히 (王郎에게) 절하여 (이르기를), "삼가 정진하여 彌陀佛을 외우시고 속히 그 절(極樂)에 태어나소서. 우리들 十王

도 그대가 극락왕생할 때에 蓮華를 받들고 그대를 위로하여 보내겠나
이다” 하였다.

4) 妻命終年久 皮骨已散也의 문제

妻命終年久 皮骨已散也의 문제는 〈왕랑전〉 15항에 다음과 같은
실문이 있다.

> 放夫妻, 還返人間, 遺命三十年, 加六十歲. 謹精進, 念彌陀, 速生彼
> 刹, 吾等十王, 汝歸彼之時, 惟奉金華, 慰送汝也. 妻命終久年, 皮骨已
> 散也. 〈고려본〉
> 夫妻還返人間, 遺命三十年, 年加六十歲. 謹修精進, 念彌陀佛, 速
> 往彼刹, 吾等十王, 並到西方爲送 〈화엄본〉

위의 내용은 十王齊拜의 문제에서 이미 언급된 바 있지만, ‘放夫妻,
還返人間, 遺命三十年, 加六十歲’의 서술부분 후에 十王들이 왕랑에게
그대가 서왕할 때, 자기들은 금화를 받들고 그대를 위로하여 보내겠다
는 화소가 이루어진 후, 고려본의 강조 부분에서와 같이 ‘妻命終久年,
皮骨已散也’가 삽입되어 있다. 즉 이 구절은 왕랑 夫妻가 환생될 때
왕랑의 처 송 씨는 죽은 지 오래되어 피골이 이미 부패했다는 뜻이다.

그러나 ‘妻命終久年, 皮骨已散也’는 그 후 16항에 염왕이 최 판관에
게 왕랑 夫妻의 환생 문제를 거론할 때, ‘宋氏皮骨散, 屬魂何處’에서와
같이 송 씨가 죽은 지 오래되어 피골이 썩었으니 혼을 어디다 붙일 것
인가를 제기한데서 중복되어 나온다. 이로 보면, 15항의 ‘妻命終久年,
皮骨已散也’는 너무나 성급한 삽입이다. 이는 화엄본의 16항 중 ‘唯念
佛功德, 夫妻同返人間, 偕老同住念佛, 宋氏命終久, 皮骨散失, 屬魂何

處'의 부분을 보면 더욱 분명해진다. 위의 강조부분은 고려본의 16항 '宋氏皮骨散'을 확대하여 삽입된 것으로 문맥상 무리가 없다. 그러나 고려본의 '妻命終久年, 皮骨已散也'가 격에 맞지 않게 삽입되었다 하나 오기는 아니며 15항의 '妻命終久年, 皮骨已散也'와 16항의 '宋氏皮骨散, 屬魂何處'와의 의미상 연계를 생각할 때, 두 부분을 모두 원전으로 인정하는데 큰 무리는 없다고 생각한다.

5) 夜摩天의 문제

夜摩天의 문제는 <왕랑전> 18항에 다음과 같은 실문이 있다.

> 判官聽閻王旨, 回拜王郎夫妻, 奏曰, 越支國公主, 特命二十一歲, 今來此, 夜摩天報已進, 公主生於彼天, 其體全在, 宋氏魂託此還生可.
> <고려본>
> 判官聽王旨, 以閻王旨, 回拜王郎夫妻, 奏曰, 月支國翁主, 時命二十一歲, 命限已盡, 故魂今來此, 夜摩天報已進, 還生於天上, 其體專在, 宋氏之魂, 托於公主形, 還生可宜. <화엄본>

위는 왕랑의 처 송 씨가 죽은 지 오래되어 시체가 부패되어 염왕이 환생의 어려움을 느낀 나머지 이를 판관에게 부탁하자, 판관은 왕랑 夫妻에게 回拜하고 나서 염왕에게 월지국 공주가 21세로 죽게 되어 명부로 오게 된 것을 감안, 야마천의 업보가 이미 이루어졌으므로 월지국 공주가 야마천에 낳게 되었으니 그 몸이 오로지 있는 까닭에 송 씨의 혼을 공주의 몸을 빌어 환생시키는 것이 좋겠다는 의견을 피력하는 내용이다.

이와 같은 내용에서 양 본의 강조부분은 서로 출입되는 부분으로서 어느 부분의 표현에 이르러서는 상당한 거리가 있다. 즉 '判官聽閻王旨, 回拜王郎夫妻, 奏(王)曰'에서와 같이 '奏曰'을 '奏王曰'로 하면 좋겠지만, 한문의 여유로운 문체와 문법으로 보면, '奏曰'도 가능하다는 것이다.

이에 대하여 화엄본의 '判官聽王命, 以閻王旨, 回拜王郎夫妻, 奏王'은 고려본보다 명료한 표현이다. 하지만, 이 면은 현토로 '判官이 聽王命ᄒ야 以閻王旨로 回拜王郎ᄒ고 夫妻를 奏王ᄒ되'로 처리한 바와 같이, 국역도 '판관이 왕의 명을 드러 염왕 ᄠᅳ르로 왕랑ᄭᅴ 절ᄒ고 부와 쳐와를 왕ᄭᅴ 술오디' 대로 하여 문맥이 혼돈되어 있다. 결과적으로 화엄본의 이 부분은 뜻을 파악할 수 없을 만큼 뒤틀리게 된 것이다.

다음 '越支國公主, 特命二十一歲, 今來此, 夜摩天報已進, 公主生於彼天'의 화소는 월지국 공주의 수명이 21세로 이제 여기에 오게 되었다는 것으로 '今來此'는 전후 문맥으로 보아 명부에 오게 된 것을 뜻하고, 다음으로 이어지는 '公主生於彼天'의 피천은 야마천에 해당된다고 본다. 이럴 경우 전자의 '今來此'와 후자의 '命限已盡, 故魂今來此'를 대비할 때, 후자가 보다 명료하게 표현된 것이라고 생각된다. 하지만 문제는 양자의 꼭 같은 '夜摩天報'가 이에 해당되는데, 이는 월지국 공주가 야마천에 태어나게 된 응보 Karma의 뜻을 볼 때, 고려본의 '夜摩天報已進'과 화엄본의 '夜摩天報已盡'에 있어서 '已進(내어보내다)'이 더 합리적인 것 같다. 이런 점을 고려할 때, 동화본의 '命限已盡, 故魂今生於夜摩天'이 보다 명료한 것으로 재구된 표현이라 생각된다.

6) 宋氏女의 문제

宋氏女의 문제는 <왕랑전> 23항, 24항에 다음과 같은 실문이 있다.

> 宋氏女到於王宮, 託公主生身還生, 王與夫人歡喜, 言公主還生, 公
> 主具陳上事, 王等悲怪, 歎喚王郎, 王郎則歡喜, 同歸本宅, 壽一百四十
> 七歲, 後生西方也. <고려본>
>
> 宋氏托公主身還生, 王與夫人歡喜時, 公主生身具陳上事, 王嘆之,
> 詔王郎曰, 朕曾不見此事, 所謂夢中之瑞, 王郎卽奏言, 宋氏十一年間,
> 不思餘親, 唯守前信, 乃遇重親, 歡喜一百四十七歲後, 同生極樂也.
>
> <화엄본>

위는 죽은 송 씨가 월지국 왕궁에 이르러 월지국 공주의 生身을 빌
어 환생되니 월지국 왕과 왕후가 즐거워하여 공주의 환생을 말하자,
공주가 환생과정의 지난 일을 모두 진술하니 왕과 왕후가 슬퍼 이상히
여겨 탄식하여 왕랑을 부르니, 왕랑이 즐거워하여 환생된 송 씨와 함
께 본가로 돌아가 1백47세를 산 후 극락왕생하였다는 것이다.

양자가 위의 강조 부분에서와 같이 이 장면에서 <왕랑전>중 형식
의 많은 출입뿐만 아니라 표현에 있어서도 가장 심하게 출입이 드러난
장면이다. 특히 화엄본의 '王嘆之, 詔王郎曰' 중 '王'은 그 앞의 '王與夫
人歡喜時'와 고려본의 '王等悲怪, 歎喚王郎'으로 보아 월지국왕에 해
당되지만 독자는 관례에 따라 염왕으로 착각할 경우가 많다는 것이다.

뿐만 아니라 화엄본의 그 이후에 전개되는 '王郎卽奏言, 宋氏十一
年間, 不思餘親, 唯守前信, 乃遇重親, 歡喜而退'는 전연 앞뒤의 내용
과 맞지 않은 오문이다. 이 장면의 국역도 무슨 뜻인지 전연 알 수 없
지만, 지금까지 <왕랑전>의 번역이 이루어진 것이나 경개의 해설에서

도 전연 풀이가 제외되어 있다는 것이다.

하지만 여기에 문제가 되는 것은 전자의 '宋氏女'의 뜻이다. 송 씨는 〈왕랑전〉에 한결같이 '宋氏'로 표시되어 있는데, 여기에만 '宋氏女'로 되어 있어 오류라고 생각되지만, 여기서는 '宋氏라는 女人'으로 받아 들이면 표현상 이상하지만, 오류의 말은 아니라고 생각된다.

3. 고려본의 복원작업

1) 고려본의 복원작업

고려본의 원전복원의 작업을 수행함에 있어 다음과 같은 조건 밑에 수행될 것이다.

첫째, 고려본의 원전을 전재하되 편의상 띄어 적는다.

둘째, 고려본을 화엄본과 대비하여 異字, 異文, 오자, 오문 등은 적되, 이들을 중요한 것은 註에서 처리한다.

① 吉州王思机 ② 郎年五十七 ③ 妻宋氏先亡 十一年 ④ 三更時 扣窓云 ⑤ 王郎睡不 郎云 阿誰也 郎君故妻 ⑥ 宋氏 乍傳 ⑦ 惡意 ⑧ 故而來也 郎驚怪云 何要事 ⑨ 耶 宋氏 ⑩ 云 我 ⑪ 亡後已來 十一 ⑫ 年中 ⑬ 問正未畢待君已決 前日閻王 ⑭ 商議 來朝捉君 ⑮ 使五鬼 來 君宜 ⑯ 家堂中 ⑰ 彌陀佛幀 ⑱ 掛西壁 君 ⑲ 東邊向西坐 念 ⑳ 彌陀佛也 郎云 冥官捉吾何事宋氏云 宅北隣居安老宿 每日 ㉑ 晨朝 向西五十拜 每月望日 念 ㉒ 彌陀佛万名爲業 ㉓ ㉔ 君我常誹謗 ㉕ 先捉吾囚問 ㉖ 而待君問了 我等必然墮於地獄 永無出期 言訖 ㉗ 而 歸 ㉘ 郎明旦 如其所告 ㉙ 念佛之時 忽見五 ㉚ 鬼使來立庭中 良久

廻看 審諦觀察 ㉛ 禮彌陀佛 次拜王郎 郎 ㉜ 驚下座拜使 ㉝ 使云 ㉞ 吾承冥曹勅命 ㉟ 捉君來 ㊱ 君今清淨道場之內 ㊲ 坐念彌陀 吾等雖敬 ㊳ 無二 難避閻王之命 雖不如 ㊴ 勅命 ㊵ 非不行李也 第三鬼曰 閻王 ㊶ 嚴法 ㊷ 被王縛將來 不如勅則 ㊸ 彼王嗔吾等也 餘鬼曰 ㊹ 君我等多劫 不修 ㊺ 道業 故今受鬼報未脫 寧受死罪 不敢 ㊻ 念佛者 嚴法縛之 第一鬼告王郎曰 雖有犯罪如山 ㊼ 必可入地獄 吾等所見 善奏閻王 必還人道 君不敢悲悶 君若生極樂 不忘吾等鬼使 ㊽ 因偈曰 我作冥間使 今已百千劫 ㊾ 未曾見念佛 墮於惡道中 君若生 ㊿ 蓮華 念 ○51 吾脫鬼報 ○52 已後到冥曹 閻王怒勅使曰 急捉 ○53 將來 如何 ○54 遲晚 鬼使具陳所見王 ○55 下座立云 善 ○56 來 ○57 王郎 速速上階 ○58 十王齊拜 ○59 王曰 ○60 汝夫妻曾誹謗安老宿 ○61 念佛及爭家地 先囚 ○62 汝妻宋氏 ○63 當汝問考墮惡道 ○64 羞極惡鬼使 鬼使所見聞之 ○65 汝改心懺悔 ○66 念佛 有何罪乎 王因偈曰 西方主彌陀佛 此娑婆別有緣 若 ○67 人一念彼佛 冥曹猛使難降 ○68 放夫妻還返人間, 遺命三十年 加六十歲 ○69 謹精進 念 ○70 彌陀 速 ○71 生彼刹 吾等十王 ○72 汝歸彼之時 惟奉金蓮慰送汝也 妻命終久年 皮骨已散也王 ○73 勅喚冥曹府崔判官 王郎 ○74 排造彌陀道場常念 ○75 前犯無間罪報 今已散盡 唯念佛功德 夫妻同返人間 偕老同居念佛 宋氏 ○76 皮骨散屬魂何處 判官聽 ○77 閻王旨 廻拜王郎夫妻 ○78 奏曰 ○79 越支國公主 時命二十一歲 ○80 今來此 ○81 夜摩天報已進 公主生於彼天 其體 ○82 全在 宋氏魂 託此還生可 閻王歡喜 ○83 告曰 ○84 君夫妻不忘此願 速生西方 君則諦聽君宅北居安老宿 不敢誹謗 受此身 ○85 已來 常尊西方 ○86 諸佛多天常護持也 君則常供養如父母 請 ○87 君持吾等音信 傳達 ○88 安老宿否 ○89 郎卽應諾 閻王向 ○90 安老宿 拜曰 道體如何 日新堅固 隔三年 三月初一日 西方 ○91 化主, 持紫金蓮座, 迎君西方上品往生 言訖 還至本家 家人欲 ○92 葬 還生偈曰 滿堂妻子與財珍 受苦當時不代身 一念彌陀消 ○93 衆報 還生延命更修眞 ○94 宋氏女到於王宮 託公主生身還生 王與夫人 ○95

歡喜言 公主還生 公主具陳上事 ⑯ 王等悲怪 歎喚王郎 ⑰ 王郎則歡
喜 同歸本宅 壽延一百四十七歲後 生西方也

① 此王郎者, 姓王名思机, 吉州人也.

② 年

③ 其妻

④ 夜三經

⑤ 郎宿耶, 不宿耶

⑥ 宋氏也

⑦ 要

⑧ 以故之來也

⑨ 也

⑩ 曰

⑪ 亡後

⑫ 年

⑬ 問其罪而未畢

⑭ 相論久矣

⑮ 差使

⑯ 家中

⑰ 彌陀幀

⑱ 高掛

⑲ 東坐向西

⑳ 彌陀佛

㉑ 早晨

㉒ 彌佛

㉓ 篇

㉔ 君與我每常

㉕ 捉囚先問

㉖ 待君

㉗ 宋氏卽還

㉘ 於是郎明朝

㉙ 至誠念佛時

㉚ 鬼

㉛ 先禮彌陀幀

㉜ 大驚下坐答拜

㉝ 鬼使

㉞ 吾等冥曺承命

㉟ 捉君而來

㊱ 今君淸淨道場

㊲ 端坐勸念

㊳ 無已, 고려본의 '無二'는 無已의 오기라 생각된다.

㊴ 勅

㊵ 非不捉去 伏請行李

㊶ 下令

㊷ 彼王郎嚴縛. 고려본의 '被王縛' 운운한 것은 왕랑을 王으로 약칭하고 이를 수동으로 처리하여 '王郎이 묶여' 운운으로 처리된 것을 화엄본에서는 이를 '彼王郎嚴縛' 운운으로 처리해 놓은 것은 결국 같은 뜻이지만, 전자의 '王'은 '王郎'으로 약칭을 벗어나게 함과 동시에 전자의 '被'도 '彼'로 고쳐 '그 王郎은 嚴縛' 운운으로 보다 문맥을 부드럽게 처리한 것이라 생각된다. 그러므로 고려본의 '被王縛' 운운은 화엄본의 '彼王郎嚴縛' 운운에 비해 문구가 거친 감은 주지만 오문은 아니라는 것이다.

㊸ 王之所嗔, 吾等可被也.

㊹ 若我等被多勅. 이는 고려본의 '君我等多劫'이 변개된 것이지만, 결과적으로는 앞뒤 문맥으로 보아 맞지 않는 문장이 되어버렸음. 본

논문전항의 2. 高麗本과 華嚴本의 對比 1) 劫과 勅의 문제 참조.

㊺ 善導

㊻ 以念佛者 從令

㊼ 必

㊽ 因跪示

㊾ 不見念佛人

㊿ 蓮花國

(51) 吾輩

(52) 已然後

(53) 縛

(54) 遲晩也

(55) 起

(56) 哉

(57) 王郎耶速階上

(58) '十王齊拜'는 전후 문항으로 보아 쓸모없는 삽입구이므로 이를 다음 항에 나오는 '放夫妻, 還返人間, 遺命三十年, 加六十歲'의 서술부분과 그 이후 이어지는 '謹精進, 念彌陀, 速生彼刹, 吾等十王, 汝歸彼之時, 惟奉金蓮, 慰送汝也'의 화소부분의 사이에 삽입시킴. 본 논문전항 2. 高麗本과 華嚴本의 對比 3) 十王齊拜의 문제 참조.

(59) 曰

(60) 夫妻常曾

(61) 念佛事

(62) 宋氏

(63) 當問王郎, 墮於惡道

(64) 今差

(65) 君

(66) 勤修念佛

(67) 不. 고려본의 '人'은 화엄본의 '不'에 비하면 '若不人一念彼佛, 冥曹猛使難降'으로 볼 때, '不'의 오자라 생각됨.

(68) 夫妻

(69) 謹修

(70) 彌陀佛

(71) 往

(72) 並到西方爲送

(73) 命曹府崔判官. 화엄본의 '命曹府崔判官曰' 중 '曹府'는 고려본의 '冥曹府'가 잘못 옮겨진 오기임.

(74) 造排道場, 懇切念佛.

(75) 先

(76) 命終年久, 皮骨散失. 화엄본의 '命終年久, 皮骨散失'은 고려본의 '宋氏皮骨散'의 15항에 이미 쓸모없이 삽입된 '妻命經久年, 皮骨已散也'와의 이중의 삽입이 합리적으로 잘 정리된 구절임. 본 논문 2. 高麗本과 華嚴本의 대비 4) 妻命經久年, 皮骨已散也의 문제 참조.

(77) 王命以閻王旨

(78) 奏王

(79) 月氏國翁主. 화엄본의 '月氏國'은 옛 서역국의 이름으로서 月支國이라고도 하며 거기서 고려본의 '越支國'은 '月支國'의 오기로 생각됨.

(80) 命限已盡, 故魂今來此. 화엄본의 '命限已盡, 故魂今來此'는 고려본의 '今來此'에 비해 명료한 표현임. 본 논문 2. 高麗本과 華嚴本의 對比 5) 夜摩天의 문제 참조.

(81) 夜摩天報已進, 還生於天上. 화엄본의 '夜魔天' 중 '魔'는 '摩'의 오자.

(82) 專在, 宋氏之魂, 托於公主形, 還生可宜.

(83) 曰

⑭ 郎君

⑮ 以

⑯ 由此功, 故諸佛諸天.

⑰ 君. 화엄본의 '君'은 고려본의 '請君持㫋信' 중 '持'를 탈락시킨 것으로 오문이 되게 하였음.

⑱ 安老宿

⑲ 王郎

⑳ 老宿

㉑ 敎

㉒ 葬時

㉓ 罪

㉔ 宋氏

㉕ 歡喜時, 公主生身

㉖ 王嘆之, 詔王郎曰, 朕曾不見此事, 所謂夢中之瑞.

㉗ 王郎卽奏言, 宋氏十一年間, 不思餘親, 唯守前信, 乃遇重親, 歡喜而退, 延壽一百四十七歲後, 同生極樂也. 화엄본의 이 면은 〈왕랑전〉 중 문장의 내용과 문맥상 앞뒤가 가장 연결되지 않는 부분이다. 본 논문 2. 高麗本과 華嚴本의 對比 6) 宋氏女의 문제 참조.

이상에서와 같이 고려본을 화엄본과 대비하여 복원작업을 시도하였다. 이들을 정리하면 다음과 같이 복원된 고려본이 된다.

2) 복원된 고려본

복원된 고려본을 정리함에 있어서 첫째, 띄어쓰기는 앞의 고려본의 복원 작업을 좇았고, 둘째, 게문은 행을 갈아 적었고, 셋째, 일일이 구두점을 붙였다.

吉州王思杋, 郎年五十七, 妻宋氏先亡, 十一年三更時, 扣窓云:"王郎睡不?" 郎云:"阿誰也?" "郎君故妻宋氏, 乍傳惡意, 故而來也."

郎驚怪云:"何要事耶?" 宋氏云:"我亡後已來, 十一年中, 問正未畢, 待君已決, 前日閻王商議, 來朝捉君, 使五鬼來, 君宜家堂中, 彌陀佛幀, 掛西壁, 君東邊向西坐, 念彌陀佛也." 郎云:"冥官捉吾何事?" 宋氏云:"宅北隣居安老宿, 每日晨朝, 向西五十拜, 每月望日, 念彌陀佛, 万名爲業, 君我常誹謗, 以此先捉吾囚問, 而待君問了, 我等必然墮於地獄, 永無出期." 言訖而歸. 郎明旦, 如其所告, 念佛之時, 忽見五鬼使, 來立庭中, 良久廻看, 審諦觀察, 禮彌陀佛, 次拜王郎, 郎驚下座拜使, 使云:"吾承冥曹勅命, 捉君來, 君今淸淨道場之內, 坐念彌陀, 吾等雖敬無二(巳의 誤字), 難避閻王之命, 雖不如勅命, 非不行李也." 第三鬼曰:"閻王嚴法, 被王縛將來, 不如勅則彼王嗔吾等也." 餘鬼曰:"君我等多劫, 不修道業, 故今受鬼報未脫, 寧受死罪, 不敢念佛者, 嚴法縛之" 第一鬼告王郎曰:"雖有犯罪如山, 必可入地獄, 吾等所見, 善奏閻王, 必還人道, 君不敢悲悶, 君若生極樂, 不忘吾等鬼使." 因偈曰:

我作冥間使,

今已百千劫.

未曾見念佛,

墮於惡道中.

君若生蓮華,

念吾脫鬼報.

已後到冥曹, 閻王怒勅使曰:"急捉將來, 如何遲晚?" 鬼使具陳所見, 王下座立云:"善來王郎! 速速上階." 王曰:"汝夫妻曾誹謗安老宿念佛及爭家地, 先囚汝妻宋氏, 當汝問考, 墮惡道, 差極惡鬼使, 鬼使所見聞之, 汝改心懺悔念佛, 有何罪乎?" 王因偈曰:

西方主彌陀佛,

此娑婆別有緣.

若人(不의 誤字)一念彼佛,

冥曹猛使難降.

放夫妻, 還返人間, 遺命三十年, 加六十歲. 十王齊拜："謹精進, 念彌陀, 速生彼刹. 吾等十王, 汝歸彼之時, 惟奉金蓮, 慰送汝也." 妻命終久年, 皮骨已散也.

王勅喚冥曹府崔判官："王郎排造彌陀道場常念, 前犯無間罪報, 今已散盡, 唯念佛功德, 夫妻同返人間, 偕老同居念佛, 宋氏皮骨散, 屬魂何處?" 判官聽聞王旨, 廻拜王郎夫妻, 奏曰："越(月의 誤字인 듯)支國公主, 時命二十一歲, 今來此, 夜摩天報已進, 公主生於彼天, 其體全在, 宋氏魂, 託此還生可." 閻王歡喜, 告曰："君夫妻不忘此願, 速生西方. 君則諦聽君宅北居安老宿, 不敢誹謗, 受此身已來, 常尊西方, 諸佛多天, 常護持也. 君則常供養如父母, 請君持吾等音信, 傳達安老宿否?" 郎卽應諾.

閻王向安老宿, 拜曰："道體如何?" 日新堅固, 隔三年, 三月初一日, 西方化主, 持紫金蓮座, 迎君西方上品往生." 言訖, 還至本家, 家人欲葬, 還生偈曰：

滿堂妻子與財珍,

受苦當時不代身.

一念彌陀消衆報,

還生延命更修眞.

宋氏女到於王宮, 託公主生身還生, 王與夫人歡喜言："公主還生." 公主具陳上事, 王等悲怪, 歎喚王郎, 王郎則歡喜, 同歸本宅, 壽延一百四十七歲後, 生西方也.

위에 복원된 고려본을 우리말로 번역하면서 원문의 拙雜性으로 문장 내용이 잘 연결되지 않는 부분은 의역을 가하거나 때로는 괄호 안에 적당한 말을 넣어 표시하겠다.

길주의 王郎 思机는 나이가 57세로서 妻 宋氏가 먼저 죽은지 11년 되는 깊은 밤에 창을 두드려 말하기를 "王郎이여 주무시나이까?" 하니 왕랑이 이르기를, "누구요?" 하자 (송씨가) 왕랑의 옛처라 하면서 "좋지 않은 소식을 잠시 전하려 일부러 왔나이다." 하였다.

왕랑은 (이에) 놀라 이상히 여겨 이르기를, "무슨 일로요." 하니 송씨가 이르기를 "내가 죽은지 11년이 되었건만 問正(죄를 물어 바로 잡는 것)을 마치지 못하고 그대를 기다려 문정을 결정하고자 얼마전에 閻王이 상의하였는데 내일 아침에 그대를 잡으러 다섯 귀신을 보낸다 하니 그대는 마땅히 집안 서쪽 벽에 彌陀佛幀(미타불의 그림)을 걸어 놓고, 그대는 동쪽에서 서쪽을 향하여 앉아서 彌陀佛을 念하시오."라고 하였다.

왕랑이 이르기를, "冥官이 어찌하여 나를 잡는고?" 하니, 송씨가 이르기를, "그대의 집 북쪽에 사는 安老宿은 매일 새벽이면 서쪽을 향하여 50번 절하고 매월 보름엔 彌陀佛을 念하기를 만가지 이름으로 업을 삼았지만, 그대와 나는 (이를) 늘 비방하였기 때문에, 먼저 나를 잡아 가두고 죄를 묻고자 하나, 그대를 기다려 묻기를 마치면, 우리들은 반드시 지옥에 떨어져 길이 벗어날 기약이 없겠나이다." 하고 말을 마치고 돌아갔다.

王郎이 다음날 아침에 (宋씨가) 일러준대로 念佛을 하고 있을 때 홀연히 다섯 鬼使가 나타나 집뜰에 서서 오랫동안 둘러보고 자세히 살피고나서 彌陀佛에게 절하고 난 다음, 王郎에게 절하니 왕랑은 놀라 자리에서 내려와 鬼使들에게 절하엿다. (그러자) 귀사들이 이르기를, "우리가 冥府의 칙명을 받아 그대를 잡으로 왔지만, 그대는 지금 도량의 안을 淸淨히 하고 앉아 彌陀佛을 念"하니 우리들은 비록 勅命같이 할 수는 없겠지만 떠나실 行裝을 준비하십시오."라고 하였다.

셋째 鬼使가 이르기를, "閻王의 엄한 法슈으로 王郎을 결박하여 데리고 오라하시니 勅슈을 따르지 않은 즉 閻王은 우리를 꾸짖을 것입

니다" 하니 나머지 귀사들이 이르기를, "그대와 우리들은 多劫(永劫의 죄를 지은 것)으로 道業을 닦지 않은 까닭에 (그 중 우리들은) 받은 鬼報를 벗어날 수가 없지만, 차라리 죽을 죄를 받을지언정, 감히 念佛하는 그대를 엄한 法令으로 묶을 수는 없나이다." 하였다.

첫째 귀사가 왕랑에게 고하여 이르기를 "비록 범죄가 산 같아서 반드시 지옥에 들어가게 되지만, 우리들의 본 바를 염왕께 잘 아뢰면, 반드시 人道로 돌릴 것이니, 그대는 감히 슬퍼 괴로워하지 마소서. 그대가 만약 극락에 태어나게 되면, 우리들 귀사를 잊지 말으소서." 하고 인하여 偈를 읊었다.

우리가 冥府使가 된지,

이제 이미 百千劫이라.

일찍이 念佛人이 惡道 가운데

떨어짐을 본 적이 없도다.

그대 만일 蓮華에 나시거들랑,

우리들이 鬼報를 벗도록 念하여 주소서

이후 (귀사들은) 冥府에 이르렀는데 염왕은 勅使(鬼使)를 꾸짖어 이르기를, "급히 잡아오라 하였더니 어찌하여 늦었는고?" 하자 귀사들이 본바를 (염왕에게) 구체적으로 진술하였다. (이에) 염왕은 자리에서 내려와 서서 이르기를, "잘 왔도다! 왕랑이여! 속히 계단으로 오를지어다."고 하니 (왕랑이 올라오자) 염왕은 (다시 말을 이어) 이르기를, "너희 夫妻는 일찍이 안노숙의 염불을 비방하고 집과 땅을 다투었으니 우선 그대의 처 송씨를 가두고 마땅히 너를 問考(죄를 조사하여 묻는 것)하여 惡道(지옥)에 떨어뜨리고자 극악한 귀사를 부렸는데 귀사들의 본 바를 들으니 그대가 마음을 고쳐 참회하고 念佛하였다고 하니 무슨 죄가 있겠는가?"고 하였다. 염왕은 거기서 게를 읊었다.

西方의 주, 彌陀佛이시여!

이 사바세상은 각별히 인연이 있도다.

만약 한결같이 念佛하지 않는다면,

冥府의 사나운 使者를 항복받기 어려우리라.

(왕랑) 夫妻를 풀어주어 인간 (세상)으로 되돌려 남은 수명 30년에 60세를 더 살게 하였다. (그리고) 十王들이 일제히 절하고 (왕랑에게) 이르기를, "삼가 정진하여 彌陀佛을 念하고 속히 저 사찰(西往)에 나 시라. 우리들 十王도 그대가 거기로 돌아갈 때, 오직 金蓮을 받들고 그대를 위로하여 보내리라." 하였다. (하지만 왕랑의) 처의 목숨은 마친지 오래되어 피부와 뼈가 이미 흩어져 버렸다.

염왕은 冥府의 崔判官을 불러들여 (이르기를) "왕랑이 미타의 도량을 만들어 놓고 항상 念佛하였으니 이전에 범한 한없는 罪報는 이제부터는 이미 흩어져 없어졌으니 오직 念佛과 功德으로 (왕랑) 夫妻는 함께 인간 세상으로 되돌아가 늙어 살면서 念佛케 하라. (하지만) 송씨의 살과 뼈는 (죽은지 오래되어) 흩어 없어졌으니 혼을 어디에다 붙일꼬." 하니 최판관이 염왕의 취지를 듣고 王郎 부처에게로 돌아가 절하고 (나서) 염왕에게 아뢰기를, "月支國公主의 나이가 21세로 지금 여기 와 있고, 夜摩天에 있는 옹보가 이미 나와 월지국공주가 저 야마천에 태어나 그 몸이 온전하게 있으므로 송씨의 魂은 이를 의탁하여 還生시키는 것이 가할까 하나이다." 하였다.

염왕이 즐거워 (왕랑에게) 고하여 이르기를, "그대 夫妻는 이 원을 잊지 말고 속히 西方에 태어나시라. 그대는 또한 잘 들을지어다. 그대 집 북쪽에 사는 안노숙을 다시는 감히 비방하지 말라. (서방의) 이 몸을 받고나서부터는 늘 서방을 존중하면, 여러 부처와 많은 하늘이 항상 (그대를) 보호할 것이니, 그대는 늘 (부처를) 공양하기를 부모같이 하라. 그대에게 청하노니 우리들의 音信을 가져다가 안지숙에게 전하여 주지 않겠는가?" 하니 왕랑이 즉시 응락하였다.

염왕이 안노숙에게 향하여 절하여 이르기를, "玉體 어떠하신고? (옥체가) 날로 새롭고 견고하시니 3년을 지나 3월 초하루가 되면, 西方

化主께서 紫金蓮座를 가지고 그대를 西方上品에 往生토록 맞이하리
라." 말을 마치자 (안노숙)은 本家로 돌아와 집사람들이 장례를 지내
려 하니 (그가) 還生하여 偈로 읊었다.

집에 가득찬 妻子와 財寶는
괴로운 시절엔 몸을 대신하지 못하는도다.
한결같이 彌陀를 念하여 罪報를 씻어내어,
환생하고 延命하여 더욱 참을 닦으세

송씨란 여인은 월지국 왕궁에 이르러 공주의 몸에 의탁하여 환생하
니 국왕과 부인(왕후)는 즐거워하여 이르기를, "공주가 환생하였도다."
고 외치니, 공주(실은 송씨)는 지난 일(환생 과정)을 자세히 진술하자
왕등(왕과 왕후)은 슬퍼 이상히 여기면서도 감탄하고 王郞을 불러들
였다. 왕랑은 곧 즐거워하면서 (송씨와) 함께 본댁으로 돌아가 수가
147세까지 연장되어 살다가 西方에 왕생하였다.

4. 후기

이상에서와 같이 고려본의 원전복원 작업을 통하여 나름대로 원전
을 제시하였다. 원래 원전이란 작자가 있는 경우, 작자의 의도로 이루
어진 텍스트를 선정하여 이를 확정짓는 것이 원칙이지만, 〈왕랑전〉의
경우는 작자가 누구인지 알 수가 없는 실정이다. 다만 고려본의 그 출
처가 『궁원집』으로 되어 있지만, 그것의 실본이 출현하지 않고 있는
이상, 여기에 제시된 고려본이 〈왕랑전〉의 텍스트가 될 수밖에 없다
는 것이다.

여기에 제시된 텍스트는 필자의 주견에 따라 이루어져 있으니 만큼,
다른 사람이 손을 댈 경우, 다른 의견도 제시될 수 있는 가능성이 다분

히 있을 것으로 사료된다. 다만, 여기에 제시된 텍스트는 아무리 주관
적이라 하더라도 학문의 객관성을 유지하기 위해 나름대로 필자의 역
량이 허락되는 범위 내에서 최대한 객관성이 유지되었다고 자부하고
싶다.

아울러 이것이 한국의 고전 산문 작품상 드물게 이루어지는 텍스트
작업이니만큼, 앞으로 이에 대한 많은 관심이 제시되기를 바랄 뿐이다.

VI
『백운소설』의 찬자에 대하여*

1. 서론

오늘날 이규보에 대한 연구는 활발히 전개되고 있다. 그 논문의 수는 무려 10여 편에 이르고 있다. 이는 羅麗 한문학에 있어서 이규보가 차지한 비중으로 보면, 당연한 추세라고 생각된다. 이규보의 저작으로는 『동국이상국집』과 『백운소설』이 현존하고 있다. 『동국이상국집』는 초간본이 이규보의 在世 時 高宗 28년 辛丑(1241)에 그의 아들 이한에 의해 출간되었고,[1] 이후 고려조에 일차 재간된 후, 조선조에 이르러 임진란을 계기로 전후 양차에 걸쳐 중간되었다고 한다.[2] 또한 오늘날까지 이규보의 自撰으로 알려진 『백운소설』은 현존한 문헌으로는 세 종류의 필사본밖에 없고,[3] 아직까지 판본, 기타 중요한 이본은 출현하

---

* 『인문논집』, 27집, 고려대 문과대학, 1982.
1) 秋七月寢疾 晋陽公聞之……乃取公平生所著 前後文集 凡五十三卷 募工雕印 其督役甚急 欲及公之眼見 以慰其情也 然以役巨未能告畢 越九月初二日……至夜倏然而化(『동국이상국집』, 연보, 辛丑條).
2) 『동국이상국집』, 서울: 동국문화사, 1958, 2쪽.
3) 현재 『백운소설』은 서울대학 중앙도서관 가람문고본 『시화총림』과 규장각본 『시화총림』에 所載되어 있고, 이 외에 근래 출간된 아세아문화사의 『暘葩談苑』에도 소재되어 있다. 이들 외에 정음사에서 간행된 六堂의 『삼국유사』 해제에도 『백운소설』의 초록이

지 않고 있다.

여기에 거론코자 하는 문제는『백운소설』이 과연 통설대로 이규보에 의해 이루어졌느냐 하는『백운소설』의 찬자의 문제이다. 앞에서도 언급한 바 있듯이 오늘날까지『백운소설』은 이규보 자신에 의해 이루어졌다는 것이 통설로 되어 있다. 그러나 필자는 결론부터 매김해 놓는다면『백운소설』은 분명히 이규보에 의해 이루어진 것이 아님을 밝혀 두면서 우선『백운소설』의 찬자에 대한 오늘날까지 이루어진 문제를 더듬어 볼까 한다.

『백운소설』의 찬자를 이규보로 매김해 놓은 것은 홍만종이 그의『시화총림』을 엮을 때 비롯된다.4) 그 후 국문학사와 논저류에서 홍만종설을 그대로 답습함으로써 오늘날엔『백운소설』의 찬자가 이규보로 통설화되기에 이르렀다. 우선 논문으로『백운소설』의 찬자를 이규보로 굳힌 것은 이용욱 씨가 아닌가 하는데, 그는『백운소설』의 찬자가 이규보임을 전제로『백운소설』이 撰定된 시기를 이규보의 72세부터 73세의 사이로 보았다.5) 이후 서수생 · 김주한 · 박성규 제씨 등이『백운소설』의 찬자를 이규보로 전제해 놓고『백운소설』을 분석하였다.6)

보인다. 그러나 본론에서는 편의상 아세아문화사에서 복사된 가람본『시화총림』을 텍스트로 사용하겠다.

4) 앞 주에서 밝힌 바와 같이 현재『시화총림』은 두 종류의 필사본이 있다. 서울대학 가람 문고본과 서울대학 규장각문고본이 그것이다. 이들 양자는 간간 자구의 차이가 있을 뿐, 내용이 다른 것은 전연 없다. 또 다른 하나는『시화총림』의 이름으로 되어 있는 것이 아니라, 任廉(1779~1848)의『양파담원』에도『백운소설』이 그 首頭에 삽입되어 있으나, 위에 열거한『시화총림』은 말할 것도 없고, 임염의『양파담원』에도『백운소설』의 찬자를 분명히 이규보로 기록해 놓았다.

5) 이용욱, 「이규보 연구─백운소설을 중심으로」, 서울대 석사논문, 1963.

6) 서수생, 『고려조한문학연구』, 형설출판사, 1971, 140~197쪽; 김주한, 「백운문학연구─특히 논과 평을 중심으로─」, 『어문학』, 32호, 한국어문학회, 1975; 박성규, 「백운소설

이와 반면에 『백운소설』의 찬자를 이규보가 아니라, 다른 後人에 의해 이루어졌을 것이라는 추론은 이미 1930년대 초기에 김태준에 의해 제기되었다.[7] 그 후 이용욱 씨는 전개한 그의 "이규보 연구"에 있어서의 이규보 설과는 달리, 별로 큰 자료를 제시함이 없이 『백운소설』의 찬자를 이규보가 아니라 홍만종일 가능성이 있다고 제시한 일이 있다.[8] 그러나 1970년대에 이르러 『백운소설』의 찬자의 문제가 Richard Rutt 씨에 의해 본격적으로 다루어지기 시작하였다. Rutt 씨는 『백운소설』과 『동국이상국집』을 치밀하게 비교하고 나서 『백운소설』에 포함된 이규보의 글이 『동국이상국집』의 내용에 비해 많은 단점을 지니고 있다는 것을 전제로, 다음과 같이 언급하고 있다.

　　『백운소설』은 언제 누가 편찬했는가를 적확하게 말하기란 불가능하다……아마 이규보 자신이 『백운소설』을 엮었다고 하기는 어려운 듯 보인다……『백운소설』이 생겨난 것은 이규보 死後 얼마 안 되어서 『동국이상국집』의 몇 부분을 기억하는 某 학자가 『동국이상국집』에 포함된 詩評 부분의 이야기를 기억할 수 있던 부분을 써놓았다고 하는 것만은 확실한 것이다.[9]

고-주의기승론을 중심으로」, 『어문연구』, 21집, 한국어문교육연구회, 1979. 3.

7) 김태준, 『조선한문학사』, 조선어문학회, 1931, 82쪽.

8) 이용욱, 「이규보와 백운소설」, 『연구보고』, 1집, 해군사관학교, 1964, 99~112쪽.

9) Richard Rutt, *Paegun Sosol*, p.4.
　It is impossibe to be sure who compiled Pageun sosol and when…It appears highly unlikely piled Paegun sosol…A convincing reconstruction of the genesis of Paegun sosol is that at some time after Yi Kyubo's death, when Tongguk Yi Sangguk chip had become a rare book and poetry critism was a recognized literary genre, some scholar who had memorized parts of the chip wrote out what he could remember of the essays in poetry criticism included in it.

이와 같이 Rutt 씨는 비교적 자상하고 보다 구체적으로『백운소설』의 찬자를 이규보가 아닐 것이라는 것을 밝히고 있다.

이후 유재영 씨는『백운소설』을 번역·주석하는 가운데『백운소설』의 實文에 삽입된 이규보의 후대 문헌을 중심으로『백운소설』의 찬자가 이규보가 아닐 것이라는 추견을 내세우고 있다.10)

필자는 이번 대학원에서 수행된『백운소설』의 강의에서『백운소설』과『동국이상국집』과를 정밀하게 對讀할 기회를 가졌다. 필자는 이를 바탕으로 하여『백운소설』의 연구에서 이미 이루어놓은 前人의 업적을 토대로 하여 곁들여, 홍만종의『시화총림』에 삽입된 범례의 문제 내지는『백운소설』에 삽입된 홍만종의『소화시평』의 實文, 그리고 이규보의 후대 문헌들을 열거하여,『백운소설』의 찬자는 이규보가 아닌 다른 후대인으로 보고, 아울러 그 후대인이란 바로 홍만종 자신일 것이라는 추견을 내세우고자 한다.

이들을 거론하는 순서는 첫째,『백운소설』에 삽입된 이규보의 후대 문헌을 들고 나서, 둘째『백운소설』과『동국이상국집』과의 출입을 살피고, 셋째『백운소설』을 내포하고 있는 홍만종의『시화총림』의 범례를 살핌과 아울러『백운소설』에 출현하는『소화시평』의 문제를 논술해 보기로 한다. 본론에서 주로 사용되는『동국이상국집』의 텍스트는 동국문화사의 간행본을,『시화총림』 텍스트는 가람본을 사용하기로 하겠다.

---

10) 유재영,『백운소설 연구』, 원광대 출판국, 1979, 5~9쪽.

2. 이규보의 후대 문헌의 출현

이규보의 후대 문헌이 『백운소설』에 삽입되었음을 확적하게 드러내는 증거자료는 『요산당외기』와 『당음유향』이다.

『요산당외기』는 『백운소설』의 첫 항[11]에 다음과 같이 출현하고 있다.

> 我東方 自殷太師東封 文獻始起 而中間作者 世遠不可聞 堯山堂外記備記乙支文德事 且載其遺隋將于仲文五言四句詩 曰神策究天文 妙算窮地理 戰勝功旣高 知足願云止 句法奇古 無綺麗雕飾之習 豈後世委靡者 所可企及哉 按乙支文德 高句麗大臣也[12]

위의 첫 항은 『동국이상국집』에 전연 출현치 않을 뿐 아니라, 『요산당외기』는 明朝人 蔣一葵의 찬술서이다.

> 堯山堂外記一百卷 浙江鮑士恭家藏本 明蔣一葵撰 一葵字仲舒 常州人 堯山其讀書堂名也 是書取記傳 所載軼聞瑣事 擇其稍僻者 輯爲一編 上起古初 下迄明代 每代俱以人名標目 雅俗並列 眞僞並列 殊乏簡汰之功 至以明諸帝分編入 各卷之中 尤非體例矣[13]

그러나 차주환 씨는 일찍이 『백운소설』을 번역하는 과정에서 『요산당외기』를 이규보 당대의 문헌으로 추측하고[14] 있는 바와 같이 동명이서일 가능성이 전연 없는 것은 아니다. 그렇지만 필자는 근자에 『요산

---

11) 『백운소설』의 항목을 나누는데 이설이 있으나 필자는 통설대로 31항으로 나누겠다.
12) 『시화총림』, 아세아문화사, 1973, 10~11쪽.
13) 『흠정사고전서총목』, 권132, 子部, 雜家類, 存目 九.
14) 차주환 역, 『시화와 만록: 한국고전문학대계 19』, 민중서관, 1966, 4쪽.

당외기』의 實本을 구독하였는데 거기엔『백운소설』에 삽입된『요산당
외기』의 주변 이야기와 같이 을지문덕의 <與隋將于仲文詩>가 삽입
되어 있음으로써『백운소설』의『요산당외기』는 분명히 명대 장일규의
것임을 확인할 수 있었다.

> 乙支文德 高麗人
> 于仲文從煬帝征遼東 高麗出兵掩襲車重 仲文廻擊大破之 至鴨綠
> 水 高麗將乙支文德詐降 仲文捨之 旣去尋悔旋騎之 文德貽詩曰 神策
> 究天文 妙算窮地理 戰勝功旣高知足願云止[15]

위의『요산당외기』는 위와 같이 을지문덕의 <與隋將于仲文詩>가
삽입되어 있을 뿐 아니라 본서의 서문에는 그 찬자 장일규가 직접 쓴
『요산당외기』의 전말이 있음으로써, 이는 말하자면 장일규가 찬한 그
경위를 알 수 있게 할 뿐 아니라, 현재『중국인명사서』에는 장일규가
명대인으로 되어 있을 뿐 명대 어느 때의 사람인지 알 수 없었는데 본
서가 萬曆 연간 甲午年[16](神宗 22년, 1594)에 이루어졌음을 알 수 있게
하고, 아울러 장일규의 생평을 적이 규지케 하는 중요한 기록이다. 그
러므로『백운소설』에 삽입된『요산당외기』는 이규보의 생평에서 무려
300여 년의 시간적 간격이 있는 후대 문헌임을 확적하게 알 수 있다.
다음『당음유향』은『백운소설』제3항에 출현한다.

> 崔致遠孤雲有破天荒之大功故東方學者 皆以爲宗 其所著琵琶行一
> 首 載於唐音遺響 而錄以無名氏 後之疑信未定 或以洞庭月落孤雲歸

---

15)『요산당외기』, 고려대 중앙도서관 소장, 권21.
16) 是甲午前事云…是歲秋九月 石原居士蔣仲舒書於天界寺中.

之句 證爲致遠之作 然亦未可以此爲斷案[17] (下略)

위의 『당음유향』은 元代 양사홍의 편으로 『당음』의 일부이다. 『당음』은 始音 일 권, 正音 육 권, 遺響 칠 권의 삼부로 構卷되어 있다.[18] 그리고 『당음』의 편자 양사홍은 원나라 襄城人으로서 臨江에 우거하면서 학문을 좋아하고 글을 잘 짓고 더욱이 시에 뛰어났고, 당시를 가려 뽑아 이름 하여 『당음』이라 하였는데 10년의 공을 이루었다고 한다.[19]

그러나 『백운소설』에 삽입된 『당음유향』도 원대 양사홍의 것과는 달리 혹시 이규보 당대의 동명이서일 가능성도 없지 않아 있으나, 실제로 양사홍의 『당음유향』에 『백운소설』에서와 같이 최치원의 <비파행> 일 수가 삽입되어 있어 『백운소설』의 『당음유향』은 양사홍의 것임을 분명히 확인할 수 있다.

粉胸繡臆誰家女　香撥星星共春語
七盤嶺上走鸞鈴　十二峰頭弄雲雨
千悲萬恨四五弦　弦中甲馬聲騈闐
山僧撲破琉璃鉢　壯士擊折珊瑚鞭
珊瑚鞭折聲交戛　玉娥夐踏春永裂
滿坐紅粧盡淚重　望鄉之客不勝悲
曲經調絶忽飛去　洞庭月落孤雲歸[20]

---

17) 『시화총림』, 11~12쪽.

18) 『흠정사고전서총목』, 券一百八十八, 集部, 總集類 三.

19) 楊士弘 元 襄城人 晚臨江 好學善屬文 尤工詩 當選唐人詩名曰唐音 積十年之力而成…(『中國人名大辭典』, 臺灣商務印書館).

20) 『당음유향』, 券之七.

위에 언급된 이규보의 후대 문헌인 『요산당외기』와 『당음유향』이 『백운소설』에 출현한다는 것은 『백운소설』로 하여금 통설대로 이규보가 찬한 것과는 달리, 후대인에 의해 이루어졌다는 것을 확증케 하는 결정적인 요인이 될 것이다.

3. 『백운소설』과 『동국이상국집』의 출입

『백운소설』과 『동국이상국집』과의 출입은 모든 항에 해당된다. 『백운소설』의 제1항, 제2항, 제3항, 제5항, 제6항, 제7항 등 6항의 내용이 전연 『동국이상국집』에 보이지 않고 있으며, 나머지 25항은 모두 『동국이상국집』에 보이는데, 다 『백운소설』의 것과 『동국이상국집』의 것이 서로 출입이 있으나 거의가 『백운소설』의 것이 『동국이상국집』의 것에 비해 산략되어 있다. 그러나 여기에서는 『백운소설』이 이규보의 찬이 아님을 논증하는데 있느니 만큼, 이를 증명하는 한도 내에서 그 출입의 문제를 살펴보기로 한다.

1) 오세재의 호칭문제

오세재는 이규보에 비해 연륜상으로 30여 년의 차이가 있지만, 그는 이규보의 재능을 사랑하여 망년의 벗으로 삼았다. 뿐만 아니라 이규보도 오세재를 존경하여 그를 아끼던 나머지, 그가 죽고 나자 따로 哀詞를 써서 그를 애도하였다.[21]

『백운소설』엔 오세재에 대한 문항이 제8항과 제9항 두 곳에 나타나

---

21) 『동국이상국집』, 卷三十七, 吳先生德全哀詞 幷序.

있다. 제8항엔 오세재의 시가 遒邁勁俊하여 인구에 회자됨이 많고, 작시에 있어서 强韻을 쓰는 법이 없으며, 그의 시 <題戟岩>은 北朝 시인이 고려에 와서 이를 듣고 재삼 탄미하였다고 한다. 그런데 『동국이상국집』의 호칭을 표현하는 어투가 『동국이상국집』의 것에 비해 오세재를 "吳題曰" 등 비하된 것이 보인다.

> 濮陽吳世才德全 爲詩遒邁勁俊 其詩之膾炙人口者 不爲不多 而未
> 見其能押强韻 及登北山欲題戟岩 使人呼韻 其人故以險韻呼之 吳題
> 曰 北嶺石巉巉 邦人號戟巖 迥揷乘鶴晋 高刺上天咸 揉柄電爲火 洗
> 鋒霜是監 何當作兵器 亡楚却存凡……(下略)[22]

위 제8항은 『동국이상국집』 卷二十一 <吳德全戟巖詩跋尾>를 전재해 놓은 것인데, 그 실문은 다음과 같다.

> 吳德全爲詩遒邁勁俊 其詩之膾炙人口者 不爲不多 然未見其能押
> 强韻 儼若天成者 及於北山 欲題戟巖 則使人占韻 其人故以險韻占之
> 先生題曰 北嶺石巉巉 邦人號戟巖 迥揷乘鶴晋 高刺上天咸 揉柄電爲
> 火 洗鋒霜是監 何當作兵器 敗楚亦亡凡……(下略)

위의 양자를 비교해 보면, 문자의 출입이 약간 있고, 또한 전자의 것이 후자에 비해 刪去된 것이 보이나, 중요한 문제는 『동국이상국집』의 "先生題曰"의 존대 표시가 『백운소설』엔 "吳題曰"로 비하 표시된데 있다. 전게한 바와 같이 이규보는 오세재를 존경하여 마지않았다. 오세재에 대한 애사를 보면 이규보가 오세재를 얼마나 존경하였는지

---

22) 『시화총림』, 15~16쪽.

를 능히 짐작할 수 있다. 그러므로『동국이상국집』의 "先生題曰"은 그대로 이규보의 오세재에 대한 존대 표시로 자연스러우나, 『백운소설』에 이것이 "吳題曰"로 비하 표시된 것은 이규보와 오세재의 사이를 두고 볼 때, 理에 어긋난 표시이다. 그러므로『백운소설』의 본 항은 이규보의 자찬이 아니라, 제삼자에 의해 개작된 것임을 추측케 한다.

2) 〈병중작〉의 자해시에 대하여

이규보는 그의 만년에 특히 白樂天의 詩境에 심취하였을 뿐 아니라, 백낙천의 만년 생활과 자기의 심정이 暗合됨을 보고 더욱 백낙천의 시경에 몰두하였다고 한다. 거기서 백낙천의 〈병중작〉에 차운한 것이 무려 15수를 헤아리게 된다.

『백운소설』의 제12항은 바로 이규보의 백낙천에 대한 그의 詩境이 심취된 장면으로, 이는『동국이상국집』의 〈次韻和白樂天病中十五首 幷序〉를 전재해 놓은 것이다. 본 항에 있어서도『백운소설』는『동국이상국집』의 것에 비해 문자의 출입, 약간의 刪去 등이 보이지만, 문맥상 문리가 통하지 않는다든가 하는 오문은 없다 하더라도, 양자의 중요한 차이는 백낙천의 病中自解詩에 차운한 이규보의 自解詩에 있다. 우선『백운소설』의 本面을 들어 보면 다음과 같다.

因和病中十五首 以紓其情 其自解曰 老境忘懷履坦夷 樂天可作我之師 雖然未及才超世 偶爾相侔病嗜詩 較得當年身退日 類余今歲乞骸時 落句缺[23]

---

23)『시화총림』, 21쪽.

위에 보면 病中自解詩가 칠언 육구로 되어 있고, 위의 방점 부분에서와 같이 "落句缺"로 되어 있음이 주목된다. 위의 自解詩는 분명 칠언 육구로 되어 있는데, 轉載者는 이를 칠언 율시로 보고 尾聯 二句가 빠진 것으로 오인하여 "落句缺"이라 添尾해 놓은 것이다. 그러나 본면의 원문인 『동국이상국집』의 것을 들어 보기로 하자.

自解順和
老境忘懷履坦夷 樂天可作我爲師 雖然未及才超世 偶爾相侔病嗜詩 較得當年身退日 類予今歲乞骸時[24]

위와 같이 이규보의 病中自解詩가 『동국이상국집』엔 분명히 칠언 육구로 되어 있을 뿐, 『백운소설』에서와 같이 "落句缺"은 보이지 않는다. 그러므로 이규보의 病中自解詩는 원래 칠언 육구로 되어 있음을 분명하게 확인할 수 있다. 이는 이규보가 차운한 백낙천의 自解詩가 칠언 육구로 되어 있으므로 보아[25] 더욱 밑받침된다. 거기서 『백운소설』의 본 항은 이규보가 아닌 후대인이 『동국이상국집』를 보고 잘못 전재해 놓았다는 것을 확인케 하는 중요한 항목이다.

3) 구양백호의 호칭 문제

『동국이상국집』에 의하면, 歐陽白虎는 자칭 歐陽修의 11세손이라 하며 또한 당대 저명한 시인으로서 뿐만 아니라, 한 사신으로서 고려

---

24) 『동국이상국집』, 後集 권2 古律詩.
25) 自解 房傳往世爲禪客 王道前生應畫師 我亦定中觀宿命 多生債負是歌詩 不然何故 狂吟詠 病後多於病時 (『白香山詩後集』, 十六, 臺灣中華書局).

에 이따금 온 것으로 나타나 있다. 거기서 이규보와도 친분이 두터웠던 것이다.『백운소설』엔 歐陽白虎가 제10항, 제16항 등 두 곳에 등장한다.

제10항엔 이규보가 같은 연배들과 通濟寺에 가는 길에 즉흥적으로 口唱한 시구가 중국에까지 전파되어 중국의 사대부들이 애독함은 물론, 그들이 畵簇까지 만들어 걸어놓고 있다는 것을 구양백호로부터 전해 듣고 이규보가 분외에 넘쳐 경탄하는 장면이요, 또 하나는 제16항에 宋朝 祖播禪子가 구양백호가 東來하는 길에 고려 空空上人에게 선물을 전하는 장면에 출현하는, 이규보가 구양백호의 詩名을 듣고 私淑하였다는 장면 등이다.

구양백호와 이규보의 사이는 현존한 문헌으로는 더 자상한 것을 상고할 수 없으나, 다만 전거한『백운소설』의 2항을 중심으로『동국이상국집』에 나타난 것을 보면, 이규보는 구양백호가 구양수의 십일세손일 뿐 아니라, 시명이 있어 그를 상당히 존대한 것으로 나타나 있다.

즉,『백운소설』의 제16항에 이규보가 구양백호의 시명을 듣고 또한 渴仰한 나머지 이에 일수 시로 화답하는 장면,

又聞歐陽君詩名 亦復渴仰 因和二首詩云 (中略) 邈從千里渡滄瀛 詩韻猶含山水淸　可喜醉翁流遠派(自言永叔十一世孫)　尙敎吾輩館香名 俊宵玉樹高千才 瑞世金芝擢九莖 早挹英風難覿面 何時親聽咳餘聲[26]

는 이의 원문인『동국이상국집』와 별반 차이가 없다. 위에서 보면, 이규보가 그를 얼마나 존대하였는가를 여실히 알 수 있다. 더욱이 구양

---

26)『시화총림』, 23쪽.

백호에 대한 和詩에 더욱 존앙한 심정이 자자구구에 잘 나타나 있다.

그렇지만 『백운소설』 제10항엔 구양백호에 대한 호칭이 존대의 뜻을 벗어나 약간 卑稱으로 표시되어 있다.

> 昔者歐陽伯虎訪余 有坐客言及此詩 因問之曰 相國此詩傳播大國
> 信乎 歐遽對曰 不唯傳播 皆作畫簇看之 客稍疑之 歐曰 若爾余明年
> 還國 可賫其畫及此詩全本 來以示也 噫果若此言 則此實非分之言 非
> 所敢當也 次前所寄絶句贈歐曰 漸愧區區一首詩 一觀猶足又圖爲 雖
> 知中國曾無外 無乃明公或有欺[27)]

위와 같이 구양백호는 "歐陽伯虎" 혹은 "歐曰"에서와 같이 전개한 "歐陽君"의 호칭과는 달리 속칭으로 이루어져 있다.

그러나 본 항의 원문인 『동국이상국집』엔,

> 昔者足下訪予 有坐客言及此詩 因問之曰 相國此詩傳播乃國信乎
> 君遽對曰 不唯傳播 皆作畫簇看之 客稍疑之 君曰 若爾予明年還國
> 可賫其畫及此詩全本 來以示也 噫果若子之言 則此實非分之言 非所
> 敢當也 雖然義不可虛受 且欲備東還時 儻記吾詩 不忘向之二段事 以
> 是次前所寄絶句 最後一編韻寄之 其必以此者 此詩本起於 因君之求
> 予詩所作也 今之所贈亦頗相類 然爾惶恐云云 漸愧區區一首詩 一觀
> 猶足又圖爲 雖知中國曾無外 過自爲辭恐或欺 此邦猶少愛予詩 中國
> 何人肯許爲 更作畫圖雖似誕 觀君惇信不應欺[28)]

---

27) 『시화총림』, 17~18쪽.
28) 『동국이상국집』, 後集 권4, 古律詩.

의 방점 부분에서와 같이 "足下", "君", "子" 등의 존칭으로 표시되어 있다. 이로써 보면『동국이상국집』의 본 면은 이규보와 구양백호와의 교분관계가 여실히 나타나 있음에도 불구하고, 본 면이『백운소설』엔 이들 양인의 교분 관계가 무시되고 다만 제삼자의 입장에서 씌어졌을 뿐이다.

뿐만 아니라『동국이상국집』의 下略 부분은『백운소설』에 전연 刪除되고 대신 밑도 끝도 없이 "次前所寄絶句贈歐曰"로 삽입되어 위의『동국이상국집』의 원문 없이는 문맥이 잘 연결되지 않는다. 그러므로『백운소설』의 본 항은 후대인에 의해 서투르게 전재된 것으로 추측된다.

4) 〈서백사주노돈유사〉의 문제

서백사 주노 돈유사는『동국이상국집』에 의할 것 같으면, 이규보와 더불어 궁정에서 함께 있었을 뿐 아니라, 이규보는 돈유사를 매우 존앙하였고, 대신 돈유사는 이규보의 시, 특히 走筆詩를 매우 좋아하였다고 한다.

『백운소설』의 제19항은 두 사람 사이의 돈독한 우정 관계를 잘 알려주고 있는 장이며, 또한『백운소설』의 본 항은『동국이상국집』에 비해 너무나 刪除가 심한데다가, 詩題와 주를 마구 섞어 본문으로 처리해 놓았기 때문에, 이를 원문과 대독치 않고서는 무슨 뜻인지 문맥이 잘 연결되지 않는다.

酉伯寺住老敦裕師 見寄二首 使者至門 督促走筆和寄云 不是皇恩 雨露踈 烟霞高想自居幽 須知紫闥催徵召 休戀靑山久滯留 遁世眞人

甘屛跡 趨時新進競昂頭 象王他日來騰踏 孤鼠餘腥掃地收 莫怪長安
鯉信疎 俗音那到水雲幽 巖堂烟月栖身穩 京輦風塵戀祿留 道韻想君
氷入骨 宦遊憐我雪蒙頭 掛冠何日攀高躅 六尺殘骸老可收 又別成一
首 謝惠燭曰 東海孤雲十世孫 文章猶有祖風存(崔致遠十世孫 致遠字
孤雲) 兩條金燭兼詩貺 詩足淸心燭破昏 師答書曰 余恐煙沒無傳 今
上板釘于壁上 以壽其傳云[29]

윗글 가운데 방점 부분 "西伯寺住老敦裕師見寄二首 使者至門督促
走筆和寄云"은 무슨 뜻인지 문맥이 잘 연결되지 않는다. 이 같은 문맥
의 혼란은 원문인 『동국이상국집』의 제목인 <次韻和西伯寺住老敦裕
師見寄二首>와 그 小註 <使者立門督促走筆和寄>에서 "次韻和"를
제거시키고 시제와 소주를 멋대로 문장화해 놓았기 때문이다. 『동국이
상국집』의 본 면을 제시하면 다음과 같다.[30]

---

29) 『시화총림』, 24~25쪽.
30) 『동국이상국집』, 권17, 古律詩.

뿐만 아니라, 원문의 "又別成一首謝惠燭"의 題下에 謝惠詩가 삽입
되고 나서, 다시 "裕公以此三首上板因有序寄之幷附"의 제하에 기나
긴 이규보에 대한 주필시의 과정이 『백운소설』엔 다만 "又別成一首
謝惠燭曰…(中略)以壽其傳云"으로 축소되어 있기 때문에 원문의 줄
거리만 무질서하게 전해질 뿐이다.

『백운소설』의 본 항은 이규보 아닌 후대인이 『동국이상국집』를 불
성실하게 축소해 놓은 것이라고 추측된다.

5) 〈남행월일기〉의 문제

〈남행월일기〉는 이규보가 31세 때 처음으로 관직을 얻어 邊山에
斫木使로 부임하는 여러 가지 경위가 씌어 있는 일종의 기행문의 성격
을 띤다.

『백운소설』 제24항은 바로 이규보가 변산에 작목사로 부임하여 그
곳에서 일어나는 여러 가지 과정을 발췌하여 놓은 것이다. 『백운소설』

의 본 항은 원문인『동국이상국집』의 내용에 비추어 볼 때, 무리한 산략으로 문장이 연결되지 않고 있을 뿐 아니라, 기나긴 장면이 그대로 산거되어 있다. 우선『백운소설』의 본 항을 들어보기로 하자.

> 余奉朝勅 課伐木於邊山 以其常督伐木 故呼余曰 斫木使 余於路上戲作詩曰 權在擁軍榮可詫 官呼斫木辱堪知 以類於擔夫樵者之事故也 初入邊山 層峰複峀 昂伏屈展旁俯大海 海中有群山蝟島 皆朝夕所可至 海人云得便風去中國 亦不遠也[31]

위의 강조점 부분에서와 같이 海中에는 "群山蝟島"가 있는데 다 조석이면 가히 이를 수 있는 근거리라는 것이다.

위와 같이 해중의 섬이 "군산위도"로 되어 있는데 이를 주석자들이 여러 산과 여러 섬으로 잘못 풀어 놓을 만큼 애매한 어구로 되어 있다.[32]

그러나 원문인『동국이상국집』를 보면

> 十二月奉朝勅 課伐木邊山 邊山者國之材府 修營宮室 靡歲不採 然蔽牛之大 干霄之幹 常不竭矣 以其常督伐木 故呼予曰 斫木使 予於路上戲作詩曰 權在擁軍榮可詫 官呼斫木辱堪知 以類於擔夫樵者之事故也 正月壬辰 初入邊山 層峰複峀 昂伏屈展 其首尾所指 跟肘所極 不知幾許里也 旁俯大海 海中有群山島 猬島鳩島 皆朝夕所可至 海

---

31) 『시화총림』, 28쪽.

32) 여러 산과 다닥다닥 모여 있는 섬들이 있는데 조석으로 갈 수 있는 곳이다.(차주환 역, 『시화와 만록: 한국고전문학대계 19』, 민중서관, 1966, 30쪽.)

There are mountains islands out in the ocean, like Hedgehag Island, which can sale to China and it is not far-Paegun Sosol (Transactions of the Royal Asiatic Society: *Korea Branch* Vol.52, 1977) p.25.

　　人云得便風 直若激箭 則其去中國 亦不遠矣[33]

라 되어 있는데 위의 강조점 부분에 보면『백운소설』과는 달리 群山島・猬島・鳩島 등 세 섬으로 되어 있다.『동국여지승람』에 의하면, 군산도[34]는 全北 沃溝郡 米面에 속한 섬이며, 위도와[35] 구도[36]는 모두 全北 扶安郡에 딸린 섬이다.

　　이로 보면『백운소설』의 본 항의 군산위도는『동국이상국집』의 군산도・위도・구도의 오기로 사실상 번역문의 혼잡을 가져온 바와 같이 이는 결국 컨텍스트가 연결되지 않는 오문이다.

　　더구나『동국이상국집』의

　　　　山中尤多栗 一方之人 歲相資以爲食焉 行若千里有美箭植 植立如麻 僅數百步 皆以樊籬障之 絶竹林 直下始得平路 行至一懸曰 保安者也 方潮汐之來 雖平路 忽漫然爲江海 故候潮之進退 以爲行期 予始行也 潮方來 尙去人五十許步 於是促鞭馳馬欲先焉 從者愕然急止之 予不聽 猶馳之 俄而崩奔蹴踏而至 其勢若萬軍倍道趨來 穹豊然甚可畏也 予懍然急走 登山而後 僅得免焉 然亦能追及而蕩馬腹也 其或蒼波翠巘 隱見 出沒陰晴昏旦每各異狀 雲霞綵翠浮動乎 其上縹緲如萬疊畵屏 擧目眺賞 恨不與二三子之能詩者 齊譽而同吟也 然萬景觸惱 使人情張

---

33)『동국이상국집』, 권23, 記.

34) 群山島: 在縣西海中周六十里 有漁可以藏船 凡漕運往來者 皆候風于此 島中有大塚 如君王陵者 近世有隣邑守令 發其塚多得金銀器 爲人所告而逃 大明一統志 十二蜂 運絡如城 舊有客館 曰郡山亭 又有五龍廟(『신증동국여지승람』, 권34, 萬頃縣, 山川).

35) 猬島: 在縣西海中周六十里 有漁深 薛文過 送崔咸一侍偏流猬島詩(『신증동국여지승람』, 권34, 萬頃縣, 山川).

36) 鳩島: 在縣西海中 周六十里 (『신증동국여지승람』, 권34, 扶安縣, 山川).

王初不思爲詩 不覺率然自作也 嘗過主史浦 明月出嶺 晃映沙渚 意思
殊蕭洒 放彎不驅 前望蒼海 沈吟良久 馭者怪之 得詩一首云云[37]

에서 위의 강조점 부분이 『백운소설』엔 모두 생략되고 다만,

嘗過主史浦 明月出嶺 晃映沙渚 意思殊蕭洒 放彎不驅 前望滄海
沈吟良久 馭者怪之 得詩一首……余初不思爲詩 不覺率然自作也[38]

와 같이 짤막한 내용이 뼈다귀만 앙상하게 전재되어 있을 뿐이다.

6) 〈논시중미지략언〉의 구성

『동국이상국집』의 〈논시중미지약언〉은 이규보의 시론의 일종으로
그 구성은 시의 意氣論・文體論・詩病論의 순위에 따라 엮어져 있
다.[39] 그러나 『백운소설』엔 이들이 제25항의 문체론, 제26항의 의기론,
제27항의 문체론, 제28항의 시병론 등 네 항목으로 엮어져 있다.[40] 다
시 말하면, 『동국이상국집』의 문체론이 『백운소설』에 九不宜體論 및
體格論 등으로 갈라져 있거니와, 그것도 구불의체론과 체격론 사이에
의기론이 삽입되고 나서 갈라져 있다는 것이다. 이는 결과적으로 『동
국이상국집』의 의기론・문체론・시병론 등의 올바른 순위가 『백운소
설』에 무질서하게 갈라져, 말하자면 이는 시론의 체재상 큰 모순이 아
닐 수 없다.

---

37) 『동국이상국집』, 권23, 記.
38) 『시화총림』, 28쪽.
39) 『동국이상국집』, 권22, 論詩中微旨略言.
40) 『시화총림』, 28~30쪽.

그러므로 『백운소설』의 본 항은 이규보에 의해 이루어진 것이 아니라, 후대인의 서투른 솜씨가 개재되었다는 것을 추측케 한다.

7) 〈위심희작시〉의 문제

『백운소설』의 최후의 항목인 제31항은 인생사의 뜻에 어긋난 〈違心詩〉로 이루어져 있다. 이는 일종의 풍자시의 성격을 띤다. 이 〈위심시〉는 『동국이상국집』의 〈위심희작시〉[41]의 일자일획도 고침이 없이 그대로 인용된 것이다. 그러므로 『백운소설』의 본 항에 〈위심시〉가 삽입된 것은 『동국이상국집』의 것을 전제한 것이 틀림없다.

그러나 『백운소설』은 『동국이상국집』의 〈위심희작시〉를 중심으로

> 古人曰 天下不如意事 十常八九 人生處斯世 能愜意者幾何 余嘗有
> 違心詩十二句 其詩曰……大抵萬事之違於心者 類如是 小而一身之榮
> 悴苦樂 大而家國之安危治亂莫不違心 拙詩雖擧其小 其意實在於喩
> 大也[42]

의 시화와 다음과 같은 〈四快詩〉 및 시화가 삽입되어 있다.

> 世傳四快詩曰 大旱逢嘉雨 他鄉見故人 洞房花燭夜 金榜掛名辰 旱
> 餘雖逢雨 雨後又旱 他鄉見友 旋又作別 洞房花燭 安保其不生離 金
> 榜掛名 安知非憂患始也 此所以違心多 而愜心小也 可歎也已

---

41) 人間細事亦參差 動輒違心莫適宜 盛歲家貧妻尙侮 殘年祿厚妓將追 雨霖多是出遊日 天霽皆吾閑坐時 服飽輒食逢美肉 喉瘡忌飮遇深巵 儲珍賤售市高價 宿疾方痊隣有醫 碎小不諧猶類此 楊州駕鶴況堪期(『동국이상국』, 後集, 권1, 古律詩).

42) 『시화총림』, 31~32쪽.

그러나 『동국이상국집』에는 위에 열거한 <위심시>의 시화와 <사쾌시> 및 그 시화가 전연 보이지 않는다. 말하자면 『백운소설』의 본항은 『동국이상국집』의 <위심희작시>를 중심으로 이에 대한 시화의 삽입과 아울러 違心事에 반대되는 <사쾌시> 및 그 시화가 삽입된 것이며, 이는 후대인에 의해 이루어졌다고 생각된다.

『백운소설』의 본 항이 후대인에 의해 이루어졌다고 보아야 할 중요한 이유는 무엇보다도 <사쾌시>의 삽입에 있다. <사쾌시>는 전게한 바와 같이 이규보 내지 당대의 문헌엔 보이지 않고 있거니와, 조선조에 이르러 16세기에 魚叔權의 『패관잡기』에 비로소 등재되어 있다는 사실이다.

大明初有得意詩曰 久旱逢甘雨 他鄉遇故知 洞房花燭夜 金榜掛名時 好事者 續以失意詩曰 寡婦携兒泣 將軍被敵捨 失恩宮女面 下第舉人心 其悲喜之狀 不減於危語之妙也[43]

더구나 위와 같은 어숙권의 <得意詩>는 홍만종 자신이 엮은 『시화총림』 소재 『패관잡기』에도 그대로 전재되어 있다는 주목될 만한 사실이다.[44] 거기서 『백운소설』의 본 항에 삽입된 <사쾌시>는 이규보의 것으로 暗合시키기 위해 이를 참고하여 약간 자구를 고쳐[45] 놓은 것이

---

43) 『패관잡기』, 영신아카데미 한국학연구소 편, 『韓國學資料叢書 10』, 1976.

44) 大明初有得意詩曰 久旱逢其雨 他鄉遇故知 洞房花燭夜 金榜掛名時 (『시화총림』 55쪽).

45) 『백운소설』의 제31항에 삽입된 <사쾌시>와 어숙권의 <사희시>는 거의 꼭 같으나 다만 자구가 틀린 것은 다음과 같다.

　　四快詩: 大旱逢嘉雨 他鄉見故人 洞房花燭夜 金榜掛名辰
　　四喜詩: 久旱逢甘雨 他鄉遇故知 洞房花燭夜 金榜掛名時

아닌가 여겨진다. 물론 어숙권의 <득의시>가 李晬光(1563~1628)의
『지봉유설』에도 보이나[46] 홍만종의 『시화총림』 소재 『지봉유설』엔
<四喜詩>가 삽입되지 않은 것으로 보아 후대인의 눈에 뜨인 것은 어
숙권의 <득의시>일 가능성이 있다고 생각된다. 그러므로 여기서 후대
인이란 바로 홍만종 자신일 가능성이 있다. 이 문제는 따로 뒷면에서
후술될 것이다.

그러나 앞에서 언급한 바와 같이『백운소설』의 본 항에 삽입된 <득
의시>가 문헌상으로 이규보와 그 당대의 문헌엔 보이지 않고 어숙권
의『패관잡기』에 비로소 나타나 있는데, 어숙권은 이를 어디에서 전재
해 놓았느냐가 문제이다. 혹시 중국에서 온 것인지 아니면 한국 재래의
문헌에서 온 것인지 궁금한 일이나, 안정복(1819~1891)의『순암집』에
다음과 같이 기록이 보인다.

> 魚叔權稗官雜記 有得意詩曰 久旱逢甘雨 他鄕見故知 洞房花燭夜
> 金榜掛名時 好事者 續以失意詩曰 寡婦携兒泣 將軍被敵擒 失恩宮女
> 面 下第擧人心 謂明初人作此 已見于容齋隨筆[47]

그러나 위의 강조점 부분에서와 같이 <득의시>가『용재수필』에 보
인다고 했는데『용재수필』이 누구의 것인지 궁금하다. 여기서『용재수
필』은 혹시 李荇(1478~1534)의 아호 容齋를 좇아 이행의 것으로 추측
할 수 있는데 오늘날 이행의『용재수필』은 보이지 않는다. 혹시 이는
宋 洪邁(1123~1202)의『용재수필』이 아닌가 추측할 수 있는데, 홍매

---

46) 明人四喜作詩曰 久旱逢甘雨 他鄕遇故知 洞房花燭夜 金榜掛名時(『지봉유설』, 권
   12).
47)『순암집』, 권13. (성균관대 대동문화연구원, 1970)

의 『용재수필』에도 <득의시>가 보이지 않는다. 그렇지만 위의 『순암집』에도 "明初人作"이라 되어 있고, 또 전게한 바 있는 어숙권의 『패관잡기』나 이수광의 『지봉유설』에도 역시 "大明初" 혹은 "明人作"이라되어 있는 것으로 보아 현존한 <득의시>는 아무리 이르게 보더라도明初 이전으로는 더 소급하지 못할 것이다. 그러므로 『백운소설』의 본항은 시간적으로 이규보보다 200여 년의 후작이란 간격이 있게 된다.

이상과 같이 『백운소설』을 『동국이상국집』과 비교하여 주로 『백운소설』이 이규보가 찬한 것이 아니라는 논리를 추출해 내기 위해 그 출입의 문제를 7개 항목으로 나누어 살폈다.

4. 『백운소설』의 찬자는 홍만종일 가능성

위에서 『백운소설』의 제1항과 제3항에 삽입된 후대 문헌인 『요산당외기』와 『당음유향』 그리고 제12항의 백낙천의 病中自解詩에 차운한이규보의 自解詩 칠언 육구를 율시로 착각하여 "落句缺"을 첨가한것 등은 『백운소설』이 이규보에 의해 이루어진 것이 아니라, 후대인에의해 이루어졌다는 것을 단적으로 확증시켜 주는 중요한 자료가 된다고 본다. 아울러 『백운소설』과 『동국이상국집』의 출입에서 살펴진 오세재·구양백호의 호칭문제, "西伯寺住老敦裕師"·"南行月日記"에나타난 문맥의 불비 및 컨텍스트의 불일치, 또 "時論中微言略語"의 구성상의 모순, 그리고 <위심희작시>를 중심으로 삽입된 <사쾌시>와그 시화 등은 『백운소설』이 이규보에 의해 이루어진 것이 아니라, 후대인에 의해 이루어졌다는 것을 간접적으로 증거해 주는 자료가 될 것이다.

그러면『백운소설』이 이규보가 자찬하였다고 볼 수 없는 위와 같은 엄연한 자료가 있음에도 불구하고『백운소설』이 이규보에 의해 이루어졌다고 보는 이유는 어디에 있을까.

『백운소설』이 이규보에 의해 이루어졌다고 보는 최초의 문헌은 전게한 바대로 홍만종이 엮은『시화총림』에 보인다. 즉, 홍만종이 그의 『시화총림』을 엮을 때, 이를 연대순으로 엮으면서『백운소설』은 그 첫머리에 넣고 거기다가 "이규보 찬"이라 달아 놓았다는 것이다. 이것이 말하자면,『백운소설』의 찬자를 우선하여 이규보로 보는 첫째 조건이다. 그러나 주지된 사실이지만, 이규보 자신이『백운소설』을 엮었다고 自述한 적도 없고, 또 당대문헌인『破閑集』·『補閑集』·『櫟翁稗說』 등에도『백운소설』에 대한 언급이 전혀 없다. 또한 종래의 시나 시화류를 총집대성 하였다고 볼 수 있는 서거정의『동인시화』에도『백운소설』이란 명칭이 보이지도 않으려니와 이규보가『백운소설』을 찬했다는 방증도 전혀 찾아지지 않는다. 서거정 이후 홍만종 이전까지의 문헌에도『백운소설』의 찬자 문제는 고사하고라도『백운소설』의 존재가 어떠했는지 전혀 언급이 없다. 다만, 전게한 바와 같이 홍만종의 『시화총림』에서 비로소 언급되었고, 그 후 任廉(1779~1848)의『暘芭談苑』[48]에 다시『백운소설』이 그 첫 시화로 출현하는 동시에 또한 관례에 따라 "이규보 찬"으로 되어 있을 뿐이다.

그러면 위와 같이『백운소설』은 이규보에 의해 이루어진 것이 아니

---

48) 임염의『양파담원』에도『시화총림』의 "범례"가 꼭 같이 전재되어 있다. 그러므로 임염이『양파담원』을 엮고 "범례"를 쓸 때 이를 독창적인 견지에서 쓴 것이 아니라『시화총림』의 "범례"를 거의 그대로 베껴 놓은 것이다.

라 후대인에 의해 이루어진 것인데, 그 후대인은 과연 누구일까. 여기서 후대인은 그의 『시화총림』을 엮고 거기에다가 『백운소설』을 삽입시킨 홍만종 자신일 것이라고 가정하고 이를 살펴보기로 하겠다.

홍만종의 『시화총림』의 "범례"를 정밀히 검토할 것 같으면, 몇 가지 의문점이 발견된다. 홍만종은 그의 "범례"에서 『시화총림』을 엮는 대전제를 다음과 같이 들었다.

> 如破閑集補閑集東人詩話 專是詩話 當以全書看閱 故玆不抄錄 如櫟翁稗說 於于野談等十餘書 乃記事之書而間有詩話 故今只拈出詩話 別作一編 以備吟玩[49]

위의 범례는 『백운소설』을 중심으로 살펴보면, 두 가지 중요한 사실을 추출할 수 있다. 하나는 李仁老(1152~1220)의 『파한집』, 崔滋(1188~1260)의 『보한집』 및 徐居正(1420~1488)의 『동인시화』 등은 오로지 시화로 이루어진 것이기 때문에, 그의 『시화총림』에 편입시키지 않았다는 것, 다른 하나는 李齊賢(1287~1367)의 『역옹패설』과 柳夢寅(1559~1623)의 『於于野談』 등 10여 가지는 하나의 記事書이지만, 사이사이에 시화가 들어 있으므로 그 시화만을 뽑아 편입시켰다는 것 등이다.

이로 보면, 『백운소설』는 분명히 오로지 시화만으로 이루어진 것이 아니라, 『역옹패설』이나 『어우야담』 류와 같이 기사서로 보아야 하며, 『시화총림』에 記事·雜事·逸事 등 雜譚으로 이루어진 보다 많은 분량이 있는 서책으로 보아야 할 것이다. 이런 논리로 보면, 『시화총림』

---

49) 『시화총림』, 9쪽.

에 편입된 『백운소설』은 抄本과는 달리, 두터운 實本이라도 있어야 할 터인데, 실본은 커녕, 전게한 바와 같이 『백운소설』에 대한 일언반구라도 기록된 문헌은 『시화총림』 외엔 찾아볼 길이 없다.

그러면 위의 "범례"에서 『백운소설』과 같이 초록되어 있는 『역옹패설』·『어우야담』에 대해서는 언급이 있으면서도 왜 『백운소설』에 대해선 언급이 없을까, 다시 말하면 『백운소설』이 연대순으로 제일 먼저 이루어진 시화로서, 또는 홍만종 자신이 『시화총림』의 첫 항에 편입시키기까지 하면서도 왜 『백운소설』에 대해서 언급을 피하였을까. 이것이 궁금한 일이다. 이는 결국 이규보가 그의 당대 뿐 아니라, 조선 초 내지 홍만종 당대에도 시문학의 거성으로 꼽혀, 이규보의 시화를 그의 『시화총림』에 첫 장으로 넣어서 그의 『시화총림』으로 하여금 權威書로 만들어 놓아야 할 터인데, 막상 이규보의 시화는 없고 해서, 임시방편으로 『동국이상국집』을 텍스트로 하여 간추려서 거기에다가 이규보의 아호를 붙여 "백운소설"이라 만들어 놓지 않았는가 하는 것이다.

오늘날 『백운소설』과 그 텍스트의 역할을 한 『동국이상국집』을 대조해 보면, 『동국이상국집』 외에도, 다른 문헌이 참고된 것을 알 수 있다. 중국의 문헌으로는 『요산당외기』와 『당음유향』이 참고가 된 것은 전게한 바 있거니와, 한국의 문헌으로도 서거정의 『동인시화』 및 『東文選』, 어숙권의 『패관잡기』 내지 이수광의 『지봉유설』 등이 다양하게 참고가 되었음을 엿볼 수 있다.

그러나 무엇보다도 『백운소설』의 찬자를 홍만종으로 보아야 할 또 하나의 이유는 『백운소설』에 전게한 이규보의 후대 문헌이 나타남과 동시에, 또한 홍만종 자신의 『小華詩評』[50]의 구절이 『백운소설』의 제5항, 6항, 7항 등에 이와 유사하게 출현하고 있는 사실이다.

첫째, 『백운소설』의 제5항을 『소화시평』과 비교하여 검토해 보기로
하자.

三韓自夏時始通中國 而文獻蔑蔑無聞 隋唐以來方有作者 如乙支
之貽詩隋將 羅主之獻頌唐帝 雖在簡冊 未免寂寥至崔致遠入唐登第
以文章名動海內 有詩一聯曰 崑崙東走五山碧 星宿北流一水黃 同年
顧雲曰 此句卽一興地志也 盖中國之五岳 皆祖於崑崙山 黃河發源於
星宿海 故云 其題潤州慈和寺詩一句云 畫角聲中朝暮浪 靑山影裏古
今人 學士朴仁範 題經州龍朔寺詩云 燈撼螢光明鳥道 梯回虹影落巖
扃 參政朴寅亮 題泗川龜山寺詩云 門前客棹洪波急 竹下僧 棋白日閑
我東之以詩鳴于中國 自三子始 文章之華國有如是夫[51]

我東之通中國 遠自檀君箕子而文獻盖蔑蔑 隋唐以來 始有作者 如
乙支文德之獻規仲文 新羅女王之織錦頌 功雖在簡冊 不足不垂 而至
于唐侍御史崔致遠文體大備　遂爲東方文學之祖……且如題興地圖一
聯 崑崙東走五山碧 星宿北流一水黃 囊囊天下山水之祖宗 意思極其
豪健 想此老 胸中藏得幾箇雲夢[52]

위 양자의 三韓自夏 이래로 을지문덕, 진덕여왕 등 한국 詩史를 기
술하는 방법이 서로 유사할 뿐 아니라, 그 구절에 있어서도 『백운소설』
의 "文獻 蔑蔑無聞"과 『소화시평』의 "文獻盖蔑蔑", 또 『백운소설』의

---

50) 홍만종의 『소화시평』은 현재 여러 이본이 있다. 필자가 알고 있는 것만도, 근자 1981년
에 태학사 刊 『홍만종전집』에 『소화시평』이 있고, 또 하나는 고려대 중앙도서관의 만송
문고에도 2종의 『소화시평』이 있는데, 이들 3자의 내용에는 많은 출입이 있다. 그러나
여기서는 태학사 刊 『홍만종전집』 소재 『소화시평』을 편의상 대본으로 하겠다.

51) 『시화총림』, 13~14쪽.

52) 『홍만종전집』(태학사, 1980), 하권, 26~28쪽.

"雖在簡冊未免寂寥"와 『소화시평』의 "功雖在簡冊 不足不垂"가 매우 유사하며, 더구나 최치원의 興地圖一聯詩의 삽입은 양자가 꼭 같다.

둘째, 『백운소설』의 제6항은 鄭知常(?~1135)의 鬼物所告句로 合考한 이야기인데, 본 항도 『소화시평』의 것과 흡사하다. 예문을 들면 다음과 같다.

　　俗傳學士鄭知常嘗隸業山寺 一日夜月明 獨坐梵閣 忽聞詠詩聲曰 僧看疑有刹 鶴見恨無松 以爲鬼物所告 後入試院 考官以夏雲多奇峯 爲題 而押峯韻 知常忽憶此句 仍續成書呈其詩 曰……考官至頷聯 極稱驚語 遂置之魄級云 僧看鶴見 一聯雖佳 其他皆是穉彗語 何所取而至於居魁未可知也[53]

　　麗朝鄭學士知常 嘗隸業山寺 一日夜月明 聞有咏詩於岸上曰 僧看疑有寺 鶴見恨無松 因忽不見 以爲鬼物所告 後入試院 考官以夏雲多奇峯 爲題而押峰韻 知常覽其襯着續成呈考官 至其句 極稱驚語 遂爲置之魁級 兩句俱神妙事亦相類異哉[54]

위의 양자를 비교해 보면, 정지상이 業山寺에 있을 때 詠詩句를 들은 후 시원에 들어가 고관의 출제에 그가 문득 영시구를 생각하여, 이로써 고관이 그로 하여금 嵬級에 놓는 그 합고 과정이 꼭 같을 뿐 아니라, 더욱이 『소화시평』의 방점 부분은 양자 꼭 같은 어구로 되어 있음을 확인할 수 있다. 이는 우연한 일치로 볼 수는 없고, 분명 본 항은 홍만종이 그의 『소화시평』을 놓고 전재해 놓았을 가능성이 있다.

---

53) 『시화총림』, 14쪽.
54) 『홍만종전집』, 하권, 33쪽.

이들 외에 『동인시화』와 『지봉유설』에도 『백운소설』의 본 항과 유
사한 장면이 보이는데 실문을 들면 다음과 같다.

　　高麗詩題出 夏雲多奇峰 有生一聯云 僧看疑有寺 鶴見恨無松 雖帶
　　髫稚語 亦是警句[55)]

　　世傳鄭知常 夏雲多奇峰 詩曰 電影樵童斧 雷聲隱寺鍾 僧看疑有刹
　　鶴見恨無松 皆髫稚語也 或云非知常所作[56)]

위에서 주목되는 점은 강조점부분의 "雖帶髫稚語"와 "皆髫稚語"는
『백운소설』의 본 항 "其他皆是稗髫語"와 혹사한 어구에도 있지만, 『백
운소설』의 본 항의 전개과정에 있어서 "僧看·鶴見 一聯雖佳 其他皆
是稗髫語 何所取而至於居魁 未可知也" 운운은 위의 『동인시화』와 『지
봉유설』의 것을 그대로 모방한 듯한 인상을 준다. 그러므로 『백운소설』
의 본 항은 홍만종이 이를 엮을 당시, 그의 『소화시평』을 텍스트로 하면
서도 서거정의 『동인시화』와 이수광의 『지봉유설』도 참고했을 가능성
을 갖게 한다.

셋째, 『백운소설』의 제7항, 정지상의 陰鬼가 金富軾을 죽게 하는 이
야기도 『소화시평』에 출현하고 있다.

　　侍中金富軾 學士鄭知常 文章齊名一世 兩人爭軋不相能 世傳知常
　　有琳宮梵語罷 天色淨琉璃之句 富軾喜而索之 欲作己詩 終不許 後知
　　常爲富軾所誅 作陰鬼……後往一寺 偶登廁 鄭鬼從後握陰囊問曰 不

飮酒何面紅 富軾徐曰 隔岸丹楓照面紅 鄭鬼緊握陰囊曰 何物皮囊子
富軾曰 汝父囊鐵乎 色不變 鄭鬼握囊尤力 富軾竟死於厠中[57]

世傳金侍中富軾與鄭學士知常 同遊山寺 有琳宮梵語靜 天色淨琉
璃之句 富軾喜之乞而不與 乃搆而殺之 後富軾往山寺 偶登厠 忽有從
後握囊者 曰君顔何赤 富軾對曰 隔岸丹楓照面紅 因病終死[58]

위 양자의 스토리 전개과정이 같을 뿐 아니라 『소화시평』의 강조점
부분 "偶登厠" 및 "隔岸丹楓照面紅"은 『백운소설』과 꼭 같음으로 보
아 『백운소설』의 본 항도 역시 『소화시평』이 텍스트가 되었다고 생각
된다.

이상과 같이 『백운소설』의 3항은 『동국이상국집』에 없고, 대신 『소
화시평』의 장면과 일치될 뿐 아니라 경우에 따라서는 어구가 꼭 같은
것으로 보면, 『백운소설』은 홍만종에 의해 이루어졌다고 추측된다. 더
구나 홍만종의 『소화시평』은 그의 30세에 이루어졌고, 『백운소설』이
삽입된 『시화총림』은 그의 만년 70세에 이루어진 것으로 보면, 『백운
소설』이 홍만종에 의해 이루어졌을 가능성은 더욱 짙게 된다.

5. 결론

이제 마무리로 들어가자. 이상에서와 같이 『백운소설』은 이규보가
엮은 것이 아니라, 이규보의 후대인에 의해 이루어졌음을 밝혔다. 아울

---

57) 『시화총림』, 15쪽.
58) 『소화시평』, 상권.

러서 그 후대인은 바로 『시화총림』을 엮은 홍만종 자신일 가능성이 있
다는 것을 밝혔다. 이를 논증하는 방법은 주로 문헌비평적 방법에 입각
하여 첫째, 『백운소설』에 출현하는 이규보의 후대문헌인 장일규의 『요
산당외기』와 양사홍의 『당음유향』을 들었고, 이들을 중심으로 『백운소
설』의 원전인 『동국이상국집』과 『백운소설』의 각 항을 비교하여 그 출
입에서 나타나 있는 오세재와 구양백호의 호칭에 있어서의 모순된 표
현, <남행월일시>를 잘못 옮겨 문맥의 불통을 가져오게 한 것, 이규보
의 시론의 하나인 <논시중미언약어>를 잘못 옮겨놓은 것, <위심희작
시>를 중심으로 <사쾌시>와 시화를 삽입해 놓은 것 등으로 『백운소
설』은 분명히 이규보가 찬한 것이 아니라 후대인에 의해 이루어졌음을
확증시켰다.

그러나 그 후대인은 바로 『시화총림』을 엮은 홍만종 자신일 것이라
고 추정한 것은 『시화총림』의 "범열"에 나타난 모순성과, 아울러 『백
운소설』의 제5항 韓國詩史의 이야기, 제6항 정지상의 합고 과정의 이
야기, 제3장 정지상의 몽중 시화의 이야기 등에 삽입된 홍만종의 『소
화시평』을 통하여 이들이 『백운소설』에 전거가 되었을 것이라는 등이
다. 말하자면, 홍만종이 허구의 『백운소설』을 만들어 『시화총림』의 첫
장에 삽입시킨 것은 이규보 당대뿐만 아니라, 홍만종 당대까지도 이름
있는 이규보의 글을 삽입하여 그의 『시화총림』으로 하여금 하나의 돋
보이는 撰書로 만들려는 심리가 작용된 듯하다.

이제 문제는 『백운소설』은 분명 이규보에 의해 이루어진 것이 아니
라 후대인에 의해 이루어진 것이 밝혀졌다는 것이다. 『백운소설』은 이
규보에 의해 이루어졌다는 전제 밑에 연구된 논문이 적지 않다. 그들
에 의해 이루어진 논문이 대충 『동국이상국집』의 것과 대조되어 이루

어졌기 때문에 그들에 의해 도출된 결론이 크게 바꾸어진다는 것은 없
겠지만, 앞으로『백운소설』이 보다 구체화되어 수사·문체·사상 등
자상하게 분석될 때에는 많은 그릇된 문제가 야기되리라고 본다. 그것
은『동국이상국집』의 내용이『백운소설』에 삽입된 것이라도 대부분
刪除된 경우가 많지만, 때로는 再編者에 의해 손질이 가해진 부분도
없지 않기 때문이다.

VII
〈추풍감별곡〉의 신연구*

1. 서언

〈추풍감별곡〉은 여타 고소설과 같이 작자와 저작연대가 모두 미상으로 되어 있다. 김태준은 〈추풍감별곡〉의 내용이 가지고 있는 근대적 현실성을 전제로 하여 한국 소설사상 매우 중요한 위치에 있다고 하며 본 작품을 조선조 말기에 배출된 소설로 규정하였다.[1] 그 후 이루어진 모든 소설사론에서는 김태준의 이러한 입장을 받아들여 조선조 말기에 출현한 고소설로 규정하고 있다.

오늘날까지 〈추풍감별곡〉에 대한 연구는 김기동 교수가 김태준이 본 소설을 『今古奇觀』의 〈王嬌鸞百年長恨〉의 번안 작품이라고 규정한 것을 다시 본 작품과 〈왕교란백년장한〉을 정밀하게 비교하고 나서 김태준의 번안설을 부정하여 독창성을 인정하면서, 한편 본 소설이 지니고 있는 현실성을 중심으로 이를 한국소설사상 높은 작품으로 평가한 바 있다.[2] 그러나 이상익 교수가 본 소설을 『금고기관』과

---

* 『대동문화연구』, 20집, 성균관대 대동문화연구원, 1986.
1) 김태준, 『조선소설사』, 증보판, 학예사, 1939, 231쪽.
2) 김기동, 「채봉감별곡의 비교문학적 고찰」, 『논문집』, 1집, 동국대학교, 1960.

비교하여 그 영향관계를 고찰한 후 김기동 교수의 독창설을 부정하고
다시 김태준의 번안설로 되돌린 바 있다.[3] 본 소설이 이루어진 시기
에 대하여 김기동 교수는 본 작품이 선행된 가사 <추풍감별곡>의 소
설화를 살피는 가운데 19세기 말에 나온 고소설로 보았고,[4] 근자에
최원식 교수는 삽입된 가사 <추풍감별곡>으로 장르의 복합으로 규
정한 바 있다.[5]

이와 같이 <추풍감별곡>에 대한 오늘날까지의 논의는 대체로 본
작품이 지닌 현실성의 문제를 중심으로 본 작품이 나온 시기 문제와
<왕교란백년장한>과 비교하여 번안물이냐 아니면 창작물이냐에 대한
문제로 줄여볼 수 있을 것 같다. 필자는 오늘날까지 살펴진 문제를 중
심으로 본 작품이 나온 시기와 본 작품이 과연 번안물인가 아니면 창
작물인가를 확고히 하고 나서 본 작품이 지닌 현실성의 문제를 제기하
여, 이를 자료로 하여 다시 본 작품이 나온 시기를 확고히 하는 데 뒷
받침의 하나로 삼을까 한다.

위의 문제를 논증하는 방법으로 첫째 본 작품의 문헌학적 검토를
다지기 위해 본 작품에 선행된 가사 <추풍감별곡>의 이본들을 살피
고, 다음 소설 <추풍감별곡>의 이본들을 살피고 나서, 소설 <추풍감
별곡>은 오늘날 알려진 바와 같이 고소설이 아니라 新小說의 하나임
을 논증할까 한다. 둘째 본 작품이 번안물이냐, 아니면 창작물이냐를
확고히 하기 위해 비교문학적 검토를 하여 본 작품을 창작물로 규정하

---

3) 이상익, 「추풍감별곡과 왕교란백년장한」, 『연포이하윤선생화갑논문집』, 진수당, 1966.
4) 김기동, 「가사의 소설화 시론」, 『논문집』, 3·4, 동국대학교, 1962.
5) 최원식, 「가사의 소설화 경향과 봉건주의의 해체」, 『창작과 비평』, 46호, 창작과비평사,
1968.

고, 셋째 본 작품이 지닌 근대적 현실성을 살펴, 이를 신소설적 현실성으로 규정하고 그리하여 그것을 본 작품이 통설대로 고소설이 아니라 신소설이라는 데 더욱 뒷받침되는 자료로 삼을까 한다. 이후 본론에서 〈추풍감별곡〉의 명칭에 대하여는 가사 〈추풍감별곡〉과 소설 〈추풍감별곡〉을 구별하기 위해, 가사인 경우 "가사 〈추풍감별곡〉"이라 쓰고, 소설인 경우 "〈추풍감별곡〉"이라 하겠다.

2. 문헌학적 검토

　〈추풍감별곡〉의 문헌학적 검토를 위하여 〈추풍감별곡〉이 이루어지기에 앞서 기존의 가사 〈추풍감별곡〉이 있었고, 아울러 가사 〈추풍감별곡〉이 소설화된 것이 소설 〈추풍감별곡〉인 것을 전제로,[6] 우선 가사 〈추풍감별곡〉을 살피고 나서 그 가사 〈추풍감별곡〉이 소설 〈추풍감별곡〉과 어떤 관계가 있는가를 살피고자 한다.

1) 가사 〈추풍감별곡〉의 이본

　현재 가사 〈추풍감별곡〉은 하버드本・樂府本・歌集本・三友社本・破睡本 등 다섯 종류가 있는데, 이들을 출간된 시간의 순서에 따라 열거하면 다음과 같다.

---

6) 소설 〈추풍감별곡〉은 가사 〈추풍감별곡〉의 소설화된 것이라는 것에 대하여는 김기동 교수의 「가사의 소설화 시론」(『논문집』, 1집, 동국대학교)에 이미 상세히 논술되어 있고, 또한 〈추풍감별곡〉의 신구서림본에도 가사 〈추풍감별곡〉을 소설화하였다는 後文이 있다. 이 후문에 대하여는 뒤에서 이따금 거론될 것이다.

a) 하버드본

이 본은 현재 미국 하버드대학 燕京學會 도서관에 소장되어 있는데, 그 체제는 세로가 9.5인치, 가로가 5.6인치로 되어 있으며, 그 내용은 총 355구로 되어 있는데, 현존한 <추풍감별곡>의 삽입 가요와는 아무런 관련이 없다. 필사자와 필사연도에 대하여는 이 본 말미에 "戊戌夏五月二十七日 全羅道南平 美樓下寓 日本 橋本蘇洲 執筆"로 되어 있어 필사연도는 무술년(1897) 여름 5월 27일이며, 필사자는 일본인 橋本蘇洲임을 분명하게 알 수 있다. 다만 필사자가 한국이 아닌 일본인임이 이상하나, 이로 보아 그 당시 이미 日人들이 한국문학 작품을 접한 것을 알 수 있고, 이 본이 가사 <추풍감별곡>의 이본 가운데 중요한 것은 기록상 가장 오래된 것이고, 또는 가사 <추풍감별곡>이 늦어도 1897년에 이미 존재해 있었다는 것을 알 수 있게 하기 때문이다.

b) 악부본

이 본은 고려대학교 중앙도서관에 소장되어 있는 『樂府』에 삽입되어 있는 것인데 총 384구로 되어 있다. 이 본의 필사자와 필사연도에 대하여는 당시 고려대학교 도서관장 손진태 씨의 증언[7]에 의하면 이 본이 실려 있는 『악부』의 원소장자 및 필사자가 李用基로 되어 있고, 필사연도는 1930년대로 되어 있으며, 이용기는 당시 서울 풍류객임을 알 수 있다. 그러나 이 본은 이용기가 직접 지은 것이 아니고, 다만 어느 대본을 가지고 再寫한 것임을 알 수 있을 뿐이다.

이 본의 내용은 신구본 <추풍감별곡>의 삽입 가사와 자자구구가

---

7) 『악부』, 고려대 중앙도서관, 서문.

꼭 같은데, 이 본이 신구본의 삽입 가사 〈추풍감별곡〉의 대본이 된 것이 아니라, 오히려 이 본이 신구본의 것을 대본으로 하여 성립되었다는 것은 이 본이 신구본의 것과 자자구구가 꼭 같으면서도 오자·탈자·오문이 다음과 같이 나타나 있기 때문이다.

오매 가매 두스이에 무슴弱水 갈엿건디 (악부본, 389쪽)
오며 가며 두스이에 무슴弱水 갈엿건디 (신구본, 108쪽)

졀은 歡息 긴 寒心○ 발을 밀어 이러거러 (악부본, 388쪽)
졀은 歡息 긴 寒心에 발을 밀어 이러거라 (신구본, 105쪽)

銀河鵲橋 쯘쳤거든 찾아파 잇치거나 (악부본, 386쪽)
銀河鵲橋 쯘쳣쓰니 근너가길 묘연ᄒ다 思情이 쯘쳣거든 찰아리 잇치거나 (신구본, 113쪽)

蒼松은 鬱鬱ᄒ니 울미여 무엇ᄒ리 (악부본, 390쪽)
蒼松은 鬱鬱ᄒ니 울미여 무엇ᄒ며 碧溪는 悠悠ᄒ니 우물파셔 무엇ᄒ리 (신구본, 113쪽)

위의 네 가지 예문에서 첫째는 오자의 예이고, 둘째는 탈자의 예이며, 셋째와 넷째는 탈문의 예인데, 탈문의 예는 위에서 볼 수 있는 바와 같이 신구본의 방점 부분이 악부본에 빠져 있는 것은 필사자가 부주의로 文節을 혼돈한 결과 빠뜨려 탈문이 되게 한 것임을 알 수 있다. 위에서 들은 탈문의 두 가지 예는 악부본이 再寫本임을 확실하게 알려주는 근거이다.

c) 가집본

이 본은 1934년 3월경 李王職 雅樂府 소장의 책을 再寫한 것이라고 한다.[8] 다만 어떤 형태로 재사하였는지는 알 수 없으나 철자가 현대식 철자 '하다' 형으로 통일된 것으로 보면, 현대어에 맞추어 재사한 것이 아닌가 한다.

이 본의 내용은 365구로 되어 있지만, 전체 내용의 줄기는 역시 신구본의 계통이다. 다만 탈자가 군데군데 산견되는데 이 탈자가 이 본의 텍스트에 있었는지 알 수 없으나, 탈문된 곳을 비워 놓은 것으로 보면, 본래 텍스트에서 탈문된 것으로 짐작이 된다. 그러나 군데군데 오기도 눈에 띈다.

卓文君 맑은 知音 힘힘이 자최업다 (가집본, 171쪽)
卓文君 말근 知音 深深이 자최업다 (악부본, 389쪽; 신구본, 109쪽; 삼문사본, 241쪽)

그러므로 이 본은 현존한 이본 가운데 내용상으로 신구본 계통의 이본이란 것을 알 수 있을 뿐, 이본상 중요한 뜻은 없다.

d) 삼우사본

이 본은 1948년 5월 30일 삼우사에 조선문학전집의 일환으로 간행된 『朝鮮文學全集 第二卷 歌詞集』에 실려 있는 <추풍감별곡>을 지칭한다. 이 본은 각처에 흩어져 있는 가사를 『靑丘永言』·『歌謠集成』·<龍飛御天歌>·<月印千江之曲>·松江歌辭·『老溪集』 기타 先賢

---

8) 김동욱, 임기중 편, 『(合校)가집』, 태학사, 1982, 해제, 1쪽.

문집에서 수집하여 실었다는[9] 범례가 있으나, 과연 어디에서 수집하였는지는 전혀 알 수가 없다. 예를 들면, 〈추풍감별곡〉의 결구에

> 상사로 곤한 몸이 상우에 잠간 누어
> 주근 드시 잠을 드니 蝴蝶이 나를 모라
> 그리는 우리 님은 꿈 가운데 잠간 만나
> 머희가 交集하여 別來和情 다 못하여
>
> 誰家玉笛聲이 추풍에 서껴부러
> 채란흔 한소리는 잠든 니를 깨우노라
> 두어라 이산이 유수하니 후일 다시 볼가 히다
>
> (삼우사본, 234쪽; 가집본, 174~175쪽)
>
> 상ᄉ에 곤흔 몸이 상두에 잠을 드러
> 그리든 우리 임을 쑴 가운데 잠간 만나
> 버희교집ᄒ고 별리ᄉ경 다못ᄒ여
> 수가옥 적셩에 추풍에 셕거부러
> 쳐량흔 한곡됴로 잠든 나를 ᄭᅵ울셰라
>
> (신구본, 115쪽; 악부본, 391쪽; 박문본, 86쪽)

위의 예에서 신구본과 악부본·박문본의 내용이 동계임에 대하여 삼우사본과 가집본의 내용이 꼭 같아 이들이 역시 동계임을 확인할 수가 있다.

위와 같이 삼우사본이 가집본과 동계이면서도 인쇄 과정에서 누락된 부분도 보인다. 즉,

---

9) 『조선문학전집 제2권 가사집』(삼우사, 1948), 범례.

　　유정인들 어이ᄒ며 인연은 업지안코 (삼우사본 240쪽)

　　有情인들 어이ᄒ며 有情함이 잇셧스면 그리긴들 어이할가 緣分

도 업지안고 (신구본, 108쪽; 가집본, 170쪽)

　위의 예문에서 신구본의 방점 부분이 삼우사본에 누락되어 있음을
확인할 수가 있다.

　이상으로 하버드본 · 악부본 · 가집본 · 삼우사본 등 네 가지를 검토
한 결과, 기록상으로는 하버드본이 가장 오래 되었고, 또한 악부본 · 가
집본 · 삼우사본이 동계이나 이들 동계 본 중 악부본은 소설 신구본에
삽입된 가사 <추풍감별곡>을 再寫한 것이 들어났을 뿐, 앞으로 논의
될 <추풍감별곡>은 무엇을 텍스트로 하였는지 현재 수집된 가사 네
가지로는 전연 확인할 수 없음이 유감스럽다.

2) <추풍감별곡>의 이본

　<추풍감별곡>의 이본은 현재 활자본으로서 신구서림본 · 박문서관
본 · 이문당본 · 세창서관본 등 네 종류가 있고, 기타 필사본과 일어의
번역본이 있다. 이들을 약술하면 다음과 같다.

① 신구서림본(약칭 신구본) 단권 127혈 1912년 10월 10일 서울 신
　구서림 간행
② 박문서관본(약칭 박문본) 단권 장회체 94혈 1913년 5월 25일 서
　울 박문서관 간행
③ 이문당본(약칭 이문본) 단권 67혈 1925년 10월 30일 서울 이문당
　간행

④ 세창서관본(약칭 세창본) 단권 64혈 1952년 12월 20일 서울 세창
　서관 간행
⑤ 필사본: 단권 143혈 필사연도 미상 서울대학교 중앙도서관 소장
⑥ 일어번역본(약칭 일역본) 단권 97혈 번역자 趙鏡夏 1921년 11월
　1일 일본 동경당 간행

그러면 위에서 언급된 여섯 가지 이본을 차례에 따라 구체적으로
고찰하고자 한다.

a) 신구본

이 본의 출간 연도는 1912년 10월 10일로 현존한 소설 〈추풍감별
곡〉의 이본으로는 가장 古本에 속한다. 또한, 표제는 "新小說 秋風感
別曲"이라 되어 있음이 주목된다. 뿐만 아니라 이 본은 이후 출간된
이문본과 꼭 같아 결국 이문본은 이 본을 텍스트로 하여 이루어진 것
임을 알 수가 있다. 그렇지만 보다 중요한 일은 위에서 언급된 바와
같이 이 본의 표제가 "新小說 秋風感別曲"이라 되어 있다는 데 있다.
이후 구술될 항목도 있겠지만 단도직입적으로 말하면, "新小說 秋風感
別曲"이 소설 〈추풍감별곡〉으로 하여금 오늘날까지 고소설로 보아온
것을 신소설로 보아야 할 중요한 단서가 되며, 아울러 〈추풍감별곡〉
의 소설적 명칭을 "彩鳳感別曲" 혹은 "추풍감별곡"으로 부를 것이 아
니라 "추풍감별곡"으로 매김해야 할 근거가 된다는 것이다.
　"新小說 秋風感別曲"은 말미에 저자의 다음과 같은 後文이 있어
〈추풍감별곡〉을 신소설로 보게 하는 중요한 밑받침이 된다.

저쟉ᄌ 가로되 평양에 추풍감별곡이 류전ᄒ미 오러되 그 실ᄉᄂᆞᆫ 업고 감별곡만 잇스니 비유컨더 실ᄉᄂᆞᆫ ᄲᅲ리요 감별곡은 열미라 ᄲᅲ리업는 열미가 되믈 익셕ᄒ온지 오러다가 이졔 문치에 쳔단홈과 필법에 로둔ᄒ믈 도라보지안니ᄒ고 혹 듯기도 ᄒ고 혹 칙ᄌ에셔 본 거슬 창쟉ᄒ야 한 ᄲᅲ리를 믿드럿스나 가위 우수마발이라 웃지 붓그럽지 안이ᄒ리요 열람ᄒ시는 동포ᄌ미는 힝물후 초ᄒ시믈 바라나이다.[10]

위의 인용문에서 우리는 두 가지 중요한 사항을 엿볼 수 있으니, 하나는 평양에 <추풍감별곡>이 유전된 지 오래되었지만 "실사"(小說)가 없었던 것을 매우 애석히 여겼다는 것, 또 하나는 혹 듣기도 하고 혹 책자에서 본 것을 중심으로 한 작품을 창작하였다는 것이다. 이를 더 부연해 말하면, 한국의 북방 평양 지방에 가사 <추풍감별곡>이 유전한 지 오래되었으나 가사 <추풍감별곡>을 둘러싼 사건 이야기가 없음을 매우 애석히 여겨 비록 필법은 없지만 유전해 내려오는 이야기와 서책에서 읽었던 것을 아울러 참고하여 소설 <추풍감별곡>을 창작하였다는 것이다.

여기에 덧붙일 일은 위의 인용문 중 "혹 칙ᄌ에셔 본 거슬" 가운데 책자는 바로 소설 <추풍감별곡> 가운데 삽입된 중국 명대의 소설집인 『금고기관』의 <왕교란백년장한>이 이에 해당되지 않는가 한다.

이 본의 표제 "新小說 秋風感別曲"과 이 본의 저자의 후문은 신구본으로 하여금 소설 <추풍감별곡>으로서 초간본 및 신소설로 보게 하는 결정적인 단서가 되는 것이다. 이를 일층 밑받침해 주는 것은 현재로는 신구본 이전에 나온 소설 <추풍감별곡>이 없다는 것, 또 이후

10) 신구본, 126~127쪽.

논의될 박문본의 편저자 서문 및 〈추풍감별곡〉의 내용과 문체상에
나타난 근대성 등이다. 이에 대해서는 뒤에 다시 항을 설치하여 언급
하겠다.

b) 박문본

이 본은 1913년 5월 25일 서울 박문서관에서 활자본으로 간행된 것
을 말한다. 이 본의 체재는 소위 딱지본으로 되어 있으며, 총 94항의
양으로 표지에는 "新小說 正本 彩鳳感別曲"이라 되어 있고, 본문 앞
에 짤막한 편자의 서문이 있으며, 본문이 시작되기 바로 직전에 "石農
居士 著"로 되어 있으나 석농거사가 누구인지 현재로선 알 수가 없다.

이 본의 체재상 중요한 것은 이보다 앞서 나온 신구본이 내리다지로
되어 있는데 반하여 12회의 장회체로 되어 있으며, 또한 전자의 명칭
이 "추풍감별곡"이라 되어 있는데 "채봉감별곡"이라 되어 있다는 것이
다. 12회의 장회의 명칭을 적어 보면 다음과 같다.

第 一 回 彩鳳後園賞秋　　　후원에서 추식을 구경혼다.
第 二 回 彩鳳月下逢張生　　　월하에서 장싱을 맛ᄂ다.
第 三 回 李夫人議結婚約　　　쟝싱과 혼약을 밋다.
第 四 回 金進士游京　　　부친 김진ᄉ 셔울셔 구ᄉ혼다.
第 五 回 金進士定婚下鄕　　　김진ᄉ 혼인을 정ᄒ고 ᄂ려온다.
第 六 回 金進士率女上京　　　김진ᄉ 내외 치봉을 다리고 샹경혼다.
第 七 回 彩鳳中途逃還　　　치봉이 중도에셔 도주히 도라오다.
第 八 回 李夫人來索彩鳳　　　리부인 치봉을 ᄎ자 평양으로 오다.
第 九 回 彩鳳爲父鬻身更逢張生　치봉이 몸을 파라 기싱이 되야
　　　　　　　　　　　　　　　다시 쟝싱을 맛ᄂ다.

第 十 回 彩鳳入侍監司　　치봉이 리감ㅅ집에 입시ㅎ다.
第十一回 彩鳳別堂秋夜感別寫情　치봉이 별당츄야에 감별곡을 짓는다.
第十二回 彩鳳父女相逢 張生婚禮完成　치봉이 부녀상봉ㅎ고 장싱과
혼례를 니루다.[11]

위와 같이 이 본이 장회체로 되어 있으면서도 이보다 먼저 간행된
신구본과 大旨를 같이 하는 가운데 신구본에 비해 이계로 잡을 만치
곳곳에 첨산이 가해져 있다. 우선 이 본을 신구본과 비교하여 크게 출
입되는 부분을 적어 보면 다음과 같다.

㉮ 신구본은 표제가 "新小說 秋風感別曲"으로 되어 있는데, 박문본
은 "新小說 彩鳳感別曲"으로 되어 있다.

㉯ 신구본의 남주인공 이름이 "姜弼成"으로 되어 있고, 여주인공의
시녀 이름이 "秋香"으로 되어 있는데, 박문본의 남주인공 이름은
"張弼成"으로 시녀 이름은 "翠香"으로 되어 있고 또 여주인공 채
봉이 기생으로 된 기녀명이 신구본엔 "松伊"로 되어 있는데, 박
문본엔 "松"으로 되어 있다.

㉰ 신구본의 초두엔 여주인공 채봉이 滿山落葉의 쓸쓸한 가을 풍경
을 보고 추풍감별곡을 짓는 장면이 출현하는데 박문본엔 전연
없다.

---

11) 이 본의 12회의 장회 명칭이 목차에는 한문으로 되어 있으나 본문엔 국문으로 되어
있어 한문·국문을 아울러 표시하였다.

㉞ 채봉이 봄날에 추향을 데리고 외출하여 강필성을 만나는 시기가 신구본엔 "봄날"로 되어 있는데, 박문본엔 "가을"로 되어 있다.

㉟ 강필성이 추향에게 채봉의 중매를 들라는 부탁에 신구본엔 다음 과 같은

서상긔에는 홍낭이가 잉잉을 위ᄒ야 조혼 언약을 밋게 ᄒ얏스니 너는 홍낭에 본을 바다 쇼져와 한번 디면케 ᄒ야쥬면 네 은혜를 후이 갑풀 거시니 의향이 웃더ᄒ야.¹²⁾

의 〈西廂記〉 이야기가 나오는데 박문본엔 〈서상기〉의 이야기 가 전연 없다. 이후에도 신구본엔 〈서상기〉의 이야기가 재차 삽 입되어 있는데 박문본엔 전연 삭제되어 있다.

㊱ 채봉의 모 이 부인이 강필성을 만나보고 그에게 혼인을 허락한 후, 그를 대접코자 하인 갑돌 어머니를 시켜 채봉과 추향을 부르 게 하는 장면에, 신구본엔 하인 갑돌 어머니가 등장하고 강필성 도 그대로 채봉의 집에 머물고 있다가 대접을 받고 돌아간 것으 로 매우 구체적으로 나타나 있으나, 박문본엔 갑돌 어머니가 전 연 등장하지 않고 강필성이 귀가한 후, 다만 추향이 이 부인과 강필성의 성혼 대화를 엿듣고 채봉을 찾아가 즐거워한다는 것으 로 그 이야기가 마무리된다.

㊲ 채봉의 부 김 진사와 탐관오리 홍 판서의 압잡이 金良桂가 기녀 산홍과 함께 음주하는 장면에 출현하는 권주가의 내용에 신구본

---

12) 신구본, 14쪽.

과 박문본엔 다음과 같은 출입이 있다.

  이슐이 슐이 안이라 불로ㅅ초로 비젓ㅅ오니 이슐을 한잔 잡으시면
천만년을 스시리다 (신구본, 40쪽)

  잡으시오 잡으시오 이슐 한잔 잡으시오 이슐이 슐이 아니라 한무
뎨 승로반에 이슐 바든 거시오니 이슐 한잔 잡으시면 천만년을 사오
리다 (박문본, 30쪽)

뿐만 아니라 산홍이 김양주가 귀가한 후 김양주와 김 진사와의
밀담 내용을 의심하는 장면이 신구본엔 들어 있는데 박문본엔
전연 없다.

㉠ 채봉이 萬里橋에서 탈출하여 평양으로 돌아와 서화로 시간으로
보낼 때, 뒤따라 내려온 이 부인과 상봉하는 장면에 있어서, 신구
본엔 채봉의 미모와 행실을 가상히 여기는 妓母들의 대화가 삽
입되어 있는데, 박문본엔 빠져 있다.

㉣ 채봉이 이 부인이 그녀와 함께 상경하여 허 판서의 첩이 되어
김 진사를 구하자는 제언을 받자, 이를 거절하여 기녀로 팔리게
되는 장면에, 박문본엔 채봉이 이럴 수도 없고 저럴 수도 없다는
기나긴 괴로운 독백의 장이 출현하는데 신구본엔 이것이 전연
없다.

㉤ 이 부인이 평양에서 기녀로 팔린 채봉으로부터 돈을 받아 가지고
다시 상경하여 김 진사를 구출하는 장면에, 신구본엔 이 부인이
허 판서를 찾아가 돈을 주고 김 진사를 석방하려 했으나 거절당

하여 남의 방을 얻어 침선을 하며 獄中供饋하는 장면이 출현하
나, 박문본엔 그 장면이 전혀 없다.

㉗ 이 감사가 채봉의 추풍감별곡을 읽고 그녀의 실상을 알자, 그녀
에게 서울에서의 허 판서와 김 진사의 근황을 알려주는 장면에,
신구본엔 허 판서가 역모로 몰려 伏誅되었다는 내용이 있으나,
박문본엔 이것이 없다.

㉦ 이 감사가 채봉과 강필성의 연정을 맺어주고 나서, 다시 그들을
불러내는 장면에, 신구본엔 이 감사가 그들의 연정 장면을 방해
하려고 스스로 방문을 두드린다는 희극성이 부여되었는데, 박문
본엔 그들의 연정 장면을 깨는데 이 감사가 公事聽令을 시켜 그
들을 불러내는 것으로 되어 있어 희극성이 제외되어 있다.

㉨ 채봉과 강필성과의 혼인 장소가 신구본엔 이 감사 집으로 되어
있는데 박문본엔 막연히 김 진사 夫妻가 길일을 택하여 혼례를
행한 것으로 되어 있다.

위와 같이 박문본을 신구본으로 이계로 잡는 한도 내에서 13항의
출입을 열거하였는데, 박문본과 신구본, 양자 사이엔 어떤 관계가 있는
가를 살펴보기로 하자.

우선 언급할 일은 박문본은 신구본을 모본으로 하여 성립되었다는
것이다. 그 중요한 이유는 전계한 바와 같이 신구본이 1912년 10월 10
일 간행되었는데, 박문본은 1913년 5월 25로 약 7개월 후에 간행되

어 나왔다는 것을 전제로 하여, 신구본이 신구본의 大旨小事와 같을
뿐 아니라, 대부분의 경우 자자구구가 양자 꼭 같다. 이에 대하여는 뒤
에서 구체적으로 논의될 것이다.

위와 같이 박문본이 신구본을 모본으로 하여 간행되었다는 것을 전
제로, 이를 더욱 밑받침해 주는 박문본의 서문을 살펴보기로 하자.

> 感別曲은 平壤情波의 結晶이라 久히 同地에 傳ᄒᆞ야 或 彩鳳傳이
> 라 ᄒᆞ며 或 추풍감별곡이라 ᄒᆞ야 南原의 春香歌와 南北相對ᄒᆞ야 實
> 로 昔年未來戀情史의 代表的小說이더니 今의 其舊本을 得ᄒᆞ야 修正
> 을 略加ᄒᆞ고 更題ᄒᆞ야 曰彩鳳感別曲이라 ᄒᆞ야 玆에 世에 聞ᄒᆞ노니
> 噫라 彩鳳의 幾多奇遇險境과 感淚貞懷가 其將此書에셔 流露ᄒᆞ린뎌
> 大正三年 桃夭之月 編者書[13]

위의 서문을 요약하면, 첫째 가사 <추풍감별곡>이 오랫동안 북방의
평양에 유전해 왔다는 것, 둘째 이것이 후대의 소설 <彩鳳傳> 혹은
<추풍감별곡>이 되어 남방의 남원의 <춘향전>과 쌍벽을 이루었다는
것, 셋째 소설 <추풍감별곡>의 舊本을 얻어 여기에다가 添刪을 가하
여 수정해서 채봉감별곡이라고 하였다는 것 등으로 풀이될 수 있다.

위의 둘째 항 소설 <추풍감별곡>과 셋째 항의 舊本은 바로 신구본
을 가리키는 것이 아닌가 한다. 그것은 앞에서 살펴본 신구본과 박문
본 양자의 출입이 위의 서문 중 "修正을 略加ᄒᆞ고 更題ᄒᆞ야 曰彩鳳感
別曲이라 ᄒᆞ야" 운운과 논리상 일맥상통으로 연결된다고 보아지기 때
문이다.

---

13) 박문본, 맨 앞장.

그러면 왜 박문본의 편자가 신구본을 모본으로 하면서도 텍스트를 분명하게 밝히지도 않고, 또한 출입이 있게 하였을까. 이에 대하여는 당시 출판법이 어떻게 규제되었는지 알 수는 없으나, 판권의 문제가 개입되어 있지 않은가 생각된다.

c) 이문본

이 본은 단권 6항으로 1925년 10월 30일 서울 이문당에서 간행되었다. 그러나 중요한 사항은 표제에는 "추풍감별곡"이라 되어 있을 뿐, 신소설 혹은 고대소설이니 하는 명칭이 없으나, 본문 첫 항에 "古代小說 秋風感別曲"이라 되어 있다는 것이다.

이 본의 내용은 신구본과 같을 뿐 아니라, 신구본과 꼭 같은 後文이 삽입되어 있고, 또 신구본의 표제와 꼭 같은 그림이 있어, 이 본은 신구본을 모체로 하여 출간된 것을 쉽게 확인할 수 있다.

신구본   이문본

그러나 신구본과 이문본이 상이한 것은 신구본이 신소설의 체재로 문장과 대화구가 드문드문 띄어져 있는데, 이문본은 고대소설의 체재로 내리다지로 문장이 계속되어 있다는 것이다. 이것이 말하자면 김태준으로 하여금 <추풍감별곡>을 고대소설로 규정짓게 한 것이 아닌가 한다. 더 부연하면 김태준이 『조선소설사』를 엮을 당시 신구본이나 박문본은 이미 희귀본이 되었고 당시 출간되었던 이문본을 읽고 썼기 때문에 그리 되지 않았는가 생각된다. 이에 대해서는 뒤에서 다시 논의해 보기로 한다.

이 본이 이본으로서 중요한 역할을 한 것은 가장 最近本인 세창본의 모본이 되었다는 것이다. 이는 이 본의 표지 그림과 세창본의 표지 그림이 일치하고 있으며, 또한 내용도 자자구구가 꼭 같을 뿐 아니라, 이 본에 나타난 오자가 그대로 세창본에 나타나 있기 때문이다. 말하자면 이 본이 신구본을 모본으로 하여 내용을 꼭 같이 하면서도 간혹 미스프린트로 다음과 같이 오자가 산견된다는 것이다.

송지문(宋之問)에 명하편(明河篇) (신구본, 104쪽)
송지간(宋之間)에 명하편(明河篇) (이문본, 54쪽; 세창본, 52쪽)

위의 예문에서와 같이 이문본의 오자가 그대로 세창본에 재연되어 있음을 알 수 있다. 다시 말하면 이 본은 신구본을 모본으로 하여 나왔고, 다시 세창본의 모본이 되었다는 것이 이 본이 가지는 가장 중요한 의의일 것이다.

d) 세창본

이 본은 단책 64항으로 되어 있고 1952년 12월 20일 서울 세창서관에서 활자로 간행되어 나온 것으로 <추풍감별곡>의 이본 중 가장 후기본에 해당된다. 이 본의 특색은 없고, 다만 이문본을 모본으로 하여 나왔기 때문에 表紙畵도 이문본과 꼭 같고, 표지 안에도 "古代小說 秋風感別曲"이란 명칭으로 되어 있다. 이문본에서 설명했기 때문에 중복을 피하기로 한다.

e) 필사본

이 본은 서울대학교 중앙도서관에 소장되어 있는 것으로 소설의 명칭은 박문본과 같이 "彩鳳感別曲"으로 되어 있고, 그 체재는 흔히 필사본의 체재를 따라 단권 내리다지로 되어 있고 분량은 143항이며 필치는 달필은 아니다. 필사자 및 필사연도는 미상이나, 내용은 박문본과 같다. 그러나 이 본과 박문본 양자를 비교해보면, 이 본이 박문본과 같이 장회로 나누어지진 않았지만, 박문본의 再寫本임을 쉽게 확인할 수 있다.

이 본이 박문본의 재사본임은 비록 박문본의 장회 명칭과 본문에 삽입된 한자를 모두 뺐다 할지라도, 박문본과 꼭 같은 내용을 지니고 있으면서도, 재사 과정에서 구절을 빠뜨려 문맥이 연결되지 않는 곳이 더러 보이고 있다는 것이다. 일례로 채봉이 강필성과 밀회한 것을 통하여 이 부인이 추향을 꾸짖는 장면을 들어 보기로 하자.

> 치봉이는 천만 뜻밧게 이 말을 듯고 감히 고기를 듯지못ᄒ고 취향은 창황ᄒ야 즉시 대답을 못ᄒ는데 리부인이 이 거동을 보고 로긔을 씌워 칫쳐 뭇는다(모)웨-디답이 업느냐 나는 남즈와 ᄀ치말ᄒ는 거슬

보고 엇던 남즈가 드러온 거슬 칙ᄒ야 너여보너ᄂ 줄 아랏더니 지금
여등의 동졍을 보니 무슴 ᄉ졍이 잇구나 이 일을 진사님이 아시기젼
에 진작 실토로 말ᄒ면 너가 먼져 죠쳐를 ᄒ고 진ᄉ님게 조토록 말슴
ᄒ려니와 만일 기망을 ᄒ면 진ᄉ님게 엿주어 살풍경이 일거시니
이실직고(以實直告)ᄒ라 응-취향아 너ᄂ ᄉ졍을 ᄌ셰히 알깃지
만일 네가 기망ᄒ면 너벗텀 치죄를 ᄒ리라 (재사본, 16~17쪽)

　치봉이는 쳔만 뜻밧게 이 말을 듯고 감히 고기를 들지 못ᄒ고 취향
은 창황ᄒ야 즉시 디답을 못ᄒᄂ데 리부인이 이 거동을 보고 로긔들
쎠워 칫쳐 뭇는다 웨 디답이 업느냐 나는 남즈와 ᄀ치말ᄒᄂ 거슬 보
고 엇던 남즈가 드러온 거슬 칙ᄒ야 너여보너는 줄 아랏더니 지금 여
등의 동졍을 보니 무슴 ᄉ졍이 잇구나 이 일을 진ᄉ님이 아시기젼에
진작 실토로 말ᄒ면 너가 먼져 조쳐을 ᄒ고 진ᄉ님게 조토록 말슴ᄒ
려니와 만일 기망을 ᄒ면 진ᄉ님게 엿주어 치죄ᄒ리라 응 취향아
너는 ᄉ졍을 ᄌ셰이 알ᄀ지 만일 너가 ᄌ셔이 말허여라
　　　　　　　　　　　　　　　　　　　　(필사본, 21항, 22항)

　위 박문본과 필사본의 양 본을 비교해 보면, 위의 방점 부분에 있어
서 필사본의 것이 앞뒤가 연결이 안 되는데 그 이유는 박문본의 "이실
직고ᄒ라"가 필사자의 부주의로 빠졌다가 그 후면에서 연결이 안 되는
내용을 억지로 연결시키기 위해 "만일 너가 ᄌ셔이 말허여라"로 부랴
부랴 마무리시켜 놓았지만 졸문이 되었을 뿐 아니라, 결과적으로 앞뒤
가 연결되지 않는 오문이 되고 말았다. 이 면은 필사본이 박문본을 필
사했다는 것을 강하게 추견할 수 있는 요소가 된다.
　이밖에 김 진사가 賣官코자 김양주를 찾아가 대화를 나누는 장면에
서도 필사본이 박문본을 대본으로 하였다는 것을 알 수가 있다.

(김양주) 위션 돈 쳔량만 쥬시오 건릉 뎡ᄌ각 수리별단(健陵丁字修理別單)에 츌륙을 ᄒ시게 ᄒ리라 김진ᄉ가 츌륙에 버러쪄셔 빅목젼에 ᄎᆺ질 어음표를 주며

(김진사) 츌륙만ᄒ면 슈령ᄒ기가 쉽깃지요

(김양주) 그럿코말고 벼살이라 ᄒ는거시 게례가 잇셔셔 수령을 ᄒ랴면 츌륙붓터 ᄒᆡ야ᄒ는고로 만일 츌륙을 못ᄒ면 오빅을 가기로 홀슈 잇소

(김진사) 졔야 시골 ᄉ람이라 무어슬 압잇가 령감ᄒ시기에 잇지오
(박문본, 24쪽)

(   )14) 위션 돈 쳔량만 쥬시오 건릉뎡ᄌ각 슈리별단에 츌륙을 ᄒ시게 ᄒ리라

(   ) 츌륙만ᄒ면 슈령ᄒ기가 쉽깃지요

(   ) 그럿코말고 벼살이라 ᄒ는 거시 게례가 잇셔셔 슈령을 ᄒ랴면 츌륙부터 해야ᄒ는고로 만일 츌륙을 못ᄒ면 오빅날 가기로 홀슈 잇소

(   ) 졔야 시골ᄉ람이라 무어슬 압잇가 령감 ᄒ시기에 잇지요
(필사본, 31항)

위의 예문에서 보면, 박문본에 생략이 되어 그 후 이어지는 김 진사의 대화 내용 "츌륙만ᄒ면 슈령ᄒ기가 쉽깃지요"와는 전혀 연결이 안되고, 뿐만 아니라 필사본 예문의 표시 ( )에서와 같이 박문본에 삽입된 대화자의 이름이 빠져 있어, 이후 이어지는 글은 문맥상의 주어가 누구인지 전혀 식별되지 않는다.

위의 두 예를 통하여 필사본이 분명히 박문본을 모본으로 하여 나왔

---

14) 필사본의 괄호는 원문에는 없으나 예문의 명확을 위해 필자가 만들어 놓은 것이다.

다는 것을 알 수 있다. 또 양 본의 표기법에 있어서도 가령 'ᄒᆞ다'(爲)
의 경우 박문본엔 한결같이 'ᄒᆞ다'로 통일되어 있는데 필사본엔 '허다',
'하다'의 현대적 표기법이 간간이 보이는 데서도 필사본이 박문본을 모
본으로 하여 나온 후기본임을 알 수 있다.

f) 일역본

이 본은 1921년 11월 1일 일본 동경당에서 간행되었고, 그 체제는
국판단책 94항으로 되어 있으며, 또한 일본어로 번역된 역본으로 역자
는 趙鏡夏로 되어 있다. 이 본의 역문 내용이 신구본과 같으므로 결국
신구본 계열임을 알 수 있는데, 다만 신구본 계열인 이문본을 모본으
로 했느냐, 아니면 신구본을 직접 모본으로 했느냐에 대하여는 이문본
이 출판된 연도로 보면 이문본이 신구본의 후기본이므로, 우리는 결국
신구본이 역본의 모본이 되었음을 쉽게 짐작할 수 있다.

그렇지만 이 본은 신구본을 모본으로 하면서도 일본인 독자를 위해
다음과 같이 11회의 장회체로 만들어 놓았다.

一. 彩鳳の詩藻と弼成の麗姿
二. 善しも酒三杯, 惡くぼ頰三度
三. 張君端と 鴛夕に擬して
四. 事を成すは天にあり
五. 買官多忙
六. 顯官か妾か
七. 薄命の彩鳳
八. 佳人賊火に 乘じて出奔
九. 父は監禁, 娘は賣身

十. ゆくりなしも

十一. 覆水盆にかへる

　위와 같이 11회의 장회로 만들어 놓은 것은 장회체로 되어 있는 박문본의 것과 전연 상관이 없어 어떤 것을 대본으로 하여 기준을 삼았는지는 분명치 않다.

　번역하는 방법은 신구본을 대본으로 하면서도 대충 축역·加譯·改譯 등 의역을 자유롭게 구사하여 놓았다. 그 실례들은 번역본의 성격으로 보아 중요하지 않아 생략하지만, 이 본의 의의는 무엇보다도 일역본으로서 1921년도에 이미 일어로 번역되고, 또한 일본에서 출간되어 당시 일인들에 읽혀질 수 있었다는 데 두어야 할 것이다.

　위에서 <추풍감별곡>의 이본 사항과 그 轉移 문제를 대충 살폈다. 이상에서 논의된 것을 중심으로 소설 <추풍감별곡>의 전이 사항을 도표로 제시하면 다음과 같다.

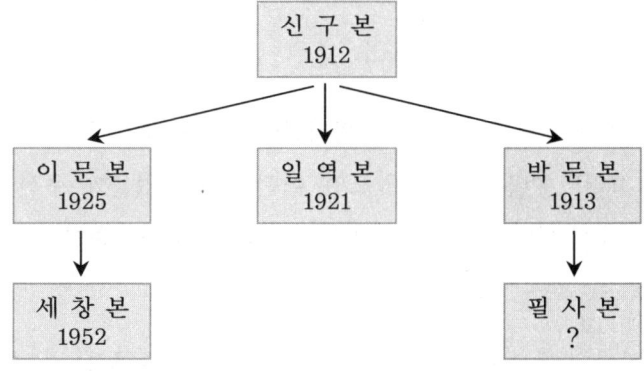

　위의 도표에서와 같이 <추풍감별곡>의 모본은 1912년에 출간된 신

구본이 신구본을 모본으로 하여 나온 것이 1913년에 간행되어 나온 박문본이며, 박문본을 모본으로 再筆된 것이 필사연도가 미상인 필사본임을 알 수 있다. 한편 신구본을 모본으로 하여 나온 것이 1925년에 간행된 이문본이며, 다시 이문본을 모본으로 나온 것이 1952년에 간행된 세창본이다. 그리고 일역본은 신구본을 모본으로 하여 1921년에 일역으로 간행된 것임을 알 수 있다. 그러므로 소설 <추풍감별곡>은 신구본이 위와 같이 모본에 해당되며 한편 후술도 되겠지만 원본에 해당됨을 아울러 밝혀 놓는다.

3. 비교문학적 검토

<추풍감별곡>의 작자는 미상이다. 그러나 본 작품의 발문에 다음과 같이 명시되어 있어 주목된다.

> 혹 듯기도 ᄒ고 혹 칙즈에셔 본 거슬 참쟉ᄒ야 한 ᄲ리를 민드럿스나[15]

들은 것과 서책에서 읽은 것을 참작하여 본 소설을 엮은 것을 알 수 있는데 그러면 어떤 것을 들었으며, 어떤 것을 읽었을까. 우선 필자가 신구본[16]에서 확인할 수 있는 서책은 국내적으로는 <춘향전>이 나타

---

15) 신구본, 126쪽.

16) 작품의 텍스트에 따라서 외국문학적 반영이 다를 수 있다. 즉, 소설 <추풍감별곡>의 경우, 이본적 大差를 지닌 신구본과 박문본의 경우에도, 중국의 『금고기관』의 반영은 꼭 같이 나타나 있다. 그렇지만 <서상기>의 경우는 신구본엔 나타나 있지만, 박문본엔 전혀 나타나 있지 않다. 이런 까닭에 해당 면에서는 부득이 <추풍감별곡>의 원전에

나 있고,[17] 중국의 것으로는 시로 백낙천의 〈琵琶行〉,[18] 그리고 소설로 『금고기관』[19]과 〈서상기〉[20]가 나타나 있다.

이와 같이 〈추풍감별곡〉의 작자는 들었던, 혹은 서책에서 읽었던 국내문학 및 중국문학적 소양의 소유자임을 알 수 있는데, 본고에서는 이들을 비교문학적 검토를 위해 확대하고자 하는 것이 아니라, 다만 비교문학적 문제에서 이미 언급된 바 있는 김기동 교수의 『금고기관』[21]을 중심으로한 창작설과 이상익 교수의 번안설에 대해 필자의 소견을 피력하는 데 한정하고자 한다.

김기동 교수는 종래 김태준이 본 작품을 『금고기관』의 〈왕교란백년장한〉의 번안 작품으로 못 박아 놓은 데 대하여[22] 본 작품과 『금고기

해당되는 신구본을 텍스트로 사용하게 된 것이다.

17) "의복은 리도령 당년에 어스출도ᄒ던 의복갓치 입고"(신구본, 39쪽.)

18) "심양강 비파 타던 하막녀는 만고 문장 백락턴(萬古文章白樂天)을 만나"(신구본, 97쪽.)

19) 이에 대하여는 이미 김기동·이상익 교수에 의해 구체적으로 논증되었다.

20) 셔상긔에는 홍낭이가 잉잉을 위ᄒ야 조혼 언약을 밋게 ᄒ얏스니 너는 홍낭에 본을 바다 쇼져와 더면게 ᄒ야쥬면 네 은혜를 수히 갑플 거시니 의향이 웃더ᄒ냐(신구본, 14쪽.)

21) 소설 〈추풍감별곡〉과 중국 명조소설집인 『금고기관』과의 비교문학적 검토에 있어서 김태준 이래 『금고기관』 일변도로 언급하고 있으나 이는 그릇된 것이다. 왜냐하면 소설 〈추풍감별곡〉과 연계되어 있는 〈왕교란백년장한〉은 속칭 『금고기관』에도 삽입되어 있을 뿐 아니라, 소위 抱擁老人이 엮었다는 『三言』에도 〈왕교란백년장한〉이 삽입되어 있기 때문이다. 실은 『금고기관』이 『三言』·『二拍』의 초록본이며 최근 이명구 교수는 소설 〈추풍감별곡〉과 〈왕교란백년장한〉과의 연계를 그의 「이조소설의 비교문학적 연구」(『대동문화연구』, 5집, 성균관대 대동문화연구원, 1968)에서 『삼언』에다 돌리고 있어 문제는 더 복잡해지고 있다. 그렇다고 해서 〈추풍감별곡〉을 『금고기관』 대신에 『삼언』에다 돌리자는 것은 아니다. 요는 〈추풍감별곡〉을 『금고기관』, 혹은 『삼언』 일변도로 돌릴 하등의 절대적인 근거나 자료가 오늘날 아직 찾아지지 않고 있다는 것이다. 그러므로 본고에서는 〈추풍감별곡〉과의 연계 작품 명칭을 〈왕교란백년장한〉으로 쓰고자 한다.

22) 김태준, 『조선소설사』, 증보판, 학예사, 1939, 96쪽.

관』의 <왕교란백년장한>과를 구체적으로 비교하고 나서 창작품으로 인정해야 된다고 강력히 주장하였다.[23] 그러나 이상익 교수는 다시 본 작품과 『금고기관』을 주제와 구성면에서 정밀히 비교하고 나서, 번안은 줄거리를 따다가 인정·풍속 또는 지명·인명을 바꿔 개작하는 것이라는 개념 밑에 결국 본 작품을 『금고기관』의 번안물로 결론을 내리고 있다.[24]

필자는 <추풍감별곡>이 『금고기관』의 번안물이냐, 아니면 창작물이냐를 확인하기 위하여 다시 『금고기관』과 본 소설을 주제·구성·인물 등으로 나누어 검증해 보기로 한다.

첫째, 주제면에서 확인되는 것은 본 소설의 여주인공 채봉과 남주인공 강필성이 서로 인연을 맺었으나 채봉의 아버지 김 진사의 개입으로 두 사람 사이엔 갖은 역경이 전개되다가 이 감사의 등장으로 마지막에는 서로 부부가 된다는 사랑의 결합에 그 주제를 두고 있다. 이에 대하여 <왕교란백년장한>은 여주인공 왕교란이 남주인공 주생과 첫 인연을 맺었다가 이후 주생이 다른 아가씨, 즉 財와 富의 소유자인 魏女와 결혼하여 왕교란을 배신함으로써 배신당한 왕교란이 자살하고 주생은 처벌을 받는다는 사랑의 분리에다 그 주제를 두고 있다. 말하자면, 전자는 한국소설적 해피엔딩인 사랑의 결합을 그린 것인데 반하여, 후자는 비극적인 사랑의 분리를 그린 것이다. 즉, 전자는 희극이요 후자는 비극을 그려 주제가 전연 상반되어 있다.

그러나 이 교수는 두 작품의 여주인공이 역경을 헤치고 끝까지 남주

23) 김기동, 「추풍감별곡의 비교문학적 고찰」, 『논문집』, 동국대학교, 1962, 13쪽.
24) 이상익, 「추풍감별곡과 금고기관」, 『연포이하윤선생화갑기념논문집』, 진수당, 1966, 367~371쪽.

인공을 기다린다는 것으로서 두 작품의 주제를 貞烈에다 두고 있다.[25] 필자의 생각으로는 <추풍감별곡>의 채봉은 끝까지 강필성을 기다려 사랑을 이루지만, <왕교란백년장한>의 왕교란은 주생의 배신을 듣자 원한이 가슴을 채우고 노기가 얼굴에 가득 차 드디어 원한의 기나긴 長恨歌를 짓고 사흘 동안 울다가 자결한다는[26] 데서 우리는 왕교란의 정열보다는 배신에서 오는 怨과 怒를 뚜렷하게 볼 수 있다.

둘째, 구성에 있어서 두 작품이 발단에서 채봉과 강필성이 羅帕詩로써 인연을 맺는 과정은 분명히 왕교란과 주생이 나파시로써 첫 인연을 맺는 과정에서 온 것임은 두 작품의 꼭 같은 시구로써 확인된다. 그렇지만 이후 전개되는 과정에서 채봉이 그녀의 父인 어리석은 김 진사의 개입으로 강필성과 헤어져야 함에 따라 이후 여러 가지 역경의 사건이 계속되지만, 왕교란은 주생의 아버지 주연장이 다른 지방으로 이직하고, 또한 주생의 가족이 財를 탐한 나머지 주생이 다른 아가씨 魏女와 결혼하며, 채봉은 이 감사의 등장으로 강필성과 재회하여 마침내 부부가 되어 해피엔딩으로 이야기가 종결되는 데서 두 작품은 전연 다른 각도에서 구성되고 있음을 알 수 있다.

그러나 이 교수는 두 작품의 구성에 있어서 감별곡과 장한가의 개입으로 공통점을 찾으려 하고 있으나,[27] 감별곡의 기능은 채봉과 강필성을 재회케 하여 두 사람의 사랑을 맺어주는 데 있지만, 장한가의 기능은 배신당한 왕교란이 자결하여 비극적 결말을 가져오는 데 있다고 필

---

25) 이상익, 앞의 논문, 371~374쪽.
26) "不覺怒氣堪胸 怒色盈面……整整的哭了三日三夜……乃製絶命詩三十二首及長恨歌一篇"(『금고기관 상』, 臺灣 世界書局, 430~431쪽.)
27) 이상익, 앞의 논문, 371~374쪽.

자는 생각한다.

셋째, 인물의 배열에 있어서 <추풍감별곡>의 채봉과 그녀의 시녀 추향 그리고 그녀의 애인 강필성의 배열은 분명히 <왕교란백년장한>의 왕교란과 그녀의 시녀 명하 그리고 그녀의 애인 주생 등의 배열에서 온 것이다. 그러나 이들 외에 김 진사·이 부인·허 판서·김양주·이 감사 등이 등장하여 김 진사는 딸을 팔아서까지 벼슬을 탐하는 부도덕한 탐욕주의자이며, 이 부인 역시 김 진사 옆에서 동조하여 약은 듯하면서도 어리석으며, 허 판서는 금전과 여인을 미끼로 벼슬을 파는 好色汚吏이며, 김양주는 그 하수인으로 중간착취 계급의 전형인물로 이들은 현실적 필연적 구성을 통하여 성격이 잘 나타나고 있다. 이런 인물은 <왕교란백년장한>에 등장하는 단조로운 인물과는 전연 類를 달리하고 있는 것이다.

말하자면, <추풍감별곡>의 내용을 주제·구성·인물의 성격 및 배열에 나누어 보면, 본 소설이 <왕교란백년장한>의 번안물이라고 할 만한 유사성은 찾아지지 않는다. 다만, 앞에서 언급한 바와 같이 <추풍감별곡>에서 확인될 수 있는 것은 그 발단과정에서 채봉과 강필성이 나파시를 통하여 첫 인연을 맺는 부분일 뿐이다. 이 사소한 부분을 가지고 <추풍감별곡>을 번안물로 처리한다면, 순수한 독창성이 없는 한, 대부분의 작품이 영향의 수수관계에서 씌여진 것을 생각할 때, 자칫하다간 우리나라 고소설의 대부분이 번안물로 떨어져야만 할 것이다.

다시 말하거니와 김기동 교수의 언급대로[28] <추풍감별곡>의 작자

---

28) 김기동, 앞의 논문, 85쪽.

가 〈왕교란백년장한〉의 서두의 플롯을 모방하였을 뿐, 그 다음에 이어지는 길고 다양한 플롯·인물의 등장과 한국적 성격·사건·배경은 작자의 독창으로 보아야 한다. 발레리의 말 "남의 것을 섭취하는 것만큼 독창적이요, 또 자기적인 것은 없다. 그러나 소화하지 않으면 안 된다. 사자의 몸뚱이는 양이 동화하여 된 것이다"[29])는 그대로 〈추풍감별곡〉에 해당된다고 보며, 〈추풍감별곡〉은 작자의 말 "혹 듯기도 ᄒ고 혹 칙즈에셔 본 거슬 참작ᄒ야"에서와 같이 〈왕교란백년장한〉을 읽고 암시를 받았을 뿐, 작자의 풍부한 상상력으로 이루어진 창작물로 규정해야 할 것이다.

1) 〈추풍감별곡〉의 현실성

〈추풍감별곡〉은 조선조 말엽의 부패된 사회현상을 단적으로 잘 표출하고 있으며, 관리들의 공공연한 매관매직과 그 추종자들의 행패, 그리고 여색을 탐하는 관리와 자신의 명리에만 오로지하는 腐儒들의 생태를 가장 적절히 얽고 있다. 즉, 자신의 출세욕을 달성하기 위하여 딸을 거침없이 바치는 〈鬼의 聲〉, 기녀이면서도 절개를 소중히 여기는 〈靑樓義女傳〉 등과 함께 낡은 시대의식의 잔존과 새 시대의 개화의식을 동시에 보여주고 있는 작품이다. 말하자면 新과 舊가 잘 교차되는 가운데 작가의 시대의식이 잘 드러나 있다고 보겠다.

이런 문제를 중심으로 본 작품이 지닌 현실성의 문제를 인물·구성·문체 등으로 나누어 고찰해보기로 하겠다.

---

29) M.F.Guyard, *La Litterature Comparee*(전규태 역, 『비교문학』, 정음사, 1974, 6쪽.)

a) 인물의 현실성

신소설에 나타난 인물에 대하여는 이재선 교수가 주로 내부적 공간 보다는 외부적 공간에 보다 관련되어 당시 개화기를 중심으로 인간상으로 위인들, 또 개화극단론자로서의 일본유학생, 상승된 일본인상, 그리고 봉건적인 신분계급의 철폐에서 온 하층계급의 인간 등 네 가지 유형으로 분류한 적이 있는데[30] 본 소설은 위와 같은 유형은 하나도 없고 철두철미 조선조 말엽의 부패상에서 야기되는 인물들이 등장하고 있다.

그러면 신소설의 양이 百數에 가깝지만, 이들이 모두 개화기를 중심으로 전개되는 근대사회의 갖가지 상과 인물이 등장하는데, <추풍감별곡>이 신소설을 표방하면서도 하필이면 개화기 이전에 있었던 조선 말기 사회의 부패상을 작품의 중심과제로 삼았을까? 그 이유는 <추풍감별곡>이 개화기의 상을 그리는 것이 아니라 가사 <추풍감별곡>을 중심으로 전개된 평양의 러브 스토리를 그린 것을 목적으로 하였기 때문에, 그와의 시대적 구색을 맞추기 위해 자연 조선 말기의 부패된 사회상이 그 작품의 시대적 배경이 되지 않았을까 생각된다. 말하자면 본 작품에 조선 말기의 사회상이 반영된 것이 일찍이 본 소설로 하여금 고소설의 일종으로 파악하게 된 중요 이유가 되었다고 본다.

그러나 <추풍감별곡>에 등장하는 인물들이 비록 조선 말기의 인물들이라 하더라도 이들의 성격 묘사는 고소설에서와 같이 권선징악적인 굴레 밑에 등장하고 기계적인 인물이 아니라, 개화기 당시의 소설 기법에 의해 모두가 살아 움직이는 현실성이 부여되었다고 보지 않을

---

30) 이재선, 『한국개화기소설연구』, 일조각, 1972, 300~310쪽.

수 없다.

여기에 특이한 인물은 본 작품에 등장하는 인물들이 모두 이에 해당되지만, 특히 김 진사의 등장은 주목할 만하다. 조선 말기의 전형적인 부패 관리들, 매관매직을 자행하는 허 판서와 그 하수인 김양주는 중간착취 계급의 전형적인 인물로서 권선징악의 테두리에 있는 인물에 비하여 훨씬 생동감을 주는 악인이다. 또 종래의 소설 기법에서는 당연히 선인의 위치에 있어야 할 김 진사는 이들의 여파로 자기 딸을 팔아서까지 벼슬을 해 보겠다는 貪과 愚가 아울러 곁들인 인물로 등장된 것은 고소설의 배경 인물이면서도 아울러 근대적인 신소설의 기법으로 그려진 인물이 아닐 수 없다.

김 진사는 상경하여 채봉을 허 판서에게 소첩으로 주고 평양으로 돌아와 이 부인에게 그 의견을 말하니, 이에 이 부인은 소첩이란 말에 처음엔 완강히 반대하다가 채봉이 나중엔 정경부인이 되어 호강을 누릴 것이라는 김 진사의 말을 듣고, 은근히 반대 의견이 사그라지며 채봉을 소첩으로 넘기는 데 드디어 동의를 한다.

(김진스) 아모리 남에 첩이 되드리도 호강만 ᄒ고 몸편힛으면 조치

(리부인) 남의 눈가지가 되어서 무슴독을 당홀는지를 몰나 바능방
석에 가안진 것갓히도 호강만ᄒ면 졔일강산이란 말이요 나는 죽어도
그런 호강은 안이식키깃쇼

김진스가 이 말을 듯고 열이 벌컥나셔 주먹으로 마루쳥을 탕 치며

그리 그런데가 시려—조런 복철보완나—니말을 드러보와—위션 춤
츌라 일이 잇스니

(리부인) 무어시 그리 조와셔 춤을 춘단 말이요

(김진스) 위션 허판셔 쥬션으로 과쳔 현감을 헐터이지 이졔 치봉이가

그리드러가셔 살면 감스도 잇고 디신도 잇슨즉 그쎄에는 정경부인은
갈쎠업슬 터이니 이런 경스가 어디잇쇼 두말말고 다리고 올나갑시다.
　리부인도 역시 그 소리에 고기가 솔깃ᄒᆞ야 ᄒᆞᆫ 말이라 진ᄉᆞ님이
그여코 ᄒᆞ라드시면 난들 웃더케 ᄒᆞ깃쇼마는 ᄋᆡ 기가 질기여셔 말을 드
를는지 모르깃쇼(신구본, 53~54쪽)

김 진사와 이 부인과의 대화구에 나타난 하나하나의 낱말에서 생동
감을 만끽하게 되고 김 진사의 어리석고 욕심 많은 성격을 알 수 있다.

b) 구성의 현실성

고소설의 구성은 주인공의 일대기를 중심으로 탄생·성장·활동·
죽음의 과정을 그 전개 되는 시간에 따라 평면적으로 이루어져 있음은
주지된 사실이다. 이에 따라 등장하는 인물도 권선징악적 윤리관에 입
각하여 주인공 측과 반주인공 측으로 나누어져 선과 악의 극화를 이루
고, 현대소설에서와 같이 선악을 겸비한 다양한 개성적인 인물이 전연
등장하지 않는다. 이것이 말하자면, 고소설의 천편일률적인 공식성이
다.[31] 이런 공식률이 신소설에 이르러 비로소 무너지기 시작한다. <추
풍감별곡>도 고소설의 공식률이 거의 파괴되어 있다. 즉, 그 구성도
고소설에서와 같이 일대기적 시간성이 무시되고, 처음부터 주인공인
채봉과 강필성의 연애 사건이 발단되면서부터 이들의 사랑이 역경에
부닥치는 과정을 거쳐, 결말에 가서 이들의 사랑이 이루어지는 것으로
종결짓는다. 말하자면, 고소설에서와 같이 이들의 출생·성장·출세·

---

31) 정규복, 「한중고전소설에 나타난 비극성」, 『태야최동원박사화갑기념논총』, 삼영사,
　　1983, 300~310쪽.

명성·죽음의 문제는 제외되어 있다.

인물의 배열에 있어서도 주인공 측과 반주인공 측의 선악의 극화 현상이 무시되어 있다. 즉 채봉의 아버지인 김 진사와 그 부인은 마땅히 권선징악의 틀에 따른다면 善格으로 배열되어야 할 것인데, 그들은 채봉을 팔아서까지 자기의 출세욕을 만족시키려 하고, 그의 딸을 백면서생인 강필성에 주는 것보다는 재력과 권력을 아울러 가진 탐관오리 허 판서에게 소첩으로 주는 것이 딸에게도 행복이 된다고 생각하는, 전도된 가치관을 가진 어리석고 뒤틀린 인간들이다. 말하자면, 이들은 고소설에서와 같이 善型에 속해 있지도 않고, 그렇다고 惡型에 속해 있지도 않다.

이들 외에 본 작품에 등장하는 기녀들은 주인공과 반주인공 어디에도 속하지 않는 인물들이다. 고소설의 인물배열에 있어서는 아무리 사소한 인물이라도 주인공 측, 아니면 이와 대립되는 반주인공 측에 속해 있는 것이 공식률로 되어 있다. 그러나 본 작품에 등장하는 봉선모를 비롯한 갖가지 기녀들은 전언한 바와 같이 주인공 측과 반주인공 측, 어디에도 속해 있지 않으면서도 본 작품의 이야기를 끌고 가는데 중요한 역할을 담당하고 있다. 즉 그들은 채봉이 허 판서의 소첩이 되지 않기 위해 기녀로 팔려 역경을 겪는데 중요한 몫을 담당하고 있는 것이다. 이들도 고소설의 권선징악적 윤리성과는 아무런 관련이 없다.

물론, 〈추풍감별곡〉의 구성이 전연 우연성이 배제되어 있다고는 보지 않는다. 그 예의 하나는 채봉이 탐관오리 허 판서의 마수를 벗어나기 위해 그녀의 부모와 상경 도중, 중화에서의 탈출 사건이라고 본다. 그러나 고소설에 주인공의 위기에서의 구출로 흔히 삽입되는 靑衣童子·道士·仙女·夢兆 등 이른바 비현실성 보다는 훨씬 현실성을 지니지만, 우연성에서 완전히 벗어나 있지는 못하고 있다. 이것이 말하자면, 고소설의 우연성의 잔재가 남아 있는 신소설의 한계성이라고 보아진다. 그러나 전체적인 구성의 윤곽에서 볼 때, <추풍감별곡>의 구성은 고소설의 공식률을 벗어난 현실성으로 규정짓지 않을 수 없다.

c) 문체의 현실성

고소설의 문체는 한결같이 개성이 용납되지 않는 죽은 문체이다. 다시 말하면, 작품의 배경이나 사건 내지 분위기가 무시되고, 다만 작자의 기호와 지적 수준에 따라서 만들어진 문장이다. 이런 문체가 조선조 후기 판소리 소설이 등장함으로써 약간 변모가 이루어지긴 하지만 大旨에 있어서는 역시 개성이 무시된 공식률의 범주를 벗어나지 못하고 있다.

그러나 신소설에 이르러는 글을 쓰는 작자가 중심이 되는 것이 아니라, 언문일치의 大旨 밑에 작품 속에 담겨진 배경·사건 내지 인물의 성격에 따라서 문장이 이루어졌다. 신소설의 최초 작품으로 꼽히는 이인직의 <혈의 누>를 보면, 고소설에서와 같이 내리다지로 씌여지지 않고, 적당한 띄어쓰기와 행간의 구분이 나타나며, 지문과 대화구가 구별된 변화를 통하여 귀의 문학이 눈의 문학으로 이행해 가고 있음을 엿볼 수 있다.[32]

이런 현상이 <추풍감별곡>의 초간본인 신구본에도 나타나 있음을 확인할 수 있는데, 특히 가장 두드러지게 나타난 문체는 채봉과 기녀어멈인 風仙月과의 대화에서 극을 이루었다고 보아진다. 채봉은 기녀

---

32) 정한숙, 『소설문장론』, 고려대 출판부, 1973, 162쪽.

가 되는 문제를 자기의 시녀 추향의 모와 상의하고, 따라서 추향 모는 기녀의 모인 풍선월을 찾아가 두 사람이 채봉의 문제에 대해 다음과 같이 상의를 한다.

> (츄향모) 웃지 헐수업셔 봉션어미 집으로 가셔 치봉에 발을 ᄒ니 봉션어미가 듯고 불승디희ᄒ야 츄향어머니 졍말이요
> (츄향모) 그러면 졍말이지 웃던 소리라고 거짓말 ᄒ깃쇼
> (봉션모) 졍말이면 죳키는 한량업시 죳쇼 그런데 돈은 얼마나 달나고 흽뒷가
> (츄향모) 그런거슨 디면ᄒ야 의론ᄒ구료 (신구본, 77~78쪽)

위의 대화구에서 평야의 사투리 "ᄒ깃쇼"·"흽뒷가"가 등장하는 것도 중요하지만, 추향 모와 풍선월은 신분관계상 모두 천인에 가까워 대등한 대화로 이루어짐도 주목된다. 그렇지만 추향 모와 채봉과의 신분적 관계는 奴主의 관계가 있으므로 위의 예문의 앞에서 전개된 대화구에는 추향 모가 채봉에게 깍듯이 존대로 대하고, 채봉은 그녀에게 '하게'로 대한다.[33]

그렇지만 이후 풍선 모와 채봉과의 대화는 다음과 같이 이루어진다.

> (치 봉) ······추향어미에게 디강이라고 드르셧깃지요
> (봉션모) 그리 드럿다 그러면 돈을 얼마나 쥬랴
>   치봉이 가만이 무슴싱각을 ᄒ더니 륙쳔냥만 쥬시요
> (봉션모) 그리히라 오날 쥬랴

---

33) (신구본, 74~77쪽.) 채봉과 추향 모와의 대화의 일부를 들면 다음과 같다.
(츄향모) 무슴 쳥이시에요.
(치봉) 붓그러 말이 안이 나오네만는 나를 좀 파라쥬게

(치 봉) 오날 쥬세요

위의 대화구에서 풍선 모와 채봉과의 신분관계상 귀족과 천민의 관계가 무시되고 풍선 모가 채봉에게 '해라'로 대하는 대신, 채봉은 풍선 모에게 깍듯이 존대로 대하고 있는 것은 채봉이 현재 기녀가 된 이상, 신분상 풍선 모와는 대등한 관계이며, 오히려 채봉이 연하 從妓임을 알려준다. 이와 같이 채봉이 처한 환경에 따라 존대와 卑待가 엄격히 구별되는 것은 각자 처한 인물의 성격을 잘 나타내 주고 있다.

2) 〈추풍감별곡〉은 신소설이다

〈추풍감별곡〉은 고소설이 아니라 신소설이란 것은 이미 그 대지를 전항에서 밝힌 바 있다. 이는 〈추풍감별곡〉의 인물·구성·문체 등에 나타난 현실성에서도 드러난다. 즉, 인물에 있어서 고소설의 권선징악적 굴레를 벗어나 신소설의 기법에 의해 살아 움직이는 인물 묘사와, 구성에 있어서 고소설의 공식률인 인물 傳記性을 벗어나 사건 중심에 의해 엮어진 것과, 또 문체에 있어서 고소설에서와 같이 작자의 교양·기호에 의해 씌어지기보다는 등장하는 인물의 성격에 따라 문장이 이루어진 것 등은 고소설의 굴레를 벗어나 신소설에 즉한 현실성으로 파악할 수 있다.

고소설이 아니라 신소설이란 것은 국문학사상 매우 중요한 문제이므로 이를 보다 확적하게 하기 위하여 이를 논증하는 방법으로 문헌학적 문제와 〈추풍감별곡〉이 지닌 近代性(Modernism)의 문제를 중심으로 고찰하기로 한다.

첫째, 〈추풍감별곡〉의 문헌학적 문제에 있어서 본 소설의 이본으로 초간본인 신구본을 비롯하여 박문본·이문본·세창본 등의 활자본 외에 필사본 및 일역본 등 여섯 종류가 있다는 것은 이미 전개되었다. 또한 이들 여섯 종류의 이본 가운데 신구본이 초간본으로 〈추풍감별곡〉의 원본에 해당된다는 것도 아울러 언급한 바 있다.

신구본의 발문에 의하면, 신구본은 유전해온 가사 〈추풍감별곡〉에다가 소설적인 실사를 붙여서 만들어진 소설이라는 것과, 또한 신구본 이전에 간행된 〈추풍감별곡〉이 전연 없다는 것도 이미 밝혔고, 특히 신구본이 유전해온 가사 〈추풍감별곡〉에다 실사를 붙여 소설로 꾸며졌다는 것은 전항 이본을 검토하는 과정에서 예문을 들어 충분히 밝혔으므로 사족을 피하겠다. 그리고 신구본의 서문이 신구본의 발문을 밑받침할 만한 것으로 신구본 이전에 나온 필사본이 전무하고 현존한 필사본은 박문본을 모본으로 하여 나온 후기본이라는 것과 아울러 박문본의 서문이 신구본의 발문과 합리적으로 연계되어, 결국 〈추풍감별곡〉의 텍스트로 볼 때, 신구본이 〈추풍감별곡〉의 원본이 될 수밖에 없다는 것도 이미 언급되었다.

그러나 이 문제를 보다 확고히 하기 위하여 1912년에 간행된 소위 초간본인 신구본과 그 이듬해 1913년에 간행된 후기본과의 정밀하게 비교하고 나서 박문본은 결국 신구본을 모본으로 하여 간행된 후기본이란 것을 확정해 보기로 한다.

신구본과 박문본은 대지는 같으면서도 양 본을 이계로 잡을 만큼 크게 차이가 나는 것은 13개 항으로, 이에 대하여 이미 전 항에서 언급하였다. 또한 박문본의 서문 가운데 출현하는 "수의 其舊본을 得ᄒᆞ야 修正을 略加ᄒᆞ고 更題ᄒᆞ야 曰채봉感別이라ᄒᆞ야" 운운의 구본이 꼭 신구본일 것이라는 것도 이미 전게한 바 있다.

그렇지만 구본이 꼭 신구본이라고 단정할 만한 것은 박문본의 서문에 없다 할지라도 양 본의 이본적 비교를 통하여 박문본의 서문에 나타난 구본은 바로 신구본임을 단정할 수가 있다는 것이다.

우선 양 본 초두 서설이 서로 완전히 달라 독자에게 같은 것이 아님을 말해준다.

> 만산락엽(滿山落葉)은 쓸쓸흔 가을 바람을 따라 훗터지고 공산에 명월은 젹막흔데 상풍(商風)에 놀난 기럭이 벽공에 넙피떠셔 옹옹(癰癰)흔 긴소리로 짝을 부르며 평양을밀터(平壤乙密臺)압 리감스집 후원별당위로 남텬을 향흐고 지니간다 (신구본, 1쪽)

> 어졔밤 부든 바람 금셩(金聲)이 완연흐다 모란봉 치운 바람 단풍락엽(丹楓落葉)을 헛낙려셔 평양셩즁으로 부러 들트리니 스졍업시 넘어가는 져녁빗에 호을노 셔창을 의지흐여 바룸에 붓쳐 쩌러지는 락엽을 믹업시 보고 안즌 스룸은 평양셩외김진스(平壤城外김 진사)집 쳐녀 치봉(채봉)이라 (박문본, 1쪽)

초두부터 상이한 내용과, 또한 곳곳에 상이한 내용과 문장의 표현, 그리고 그 체재에 있어도 신구본은 내리다지로 장회가 없는데 대하여, 박문본은 12장회로 되어 있고, 그 명칭도 전자가 "秋風感別曲"으로 되어 있는 데 대하여 후자는 "彩鳳感別曲"으로 되어 있고, 주 인물들의 이름에 있어서도 전자를 모본으로 하면서도 모본의 사용을 위장한 듯한 인상을 우리에게 강하게 주고 있다. 이 부분에서 박문본의 서문에 솔직하게 "신구본을 얻어 修正을 略加하고" 운운하지 않고, "수의 其

舊본" 운운했을 것으로 짐작할 수 있다.

그렇지만 위와 같이 양 본을 서로 다른 이계로 잡을 만큼 서로 다른 내용과 문장의 표현이 있다 할지라도, 양 본이 大旨뿐만 아니라 小旨도 서로 같고, 또한 군데군데 양 본이 꼭 같은 자자구구와 문장의 내용으로 양 본이 서로 주고받은 것임을 양 본의 비교를 통하여 확인할 수가 있다. 그 한 예를 본 소설의 서두에 채봉이 추향과 함께 외출하였다가 떨어뜨린 손수건을 찾는 장면을 들어 보기로 하자.

> 그 소년이 치봉이가 추향을 다리고 드러가 문거는 거슬 보고 터진데로 드러와 좌우를 구경ㅎ며 치봉이 안졋던 즈리에 가 안치니 오히려 남져지향취가 잇는듯ㅎ지라 박은드시 안져 초당을 바라보다가 위연이 고기를 숙이며 쌍을 보니 이슘보밧게 수건 ㅎ나이 잇거늘 급히 이러나보니 슘척가량되는 슘팔수건이라 즈셰이 펼치고 본즉 수건꼿히 치봉이 즈를 수노완는지라 보비나 엇든드시 깃거ㅎ야 안졋던 즈리를 다시 오랴ㅎ는데 문안으로 스롬에 소리가 들니거놀 급히 담터진 데로 도로 나와셔셔 동졍을 본즉 압셔셔 드러가던 녀즈가 나와셔 무어슬 도로 츠지며 혼즈말로 이상도ㅎ다 지금 쩌러진 수건이 어딕갓슬가 쇼년이 이 쇼리를 듯고 입속으로 말이 나오믈 씨닷지 못ㅎ고 벌셔 니게 와셔 잇는 물건을 아모리 츠지면 츠질수가 잇나 공연이 익만 쓰지 (신구본, 4~5쪽)

> 그 소년이 치봉이가 취향을 다리고 드러가 문거는 거슬 보고 담터진데로 드러와 좌우로 동상을 구경ㅎ며 치봉의 안졋던 즈리에 가 안져보니 오히려 남어지 향긔가 잇는듯ㅎ지라 아 신션이 귀동쳔(神仙歸洞天)ㅎ니 공여양류연(空餘楊柳煙)이오 지문죠작헌(只聞鳥雀喧)이로구나 흔번 툰식ㅎ고 초당을 바라보다가 우연이 고기를 숙이

며 싸을 보니 이슥보밧게 수건 ᄒ나이 쩌러졋거늘 급히 쥬셔보니 슴
쳑가량되는 명쥬수건이라 즈셔이 펼치고 본즉 수건끚헤 치봉이 즈를
수노완논지라 이는 분명 그 쳐녀의 슈건이오 치봉은 그 일홈이라
싱각ᄒ고 싸뜻ᄒ흔 향긔를 품속에 품고 무삼 큰 보뵈나엇든드시 깃거ᄒ
야 앉졋든 즈리롤 다시 오랴 ᄒ논디 문안으로 스롬의 소리가 들니거
눌 급히 담터진데로 도로 나와 셔셔 동졍을 본즉 압셔셔 드러가던 녀
즈가 나와셔 무어슬 도로 츠지며 혼즈말로 <이상도ᄒ다 지금 쩌더진
슈건이 어디로 갓슬가 ᄒ는지라> 소년이 이 소리를 듯고 입속으로
말이 나옴을 씨닷지못ᄒ고 <벌셔 니게 와셔 잇는 물건을 아모리 츠지
면 츠질슈가 잇나 공연이 애만쓰지> (박문본, 3~4쪽)

위의 양자를 대비하면 ○표의 부분은 양자의 표현이 서로 다른 것인
데, 신구본의 "좌우를 구경ᄒ며"는 박문본에 "좌우로 동상을 구경ᄒ
며"로 "지니"는 "안져보니"로, "남저지 향취"는 "남어지 향긔"로, "위
연이"는 "우연이"로 바로잡아 표시되고, "잇거눌"은 "쩌러졋거눌", "이
러나보니"는 "쥬셔보니"로, "슘팔수건"은 "명쥬수건"으로 되어 있고,
또한 위의 박문본의 ×표에서와 같이 신구본에 없는 부분을 덧붙여 놓
았을 뿐, 그 나머지는 조사·어구의 자자구구가 양자 꼭 같으므로 박
문본은 분명 신구본을 모본으로 하여 간행된 것임을 알 수 있다. 이와
같이 양 본의 묘사 및 자자구구가 꼭 같은 것은 전편에 걸쳐 곳곳에
산재해 있다.
박문본이 신구본을 모본으로 하여 이루어졌다는 또 다른 이유는 박
문본의 서문의 일절 "修正을 略加ᄒ고"에서와 같이 박문본의 편자가
빼기도 하고 보태기도 하는 가운데 잘못 수정을 가해 놓은 부분도 있

다는 것이다. 예를 본 소설에 삽입된 가사 〈추풍감별곡〉의 일절에서
들어 보기로 하자.

> 인연이 업셔쓰면
> 유정인들 어이ᄒ며
> 유정홈이 업셔쓰면
> 그리긴들 어이헐가 (신구본, 108쪽)

> 인연이 업셧시며
> 유정인들 어이ᄒ며
> 유정홈이 업셧시며
> 그리긴들 어이홀가 (박문본, 60쪽)

위에서 신구본의 방점 부분 "쓰면"(조건)이 박문본엔 "시며"(진행)
로 오기 되었는데, 이는 오자거나 아니면 오용이라고 보는데, 이 오기
가 필사본(10쪽)에 그대로 再起된 것으로 보아, 두 가지 사항을 확인할
수 있다. 즉, 첫째 박문본은 신구본을 모본으로 한 것, 둘째 필사본은
박문본을 모본으로 한 것 등이다.

그렇지만 박문본이 신구본을 모본으로 하는 가운데 위와 같이 잘못
옮긴 것도 있지만, 때로는 신구본의 잘못을 바로잡아 놓은 경우도 있
다.[34] 또한 첨보와 刪除에 있어서도 박문본이 때로는 신구본의 내용에

---

34) 같은 가사 〈추풍감별곡〉의 일절에 신구본의 "황텬후도 이뜻알아 리별업시 원이로다
진시황분시셔홀쩌 어느틈에 숨엇다가 지금까지 류련ᄒ여 나의일신 병이되고"가 박문
본엔 "황텬후토 이 뜻알아 리별업기 원이로다. 츙일이즛후에 가즁ᄒ 리별이스 진시황
분셔시 언으틈에 숨엇다가 지금것 류전ᄒ야 나의 일신 병이된고"로 되어 있는데 위의
양자의 ×에서 보면 신구본의 "시"보다는 박문본의 "기"가 문리를 이어지게 하고, 또한

비하여 보태진 경우도 있지만, 때로는 역으로 빠진 경우도 있다. 이들
의 내용을 전 항 "박문본"에서 논의된 13항을 중심으로 박문본과 신구
본을 비교하여 박문본에 나타난 상이·첨보·산략의 사항을 도표로
제시하면 다음과 같다.

① 서두의 분위기 묘사 (산략)

② 채봉과 추향의 정원 완상 (상이)

③ 강필성이 추향에게 중개부탁 (산략)

④ 이 부인이 강필성을 사위로 대접 (산략)

⑤ 김 진사와 양주와의 음주 (산략)

⑥ 채봉이 탈출하여 이 부인과의 재회 (산략)

⑦ 채봉이 기녀로 팔리는 장면 (첨보)

⑧ 이 부인이 김 진사를 구출하기 위해 상경 (산략)

⑨ 강필성이 채봉을 구출코자 서리가 되는 장면 (상이)

⑩ 채봉이 이 감사로부터 김 진사의 근황을 듣는 장면 (산략)

⑪ 이 감사가 채봉과 강필성의 인연을 맺는 장면 (상이)

⑫ 채봉과 강필성의 혼인 장면 (상이)

위에서 보면, 박문본이 신구본에 비해 첨보된 부분도 있지만, 대체
로 산략된 부분이 훨씬 많음을 알 수 있다. 위의 도표는 양 본의 대차

박문본의 방점 부분으로 전체 내용에 있어서 박문본이 신구본에 비해 훨씬 합리적이
다. 이는 아마 박문본의 편자에 의해 신구본의 것이 교정된 것이라고 생각된다. 아울러
신구본의 해당 구절은 이문본(57쪽)과 세창본(55쪽)에 그대로 재활자 되고, 박문본의
해당 구절은 필사본(104~105쪽)에 그대로 再寫되었음을 밝혀 둔다.

를 열거한 것이고, 작은 부분까지 정밀히 대조해 보면 첨보와 산략의 양상이 좀 달라질 수 있겠지만, 분량으로 볼 때, 박문본이 신구본에 비해 좀 작아질 것으로 짐작된다. 그러므로 박문본의 서문의 일절 "수의 其舊본을 得ᄒ야 修正을 略加ᄒ고" 운운은 그대로 솔직한 편자의 말로 받아들여도 좋을 것이다. 이와 곁들여 박문본이 신구본을 모본으로 하면서도 위와 같이 그 서문에 나타난 대로 첨보와 산략 등 수정을 가하면서 상이한 내용을 삽입하고 또한 표지의 그림도 다른 것으로 대치해 놓은 이유는 당시 출판법에 위배되지 않기 위해서가 아닌가 생각된다. 즉 이런 이유로 박문본의 서문에 신구본으로 못을 박지 못하고 "수의 其舊본" 운운하지 않았는가 한다.

둘째는 〈추풍감별곡〉의 내용뿐만 아니라, 형식이 모두 근대소설의 요소를 지니고 있다는 것이다. 전 항 "추풍감별곡의 현실성"에서 논의한 바와 같이 이 작품은 고소설식 일평생의 전기적 구성을 탈피하여 신소설과 같이 사건 중심의 구성을 지니고 있으며, 인물의 성격만 하더라도 모든 등장 인물이 한결같이 개성을 지니고 있는 인물이다.

즉, 주인공 채봉과 강필성을 비롯하여 김 진사·이 부인·허 판서·김양주·이보국·추향 등이 등장하지만, 채봉은 효와 열을 아울러 갖춘 주인공이며, 강필성은 채봉을 일편단심으로 기다리는 순진한 인물이다. 김 진사는 딸을 팔아서까지 벼슬을 탐하는 탐욕주의자이며, 이 부인 역시 소극적인 동조자, 허 판서는 여인을 미끼로 벼슬을 파는 好色汚吏이며, 김양주는 그 하수인으로서 중간착취 계급의 전형으로 이들은 모두 현실적·필연적 구성의 테두리 안에서 성격을 잘 들어내고 있다.

그리고 사건과 배경에 있어서도 이 작품은 조선조 말기의 부패된 사회의 현상을 잘 들어 내주고 있으며, 관리들의 공공연한 매관매직과 그 추종자들의 행패, 그리고 여색을 탐하는 관리와 자신의 명리에만 오로지하는 위선자들의 생태를 가장 적절히 엮고 있음은 낡은 시대의 식의 잔재와 새 시대의 개화의식을 동시에 보여주고 있다. 문체에 있어서도 이 소설은 고소설의 문체인 '러라'·'더라'에서 완전히 탈피하여 신소설의 문체인 언문일치에 접근하고 있다. 또한 소설의 내용에 있어서도 어음의 거래, 기생의 매매·금전거래에 있어서의 영수증 등이 나타나 있다.

<추풍감별곡>에 담겨진 구성·인물·문체 등은 고소설의 범위를 벗어나 신소설의 범주에 들어설 수 있는 근대적 현실성이라고 보지 않을 수 없다.

이를 마무리하면, 본 소설의 신구본이 기록상 <추풍감별곡>의 초판본으로 이후 출현한 모든 <추풍감별곡>의 모체가 될 뿐 아니라, 신구본의 表圖에 쓰여진 "新小說 秋風感別曲"이란 기록 및 신구본 이전에 필사 혹은 간행된 <추풍감별곡>이 전무하다는 것, 그리고 본 소설에 담겨진 신소설의 범주에 들어설 수 있는 근대적 현실성 등은 신소설이 <추풍감별곡>의 원본이며, 나아가 이것이 오늘날까지 알려져 있는 대로 고소설이 아니라, 신소설이란 것을 강력하게 확인해 주는 것이다.

저쟉즈 가로되 평양에 추풍감별곡이 류전ㅎ미 오러되 그 실스는 업고 감별곡만 잇스니 비유컨더 실스는 쑤리요 감별곡은 열미라 쑤리업는 열미가 되믈 도라보지 안니ㅎ고 혹 듯기도 ㅎ고 혹 칙즈에서 본거슬 참쟉ㅎ야 한 쑤리를 민드럿스나 가위 우수마발이라 웃지 붓그럽지 안이ㅎ리요 열람ㅎ시는 동포즈미는 힉물후 초ㅎ시믈 바라나이다.

그러므로 신구본의 말미에 제시된 이러한 저작자의 발문은 그대로
믿을 수 있는 사실의 기록임을 말해주는 것이다.

그러면 이와 같이 〈추풍감별곡〉이 문헌학적으로 신소설이 분명하
며, 또한 본 소설에 담겨진 근대적 현실성이 신소설임을 더욱 뒷받침
해 주고 있음에도 불구하고, 〈추풍감별곡〉을 고소설로 규정한 이유는
어디에 있을까?

〈추풍감별곡〉을 고소설로 규정한 것은 김태준에 의해 비롯된다. 그
는 그의 『조선소설사』에서 순조조에서 철종조 사이에 나온 조선후기
소설로 규정하였다.

> 純祖朝로부터 哲宗때까지 數百年 동안 戲曲的體制를 가진 裵裨將
> 傳과 歌曲절반인 채봉感別曲 등이 있다.[35]

김태준의 위와 같은 규정은 그 후 주왕산·박성의·김기동 교수[36]
등에 의해 그대로 답습되어 오늘날에 이르고 있다.

그러면 김태준은 무슨 근거에서 〈추풍감별곡〉을 〈배비장전〉과 同
系의 고소설로 규정하였을까. 김태준이 〈추풍감별곡〉과 『금고기관』
의 〈왕교란백년장한〉과 연계시켜 언급한 것[37]을 보면, 그가 분명히
〈추풍감별곡〉을 읽고 고소설로 규정하였음을 알 수 있다. 그러면
〈추풍감별곡〉이 신소설의 구성과 내용을 지니며, 또 신구본이나 박

---

35) 김태준, 『조선소설사』, 증보판, 학예사, 1939, 230쪽.
36) 주왕산, 『조선고대소설사』, 정음사, 1950, 308쪽; 박성의, 『한국고대소설사』, 일신사,
    1958, 447쪽; 신기형, 『한국소설발달사』, 창문사, 1960, 442쪽; 김기동, 『이조시대소설
    론』, 482~487쪽.
37) 김태준, 위의 책, 96쪽.

문본에 엄연히 "新小說"로 규정되어 있음에도 그는 왜 고소설로 규정하였을까. 물론 김태준이 <추풍감별곡>의 문헌적 검토를 거쳐 고소설로 규정한 것은 아니라고 본다. 다만, 김태준이 『조선소설사』를 엮을 당시, 그의 눈에 띈 것은 "古代小說 秋風感別曲"이란 명칭을 지닌 이문본(1925년)이 아니었을까 추측된다. 당시에 1912년대에 간행된 신구본이나 박문본은 이미 희귀본이 되었을 것으로 짐작되며, 만일 김태준이 신구본이나 박문본을 보았다면 집필 내용은 달랐을 것으로 생각된다.

4. 결어

이제 총 마무리로 들어간다.

첫째, 문헌학적 검토에서 소설 <추풍감별곡>에 선행된 가사 <추풍감별곡>을 연계시키기 위해 이를 수집한 결과, 하버드본·악부본·가집본·삼우사본 등 네 종류를 수집할 수 있었는데 이들을 상호 검토하였지만, 현존한 소설 <추풍감별곡>에 영향을 주었다고 할 만한 것은 찾을 수 없었다. 다만 현존한 네 종류의 <추풍감별곡> 가운데 기록상으로 하버드본(1897)이 가장 오래 되었고, 나머지 악부본·가집본·삼우사본 등은 하버드본에 후행된 동계본으로, 이들 가운데 가집본은 신구본 <추풍감별곡>과 내용이 꼭 같으나 선후 관계에 있어서는 전자가 후자의 재사본임이 판명되었다. 그러므로 가사 <추풍감별곡>의 검토에서는 현 소설 <추풍감별곡>과 연계시키지 못하고, 다만 자료 수집에 그쳤을 뿐이다.

둘째, 소설 〈추풍감별곡〉의 이본 고찰에 있어서는 신구본·박문본·이문본·세창본 등 활자본을 비롯하여 필사본·일역본 등 여섯 종류를 수집하여 이들의 상호 관계를 검토하였다. 여기에 두드러지게 나타난 것은 1912년 신구서림에서 간행된 신구본이 초간본이며, 아울러 〈추풍감별곡〉의 원본에 해당된다는 것을 밝힐 수 있었다는 것이다.

셋째, 비교문학적 검토에 있어서는 〈추풍감별곡〉의 작자의 국내적 독서물로 〈춘향전〉을 비롯하여 국외적 독서물로 백낙천의 〈비파행〉, 〈서상기〉 및 『금고기관』 아니면 『삼언』에 삽입된 〈왕교란백년장한〉 등을 들 수 있었다. 특히 〈왕교란백년장한〉은 본 소설과 긴밀히 연관되어 본 소설이 〈왕교란백년장한〉의 번안물이냐, 아니면 창작물이냐에 대한 문제가 제기된 바 있다. 여기서 양자를 주제·구성·인물 등으로 나누어 검토한 결과 본 소설은 〈왕교란백년장한〉을 읽고 암시를 받았을 뿐, 순수한 창작물임을 천명하였다.

넷째, 〈추풍감별곡〉의 현실성에 있어서는 본 소설에 담긴 근대성을 규명하기 위하여 인물·배경·구성·문체 등으로 나누어 검토하였는데 거기에 담긴 근대적 현실성은 고소설의 구투를 완전 탈피하고 신소설의 범주에 들어갈 수 있다는 것을 밝혔다.

다섯째, 〈추풍감별곡〉은 고소설이 아니라, 신소설이란 것을 보다 확고히 하기 위하여, 문헌학적 검토에서 신구본이 〈추풍감별곡〉의 원본에 해당한다는 명제가 도출된 것을 전제로 이에 본 소설에 담긴 근대적 현실성을 뒷받침하여 〈추풍감별곡〉은 분명 신소설이며, 또한 〈추풍감별곡〉의 원본은 신구본이 해당된다는 것을 확증하였다.

이들을 종합해 보면, 〈추풍감별곡〉은 작자가 종래부터 가사 〈추풍감별곡〉이 평양 지방에 유전하고 있지만, 그 실사인 소설이 없음을 매우 애석히 여겨, 이에 국내의 <춘향전> 또는 국외의 백낙천의 <비파행>, <서상기>, 특히 『금고기관』 아니면 『삼언』에 내포된 <왕교란백년장한>을 읽고 이에 강한 암시를 받아 자기의 상상력을 활용하여 1912년을 전후해서 쓴 신소설의 하나라는 것이다.

서평

A Classical Novel Ch'un-hyang
『한국문학사』
『한국문학사개론』
『신라가요의 연구』
한중소설·시의 비교문학적 연구

A Classical Novel Ch'un-hyang[*]

한국고전문학 작품 가운데 <춘향전>만큼 다채롭게 외국어로 번역된 작품은 없다. <춘향전>은 한국민족의 서사시라는 말이 있듯, 그 작품은 한국민족의 기호와 직결되어 성장해 온 것이다. 그러나 우리의 많은 우수한 작품 가운데 유독 <춘향전>이 외국어 즉, 영어·독어·불어·중어·일어 등으로 다양하게 번역된 이유는 어디에 있을까. 과연 외국인은 <춘향전>의 외역본을 읽고 이를 얼마만큼 이해하고 거기에서 무엇을 느끼는지 그들의 직접적인 평이 없어 알 수 없다.

이번 진인숙 교수의 영역본 <춘향전>이 나오기 전에 지난날부터 <춘향전>이 영어로 여러 차례 번역되었는데 이를 열거하면 다음과 같다.

Chun Yang. Korean Tales v(1889): H.N. Allen.
Spring Perfume(1954): Edward. g. Urquhart.
Spring Fragrance: Tae Hung Ha.
Choon-yang: *Korean Magazine* (Vol.1, No.9~Vol.2, No.7)
Fragrance of spring: Chai Hong Sim(심재홍)

그러나 이들은 모두 槪譯이 아니면 抄譯·縮譯에 그쳤고 아직 <춘

향전>의 내용을 송두리째 전할 만한 全譯은 이루어지지 않고 있었다. 그런데 이번 진인숙 교수에 의해 전역이 시도되었다는 것은 <춘향전> 영역에 있어서 무엇보다도 의의있는 일이다. 그러면 이제 진 교수의 <춘향전> 영역본에 대해 리뷰를 付해 볼까 한다.

1.

   <춘향전>은 많은 이본이 있다. 지금 전하는 이본으로는 80여 종을 헤아릴 수 있다. 그러나 이들 중 가장 우리에게 회자되는 것은 경판·완판·고려대본이며, 그 중 다시 하나를 골라낸다면 완판본(열녀 춘향 수절가)이 이에 해당됨은 물론이다. 그만큼 완판본은 <춘향전> 이본 중 왕좌의 자리를 갖고 있다. 진 교수도 역시 그 영역본의 대본으로 완판을 택했음은 다행한 일이다.

   현존하는 <춘향전> 완판에 대한 주석으로는 조윤제 교수를 비롯한 이가원·김사엽 교수의 3종이 있다. 진 교수는 이 3종 가운데 김사엽 교수의 주석본을 그 텍스트로 하였다. <춘향전> 완판은 원래 상하권 으로 분권되어 있으나, 조윤제 교수의 주석은 <춘향과 이도령>, <광한루의 결연>, <交情>, <이별>, <수난>, <재봉> 등 육단으로 分章 되어 있고, 다시 이가원 교수는 그의 주석본에 聖代退妓, 仙娥幻生, 房子說景, 豪華治裝, 鵲橋風流, 物各有主, 靑鳥傳信, 月態花容, 李成之合, (中略) 乞人之上, 忿氣撑天, 握手氣絶, 破冠末席, 御史出頭, 李花春風 등 52회로 번다하게 분장해 놓았다. 김사엽 교수의 주석본에는 17회로 분장되어 있는데 진 교수는 그 영역본 분장에서 김 교수를 좇아 다음과 같이 분장해 놓았다.

① Sǒng Ch'un-hyang(成春香)

② Yi Toryǒng and Kwanghan Pavillion(李道令과 廣寒樓)

③ Butterflies Seeking Flowers(採花蜂蝶)

④ Encounter(相面)

⑤ Longing for Each Other(追思戀戀)

⑥ A Happy Reunion(結緣)

⑦ The Love Birds(鴛鴦交頸)

⑧ An Early Parting(青娥惜別)

⑨ Living in Solitude(獨宿空房)

⑩ The New Governor Pyǒn Hak-to(新官使道 卞學道)

⑪ A Loyal Heart(一片丹心)

⑫ Suffering (or, The Lament of Ten Lashes)(受難(十杖歌))

⑬ Under Detention(獄房春香)

⑭ The Fortune-teller(問卜)

⑮ The King's Secret Inspector(暗行御史)

⑯ In Rags and Buttered Hat(弊衣破冠)

⑰ Springtime Returns(李花春風)

그러나 진 교수가 전게한 3종의 주석 가운데, 왜 김사엽 교수의 것을 택했는지, 그에 대한 아무런 언급이 없어 그 이유를 알 수 없다. 또한 완판 <춘향전>이 <춘향전> 이본 가운데 가장 난해하며, 그 注解하는 태도에 있어서도 삼자가 각기 다른 곳이 많은데 진 교수는 역시 김 교수의 주해하는 방법을 따르고 있다. 이는 김 교수의 주석본이 <춘향전>의 주석으로는 가장 후기본으로 최근에 속하는 것으로서 조윤제·

이가원 교수의 것을 종합한 감이 없지 않아 진 교수가 김사엽 교수의
주석본을 그 텍스트로 한 것은 다행한 일로 받아들여야 할 것이다.

2.

진 교수의 번역한 방법에 대하여 살펴보기로 하면, 원문의 場場을
거의 전역해 놓으면서도 때로는 의역·축역, 때에 따라서는 첨역·개
역을 가하면서 아주 다양한 방법을 썼다. 물론 번역이라는 것은 원문
의 내용, 더 나아가서 될 수 있는 대로 그 원문이 지니는 뉘앙스까지도
외국인에게 전달해 놓는 것이 가장 상책일 것이나, <춘향전> 완판은
전라도를 중심으로 한 방언·풍속·器具名 등 우리 한국인에게도 이
해되지 않은 곳이 있는데, 이를 외국인에게 송두리째 전해 준다는 것
은 難中難의 일일 것이다. 더구나 <춘향전>은 소설이면서도 下層階
流의 광대를 중심으로 성장한 것이니 만큼 그것이 또렷한 주제를 전하
는 소설과는 달리 <춘향전> 각처에 나타나는 리듬 해학을 그대로 외
국인에게 전하려면 내용의 번역보다도 훨씬 많은 주석을 달아 놓지 않
으면 안 될 것이다. 즉, <춘향전>을 완역해 놓기란 거의 불가능한 일
이다. 여기에 진 교수가 축자 완역의 방법을 취하면서도 때로는 의
역·축역·첨역·개역의 방법을 쓴 것은 어쩔 수 없는 일일 것이다.

이제 의역한 예를 들면, <춘향전> 서두에 등장하는 肅宗聖代를 기
리는 장면,

> 숙종대왕 직위초의 셩덕이 너부시사 셩자셩숀은 계계승승ᄒ사 금고
> 옥죡은 요순시졀이요 으관문물은 우탕의 버금이라 좌우보필은 쥬셕지
> 신이요 용양호위난 간셩지장이라 조졍의 흐르난 덕화 힝곡의 퍼엿시나

사희구든 기운이 원근의 어려잇다 츙신은 만조ᄒᆞ고 회자열여 가가지라
미지미지라 우순풍조ᄒᆞ니 함포고복 빅셩덜은 쳐쳐의 격양가라

에 나타난 衣冠文物, 龍驤虎衛, 干城之將, 含哺鼓腹, 擊壤歌 등은 영
문으로 완역해 놓으려면 많은 附記가 필요할 것이다. 역자는 이를 매
우 적절하게 의역을 가해 놓았다.

It was in the early days of King Sukchong's reign. Since he had
ascended to the throne, the people were well off, each one well
satisfied with his trade or job. The officers in the administration
were not only honest and industrious but very attentive to the
people's needs. As for the nation's posture toward the outside
world, the defence forces were well organized and adequately
maintained.

The sound morality of the court spread through even the remote
corners of the distant countryside, and was even known to
neighboring nations. Since the people were well fed and satisfied
with their lot, they were as faithful to the throne as they were
dutiful to their families. They trusted one another in their
community life as well as in their relations with other countries.
It was a very good thing for the people to live in such a country,
where everything was in good order, each occupying in his proper
position in life and content with his portion. Even the weather had
been mild and modest; the seasons alternated so regularly that the
farmers were satisfied with their tilling and reaping. Their singing
echoed throughout the country; they were happy when ploughing
and delighted with the harvest.(15쪽)

이와 같이 의역으로 처리된 중요한 장면은 이도령과 춘향이 초야에
즐겨 노는 情字打令(사랑가)(영역본, 62쪽) 및 碧桃池의 장면(영역본,
34쪽) 그리고 이도령과 춘향의 이별장면(영역본, 88쪽) 또한 기생점고
에 있어 落春의 등장(영역본, 96쪽), 十杖歌의 일면(영역본, 114쪽) 등
이다. 그러나 그 중 십장가의 일면은 원문과의 뜻이 전연 다른 방향으
로 갔으며, 기생점고 낙춘에 대하여는 "Nak-ch'un was the tallest of
them, wearing such thick layers of make-up that she seemed to
be wearing a mask"(96쪽)라 번역되어 있으나, 원문을 보면,

> 낙춘이가 드러올 오난듸 졔가 잔득 밉시 잇게 드러오난 체호고 드러
> 오난듸 시면흔단 말은 듯고 이마짝의셔 시작ᄒ야 귀 뒤까지 파 지치고
> 분셩젹 흔단 말은 드러던가 긔분 셩양 일곱돈엇치을 무지금ᄒ고 사다가
> 셩갓트 회칠흔 듯 반죽ᄒ야 온 낫스다 믹질ᄒ고 드러오난듸 키난 사그
> 니 장승만헌 연이 초민 자락을 훨신 추워다 틱 밋트 짝 붓치고 무논의
> 곤이 거름으로 쎌눅 썻중썻중 엉금셥젹 드러오더니 졉고 맛고 나오

에서와 같이 원문에는 못생긴 낙춘에 대해 독자에게 익살 유머 등을
다분히 주는데, 역문에는 앙상한 가지만 전해진 감이 있다. 역자의 성
의만 있으면 낙춘의 등장은 영문으로도 좀 더 생생하게 전해질 수 있
었을 것이다.

3.

축역에 대해 살펴보면, 앞에서도 언급한 바 있지만, <춘향전>은 그
내용보다도 형식상의 리듬, 유머, 익살을 풍기는 풍자에 더욱 뜻이 있

다. 이로 그 내용과는 아무런 관련이 없는 字戲, 시구 등 虛辭를 삽입
시켜 놓았는데 이들을 모두 외국어, 특히 영어로 번역한다는 것은 능
력 밖의 일이다. 거기서 역자도 이들을 적절히 축역해 놓았는가 하면,
때로는 번역에서 전연 제외시켜 놓았다. 일례를 들면, 춘향과 이도령이
이별하는 장면,

　　여보 도련님 인제 가시면 언제나 오시랴요 셔졀소식 끈어질 졀 보
　　닉난니 아조 영졀 녹죽 창송 빅이 숙졔 만고츙졀 천산의 조비졀 와병
　　의 인사졀 죽졀 송졀 춘하추동 사시졀 끈어져 단졀 분별 혜졀 도련님
　　은 날 바리고 박졀리 가시니 속졀업는 너으 졍졀 독숙공방 수졀홀졔
　　어느 쎄에 파졀홀고 첩의 원졍 실푼 고졀 주야 싱각 미졀홀졔 부듸소
　　식 돈졀마오

가 역문에는,

　　"Toryŏn-nim, don't you forget to let me know when you are
　　coming back to me again. Don't forget to let me know how things
　　are with you over there…"(86쪽)

에서와 같이 이별하는 뜻만 간신히 번역되었음은 어쩔 수 없는 일이다.
　　이외에도 십장가의 일절(영역본, 112쪽)에서 축역이 가해져 있으나
원문의 오륜륜긔(五倫倫紀)를 "five is the number of fingers"로 번역
함은 오역이다. 또한 춘향이 옥방에서 자기 신세를 한탄하는 장탄가의
일절,

　　자고로 셩현네도 무죄ᄒ고 국계신이 요순우탕 인군네도 걸주의 포

악으로 함진옥의 갓쳐던이 도로 뇌야 셩군되시고 명덕치민 주문왕도 상주의 희을 입어 우리옥의 갓쳐던이 도로 뇌야 셩군되고 만고셩현 공부자도 양호의 얼을 입어 관야의 갓쳐더니 도로 뇌야 디셩되시니

가 역문에는,

Yet it is told that a loyal man was jailed,
Because of a false accusation.
Yet it is told that a king was imprisoned,
Through the treachery of a rebellion.
The man was released by a wise king.
The king was freed by his loyal followers.(122쪽)

에서와 같이 원문의 중국 고대의 성군 堯舜禹湯 周文王 및 孔夫子 등이 죄 없이 惡黨에 의해 투옥된 것이 위와 같이 축역되었으나 충신 (loyalman)과 왕(king)으로 바꾸어 번역된 것은 원문과는 너무나 거리가 있다.

축역에서 한걸음 더 나아가 그 번역에서 제외된 장면은 곳곳에 보이는데, 그 중요한 것은 <千字풀이>, <사랑가>의 일절, <情字打令>, <宮字打令> 및 이도령과 춘향의 <말놀음>(語戲) 등 이들은 그 번역에서 全缺되어 있다. 그러나 이와 같은 <춘향전>의 형식상의 리듬을 이룬 <千字풀이>, <사랑歌>, <情字打令> 및 그 <말놀음> 등이 그 번역에서 제외된 것은 번잡을 피해 이루어졌다고 보겠으나, <춘향전>에 나타난 肉情的인 장면은 거의가 그 번역에서 생략되었다. 즉 이도령과 춘향이 맞이하는 초야 장면에 등장하는 그 장황한 탈의, 交情 등

색정적인 장면과 <宮字打슈>에 삽입된 <이궁 져궁 다 바리고 네 양 각시 슈룡궁에 니 심줄방망이로 질을 니자구나>의 외설적인 구절이 그 번역에서 모두 생략된 것은 역자가 <춘향전>이 독자에게 외설작 품으로 오인되지 않기 위해 이루어졌는지 모른다.

그러나 이도령과 춘향이 나체가 되어 희락하는 장면,

인고 나는 북그러워 못벗것소 에라 요 겨집아히야 안될 마리로다 니 먼져 버스마 보션 단임 허리듸 바지 져고리 훨신 버셔 한 편 구석 의 밀쳐 놋코 우둑셔니 춘향이 그 거동을 보고 쌩긋 웃고 도라셔며 흐 는 마리 양낙 업난 낫돗치비갓소 오냐 네 말 조타 천지만물이 짝업난 계 업난이라 두 돗차비 노라보자 그러면 불이나 쓰고 노사이다 불이 업시면 무슨 지미 잇것는야 어셔 버셔라 어셔 버셔라 인고 나는 실어 요 도련임 춘향 오슬 벽기려홀졔 넘놀면서 어룬다 만쳡청산 늘근 범이 살진 암킈를 무러다노코 이는 업셔 먹든 못ᄒ고 흐르릉 흐르릉 아웅 어루난듯 북히 흑용이 여의쥬를 입으다 물고 치운간의 늠노난듯 단산 봉황이 죽실물고 오동속으 늠노난듯 구구청학이 난초을 물고셔 오송 간의 늠노난듯 춘향의 가는 허리를 후리쳐다 담숙안고 지지늬 아드득 썰며 귀쌉도 쪽쪽 쌜며 입셔리도 쪽쪽 쌜면서 주홍갓턴 셔을 물고 오 식단쳥 순금장 안의 쌍거쌍긔 비들기갓치 ᄭᅮᆼᄭᅳᆼ 으흥거려 뒤로 돌 여 담쑥 안고 져셜 쥐고 발발 썰며 져고리 초미 바지 속것까지 벽겨노 니 춘향이 북그러워 한편으로 잡치고 안겨슬졔 도련임 답답ᄒ여 가만 이 살펴보니 얼골이 복집ᄒ야 구실쌈이 송실송실 안자구나

가 역문에는,

The young man first took off her socks, then her belt, her inner trousers, and her jacket and underskirt—all those were pushed away to the corner of the room. Then he undressed, and stood in the middle of the room, stark naked.

Glancing at the man as he stood there. Ch'unhyang wore a bashful smile, and truned away from him. She knew that a giggle was bubbling up inside her. Was she really bashful?

"You look like a ghost, a devil-ghost in the moonlight."

Yet she was not really disturbed by the sight of her man standing nude. It looked to her eyes like something strange yet interesting.

"All right, you said I am like a ghost. To be a ghost is all right with me—Now you know that a ghost has to have a mate, and you are my mate, being another ghost. As you said, ghosts don't wear clothes···so you take your things off now, and let us play a ghost game."

"If you put the candle out···."

"Oh, no. Without a light ghosts can't see anything. Now you take off your clothes. come on···"

"No, I won't···"

Now Mong-yong was going to undress his wife. He was waiting for a chance to take hold of her, like an old tiger in a deep mountain that watches over a young dog he has plundered from a nearby village, or like a black dragon of the northern sea that plays with a precious stone.

Slowly approaching her, the man took hold of her slender waist from behind, Holding her close, he kissed her neck and ears:then turned her round to him, and clasped her tightly in his arms, and kissed her deeply. They began to pant and moan with pleasure. When he began stroking her breast she seemed to relax and feel easier in herself. Then he began undressing her—from coat to underwear. Ch'un-hyang could not help but let him do it. Finally she was stripped, and croached in a corner of the room, like a meek prey before a strong conqueror.(66~67쪽)

에서와 같이 원문의 성희 장면을 하나도 빠뜨리지 않고 전역하였다. 그렇지만 역문에는 원문의 내용이 뒤바뀌어 있고, 이도령이 춘향의 옷을 벗기는 장면이 이중으로 나타나 있는 등 역문의 앞뒤가 맞지 않는 것은 원문을 오독했기 때문이다. 즉 이와 같이 나체 성희 장면을 全譯해 놓으면서도 <춘향전>의 <初夜交情> 및 <宮字打令>을 그 번역에서 제외시킨 것은 결국 균형을 잃었다고 보아야 할 것이다.

4.

다음 첨역에 대해 살펴보면, 적은 부분의 첨역은 곳곳에 산견된다. 그 중요한 장면을 살펴보면, 춘향이 이도령의 父 이 사또가 서울로 陞差되었다는 말을 듣고, 이도령이 우는 것을 괴히 여기는 장면,

춘향이 조와ᄒ며 딕의 경사요 그레서 그러면 웨 운단 말이요

를 역자는 다음과 같이 장황하게 첨역해 놓았다.

Ch'un-hyang was glad to hear of the governor's promotion, since he was her husband's father.

"It is great news for us, isn't it? Congratulations to your father, your family and to ourselves too. But, I still can't understand why

you're crying. I know something is making you cay… what is it,
tell me;if not, there's no reason to cry over the happy news, please
tell me what's wrong…"(74쪽)

위 역문은 원문의 내용을 전달하는 한도 내에서 덧붙여 놓았기 때문
에 별로 무리는 없다.

그러나 춘향이 변 사또의 수청을 거절하여 역대 名妓를 들어 자기의
충절을 토로하는 장면,

> 충효열여 상하 잇소 자상이 듯조이시오 기싱으로 말ᄒᆞᆸ시다 충효열
> 여 업다ᄒᆞ니 낫낫치 알외리다 힌셔기싱 농션이는 동셜영으 죽어 잇고
> 션쳔기싱 아히로되 칠거학문 들어잇고 진주기싱 논기는 우리나라 충
> 열로셔 충열문의 모셔놋코 쳔추힝사ᄒᆞ여 잇고 쳥주기싱 화월리난 삼
> 칭각의 올나 잇고 평양기싱 월션이도 츌열분의 드려잇고 안동기싱 일
> 지홍은 싱열여문 지은 후의 졍경 가자 잇싸온니 기싱 희폐 마옵소셔

는 역문에 가장 첨역이 많은데, 예를 들면, 원문의 진주기생 논개에 대
하여,

> Non-gae of Chinju is recognijed as one of the most faithful
> patriots who sacrificed themselves for the great cause of their
> country. She threw herself into the river, clutching in her arms the
> commanding general of the enemy troops, whom she had lured to
> a high rock, after a drunken party.(106쪽)

에서와 같이 임진왜란 당시 논개의 촉석루 고사를 보태 놓았으나 이는
차라리 註로 처리하는 것이 좋았겠다. 그러나 앞의 인용문에 등장하는

海西妓生 弄仙에 대해서 원문의 '히셔기싱 농션이는 동셜영으 죽어 잇고'의 짤막한 고사를 역자는,

> The Kisaeng Nong-sŏn of Haesŏ is said to have died of hunger when she became lost in the depth of the mountains, as she wandered around seeking her husband.(105쪽)

에서와 같이 농선이 그녀의 남편을 찾아 방황하다가 深山에서 길을 잃어 餓死하였다는 아름다운 고사를 첨부해 놓았다. 그런데 실은 농선이 죽었다는 곳 洞仙嶺에 대하여 『동국여지승람』을 상고해 보아도 그런 고사가 출현치 않는다. 역자는 이를 어디에서 典據했는지 그 출처가 궁금하다.

그리고 獄房春香과 이도령이 상면할 때, 춘향이 우는 장면에 대해 원문의 "셜이 울제 어사쏘 우지마라"가, 역문에는 다음과 같이 첨역되어 있다.

> Ch'un-hyang burst into tears. Her mother and Hyang-dan remained standing in front of the jail-bars which were tightly closed against them. Yi Toryŏng stood there with his hands holding Ch'un-hyang's between the bars: *between freedom and captivity:between this world and the next.*
> "Ch'un-hyang, don't cry"…(160쪽)

그러나 이 이탤릭 부분은 격에 맞지 않으며, 또한 이도령이 암행어사로 변학도의 실정을 탐지코자 六房을 두루 둘러 民意를 알아내는 장면에, 원문의 杖廳 및 縣司와의 應答內客은 그 번역에서 제외되어

있다. 대신, 이도령이 춘향의 집으로 돌아오는 길에 男女衆人을 만나 여론을 듣는데, 암행어사가 行首妓生이 걸인을 만나 분명 암행어사로 보고 관아에 보고하는 것이 좋을 것이라는 것을 듣고, 또한 백성과 관노들이 지방행정, 특히, 내일 있을 변학도의 생일잔치에 아주 민감했다는 것을 알아낸다는 엉뚱한 내용(영역본, 161~162쪽)을 역자는 삽입시켜 놓았다. 또한 원문에 없는 행수기생을 그 곳에 등장시킨 것은 아마 원문 중 "횡수군관 거동보소"를 오독한 것이 아닌가 한다.

다음 소경이 옥방춘향의 問卜에 응하여 가다가 개천에 빠져 이로 자기 신세 타령하는 장면,

봉사 옥으로 갈제 춘향 어모 봉사의 집펑이을 잡고 질을 인도홀졔 봉사임 이리 오시요 이거슨 독다리요 이거슨 기천이요 조심ᄒ여 건네시요 압페 기천이 잇셔 뛰여볼가 무한이 벼우다가 뛰난듸 봉사의 뛰염이란 계 뛰던 못ᄒ고 올나가기만 한지리나 올나가는 거시엿다 머리 뛰단 거시 한가운듸 가 풍덩 빠져 노왓나듸 기여 나오랴고 집난게 기똥을 집퍼졔 어풀사 이게 졍영 똥이졔 손을 드러 맛타보니 무근 쌀밥 먹고 쎠근 놈이로고 손을 너 쌸린게 모진 도그다가 부듯치니 엇지 압푸던지 입부다가 홀 쓸러너코 우난듸 먼 눈으셔 눈물리 쑥쑥 써러지며 이고이고 니 팔자야 조고만한 기천을 못 건네고 이 봉변을 당ᄒ여스니 수원수구 뉘다려 ᄒ리 니 신셰을 싱각ᄒ니 쳔지만물을 불견이라 주야을 니가 알야 사시을 짐작ᄒ며 춘져리 당ᄒ온들 도리화긔 니가 알며 추져리 당ᄒ온들 황국단풍 엇지 알며 부모을 니 아는야 쳐자을 니 아는야 친구벗임을 니 아는야 세상쳔지 일월셩신과 후박장단을 모르고 방중갓치 지니다가 이 지경이 되야쑤나 진소위 소경이 그르냐 기천이 그르냐 소경이 글체

아조 싱긴 기천이 그르랴

를 역자는,

As the blind fortune-teller began groping his way to the jailhouse, Ch'un-hyang's mother went out to lead him by holding the end of his cane.

"These days," said the blind man, "everyone is udner an unlusky star, which brings us many troubles. Certainly we have been under an unlucky star, under whose influence everything is doomed to trun out badly. Since I can't see which my own eyes, the seasons pass me by without my knowing. Spring comes and goes without giving me the pleasure of seeing the smiles of flowers, autumn passes without my seeing the leaves turning from green to gold;the days pass without my noticing the sunrise or sunset;things exist for me without length or depth—They are long, weary days and nights for me, confined as I am in absolute darkness.

This is what ordinary people know as blindness:to be shut off from light all through life. How miserable a blind man is! *In this total darkness I have one one way, one peculiar insight, which makes me aware of events in this world. With this insignt, I can read what's in vour mind, what you want, and what the end will be…"* (128~9쪽)

와 같이 번역해 놓았는데 이 소경의 문복 장면은 <춘향전>에 있어서 문복 그 자체에 뜻이 있기보다는 개천에 빠진 소경의 苦境을 해학과 유머로 넘기는 데 더욱 뜻이 있다. 그러나 역자는 위 원문의 방점부분인 소경의 苦境과 신세 타령을 그 번역에서 제외시키는 동시에 역문 이탤릭 부분에서와 같이 "요새 우리는 우리에게 苦境을 가져오는 불운에 빠져 있어, 확실히 우리는 불운에 처해 있단 말야" 또는 "나는 불상한 맹인이지만 이 세상의 사건을 알아내는 동찰력을 갖고 있단 말야, 이로 당신의 마음이 무엇인지, 그 종말이 어떻게 될지 알 수 있어" 등 원문에도 없는 내용을 첨가해 놓았는데 이는 <춘향전>의 내용으로 보아 별반 의의가 없고, 외려 소경의 苦境을 그 번역에서 빠뜨려 중대한 실수를 범했다.

5.

끝으로 역본에 나타난 오역에 대해 이를 순차적으로 지적하겠다. 첫째, 광한루에 있어서 이도령과 방자와의 敍景 대화에 "격벽강 추야월의 소동파 노라잇고 심양강 명월야의 빅낙천 노라잇고"가 역문에는,

> Another noted poet Su Tung-po would have chosen to be on board a small boat on the Shimyang on an autumn evening under the dreamy moonlight. Peak Nak-Chŏn would ramble along the riverside whenever he saw the moon at night, the dew in the early morning, or the sunset in the evening.(21쪽)

에서와 같이 백락천의 심양강 놀이가 엉뚱하게 소동파에게 삽입되고 대신 소동파의 적벽강 놀이는 모두 생략되었다.

둘째, 춘향과 이도령과의 初夜宴會床에 출현하는 술 이름에 대해

술 일홈을 일을진디 이젹션 포도쥬와 안기싱 자하쥬와 살임쳐사 송
엽쥬와 과하쥬 박문쥬 천일쥬 빅일쥬 금노쥬 팔팔 쒸난 화쥬 약쥬 그
가온디 힝기로운 연엽쥬 골나니여

가 역문에는,

There was a great variety of wines and soft drinks including
rare ones such as: Yi jŏk-sŏn, Angi-saeng, Chaha-ju, Sallimchŏsa,
Songyŏ-ju, Kwaha-hu, pangmun-ju, Ch'ŏnil-ju, Paegil-ju,
Kumno-ju, and the strongest Hwa-ju.(56쪽)

로 된 바와 같이 이젹션(李謫仙), 안기싱(安期生), 살임쳐사(山林處
士)를 모두 술 이름으로 번역한 것은 난센스다. 위 원문의 "이젹션 포
도쥬"나 "아기싱 자하쥬"나 "살임쳐사 송엽쥬"는 이젹션이 즐겨 마신
포도주와 선인 안기생이 마신 자하주, 산림처사들이 마신 송엽주라는
뜻이다.

셋째, 월매가 이도령이 상경하게 되었다는 말을 듣고 그를 한참 구
박할 때, 춘향이 이를 보고 말리며, 또한 이도령에게 永離別을 하소연
하는 장면 "닉일은 이별이 될턴가보 이고이고 닉 신세야 이별을 엇지
홀고 여보 도련님"을 역자는,

"Tomorrow is going to be the saddest of days for us. A young
wife is going to be abandoned to the bitterness of widowhood.
Even if things like that happen to a woman sometimes, it is still
too early for my daughter, it is too early for her to have had the
taste of married life, it is too pitiful. What a cruel thing it is! Oh,

poor Ch'un-hyong."(81~82쪽)

에서와 같이 월매의 사설로 번역해 놓았다. 그러나 위 원문을 자세히
읽어 보면, 원문 앞에 전개되는 대화구 "웨야" "여보 참으로 이별을
할터요 (中略) 날 볼 날이 몃 밤이요"의 사설을 통해 예를 든 원문은
분명 춘향의 사설임에 틀림없다. 그러나 <춘향전>의 주석자들이 이
를 엇갈려 分節해 놓았으니, 조윤제는 그의 주석본(83쪽)에서 이를
춘향의 사설로 잘 분절해 놓았으나, 이가원은 그의 주석본(160쪽)에
서 월매의 사설로 잘못 분절해 놓았는데, 김사엽도 이를 좇아 잘못 분
절해 놓아 역자가 다시 이를 좇아 월매의 사설로 분절 번역해 놓은
것이다.

넷째, 이도령이 월매, 향단과 함께 옥방 춘향을 찾아 대화하는 장면,

잇쩌 춘향이 비몽사몽간의 셔방임이 오셔난듸 머리에는 금관이요
몸의는 홍삼이라 상사일염의 목을 안고 만단 정회ㅎ는 차라 춘향아 부
른들 디답이 닛쓸손야 어사쏘 ㅎ는 말이 크게 한번 불너보소.

가운데 "춘향아" 부른 것이 앞뒤 문맥으로 보아 월매인데 역문에는
Hyang-dan shouted: "Miss Ch'un-hyang."(157쪽)에서와 같이 역자
는 향단이 부른 것으로 처리해 놓았다.

이외에도 이도령이 춘향을 보고 연연한 나머지 독서하는 장면, "여
보 도련님 천황씨가 목독으로 왕이란 말은 들엇스되 쑥쩍으로 왕이란
말은 심시초문이요"의 방자의 사설 중, 천왕씨(天皇氏)를 역자는
"Ch'un-hyang"(春香, 41쪽)으로 번역했으나, 천황씨가 木德으로 왕
이 되었다는 것은 '太古天皇氏以木德王'(『十八史略』)으로 보아 분명

하고, 옥방 춘향이 꿈에 황릉묘에 이르러 순군 상군부인을 만나는 장면, '우리 순군 디순씨가 남순수 ᄒ시다가 창오산의 붕ᄒ시니'의 "남순사"(南巡狩)를 "the king, my husband, was lost in the depths of the southern mountains, where he had become seperated from his men during a hunting trip"(125쪽)에서와 같이 남쪽 사냥으로 오역했고, 또 춘향이 변학도 앞에서 자기의 수절을 토로하는 장면, '공명션싱 놉픈 지조 동남풍을 비러씨되 일편단심 소여 마음 굴복지 못ᄒ리라'의 '공명션생(孔明先生, 諸葛亮)을 Confucius or Meng-tse'(孔孟)(106쪽)로 오역했고, 또한 월매 일행이 옥방 춘향을 찾는 시간 '바리'(罷漏)를 '저녁'(At night)(158쪽)으로 해 놓았다. 이 외에 이도령이 광한루에서 춘향이 그네 뛰는 장경을 보고, 이를 서시·우미인·왕소군·班娘妣·조비연 등으로 비등하는 장면은 그 번역이 오역이라기보다 전연 다른 뜻으로 전해졌다.(영역본, 28~29쪽)

또한, <춘향전>에 나타난 중국의 인명·지명의 표기에 있어서도 통일되지 않고 있다. 예를 들면, "Mt. Yigu"(16쪽)(尼丘山), Su Tung po(21쪽)(蘇東坡), Paek Nak-Ch'on(21쪽)(白樂天), Nakp'o Waters(17쪽)(洛浦) 등에서와 같이 한국 음과 중국 음으로 혼용되었는데, 중국의 인명·지명은 원칙으로 중국 음으로 표기해야 할 것이다.

6.

위에서와 같이 진인숙 교수의 <춘향전> 영역본에 대하여 조잡하게나마 리뷰를 付했다. 다시 말하거니와 번역이란 것은 원작을 충실히 전달하는 한도 안에서 의역·축역·첨역 때로는 개역이 가해질 수 있

을 것이다. 더구나 <춘향전>과 같이 한국적인 리듬과 익살과 유머가
담겨진 소설이야말로 이를 풍습과 語系가 전연 다른 영어로 만끽할만
큼 번역해 놓는다는 것은 거의 불가능에 가깝다. 그러나 진 교수가 원
작에 가한 의역·축역·첨역 등은 대체로 원작을 전하는 한도 내에서
이루어진 것이나, 때로는 무리가 개재해 있음도 사실이다. 더구나 원작
의 <交情>과 소경의 <問卜>의 부분적인 생략은 가장 무리가 많다.
진 교수의 영역본을 읽고 독자는 원작에 담겨진 한국적인 풍자나 멋에
얼마만큼 접근되었을까. 다만, 형식미보다는 <춘향전>의 스토리가 충
실히 전달되었을 것이다.

　그러나 앞에서도 언급한 바와 같이 오늘날까지 번역된 <춘향전>의
영역본이 모두 抄譯·槪譯 등 개술서에 불과하지만, 진 교수의 영역본
이 앞에 든 여러 가지 不充을 갖고 있으면서도 최초로 全譯을 시도한
것이라는데 무엇보다도 의의가 있다고 본다. 이번 진 교수의 영역본을
읽고 <춘향전>의 번역이야말로 동서문학의 양면적인 裝備가 절실하
다는 것을 더욱 느꼈다. 만일 앞으로 이 번역본이 재판이 될 때, 국문
학도인 필자가 외람히 가한 리뷰가 역자에게 하나의 조언이 된다면 더
다행한 일은 없을 것이다.

『한국문학사』[*]

장덕순 교수가 그의 역저 『한국문학사』를 출간하기에 앞서 우리는 이미 십 수 내외의 한국문학사의 출간을 보아 왔다. 이들 중 비교적 중요하다고 생각되는 한국문학사류는 다음과 같다.

① 안자산, 『조선문학사』, 한일서점, 1922.
② 김사엽, 『조선문학사』, 정음사, 1948.
_____, 『개고국문학사』, 정음사, 1952.
③ 조윤제, 『국문학사』, 동방문화사, 1948.
_____, 『한국문학사』, 동방문화사, 1963.
④ 이병기·백철, 『국문학전사』, 신구문화사, 1959.

위에 들은 한국문학사에 있어서 안자산의 『조선문학사』, 김사엽 교수의 『조선문학사』 및 이병기·백철 교수의 『국문학전사』 등은 한국문학연구사의 초창기에 한국문학에 대한 황량한 연구자료 가운데 비교적 자료를 제시해 놓았다는데 그 의의를 찾을 수 있겠고, 조윤제 교수의 『국문학사』는 객관성 여부를 떠나서 한국문학에 대한 일정한 사관에 입각하여 이를 서술해 놓았다는 데 그 의의를 들 수 있겠다.

그러나 문화적 전통이 유사한 이웃 나라인 중국이나 일본의 경우,

---

[*] 『아세아연구』, 19권 2호, 고려대 아세아문제연구소, 1976.

그들의 문학사는 이미 수십 종이 출간되었고, 또 현재도 계속 출간되고 있어 우리의 실정을 견주어 볼 때, 거기에는 많은 문제점이 개재되는 것은 불가피한 일이다. 다시 말하면, 중국문학사나 일본문학사의 경우, 그들의 서술방식이나 내용이 몇 번이고 되풀이 되면서 시정에 시정을 거듭하여 보다 더 새로운 방향으로 정립해 나가고 있기 때문에 우리나라에서 지금 당장 완벽한 문학사의 출간을 기대한다는 것은 너무 성급한 일로서 이번 출간된 장 교수의『한국문학사』도 이런 한계성의 전제 밑에서 이해되고 평가되어야 할 것이다.

장 교수의『한국문학사』의 특징은 우선 8·15 해방 이후 尨大하게 이루어진 많은 논문들을 거의 빠뜨리지 않고 이들을 적재적소에 다 참고하여 그의『한국문학사』를 서술해 놓았다는 데 있다. 한국문학에 대한 연구는 불행한 일이지만 갑오경장 이후 대부분 외방인들에 의해 착수되었고, 적극적으로 우리의 손에 의해 연구가 시작된 것은 엄격히 말해서 8·15 해방 후였고, 또 6·25 사변을 계기로 보다 더 풍성하게 새로운 자료 발굴에다가 많은 논문이 이루어진 것이다. 그러나 전게한 바 있는 비교적 최근본에 해당되는 조윤제 교수의『한국문학사』나 이병기·백철 교수의『국문학전사』엔 이들의 많은 논문이 전연 혹은 거의 무시된 채 그들의 한국문학사가 이루어진 것이다.

둘째, 본서의 특징은 구비문학을 대담하게 한국문학사에 삽입시켜 놓았다는 것이다. 구비문학이 記述 문학사에 들어가느냐 하는 문제엔 양론이 있겠지만 장 교수는 일찍이 큼직한『한국설화문학의 연구』를 펴낸 설화문학의 대가이니 만큼 구비문학을 그의 主見에 의해 그의『한국문학사』에 내포시켜 놓은 것은 문화인류학이 각광을 받고 있는 此際에 일리가 있다고 본다.

1.

그러면 필자가 본서를 읽고 나서 필자의 主見에 의해 문제점을 찾아 이들에 대한 필자의 리뷰를 付해 볼까 한다.

첫째, 시대구분의 문제에 있어서 장 교수는 서장에서 <한국문학사의 방법>을 제시해 놓고, 그 시대구분에 있어서

> '문학사의 시대구분에 있어서 그것이 세기에 의하건 또 제왕즉위에 의하건 그 시대는 특징지을 수 있는 역사적 사실―비단 그것이 정치적인 것이라 할지라도―을 무시해서는 안 되고, 또 어디까지나 문학사인 만큼 그 시대를 대표할 수 있는 문학적 사건도 충분히 고려하는 태도는 견지해야 할 것이다'(18~19쪽)

라고 저자의 지론을 전제해 놓고 양식사적인 면과 정치적 변혁을 아울러 고려하면서 다음과 같이 시대구분을 해 놓고 있다.

① ㉮ 구비문학
　 ㉯ 고대가요 (고대전기문학)
　 ㉰ 향가문학 (고대후기문학)
② ㉮ 고려의 가요(경기체―향가―속요) (중세문학)
　 ㉯ 고려의 서사문학(설화―서사시―소설)
③ ㉮ 소설(한문소설・고대소설) (근세문학)
　 ㉯ 가사(여말―조선말)
　 ㉰ 시조(여말―조선말)
④ ㉮ 개화기의 문학 (근대문학)
　 ㉯ 시

ⓓ 소설
ⓔ 비평
ⓕ 암흑기의 문학

위와 같이 각 시대구분을 양식사적인 면에 치중한 것은 종래 한국문학사에서 별로 크게 시도되어 있지 않은 바로서 본서에 처음으로 시도된 것이지만 본론에서 근세문학 즉 조선조의 소설·가사·시조 등 500년사를 한 데 묶어 처리한 것은 본서가 한국문학사임을 감안하여 하나의 발달사가 되기보다는 근세문학에 국한되는 한, 하나의 개술서의 인상을 갖게 한다. 그러므로 저자는 한국문학사에 있어서 조선조에는 전대에 비해 비교할 수 없으리만치 작품량이 많고, 또 조선조 영·정조를 계기로 근대정신이 싹틈에 따라 문학작품도 소설이건 시조건 가사건 모두가 훨씬 근대화되어간 사실을 감안하여 조선조를 최소한도 전·후기로 나누는 것이 좋았지 않았는가 한다. 이는 旣刊된 몇몇 국문학사에서도 시도된 바 있다.

그러나 장 교수가 위와 같이 양식사적인 면을 치중하여 오늘날 한국문학사에 있어서 고전문학과 현근문학을 갑오경장을 계기로 기계적으로 갈라놓아 인위적으로 이루어진 굳은 벽을 없애 놓은 것은 무엇보다도 뜻있는 일로 받아들여야 할 것이다.

둘째, 제일장 <구비문학>에 있어서 장 교수의 主見에 의해 모처럼 삽입된 구비문학도 이를 사적으로 정리되거나, 혹은 그 후 이루어진 한국문학사의 흐름과 관련되어 서술되었었으면 좋았겠다. 그리고 참고문헌으로 제시된 <郁面說話>와 <선덕여왕의 슬기>·<태양신화의 이동> 등은 본서가 한국문학사임을 감안할 때 별로 뜻이 없다고 본다.

셋째, 제이장 <고대가요>와 제삼장 <향가문학>에 있어서 <황조가>·<구지가>·<공후인> 및 향가 등에 나타난 구구한 분분설을 요령있게 풀이해 가며 서술해 놓았다고 본다. 그러나 특히 향가 중 <처용가>는 너무 학설 소개에 치우친 감을 준다. 鄙見으로는 문학사가 문학연구사가 아닌 이상 작품 위주로 사적 위치라든가 사회적인 배경 등이 연관되어 서술되면 족하다고 본다. 또한 <향가문학>에 있어서 참고로 제시된 <균여>도 문학사의 서술로서는 별로 의의가 없다고 본다.

넷째, 제사장 <고려문학>에 있어서 <도이장가>를 그 표기법에 있어서 정통적 향가와는 다소 차이가 있고, 또 향가에서 볼 수 없는 분장의 형식을 여요와 동궤인 것으로 보고, 이를 전대의 향가와 고려적 성격을 띤 여요와를 연결시키는 디딤돌의 역할로 그 사적 위치를 본 것은 문학사의 서술방법에서 객관성 있는 탁견이라고 본다. 또한 <정읍사>의 풀이 문제에 있어서도 이를 종래 夫婦愛 문학으로 높이 평가되어 있었으나 학계 일각에서 이를 淫詞로 처리하여 이에 몇몇 학자가 동조해 오고 있는 중인데, 장 교수는 그 음사 처리에 대해『고려사』의 기록과 <정읍사>의 배경설화를 중심으로 일침을 놓고 부부애 문학으로 되돌려 놓은 것은 통쾌한 일이다.

『고려사』樂志에 실려 있는 亡失歌 중, 백제의 <선운산>·<방등산>·<지리산>·<무등산>과 고구려의 <명주가>·<래원성>·<연양> 등이 고려문학에 삽입된 것은 어디에 근거가 되었는지 그 이유를 알 수가 없다. 이들은 의당히 각각 백제와 고구려 문학으로 환원되어야 할 것이다. <고려문학>에서 이와 같이 망실가가 다루어진 바엔 신라의 망실가도 응당 취급됐어야 했을 것이다.

이인로의『파한집』, 최자의『보한집』, 이제현의『역옹패설』, 이규보의『백운소설』등은 종전부터 패관문학이란 명칭으로 사용되어 온 데 대해 장 교수는 이들을 당시에 패관이란 벼슬이 없고 뿐만 아니라 중국의 패관문학과 성격을 달리한다는 것을 들어 설화문학으로 규정짓고 있다. 그러나 이들을 패관문학으로 보지 않는 데 대하여는 필자도 동감이지만, 설화문학의 범주로 내포시키는 데 대하여는 이들이 엄연히 작자가 있고 또 그 작자들이 縱橫無碍한 일종의 시화이니 만큼 차라리 넓은 뜻으로 수필문학의 장르에 내포시키는 것이 어떨까 한다.

<고려문학>의 <설화>에 있어서 鬼人이 함께 운우지락을 누린다는 <李寅甫> 설화(145쪽)를 전대의 <崔致遠> 설화와 동계로 잡고, 다시 이를 김시습의 <만복사저포기>와 맥락을 이어 놓으려 시도한 것은 한국문학사의 서술방법에서 앞에 들은 <도이장가>의 경우와 같이 바람직한 일이라고 보며 또한 탁견이다.

<고려문학>에 있어서 본서의 특색은 설화 외에 따로 <소설>란을 설정해 놓고, <조신> 설화 및 설화와 소설의 징검다리의 역할로 보아 온 소위 가전체문학인 <국순전>·<국선생전>·<공방전>·<현부전>·<저생전> 등을 소설로 보고 다루었을 뿐 아니라, 김시습의『금오신화』를 고소설의 시초로 잡는 종래설을 부정하고, 나아가서 한국소설의 발생시기를『삼국유사』가 출현한 13세기로 소급시켜 놓았다는 데 있다. 확실히 <조신> 설화는 소설의 경지에 들어가 있다고 본다. 즉 장 교수가 언급한 바와 같이 조신이 낙산대비전에서 祈求하는 대목은 김시습의 <만복사저포기>의 주인공 양생이 부처님에게 배필을 점지해 달라는 모티브와 동일하고, 또 입몽하는 과정이 김시습의 <남염

부주지>와 동계이고, 사건이 전개되는 구체적인 장소·인물·대화의
삽입 및 미화되는 묘사 등이 완전히 소설적 구성을 지니고 있다. 이런
것을 중심으로 보면『삼국유사』에도 <조신> 설화 외에 적지 않은 설
화가 소설적 구성을 가지고 있다고 보며,『삼국사기』에도 있을 것이라
고 본다. 그러나 한국소설사에서 설화와 소설을 구별할 수 있는 확고
한 개념이 아직 설정되어 있지 않고 있다. 다만 종래부터『삼국유사』
나『삼국사기』에 소설적 구성을 지닌 여러 설화가 작자가 없다는 데서
편의상 설화문학으로 내포되어 왔다고 본다. 이런 점으로 보면, 임춘의
<국선생전> 등 가전체도 장 교수의 언급대로 의당히 소설의 범주에
내포되어야 할 것이다. 다만, 오늘날 한국소설사나 문학사에서

　　설화 → 가전체 → 소설

　로 편의주의로 그어놓은 통설이 이론적으로 확고하게 논리화되지
않는 한, 장 교수의 13세기 소설 발생설은 크게 설득력이 있다고 본다.
　다섯째, 제오장 <조선문학>에 있어서 조선조문학에 <설화문학>을
설정하여 성현의『용재총화』, 서거정의『태평한화골계전』, 강희맹의
『촌담해이』, 송세림의『어면순』, 성여학의『속어면순』, 홍만종의『명엽
지해』등을 본서에 폭넓게 삽입시킨 것은 앞에서 언급한 바도 있지만
역시 저자가 설화문학의 전공자라는데 그 主見이 있다고 본다. 그러나
여기에 등장하는 호색 설화는 장 교수가

　　　'笑話가 지니고 있는 해학과 풍자, 그리고 찬자들이 주장하는 戒世의
　　윤리성 등은 훌륭히 문예작품으로 승화될 가능성을 지니고 있다. 그렇
　　기 때문에 다른 古談이나 稗說과는 자연히 구별되는 것이다'(178쪽)

라고 언급한 바와 같이 설화가 해학과 풍자 등을 지닌 것을 위주로 그

문학성을 충분히 인정한다면 호색 설화는 의당히 문학사에서 적극적
으로 논의되어야 할 것이다. 그렇지만 문제는 앞에서 언급한 바와 같
이 설화와 소설의 대등개념이 확고하게 논리적으로 정립되어 있지 않
는 데 있다. 필자의 小見으로는 조선조에 들어오면 소설문학이 적극적
으로 유행되던 시기이니 만큼, 당시 유행된 소설형식을 빌리지 않고
시대 낙후적인 설화형식을 빌어 작품을 쓴다는 것은 확실히 낙후성을
면치 못할 것이다. 이는 오늘날 懷古趣味者들이 시 창작에서 자유시의
형식을 빌리지 않고 한시 혹은 묵은 詩形의 형식을 빌어 그들의 감정
을 노래했댔자 현대문학의 局外者로 내어 쫓기는 데도 일리가 있다고
본다.

　그러나 설화 부분에 『용재총화』·『태평한화골계전』·『촌담해이』 등
이 시간적으로 배려되지 않고 있다. 물론 위의 설화들은 편찬년대가
확실치 않으니, 그럴 바에야 본서가 문학사라는 것을 감안하여 찬자의
생평을 중심으로 이들을 시간적으로 배려한다면, 마땅히 『태평한화골
계전』이 우선 논의된 후에 『촌담해이』, 다음에 『용재총화』가 논의되는
것이 옳을 것이다.

　또 소설 부분에 있어서 <구운몽>의 작자 서포의 문제에서 충열공
김익겸이 江都에서 순절한 때가 본서에 정묘호란으로 되어 있으나, 이
는 丁丑胡亂이며, 또 서포가 모부인 윤씨에게서 배운 것이 소학·대
학·중용·詩傳 등으로 되어 있으나 이는 소학·사략·당시의 오류라
고 보며, 그리고 <구운몽>의 주인공이 본서에 양소유(214쪽)로 되어
있으나, <구운몽>의 주인공은 엄격히 따져서 성진으로 보아야 하며,
양소유의 처첩이 본서에 二妻六姬 혹은 三妻五妾(214쪽)으로 애매하
게 나타나 있지만 양소유의 처첩은 분명히 二妻六妾이다. 또한 <구운

몽>의 원본에 대하여 필자의 한문본 원작설을 推認하면서도 역시 종래
의 국문본설을 관습적으로 추종하고 있는 것은 시정되어야 할 것이다.

<계축일기>와 <한중록>은 진작부터 한국문학사나 소설사에서 보
통 宮廷小說로 지칭되어 왔다. 필자는 이들이 소설적 구성이 결여되었
을 뿐 아니라 궁정의 實譚이 隨想體로 기술되어 있기 때문에 이들을
일종의 宮廷隨想錄으로 보고 소설의 장르에서 제외시키는 동시에 수
필의 장르에 내포시켜야 한다는 것을 일찍이 주장한 바 있으며, 또 오
늘날은 거의 수필로 보고 있는데, 다시 장 교수는 이들을 소설의 장르
에다 환원시키고 있다. 물론 이것도 저자의 주관에 속할 문제라고 보
나 오늘날 몇몇 대학 국문학과의 커리큘럼에 <고전수필>이란 과목이
개설되어 있는 바에야 이들을 다시 소설의 장르에다 되돌리는 것은 구
태한 방법이라고 본다. 오히려 본서가 양식사적인 면에 뜻을 두었으니
시·소설의 장르 외에 의당 수필의 장르도 설정되어 이들 隨筆類가
처리되었으면 좋았다고 본다.

가사 부분에 있어서 각주(269쪽)에서 가사 <사미인곡>의 작자 북
헌 김춘택에 대한 해설에서 북헌이 <구운몽>과 <사씨남정기>를 한
문으로 번역한 것으로 되어 있으나, 그 중 <남정기>의 한역설은 뚜렷
한 정설이지만, <구운몽>은 뚜렷한 근거가 없다. 이에 대하여는 졸저
『구운몽연구』에서 밝힌 바 있다. 또한 가사 부분 말미에 참고로 <일
동장유가>가 논문 체제로 삽입된 것은 역시 본서가 한국문학사인 것
을 염두에 둘 때 불필요하다고 본다.

시조에 있어서 시조의 기원설에서 시조가 한시의 번역, 혹은 佛曲에
서 연원하였다는 정래동 씨의 시조 연원설을 부인하는 김태준의 학설
을 들은 가운데, 이후 열거된 조윤제·이탁·우리어문학회 등의 분분

한 시조기원설은 문맥상 모두 김태준의 설로 연결되고 있다. 이는 본문
에다 주를 달지 않고 이들을 모두 小注로 처리했기 때문이다. 또한 본
서 313면에서 319면까지 제시된 <시조의 형식> 및 <시조주제의 변
천>은 그 체재가 문학사의 체제로 정리되었으면 좋았겠다.

<역대 시조시인과 그 작품>에서 成宗·송순·임제·황진이·윤선
도·송시열·김천택·김수장, 기타 생평이 불분명한 많은 기녀들의 시
조들이 언급되어 있으면서도 여말 선초의 <회고가>, 사육신의 哀傷
歌, 자연미에 깊숙이 파고든 맹사성의 <강호사시가>, 장경세의 <강호
연군가>, 이현보와 신흠의 여러 시조, 퇴계의 <도산십이곡>, 율곡의
<고산구곡가>, 그리고 시대성에 則한 봉림대군 및 김상용·이정환 등
丙亂義士의 충의가 등이 전연 제외되어 있음은 유감이다. 이것이 지면
관계라면 차라리 해당 면의 곳곳에 삽입된 시조시인의 배경설명에 할
애한 지면을 절약하고 위에 제시된 未及의 시조시인 중 중요한 시조시
인을 골라 구체화하여 언급했으면 좋았다고 본다.

여섯째, <근대문학>에 있어서 이른바 개화기문학과 3·1운동을 계
기로 한 현대문학을 연결하여 이들을 통틀어 근대문학이라고 하고 서
술한 것도 의의가 있거니와, 이들을 대소의 중점을 따라 서술하고 있
다. 국문학도들이 종래에 한국문학에 대한 연구취향을 주로 갑오경장
이전의 고전문학에다 두어 왔는데, 요사이는 한문 등 지난한 어학력으
로 인해 현대문학, 심지어는 현재 활동 중인 문인까지도 그 연구의 대
상으로 삼고 있는 時俗性을 볼 수 있는데, 문학연구는 엄밀히 따져서
고전중심으로 이루어져야 한다는 것은 필자만의 의견이 아니라고 본
다. 그러므로 장 교수가 한국문학사를 8·15 이전까지로 한정시킨 것
은 여러 모로 뜻이 있다고 본다.

그러나 소위 친일파문학인 암흑기문학에 있어서 저자는 올곧은 성격으로 흥분을 하여가며 그 친일문학의 활동을 다음과 같이 통탄하고 있다.

> 그러나 이러한 詩나 檄文따위로 쉽게 출정할 젊은이들은 아니었으니 최후발악에 혈안이 된 일제의 총칼 앞에서 안 나갈 수가 없어 끌려나가 죽었던 것이다. 그러나 친일 시인들은 이것을 미화하여 노래하였다.(462쪽)

실은 <암흑기문학>은 우리의 치부로 우리가 다 함께 반성해야 할 일이다. 그렇지만 한편 自慰할 수 있는 것은 이것은 어디까지나 한국문학의 枝梢요 주류는 아니라는 것이다. 다만 우리의 치부를 드러내는 것보다는 자성하는 뜻에서 몇 줄로서 처리할 수도 있겠다. 곁들여서 해당 면 말미에 삽입된 <반항시인 박두진·윤동주>도 한국문학사로서는 별로 의의가 없을 것이다.

2.

이상에서와 같이 장 교수의 한국문학사에 대하여 管見을 피력하였다. 위의 관견은 어디까지나 필자 개인의 의견으로 다만 한국문학사가 재간될 때 저자에게 작은 조언이 되었으면 더 다행스런 일이 없을 것이다. 하여간 장 교수의 『한국문학사』가 성장하는 한국문학사에 있어서 시대구분의 문제, 다양한 참고논문의 인용, 구비문학의 삽입 등 그 서술방법에 많은 문제점을 던져 주었다고 본다.

끝으로 이 서평을 마무리함에 있어서 한국문학사의 서술방법에 대하여 한마디 언급하고자 한다. 종래까지 출간한 한국문학사에서 한국 한문학에 대하여 너무 소극적이었다는 것은 우리가 다 잘 알고 있는 사실이다. 앞으로 우리는 國字 국문학에 대한 자질구레한 연구방법에서 벗어나 산적된 우리의 한문집에 깊은 관심을 기울일 때가 도래하였다고 본다. 이와 같이 앞으로 꾸며질 한국문학사는 응당 한문학이 폭넓게 서술되어야 한다는 것을 제언하고 싶다. 그러면 지금까지의 한국문학사가 보다 국제성을 띤 폭넓고 풍부한 한국문학사가 되리라고 본다.

『한국문학사개론』*

1.

한국은 지리적으로 중국과 陸接하고 있는 까닭에 일찍부터 그 문화를 받아왔다. 거기서 갑오경장 이전에 우리의 정치·경제·문학·풍속·제도 등 문화 전반에 대하여 그 연원을 캐어 들어가면, 크게든 작게든 그 줄기는 중국으로 귀착되는 경우가 많다. 그러나 한·중 문화교류상 한국은 일방적으로 그 수용자(Recépteur)의 위치에 놓여 있었으므로 우리는 중국의 문화를 받아만 왔지 실상 그들에게 영향을 준 것은 거의 없었다. 여기에 한·중 양 문화는 상위와 하위가 자연적으로 뒤따르게 된 것이다.

그러나 갑오경장을 계기로 하여 한국은 그 문화의 수용방향을 급격하게 구미·일본으로 돌림에 따라 우리는 중국의 문화권에서 벗어나게 되어 그 문화교류는 거의 단절상태에 놓이게 되었다. 그러다가 중국은 小島로 천도해 온 이래로 정치 외교적인 면에서 한국에 대하여 관심을 갖기 시작함에 따라서 한국의 문화에 적으나마 손을 대기 시작하였다. 즉, 民國 44년에 薰作賓 等作의『中國文化論集』(中華文化出版事業委員會 刊)이 간행되었고, 민국 45년에는 李迺揚의『韓國通史』

---

*『아세아연구』, 14권 1호, 고려대 아세아문제연구소, 1971.

(中華文化出版事業委員會 刊)가 발간되었고, 민국 46년에는 彭國東 교수의 『中韓詩史』(正中書局 刊)가 출간되었고, 민국 47년에는 역시 彭國東 교수의 『中韓文化與文學』(中央文物供應社 刊)이 출판돼 나왔고, 또한 박연암의 『열하일기』(중국국립중앙도서관소장)가 영인되었고, 이병도 박사의 『한국사대관』이 번역된 일이 있다.

그러나 이 모든 한국에 대한 관심은 순수한 학술적인 교류에서 보다도 李洒揚이 그의 『韓國通史』에, <中國可謂一家, 兩國自古是兄弟之邦, 聲氣相通, 患難與共, 所以全部韓國史也, 可以說是中國史的一部分>이라고 피력한 바와 같이 한국에 대한 屬國觀을 중심으로 정치 외교적인 得을 펴기 위해 이루어졌음을 알아야 할 것이다.

이러한 가운데에서도 허세욱 교수의 中譯版 『韓國詩選』(文星書店 刊, 民國 54年)의 발간 및 완판본 <춘향전>의 중역판(臺灣商務印書館 刊, 民國 56年)의 간행은 본격적인 문학작품의 번역의 시도로 그 의의는 가볍게 볼 수 없을 것이다. 그러나 한·중 문학 교류 상 획을 期한 것은 뭐니 뭐니 해도 이번 대만에서 중역돼 나온 조윤제교수의 『한국문학사개론』이 아닌가 한다.

2.

『한국문학사개론』은 조윤제 교수의 『한국문학사』의 축소판인 『한국문학사개론』을 텍스트로 하여 中國文化學院 韓文科 主任 林秋山 씨의 주재 하에 그 곳 제3회 졸업생들이 집단이 되어 번역한 것이다. 이 번역서의 주재자 林秋山 씨는 대만 국립정치대학 신문학과를 졸업하고, 다시 한국에 와서 이곳 경희대학교 대학원에서 정치학으로 석사학위를 얻고 박사학위과정도 수료한 것으로 알고 있다.

그러나 지금 대만에서 韓文學이 연구되고 있음은 韓文學을 독자적으로 그 특성을 인정하여 이루어지기 보다는 王大任교수의,

<中韓兩大民族, 歷史源淵怨久, 號稱兄弟之邦, 卽以文化關係而論, 在中古以前的韓國學術史與文學史, 等於中國學術史與文學史的一部份>(『韓國文學史槪論』序言)이란 언급이 있는 것과 같이 한국문화에 대한 그들의 아류관에서 이루어지고 있다고 보는 것이 좋을 것이다. 허나, 한국문화를 그들의 아류로 보거나, 심하면 이를 송두리째 자기들의 것이라고 뽐내는 이때, 이번 중역돼 나온『한국문학사개론』이야말로 한국문학에 대한 본격적인 단행본의 효시로 앞으로 韓文學이 오만불손한 중국인에게 이해될 유일한 번역물이라는 것을 생각할 때, 그 의의가 자못 만만치 않음은 말할 나위가 없겠다. 그들은 이『한국문학사개론』에서 중국문학사에서 그 형식을 전연 찾아볼 수 없는 향가를 알게 될 것이요, 麗謠·景幾體歌가 있음을 알게 될 것이요, 한국의 고유한 문자 훈민정음의 존재를 인정하게 될 것이요, 시조·가사가 무엇인지 알게 될 것이다. 더욱이 현대문학에 있어서 재빠른 구미문학의 수용력을 보고 그들의 수용력과 비교도 하게 될 것이요, 그들보다 고도화된 韓文學의 현대문학을 보고 경환도 할 것이다. 이와 같은 韓文學의 일련의 특질을 안다면 그들의 한국문학의 아류관은 그들의 뇌리에서 사라질 줄 믿는다.

더구나 그 곳 중국문화학원 한국연구소 소장을 역임한 바 있는 왕대임 교수는 역서『한국문학사개론』에서 宣祖代의 최립·차천로·유몽인·권석주 및 월사·상촌·계곡·택당 등 소위 한문사대가를 唐初四傑에 견준바 있고, 훈민정음 이후 한국문학의 독자성을 인정하려 든

것은 중국의 한국문화를 보는 눈이 점차적으로 변하여 가는 것을 말해 주는 것이 아닌가 한다.

3.

그러면 역서 『한국문학사개론』을 그 원 저서인 조윤제 교수의 『한국문학사개론』과 비교하여 그 번역에 대한 리뷰를 付해 보기로 한다.

첫째, 『한국문학사개론』은 그 원 저서의 축역도 아니요, 槪譯도 아닌 완역인데, 한국어가 添加語(agglutinative)를 가지고 있느니만큼, 이를 전연 어계가 고립어(Isolating)인 중국어로 번역한다는 것은 매우 어려운 일이다. 더구나 원 저서에는 중언부언이 많은데, 이를 간결하게 중국어 時文體로 번역하여 그 내용을 하나도 빠뜨리지 않고 무난하게 전역해 놓은 데 새삼 감탄하는 바이다. 그들의 한국어에 대한 실력을 능히 엿볼 수 있다. 또한 그 번역도 一人이 아니요 집단적임에도 불구하고 그 문체와 어구가 통일된 것을 보면, 주재자 임추산 씨의 공로도 인정해야 될 것이다.

그러나 제1장 2절 <詩歌的發生>(시가의 발생)에 있어서, 중국문헌 『魏志』 東夷傳의 인용에 대하여 원 저서의 한문인용을 그대로 옮겨 놓은 것은 좋았으나 그 해석문까지 모두 중국어로 옮겨 놓은 것은 중국인에겐 이중의 풀이로 별반 뜻을 갖지 못할 것이다. 즉,

夫餘:以殷正月祭天, 國中大會連日飮食歌舞, 名迎鼓(在殷正月祭天之時, 開着國中大會, 連日飮食歌舞, 此名之爲迎鼓―魏志 東夷傳)

본래 원 저서에 나타난 한문(원문)인용구 밑에 우리말로 이를 풀이해 놓은 것은 한문에 익숙지 않은 독자를 위한 것일 게다. 그런데 이후

에 출현하는 『삼국사기』·『삼국유사』·<균여전>·『용재총화』 등의
원 저서의 원문인용에 대하여는 이중의 풀이로 구차스러웠던지 그 해
석문이 번역에서 모두 생략되어 있다. 그러나 이는 역서로서 균형을
잃었다고 보아야 할 것이다.

다음 본서 제2장 2절 <鄕歌的成立>(향가의 성립)에 있어서 원 저
서에 향가의 예로서 <제망매가>와 <모죽지랑가> 등 2수가 들어 있
고, 따로 注解歌도 실어 놓았는데, 역자는 이에 대하여 그 주해의 번역
이 어려웠던지 아무런 번역도 가하지 않고 원문만을 적당히 구두점을
찍어 놓았다. 그중 <제망매가>의 예를 들면 작자를 표시도 하지 않고
다만,

> 生死路隱, 此矣有阿果次聊伊遣,
> 吾隱去內如辭叱都, 生如云遣去內古叱古,
> 於內秋察早隱風未, 此矣彼矣浮良落尸葉如,
> 一等隱枝良出古, 去奴隱處毛冬乎丁,
> 阿也, 彌陀刹良逢乎吾, 道修良待是古如

에서와 같이 향가의 원문을 분절에 대하여도 전연 고려치 않고 구두점
을 달아 놓고 있다. 그러나 이것으로써는 <제망매가>의 吏句體가 전
연 이해도 안되려니와, 원 저서에 있는 注解歌도 中文으로 풀어 놓지
않았기 때문에 앞에서 인용된 향가는 그 이두식 표기로 중국인에겐 그
이해에 있어서 능력 밖의 일이다. 요는 그 注解歌를 풀어 놓는 것이
번역서로서 꼭 갖추어야 할 일이라고 본다.

다음 시조에 있어선 이방원의 <하여가>와 정포은의 <단심가> 및
이항복의 <鐵嶺宿雲詞>, 김천택의 시조 2수, 김수장의 시조 2수, 박효

관, 안민영, 주옹의 각 시조 등은 이를 古文體 혹은 백화체로 모두 옮겨 놓고 있다. 그 중 好譯인 김천택의 1수 시조를 들어보면,

浮生旣是夢, 功名又算得了什麽?
賢愚貴賤在死後, 都是一樣,
也許, 生時的一杯酒, 是最快樂的事吧!

이것은 말할 것도 없이

浮生이 꿈이여늘 功命이 아랑곳가
賢愚貴賤도 죽은 後면 다 혼가지
암아도 살아 혼 盞 술이 즐거온가 ᄒ노라

의 的中譯이다. 그러나 원 저서에 인용된 왕방연·김종서·맹사성의 <강호사시가>·김록·송순·주세붕·이이·정철·황진이·임제·신흠·박인로·김광욱·남구만·이덕일·효종·숙종·인평대군·낭원군·이정환·김상헌·이명순·홍서봉 및 윤선도의 <오우가> 등은 원문만이 그대로 인용되어 있을 뿐, 그 中譯에서 모두 제외되었다. 그렇지만, 원문을 그대로 인용해 놓은 의도에 대하여 밝혀 있지 않으려니와, 샘플을 위해서라면 한 수의 인용으로도 족한 것인데, 그 많은 시조를 원문 그대로 인용한 것은 무슨 뜻일까. 물론 원문 그대로 그 뜻이 중국인에게 전달될 리 없다. 그러나 전게한 바 있는 몇 시조는 충실히 번역해 실은 것을 보면, 역자들의 무성의에서 오는 불균형으로 밖에 인정이 안 된다.

이 외에도 제3장 4절 <景幾體歌的衰微>(경기체가의 붕괴)에 있어

서 권근의 <상대별곡>의 일절을 원문 그대로 인용했고, 또 정극인의 <불우헌곡>의 일절 및 작자 미상의 <儒林歌>, 송암의 <독락곡> 등 의 일절의 예문도 원문 그대로 인용해 놓고 있으며, 歌辭에 있어서도 정송강의 <관동별곡> 및 박인로의 <노계가>의 일절도 中譯도 없이 원문 그대로 인용되고 있다. 이러한 일련의 시가는 한국인에게도 주석 없이는 이해가 되지 않는 것이다.

현대문학에 있어서는 오장환의 "The Last Train"을 원문도 실어놓 지 않고 다음과 같이 순 백화체로 번역해 놓고 있다.

> 在那落日的車站送走了你,
> 悲哀呀!
> 在入口處
> 留下不能使用的車票和被粉碎的青春,
> 帶病的歷史被貨車載走了.　　　　　　　 — The Lst Train

그러나 제4장 3절 <近代小說的出現>(근대소설의 출현)에 있어서 춘원의 <무정>에 나오는 장황한 대화의 일장이 아무런 中譯도 가해 짐이 없이 원문 그대로 인용되고 있음은 무슨 뜻일까. 전게한 오장환 의 "The Last Train"은 멋진 백화로 번역해 놓으면서도 산문의 일장 을 번역해 놓지 않은 것도 역시 역자들의 무성의로 돌릴 수밖에 없다. 또한 육당의 唱歌 <가을 뜻> 및 『소년』에 실은 구작 삼 편 중의 1수, 그리고 춘원의 <우리 영웅>도 원 저서의 원문만이 그대로 인용되고 있을 뿐이다.

4.

다음 이 역서에 원문을 잘못 보아 오역을 가져오게 한 것이 곳곳에 보이는데, 우선 작가의 표기에 대하여도 이곳의 월북 작가의 표기 李 ○俊(이태준)을 李俊(201쪽)으로 표기했고, 吳章○은 吳章(269쪽)으로 표기했음은 난센스가 아닐 수 없으며, 또한 프로 시대의 작가 최인준의 <양되지>는 <양대지>로 아무 中譯도 없이 와음 표기됐고, 육당의 <꽃두고>는 한국어를 몰랐던지 中譯에서 제외되었다. 그리고 제4장 4절 <歌辭的普及>(가사의 보급)에 이어서 원 저서의 <한양가>의 해설에 대하여 그 원문의 <本書의 서울大學備藏本에 依하면 <元子誕降한 後 百姓의 童謠거룩하기로 卷末에 記錄한다>하여 <신증동요>라는 가사 일편과>를 역서에 <依漢城大學儲藏本之本書, 有 <元子誕降後百姓之童謠記錄於卷末> 歌辭一篇>(128쪽)이라 하여 그 원문을 잘 번역해 놓았으나, 원문 중 가사 명 <신증동요>는 번역이 어려웠던지 이를 제외했기 때문에 전게한 역문 가사가 무슨 가사인지 독자는 전연 알 수 없을 것이다.

또한 제4장 6절 <歌辭集的修撰>(시가집의 수찬)에 있어서 원 저서의 "詩歌"를 "歌辭"라고 해 놓았음은 중대한 실수이다. 韓國古文學에 있어선 시가와 가사가 내용상 큰 差質이 있음은 주지의 사실이다. 그러나 중국인에겐 시가와 가사는 그 뜻으로 볼 때, 별 차질이 없을지 모르나 여기에 나타난 시가집이란 『청구영언』·『해동가요』·『가곡원류』 등 소위 시조집을 지칭하고 있다. 그런데 이를 "歌辭"라고 하면, 엉뚱한 오역이 아닐 수 없다.

다음 시조에 나타난 오역을 들어보면 이방원의 <하여가>

이런들 엇더ᄒ며 져런들 엇더ᄒ뇨
萬壽山 드렁츩이 얼거진들 엇더ᄒ리
우리도 이ᄀᆺ치 얼거져 百年ᄭ지 누리리라

를 '如此亦何如, 如彼亦何如;城隍堂後垣, 頹圮亦如何'라 하여 종장은
번역에서 전연 제외되었거니와, 중장 '萬壽山 드렁츩이 얼거진들 엇더
ᄒ리'를 '城隍堂後垣, 頹圮亦何如'로 번역한 것은 큰 오역이다. 그리고
작자 미상의 사설시조 중,

웃는 양은 닛밧에도 죠코 할긔는 양은 눈찌도 곱다
안거라 셔거라 거녀라 닷거라 百萬巧態를 다 ᄒ여보자 어허 내사랑
살고지고
진실노 너 삼겨내올쎄 날만 괴이러 홈이라

를

帶笑容時, 牙很美, 微慍時, 眼睛也很美
笑下, 站起, 扒着, 跕時其有百萬巧態, 這就是我愛人
眞正的, 我侍奉你, 而愛護我一人

이라고 번역해 놓았는데, 그중 종장의 '我侍奉你'는 삼겨내을제(生)를
섬기다(侍奉)로 뜻을 잘못보고 오역한 것이다. 그러나 원 저서의 위의
사설시조도 원전과는 약간의 출입이 있는 것을 보면, 이왕 번역할 바
에야 그 원전을 상고해 보는 것이 학술번역서로 취해야 할 도리가 아
닐까. 다음 김수장의 시조인,

　　　　草菴이 寂寥ᄒ더 벗업시 혼ᄌ 안ᄌ
　　　　平調 한닙희 白雲이 절로 존다
　　　　언의뉘 이죠혼 ᄯᅳᆺ을 알리잇다 ᄒ리오

를

　　　　草菴甚爲寂寞, 一人獨坐
　　　　作一首平調, 白雲亦自瞌睡
　　　　有誰能知道這好的意境呢?

로 번역하였는데, 그 중 중장 '作一首平調'는 '平調한닙희'(平調大葉)
의 오역으로 역자들의 한국 속악에 대한 무지에서 기인된 것이다.

　　다음 제4장 3절 <記事體紀行文的發達>(記事・紀行文의 發達)에
있어서, 혜경궁 홍씨의 <한중록>의 일절 중, 여러 곳에 오역이 눈에
띄는데, 그 원 저서의 예문 중 '십일셰 셰손의게 첩첩흔 지통을 씨치지
못ᄒ고' 가운데 '십일셰 셰손'(十一歲, 世孫)이 역서에는 '實放心不下
十一世世孫'으로 오역되었고, '션인이 엄교를 만나오셔'가 '受這先賢
遺教'로 되어 있으나, 이는 '션인'(先人)(혜경궁 홍씨의 부 홍봉한)이
'先賢'으로 오역된 것을 알겠다. 또 '션왕겨오셔 션인긔 하교ᄒ오셔 네
가 보젼ᄒ여 셰손을 구호ᄒ라'는 선왕 英祖와 선인 홍봉한의 대화구임
에도 불구하고 '션인'을 혜경궁으로 잘못 보고 선왕과 혜경궁과의 대화
구로 보고, '先王下教:缺當自重, 保全世孫'으로 엉뚱하게 번역해 놓았
다. 그리고 '인산젼의 션희궁이 날을 보오시니'는 '因山前的宣禧宮看
到我的處境'으로 번역해 놓았으나, '인산젼적'은 시간을 가리키는 부사
구로 번역해 놓아야 옳다. 이 외에도 오문에 缺譯이 산견되는데 이는

역자의 부주의에서 기인된 것이다.

그러나 무엇보다도 본 역서에 나타난 오역은 제5장 4절 <文學思潮
的展開>(문학사조의 전개)에 있어서 원 저서에 나타난 『白潮』의 담당
자 박영희의 <白潮華麗한 時節>의 인용문에 있다. 즉,

'— <末世의 欷嘆>에서 李相和君은 그의 뮤즈를 깨웠다. <저녁의
피문은 洞窟> <가을의 病든 품에다> <나는 술취한 집을 세우려 한
다>고 例의 頹廢的 詩人의 情熱을 表現하며, 그는 例의 有名한 <나
의 寢室로>에서 그 極致를 보였다. 내 自身은 <微笑의 虛榮市>에서
<迷路>에서 밤마다 不眠症에 걸려 <꿈의 나라>에서 울다가 <月光
으로 짠 病室>에서 現實의 救助를 받아 文筆活動을 계속하였으며,
月灘君은 暗黑한 人生을 避해서 <密室로 돌아가다>에 詩態를 일으
키니 이 曲은 <黑房秘曲>이다. 그러나 <사랑은 주검보다 아프다>가
詩劇으로 終了되었다. 허튼 酒酊인 人生과 生活의 虛無와 懷疑를 悲
歎한 洪思容君은 <봄은 그대로 가더이다>에서 哀傷의 눈물을 뿌리
면서 <墓地>에서 커다란 무덤을 껴안고 울었었다. 이와 같이 同一한
傾向의 詩人 <로맨틱 무브멘트>의 開拓者 <심볼리즘>의 部隊는 반
드시 심볼리즘 詩人이 所有해야 하며 努力해야 하는 言語의 美的 選
擇, 緻密한 感情의 表示, 微妙한 氣分의 感染… 等에 注力하였던 것
이다. 그 內容은 頹廢的이었다.
이러한 사람들의 詩運動은 確實히 文藝史上의 심볼리즘 時代였다.
데카단이즘과 심볼리즘이란 흔히 앤랜·포우나 보들레르의 例와 같이
立立함으로써 그 深刻化를 꾀하였었다. 와일드의 華著, 베르레누의 頹
廢, 포우의 奇怪, 보들레르의 放縱 等의 綜合的 氣質의 別型은 白潮
時代가 그 特色으로서 所有하였었다.'(236~7쪽)

는 본 역서에,

　　‘一末世的欷嘆’裏有李相和君沈思已醒, 如 ‘秋天的病在懷裏’ 都是
頹廢主義詩人的情熱表現, 從 ‘我的寢室’ 一文可看出其極致, <虛榮
市>, <迷路> 中, 夜夜患了不眠症, <夢鄕>中的哭, <月光照入病室>
所引超的詩態, 其曲是 <黑房秘曲>, 但 <愛情是施捨>的詩劇終了,
懷疑悲酒酊的人生生活是虛無的, 　在<墓地>一文裏抱着巨大的墳墓
而哭泣, 像這同一傾向的詩人, 但具內容均頹廢的…故人們的詩運動
確實在文藝史上劃時代的作品(190쪽)

이라 번역되어 있으나, 앞에 인용한 원문 중 <저녁의 피묻은 洞窟>,
<나는 술 취한 집을 세우려한다> 등이 그 번역에서 누락되었고, 또한
<微笑의 虛榮市>는 <虛榮市>로, 다시 위 원문의 <현실의 구조를 받
아 다시 문필활동을 계속하였으며 월탄군은 암흑한 인생을 피해서
<密室로 돌아가다>에 詩想을 일으키니>의 구절이 그 번역에서 제외
되었으므로 역문 중 其曲是 <黑房秘曲>은 실은 월탄의 작이지만, 문
맥으로는 박영희의 작이 되고 말았다. 그리고 위 원문 중 <洪思容은
<봄은 그대로 가더이다>에서>의 한 토막이 역문에 그 번역이 제외되
어 그 역문의 ‘懷疑悲酒酊的人生生活是虛無的’은 무슨 말과 연결되는
지 문맥이 전연 통하지 않고 있으며, 또한 <이와 같은 同一한 傾向의
詩人 로맨틱 무브멘트의 開拓者 심볼리즘의 部隊는 반드시 심볼리즘
詩人이 所有해야 하며 努力해야 하는 言語의 美的選擇, 緻密한 感情
의 表示, 微妙한 氣分의 感染… 등에 注力하였던 것이다>의 한 장 내
용이 역문에는 ‘像這同一傾向的詩人’이라 짧막하게 번역되어 있으나,
이는 축역도 아니요, 의역도 아니요, 말하자면 韓文의 외래어를 모르
는데서 　오는 　適當飜譯이다. 　또한 　‘로맨틱 　무브먼트’(Romantic
Movement), ‘심볼리즘’(Symbolism), ‘데카단이즘’(Decadanism), ‘앨

렌포우'(Allen Poe), '보들레르(Baudelaire)', 와일드(Wilde), 뻬르레느
(Varlaine) 등(原名은 筆者付)이 무슨 말인지 몰랐든지, 그 원문의
<데카단이즘이란 흔히 앨렌 포우나 보들레르의 예와 같이 병행함으로
써 그 심각화를 꾀하였었다. 와일드의 華著, 베르레누의 頹廢, 포우의
奇怪, 보들레르의 放縱 등의 종합적 기질의 別型을 白潮時代가 그 특
색으로서 소유하였었다>가 아무런 번역도 가해짐이 없이 원문 그대로
복사되어 불균형하게 그 역문 말미에 삽입시켜 놓은 것은 난센스도 이
만저만이 아니다.

이 외에도 현대문학에 있어서 순 韓語의 뜻을 왜곡하여 오역을 가져
오게 한 것도 곳곳에 보이니, 예를 들면, 육당의 <海에서 少年에게>(給
海 給少年們! 167쪽). 염상섭의 <조고만 일>(遭故的事 187쪽), 현진건
의 <운수좋은 날>(運輸好日字 190쪽), 이상화의 '나의 寢室로'(我的寢
室 190쪽), 프로 문학 시기에 나온 '뒷걸음질'(背影 193쪽), '먼동이 틀
때'(夕陽西下時 193쪽), 김유정의 <만무방>(萬無堂 203쪽) 등이다.

5.

지금 본 역서가 출간된 대만 중국문화학원에는 한국연구소가 엄연
히 부설되어 있다. 또한 그곳에는 韓文學을 전수하는 한국인 교수가
있는 것으로 알고 있다. 본 역서『한국문학사개론』이 출간되기에 앞서
그곳 한국인 교수의 감수라도 받았으면, 전게한 여러 가지 不充과 오
역이 쉽게 불식되어졌을 것으로 믿어진다. 또한 본서가 역서이니만큼
원 저서와의 사전 협약이 있었는지 알 수 없으나, 원 저서에 애매한
점은 원 저자에게 지도나 감수라도 요청하는 것이 도리가 아닐까. 또

한 대만에서 모처럼 출간을 본 『한국문학사개론』의 번역진이 왜 전문가도 아닌 아마추어 졸업생들로 구성되었는지 그 저의를 알 수 없으나, 본 역서가 한국문학의 본격적인 저서임을 생각할 때, 사전의 치밀한 플랜이 없었던 것이 아쉽다. 그러나 본서의 출간은 전게한 여러 가지 不充과 오역을 지니고 있으면서도 한국문학에 대한 개황을 중국인에게 알리는 첫걸음이라는 데 그 의의가 크다고 본다. 위에 여러 가지 필자에 의해서 지적된 것이 본서가 재간될 때, 하나의 조언이 되었으면 한다.

『신라가요의 연구』*

향가에 대한 연구는 1918년 日人 학자 金澤庄三郞이 <처용가>의 해독을 시도함으로써 비롯된다. 그 후 1929년에 역시 日人 학자 小倉進平에 의해 『鄕歌及吏讀의 硏究』가 출간됨으로써 그 난해한 향가 25수가 모두 해독된 셈이다. 그러나 小倉進平의 저서는 저자가 日人이란 한계성으로 그 해독에 많은 문제가 있었으나, 이를 뒷받침하여 1943년에 양주동 교수의 『古歌硏究』가 간행됨으로써 비로소 향가 연구에 대한 본격적인 연구가 제 자리를 잡았다고 생각된다.

8·15해방 후 지헌영 교수의 『鄕歌麗謠新釋』이 출간되고, 다시 이탁 교수의 「鄕歌新解讀」(『한글』, 116호, 한글학회, 1956)이 출간됨으로써 향가의 어학적 풀이에 異說을 이루는 동시에, 국어학자들의 부분적 풀이가 다양하게 가해짐으로써 향가의 어학적 풀이는 그야말로 난맥상을 이루게 되었다. 그러한 가운데 1971년에 김종우 교수의 『향가문학론』이 출현함으로써 문학적인 풀이가 본격적으로 시도되었다고 본다. 말하자면 김 교수의 저서는 아직까지의 어학적 풀이에서 문학적 풀이로 방향을 바꾸어 놓은 중요한 저서라고 본다.

이를 기축으로 하여 일조각에서 출간된 『향가의 어문학적 연구』(이재선 外(1973)), 윤영옥 교수의 『신라시가의 연구』(1980)와 최철 교수

* 『아세아연구』, 25권 2호, 고려대 아세아문제연구소, 1982.

의『신라가요연구』(1979), 임기중 교수의『신라가요와 기술물의 연구』
(1981) 등이 출간됨으로써 문학적 연구가 다양하게 본격화되기 시작
하였다. 이런 때를 맞추어 박노준 교수의 역저『신라가요의 연구』가
출간됨으로써 향가에 대한 연구는 바야흐로 금상첨화의 무늬를 수놓
은 감을 준다.

1.

박 교수는 본서를 엮음에 있어서 향가에 접근하는 방법으로 종래에
향가를 산문기록 속의 삽입가요로 보는 것이나, 또는 이를 골동품시하
여 주로 고증학적 풀이에 얽매인 분석적 방법 등을 지양하여 향가를
하나의 詩 정신과 人性의 照應·交錯으로 보고 그 속에 흐르는 문학
성에 치중할 것을 전제로 제시해 놓고『삼국유사』소재 14 수의 향가
에 접근하고 있다.

이어서 향가의 작자에 대한 架空說, 즉 <怨歌>의 信忠, <도솔가>
의 月明, <안민가>의 忠談師 등 일련의 작자를『삼국유사』의 찬자 일
연이 隨意에 따라 가요 성립과 관련된 사적에 부합되도록 작명한 假名
이라고 단정한 가공설을『삼국유사』가 야사이면서도 한편 '역사의 설
화화'를 전제로 가공설을 비판하여 실존인물로 되돌린 것은 타당성이
있다고 본다. 拙見을 보태보면, 현재 한국문학의 연구에 있어서, 특히
작자 문제에서 도식화하는 경향이 있으나 이는 위험한 방법으로 풀이
되기 때문이다.

다음 향가 14수를『삼국유사』에 수용한 찬자 일연의 향가 해독력에
대하여, 이를 긍정적 한계를 넘어서서 '익숙한 감상자이면서도 또 그

나름대로의 독창적인 批評眼까지도 구비하였던 것 같다'(34쪽)고 언급한 것은 필자도 전적으로 동의하는 바이다. 박 교수는 특히 <도천수대비가>·<風謠>·<도솔가>·<제망매가>·<원가>·<우적가> 등 6편의 향가에 첨가한 일연의 讚文으로써 그의 향가의 記述意識을 충족하게 알 수 있다고 언급하고 있다. 이들을 밑바탕으로 하여 향가에 대한 일연의 이해력에 拙見을 첨가하면, 『삼국유사』 <월명사도솔가>條에 있어서 일연이 월명사의 도솔가를 기재하고 나서, 이를 칠언시로써 해석함과 아울러 '兜率歌'를 今俗엔 '散花歌'라고 하고 있으나 잘못으로 마땅히 '兜率歌'라고 불러야 한다. 산화가는 따로 있으나 글이 많아 싣지 않는다 <今俗謂此焉散花歌 誤矣 宜云兜率歌 別有散花歌 文多不載>고 단정한 데서 우리는 일연의 향가 해독력을 충족하게 확인할 수 있다.

2.

첫째, <원왕생가>의 풀이에 있어 학계에서 가장 분분설을 일으킨 것은 무엇보다도 그 작자의 문제라고 본다. ① 廣德의 妻(양주동), ② 廣德(김동욱), ③ 第三者(사재동) ④ 元曉(김선기) 그러나 오늘날은 대충 '廣德妻'나 '廣德' 두 가지로 집약되고 있는 것 같은데, 박 교수는 <원왕생가>를 둘러싼 산문기록 <광덕엄장> 條를 논리적으로 풀어 더구나 엄장을 폭넓게 등장시킴으로써 작자 광덕과 <원왕생가>의 내용을 밀착시킨 것은 매우 탁견이다. 더욱이 윤영옥 교수가 '大種力耕'의 기록을 중심으로 엄장은 미륵신앙의 소유자 내지 현실주의자로 풀고 광덕과 대치되는 인물로 설정하고, 나아가서 <원왕생가>의 末句

아으 이몸 기텨두고
四十八大願 일고쌀까

를 呪詞로 푼데 대하여, 박 교수는 전게한 '大種力耕'을 '火種刀耕'으로 푼 권상로 선생의 풀이를 전제로 엄장을 광덕이 지니고 있는 미타신앙의 소유자로 보고, 아울러 그 말구도 가벼운 기원으로 처리한 것도 탁견이다.

둘째, <혜성가>의 풀이에서 박 교수는 기성의 학설, 김승찬 교수의 『한국상고문학연구』와 윤영옥 교수의 『신라시가의 연구』를 밑받침하여 <혜성가>를 둘러싼 산문기록을 왜병의 침공으로 낭도의 楓岳行을 중지하였다는 것과 그에 따라 혜성이 心大星을 범했다는 것을 日官에 의해 만들어진 가상의 현실이라고 異說을 제기한 것은 문제가 있다고 보며, 이를 보다 합리적으로 연결시키려면 상당한 자료가 밑받침되어야 한다고 생각된다.

셋째, <풍요>의 풀이에 있어선 일찍이 김동욱 교수가 '佛敎的 民謠'라고 언급한 것을 전제로 평설을 보태놓았을 뿐, 새로운 제기는 별로 없다.

넷째, <모죽지랑가>의 풀이에 있어서 종래에 <모죽지랑가>를 죽지랑의 사후에 저작된 것을 전제로, 이를 追慕挽歌의 일종으로 보아온데 대하여 박 교수는 산문기록 죽지랑 條의 문단 순서를 재구해 놓고 <모죽지랑가>의 생성년대를 죽지랑의 생전으로 돌이킴과 동시에, 더 나아가서는 신수식 씨의 眞德王 때의 생성설을 부정하고 효성왕 때로 추정한 것은 매우 탁견이라고 본다.

다섯째, <원가>의 풀이에 있어서는 주로 <원가>가 언제 저작되었느냐의 성립년대에 대하여 집중되고 있다. 박 교수는 이기백 교수가 그 저작년대를 景德王代의 정치권력의 현상을 중심으로 작자 신충이 掛冠한 景德王 22년 이후로 잡은 데 대하여, 이를 비판하고 <원가>가 지니고 있는 산문기록을 중심으로 다시 孝成王代로 되돌려 놓고, 또한 <원가>의 내용을 주술적으로 보다는 정서의 <정과정곡> 類의 서정적인 노래로 파악하고 있다.

여섯째, <도솔가>의 풀이에 있어선 박 교수는 전반적인 문제에 접근하고 있다. 우선, <도솔가>가 지닌 治理歌的 요소를 전제로 조지훈의 '治理歌'說에 동의하고 나서, 세속 <도솔가>를 謠·佛 융합의 노래라는 것보다는 일종의 불교의식상에 쓰인 呪歌로 보는 것이 합당하다고 보고 있다. 더욱이 <도솔가>가 지닌 꽃의 뜻을 김소월·박두진의 현대시가 지니고 있는 꽃의 의미를 넘어서서 말하자면 천상과 지상을 연결시키는 매개자의 꽃으로 그 뜻이 있다고 형이상학적인 뜻을 부여하고 있다는 데서 우리는 박 교수의 본 詩의 풀이에서 무엇보다도 새로운 일면의 제시를 엿보게 한다.

지금 학계에서 <도솔가>의 풀이에서 분분설을 일으키고 있는 것은 <도솔가>가 지닌 그 뜻이 무엇이냐에 있다고 본다. 말하자면, 월명사의 <도솔가>가 『삼국사기』나 『삼국유사』의 유리왕 條에 출현하는 <도솔가>의 개념과 동일하냐 하는 문제이다. 이 <도솔가>의 뜻풀이에서

① 텃놀애(國家) 양주동
② 두릿노래(歡康) 정병욱
③ 도살푸리(巫) 이혜구

④ 다솔놀애(治理) 조지훈

등 여러 가지 뜻이 있으나, 뜻을 어떻게 풀든지 과연 유리왕 條의 <도솔가>가 月明師의 <도솔가>와 동일 개념이냐의 여부가 큰 문제라고 본다. 필자는 이를 동일 개념으로 받아들이고 싶다. 양주동 교수는 일찍이 유리왕 條의 <도솔가>를 향가에 선행된 歌의 <장르>名으로 보았는데 필자도 이에 동의한다. 拙見을 붙여보면 월명의 <도솔가>가 향가의 最先型인 4구체로 되어 있는 것과, 그리고 그 내용이 주술적인 뜻을 지니고 있는 것은 우리가 월명의 <도솔가>를 통하여 향가에 선행된 <도솔가>의 型과 내용을 적이 엿볼 수 있게 하는 것이 아닌가 한다.

다시 말하면, 경덕왕이 두 해가 아울러 나타날 때, 일관이 아뢴 말 '請緣但屬作散花功德則可攘' 가운데 '散花功德'은 곧 향가의 주술적 기능을 말해 주는 것이 아닌가 한다. 그리고 월명사가 경덕왕의 물음에 답한, '臣僧但屬於國仙之徒 只解鄕歌 不閑聲梵'과 이에 따른 경덕왕의 '旣卜緣僧 雖用鄕歌可也'의 말은 향가에 선행된 <도솔가>의 주술적 기능으로 이는 경덕왕과 월명사의 엇갈린 의견으로써 받아들이고 싶다. 거기서 월명사는 다만 國仙之徒 로서 본시 서정적인 향가에만 능했지만 경덕왕의 요구에 맞추어 주술적인 <도솔가>를 짓게 된 것이 아닌가 한다. 이는 월명사의 <제망매가>가 순연한 불가적인 서정시로 되어 있는 데서도 그 <도솔가>의 일면을 엿볼 수 있지 않을까 생각된다.

일곱째, <제망매가>의 풀이에서 중요한 초점은 박 교수가 이 노래가 불교사상을 바탕으로 한 종교시의 일종이라는 종래설을 반박하고, 작자 월명사의 죽음의식을 통해 순수 서정시로 규정지어 놓았다는 것이다. 뿐만 아니라 이 시에 나타난 월명사의 죽음의식을 통하여 이를 신라 당대의 廣德妻 혹은 永才의 초연한 사생관과 견주어 결국 월명사의 죽음觀은 佛僧이고 郎徒이면서도 죽음을 두려워하는 범속한 자유인의 것으로 풀이한 것은 새로운 풀이로 우리에게 참신성을 준다. 주지하는 바와 같이 현존한 향가 가운데 충담사의 <찬기파랑가>와 월명사의 이 시는 서정시로서 극치를 이루는데 박 교수의 <제망매가>에 대한 위와 같은 풀이는 독자에게 더욱 실감을 줄 것이다.

여덟째, <헌화가>의 풀이에서 박 교수가 집중하고 있는 문제는 <헌화가>의 작자, 이른바 '老翁'의 풀이에 있다. 주지하는 바와 같이 노옹은 '禪僧'(김종우), 道家의 '神仙'(김선기), '農神'(황재남) 등 다양한 풀이가 있어 왔다. 그러나 노옹을 문자 그대로 '평범한 시골 노인네'로 풀이한 데 묘미가 있다. 실은 <헌화가>의 내용을 보아도 거기엔 기교·가식 등이 없는, 말하자면 서투르고 즉흥적인 애정시로서 村老가 젊고 아름다운 수로부인을 경외하는 냄새가 가식 없이 풍긴다. 拙見을 덧붙인다면, 만일에 '노옹'을 선승·신선·농신 등으로 상승해 푼다면, <헌화가>의 맛은 반감되고 만다. 이는 마치 『莊子』의 혼돈을 아름답게 꾸미려다가 오히려 이를 죽게 한다는 혼돈 고사의 우를 범하는 우려가 다분히 있다. 그러므로 박 교수가 노옹의 신분을 村老로 되돌린 것은 매우 통쾌한 일이다. 그러나 학계의 일각에서 노옹의 애정시를 극도로 미화한 나머지 '늙은이와 젊은 여인의 사랑의 갈등' 운운한 것은 유치한 문학소녀적인 풀이에 불과하다.

그러면 문제는 노옹의 신분으로 과연 향가의 작가가 될 수 있느냐에 있다. 필자는 향가가 속칭 신라의 평민문학이라는 것과는 달리, 音과 訓과의 교묘한 표기법을 요하는 것이므로 이는 고도한 문자예술이라는 것을 전제로 할 때, <헌화가>의 작자를 村老로 규정짓는 데는 많은 무리가 뒤따르게 된다. 그러므로 필자는 村老와 수로부인 등을 둘러싼 설화를 통한 민요가 구전되어 오다가 어떤 지식인에 의해 문자화된 것이 현존하는 <헌화가>가 아닌가 추측된다. 이런 관점에서 향가의 작자를 살펴볼 때, <도천수대비가>의 작자 希明, <처용가>의 작자 處容 및 <서동요>의 작자 武王 등도 민요적인 각도에서 풀이되어야 할 것이다.

아홉째, <찬기파랑가>의 풀이에서 박 교수는 주로 시의 모티브를 측정하려 하였다. 그 답은 작자 충담이 시를 통하여 경덕왕 무렵 쇠퇴해가는 화랑의 형세를 애석하게 여긴 나머지, 화랑의 재생을 은근히 기대하는 마음에서 이루어 놓았다고 추정하고 있다. 그리고 같은 충담사의 <안민가>의 풀이에서도 주로 경덕왕 대에 안고 있는 정치적 불화사항을 중심으로 작자가 민본사상을 바탕으로 왕에게 충간할 목적으로 이루어 놓은 治理歌의 일종으로 풀이하고 있다.

열째, <도천수대비가>의 풀이에 있어서 박 교수는 시가 저작될 무렵, 관음사상이 서민사회에 일반화된 것을 전제로 하여 이를 풀이하고 있다.

그러나 오늘날 이 시가 안고 있는 문제는 두 가지가 있다고 본다. 하나는『삼국유사』의 산문기록 중, '令兒作歌禱之 遂得明'에 있다. 즉 그 문맥으로 보면 <도천수대비가>의 작자는 희명이 아니라 5세에 실명된 유아가 될 터인데, 이는 오늘날 분명하게 해결되지 않고 있다. 박 교수는 오히려 이를 '아들로 하여금 唱歌하게 할 무렵에는 신라사회에 觀音思想이 널리 전파된 시기였으리라(269쪽) 운운하여 그 오문을 딴 길로 유도하고 있는데, 拙見으로는 위의 '令兒作歌禱之'에서 '令'을

'爲'의 오각으로 보면 위의 산문기록은 쉽게 연결되리라고 본다.

또 하나는 <도천수대비가>의 작자 희명이 과연 향가의 작자가 될 수 있느냐 하는 문제다. 이는 헌화가 條에서 이미 언급한 바와 같이 희명도 작자로 볼 것이 아니라, 현 <도천수대비가>는 희명과 失明令兒를 둘러싼 설화와 민요가 구전되어 오다가 어느 지식인에 의해 저작된 것이라고 보는 것이 좋을 것이다.

열한 번째, <우적가>의 풀이에 있어서 주로 배경설화를 통하여 이 노래의 작자 永才와 대응되는 60여 도적의 신분의 풀이에 집중되고 있다. 그 결론은 도적들이 보통 재물을 앗아가는 도적들이 아니라, '화랑의 殘匪'일 가능성이 많다는 것이다. 이런 논리를 도출하는 이유는 <우적가>가 지니고 있는 설화성의 산문기록을 역사적 사실로 보는데 있다. 그러나 지금 국사학계에서 『삼국유사』의 여러 설화를 아무리 역사적 바탕위에서 이루어졌다고 인정하고 있고 또 그 설화성의 골자는 역사적 바탕 위에서 이루어졌다고 볼 수 있지만, 그 설화성을 지닌 기록의 자자구구에 모두 역사성을 부여하기엔 많은 무리가 있다고 본다. 요는 그 산문기록이 '永才遇賊'으로 되어 있는 바와 같이 '永才遇賊' 설화는 영재가 도적을 만났다는 역사적 사실 밑에 전개되는 허구적 설화로 보는 것이 좋을 것 같다.

열두 번째, <서동요>의 풀이에 있어서 박 교수가 관심을 가진 것은 <서동요>가 지니고 있는 그 산문기록을 중심으로 그 작자 무왕이 역사적 인물이냐의 여부에 있다. 박 교수 역시 작자를 기존설대로 동성왕으로 보고나서, 산문기록의 일부 '薯童由此得人心 卽王位'를 서동과 선화공주의 로맨스의 종착역으로 보았다는 것이 그 특색이다. 또 <서동요>는 민요의 일종으로 보는 것이 학계의 동향인데 박 교수는 이를 재확인하고 있다.

마지막으로 <처용가>의 풀이에 있어서 박 교수는 역시 작자 처용의 신분문제에 집중하고 있다. 오늘날까지 <처용가>의 풀이에서 가장 이설이 분분한 것은 <처용가>의 작자 처용이 안고 있는 황당한 설화를 바탕으로 그 신분문제에 있어 왔음은 우리가 익히 아는 바이다. 곧 처용의 신분을 주술사 · 男巫 · 지방토호 · 아라비아 상인 · 法行龍 · 화랑 등 다양하다. 그러나 박 교수가 처용의 신분을 밝히는 자료로서는 처용랑 망해사 條의 산문기록을 논리적으로 단락을 나누어 신라의 종말을 초래케 한 상하계급의 세기말적 사항으로 보고, 결국 처용의 신분을 하나의 覡으로 보았다. 거기서 <처용가>는 당초에 처용의 말이었던 것이 문자로 정착되어 巫歌化의 과정으로 발전된 것이라고 마무리한 것은 오늘날까지 이루어진 <처용가>의 풀이를 종합해 놓은 것이라고 본다.

3.

이상과 같이 박 교수의 『신라가요의 연구』에 대한 리뷰를 대충 부한 셈이다. 더러는 필자의 역량 밖으로 잘못 본 것도 있을 줄도 안다. 그러나 필자가 향가에 대한 연구서로서 가장 최근에 이루어진 박 교수의 본서를 읽은 소감은 무엇보다도 향가에 대한 연구가 이제 막바지 길에 이른 감을 받았다는 것이다. 이제 어학적인 연구도 자료 불충으로 더 나아갈 길이 없고, 이와 아울러 문학적 연구도 오늘날 진행되는 방법으로는 더 나아갈 길이 없다는 것을 느끼지 않을 수 없다. 말하자면 새로운 방법론이 출현하며 돌출구가 마련되지 않는 한, 향가연구는 획을 그어 놓을만한 결론을 기대하기란 어려울 것이다.

이번 박 교수가 주로 향가를 둘러싼 산문기록을 중심으로 수행한 연구도 오늘날까지 수행된 방법으로는 최선을 다해 이루어진 것이라고 본다. 그러나 박 교수의 본서에서 행한 각가지의 시도에도 불구하고, 오늘날까지 이루어진 연구업적을 명확하게 뒤엎을만한 뚜렷한 마무리가 없었던 것은 전게한 바와 같이 방법론의 문제에 있다고 본다.

그렇지만 박 교수가 본서의 곳곳에서 새로운 제언을 덧붙여 놓은 것은 학계에 새로운 문제이며, 이들이 앞으로 확고하게 정설로 정립되려면, 향가연구가 안고 있는 역사학을 비롯한 언어학·사회학·종교학·민속학 등 범한국학적인 연구의 뒷받침을 통해야만 비로소 이루어 질 것으로 믿는다.

한중소설·시의 비교문학적 연구[*]

이상익·이창룡

　한중문학에 대한 비교연구는 엄격히 말해서 6·25 이후의 일이며, 비교문학을 의식하여 한중문학을 연구하기 시작한 것은 1955년 김동욱 교수에 의해 비교문학(Litterature Comparée)의 방법론이 제시되고 부터의 일이다. 이제 한중문학비교에 대한 연구논문도 무려 50여 편에 이르렀고, 단행본 연구저서도 이병주 교수의 『두시의 한국문학에 끼친 영향』(1970)을 비롯하여 김현룡 교수의 『한중소설설화비교연구』(1976), 이경선 교수의 『삼국지연의의 비교문학적 연구』(1976) 등이 출간되었다. 이런 양적 자료의 업적을 이루어 놓은 가운데 지난해엔 이상익 교수의 『한중소설의 비교문학적 연구』(1983), 연이어 금년에는 이창룡 교수의 『한중시의 비교문학적 연구』(1984) 등이 나온 것은 여간 반가운 일이 아니다.

　위와 같은 많은 분량을 지니고 있는 한중문학의 비교논문과 기타 비교문학의 이론이 들어온 지 벌써 일세대의 시간이 지난 것에 비추어 언제인가는 우리나라에도 비교문학에 대한 방법론의 모색이 시도될 때가 되지 않았는가 생각된다. 이런 시도에 플러스가 되면 하는 뜻에서 우리 고전문학 장르상 쌍벽을 이룬 시와 소설을 전제로 하여 요사

---

*『인문논집』, 29집, 고려대 문과대학, 1984.

이 이루어진 위의 이상익 교수의 『한중소설의 비교문학적 연구』와 이창룡 교수의 『한중시의 비교문학적 연구』를 택하여 이들에 대한 필자의 리뷰를 가해볼까 한다.

1.

이상익 교수의 『한중소설의 비교문학적 연구』는 Ⅰ부 한국소설에 미친 <서유기>의 영향과 Ⅱ부 군담소설과 <삼국지연의>·염정소설과 <금병매>·<홍길동전>과 <수호전>·『금오신화』와 『전등신화』·<채봉감별곡>과 <왕교란백년장한> 등으로 구권되어 있다. 즉, 중국소설로서는 <서유기>·<삼국지연의>·<수호전> 등 소위 사대기서를 필두로 명대의 『전등신화』 및 『금고기관』 등과 우리나라 고소설을 비교하고 있다. 이제 이들을 본서의 목차에 따라 필자의 소감을 언급해 보기로 한다.

Ⅰ부 <한국소설에 미친 서유기의 영향>은 이 교수가 본서에서 가장 역점을 기울인 장으로 아울러 이 교수의 학위논문이기도 하다. 서론에서 연구목적·방법을 제시하고 나서 연구사에서는 한중문학비교연구에 대한 제반 문제를 개관하였는데 이는 한중문학비교연구에 대한 중요목록에 해당되기도 한다.

본론에 들어가 첫째, <서유기의 형성배경>에 있어서 <서유기>의 연원으로 현장의 『대당서역기』, 혜립의 『大唐大兹恩寺三藏法師傳』, 宋代의 『속고승전』, 『태평광기』·『당태종입명기』 외에 『랍마전』(Rāmayāna)·『본생경』·<補江經白猿傳>·<陳巡檢嶺失妻記>·<申陽洞記>, 또 『大唐三藏取經詩話』·『唐三藏西天取經』 등 오늘날까지 중국학회에서 <서유기>의 연원으로 받아들여진 모든 문헌을 중국·일본은 물론 한국 학도들에 의해 그간 이루어진 여러 논문을 광범위하게 섭렵하여 인증해 놓아 이 분야에 대한 연구문헌의 정리로 높이 살만하다. 단, 인용과정에서 일차자료와 이차자료가 있을 경우, 後註者들은 의당히 일차자료를 참고·인용하는 것이 원칙인 이상, 본서에 간혹 이차자료로 주를 삼은 것이 눈에 띈다.

둘째, <고본 서유기>와 오승은의 <서유기>의 연계적 풀이에 있어서, 중국은 물론 日人 학자들, 특히 太田辰夫와 小川環樹들의 문헌을 정밀히 수집하여 이들을 다시 재검한 이 교수의 수고는 참으로 놀랄만하다. 다만 이들의 문헌을 인용하는 과정에서 劉大杰의『中國文學發達史』와 현재 대만 中華書局에서 간행돼 나온『中國文學發達史』가 劉大杰의 저서를 토대로 하여 나왔기 때문에 兩書가 大旨로부터 소문맥까지 일치하는 것은 틀림없으나 전체적으로 수식과 첨략이 가해진 것은 우리가 알아야 한다. 남의 저서를 일언의 언급도 없이 그대로 편찬해 낸 중화서국의 행위는 결과적으로 도용이라고 본다. <서유기>와 양지화의 <서유기전>과의 연계에 있어서 양지화의 <서유기전>에서 오승은의 <서유기>로 이행되었다는 說과 오승은의 <서유기>에서 양지화의 <서유기전>으로 이행되었다는 두 가지 說에 대해 중국은 물론 일본·한국의 동조자들의 모든 說을 수집하여 이 교수는 결국 胡適의 說에 동조하여 매듭을 맺은 이유로 오승은의 <서유기>가 <고본 서유기>에서 직접 영향을 받았다는 것에다 우선을 둔 것은 그리 간단한 문제가 아니라고 본다. 이를 확고히 하는 길은 보다 분석적인 문헌의 검증이 필요하리라고 생각된다.

셋째, <서유기의 구성요소>에 있어서는 前人의 胡適·鄭振鐸·郭

箴一・劉大杰・李辰冬의 중국학자, 또는 小川環樹・田中謙二・倉石武四郎 등 일본학자, 그리고 C.T.Hsia(夏紫淸)의 『中國古典小說』 (The Classical Chinese Novel) 등을 고람하여 <서유기>를 주제・구성・인물・배경・문체 등으로 분류하여 작품구성을 시도한 것은 <서유기> 연구사에 있어서 아직 구체적인 구성 분석이 시도된 바 없는 바람직한 작업으로 앞으로 더욱 확대되어 비교문학적인 접근에까지 연결되었으면 좋겠다.

넷째, <西遊記의 傳來과정>에서 우리나라 <서유기>에 대한 문헌을 풀이하는 과정에 삽입시킨 『박통사』의 문제는 중요한 사항이다. 즉, 『박통사』는 <서유기>의 형성과정에 중요한 문헌인 소위 <고본 서유기>가 중국에는 逸書가 되어 그 全般을 알 수 없는데 이를 알려주는 데 중요한 역할을 감당하는 것으로 『박통사』에 대한 풀이는 본서의 체재상 전게의 장에서 논의된 <고본 서유기>의 풀이에서 의당히 언급되어야 할 것이다.

다섯째, 한국소설의 수용상황에 있어선 <구운몽>・<옥루몽>・<삼한습유>・<홍길동전>・<숙향전>・<전우치전> 등의 작품을 대상으로 하여 앞서 이루어진 업적을 토대로 이들을 좀 더 확대해 놓았다. 여기에 부언해 둘 일은 작품 분석에 특별한 사항이 아닌 이상 의당히 원본을 텍스트로 하여야 할 것이다. 가령 <구운몽>의 경우, 번역본인 서울대학본이 本章에 사용되었다든가, <숙향전>의 경우, 최근판인 세창본이 사용된 것이 그 한 예이다. 또한 前章 <서유기의 전이 과정>에서 살핀 <당태종전>은 당연히 본장에서 논의되어야 할 문제라고 본다.

2.

첫째, <군담소설과 삼국지연의>에 있어서는 먼저 이루어진 제 논문을 긍정적 입장에서 수용하면서 우리나라의 군담소설과 <삼국지연의>와의 관계를 인물·배경·구성·문체·주제 등으로 나누어 더욱 확대해 놓았다. 여기에 덧붙여 둘 일은 중국에서의 <삼국지연의>의 형성과정을 살피고 나서 군담소설의 영향문제를 확대했으면 좋지 않았나 생각된다. 가령 조선초기문헌에 등장하는 '奇大升進啓曰 三國衍義 出來未久'(『선조실록』)의 <삼국지>는 나관중본 <삼국지연의>일 것이며, 김만중의 『서포만필』에 출현하는 <삼국지>는 모종강본 <삼국지연의>라고 추측되나 이들 兩者가 서로 출입이 많은 것을 전제로 우리나라 군담소설에 반영될 <삼국지연의>의 영향이 나관중본이냐 아니면 모종강본이냐를 확적하게 가려내야 될 것이다. 그러나 이 점은 현재까지 이루어진 군담소설과 <삼국지연의>의 연계논문에서 아직 시도되지 않고 있다.

둘째, <염정소설과 금병매>에 있어서는 우리나라 <춘향전>·<옥란춘전>·<숙향전> 등 소위 염정소설과 <금병매>와의 영향관계를 꾀한 글이다. 중국의 소위 사대기서 가운데 중요작품으로 꼽히는 <삼국지연의>·<수호전>·<서유기> 등은 우리나라 고소설과 다각도로 비교 연구된 바 있다. 그렇지만 <금병매>와의 비교 연구는 전혀 이루어지지 않았는데 이 교수에 의해 비로소 그 연구가 시도되었다. 필자는 본서 가운데 삽입된 여러 논문 중에 가장 관심을 갖고 읽은 것이 본장이다. 왜냐하면 <금병매>가 중국에서도 떳떳이 사대기서의 하나로 끼일 만큼 많은 독자를 가져왔는데, 우리나라에는 아직 <금병매>

에 대한 번역문, 혹은 評釋物, 더 나아가서는 그의 영향을 받고 나왔다고 확증을 내릴만한 고소설이 찾아지지 않기 때문이다. <금병매>가 조선조에 작품화하는 데 성공하지 못한 것은 아마 조선조의 시대적인 경색에 있지 않았는가 생각된다.

그러나 본장을 읽고 나서 느낀 것은 영향관계를 전제로 하는 소위 프랑스의 실증주의적 방법을 적용하여 연구할 것이 아니라, 지금 구미 각국에서 유행을 보고 있는 소위 본질론적 방법에 의해 그 풀이가 이루어졌으면 좋겠다는 것이다. 그것은 본장의 결론에 제시된 8개항 중에서 4개항에 제시된 바와 같이 우리나라 염정소설의 인물·구성, 또는 주제면에서 <금병매>와 상호 영향관계가 없기 때문이다. 이를 인정하는 한, 염정소설과 <금병매> 양자의 영향관계를 파고드는 것은 현 사항으로 보아 徒勞에 끝날 것이다. 그리고 <숙영낭자전>의 梅月 복수장면과 <금병매>의 潘金蓮·王婆의 복수장면도 우연의 일치일 가능성이 많고 또한 <춘향전>의 성희 묘사와 <금병매>와의 연관성도 확증적 문헌이 출현하지 않는 이상, 우연의 일치로 돌리는 것이 객관적인 관법일 것이다. 다만, 本章의 결론에 제시된 사회상의 고발, 남녀의 음행, 여성편력, 인생무상 등은 영향 관계의 차원에서 논의될 것이 아니라, 본질론적 방법에 의해 당시 중국과 우리나라와의 문화적 양상·접근·방법·진폭 등으로 확대하여 끝내는 두 나라 문화의 동질성과 이질성을 목표로 하는 것이 좋을 것이다.

셋째, <홍길동전과 수호전>에 있어서는 허균의 <홍길동전>과 <수호전>과의 비교연구이다. 택당의 <筠又作洪吉童傳 以擬水滸>의 언급을 중심으로 義賊을 중심으로 한 두 작품은 꾸준히 연관되어 왔다. 이 논문은 적극적인 방법으로 <홍길동전>과 <수호전>이 상호 비교되는데 20여 년이 지난 오늘날, 비교하는 방법내지는 서술방법에 있어서 적지 않은 문제를 지니고 있지만, 국문학계에서 처음으로 시도된 논문이라는 데 무엇보다도 뜻이 있다 하겠다. 이 논문이 나온 후 <홍길동전>과 <수호전>은 계속해서 비교문학적 입장에서 연구되어 왔다. 이 논문이 본서의 한 장으로 삽입될 때, 가급적이면 그 후 이에 대해 이루어진 논문이 보충 참고되었으면 좋겠다.

넷째, <금오신화와 전등신화>에 있어서는 前人의 업적을 모두 수렴하면서 이를 더욱 확대하여 결론에서 『금오신화』는 『전등신화』를 형식면에서는 모방하였지만 내용면에서는 전혀 달리 한 훌륭한 창작품임을 밝히고 있다. 필자의 생각으로는 이 교수가 제시한 『금오신화』의 창작성은 육당이 이미 1927년에 처음으로 『啓明』(19)에서 독창성을 제시하였으므로 결과적으로는 오늘날까지의 『금오신화』 연구는 육당의 결론 안에서 맴돌고 있다고 보아야 할 것이다. 요는 이 교수가 『금오신화』·『전등신화』와 이들의 영향을 받았다는 일본의 <伽婢子> 등의 三者의 영향관계를 시도한 日人 학자 佐藤俊彦의 논문을 읽었음을 생각할 때, 당시 이 三者의 영향관계를 한국인의 입장에서 시도해 보았다면, 보다 새로운 풀이가 나오지 않았을까 여겨진다. 이는 겨우 작년에 이르러 한영환 교수의 『금오신화의 비교문학적 연구』에서 비로소 시도된 것은 다행이라 생각된다.

다섯째, <채봉감별곡과 왕교란백년장한>에서는 중국 명대소설인 『금고기관』에 삽입된 <왕교란백년장한>과 조선조 말기소설로 일컬어지는 <추풍감별곡>과의 비교 연구이다. 김태준이 그의 『조선소설사』에서 '秋風感別曲은 今古奇觀의 王嬌鸞百年長恨의 翻案'(96쪽) 운운한 이래 <왕교란백년장한>과 <추풍감별곡> 두 작품의 적극적인 비교연구는 김기동·이 교수에 의해 비로소 이루어졌다. 즉 김기동 교수는 번안물이 아니라 독창물로 보았는데 이 교수는 본 논문에서 다시 이의를 제기하여 김태준의 설을 좇아 번안물로 결론을 내렸다.

　필자도 요새 이에 대한 관심을 가지고 있으며, 우선 번안이란 개념상의 문제인데, 번안의 개념이 고정된 것이 아니라 지역에 따라 융통성과 포괄성이 있는 개념이란 것을 전제로 할 때, <추풍감별곡>은 <왕교란백년장한>에서 '암시를 받고 씌어진 창작물'로 보고 싶다. 이에 대한 구체적인 문제는 따로 지면을 갖고 싶다.

　<추풍감별곡>을 『금고기관』의 <왕교란백년장한>과 연계시키는 문제도 그리 쉬운 문제가 아니다. 왜냐하면 우리가 주지하는 바와 같이 『금고기관』은 『三言』·『二拍』의 초록본이기 때문에, <왕교란백년장한>을 『금고기관』에 단도직입적으로 연계시키는 데 하등의 절대적인 근거는 없다는 것이다. 그것은 <왕교란백년장한>이 『삼언』 가운데 『警世通言』(권 34)에도 수록되어 있기 때문이다. 그러므로 <왕교란백년장한>이 위와 같이 『경세통언』과 『금고기관』 兩書에 수록되어 있는 한, 이를 김태준 이래 <추풍감별곡>을 아무런 보충자료도 없이 『금고기관』 일변도로 연계시키는 것은 시정되어야 한다. 오히려 최근에 이명구 교수는 그의 「이조소설의 비교문학적 연구」(『大東文化研究』, 5)에서 <추풍감별곡>과 <왕교란백년장한>의 연계를 『삼언』에다 돌리고 있어 문제는 더 복잡해졌다. <추풍감별곡>과 <왕교란백년장한>과의 연계를 『금고기관』에 두느냐 아니면 『삼언』에다 두느냐 하는 문제는 보다 문헌적인 고증이 전제가 되어야 할 것이다.

　위에서와 같이 이 교수의 『한중소설의 비교문학적 연구』를 대충 필자의 주견에 따라 리뷰를 가하였다. 본서는 이 교수가 1960년 이래

1980년까지 무려 20여 년 간 기울인 한중소설에 대한 논문을 모아 하나의 연구저서로 만들어냈기 때문에, 어느 내용에 있어서는 부득이 중복된 것도 있지만 무엇이라 해도 본서는 이 교수의 20년 學歷의 도정을 엿볼 수 있는 역저임은 아무도 부정 못할 것이다. 특히, 본서 가운데 이 교수의 가장 최근의 논문인 「한중소설에 미친 서유기의 영향」은 <서유기>의 연구로서는 가장 풍부한 내용을 지니고 있다고 생각한다. 위에 필자가 부한 리뷰도 필자의 단견으로 잘못 본 것도 있을 것으로 안다.

3.

이창룡 교수의 『한중시의 비교문학적 연구』는 연구범위와 방법·이백에 대한 수용양상·두보에 대한 수용양상 등 4개 항목으로 구권되어 있다. 그렇지만, 주요내용은 결국 唐代 시인의 쌍벽으로 일컬어지는 이백과 두보의 시가 한국 시에 끼친 영향의 문제로 집중되어 있다. 이제 본서의 목차에 따라 차례대로 필자의 소견을 피력할까 한다.

첫째, 연구범위와 방법에 있어서는 비교문학적 방법에 의하여 중국 시인 중 이백과 두보를 택하여 수용적 입장에서 우리나라 고려·조선조를 위주로 하여 고찰하겠다는 연구범위와 방법을 제시하고 있다.

둘째, 이백에 대한 수용양상에 있어서 중국·일본에 있어서의 이백에 대한 중요 연구자료를 재평가한 것은 자료 정리상 의의를 지닌다. 또한 이백의 한국적 전래과정에서 이백 시문집의 간행에 대한 서술은 필요불가결한 작업이나 보다 구체적으로 확대했더라면 좋았겠다. 이백의 고려시인의 수용에서 『파한집』(이인로)·『보한집』(최자)을 비롯,

『동문선』(서거정) 소재의 麗代 시인 백문보·이첨·홍간·홍일중 등의 이백에 대한 작품들을 발굴하여 비교한 것은 방법론적으로 문제를 지니고 있다 할지라도 자료수집에 있어서 매우 중요한 의의를 지닌다. 또한 이백의 수용을 '인간과 생활' '傳記와 詩題' '시구와 용어' 등 세 가지로 나누어 주로 『동문선』(서거정)을 자료로 하여 거기에 담겨진 麗朝 시인 400여명 가운데 이백의 생활과 시문을 접한 이인로·최자·이제현·이색·이곡·이첨·백미견·백문보·홍간·홍일언·이방직·임유정 등 30여 명의 詩人을 추출하여 결론에서 그 영향의 양상을 분류해 놓은 것은 자료 정리면에서 큰 수확이라 생각된다. 단, 제수확을 거두었으나 방법론적으로 적지 않은 문제를 지니고 있다. 예를 들면, 정지상과 이규보, 그리고 두보와 이백의 別離詩를 언급하는 가운데 註를 처리하는 것이나, 논술하는 과정에서 蛇足이 많으며, 더구나 최자의 別離詩論을 '최자가 좀 더 비교문학적인 방법에 의하여 고찰하였더라면'(50쪽) 운운은 격을 잃은 서술이 아닐 수 없다.

셋째, 조선조 시인의 이백 수용에 있어서 조선조의 한시에서 조선조의 방대한 한시인 중, 하필이면 신광수·서산대사·사명당 등 세 사람의 몇 수시에 한정하고, 외에 퇴계의 시를 비교적 구체적으로 언급해 놓았는데 퇴계만이 이백의 영향을 짙게 받았다는 것인지 그 이유가 분명하지 않다. 필자의 생각으로는 조선조의 한시에 있어서는 조선조 전기·중기·후기에 양으로 헤아릴 수 없는 많은 한시가 산출되었으니만큼, 이들과 이백과의 연계가 다양하게 이루어질 수 있다고 본다. 말하자면, 이들을 총망라하는 가운데 이백의 영향의 深淺·廣狹·樣相 등 다양한 결론의 도출이 보다 비교문학적인 접근의 의의일 것이다.

조선조 시가에 반영된 이백의 문제에서 저자는 조선조 시가를 시조와 가사로 보고 이백의 투영을 傳記와 어구로 나누어 고찰하였다. 그 렇지만 전기의 항엔 별반 큰 문제가 없으나, 어구의 투영엔 많은 문제 가 뒤따르고 있어 필자의 생각으로는 본서 가운데 가장 무리한 장이 본장이 아닌가 한다. 그것은 우선 조선조의 시조나 가사는 최소한도 전기와 후기의 문학적 사항이 판이하게 다른데 작가의 성격 또는 시간 성을 전혀 무시하고 총망라하여 간간 소설 작품의 언급도 눈에 띄고 있다는 것이다.

뿐만 아니라 어구의 항에 있어서도 그 풀이가 비교문학적 풀이와는 별반 관계가 없는 문제가 삽입되어 있다. 예를 들면, 이백의 시구 <蕭 索> '時來一顧我 笑飯葵與藿 世路如秋風 相逢盡蕭索'을 조선조 작자 미상의 가사 <鳳山曲>의 일절 '長松落雪이 醉眠을 깨어난듯 蕭索한 秋冬에도 景物이 이러커든'(92쪽)에다 적용시켜 그 영향을 구명하려 한 것은 아무런 의의가 없을 것이다. 더구나 이를 확대하여 이백의 시 구의 하나 <綠髮> '中有綠髮翁 披雪臥松雪 不笑亦不語 冥捷在巖穴' 을 추출하여 역시 전개한 <봉산곡>의 일절 '이것이 桃源이라 綠髮을 불을손가'로 그 영향의 투영을 단정하여 연계지은 것은 아무런 뜻을 지니지 못한다. 그 이유는 '綠髮'이란 말은 이백의 전용어도 아니요, 녹발은 앞에서 언급된 '蕭索'과 같이 하나의 낱말에 불과하기 때문이 다. 우선 '綠髮'이 이백의 전용어가 아닌 것은 허혼의 贈蕭鍊詩 '朱顏 常似渥 綠髮已如尋' 또는 態歸의 贈胥尊師詩 '綠髮童顏羽服輕 天台 王屋幾經行' 등 얼마든지 추출할 수 있기 때문이다.

위와 같은 이백의 시구가 조선조 시가에 반영된 양상을 접근시키면 서도 저자는 소결에서 '이백의 시에 대한 소화가 불완전하거나 아니면 수용방법이 미숙한 데 기인한 소치이며 따라서 창작성이 희박함을 지적하지 않을 수 없다'(98쪽)고 매김한 것은 한중문학의 비교연구에 있어서 곁길로 나간 과오가 아닐 수 없다. 덧붙여서 본장에서 언급된 和韻詩의 문제는 사실 더 확대해 볼만한 문제인데 저자는 제기만 해놓고 더 구체화시키지 않았다. 의당 전게된 한시의 항에서 더 구체화되었어야 했을 것이다.

넷째, 조선조 시화에 투영된 이백의 문제에 대하여는 주지하는 바와 같이 조선조에 산출된 시화는 너무나 많다. 그러나 저자는 이백이 투영된 것을 전제로 그 많은 시화 가운데 주로 서거정의 『동인시화』·장유의 『계곡만필』, 허균의 『학산초담』, 어숙권의 『패관잡기』, 차천로의 『오산시화』, 홍만종의 『순오지』 등에 한정하였는데, 그 한정된 이유가 분명하게 밝혀져 있지 않다. 그 나머지의 시화엔 이백의 투영이 전연 없는 것으로 받아들여지지 않을 수 없다. 이와 같이 한정된 시화를 언급하면서도 예를 들면, 『동인시화』에 있어서 정지상·윤택·독곡 등과 이백과의 연계문제는 당연히 본서의 전항에 언급된 '高麗詩人의 受容'에서 논의될 문제이며, 더구나 독곡의 시 '德彝不見太平年 八十逢春更謝天 桃李滿城香雨過 謫仙何處酒家眠'은 이백과의 연계가 아니라, 이는 분명 두보의 시 '李白一斗詩百篇 長安市上酒家眠'의 투영으로 본서의 본장에 있어선 大蛇足이 아닐 수 없다.

4.

다음은 두보에 대한 수용양상에 대해 살펴보기로 하자. 첫째, 두보의 인간과 시문의 한국에 전래된 사항에 있어선, 麗朝의 장연우를 비롯한 이인로·최자·이제현 등의 두보 수용에 대한 양상을 散藏된 문헌을 통하여 수집해 놓은 것은 이미 언급한 바이지만, 자료 정리 면에서 매우 값진 작업이 아닐 수 없다. 위의 전래를 중심으로 麗朝 시인의 두보 수용을 인간 면과 시구 상으로 분류하여 인간 면에서는 이색·이규보·정추·임유정·이첨 등으로 그들의 두보에 대한 和韻·시화·시평을 엮었고, 시구 상에서는 이인로·이규보·최자·진화·이윤보·이첨·이숭인·한수·허백·임춘·성석린 등의 두보의 투영을 다루었으나 결과적으로는 인간 면에서 언급된 시화·시평의 범위를 별로 벗어나지 못해 인간 면과 시구 상의 양분법이 뜻을 지니지 못하고 말았다. 또한 본항에서 논의된 麗朝의 길재와 원천석의 憂國·懷古歌의 일절 '山川은 依舊혼데'를 두시의 일절 '山河在'와 '人傑은 간듸업늬'와 '五百年王業이 牧笛에 붓졌시니'를 '國破'에다 연계시킨 것은 무리한 풀이라고 본다.

둘째, 조선조의 두보 수용에 있어서 중국문학에서뿐만 아니라, 한국문학에 있어서도 이백과 두보가 쌍벽의 존재로 문인들의 추앙을 받았다고 강조한 것은 당연한 풀이이며 주지된 사실이다. 거기서 조선조에 이르러 국시가 주자학에 則한 나머지 이백보다는 두보가 더욱 추앙된 것은 문학분석에 있어서 대전제가 된다고 생각된다. 실제 이를 전제로 저자가 조선조의 두보 수용에 있어서 '杜甫優位'의 항을 따로 설정한 것은 매우 좋았으나 자료수집 과정에서 두보 우위보다는 결과적으로 李杜並用이 되고 말았다. 저자도 본서 곳곳에 조선조의 문학에서 두보우위를 언급한 바 있으나 결국 본장에서 두보 우위의 자료가 미비로 끝났으니 요는 두보 우위를 확고히 하려면 조선조의 두보에 대한 자료를 총 수집하여 이들의 深淺·多寡·高低를 정밀히 분석해야 할 것이다.

셋째, 杜詩爲範에 있어서는 저자는 여러 문헌에 산견되는 두보에 대한 기록을 수집하였으나, 5백년이란 시간을 가진 조선조를 질서 없이 한 묶음으로 언급했기 때문에 결과적으로 정리를 벗어난 자료수집에 끝나고 말았다. 더욱이 본장에서 麗朝의 이인로·이규보에 대한 언급이 삽입되어 있는데, 이들은 의당히 전항의 麗朝 수용에서 언급되었어야 할 것이다.

시구 상에 있어서도 조선조 문헌에 담긴 두시의 시구를 논술하였다. 그러나 본항에서도 그 방대한 조선조 문학을 장르별, 또는 시간별로 나누어 논술하지 않았기 때문에 결과적으로 평면적 자료수집에 끝나고 말았다. 또한 시구의 논술하는 방법에 있어서도 가령 우리에게 낯익은 관용구인 '人生七十古來稀'만 하더라도 이는 물론 두보의 曲江詩의 일절이나 당시 이 관용구를 쓰는 사람은 전연 두시를 의식하지 않고 그들의 한정의 소일로 삼았으니, 우리가 두보와의 비교문학적 입장에서 논할 때는 의당히 그 시구의 相이 작가의 시상에 어떤 영향과 양상을 초래케 하였는가를 검토해야 한다.

본항에 있어서도 당연히 전항에서 언급된 이백의 수용검토에서 논술된 한시, 또는 국문시가에 있어서도 시조·가사·소설 등 항목을 나누고, 가능하면 최소한도 조선조 전기·후기 등으로 나누어 검증되어야 자료로서도 의의를 지닐 것이다. 더욱이 저자는 시가 상 전반부에서 한시·국문시가·소설 등을 한데 묶어 논술해 나아가다가 그 후반부(191~196쪽)에 이르러 '다음은 小說·歌辭·時調 등에 나타난 材源을 찾아보겠다'(191쪽)고 언급하고 나서 국문문학의 재원을 논술해 나갔으니 서술상 전반부와 후반부가 조직적으로 연계되지 않고 있다.

넷째, 퇴계시 상에 있어서는 두시와 밀접하게 관련된 퇴계의 시를 독립시켜 따로 장을 설정한 것은 퇴계의 무게로 보아 타당하다고 생각된다. 본서에 해당 면을 할애한 양은 무려 60여 페이지를 차지하여 여기에 퇴계의 두보시에 대한 수용을 다각도로 언급한 것은 퇴계의 두시에 대한 접근에 있어서 적지 않은 자료수집의 큰 업적이 아닐 수 없다. 단, 해당 면에 퇴계의 시관·시풍에 대한 장황한 삽입은 본서의 성격상 蛇足이며, 또한 퇴계의 시풍을 두시 일변도로 논리를 끌고 간 것은 객관성이 있는 것은 아니라고 본다. 오히려 필자의 생각으로는 퇴계의 기본 시풍이라고 보이는 퇴계 자신 '愛淵明詩 慕其爲人'의 언급대로 도연명의 귀거래풍 에다 두어야 할 것 같다. 그리고 본서 4장 '杜甫에 대한 媒介樣相'에 삽입된 '퇴계의 두시해'는 본서의 체재상 의당히 본 장에서 논술되어야 할 것이다.

다섯째, 두보에 대한 매개양상에 있어서 저자는 두시언해·택당의 두시 批解·퇴계의 두시해·성호의 두시해 등 4개 항목을 설정하여 논술하였다. 1항 두시언해에 있어서는 두시언해의 간행과 그 경로, 매개적 의의 등으로 나누어 성의 있게 소개하면서 번역문학사적 의의를 강조하였고, 2항 택당의 두시비해에 있어서는 택당 이식의 '纂註杜詩澤風堂批解'를 상세하게 논술하였는데, 이 '纂註杜詩澤風堂批解'는 주지하는 바와 같이 두시에 대한 중국의 先註者들의 주해를 소개하고 나서 택당 자신의 비해를 기술한, 말하자면 두시에 대한 방대한 비해서이다. 그런데 이 방대서를 저자가 처음으로 손을 대어 이를 분석해 놓은 것은 크나큰 의의이며 본서가 지닌 가장 무게 있는 의의라고 본다. 그렇지만 저자의 분석하는 방법이 군데군데 언급된 것이 지나치게 추상적이어서 읽는 이로 하여금 뜻을 파악케 하기 어려운 곳이 있다.

필자의 생각으로는 본서가 처음으로 저자에 의해 소개되느니만큼 자료면에서도 연구자를 위해 보다 구체적으로 논술했으면 좋았겠다.

3항 <퇴계의 두시해>에 있어서는 퇴계의 문학수업을 서술하고 나서 퇴계의 <言行錄> 소재 夢李白·戲題王宰畵山九圖·夏日李公見訪·佳人·哀江頭·洗兵馬·偪側行 등 두시에 대한 평석을 풀이하였으나, 이들은 의당히 전항에서 개진된 <퇴계시상>에서 논술되어야 했을 것이다. 4항 <성호의 두시해>에 있어서는『성호사설』에 담겨진 실학의 대가 이익의 두시해를 팔애시주해·선주의 추종·착오와 독창 등으로 나누어 논술하였다. 성호의 두시해에 대한 본격적인 풀이는 저자에 의해 비롯된 것이다. 이들을 좀더 구체적으로 보다 조직적으로 풀이해 놓았으면 좋았겠다.

이제 본서에 대해 총마무리로 들어가자. 본서는 李·杜 연구에 대한 연구사가 정리되어 있지 않아 유감스럽지만 이백과 두보의 한국적 수용을 풀이한 방대한 저서로 이백과 두보에 대한 자료에 있어서 한국은 물론 중국과 일본에서 풀이된 것을 수집하여 풀이하였기 때문에 자료면에서 값진 것으로 평가될 수 있다. 또한 본서가 저자의 오랫동안의 연구를 통해 이루어진 역저임은 누구도 부인하지 못할 것이다. 그러나 저자가 오랫동안 힘들여 연구한 것에 비해, 풀이하는 방법과 군데군데 중복된 구성으로 인하여 저자가 소기했던 것을 흡족하게 거두지는 못했을 것이다. 이는 본서가 다년간 글들을 한 자리에 모으는 과정에서 이루어진 것으로 부득이한 일로 이해된다.

5.

위에서 이상익 교수의 『한중소설의 비교문학적 연구』와 이창룡 교수의 『한중시의 비교문학적 연구』에 대하여 두서없이 필자의 리뷰를 가하였다. 리뷰를 가하는 과정에서 필자의 단견으로 잘못 본 것도 적지 않을 것으로 안다. 쓴다는 것은 매우 힘든 작업이요, 평하는 것은 매우 쉬운 일이라는 것은 주지의 사실이다. 위의 두 저서가 저자들의 다년간의 연구를 통해 이루어져 나온 역저임에는 틀림없다. 다만, 필자에 의해 가해진 리뷰 가운데 저자들에게 참고가 되는 것이 있으면 동학인으로서 이보다 더 다행한 일은 없을 것이다. 蕪辭를 놓는다.

참고문헌

1. 자료

백두산, 『백향산시집』(대만 중화서국)

서거정, 『동인시화』

──, 『동문선』

어숙권, 『패관잡기』

이규보, 『동국이상국집』(동국문화사)

이수광, 『지봉유설』

임　염, 『양파담원』(아세아문화사)

홍만종, 『홍만종전집』(태학사)

──, 『시화총림』(아세아문화사)

<추풍감별곡> 신구본(신구서림, 1912)

<추풍감별곡> 박문본(박문서관, 1913)

<추풍감별곡> 이문본(이문당, 1927)

<추풍감별곡> 세창본(세창서관, 1952)

<추풍감별곡> 필사본(서울대 중앙도서관 소장)

<추풍감별곡> 일역본(일본 동경당, 1921)

가사 <추풍감별곡> 『악부』(고려대 중앙도서관 소장) · 가집본(태학사, 1983) · 가사
　　　　　집(삼우사, 1948) · 하버드본(미국 하버드대학 연경학회 소장)

<홍길동전> 한문본(서강대학 소장본)

　　　　　한문본(『계명』, 15, 1925)

　　　　　한남본(경판)

　　　　　완판본 『영인 고소설판각본전집 5』, 김동욱, 1973.

2. 저서

강전섭 소장, <구운몽> 필사본

『고등학교국어지침서』, 한국교육개발원, 1985.

屈萬里・昌彼得, 『圖書板本學要略』, 中華文化版事業委員會, 台北, 民國 42年.

김동욱, 『춘향전연구』, 연세대 출판부, 1965.

김완진, 『향가해독법연구』, 서울대 출판부, 1981.

김태준, 『조선소설사』, 증보판, 학예사, 1939.

Renè Welleck・Austine Warren, *Theory of Literature*, Penguine Book, 1970.

박성의, 『한국고대소설사』, 일신사, 1958.

───, 『구운몽』, 정음사, 1959.

───, 「구운몽의 사상적 배경연구」, 고려대 박사학위논문, 1970.

박을수, 석일균, 『신한국문학사』, 성문각, 1982.

Wolfgang Kayser, *Das Sprachiche Kunstwerk*, 김윤석 역, 『언어예술작품론』, 대
      방출판사, 1982.

서수생, 『고려조한문학연구』, 형설출판사, 1971.

신동욱, 『김만중연구』, 새문사, 1981.

심재완, 『시조의 문헌적 연구』, 세종문화사, 1972.

양주동, 『조선고가연구』, 박문서관, 1942.

유재영, 『백운소설연구』, 원광대 출판국, 1979.

류탁일, 『완판방각소설의 문헌학적 연구』, 학문사, 1981.

이가원, 『구운몽』, 연세대 출판부, 1970.

이재수, 『한국소설연구』, 선명문화사, 1970.

이상택, 성현경, 『한국고전소설연구』, 새문사, 1983.

이상섭, 『문학연구의 방법』, 탐구당, 1980.

장덕순, 『한국문학사』, 동화출판사, 1975.

정규복, 『구운몽연구』, 고려대 출판부, 1974.

───, 『구운몽 원전의 연구』, 일지사, 1976.

───, 『한중문학비교의 연구』, 고려대 출판부, 1987.

정병욱, 이승욱, 『구운몽』, 민중서관, 1972.

정주동, 『홍길동전 연구』, 대구: 문호사, 1961.

정한숙, 『소설문장론』, 고려대 출판부, 1973.

제홍규, 『한국서지학사전』, 경인문화사, 1974.

조동일, 『한국문학통사 3』, 지식산업사, 1985.

주왕산, 『조선고대소설사』, 정음사, 1950.

최운식, 『심청전연구』, 집문당, 1982.

Fredson Bowers, *Textual Criticism*, ed., James Thorpe, New York, 1970.

許世煐, 『中國目錄學史』, 中華文化出版事業委員會, 台北, 民國 43年.

황패강, 『조선왕조소설연구』, 한국연구원, 1978.

3. 논문

고헌식, 「산성일기의 문헌학적 연구」, 고려대 교육대학원 석사논문, 1981.

김균태, 「구운몽의 공간관념에 대하여」, 『한국고전산문연구』, 동화출판사, 1981.

김기동, 「채봉감별곡의 비교문학적 고찰」, 『논문집』, 1, 동국대학교, 1960.

──── , 「가사의 소설화 시론」 『논문집』, 2·3, 동국대학교, 1962.

김동욱, 「춘향전 이본考」, 『논문집』, 1, 중앙대학교, 1955.

──── , 「서평: 정주동 저, 홍길동전연구」, 『아세아연구』, 5, 고려대 아세아문제연구
소, 1962.

──── , 「홍길동전의 국내적 소원」, 『이숭녕박사송수기념논문집』, 1968.

김일렬, 「구운몽 新考」, 『한국고전산문연구』, 동화출판사, 1981.

大谷森繁, 「雲英傳 研究」, 『朝鮮學報』, 37·38, 天理大.

Richard Rutt, *Paegun Sosŏl* Transactions of the Royal Asiatic Society, *Korean
Branch*, Vol.52, 1977.

민긍기, 「영웅 소설의 의미체계연구」, 연세대 박사논문, 1985.

박노춘, 「홍길동전 목판본고」, 『가람이병기박사송수논문집』, 삼화, 1966.

사재동, 「구운몽 연구서설」, 『어문연구』, 14, 충남대, 1985.

설성경, 「구운몽의 구조적 연구 Ⅳ」, 『원우론집』, 2, 연세대 대학원 원우회, 1974.

송성욱, 「홍길동전 이본新考」, 『관악어문』, 13, 서울대 국문과, 1989.

이가원, 「구운몽 評攷」, 『구운몽』, 덕기출판사, 1955.

이상익, 「채봉감별곡과 왕교란백년장한」, 『연포이하윤선생화갑논문집』, 진수당,
1966.

이용욱, 「이규보 연구─백운소설을 중심으로」, 서울대 석사논문, 1963.

이종주, 「한문본 홍길동전 검토」, 『국어국문학』, 99, 국어국문학회, 1983.

──── , 「한문본 홍길동전 해제를 위한 도론」 『서강어문』, 6, 서강어문학회, 1988.
12.

인권환, 「토끼전 이본고」, 『아세아연구』, 29, 고려대 아세아문제연구소, 1968.

장효현, 「옥루몽의 문헌학적 연구」, 고려대 석사논문, 1981.

정규복, 「구운몽 이본고」, 『아세아연구』, 7·8, 고려대 아세아문제연구소, 1961.

———, 「구운몽 을사본에 대하여」, 『인문논집』, 17, 고려대, 1972.

———, 「구운몽의 원작에 대하여」, 『교육신보』, 고려대, 1977.

———, 「구운몽 노존본의 연구」, 『교육논총』, 7·8, 고려대, 1977~1978.

———, 「백운소설의 찬자에 대하여」, 『인문논집』, 27, 고려대, 1982.

———, 「구운몽의 표기문자에 대하여」, 『개신어문연구』, 1, 충북대, 1981.

———, 「한중고전소설에 나타난 비극성」, 『태야최동원박사회갑기념논문집』, 1983.

———, 「원전비평의 이론과 실제」, 『문예비평론』, 고려원, 1984.

———, 「구운몽 노존본의 이분화」, 『동방학지』, 59, 연세대 국학연구원, 1988.

정하영, 「조선초기 국문소설의 한역에 대하여」, 한국고전문학연구회 발표요지,
    1989.8.

조윤제, 「춘향전 이본고」, 『진단학보』, 11, 진단학회, 1939.

최문화, 「방각본 심청전 연구」, 고려대 석사논문, 1976.

최원식, 「가사의 소설화 경향과 봉건주의의 해체」, 『창작과비평』, 46, 1968.

황패강, 「한국고전소설연구사서설」, 『한국학보』, 34, 일지사, 1981.

찾아보기

정규복

1927년 서울 출생
아호 石軒

성균관대학교 국어국문학과 졸업
고려대학교 대학원 문학석사·문학박사
國立臺灣師範大學 中文硏究所 修學
프랑스 College de France와 파리 7대학 초빙교수
계명대학교 국어국문학과 교수
고려대학교 국어국문학과 교수

현재 고려대학교 명예교수
　　　중국 연변대학 명예교수
　　　東方文學比較硏究會 명예회장

저서
구운몽 연구, 고려대학교 출판부, 1974.
구운몽 원전의 연구, 일지사, 1977.
한중문학비교의 연구, 고려대학교 출판부, 1987.
한국고전문학의 원전비평적 연구, 고려대학교 민족문화연구원, 1992.
한국고소설사의 연구, 한국연구원, 1992.
한국문학과 중국문학(증보판), 국학자료원, 2001.

산문집
인생송가, 나남, 1982.
생명의 畏敬, 국학자료원, 2001.
찰나와 영겁, 국학자료원, 2003.
바람 따라 물 흐르듯, 좋은수필사, 2009.

석헌 정규복 총서 3

한국 고전문학의 원전비평적 연구

2010년 2월 25일 초판 1쇄 펴냄

저　자 정규복
발행인 김흥국
발행처 도서출판 보고사

등록 1990년 12월 13일 제6-0429호
주소 서울특별시 성북구 보문동7가 11번지 2층
전화 922-5120~1(편집), 922-2246(영업)
팩스 922-6990
메일 kanapub3@chol.com
http://www.bogosabooks.co.kr

ISBN 978-89-8433-753-4
　　　978-89-8433-750-3 (전8권)

정가 32,000원